见字如面

Letters Alive

【第二季】

永不消逝的挂念

关正文
主编

中信出版集团 · 北京

图书在版编目（CIP）数据

见字如面．第二季，永不消逝的挂念 / 关正文主编．
-- 北京：中信出版社，2018.10（2021.4重印）
ISBN 978-7-5086-9386-6

Ⅰ.①见… Ⅱ.①关… Ⅲ.①书信集－中国－当代
Ⅳ.① I267.5

中国版本图书馆 CIP 数据核字（2018）第 196005 号

见字如面（第二季）——永不消逝的挂念

主　　编：关正文
出版发行：中信出版集团股份有限公司
（北京市朝阳区惠新东街甲 4 号富盛大厦 2 座　邮编　100029）
承 印 者：北京通州皇家印刷厂

开　　本：880mm × 1230mm　1/32　　印　　张：13　　字　　数：320 千字
版　　次：2018 年 10 月第 1 版　　印　　次：2021 年 4 月第 8 次印刷
书　　号：ISBN 978-7-5086-9386-6
定　　价：68.00 元

序 言

总得坚持点什么

《见字如面》是一档读信节目，各位艺术家以他们精湛的素养，出色地完成了古今信件的演绎。第二季首期上线，当周就获得了超过 3.6 亿的点击。这真是一件妙不可言的事情。但是说到底，节目的核心魅力，还是这些被选中的信。所有的视觉转换，不过是希望大家能注意到这些原本就存在于世界上的有趣的私人文本。现在，这些信结集出版，让喜欢的人可以细细品读，可以长久存留，我非常欣慰。

我们专门有一个选信组，在茫茫的书信海洋中选信。我们也曾经说明过选信的标准，就是它值得被更多人看到。在我们看来，读信跟读书没什么区别，所谓值得，就是指能够启发受众的深度认知、激发独立思考、带来丰富体验。我们认为这是一个常识，因为这是人类精神生活最基本的利益诉求，是所有传播从业者的基本使命。但有的时候，我们也不得不跟反常识的潮流作对。比如，必须小心提防肤浅的娱乐八卦哗众取宠的诱惑，或者需要拒绝传播鸡汤可以轻易换得的巨大利益。

独立思考是人类继续进化的前提，却未必是今天市场环境下传媒的共识。大众传播往往倾向于简单直接、效果立现。传媒人自己就是急功近利的浮躁原产地，却总是抱怨受众太浮躁。殊不知人类的精神生活自有不变的主流，思考才是快乐的源泉。很多名利双收的产品不过是一时喧嚣的过眼云烟，既不尊重受众，也不自重。

据说人的简历分为两种，一种叫求职简历，一种叫悼词简历。前者对应现实的利益，后者对应人自身的价值。精神产品的制造者如果只关注现实利益的收获，哪怕你业绩再光鲜，也不过是个见风使舵的投机商人。古往今来，但凡有点价值的精神产品，总得坚持点什么。

对于精神产品而言，有价值，才有趣味。愉悦精神的服务跟愉悦身体的服务是两个行当。带来多元认知、激活独立思考与熬鸡汤、打鸡血也是两个行当。说到快乐，精神愉悦的快感被称为至乐，其强度远远超过所谓娱乐。

《见字如面》坚持提供多元认知的素材，专注满足独立思考的快乐。举个例子：我们都知道吴三桂是引清兵入关的明朝叛将，其历史形象跟秦桧相当，都是千古罪人。《见字如面》找到了入关前吴三桂写给他父亲的一封信。从信中我们知道如下信息：第一，吴三桂他爹是明朝守卫北京的最高将领，但面对李自成的进攻，明朝的部队溃不成军，几乎没有抵抗，吴三桂他爹还成了俘虏；第二，李自成用吴三桂他爹作为人质，写信要求吴三桂率军归降，吴三桂必须做出选择；第三个信息是，吴三桂拒绝了。因为他觉得他爹没有尽到职责，也不该投降。他在回信中对他爹说：逆贼就是把你放在油锅旁，我也不会多看一眼。

很多人第一次看到这封信都会觉得意外，因为它颠覆了当代人对吴三桂的印象。头脑简单的人，会觉得吴三桂忽然高大了很多。头脑复杂点的，就会发现吴三桂跟他爹恩断义绝的姿态，几乎是有可能拯救他爹的唯一途径。明朝连皇帝都跑到南京去了，根本没有收复京畿的能力。对军事有点兴趣的人会发现，此时的吴三桂，只要回京勤王，哪怕只是为了报杀父之仇，其职责所在的边关必然失守。但不杀回北京，他连自己是在给谁守边关都说不清楚。脱离了简化的鸡汤，是非顿时模糊，历史也变得有趣。

再举个例子：我们读了琼瑶阿姨写给子女的一封信，说一旦自己陷入无力回天的病危状态，千万不要进行浑身插满管子的无谓抢救，务必让自己能有尊严地死去。无论对过度医疗的质疑，还是对传统代际孝悌伦理的审视，这封信都提供了个人可以选择的思考空间。再比如，我们读了中国烈士家属陈难写给阵亡日军遗属美惠子的信，说“我们都是战争的受害者，我知道你也很难过”。对仇人亲属的这种态度，在当时竟然被广泛接受。几乎每一封信，都不光是过去时代的刻痕，其传播所激发的热议，也是在给今天的精神图谱留痕。

人类的精神生活，从来都是为了借鉴他人的经验和感受，获得更丰富的认知，储备更充足的智能，以提升应对生存的本领。娱乐时代，很多人在呼吁多读书，其实大部分书跟大部分信一样，并不值得一读。只有能够提供多元认知和感受的书信，才能真正滋养个体的生命。在这方面，信比书又多了一个好处，那就是人在写信的时候，大多并不是为了发表，而是具有特定的交流目的，信息真实有效的成分比较多。把这种信编辑成书，一定是一本有价值的书。

感谢那些写信的人。无论是节目还是这本书，《见字如面》都只是在做着回到常识的事情。有的时候，创新未必有价值，一片喧嚣之中，坚持点什么，反倒是所有人最需要的。

再次谢谢您买了这本书。对于选择坚持的人，这样的鼓励尤其重要。

2018 年 9 月 3 日

目录

生死

挂念

苦情

知行

锋芒

生死

○ 太平轮脱险旅客周侣云写给父母（1949）

现在我眼睛一闭上，
就觉得身体漂浮在水里

○ 吴三桂写给父亲吴襄（1644）

逆贼把您放在油锅旁，
我也不会多看一眼

○ 多尔衮与史可法往来信（1644）

是生存还是毁灭，
您应该尽早拿定主意

○ 黄春明写给儿子黄国峻（2004）

国峻，我知道你不回来吃晚饭

○ 陈难写给美惠子（1938）

我现在应该以什么来安慰你呢？

○ 白血病患者李真写给母亲（2017）

对不起，妈！我生病了

现在我眼睛一闭上，就觉得身体漂浮在水里——太平轮脱险旅客周侣云写给父母

1949 年

“

我只觉得身体往下沉，水从耳边滑过，还可以听见水从耳边滑过的呼呼声音，好像身体被夹在什么东西里，水不断从嘴、鼻、耳里进入肚子，我一时想着什么都完了。

”

周侣云，1949 年“太平轮事件”的幸存者。

1949 年 1 月，由上海驶往台湾基隆的中联轮船公司客轮太平轮因超载、夜间航行未开航行灯，与建元轮相撞沉没，导致船上近千名乘客罹难。这一海难被称为“中国的泰坦尼克号”事件。

周侣云当时就读于上海国立交通大学。这位不会游泳的女大学生，在其同学叶以功的帮助下，得以在此次海难中生还。得救后，她给父母写了下面这封信。

亲爱的父母亲：

此信到时，想你们定已收到电报了，关于我死而复生的消息将怎样使得你们高兴呀！十一点五分（指失事那天，一月二十七日深夜——原编者），我们被船的猛击撞醒了，听船员说：我们的船和建元轮相撞了，而建元渐渐下沉。跑出了舱门，就听见一片悲苦的呼救声，我眼看着建元在五分钟内就沉没了，好多人都浮在水面上呼救，而我们的船，仅救起了他们两个人，就预备继续前进。功哥（指她的同学叶以功——原编者）说：假使我们像那些人一样浮在水面上呼救不应，将是如何不堪设想的事啊！

但是建元完全沉没后，我们的船已根本无法前进了，后舱已充满了水。功哥说，我们得赶快准备，于是抢了两件救生衣，他先自己穿好后，我们一起挤上救生小船。我不会穿，于是他给我穿好，他教我要竭力镇定，不要怕，并且教我下水后不要慌而乱动，用两只脚好好地打水。他自己是会游水的。船上的人因为慌了，大家都挤在救生船上，船主毫不管事，结果救生船并未放下水，等到船已万分倾斜的时候，救生船还尚未放下水，绳子用刀也割不动。一会儿，我们觉得下脚全是水，忽然水到半身，再忽然船就完全沉下去了。

·輪機月刊·　—34—

海鷗

太平輪脫險旅客的一封信

周侶雲

·搭客載貨安全可靠·

惠崇輪船公司大星輪船

·專駛上海崇明閘航線·

地址：中正東路紫來街一號　電話　八七一一八四號·

刊物登载的信件原文（《轮机月刊》1949 年复刊第三卷第二期）

起先，我的手还和我功哥牵在一起，但是一阵海水涌上来，大家失去知觉，我只觉得身体往下沉，水从耳边滑过，还可以听见水从耳边滑过的呼呼声音，好像身体被夹在什么东西里，水不断从嘴、鼻、耳里进入肚子，我一时想着什么都完了。但是我觉得在海水里淹死太难受了，我觉得这样死太不值得，我宁愿死在炮火里或实验室里，我还想到你们将如何发急。奇怪得很，我淹在水里，脑筋一直很清楚，很镇静，心里一直镇定，以为不会死，简直像做梦，我心里一直在想我真的就死了吗？真的就死了吗？总之：我是不想死，我忽然想起功哥教我怎样浮出海面，我真的用两脚不断好好地划水。说也奇怪，人便真的渐渐向上腾了。浮出了海面，我便想我是得救了。抓住一块木板，但是木板太轻又沉下去了，又抓了些死尸，还是不行。结果不知怎的，被冲近一个大方木块，有四五个人坐在上面哼，我抓住一个铁柄子，但是气力又用尽了，而且棉袍子浸在水里太重，无论如何爬不上去。我拼命向那几个人呼救，他们毫不理睬，一来他们的气力也用尽了，二来方木块上人坐多了，容易下沉。我叫了好久以后，才有一个人肯拉我一把，总算爬了上去。

原来这块木块就是浮筒，不容易沉，这时我才开始觉到冷，浑身打抖。直挨到翌晨七时许，才有一只英舰来救，我浑身都失去知觉，他们把我拉上救生小艇，再用绳子吊上大船，然后把湿衣服都脱掉，用毛巾和热水擦，穿上干的浴衣，吃了一杯酒和两杯咖啡，睡在他们有火炉的床上。

下午两点钟，到了吴淞口，上了自己的船，然后到了外滩，棉袍等依旧很湿，他们把浴衣送给我了。船到码头时，看见功哥的父亲走来，他要哭了，但我有什么办法安慰他们呢？我们两只船上那么多人，仅三十八人获救，四个人被救上来时已经冻死了。不过我听说一部分人被救上另一只船，开往香港去，还有些人被冲上附近的小岛去。

叶舅把我送回交大就回去了。现在我眼睛一闭上，就觉得身体漂浮在水里，渐渐往下沉、往下沉，我想一定是上天不允许我去台湾的。

（《轮机月刊》1949 年复刊第三卷第二期）

QQ 音乐　　酷狗音乐　　酷我音乐

—— 扫码收听**周迅**朗读此信 ——

很多灾难的幸存者都是不快乐的

翟毓红：有一种被水呛到了的感觉，一下子就闷到那了，透不过气来，想起《泰坦尼克号》的画面。一个女孩子那么无助，最后获救的那一瞬间，我就觉得生命太无常了。

在这一封很私人的信件里，为什么没有看到一点常有的劫后余生的喜悦呢？

梁文道：对，很多灾难的幸存者都是不快乐的。当年奥斯维辛集中营出来的人，是幸存者，活了几十年最后还是选择了自杀。那种情绪是什么，就是死亡跟你擦肩而过，为什么你没有死，而你认识的人都去了？这个女孩子能够写这封信，是因为她活着，可能她会想，两艘船那么多人，怎么就我活下来了呢？

幸存者之所以觉得她有一种罪疚感，甚至很难用言语形容，她不一定是内疚，因为她事实上也没什么责任，但她总会问：“为什么我能活？”那种压力是很巨大的。你马上就会想到，这整艘船谁在船上，谁活下来，谁没活下来，这真的是命运弄人。

许子东：我最近看了一篇关于泰坦尼克号的文章，说泰坦尼克号被认为是西方世界的一个象征，整个社会的缩影。在我看来，太平轮也是，它是1949年国民党政府溃败的一个缩影。

梁文道：太平轮就是1949年1月这个大变局当中的一叶孤舟。同年1月份，有几件事发生：淮海战役、解放军解放天津、蒋介石宣布下野、李宗仁代理总统。这个时候，国民党已经是败象毕露了。

太平轮上死了很多我们知道的人，比如说蔡康永的爸爸。

许子东：是为了保险理赔给赔死的。

梁文道：对，蔡康永的爸爸就是太平轮这家公司的老板，后来公司就倒闭了。

许子东：还有那个神探的爸爸。

梁文道：李昌钰的爸爸也死在这艘船上，李昌钰后来选择读警校，想当刑警，跟这个案子就有直接关系。香港“小甜甜”，曾经的亚洲女首富龚如心，她爸爸也死在这艘船上。星云大师是差一班船没上这艘船。

许子东：那时候上海快被解放军包围了，跑的都是有地位、有钱的人，挤上这艘船。

梁文道：对，名流或者名人，他们都一拨拨地登上过海的船只，而太平轮是那些船中很不幸的一艘。当时每天来回去基隆的船太多了，那些船里面，谁过得去，谁过不去，谁遇到海难，谁没遇到海难，这种生死之别，这种概率，就是无常。

许子东：生死。

翟毓红：读这封信，能够感同身受，一下子将你带到那个情景当中，包括那个女孩劫后余生的那种痛。

1. 太平轮开船及沉没时的情景

太平轮原是二战时期的铁壳运输船，船运公司为扩大营运，改装后投入客运。每星期往返上海、基隆两次，客货两载，票价极贵。1949年1月27日中午，千余人挤上太平轮，有票乘客仅508人、船员124名，另挤进无票者约300多人；更有600吨钢条、《东南日报》印刷器材、100多吨纸张、中央银行1317箱重要文件等货物。整艘船水泄不通，“全无缝隙”。

这些人，有名震一时的各方大员，也有家财万贯的富商。时值春节前夕，连金条都不一定能换到船票，很多人走后门、靠关系才能挤上太平轮，急着到台湾与亲人相聚。

为了在戒严前出吴淞口，太平轮起锚后加速前进。怕军方拦截超载，太平轮一路不点灯、不鸣笛，最后还改变了航线。临近年关，自感终于幸运离开上海的乘客，在船上吃喝、打牌，已沉浸在过年的喜悦中。晚上11时45分，再过几分钟就是除夕了，太平轮迎面撞到从基隆开出的建元轮，吨位较小的建元轮马上下沉，太平轮只是微微震了一下，在最初几分钟似乎安然无恙，甚至还救起了建元轮的船员。但就在所有人放下防备的十分钟后，由于钢条过重，吃水前舱率先入水，然后船身一面倒下。太平轮起初想往附近岛屿靠岸，可最晚不过“十二点半的光景就沉了”。海上漆黑一片，宛如人间炼狱。

12 点半左右，太平轮没顶。按照官方说法，当时被救起的生还者共 36 名，其中旅客 28 人，船员 6 人，另有建元轮上的 2 人，这些幸存者最后由澳大利亚军舰华尔蒙哥号救起。此外还有几位幸存者被自发前来打捞的渔民救走，幸存者总数有 40 多人。

2.“太平轮沉船事件”后续

在太平轮遇难之后的当天晚上，300 多支火把包围了周曹裔家，周曹裔是中联公司的总经理。愤怒的家属捣烂了周曹裔家中所有家具摆设以及公司办公室。其他股东也都跑掉了。之后，周家把所有家当用于理赔，1950 年，周家辗转到香港再到台湾定居。

上海法院判决中联轮船公司赔偿，但因当时战乱流离，上海不久又解放了，赔偿金额又属天文数字，太平轮的保险是向上海华泰保险公司投保，出事后这家保险公司立刻宣布倒闭，因此中联轮船公司必须自负盈亏。中联轮船公司最后结束营运，旗下另外两艘轮船，被铁链锁在高雄港，最后全部锈烂。此事遂不了了之。中联轮船公司的经营者蔡天铎，就是台湾主持人、作家蔡康永的父亲。蔡康永回忆，当时父亲被债主逼迫，最后成为倾向“同情资方”的律师。

3.“太平轮沉船事件”改变了很多人的命运

葛克是所有40多名幸存者中最知名的一位，当年任国防部少校参谋，他的台湾行是要赶在新年前把妻子家小带到台湾，结果这趟旅程成了家人的不归路，只有他幸存了下来。1949年后他在台湾，继续在军中服役。在海上被救后，他遇到了同样在太平轮上失去亲人的袁家姞，在太平轮遇难后第二年，他们结婚生子。袁家姞在太平轮上失去的是父亲袁家艺——袁世凯之孙。

现居福建老家的叶伦明已经90多岁了，当年他的家人在台湾做生意。他还能对太平轮失事做直接回忆。1949年死里逃生的叶伦明，与妻子张典婉失去联系。直到1980年代去香港定居，才联系到台湾的家人，得知妻子张典婉已经改嫁，他很伤心，竟从此孤老一生。

太平轮沉没了，但还有更多人搭乘其他船只从上海到台湾，很多人原以为马上就要返回的，结果却是分隔一生。一个个家庭的命运与生命轨迹由此改变。

4. 太平轮沉没前后的国家局势

1948 年底到 1949 年初，国内景况用四个字可以概括，即“战事频起”。国共大战，国民党军全面溃败。在 1948 年 9 月 28 日至 10 月 26 日之间，太平轮还临时为国民党军队征用，在辽沈战役中负责运送国民党伤兵和当作补给船。但后来，太平轮就和其他所有往返上海、基隆的客轮一样，渐渐成为“逃难船”的代名词。

《见字如面》第二季入选信件文档　编号 220

逆贼把您放在油锅旁，我也不会多看一眼
——吴三桂写给父亲吴襄

1644 年

“

哪怕战败，我也可以追随父亲于地下，这难道不是忠孝两全的美谈吗？您怎么就能忍辱偷生，归顺敌营，心甘情愿地做出这种不仁不义的行径呢？

”

吴三桂（1612—1678），先为明朝将领，1644 年降清，被封平西王。1649 年镇守云南，1662 年杀南明永历帝于昆明，与福建靖南王耿精忠、广东平南王尚可喜并称“三藩”。1673 年，康熙帝下令撤藩。吴三桂自称周王、总统天下水陆大元帅、兴明讨虏大将军，发布檄文，史称“三藩之乱”。1678 年，吴三桂在衡州（今衡阳市）登基为大周皇帝，建元昭武。同年秋病逝。

吴襄（？—1644），吴三桂之父，明末辽东总兵。1631 年在大凌河之役里，吴襄在赴援时逃亡，致全军覆灭，被判下狱。1644 年三月初，李自成破大同、真定，崇祯起用吴襄提督京营。北京城破，李自成活捉吴襄，并胁迫其写信招降吴三桂。吴三桂给父亲吴襄写了下面这封严词拒绝的回信。其后，吴三桂大败李自成。李自成怒斩吴襄，吴家 38 口惨遭灭门。

不肖男三桂泣血百拜，上父亲大人膝下：

儿三桂凭借父亲的荫蔽和谆谆教诲，得以戴罪在军中效力。日夜励志，希望能以战功报答圣上的眷爱。正值边防危急，宁远重镇作为国家门户几乎沦陷殆尽。儿三桂正努力收复失地。还想着那贼人李自成虽然猖獗，但很快就可以被消灭，担心把时间浪费到往来于京城路上，会让两大战场都贻误了战机，所以在山海关耽误了几天。没想到，我们的国家真的就无一人可用，拱卫京城的部队竟然望风而靡。父亲您负责掌管着御林军，精锐之师不能说势单力薄，凭借固若金汤的巍峨城墙，为什么仅仅两天时间便告失守？如此不堪一击，就算是儿三桂率军驰援，惨败之局也早就成了事实。实在是可悲，可恨。

我听到圣主晏驾、京城臣民被烧杀抢掠的消息，暴跳如雷。我以为父亲您一向奋勇忠义，虽然大势已去，仍会拼死反击，绝不会与贼寇共生。就算最终失败，也会刎颈于庙堂之下，身殉国难，以此鼓励儿子戴孝出征，号恸三军，仗甲复仇。哪怕战败，我也可以追随父亲于地下，这难道不是忠孝两全的美谈吗？您怎么就能忍辱偷生，归顺敌营，心甘情愿地做出这种不仁不义的行径呢？

历史上，韦孝宽善守孤城，最终得胜，您没有他的才华；颜真卿深陷贼营，破口大骂，您没有他的勇气；徐庶为救母亲，背主投敌，终身负罪；王陵的母亲成了项羽的人质，母亲以自尽激励儿子的忠义；赵苞杀敌，身在敌阵的母亲和妻子与敌同归。可惜父亲您，一员久经沙场的老将，一位声名显赫的王臣，您的行为，反倒比不过这些巾帼女子。

父亲您既然不能做忠臣，儿子我又怎么能做孝子呢？从今天起，儿三桂就与父亲永别了。父亲您走错了一步，现在，就算逆贼把您放在油锅旁威胁我，儿子我也不会多看一眼。

男三桂，再百拜。

QQ 音乐　　酷狗音乐　　酷我音乐

—— 扫码收听**赵立新**朗读 ——

［原文］

不肖男三桂泣血百拜，上父亲大人膝下：

儿以父荫，熟闻义训，得待罪戎行，日夜励志，冀得一当以酬圣眷。属边警方急，宁远巨镇为国门户，沦陷几尽。儿方力图恢复，以为李贼猖獗，不久即当扑灭，恐往复道路，两失事机，故尔暂羁时日。不意我国无人，望风而靡。吾父督理御营，势非小弱，巍巍万雉，何致一、二日内便已失堕？使儿卷甲赴关，事已后期，可悲可恨！

侧闻圣主晏驾，臣民僇辱，不胜眦裂！犹意吾父素负忠义，大势虽去，犹当夺椎一击，誓不俱生。不则刎颈阙下，以殉国难，使儿缟素号恸，寝戈复仇；不济则以死继之，岂非忠孝媲美乎！何乃隐忍偷生，训以非义，既无孝宽御寇之才，复愧平原骂贼之勇。夫元直荏苒，为母罪人；王陵、赵苞二公，并著英烈。我父嚄唶宿将，矫矫王臣，反愧巾帼女子！

父既不能为忠臣，儿亦安能为孝子乎？儿与父诀，请自今日。父不早图，贼虽置父鼎俎之旁以诱三桂，不顾也。

男三桂再百拜。

（【清】计六奇:《明季北略·卷二十·吴三桂请兵始末》，中华书局 1984）

1. 关于王陵

刘邦与项羽作战，楚霸王项羽为拉拢王陵，置王陵之母于营中，礼遇有加。但王陵之母最终伏剑自杀，以死坚定儿子事汉的决心。项羽大怒，将王陵之母烹煮。王陵于是一心为汉。

2. 关于赵苞

东汉末年，辽西郡太守甘陵国人赵苞到任之后，派人到故乡迎接母亲和妻子。将到辽西郡城时，路上经过柳城，正遇着鲜卑一万余人侵入边塞劫掠。赵苞的母亲和妻子全被鲜卑人劫持为人质，用车载着她们来攻打辽西郡城。赵苞率领骑兵二万人布阵迎战，鲜卑人在阵前推出赵苞的母亲给赵苞看。赵苞悲痛号哭，对母亲说："当儿子的罪恶实在不可名状，本来打算用微薄的俸禄早晚在您左右供养，想不到反而为您招来大祸。过去我是您的儿子，现在我是朝廷的大臣，大义不能顾及私恩，自毁忠节，只有拼死一战，否则没有别的办法来弥补我的罪恶。"母亲远望儿子嘱咐他说："我儿，各人生死有命，怎能为了顾及我而亏损忠义？你应该尽力去做。"于是赵苞立即下令出击，鲜卑军阵被摧毁攻破，其母亲和妻子也被鲜卑人杀害。赵苞上奏朝廷，请求护送母亲、妻子的棺柩回故乡安葬。灵帝派遣使节前往吊丧和慰问，封赵苞为侯。赵苞将母亲、妻子安葬完毕，对家乡的人们说："食朝廷的俸禄而逃避灾难，不是忠臣；杀了母亲而保全忠义，不是孝子。如此，我还有什么脸面活在人世？"遂吐血而死。

《见字如面》第二季入选信件文档　编号 068

是生存还是毁灭，您应该尽早拿定主意
——多尔衮与史可法往来信

1644 年

“

您趁着我们国力衰微，先是占我领土，接着又移师东下，还要以罪犯当先锋，打着道义的旗号，谋着别人的江山……

”

爱新觉罗·多尔衮（1612—1650），清初政治家、军事家。清太祖努尔哈赤第十四子，先后获封和硕睿亲王、摄政王等。1644 年指挥清军入关，逐鹿中原，“定国开基，成一统之业，厥功最著”。

史可法（1601—1645），明末抗清名将。北京城被清军攻陷后，在南京拥立福王朱由崧为帝，是为弘光帝。官至督师、建极殿大学士、兵部尚书。

1644 年（崇祯十七年）七月，清豫亲王多铎兵围扬州之际，南明出使北京，提出割山海关以外地和纳岁币等条件，试图收回关内各地。多尔衮于是命李雯执笔，写信给明督史可法，要南明政府投降。史可法代表南明政府写了封回信，对多尔衮提出的要求予以回应。

[节译]

多尔衮写给史可法

我在沈阳的时候，就知道您在京城是众望所归。等我进入山海关，打败了闯贼李自成之后，跟京城的人接触，又结识了您的弟弟。我曾托他写信向您问候平安，并表达我的仰慕之情，也不知您收到了没有？近来传言不断，都说南京已有人自立为皇帝。杀父之仇，亡国之恨，都是不共戴天的。《春秋》上说：如果没能消灭逆贼，那么亡国之君的死，不能进入历史，新君即位也不能被历史承认。这是古人为防止乱臣贼子扰乱朝纲所制定的严格的法律。

闯贼李自成率军进犯京城，亲手杀害了皇族血亲，明朝的臣民，没听说有谁进行了反抗。当时平西王吴三桂远在边陲，只有他跟春秋时候的申包胥似的哭着来请救兵。我大清朝感念他的忠义，考虑到双方世代友好的历史，排除了那些不愉快的干扰，以威武之师驱除了狗鼠之辈。入京的第一天，我们就给崇祯皇帝敬献了花圈，举行了帝王规格的葬礼。对亲王、郡王和各位将军，全都保留了原来的待遇，没有任何削减。皇亲国戚、文武大臣，都列入了本朝的编制，礼遇有加。社会生产、百姓生活保持了稳定，大军纪律严明，秋毫无犯。正想借着秋高气爽的时候遣将西征，叫上你们江南的人一起，联兵河朔，陈师鞠旅，戮力同心，给你们明朝皇帝报仇，彰显我大清朝的德威。没想到你们南方的诸位，刚苟且偷生了几天，也不看看形势，为了图个虚名，就忘记了谁是真正的敌人。我对此感觉很困惑。

清朝解放北京，那是从闯贼李自成手上夺来的，不是从您明朝手上获取的。李自成毁了您明朝的宗庙，侮辱了您明朝的先人。我们清朝不辞辛劳，接了这个烂摊子，帮你们报了仇。如果是仁人孝子遇到这种事，该怎么知恩图报呢？您可倒好，趁着逆贼刚被消灭，胜利的大军刚刚喘口气的工夫，你们竟然想的是雄踞江南，坐享渔人之利。平心而论，您觉得这样做公平吗？您真以为长江天堑不能飞渡、投鞭断水水更流吗？那闯贼李自成是您明朝的仇人，跟我们清朝无冤无仇。我们是白白两肋插刀、主持正义了。现在，如果你们又立出一个皇上，那就是天有二日了，那就是清朝的敌人了。我将不再西征，调转大军改为东征。而且我还会大赦你们明朝的罪犯，让他们作为先导。你们当初是动用了全国的力量，也没能打过一伙毛贼，现在却想用江左弹丸之地，来对抗强盛的大清，谁胜谁败，不用再找算命的了吧。

我听说，君子爱人，讲的是道理，小人才会一味迁就。你们几位如果真能审时度势，笃念故主，厚爱贤王，最好劝他别当皇上，接受清朝的安排，永受福禄。清朝一定会待他如上宾，该有的待遇、该封的土地，都会在大清现有的王侯之上，也算不辜负大清伸张正义、继往开来的初心。你们南方的诸位人才，凡是愿意归顺的，一律论功行赏，裂土封侯。平西王就是典型的范例。这是对您最有利的选择。

现在的士大夫，都爱惜自己的羽毛而不顾国家的需要。碰上大事，又都拿不定主意。历史上宋朝就是这样，会还没开完呢，人家大军把事儿都办完了。历史的教训值得记取。先生您作为名流领袖，主持大计，一定能看清事情的发展方向和最终结局，总不会让别人给带到沟里去吧？是生存还是毁灭，您应该尽早拿定主意。我很快就会发兵，可以西征，也可以东征，南国的安危，只看您的决定。

希望大家都能以讨伐逆贼为共同目标，不要贪图个人短暂的虚荣，给国家带来更大的损失，反让乱臣贼子窃笑。我对您寄予厚望。古人说："只有高尚的人才能听得进别人的意见。"我说的都是心里话，静候您的赐教。

江天在望，延跂为劳。书不尽意。

史可法回复多尔衮

大明国督师、兵部尚书兼东阁大学士史可法顿首，谨启大清国摄政王殿下：

前不久，我在南方听到了闯贼败落的好消息，随即派人向吴三桂大将军了解情况。没敢跟您联络，不是不重视跟您的交情，而是因为《春秋》上说，主政者之间是不能有私交的。值此战乱之际，忽然收到您的来信，真就像是从天上掉下来的华丽文章。我反复看了，您的好意我心领了。如果说闯逆李自成还没彻底消灭，这事还在给贵国添麻烦，我真是深感愧疚。因为担心您不了解，以为南中国的臣民只是在江左偷生，忘记了亡国之恨、杀父之仇，所以跟您说说我们的情况。

我大明皇帝敬天法祖，勤政爱民，实在是尧舜一样的明主。只是因为庸臣误国，才有了三月十九日的祸事。我当时镇守着南方要冲，紧急发兵救援，部队刚走到淮河边上，就传来了先帝殉国的噩耗。那一刻，地坼天崩，川枯海竭。唉！人，谁没有君王？就是为了告诫所有的玩忽职守者，把我史可法当街砍了，也不足以谢先帝于地下呀！

那个时候，南中国的臣民悲痛欲绝，如丧考妣，无不咬牙切齿，义愤填膺，想要集结东南所有的战士，立即杀凶报仇。但几位老臣建议说，国破君亡，应以社稷传承为重。于是共同商议，迎立了当今的皇上，四海之心得以凝聚。这位皇上不是别人，他是神宗皇帝的孙子、光宗皇帝的侄子，是崇祯皇帝的兄长。名正言顺，天与人归。五月初一，皇帝驾临南京，百姓夹道欢呼，声闻数里。

几天之后，皇上就命令我誓师江北，立即西征。此时消息传来，说我明朝大将军吴三桂向贵国借了兵，赶走了李自成，殿下您进了北京，为我先帝举行了葬礼、清扫了宫殿、安抚了百姓，并且免除了剃发的规定，尊重了大家怀念故国的意愿。此等举动，震古烁今，凡为大明臣子，无不长跪北向，顶礼加额。比您信中所说的知恩图报更要诚恳很多。

到了八月，我准备了一些薄礼，派人慰问贵军。本想请求您的示下，联合出兵西征。为了这个目的，我带着明朝的大军，再次驻扎江淮。结果却收到了您的来信，引用《春秋》大义对我进行指责。话是说得不错，但原文的意思是说，一国之君去世，世子应立为君。因为盗贼未灭，更不能让害死君王的人自立为王。如果管理天下的皇上为国捐躯，太子面临危难之际，却总是纠结于不即位的虚文，坐视国家分裂，眼看中原鼎沸，仓促出师，拿什么维系人心，号召忠义呢？

大明王朝传世十六位皇帝，都是正统相承，正宗皇族，继绝存亡，仁恩遐被。贵国在明朝一直享有分封的名号，这是历史事实。后来有小人挑拨离间，两边有过冲突，先帝非常难过，立即诛杀了罪人，这些事殿下您是知道的。现在，贵国对我国遭遇的灾难更感痛心，出兵驱除逆贼，可以说是让《春秋》大义重新放出光彩。如果您趁着我们国力衰微，先是占我领土，接着又移师东下，还要以罪犯当先锋，打着道义的旗号，谋着别人的江山，朋友和敌人的身份瞬间转换，鼓励了叛逆，强化了仇恨，这就不仅仅辜负了本朝借兵复仇的初心，也违背了殿下您仗义扶危的初衷呀。

当初，大明的先帝因为心善，对贼寇不忍斩尽杀绝，而是恩威并用，结果养虎成患。但当今的皇上天纵英明，牢牢抓住复仇这条主线，领导班子团结爱国，部队将士饮泣枕戈，时刻准备尽忠报国。我认为，上苍要灭闯贼，留给他的时间不多了。古人说：“树德务滋，除恶务尽。”现在闯贼还活着，随时可能卷土重来，伺机报仇。这不光是明朝不共戴天的血仇，也是贵国除恶未尽的隐忧。所以，我希望您能坚定地履行同盟义务，始终站在正义的一边，与我会师西征，问罪秦中，共枭闯贼之头，以泄天下之恨。这样做，贵国的美名将照耀千秋，本朝将倾力回报。从此两国世代友好，子子孙孙，永世不绝。

至于双方盟约的细节，本朝使臣已经在路上，不久即可抵达京城，将以诚挚的态度与您协商。我现在北望社稷，已经欲哭无泪，对国家造成了重大损失，罪该万死。之所以不能立即追随先帝于地下，只是因为对国家社稷的责任，需要鞠躬尽瘁，恪尽职守而已。

我决定，即日号令三军，长驱渡河，剿尽贼寇的巢穴，光复神州，以报皇恩。除此之外，贵国如果另有其他的建议，我是不会考虑的。希望殿下能充分理解。

弘光甲申九月十五日

［原文］

与史可法书

予向在沈阳，即知燕京物望，咸推司马。后入关破贼，得与都人士相接，识介弟于清班，曾托其手勒平安，权致衷曲，未审以何时得达？比闻道路纷纷，多谓金陵有自立者。夫君父之仇，不共戴天。《春秋》之义，有贼不讨，则故君不得书葬，新君不得书即位，所以防乱臣贼子，法至严也。

闯贼李自成，称兵犯阙，荼毒君亲；中国臣民，不闻加遗一矢。平西王吴三桂介在东陲，独效包胥之哭。朝廷感其忠义，念累世之宿好，弃近日之小嫌，爰整貔貅，驱除枭獍。入京之日，首崇怀宗帝、后谥号，卜葬山陵，悉如典礼。亲、郡王、将军以下，一仍故封，不加改削；勋戚文武诸臣，咸在朝列，恩礼有加。耕市不惊，秋毫无扰。方拟秋高气爽，遣将西征，传檄江南，连兵河朔，陈师鞠旅，戮力同心，报乃君国之仇，彰我朝廷之德。岂意南州诸君子，苟安旦夕，弗审事机，聊慕虚名，顿忘实害，予甚惑之！

国家之抚定燕京，乃得之于闯贼，非取之于明朝也。贼毁明朝之庙主，辱及先人。我国家不惮征缮之劳，悉索敝赋，代为雪耻。孝子仁人，当如何感恩图报？兹乃乘逆寇稽诛，王师暂息，遂欲雄据江南，坐享渔人之利。揆诸情理，岂可谓平？将以为天堑不能飞渡，投鞭不足断流耶？夫闯贼但为明朝祟耳，未尝得罪于我国家也。徒以薄海同仇，特伸大义。今若拥号称尊，便是天有二日，俨为敌国。予将简西行之锐，转旆东征；且拟释彼重诛，命为前导。夫以中华全力受困潢池，而欲以江左一隅兼支大国，胜负之数，无待蓍龟矣。

予闻君子之爱人也以德，细人则以姑息。诸君子果识时知命，笃念故主，厚爱贤王，宜劝令削号归藩，永绥福禄。朝廷当待以虞宾，统承礼物，带砺山河，位在诸王侯上，庶不负朝廷伸义讨贼、兴灭继绝之初心。至南州群彦，翩然来仪，则尔公尔侯，列爵分土，有平西王之典例在。惟执事实图利之。

晚近士大夫好高树名义，而不顾国家之急，每有大事，辄同筑舍。昔宋人议论未定，兵已渡河，可为殷鉴。先生领袖名流，主持至计，必能深维终始，宁忍随俗浮沉？取舍从违，应早审定。兵行在即，可西可东。南国安危，在此一举。愿诸君子同以讨贼为心，毋贪一身瞬息之荣，而重故国无穷之祸，为乱臣贼子所笑，予实有厚望焉。记有之：“为善人能受尽言”。

敬布腹心，伫闻明教。江天在望，延跂为劳。书不宣意。

复多尔衮书

大明国督师、兵部尚书兼东阁大学士史可法顿首谨启大清国摄政王殿下：

南中向接好音，法随遣使问讯吴大将军，未敢遽通左右，非委隆谊于草莽也，诚以大夫无私交，《春秋》之义。今倥偬之际，忽捧琬琰之章，真不啻从天而降也。循读再三，殷殷致意。若以逆成尚稽天讨，烦贵国忧，法且感且愧。惧左右不察，谓南中臣民偷安江左，竟忘君父之仇，敬为贵国一详陈之。

我大行皇帝敬天法祖，勤政爱民，真尧舜之主也。以庸臣误国，致有三月十九日之事。法待罪南枢，救援莫及，师次淮上，凶闻遂来，地坼天崩，川枯海泣。嗟乎，人孰无君，虽肆法于市朝，以为泄泄者之戒，亦奚足谢先皇帝于地下哉！

尔时南中臣民哀痛，如丧考妣，无不拊膺切齿，欲悉东南之甲，立剪凶仇。而二三老臣，谓国破君亡，宗社为重，相与迎立今上，以系中外之心。今上非他，神宗之孙、光宗犹子，而大行皇帝之兄也。名正言顺，天与人归。五月朔日，驾临南都，万姓夹道欢呼，声闻数里。群臣劝进，今上悲不自胜，让再让三，仅允监国。迨臣民伏阙屡请，始于十五日正位南都。从前凤集河清，瑞应非一。即告庙之日，紫云如盖，祝文升霄，万目共瞻，欣传盛事。大江涌出楠梓数十万章，助修宫殿，岂非天意也哉！越数日，遂命法视师江北，刻日西征。忽传我大将军吴三桂借兵贵国，破走逆贼。为我先皇帝后发丧成礼，扫清宫阙，抚戢群黎，且罢剃发之令，示不忘本朝。此等举动，震古烁今，凡为大明臣子，无不长跽北向，顶礼加额，岂但如明谕所云感恩图报已乎！谨于八月，缮治筐篚，遣使犒师，兼欲请命鸿裁，连兵西讨。是以王师既发，复次江淮。乃辱明诲，引《春秋》大义来相诘责。善哉言乎，推而言之，然此文为列国君薨，世子应立，有贼未讨，不忍死其君者立说耳。若夫天下共主，身殉社稷，青宫皇子，惨变非常，而犹拘牵不即位之文，坐昧大一统之义，中原鼎沸，仓卒出师，将何以维系人心，号召忠义，紫阳《纲目》踵事《春秋》，其间特书如莽移汉鼎，光武中兴；丕废山阳，昭烈践祚；怀、愍亡国，晋元嗣基；徽、钦蒙尘，宋高缵统，是皆于国仇未剪之日，亟正位号，《纲目》未尝斥为自立，率皆以正统予之。甚至玄宗幸蜀，太子即位于灵武，议者疵之，亦未尝不许以行权，幸其光复旧物也。

本朝传世十六，正统相承，自治冠带之族，继绝存亡，仁恩遐被。贵国昔在先朝，夙膺封号，载在盟府，宁不闻乎？后以小人构衅，致启兵端，先帝深痛疾之，旋加诛僇，此殿下所知也。今痛心本朝之难，驱除乱逆，可谓大义复著于《春秋》矣。若乘我国运中微，一旦视同割据，转欲移师东下，而以前导命元凶，义利兼收，恩仇倏忽，奖乱贼而长寇仇，此不惟孤本朝借力复仇之心，亦甚违殿下仗义扶危之初志矣。昔契丹和宋，止岁输以金缯；回纥助唐，原不利其土地。况贵国笃念世好，兵以义动，万代瞻仰，在此一举。若乃乘我蒙难，弃好崇仇，规此幅员，为德不卒，是以义始而以利终，为贼人所窃笑也，贵国岂其然乎？

往者先帝轸念潢池，不忍尽戮，剿抚互用，贻误至今。今上天纵英武，刻刻以复仇为念。庙堂之上，和衷体国；介胄之士，饮泣枕戈；忠义兵民，愿为国死。窃以天亡逆闯，当不越于斯时矣。语云："树德务滋，除恶务尽。"今逆贼未服天诛，谍知卷土西秦，方图报复。此不独本朝不共戴天之恨，抑亦贵国除恶未尽之忧。伏乞坚同仇之谊，全始终之德，合师进讨，问罪秦中，共枭逆贼之头，以泄敷天之愤。则贵国义闻，照耀千秋，本朝图报，惟力是视。从此两国世通盟好，传之无穷，不亦休乎！至于牛耳之盟，则本朝使臣久已在道，不日抵燕，奉盘盂从事矣。法北望陵庙，无涕可挥，身蹈大戮，罪应万死。所以不即从先帝者，实为社稷之故。传曰："竭股肱之力，继之以忠贞。"法处今日，鞠躬致命，克尽臣节，所以报也。即日奖帅三军，长驱渡河，以穷狐鼠之窟，光复神州，以报今上及大行皇帝之恩。贵国即有他命，弗敢与闻。惟殿下昭鉴之。

弘光甲申九月十五日

（【清】蒋良骐:《东华录》卷四，中华书局 1980）

畏惧之后，就是反抗之心

翟毓红：史可法，我们知道，最后是在扬州被屠城十日时英勇就死的，应该是一种英雄的形象。但是回信里感觉好像很克制，有没有？

史航：说实话，多尔衮的信说"现在的士大夫都爱惜自己的羽毛，而不顾国家的需要，碰上大事又都拿不定主意，历史上宋朝就是这样，会还没开完，人家大军把事办完了”，这些话，作为饱读史书的人，史可法看了会有切肤之痛。回头看看，他那个南明小朝廷，哪里像他回信里说的那样好？

翟毓红：他自己底气都不足。

许子东：我特别注意到“领导班子团结爱国”，原话是“庙堂之上，和衷体国”，实际上是没什么就说什么。这个小南国是特别不团结，因为立福王的时候，史可法是不大赞成的，后来他也得不到皇帝的信任。

就是在今天，我对多尔衮的信还来气，我的立场怎么也站不到清国那边去。因为多尔衮这封信的逻辑是，你家家奴造反，我来帮你惩罚家奴，你还不应该感谢我吗？问题是，你惩罚完家奴你得走啊，你没有走，惩罚完了你就在那里霸着了。

史航：多尔衮这封信中有四个字，读着真是感到特别沉痛：江天在望。——意思是，您这长江天堑就在我眼前，就等我过去了。

许子东：太厉害了！

史航：这话，人家是碾压式的。就像一辆坦克在这儿悬着，随时可以开到摄影棚里一样。

这种压力，一方面我会畏惧。本能的畏惧之后，就是一种反抗之心：凭什么你在我们家门口，然后你跟我说，你们家我都看见了，我分分钟就能进来？

许子东：但其实又没有力量反抗。

史航：所以史可法这封信中，我觉得最大的悲痛，甚至说耻辱，不在于打不过人家，也不在于我们得跟人家好商量。最大的悲痛在于，他得捏着鼻子夸自己的国君，夸弘光这种烂皇帝。

许子东：明明是民族矛盾，双方都拿阶级矛盾说事儿。侵略者说，我是帮你打叛贼的。史可法说，我们要共同打叛贼，谢谢你帮我们光复了，现在我们再接再厉，再一起去打他。实际上是投降不投降的事，但他不接受，都拿李闯王说事。

史航：而且也都拿《春秋》说事。多尔衮一个满人，信上说，《春秋》讲了，这时候不能随便就即位，你们还没杀李自成呢，还没复仇，怎么能随便即位？另一人说，那我们拿什么维系人心？我觉得这就是汉文化的影响。为什么满人搞离间计，害死袁崇焕？还是靠着《三国演义》，文化对所有人都必然产生影响，好东西会影响所有人。满人当时的心态是，我可以受你汉文化的滋养，但是我要杀掉那些写出《三国演义》，或者印刷、发行、传播《三国演义》的人。他把文化跟文化生产者割裂开，这是非常残暴的行为，是作为汉文化的继承人完全不能接受的事情。

许子东：晚明是中国历史上一个很特别的时代，对知识分子来说，虽然他的国君是无能的，可这是他的祖国，他要面对一个异族的侵略。

史航：这对史可法个人其实是特别残酷的。因为那八十万一块守城的人，很多人他都认识，他的选择（这确实不能叫选择，这是抉择）是替大多数人做决定的抉择。

史可法在扬州十日殉国（当然殉的是一个烂摊子的国）之后，他的忠骨被收殓，后人在梅花岭上一直在祭祀他。来祭祀的，好多是扬州十日的幸存者。可能一家人都被杀光了，但是不会有人说，都是你史可法当时的那个决定害得我一家被杀光，他还要去上香，去敬祀先贤，因为他觉得，我们的心是连在一起的。

虽然用我们后世的观点看，史可法名气很大，那么多人死了我们都不知道名字，没有给他们树立无名英雄纪念碑。这是时代在进步，对生者的感情会有更多的抚慰，对死者的生命会有更细致的尊重。但在那个时代，没有那么细致的尊重，只能以最粗线条的方式去表达：我站在他这一边，我是光荣的；如果我站到对方那边去，我难受。

许子东：有很多聪明人站过去了，比如钱谦益。

史航：像吴梅村临死前写的是："我一生竟一文不值，何消说。"不用大家说，我自己知道，我这一生一文不值。

许子东：关键在于：忠于自己。你如果忠君，同时忠于自己，你就是伟大的。

史航：所有的人都在做出选择。史可法做出决定的时候，那些跟他一起守城的人也在做决定。

一个很可怜的姑娘在等着城破，她说，敌军进城，我就投井殉国，但是如果我在家待着，我怕来不及死。于是那个姑娘就在井上住了十八天，每天等着送饭来，就为了能在第一时间投井。我觉得，这就是她对自己生命做出的选择。

1. 关于史可法扬州城破而死

崇祯十七年（1644 年）七月，清豫亲王多铎兵围扬州。在围城期间，多尔衮多次劝降史可法，双方有多次信件往来。

南明弘光政权筹建时，史可法等清流人物原想拥立比较贤明的潞王常淓；凤阳总督马士英想抓权，主张立昏庸的福王。马士英握有“江北四镇”（总兵为高杰、黄得功、刘良佐、刘泽清）兵权，清流派无奈，于是福王就上了台。四镇的军队缺乏战斗力，抗敌不足，扰民闹事的能耐却很大。史可法到扬州督师，总兵官兵并不听他的号令，想进一步击退强敌，保全半壁江山，实在力不从心。他希望同清朝有一个南北朝的局面。《复多尔衮书》之所以只能是弱者之声，不能“角口”，就是被这样的形势所决定的。但是尽管这样，史可法还是对来书做了针锋相对的驳斥，揭露了清兵所谓“代为雪耻”的虚伪性。最后，看来极其委婉，实质上却坚强地表示了誓死不降的决心。事后史可法以自己的行动实现了信中的诺言。

弘光元年（1645年）四月二十四日，清兵以红衣大炮轰城，城堞轰塌。多铎占领新城后，史可法意欲拔刀自裁，诸将争前抱持之。史可法大呼德威，德威流涕，不能执刃，遂为诸将所拥而行，被执至南门。多铎以先生呼之，劝之降。史可法大骂而死。多铎占领扬州后，愤于扬州百姓的顽强抵抗，大肆屠城，制造了历史上有名的“扬州十日”。后世幸免于难者将史可法生前穿过的衣冠收集起来，合葬于扬州梅花岭。

现今，在扬州的史可法祠堂，依然悬挂这么一副楹联：“尚张睢阳为友，奉左忠毅为师，大节炳千秋，列传足光明史牒；梦文信国而生，慕武乡侯而死，复仇经九世，神州终见汉衣冠。”

2. 关于两封信中透露出的气与势

李雯代多尔衮写给史可法的《与史可法书》，是一封劝降信，也是一道最后通牒，语气强硬，文笔犀利，字里行间，处处透露出咄咄逼人的气息。尽管史可法完全可以针锋相对，痛加驳斥，把回信写成一道慷慨激昂的檄文，但他并没有这样做，只是把针锋相对的意思，放在委婉曲折的语言中间，以平静的口吻表达出来。之所以这样写，很可能是因为南明王朝真没有实力。

史可法的回信也是出于史可法幕僚之手，执笔者是谁，说法很多。明清之际的史学家谈迁在《枣林杂俎》中说，原稿口气很强硬，史可法亲笔删改，并说“不必角口”。这个说法可能比较接近实情。

史可法的这封信原藏于清朝内阁册库，清高宗（乾隆）看了，认为并没有诋毁清朝的字样，只是表现了“可法之孤忠”，许其流传。

《见字如面》第二季入选信件文档　编号 042

国峻，我知道你不回来吃晚饭
——黄春明写给儿子黄国峻

2004 年 6 月 20 日

> 我们知道你不回来吃饭，
> 就没有等你，
> 也故意不谈你，
> 可是你的位子永远在那里。

黄春明（1935— ），出生于台湾宜兰，屏东师范学院毕业，作家、电影编剧、电视节目主持人。1962 年步入文坛，擅长描写小人物故事。代表作有《儿子的大玩偶》《看海的日子》《莎哟娜啦·再见》等。他的小说多次被改编为电影，代表了台湾乡土文学的最高成就，在世界华文文学界颇负盛名。

黄国峻（1971—2003），黄春明的次子，淡江中学毕业，作家。曾获联合文学小说新人奖推荐奖。2003 年 6 月 20 日自缢身亡，年仅 32 岁。

一年后，老年丧子的黄春明用诗歌体形式，给儿子黄国峻写了这封信。

国峻不回来吃饭

国峻，
我知道你不回来吃晚饭，
我就先吃了，
妈妈总是说等一下，
等久了，她就不吃了，
那包米吃了好久了，还是那么多，
还多了一些象鼻虫。

妈妈知道你不回来吃饭，她就不想烧饭了，
她和大同电锅也都忘了，到底多少米要加多少水？
我到今天才知道，妈妈生下来就是为你烧饭的，
现在你不回来吃饭，妈妈什么事都没了，
妈妈什么事都不想做，连吃饭也不想。

国峻，一年了，你都没有回来吃饭。

我在家炒过几次米粉请你的好友，
来了一些你的好友，但是袁哲生跟你一样，他也不回家吃饭了。

我们知道你不回来吃饭，
就没有等你，
也故意不谈你，
可是你的位子永远在那里。

QQ 音乐　　酷狗音乐　　酷我音乐

——扫码收听**李立群**朗读此信——

所有情绪化的字眼都不用

翟毓红：有一句话可能会最让妈妈们有感触："妈妈知道你不回来吃饭，她就不想烧饭了……我到今天才知道，妈妈生下来就是为你烧饭的。"很质朴的一个笔触，但是一下子就把每个人的心给震到了。

梁文道：我见过黄春明先生，但没见过黄国峻，父子俩的小说我都读过，风格很不一样。父亲在台湾是文坛教父一般的人，儿子当年一出来就是文坛新秀，大家觉得这一家子就是神话，父子俩都是很出色的小说家。可是黄国峻一直有焦虑症，他那一代的台湾好几个作家，他，邱妙津，包括信里面提到的袁哲生，后来都轻生了。

翟毓红：您说的焦虑症，就是我们常说的忧郁症？

梁文道：不太一样。忧郁症是你对世界上很多事会觉得无感，患焦虑症会为极小的事情不安，对很多事情有很强烈的感受。

讲这个背景是想说明，这是一个很有名、一辈子跟文字打交道、小说写得极好的小说大家，写一封信给他同样是小说家的儿子，不再是一个小说家要写东西给读者看，而是一个爸爸跟儿子在说话。他说出来的，全都是事实。这封信没有说我好想你，我好难过，我很伤心，完全没有。所有情绪化的字眼都不用，每一句话都是事实描述：做饭，米要加多少水，妈妈忘了，而你的位置还在。

许子东：好像一个只有小学一年级文化水平的乡村老伯。

梁文道：对，变成这样。第一，不谈情绪，只谈事实。事实是什么？你不回来吃饭了。就这么简单；第二，感觉他几乎完全不愿谈“你死了”，他不要用这些字眼。

许子东：他的小说是非常华彩的。我有一次请他到我们岭南大学开会，我印象非常深，他的整个讲演非常动情，差点自己掉泪。

你看一个作家对儿子，自杀了一年以后，一般的哀悼文章的格式是：第一，白发哭黑发；第二，没有见到最后一面；第三，我生前很多事情对不起你。这些最催人泪下的东西，他全都不用。从文字上来看，世界上是有这样的一种，在处理最复杂的情绪的时候用最简单的文字。

有人说，像黄国峻这种年轻人，有才华反而害了他。

梁文道：黄国峻的第一本小说，自然而然是爸爸帮儿子写序，序里黄春明说：“国峻对小说投入的程度是我都比不上的，我担心他以后会身殉小说。”我想说，一个艺术家，一个作家，他会有那样大的才华，跟我们世人认为他有病或有问题，是并生的，因为他的疯狂造就了他的才华。

许子东：老舍说过一句话：恋上什么，就死在什么上面。另外有一句话是：天才跟疯子，只差一步。当然，我们不能因为有才华的人自杀，我们就不要才华。

1. 黄春明次子黄国峻自杀的原因

黄国峻是台湾知名作家黄春明的次子，同时也是文坛新锐作家。2003 年 6 月 20 日，被家人发现在家中上吊自杀，没有留下任何遗书。由于他的作品充满神秘、灰暗的气氛，外界猜测黄国峻是因为不满社会现状，才自杀轻生的。

1971 年出生的黄国峻，因不喜欢升学体制，高中毕业后就开始“自学”生涯。1997 年以短篇小说《留白》夺下联合文学小说新人推荐奖。大奖揭晓后，评审才知道黄国峻的父亲竟是黄春明。从此他很快就被视为文坛初露头角的新星，2000 年出版小说《度外》，后又出版散文集《麦克风试音》、短篇小说集《盲目的注视》。而他也很有绘画天分，自己为作品配插图。

不过黄国峻的文章中却常蔓延着一股忧郁气息，不少读者认为他的作品是“苦闷中夹杂着黑色幽默”。黄国峻也曾告诉读者，心理医生认为这是一种“人格癌”，等焦虑扩延到整个头脑，他可能会为了不知该打哪条领带上班而自杀。

黄春明曾在黄国峻的新书《盲目的注视》序言中表示，儿子比自己对小说更专情，担心他以后会为小说而殉情。结果不幸言中。

2. 台湾女生读过黄春明这首诗后不再想轻生

台湾“中央大学”教授洪兰说：“这是生命教育最好的材料，真该收入国文课的课本，让所有的孩子都读到。所有动过自杀念头的朋友，你认为你潇洒地走了，你没有。相信我，你没有。”2013年6月24日的《人物周刊》中刊载了一篇《黄春明的台湾往事》，里面说：“一高中女生自杀过3次了，爸爸妈妈都担心她还会自杀，但自从她看了这首诗还有其他作品，就不再想自杀了。”

《见字如面》第二季入选信件文档　编号 089

我现在应该以什么来安慰你呢？——陈难写给美惠子

1938 年 5 月 31 日

“

我们的母亲，她只有感伤地仰望着漫不经心的江水和惨淡的月色，让惨痛的回忆敲打着她年老将断的心弦。然而青春多情的你，片片的樱花，也会引动相思，你也许能够从悲惨的遭遇中，想想人类的命运吧？

”

陈难（1917—2003），原名陈天乐，抗战空军英烈陈怀民的妹妹。其兄陈怀民（1916—1938），抗战时任第 4 航空大队第 21 中队飞行员。1938 年武汉“四·二九空战”中，陈怀民在身受重伤、油箱着火的情况下，没有跳伞，而是驾机撞向从后面扑来的敌机，成为世界空战史上，第一位与敌机对撞的英雄。陈怀民牺牲时年仅 21 岁。

得知哥哥战死后，痛苦的陈天乐改名陈难以资纪念。人们在陈怀民撞毁的敌机飞行员高桥宪一的遗物中，发现了其妻美惠子的照片，以及美惠子写给高桥宪一的一封家书。

陈难在读了美惠子的家书后，写了下面这封致美惠子的信。

陈难和哥哥陈怀民

高桥夫人美惠子女士：

当你接到这突如其来的信，看到陌生异国人的名字时，你将感到不安与惊异吧？愿你平静一下激动的心，这儿我将带给你一些你时刻挂念着的消息：高桥君的遭遇和下落，和我们从这些惨痛的经历中所获得的宝贵教训。

4 月 29 日，贵国的天长节，中日两国在武汉的空战是多么惊心动魄的一幕啊！在武汉下游十余公里江面青山峡，二万尺的上空，一架国机在五六架银色敌机围困中，以最生动敏捷的姿态，将一架银色敌机击落了。可是这国机，转眼被围击而中伤，吐出缕缕白烟，摇摇欲坠。在危急的关头，那国机迅速地掉转机头，向着一架最精悍的银色机冲撞。一缕耀眼的光芒，天地顿然为之沉寂。武汉几十万同胞，被这卫国的空军勇士感激而洒泪了！

在以往许多次英勇的中国空军为保卫领空抵抗侵略的战役中，最荣幸我们家族里的一个成员——我们的二哥，是当中骁勇善战的一个成员。“四·二九”之夕，全家正是如往常一样地期待着二哥怀民带着胜利的微笑回来。年老慈爱的母亲，倚门凝望着街头行人。夕阳西下，将近黄昏了，天边返映着紫红色的云霞。渐渐地夜深了，街头静寂冷清了。可是二哥的影子，好似一阵吹过去的风，好似滑面掠过去的燕子，使我们望穿了秋水，再也不降临到我们的跟前来。直到次日清晨，二哥还是杳无消息。接着，赞美空军烈士陈怀民肉弹击敌壮烈牺牲的消息，从报纸、杂志上出现。全中国人民，都对他昂首致敬，讴歌他的杀身成仁。我的爸妈因为爱子心切，不免悲伤，而他们是更满意他们儿子的为国牺牲。现在他们所希求的就是获得儿子的尸体。老人们寻遍了青山一带的田野，再在附近的长江里打捞，即或是尸体的断片吧？一块肉，一块骨头，他们都会认识，都希望有，可是除了我国飞机的碎片，和贵国的一架飞机翅膀外，什么也找不到。而那个贵国飞机的翅膀，却无疑代表着你所关心的高桥的遭遇。你知道我前面告诉你的那空战最精彩的一节，相撞的男士们究竟是谁？就是他们两个！在高桥一件血衣口袋里，有完整一封缠绵悱恻的信，和一张端美的你的照片。你如果单凭听到贵国的消息，还感不够详尽，而以为还有些微的希望时，那我给你的报告是不是因为太翔实，反而觉得我的好意是冷酷的呢？请你不要误解我失掉胞兄的心境！使我设身处地地想到你失去高桥先生的心境，想到中日人民竟如此凄惨地牺牲于贵国军阀的错误政策之下，我不能不告诉你这个真实！我们的母亲，她只有感伤地仰望着漫不经心的江水和惨淡的月色，让惨痛的回忆敲打着她年老将断的心弦。然而青春多情的你，片片的樱花，也会引动相思，你也许能够从悲惨的遭遇中，想想人类的命运吧？

怀民哥坚决地猛撞高桥君的飞机，和高桥君同归于尽。这不是发泄他对高桥君的私仇。他和高桥君并没有私人的仇恨，他们只是代表着两种不同的力量粉碎他们自己。他虽久已抱了为国牺牲、为正义奋斗的决心，而这事变的迅速到临，给予我的刺激却太大了。

由于我自己强烈的哀伤，我就常常思念到你，关怀到你的一切，比关怀任何人更厉害。只要你相信我说的每一句话都是从心坎深处发出的自然之声，我就感到满意了。

我想到你的孤苦，想到你整天在笑中生活着的两个孩子，和你以后残缺凄苦的生涯，我恨不能立刻到贵国去亲自见到你，和你共度友爱的生活。我绝不因为你们国内军阀对我们的侵略而仇视你，我深深地了解到你们被那般疯狂的军阀们压迫的痛苦。不但我是这么想，我们全中国人都是这么想。

美惠子女士，当我一贯地想到你的遭遇时，我会忘记了我自己的悲哀。假如我不忘记自己，我还会写得出一个字来吗？但假如我不身处其境，我也不会了解你的痛苦。那么我现在应该以什么来安慰你呢？最好是在事前，我能给二哥一个暗示：即是“撞不得”。但为了国家，我从来没有那样想过，而且现在已经来不及了。目前我能向你说的，即是任何国家，若不能控制她的疯狂的侵略野心，这些悲剧是永不能休止的。贵国如秉一贯所为向中国不断地侵略，我和你也许都会有面向沙场、互为肉弹的一天。如果这恐怖的世界、残暴的烧杀，烽火延绵到世界每个角落，不消说我们会再演出“同归于尽”的悲剧，即地球都有毁灭的一天。

既然这样，你应该以爱护全人类，以救自己、救人类的热忱，来防止自己国内军阀的跋扈。我们要使这两个国家以及全世界所有的国家，从侵略战争的悲惨命运里解放出来。

在这里我还得告诉你：我是厌恶战争的。但我们中国为抵抗暴力而战，这种战争是维护正义和人道的战争，是值得歌颂的战争。这意义和贵国不同。如果贵国军阀对于中国的残暴行为和强占中国领土的野心一天不停止，我们每一个中国人，不分男女老少，都将参加到更猛烈、更强化的斗争中去。即使粉身碎骨，也绝不至于有一丝一毫的抱怨！也决没有一个人会屈服！

末了，我要告诉你：我家里的父母和大哥，都非常深切地关怀你，像关怀他们自己的儿女兄妹一般，不带一点怨恨。我盼望有一天让我们的双手互相友爱地握着，心和心相印着，沉浸在新鲜的年轻人的热情里。我们有理由可以为着这个信念而努力，我们可以领悟到：我们心灵造成的一种美境，愿你能将你的意念尽情地活跃在纸上告诉我，使我们的心灵永远地合在一起！

祝你为全世界的和平而奋斗！

陈难书于 1938 年 5 月 31 日

（《武汉日报》1938 年 6 月 5 日）

QQ 音乐　　酷狗音乐　　酷我音乐

—— 扫码收听**周迅**朗读此信 ——

透过同情共感去理解他人

许子东：现在中国的军事、国力是强很多了，但是回想起来，几十年前国民的观念，其实蛮坚强的。

梁文道：我看那个年代一些人的笔记、书信，对当时描写的情况，他们的心态，有时候是我们今天不能完全理解的。比如陈难这封信，我就觉得很难理解。美惠子那封信很感人，但问题是，你哥哥是跟日本人同归于尽的，那人是侵略者，按照当时各种角度来讲，你是理所当然应该痛恨他的。但是你在这么一个死掉的日本兵身上找到这么一封信，是他太太写的，你就会想，他太太还留下了他的孩子，原来她可能跟我们一样，她也饱受战争的折磨，他们也在失去亲人。她能够同情共感地推理出去，然后去想，是什么东西让我们陷入这种大家都很痛苦的处境？那当然就是侵略战争。她虽然再次强调我们一定会奋战到底，但是她也同时展现出一种透过同情共感把思维推到一个很普世的层次的能力。这个是她厉害的地方。

但是还没完，接下来，这封信本来是有人找郁达夫过目，是吧。

许子东：对，说文字上你帮她润色一下，可以发表。郁达夫说，这样的心灵之作，不必修改。

梁文道：就这样，信在报上发表了，跟着是全国每份报纸都转载。这说明，没有互联网的那个年代，中国老百姓是一起被这封信感动到了。也就是说，陈难透过同情共感去了解到一个敌军的家人是什么样的人，他们有什么痛苦，这种能力是那时候很多中国人都具备的。

许子东：这就说明，那个年代，中国公民社会已经有了一定程度的发展。

梁文道：是的，有一种能够理解其他人的能力。

我再举一个例子。我还看过一篇媒体人的前辈，《大公报》当年的总编辑王芸生先生，在抗战结束第二天《大公报》头版头条的社论，叫作《抗战胜利了》，文字有点语无伦次，因为太高兴了。我万万没想到，这篇文章的最后一段说，我看到昨天那些日本人，他们整整齐齐，一脸漠然，有的人忍不住哭，他说我也忍不住同情起他们。

我好奇怪，那个年代，不是我们天天骂日本的现在，是每天你家都有人死在日本人手下的时候，他们是这样在想，是这样在看事情。

许子东：我同意文道刚才讲的，那个时候的国民其实是有一定国民素质的。

1. 关于武汉空战

发生在1938年的武汉大空战，是中国抗日战争史上乃至世界战争史上最著名的空中战役之一，其中最有名的3次空战分别发生在2月18日、4月29日和5月31日。

1938年4月29日，日军出动轰炸机、歼击机共39架偷袭武汉。中国空军对此有所防备，集中飞机67架，以伊-15型歼击机编队钳制日歼击机，伊-16型歼击机集中打击日轰炸机。经激烈奋战，中国空军击落日机21架，被日机击落12架，牺牲飞行员5人，其中陈怀民击落1架日机后，在被敌人包围、飞机多处受伤的情况下，向敌机猛冲过去，与敌人同归于尽。

日军遭此惨败后，又于1938年5月31日出动轰炸机18架、歼击机36架再袭武汉。中国空军和苏联空军志愿队英勇抗击，再次粉碎了日军的空袭企图。

2. 美惠子写给丈夫高桥宪一的家书

宪一君：

不知怎的老是放心不下，想接到你的来信……我甚至有时想到不做飞行员的妻子才好，做了飞行员的妻子，总是过着孤凄的日子。所以我时而快乐，时而悲痛，内心深处尽是在哀泣着！有时一想到已经有许多人无辜牺牲，不再回到这个世界上来，而你还健在，固能自己安慰自己，不过过了三四天，依然心灰意冷了！家里人无限挂念你，希望你好好保重身体。光是死并不是荣誉的事，我是祈求着你十分小心地去履行你的职责！看护孩子的保姆，她每天替孩子洗过澡以后，就很关心地把他们放进温暖的被窝里去，孩子总是睡得很熟。这两个孩子，每天是在大笑中过日子……

美惠子

四月十九日

3. 陈难致美惠子信件后续

陈难致美惠子的这封信，在发表之前曾由她的老师程远转交给郁达夫，希望这位文学家能够为之润色。郁达夫接过书信，只随手改了几个错别字，双手交还给程远，感慨道："心灵之作，不必修改，还是保持少女的纯真吧……"

不久后，《武汉日报》刊载了这篇《一封致美惠子女士的信》。全国各大报刊纷纷转载，并很快被翻译成多国语言，由电台向世界广播。遗憾的是，由于当时日本军方对报刊媒体的层层封锁，那个失去丈夫的女人美惠子，没能看到这封异国寄来的长信。

1990 年的秋天，那名与陈怀民同时阵亡的日军飞行员高桥宪一的妻子美惠子，在日本读到了半个世纪前陈难写给她的这封长信，此时的美惠子已是白发如雪，老态龙钟。据说，当她在读完这封长信后，竟难以抑制情绪，一时老泪纵横。后来，美惠子托人向身在中国的陈难转达了她的敬意。

4. 关于陈怀民的补充资料

陈怀民，初名陈天民，参军后改名陈怀民，意即将来要有所作为，爱国怀民。

陈怀民牺牲之后，被英雄壮举所感动的武汉百姓坚持在江中反复打捞，直到 6 月初，陈怀民的遗体才从淤泥中浮现。人们在烈士的飞行服里找到一块怀表和留给母亲家用的一枚大洋。

武汉如今有一条陈怀民路，纪念这位以身殉国的空军英雄。

《见字如面》第二季入选信件文档　编号 151

对不起，妈！我生病了
——白血病患者李真写给母亲

2017 年

“

我可以坦然地接受病魔带来的一切苦痛，甚至死亡，却真的不敢看您和姐姐抱头痛哭后那无助而又无神的眼眸，那真是比用刀碎心头肉还要难受啊！

”

这是《见字如面》节目组征信邮箱收到的一封来信。写信人李真（1989—2018），家住湖南省溆浦县双井镇长潭村。他是华南农业大学的一名在读研究生，同时，也是一名白血病患者。患病 3 年多，他已做过骨髓移植手术，但术后恢复情况不好，各种排异反应接连不断。尤其是肺部感染和肺部排异，让他不仅多次经历生死考验，也令他愈加觉得自己拖累了家人。

李真当时发来一封邮件，希望通过《见字如面》节目，帮他实现一个小小的愿望——读一封他写给妈妈的家书。

2017 年 8 月，李真和家人被邀请到《见字如面》节目现场，聆听黄志忠读信。9 月 12 日，节目播出，李真的信感动了无数人。

2018 年 7 月 7 日，李真病逝于河北燕达医院。

亲爱的老妈：

见信安好！这是我第一次给您写信，也可能是最后一次。有些话我只能以这种稍显“愚笨”的方式来跟您说说。

对不起，妈！我生病了，还是白血病。都说越努力越幸福，我也以为考大学，上研究生就能让您离幸福更近，可事实证明我的努力给这个家带来的只有磨难和绝望。

我们家从来过得都不宽裕，如今因为我更是雪上加霜。四岁的侄子问他爷爷，为什么我们家的房子这么破？我们都知道原因却又不知如何回答。这三年来，若不是大家的救济和你们的坚持，我早已挥别了这个世界。时至今日，我觉得自己欠这个家和您一个交代。

兄弟仨，我一出生就被罚款和“抄家”了，为此你们也没少拿这事“取笑”我，催我“还债”。还有小时候哥他们“欺负”我的事仍历历在目，揍我是家常便饭，还常把我当店小二。很多时候你不但不帮我，还会嗔怪我爱哭，碰不得。若那时有人说我是充话费送的，我会毫不犹豫地相信。可如今的你们却是我最大的依靠。

生病之初，大哥说一定要救我，义无反顾地拿出所有的积蓄，为我背负一身债，还给我供骨髓做移植，甚至怕嫂子反对而提出了离婚。二嫂曾一度心疼得不敢听见我的声音。七岁的侄女哭着说自己再也不吃零食了，把钱留给叔叔治病。哥嫂怕你们照顾不好我，毅然辞掉了工作，专心照顾我直至出院。

情之厚如斯，百世不足还啊！

从化疗到移植，再到感染和排异，近三年的时间里，我们一直过得战战兢兢，如履薄冰。尽管你们竭尽全力，我依旧还是徘徊在生死边缘。我这一病，不仅让一家人掏空所有，家徒四壁，负债累累，我们的精神也不断地游走在绝望与崩溃的边缘，身心俱疲。

最近半年里几次三番的病危抢救，每一次我都觉得好累，累到不想坚持，只想解脱！那次昏迷，我真有种从未有过的舒适。可是突然间的意识又告诉我，这份舒适很可能换来的是你们永恒的痛。我可以坦然地接受病魔带来的一切苦痛，甚至死亡，却真的不敢看您和姐姐抱头痛哭后那无助而又无神的眼眸，那真是比用刀碎心头肉还要难受啊！

生病的这三年里，您把我照顾得一丝不苟，为此所吃的苦、受的委屈早已超出了常人所能承受的极限。每天医院、出租房至少六趟行走却从不喊累。每天擦洗，消毒东西，恨不能抠掉一层。我上学您陪我住校，我住院您等我回家。爷爷过世，我们都没能回去相送……

因为身体虚弱，您每天会给我擦拭身体和泡脚。每次您看到我骨瘦如柴的身体，总会突然红了双眼，一边忍着泪，一边像清洗艺术品般小心翼翼。不敢想象在我面前佯装乐观坚强的您，在背后又难过成什么模样！在我病重，在我们走投无路、绝望至极之时，您只是握着我的手浑身颤抖不止，泣不成声，却依旧不忍开口说出带我回家这几个字，只是委婉地问我有没有想见的人。

我知道，您已穷尽了毕生力气却始终换不回我一世安康。您努力了半生，却换来一波又一波的绝望。您不甘心却又无能为力。

我曾跟您说，爸妈不哭，咱们笑着回家。也曾告诉自己要笑着活下去。可是生活的玩笑这次开得太大了，大到像泰山压顶，大到只能任凭天意。

您总说只要人还在，其他的都不重要；只要我们努力，想要的以后都会有；现在吃点苦以后就可以多享福……每次想起这些话都让我倍感骄傲。您虽然没学历，却比谁都活得有文化。

您用自己的行动教会我勤劳自立，待人宽容。您身材瘦小，力量柔弱，却扛起了重如泰山的生活；您温柔善良，被生活蹂躏却从不抱怨和失掉希望；您品行质朴却又韧如蒲条……就是这样的您，简单朴素却又带给我披荆斩棘的勇气。就是这样的您，让我无从放弃自己……

妈，我能在这里跟您做些约定吗？无母不成家，为了这个家您得保重好自己。关于我，咱们努力就好，我不会遗憾和抱怨，您也不必自责。要乐观坚强地去享受生活，不纠结沉溺于过往。

生活各有际遇，命运也自有其轨迹。若有一天，真的事不可为，希望您能理解，那也只是一种自然法则而已。愿您能收住泪水，笑看过往！因为我只是换个方式，守在您身旁。

谢谢你们的不离不弃。

爱您的不孝小儿子敬上！

（作者投稿）

QQ 音乐　　酷狗音乐　　酷我音乐

—— 扫码收听黄志忠朗读此信 ——

挂念

○ 嵇康写给山涛（263）

这封信既是向您告白，
也是向您告别

○ 班昭写给汉和帝（102）

请求陛下格外开恩，
能让班超在他的残年余生里活着回来

○ 秦嘉、徐淑夫妇往来信（147）

你就像随风漂泊的蓬草，
我就是寂寞深闺的思妇

○ 宋庆龄写给阿莉（1922）

我所有的东西都丢了

○ 张学良写给宋子文（1945）

我现在吸香烟要吸到底，
舍不得丢烟头

这封信既是向您告白，也是向您告别
——嵇康写给山涛

约公元263年

“

上班得正襟危坐，腿麻了也不能摇晃。我身上虱子又多，老得去挠。要让我穿着正装去见领导，这是第三大受不了……不喜欢的人，你也得共事，饭桌上喧闹刺耳，环境污浊，各色伎俩成天就在你眼前表演，这是第六大受不了。

”

嵇康（约223—约263），字叔夜。中国古代著名文学家、思想家、音乐家。嵇康为曹魏宗室的女婿，娶曹操曾孙女长乐亭主为妻。官至中散大夫，世称“嵇中散”。后隐居不仕，屡拒为官。嵇康与阮籍等竹林名士共倡玄学新风，主张“越名教而任自然”“审贵贱而通物情”，为“竹林七贤”的精神领袖，给后世思想界、文学界带来许多启发。后因得罪钟会，遭其构陷，而被司马昭处死，时年40岁。

山涛（205—283），字巨源。魏晋时期名士、政治家。“竹林七贤”之一。

263年（景元四年。一说261年即景元二年），山涛在吏部郎任上即将升迁时，推荐好友嵇康接替自己原来的职位。嵇康不仅不领情，反而提笔写了下面这封著名的《与山巨源绝交书》。

[节译]

嵇康谨启：

您曾经赞赏我的辞官归隐，我也总把您当作知音。所以我就奇了怪了，您怎么还是觉得我想当官，您这是从哪儿听说的呢？年前我从河东回来，显宗和阿都跟我说，是您提议让我接替您掌管人事的位置。这件事办不成不说，它还证明了您从来就不是我的朋友。

您处事灵活，见人说好话，很少有批评。我性格憨直，心眼儿又小，很多事情看不惯。咱俩能成朋友，纯属偶然。听到传闻说您要被提拔，我就预感到不是好事，就担心您当着厨子不愿意一个人做饭，非要拉着祭司越俎代庖给您帮厨，把神器弄得又腥又臭。所以给您写这封信，说说为什么不行。

过去读书，说是有人在兼济天下的同时又能独善其身，我当时不信，现在信了。老子、庄子，当的都是小官，孔子赶过大车，许由住过山洞。仰望星空，这都是实现了抱负的先哲。他们的行为方式不同，却是殊途同归，各依本性行事，都找到了自己的位置。

我很小就没了父亲。母亲和哥哥娇纵我，正经的书就没读过。性情慵懒散漫，筋骨无力，肌肉松弛，头发和脸十天半个月不洗一次，要不是特别闷痒绝不洗澡。撒泡尿都得忍到膀胱发胀才起身去解决。骄纵的日子长了，就生成了孤傲散漫的个性，行为简慢无礼。这副又臭又硬的德行能被朋友们宽容，只是因为不计较罢了。这就像那些鸟兽，小的时候加以驯化，它就能有规矩。要是长大了才去管束，必定是乱踢乱踹，宁死不屈。你就是给它金镳玉辔、锦衣玉食，它还是更迷恋山林和草原。

在阮籍嘴里，从不会说别人的不好，这一点我就比不了他。他至性过人却从不伤人，只是爱喝点酒，就被疾恶如仇的正人君子诟病，要不是大将军护着早就完了。我没有阮籍的天资，却有无礼散漫的毛病，又不通人情，不懂潜规则，遇事不知谨慎，偏爱畅所欲言，让我去处理公务，天天鸡飞狗跳，想不出事都不可能。

再说，人伦有礼，朝廷有法。对我而言，官场有七大“受不了”，两大“过不去”。

我喜欢睡懒觉，当了官每天都要被催着起床，这是一大受不了。我喜欢弹琴作诗、郊野垂钓，当了官还有一帮人盯着不能乱跑，这是第二大受不了。上班得正襟危坐，腿麻了也不能摇晃。我身上虱子又多，老得去挠。要让我穿着正装去见领导，这是第三大受不了。我就没写过公文，又讨厌公文，当官事情多，各种公文堆满一桌子，不处理失职，都处理伤身，这是第四大受不了。我不喜欢吊丧，但人情又特别重视吊丧。不去，人家有意见。去吧，自己又不愿意。这是第五大受不了。不喜欢的人，你也得共事，饭桌上喧闹刺耳，环境污浊，各色伎俩成天就在你眼前表演，这是第六大受不了。我没什么耐心，一旦当官，公事繁杂，部门工作你得操心，人情世故你得考虑，这是第七大受不了。

让我当官，还有两大“过不去”。我经常攻击周公、孔子所代表的正统思想，要是在官场上管不住嘴，被人传了出去，那是主流价值观没法接受的，这是第一大过不去。我脾气暴躁，看不惯就说，碰上事就火，这是第二大过不去。以我狭隘的心胸，加上这九大隐患，要我去当官，不是被杀死，就是被气死，我能活得了几天呀？

人与人相知，贵在了解彼此的天性，然后成全对方。您看这直的木头不可以做成轮子，弯的木头不可以做成椽子。您不能自己觉得官帽好看，就非得给别人戴上，自己觉得腐臭好吃，就非得给凤凰吃死老鼠吧？您执意骚扰我，不过是想为朝廷物色人物，满足琐事之需而已。世上的人都爱荣华，如果您看到有人独自远离，并能由衷赞赏，那么您就是我的朋友，可以无话不谈。如果您的兴趣是想带着我共谋前程，伴随为官，分享快乐，您真要是这么逼我，我一定会发疯的。没有深仇大恨，是做不出这种事的。

山野之人，觉得晒太阳最快乐，吃芹菜最香甜。想把这些献给皇上，心是好心，但用错了地方。希望您别做这种事。这封信，既是向您告白，也是向您告别。

［原文］

与山巨源绝交书

康白：足下昔称吾于颍川，吾常谓之知言。然经怪此意尚未熟悉于足下，何从便得之也？前年从河东还，显宗、阿都说足下议以吾自代，事虽不行，知足下故不知之。足下傍通，多可而少怪；吾直性狭中，多所不堪，偶与足下相知耳。间闻足下迁，惕然不喜，恐足下羞庖人之独割，引尸祝以自助，手荐鸾刀，漫之膻腥，故具为足下陈其可否。

吾昔读书，得并介之人，或谓无之，今乃信其真有耳。性有所不堪，真不可强。今空语同知有达人而无所不堪，外不殊俗，而内不失正，与一世同其波流，而悔吝不生耳。老子、庄周，吾之师也，亲居贱职；柳下惠、东方朔，达人也，安乎卑位，吾岂敢短之哉！又仲尼兼爱，不羞执鞭；子文无欲卿相，而三登令尹，是乃君子思济物之意也。所谓达则兼善而不渝，穷则自得而无闷。以此观之，故尧、舜之君世，许由之岩栖，子房之佐汉，接舆之行歌，其揆一也。仰瞻数君，可谓能遂其志者也。故君子百行，殊途而同致，循性而动，各附所安。故有处朝廷而不出，入山林而不返之论。且延陵高子臧之风，长卿慕相如之节，志气所托，亦不可夺也。吾每读尚子平、台孝威传，慨然慕之，想其为人。加少孤露，母兄见骄，不涉经学。性复疏懒，筋驽肉缓，头面常一月十五日不洗，不大闷痒，不能沐也。每常小便而忍不起，令胞中略转乃起耳。又纵逸来久，情意傲散，简与礼相背，懒与慢相成，而为侪类见宽，不攻其过。又读《庄》《老》，重增其放，故使荣进之心日颓，任实之情转笃。此犹禽鹿，少见驯育，则服从教制；长而见羁，则狂顾顿缨，赴蹈汤火；虽饰以金镳，飨以嘉肴，愈思长林而志在丰草也。

阮嗣宗口不论人过，吾每师之而未能及；至性过人，与物无伤，唯饮酒过差耳。至为礼法之士所绳，疾之如仇，幸赖大将军保持之耳。吾以不如嗣宗之贤，而有慢弛之阙；又不识人情，暗于机宜；无万石之慎，而有好尽之累。久与事接，疵衅日兴，虽欲无患，其可得乎？又人伦有礼，朝廷有法，自惟至熟，有必不堪者七，甚不可者二：卧喜晚起，而当关呼之不置，一不堪也。抱琴行吟，弋钓草野，而吏卒守之，不得妄动，二不堪也。危坐一时，痹不得摇，性复多虱，把搔无已，而当裹以章服，揖拜上官，三不堪也。素不便书，又不喜作书，而人间多事，堆案盈机，不相酬答，则犯教伤义，欲自勉强，则不能之，四不堪也。不喜吊丧，而人道以此为重，已为未见恕者所怨，至欲见中伤者；虽惧然自责，然性不可化，欲降心顺俗，则诡故不情，亦终不能获无咎无誉如此，五不堪也。不喜俗人，而当与之共事，或宾客盈坐，鸣声聒耳，嚣尘臭处，千变百伎，在人目前，六不堪也。心不耐烦，而官事鞅掌，万机缠其心，世故烦其虑，七不堪也。又每非汤、武而薄周、孔，在人间不止，此事会显，世教所不容，此甚不可一也。刚肠疾恶，轻肆直言，遇事便发，此甚不可二也。以促中小心之性，统此九患，不有外难，当有内病，宁可久处人间邪？又闻道士遗言，饵术黄精，令人久寿，意甚信之；游山泽，观鱼鸟，心甚乐之；一行作吏，此事便废，安能舍其所乐而从其所惧哉！

夫人之相知，贵识其天性，因而济之。禹不逼伯成子高，全其节也；仲尼不假盖于子夏，护其短也；近诸葛孔明不逼元直以入蜀，华子鱼不强幼安以卿相，此可谓能相终始，真相知也。足下见直木不可以为轮，曲木不可以为桷，盖不欲以枉其天才，令得其所也。故四民有业，各以得志为乐，唯达者为能通之，此似足下度内耳。不可自见好章甫，强越人以文冕也；自以嗜臭腐，养鸳雏以死鼠也。吾顷学养生之术，方外荣华，去滋味，游心于寂寞，以无为为贵。纵无九患，尚不顾足下所好者。又有心闷疾，顷转增笃，私意自试，不能堪其所不乐。自卜已审，若道尽途穷斯已耳。足下无事冤之，令转于沟壑也。

吾新失母兄之欢，意常凄切。女年十三，男儿八岁，未及成人，况复多病。顾此悢悢，如何可言！今但愿守陋巷，教养子孙，时与亲旧叙离阔，陈说平生，浊酒一杯，弹琴一曲，志愿毕矣。足下若嬲之不置，不过欲为官得人，以益时用耳。足下旧知吾潦倒粗疏，不切事情，自惟亦皆不如今日之贤能也。若以俗人皆喜荣华，独能离之，以为快；此最近之，可得言耳。然后使长才广度，无所不淹，而能不营，乃可贵耳。若吾多病困，欲离事自全，以保余年，此真所乏耳，岂可见黄门而称贞哉！若趣欲共登王途，期于相致，共为欢益，一旦迫之，必发狂疾。自非重怨，不至此也。

野人有快炙背美芹子者，欲献之至尊，虽有区区之意，亦已疏矣。愿足下勿似之。其意如此，既以解足下，并以为别。嵇康白。

（鲁迅辑校：《嵇康集》卷二，香港中华书局 1974；【梁】萧统：《文选・卷四十三・书下》，中华书局 1977）

在某些时代，用就是辱

史航：嵇康和山涛是“竹林七贤”中的两位。当时魏晋的人有一种风骨，这种风骨也是才情。这两种东西在嵇康身上表现得最明显。这封信与其说是绝交，不如说是自我的表白。我觉得他的话呢，是半真半假——嵇康没有他自己说的那么脏，那么不堪。

翟毓红：要按照他说的这样，他是一个非常有“味道”的男人。

史航：应该没有这么严重。他为什么要这么说呢？他想强调，我实在是不适合当这个官，我得把我自己说成这样。其实他要讲的更多的是，我这个人思想是什么样。

止庵：更重要的是这里有一句话特别有名，有人解释说嵇康的死跟这句话有很大关系。这句话说，对整个社会认可的东西我都不认可。我觉得嵇康是找这么一个机会，把自己真实的自我说出来了。用的是一个很特殊的方式，很激烈的方式。

翟毓红：史航老师同意吗？

史航：他一年前听说（还是听别人说的），山涛要劝他做官，还没做成，这事根本不确定，他却捕风捉影而绝交。这又是反应过慢，又是反应过激。他为什么要这么做呢？还是要言志，我的志向我要说出来。

有人觉得这是作秀，但是这个秀，要秀出悲凉。他这信的意思是，我是不可能出去跟你们混的，混到最后你们也得收拾我，还不如一开始不混，你们直接收拾我。混完再收拾，死相难看；不混被你们收拾，千秋之下记得我。因为他的家族背景是曹魏的，司马氏当权就要清洗前朝，他知道自己处于“覆巢之下”。他这里跟好朋友山涛说的话，有一种傲骄色彩，好比说，我是比你高级的人，我真羡慕你，你能吃得下这种东西，你真有狠劲。——这是非常鄙视的态度，说“您胃口真好，这都吃”，是这个意思。你要真有这么一个朋友，这么给你写信，你肯定很生气。那个时代，大家都夹着尾巴排队的时候，有一个人走出这个队伍，在旁边站着，看着这些人，白眼向天这么笑。这时你会觉得，世间还真得有这么一号人。刚才说风骨，当年鲁迅叫魏晋风度，在那个朝代、那个时候，风骨还能成为一种风度，周围人还默默点赞。而且，所有人，甚至要弄死他的人，都识货，知道这是个派头，其实挺牛的。

止庵：还有一件事有意思。这封信实际上有一个非常重要的第三者。这封信不是完全写给山涛的，是写给潜在的那个读信人的，应该就是司马氏。他在这封信里把自己写得这么不堪，其实是说“你别想用我了”。司马氏不是想要杀他，是想用他。他拒绝被司马氏所用，司马氏这才杀他。信里先说我不行，其实有个自保的意思。这里边有智慧。我这样一个人，你别想再用我。我这人太惨了，你别在我身上费劲，用不着。

这最有意思，其实主要的话不是说给山涛听的，因为他们俩是朋友，山涛能不知道他身上有味吗？为什么要这么跟他说？其实是说给那个不知道的人听。

翟毓红：关键到最后，他临死还托孤给山涛。

止庵：他们是朋友。山涛看这封信应该是一笑。其实，嵇康这些话说了等于也白说，最后司马氏还是把他杀了。但是山涛对这封信，也知道是什么意思——不是冲他来的，是借着他这个事说给别人听的。所以，该做朋友还做朋友，表面上他们这份情意没有了，实际上还在。

翟毓红：他就是借绝交之名以言志。

止庵：这封信对山涛有点不利，因为信太有名了。其实我们还是要想到，严格说，山涛也是一个高人。竹林七贤里边的核心人物就是这两个人，一个是精神领袖嵇康，另一个是实际的组织者山涛。

史航：刚才咱们说到的托孤特别有意思。嵇康的儿子嵇绍，后来真的走上仕途，因为托孤成功，养大了。最后，当乱兵来杀司马氏的天子的时候，他因去护司马氏的天子而被杀，以血溅地，是一个忠臣，忠于司马氏的忠臣。文天祥的《正气歌》还提到他呢。嵇绍的血溅到皇帝衣服上，最后皇帝活下来，有人要给他换衣服，他说不换，这上面有忠臣的血。嵇康是这么任性的一个人，说当官这事绝对不干。可是他儿子恰恰又体现了另外一种风骨。魏晋时代的人以不同的方式呈现了性格之大美。

对于嵇康这封信，大家为什么有那么强的感触？有句话叫“士可杀不可辱”，这里表现的是士可杀不可用——我就不能让你用，在某些时代，用就是辱。

1. 关于嵇康

嵇康是“竹林七贤”的精神领袖，袁宏称其为“竹林名士”之一。他的事迹与遭遇对于后世的时代风气与价值取向有着巨大影响。

掌权的大将军司马昭欲礼聘他为幕府属官，他跑到河东郡躲避征辟。司隶校尉钟会盛礼前去拜访，遭到他的冷遇。同为“竹林七贤”的山涛离开选官之职时，举荐嵇康代替自己。嵇康作《与山巨源绝交书》，列出自己有“七不堪”“二不可”，坚决拒绝出仕。

2. 关于嵇康之死与“广陵绝响”

吕安之妻徐氏貌美，被吕安的兄长吕巽迷奸。吕安愤恨之下，欲状告吕巽。嵇康与吕巽、吕安兄弟均有交往，故劝吕安不要揭发家丑，以全门第清誉。但吕巽害怕报复，于是先发制人，反过来诬告吕安不孝，使得吕安被官府收捕。嵇康非常愤怒，出面为吕安作证，因而触怒了司马昭。此时，与嵇康素有恩怨的钟会，趁机向司马昭献策陷害嵇康，下令处死吕安、嵇康。

嵇康行刑当日，三千名太学生集体请愿，请求朝廷赦免他，并要求让嵇康来太学任教。他们的这些要求并没有被同意。

刑前，嵇康神色不变，如同平常一般。他看了看太阳的影子，知道离行刑尚有一段时间，便向兄长嵇喜要来平时爱用的琴，在刑场上抚了一曲《广陵散》。曲毕，从容就戮，时年40岁。

海内的士人无不痛惜，司马昭不久后便意识到错误，但追悔莫及。

3. 关于山涛

山涛，晋代吏部尚书，为“竹林七贤”之一。早孤，家贫。虽居高官荣贵，却贞慎俭约，俸禄薪水，散于邻里，王戎曾称山涛为“璞玉浑金，人莫知其器。武帝时任尚书之职，凡甄拔人物，各有题目，称《山公启事》”。

山涛是一个很有见识的人，他谨慎小心地接近权力。在曹氏与司马氏权力争夺的关键时刻，山涛看出事变在即，“遂隐身不交世务”。这之前他做的是曹爽的官，而曹爽将败，故隐退避嫌。但当大局已定，司马氏掌权的局面已经形成时，他便出来。开始做的当然都是小官，到了任尚书吏部郎的时候，山涛的仕途便一帆风顺了。

《见字如面》第二季入选信件文档　编号 317

请求陛下格外开恩，能让班超在他的残年余生里活着回来
——班昭写给汉和帝

公元 102 年

“

整整三十年了。骨肉至亲生生离别，就是见了面彼此也不会相识了。当初跟着他一起出塞的人，都已经先后死去。

”

班昭（约 45—约 117），一名姬，字惠班，扶风安陵（今陕西咸阳东北）人。为班彪之女，班固与班超之妹，曹世叔之妻。东汉文学家，中国第一个女历史学家。其兄班固著《汉书》，未竟而卒，班昭奉旨入东观藏书阁，续写《汉书》传世。此外，她所著的《女诫》，也成了后世指导妇女行为准则的必读之书。

班超（32—102），字仲升。班昭的两位兄长之一。东汉时期著名军事家、外交家。他出使西域，以功封定远侯，拜西域都护，扬汉威直至中亚细亚 30 年之久。

公元 100 年（永元十二年），久居偏远异地的班超因年迈而思念故土，便上书朝廷请求还乡，2 年多未获受理。班昭为求其兄班超早日回乡，于是上书汉和帝代为陈情。和帝看后非常感动，就派

遣戊己校尉任尚出任西域都护，接替班超。班超得以告老返乡。

班超于永元十四年回到洛阳，官拜射声校尉。一个月后即因为胸胁疾病逝世，享年 71 岁。死后葬于洛阳邙山之上。

我的亲哥哥是西域的都护使、定远侯班超，他有幸因微薄的功劳受到重赏，获得了通侯的爵位，官俸二千石，享受了最为特殊的天恩，早已超出了他作为臣子应当领受的待遇。班超当年出塞，立志奉献出自己的生命，希望立下些功劳，不负皇上的重托。正好赶上陈睦兵变，与朝廷的联络完全中断，班超凭一己之力，辗转于绝远之地，晓谕诸国，安抚那里的军队和百姓。每有战斗，他都身先士卒，冲锋陷阵，舍生忘死。

幸亏有陛下的神灵护佑，他才能到现在还活在辽远的沙漠之中，到今天已经过去整整三十年了。骨肉至亲生生离别，就是见了面彼此也不会相识了。当初跟着他一起出塞的人，都已经先后死去。班超年纪最大，现在已经快七十岁了。衰弱老迈，疾病缠身，头发全白，双手麻木，耳聋眼花，要拄着拐杖才能走路。就算他想要竭尽全力继续报答皇上的恩德，但毕竟年纪大了，牙齿都快掉光了，他还能做什么呢？

蛮夷的习俗历来不安分，从不畏惧老人。而班超已经土埋了半截，却太长时间没人替换，这恐怕会给犯上作乱的人留下机会，让他们滋生谋反的心。公卿大夫们只看重眼前的利益，没人为未来担忧。一旦发生动荡，班超就算有心杀敌，他衰弱的身体怕也只能力不从心了。上损及国家的累世功业，下毁忠臣全力维护的安定局面。那样的损失真的会让人心痛的。

因此，班超从万里之外上书，陈说了自己的苦恼和忧虑。他一直眼巴巴地盼着您的眷顾，三年过去了，还未得到您的回复。

臣听说，古时候的人十五岁去当兵，六十岁就能回到家乡，中间还会有离职休养。陛下您以孝治理天下，深得臣民拥戴，哪怕是一个地方小官，都会得到您的关怀，更何况班超还是一个功臣呢？所以，我才敢冒着风险，为班超乞求您的怜悯。他活不了几年了，求您一定要让他活着回来，再跟您见上一面，让咱们的国家永远不再有劳师远征的忧虑，让西域永远不再有突发动荡的祸患，让班超永远感激叶落归根、长眠乡土的恩情，感激您心疼老臣的关爱。

《诗经》里说："百姓那么辛苦，为的就是小康。国家有了小康，可以安定四方。"班超曾经给我写过诀别信，因为担心今生再也见不到了。我真的是为他难过，他在一生最好的时候效忠国家去了沙漠，老了却只能葬身荒野，实在是可怜。如果得不到陛下您的救护，班超的身体恐怕随时都会生变。庆幸的是，班超家的事儿，赵母和卫姬已经事先跟陛下提及，愚蠢、憨直、不明事理的我，才敢触犯忌讳给您写信。

QQ 音乐　酷狗音乐　酷我音乐

—— 扫码收听归亚蕾朗读此信 ——

［原文］

为兄超求代疏

妾同产兄西域都护定远侯超，幸得以微功，特蒙重赏，爵列通侯，位二千石。天恩殊绝，诚非小臣所当被蒙。超之始出，志捐躯命，冀立微功，以自陈效。会陈睦之变，道路隔绝，超以一身转侧绝域，晓譬诸国。因其兵众，每有攻战，辄为先登，身被金夷，不避死亡。赖蒙陛下神灵，且得延命沙漠，至今积三十年。骨肉生离，不复相识。所与相随时人士众，皆已物故。超年最长，今且七十，衰老被病，头发无黑，两手不仁，耳目不聪明，扶杖乃能行。虽欲竭尽其力，以报塞天恩，迫于岁暮，犬马齿索。蛮夷之性，悖逆侮老，而超旦暮入地，久不见代，恐开奸宄之源，生逆乱之心。而卿大夫咸怀一切，莫肯远虑，如有卒暴，超之气力，不能从心，便为上损国家累世之功，下弃忠臣竭力之用，诚可痛也。故超万里归诚，自陈苦急，延颈逾望，三年于今，未蒙省录。妾窃闻古者十五受兵，六十还之，亦有休息不任职也。缘陛下以至孝理天下，得万国之欢心，不遗小国之臣，况超得备侯伯之位，故敢触死为超求哀，丐超余年。一得生还，复见阙庭，使国永无劳远之虑，西域无仓卒之忧，超得长蒙文王葬骨之恩，子方哀老之惠。《诗》云："民亦劳止，汔可小康。惠此中国，以绥四方。"超有书与妾生诀，恐不复相见。妾诚伤超以壮年竭忠孝于沙漠，疲老则便捐死于旷野，诚可哀怜。如不蒙救护，超后有一旦之变，冀幸超家得蒙赵母、卫姬先请之贷。妾愚憨不知大义，触犯忌讳。

（【南朝】范晔:《后汉书·卷四十七·班(超)梁(慬)列传》，中华书局 2007；并请参见【东晋】袁宏:《后汉纪》卷一四，天津古籍出版社 1987）

阔别三十年，最后的心愿就是回家

翟毓红：这封信道出了时隔三十年没有见面的妹妹对于哥哥的牵挂。我在想，三十年没见了，最后一次见面是人生最好的、意气风发的时候，三十年后再见，一定是一语泪千行。

杨雨：写这封信的时候，她还不能确定，哥哥能否活着再见最后一面。所以她才这样哀求。

止庵：里边有两段话，我觉得说得特别好：当时同时去的人，全都死了，他也到七十了。你想这种孤独感——大漠中间一个背影的感觉。

杨雨：关键那个时候，班超已经是身患重病了。班昭写这封信向汉和帝求情之前，班超自己也已经屡次上书，希望能够告老还乡。班超的上书里，有两句话后来很有名：臣不敢望到酒泉郡，但愿生入玉门关。一个年老的功臣，在他到垂暮之年的时候，最后一个愿望就是狐死首丘（连狐狸死了，它的头都会朝着它的洞穴所朝的方向），何况是一个离家三十多年，垂垂老矣的这样一个老人。

止庵：班超写这封信，提出回来的要求，不完全是为自己着想。他还有一层意思：我建了这份功业，我现在都七十了，没有力量守这个地方了。但凡我能在这里盯着我就盯着了，实在是盯不住了。

杨雨：确实。在壮年的时候，班超在那个地方，匈奴人是闻之胆寒的。但是一个七十岁老人孤军奋战，已经没有震慑力了，所以需要更年轻的来替换。

翟毓红：为什么这样一封信写给汉和帝之后，迟迟三年没有得到回复呢？难道不能打动汉和帝吗？班超可是功臣啊。

止庵：得换换人了。——这也是很无奈的一个提议。按理说，这么一封信，无论从班超个人，还是从国家的需要考虑，朝廷都应该赶紧把这个事解决了。但就是拖了三年还不解决。

杨雨：可能是这么个原因——翻阅历史的话，你会发现班超这个家族，还有一个更有名的人物，就是班超的哥哥班固，也曾经在平定匈奴的战争中立下赫赫战功。他当时是跟着大将军窦宪出征的。汉和帝亲政以后，要削弱外戚的专权。因为窦宪是国舅，又有军功，所以飞扬跋扈，汉和帝一直在舅舅的阴影下生活，所以他亲政之后，窦宪被满门抄斩。而班固作为窦宪当年的随从，也受到牵连惨死在狱中。我在想，汉和帝内心是不是对于班家还会有一点阴影存在，所以他三年迟迟没有给班超一个可以回来的回复。

止庵：不管怎么说，把信搁到这不管了。

杨雨：我们知道，在古代，一个女子，大家闺秀，大门不出，二门不迈，她怎么可以给皇帝写信？不过，班昭三兄妹没有一个是凡夫俗子。班昭非常有才，她被皇帝聘请到后宫，教皇后和后宫的妃嫔们读书，教她们做女人的行为准则。班昭除了在他哥哥班固死后，续写了《汉书》之外，还有一篇非常有名的文章叫《女诫》，就是教这些贵族女子，怎么做到道德高尚，怎么做一个标杆性的女子。所以，班昭应该是汉代为数不多的在青史留名的才女之一。

翟毓红：杨雨老师的意思，班昭在后宫是有人可以说上话的。

杨雨：班昭跟邓太后关系相当不错。所以我想，汉和帝最终能看到这封信，并且能同意让班超回来，也许邓太后也起了一定的促进作用。

这封信真的很及时。这封信上呈之后，汉和帝批准了。班超回到家乡之后一个多月，就患病去世了。应该说是圆了他此生的最后一个愿望。

止庵：这种信，严格说是很难写的。哪一方面说得过了都可能适得其反，因为她哥哥写了信三年不回，皇帝没有处理这个事。再写这封信，要很谨慎了。信里讲得非常周全，包括国事、家事、班超的功劳和他的身体情况。

翟毓红：分寸掌握得非常好。

止庵：信里还流露出他们兄妹之间想再见一面的人情。

《见字如面》第二季入选信件文档　编号 125

你就像随风漂泊的蓬草，我就是寂寞深闺的思妇——秦嘉、徐淑夫妇往来信

约公元 147 年

“

素琴，我只会为你而弹。镜子，我只会等你回来再照。你不在我面前，宝钗我是不会拿出来的。你不在我床前，香料我是不会打开的。

”

秦嘉、徐淑（生卒年不详），东汉时期的一对夫妻。因情书、情诗传世。

秦嘉为桓帝时陇西郡郡吏，因公赴京都洛阳，留任黄门郎。徐淑因在娘家养病无法送别。夫妇二人只能借助于书信遥寄相思。

后来，秦嘉随桓帝南巡，在湖北津乡亭病卒。徐淑的兄长逼其改嫁，徐淑则“毁形不嫁”，终因“哀恸伤生”而早逝。

秦嘉写给妻子徐淑

当理想不再丰满，现实就格外骨感。我就要跟别人一样，去京城孜孜于仕途了。你一定会因为病还没有养好而非常难过，会因为想我而悒悒不乐，成天胡思乱想。千里迢迢，只为混迹官场，这实在不是你我想要的生活，更何况我们还要分别太长的时间，我内心的幽怨跟你是一样的。所以，我想晚走两天，你我哪怕短短地见上一面，说说话也好。现在，我派车去接你，你能来吗？

徐淑答复丈夫秦嘉

你这块宝玉，将要成为年轻的官员，位列于王府，眼界大开了。这虽然不是什么高洁浩然的大事业，却也是孔老夫子追求的目标。收到你的来信，一直想着能回来相见。可恨身体实在是不争气，只能叹惜作罢。行期已至，就要动身了，该收拾的行李，你都仔细整理好了吧。

谁说京城很遥远？我踮起脚尖就能看到呢。我在家里，你在远方，我才不辛苦呢。蜿蜒逶迤的深谷你要跋涉，巍峨竦峙的高山你要翻越，这是多难的事情。未来长路漫漫，你要去走，官场风霜刀剑，你要去挨。而我呢，我的身子不能成为你的影子，我们长得又不像比目鱼的眼睛，不知道何时才能重合，不知道怎样才能永不分离。我只能与忘忧的诗歌为伴，消解两地的相思，放下眼前的怨恨，期待将来的重逢。

现在，你是到花花世界去了。可以在京城玩个痛快，出入豪华场所，尝遍人间乐事。你该不会目迷五色、移情别恋，一去就不回头了吧？

秦嘉再致妻子徐淑

看着车子空空荡荡地回来，我真的很失落。又看到你信中的离情别恨，怅然若失。

我最近得到了一面镜子，又明亮又好看，形状和纹饰都是世间稀有，估计你会特别喜欢，就想着送给你。还有宝钗一双，上好的香料四种，加上你经常弹奏的那张古琴，一块儿给你送去。明镜可以照见你的容颜，宝钗可以装饰你的头发，芳香可以包裹你的身体，古琴可以愉悦你的耳朵。

徐淑又复丈夫秦嘉

收到你的来信，还有你送来的这么多礼物。你的深情厚谊，比我想要的更多。镜子有绚丽的纹饰，宝钗有独特的造型，香料珍贵，古琴完美。你给了我这么多你自己非常珍爱的奇异宝贝，如果不是因为太爱一个人，是不会这样做的。看着镜子，拿着金钗，就好像看见了你的样子。弹琴咏诗，忧思成结。

你让我用芳香包裹身体，用明镜照见容颜，你说错了，你还是不懂我的心。在古代诗人的笔下，你就像随风漂泊的蓬草，我就是寂寞深闺的思妇。素琴，我只会为你而弹。镜子，我只会等你回来再照。你不在我面前，宝钗我是不会拿出来的。你不在我床前，香料我是不会打开的。

QQ 音乐　　酷狗音乐　　酷我音乐

—— 扫码收听姚晨、喻恩泰朗读此信 ——

[原文]

秦嘉与妻书

不能养志，当给郡使，随俗顺时，黾勉当去，知所苦故尔，未有瘳损，想念悒悒，劳心无已，当涉远路，趋走风尘，非志所慕，惨惨少乐。又计往还，将弥时节，念发同怨，意有迟迟，欲暂相见，有所属讬，今遣车往，想必自力。

答夫秦嘉书

知屈珪璋，应奉岁使，策名王府，观国之光，虽失高素皓然之业，亦是仲尼执鞭之操也。自初承问，心愿东还，追疾未宜，抱叹而已。日月已尽，行有伴例，想严庄已办，发迈在近。

谁谓宋远，企予望之，室迩人遐，我劳如何。深谷逶迤，而君是涉；高山岩岩，而君是越，斯亦难矣。长路悠悠，而君是践；冰霜惨烈，而君是履。身非形影，何得动而辄俱；体非比目，何得同而不离？于是咏萱草之喻，以消两家之恩；割今者之恨，以待将来之欢。

今适乐土，优游京邑，观王都之壮丽，察天下之珍妙，得无目玩意移，往而不能出耶？

秦嘉重报妻书

车还空反，甚失所望，兼叙远别，恨恨之情，顾有怅然。

间得此镜，既明且好，形观文彩，世所希有，意甚爱之，故以相与。并宝钗一双，好香四种，素琴一张，常所自弹也。明镜可以鉴形，宝钗可以耀首，芳香可以馥身，素琴可以娱耳。

又报秦嘉书

既惠音令，兼赐诸物，厚顾殷勤，出于非望。镜有文彩之丽，钗有殊异之观，芳香既珍，素琴益好，惠异物于鄙陋，割所珍以相赐，非丰恩之厚，孰肯若斯。览镜执钗，情想仿佛，操琴咏诗，思心成结。

敕以芳香馥身，喻以明镜鉴形，此言过矣，未获我心也。昔诗人有飞蓬之感，班婕妤有谁荣之叹，素琴之作，当须君归，明镜之鉴，当待君还。未奉光仪，则宝钗不列也；未侍帷帐，则芳香不发也。

（【唐】欧阳询：《艺文类聚·第三十二卷人部十六·闺情》）

隔着空间，情感就更加难得

杨雨：我第一次看到这两封信的时候，就觉得：中国古代还有这样的一对夫妻！我们才子有，才女也有，以文学传世的才子、才女不少，但是秦嘉和徐淑特别特别异类，他们是以爱情在文学史上留下名字的。这在中国古代，真的是非常非常珍稀少有。

翟毓红：如果不是这些书信，他们两位在历史上不可能留下什么痕迹。就是这些书信感染了我们，就像一部连续剧一样。

止庵：正好有好几个反复。丈夫要走了，希望见妻子，派人来接她，她来不了，就给她送几样东西。送完东西，妻子又有反应。俩人情感到那了，我觉得是隔着空间对话。这种对话，除了情感之外还有修养，还有文化，还有智慧。

杨雨：第一次读到这两封信的时候，我首先佩服的是这个丈夫。因为古代，女子表达情感会比较细腻，也敢于表达自己内心对于爱情的期盼或失落；男性比较羞于表达对于妻子的缠绵和恋恋不舍。但是你看秦嘉，他非常真诚和坦率地把这份缠绵袒露在他的信里。我读到他派了车，想接妻子过来再见一面。但车回来的时候是空车，“车还空反，甚失所望”。这种情绪能够这么直白地表达出来，我觉得，这是对妻子最好的慰藉。

翟毓红：古代讲女为悦己者容。为什么秦嘉要离开了，还要给徐淑送镜子、香料，让她打扮起来给谁看呢？

杨雨：一般我们揣度的是，我走了，你最好就不要打扮了，因为我不在身边，你打扮给谁看？不放心。

但是换个角度思考，一个古代女子，她日常生活中经常接触的是什么？镜子会被她握在手里，反复地照；香料一直萦绕在她的闺房，笼罩着她的身体；宝钗一直戴在她的发髻上面；竖琴一直摆在她的双膝上面。这是秦嘉能想到的，跟妻子每时每刻密切结合在一起的东西。古人表达爱情，常说我希望做你膝上的一张琴，做你发髻上的一支钗，做你眼前的一面镜子，做你闺房里袅袅升起的香烟……我希望是你身边最紧密的一切。他其实表达的就是，我不想离开你。

止庵：就是说，我送这几样东西给你，你就当我还在。最妙的是女方的回答，你送我东西恰恰是因为你不在，那这些东西我不用，等着你回来时再用。你看他们相互反应的那种敏感性。这两位都是诗人，在信里表达得都很敏锐。

杨雨：那这对神仙眷侣最后的结局是什么？我们希望他们就像童话故事一样，一直幸福地生活在一起，直到老去。事实上，秦嘉离开很远，从陇西去洛阳，是千里之遥，跋山涉水，后来生病去世了。徐淑自己本来就生病，她又不远千里抱病去迎回丈夫的灵柩。哥哥逼她改嫁，她写了特别铿锵有力的信给哥哥，说我宁可毁掉容貌，也不再嫁，因为她和丈夫还留下了一儿一女都还没有成年。徐淑本身就疾病缠体，再加上失夫的痛苦和兄长的逼迫，几方面压力最后压垮了她，去世时才三十来岁，很年轻。

翟毓红：太遗憾了。

止庵：这信里有个东西咱们必须得强调，就是空间感。空间对人的意义，在古代跟我们现代，是完全不同的。古代，隔着这么远的空间，所有的情感因此变得非常难得，也非常珍贵。而且要有力量才能使它持久，才能抵御空间的遥远。

翟毓红：止庵老师的意思就是，这种空间的遥远，凸显了时间的悲剧性。

1. 秦嘉与徐淑当年相隔的距离

东汉的陇西郡，郡治在临洮。临洮到兰州一百多里，兰州到西安一千多里。渭水河谷这条路很难走！宝鸡、天水间，崇山峻岭。西安到洛阳又是一千多里。东都、西都间开通大道，大约是隋唐以后的事情。秦嘉与徐淑两地相隔在两千里以上。对古人而言，确实遥远。

2. 秦嘉死后的徐淑

秦嘉病逝后，徐淑远涉千里，迎回丈夫灵柩归葬。她本来一心要忠于自己的爱情誓言，把弱儿幼女拉扯成人。谁知，她的兄长却强迫她改嫁。为了抗争，她“毁形不嫁，哀恸伤生”。她还写了封《为誓书与兄弟》，义正词严。不久，徐淑因悲伤过度而死。年仅三十来岁。时人感伤，将他们归葬一处。

3. 对秦嘉、徐淑作品的评价

徐淑、秦嘉，夫妻二人都能诗文。今存秦嘉诗六首、文二段，徐淑诗一首、文三段。除徐淑《为誓书与兄弟》外，都是夫妇往来叙情之作。

附：徐淑《答秦嘉诗》

妾身兮不令，婴疾兮来归。
沈滞兮家门，历时兮不差。
旷废兮侍觐，情敬兮有违。
君今兮奉命，远适兮京师。
悠悠兮离别，无因兮叙怀。
瞻望兮踊跃，伫立兮徘徊。
思君兮感结，梦想兮容辉。
君发兮引迈，去我兮日乖。
恨无兮羽翼，高飞兮相追。
长吟兮永叹，泪下兮沾衣。

钟嵘《诗品》把这对夫妻的诗列入中品，以为“夫妻事既可伤，文亦凄怨”，并认为徐淑诗仅次于班婕妤《怨歌行》，为汉代难得的女诗人。

他们的诗具有东汉后期文人抒情诗的时代特点。清代沈德潜说：“词气和易，感人自深，然去西汉深厚之风远矣。”

《见字如面》第二季入选信件文档　编号 047

我所有的东西都丢了
——宋庆龄写给阿莉

1922 年 9 月 15 日

“

不知你是否收到了我的上一封信，那是我在房子遭到炮击前几天写的。我所有的东西都丢了，皮衣、服装和首饰都被士兵抢去了，事实上，我们所有值钱的东西都没了。

”

宋庆龄（1893—1981），中国革命家及中华民国缔造者孙中山的妻子。中华人民共和国名誉主席。

这封写于 1922 年 9 月 15 日的私人信件，是宋庆龄以其英文名字罗莎蒙黛，写给闺密阿莉的。原稿系英文，现藏美国。信中提到 3 个月前，宋庆龄经历陈炯明发动“羊城兵变”的历史细节。

左：宋庆龄　右：宋庆龄与阿莉

最亲爱的阿莉：

我于六月二十五日回到这里。由于在广州经受了一场可怕的事变，我非常紧张不安，不得不保持完全的安静和休息。我经常想到你，不知你是否收到了我的上一封信，那是我在房子遭到炮击前几天写的。我所有的东西都丢了，皮衣、服装和首饰都被士兵抢去了，事实上，我们所有值钱的东西都没了。但是感谢上帝，我们没有受到伤害，还能再度在我们自己的家里生活和呼吸。虽然我们的东西都丢了，但我们取得了道义上的胜利，公众舆论对我们事业的支持从来没有像现在这样强烈。

我希望知道一些你的近况。你什么时候做新娘，你们婚期定了吗？如果你让我知道你们结婚的日子，我将寄给你一件手工缝制的衣服，让你在蜜月中穿。请写一封长信给我，告诉我一切，并一定附上一张你穿新娘礼服的照片。

你可以帮我一个忙吗？我需要一些新式的名片，你能否立即向蒂芙尼的商店或其他好的雕版印刷店，为我定做二百张名片？请选择简单、朴素而又美观的式样。名片上只印：孙逸仙夫人。

请把发票寄给我。千恩万谢！希望你得便时就帮我这个忙。盼复。

致爱于你

罗莎蒙黛

1922 年 9 月 15 日

又及：

我本想写一封长信给你，但我母亲在这里，我得赶下楼去看她。请在十二月之前把名片寄给我。

（《党的文献》1996 年第 2 期）

QQ 音乐　　酷狗音乐　　酷我音乐

—— 扫码收听周迅朗读此信 ——

危难时的高雅淡定，最是不凡

翟毓红： 这封信不长，看似风轻云淡，蕴含的内容其实非常多，因为有那么深的历史背景。

止庵： 读这封信的时候我就想，假如我们拍一部电影或电视剧，在这个情境下我们要替宋庆龄写一封信，会是什么样？可能我们写的完全不是这个样子。

杨雨：我觉得是两种可能性：一种是大义凛然，临危不惧，就是那种女革命家的状态；另外一种是惊魂未定，恐惧不安，好像一场噩梦，醒来之后还留在噩梦当中，难以走出来。可能按照一般人就这样去揣度。

止庵：至少，像我给你寄一件手工衣服，你什么时候结婚，请你印盒名片，这种事情，我相信我们的编剧大概想不到。这真的是叫高人，她那种高雅、淡定，这就是她不凡的地方。

杨雨：你看她在信中描写震惊世界的“羊城兵变”，就这么几句话：我所有的东西都丢了，衣服、首饰，还有皮衣，都没了。

事实上，她丢失的还不光是这些，炮轰事件发生的时候，她怀有身孕，这个事件导致了她的流产，而且此后宋庆龄再也没有子嗣。所以，在这场炮火中，她个人失去的东西其实是难以承受的。

翟毓红：她的痛苦远远比这封信里呈现的要多得多。

杨雨：对。她说“我们取得了道义上的胜利”，这个最终的目标实现了，其他的那些她认为都不那么重要了。

陈炯明这些发动兵变的人冲进粤秀楼，到了他们的私人宅邸里面时，连皮衣、首饰都抢，我们可以想象到那个状态。

孙中山当时在宋庆龄的掩护之下，已经率先撤离了。宋庆龄是为了让陈炯明他们觉得孙中山仍然在粤秀楼里，所以她是只身在那里吸引陈炯明这些人的眼光。按当时孙中山和他夫人的身份，陈炯明等人没有给他们留下一点尊严。而在这样的情形之下，她还维护了自己和孙中山最大的尊严。

止庵：其实，虽然发生了这些事情，但无损于她这个人。这就是我们平常用烂了的一些词，比方说高尚、高贵、优雅，到真该用的时候，我们用不出来了。

杨雨：最后这个蒂芙尼的名片，也体现了另外一种层面的贵族气质。你看她要名片的质地、品牌，都要求得那么细，但她并不需要非常华丽，它要的是简单，美观大方，“头衔”只有简简单单的：孙逸仙夫人。这可能也是我们今天经常说滥了的一句话：低调、奢华、有内涵。

止庵：这封信里还有另外一个方面，我们必须把这两个方面结合在一块，否则就光是高贵这一面了。她要给这个朋友送一件礼物，问她结婚的日子，送一件手工衣服给她，使她能够及时地在蜜月中穿，还请求她写一封长信。我觉得，这个人有特别亲切的这一面，不是像你们强调的光有高贵这一面。高贵跟亲切，在咱们这些人身上，经常放不到一块去。高贵的不亲切，亲切的不高贵。这两个方面结合在一块，这才是一个不得了的人。

1. 此信背景补充

1922 年 6 月 16 日，民国政府粤军总司令陈炯明在广州发动武装叛乱，炮轰总统府，企图将孙中山、宋庆龄置于死地。史称“羊城兵变”。

当时宋庆龄正怀有身孕。但她首先保护孙中山化装脱险，自己则留在粤秀楼吸引火力。坚守 6 个小时以后，宋庆龄凭借一名卫队长、两名副官的保护，在枪林弹雨中侥幸突围。由于紧张和奔波，她失去了自己的孩子。脱险后，她到了香港，然后乘船回到上海。

9月15日，她写信给在美国留学时的朋友亚历山大德拉·曼·斯利普（昵称“阿莉”）。在这封信的开始部分，她叙述了自己的遭遇。

2.关于陈炯明与“羊城兵变”

陈炯明与孙中山矛盾激化后，陈炯明叛变，发生“羊城兵变”。

1）陈炯明其人

陈炯明（1878—1933），字竞存，广东海丰人（今属广东省汕尾市海丰县联安镇白町村），中华民国时期粤系军阀代表人物之一，军事家，主张“联省自治”，与孙中山的政治纲领不合。下野后退居香港，协助海外最大的华侨社团组织“洪门致公堂”转型为“中国致公党”，并首任该党总理。1933年9月22日病逝于香港。

2）陈炯明为何会与孙中山激发了矛盾，甚至发动“羊城兵变”

1921年，已有传闻说孙中山与陈炯明之间出现不和。陈炯明认为，孙中山此时就任非常大总统不合时宜，而且他并不赞成北伐，主张联省自治，建议把广东这个南方省份作为模式推广到全国，这与力主北伐统一全国的孙中山主张有着极大差异，两人矛盾逐渐激化。1922年3月，孙中山撤销其粤军总司令、广东省长、内务总长职，只留陆军总长职，最终导致“羊城兵变”的发生，二人彻底决裂。

如今，关于对中国近代政治产生重大及深远影响的“羊城兵变”细节，各方说法不一。后代研究者一般认为，“羊城兵变”并不是突发的，其前因后果复杂而难以言喻。

3）“羊城兵变”始末

1922 年 6 月 12 日，孙中山举行记者招待会，不点名地指责陈炯明“反对北伐”；而陈炯明 6 月 14 日拘捕财政次长廖仲恺，双方矛盾基本公开化。

1922 年 6 月 16 日凌晨两点，孙中山得到粤军通知，粤军部队将攻击粤秀楼，情势危急。据说，宋庆龄临危不惧，认为若同孙中山一同行动易被发现，坚持留下来掩护孙中山秘密撤离。孙中山只身逃出，两次避过叛军耳目，终于到达黄埔永丰舰（即后来的中山舰）上。孙中山离开半小时后，炮声四起，陈炯明部队开始向粤秀楼发起进攻，有士兵还大喊：“打死孙文！打死孙文！”

“羊城兵变”后，孙中山离开广州到上海，此后，他接受了中国共产党和苏俄的帮助，提出“联俄、联共、扶助农工”的三大政策。一直到孙中山逝世前，经常有人在中间调停，希望他和陈炯明二人能够和好。孙中山要求陈炯明写悔过书，而陈炯明坚决不写，终于没有再走到一起。陈炯明与孙中山的决裂还有一个意外的结果，那就是客观上提速成就了蒋介石的政治生涯。

《见字如面》第二季入选信件文档　编号 021

我现在吸香烟要吸到底，舍不得丢烟头
——张学良写给宋子文

1945 年

“

弟从来没有穷过，有时弟与四妹相顾大笑，觉得手中一钱不名，真是好玩得很。

”

张学良（1901—2001），奉系军阀首领张作霖的长子，中国近代著名爱国将领，曾任中华民国陆海空军副司令。西安事变后长期被软禁。1990 年恢复人身自由，1995 年离开中国台湾侨居美国夏威夷，2001 年 10 月 14 日病逝于美国檀香山，享年 100 岁。

宋子文（1894—1971），海南文昌人，民国时期的政治家、外交家、金融家。其兄弟姐妹分别是宋庆龄、宋美龄、宋霭龄、宋子良、宋子安。

张学良与宋子文素有深厚私谊。1945 年抗战胜利数月后，被软禁中的张学良提笔给在南京的宋子文写了一封求助信，通篇所谈都是私事，而且还是对外人难以启齿的困顿细节。

信中提到的雨农即戴笠，四妹即赵四小姐赵一荻，冯焕章即冯玉祥——他在国民党高级军政人员中向以生活简朴著称，且以此要求部属。

软禁中的张学良、赵一荻在家里用餐

软禁中的张学良、赵一荻在山坡上

子文兄大鉴：

看报得知兄已回国，弟等在此一切安适。只是此前由香港带来的现金早已用完，眼下时常囊空如洗。弟深知雨农的状况，不愿时常麻烦勒索他。现在物价飞涨，弟与四妹两人抽烟每月差不多要一千只，就是蹩脚货“大小英”牌儿的香烟，也要近万元。我还是想要契斯特菲尔德牌的，假如兄能给我带些来，无任欢迎之至。每月看看杂志，购买书籍，还有两个用人的花费，我们四个人穿鞋袜、衣被等，每月总得几千，换双布鞋，总是百元以上，一条被单，总是两千元以上，要是做一套布的棉衣，总得三千。我们四个人只是刷刷牙，每个月就得五百元。现在钱太不值钱了，看起来数字好大，万元当不了战前的几百元使用。弟从来没有穷过，有时弟与四妹相顾大笑，觉得手中一钱不名，真是好玩得很。现在不能不向兄求助，拟用四妹名义向中国银行或兄借款数十万元，或将来由弟偿还，或立即由弟致函美国家中拨还。两种办法，请择其一。总之，弟每月总得两万零用，听这数目吓人，其实不过是当年的一二百元。请兄替我想办法。否则几万数目，到手就没了，下月又怎么办？弟眼下快成吝啬鬼了，吸香烟要吸到底，舍不得丢烟头。

走路要挑软的，怕费鞋。你们听见会笑吧。

另外，此前致函家中所要的东西，不知这回交给您带来了吗？您上次出国前送来的皮鞋、呢帽等，弟真舍不得穿戴。现在我已经变成真正的乡下人了，大布之衣，大白之冠，也许有人误会我是冯焕章先生的信徒了。我知道这是麻烦你，但是我又不得不麻烦你，请兄分神，并乞原宥。

专颂

政安

弟：良再拜

QQ音乐　　酷狗音乐　　酷我音乐

——扫码收听黄志忠朗读此信——

大富大贵之家的人才会有的天真劲儿

翟毓红：这书信真是好东西。原来我们只知道张学良被软禁了那么多年，谁知道他这么多年是怎么过的？

杨雨：现在我们也喜欢去扒明星的八卦，其实这封信里就是最好的八卦，是他自己披露出来的。这样一个大名人，在落魄的时候，他的生活状态、心理状态，一般人是很难想象得到的。

梁文道：这是张学良后半生被软禁期间，过的已经不是那么好的日子了。所谓不是那么好，现在在我们一般人看来，其实还不算太不好。比如说，他烟还能抽得上，只是原来抽的那款烟现在抽不上了。是这个感觉。一方面也的确反映出来当时的社会局面，比如他讲到法币的贬值，贬得非常厉害，几年前两百块，现在是当两万块来用，严重到这个程度。更让我觉得有趣的是张学良的性格。恰恰因为他生在大富大贵之家，反而有股奇怪的天真劲儿。

翟毓红：您是不是在张学良这封信里也读到了这股天真劲儿？

梁文道：是。比如他跟宋子文说话的语气，一样一样拿出来，说你看这个花多少钱，完全不像是真的要穷到穷途末路的人。更妙的是，他跟宋子文说，这钱我要是还不了你，我叫我美国家里给你还。

杨雨：他说的美国家中，其实是他的正室夫人于凤至当时在美国。

梁文道：用今天的话来讲，这相当于一个人跟婚外情人住在一块，没钱花了，找哥们儿借钱，说这钱兄弟我还不了，你找我老婆要去吧。

杨雨：从我们现代婚姻观念来说，这是绝对不可以接受的，但是在当时，这就很正常。作为一个正室夫人，她就是一家之主，柴米油盐就应该归她管。

翟毓红：有一个问题，你看他跟宋子文借钱，相当于跟哥们儿借钱，说我老婆还你，那他为什么不直接跟老婆要钱呢？

梁文道：那段期间他跟她不太容易通上信，他跟外界的通信是有限制的。他是被政治软禁，他最直接接触的人就是戴笠，所以信一开头就讲，我也不好跟雨农兄拿钱，雨农就是戴笠的号。戴笠我们都知道，大特务头子，也负责监管他。

他处在一个今天也许还有很多人羡慕的一种处境，就是当年于凤至跟赵四小姐真的是情同姐妹，说咱老公就这样，我们姐妹俩好好照顾他。

杨雨：特别有意思的是，其实赵四小姐不是我们一般以为的那种小妾身份，她也是名门闺秀。所以他信里讲，可以用四妹的名义向中国银行来借款，暗中透露出，这个赵四小姐并不是一般无依无靠的女子，会很屈尊自己，要跟张学良待在一起。

梁文道：这是当时的一个政坛丑闻，因为她爱上了张学良，跟张学良在一起。她爸爸是北洋政府交通部的次长，实权很大。知道女儿公然地去给另一个政坛名人的儿子当小妾了，怎么办？他登报宣布断绝父女关系，连登五天。他登完了还不算完，他觉得太愧对家门，没多久他主动辞职，觉得在政坛混不下去了。

杨雨：太丢脸了。

翟毓红：回到信里面的很多细节，我就在想，比如平头老百姓，我现在钱不够花了，我一分钱掰两半花。但是他不，他香烟一定要契斯特菲尔德的，一定要指定这个品牌。

梁文道：这就叫天真的“富二代”。

杨雨：你看他提到，“有时候弟与四妹相顾大笑，觉得手中一钱不名，真是好玩得很”，这种好玩得很，就是那种天真劲儿、可爱劲儿。

梁文道：真的很可爱。

杨雨：张学良即便到了九十岁，我觉得他还是会保留这样一种可爱的、率性的味道。这是他一以贯之的个性，无论是在做叱咤风云的将军时，还是在落魄到要向人借钱讨生活费的时候，都是这样一个状态。

我觉得这封信还有它的文学价值在。你看它很简单，好像在算账，柴米油盐酱醋茶，但是它给我们展示的是一个生活场景，我就好像看到，早上起来，他们四口人（他跟赵四小姐还有两个用人）刷牙，刷完牙，两位用人端上不算很丰盛但是绝对很精致的早餐，然后他要翻翻今天的报纸，看看当天的新闻。了解新闻之后，他要抽一下契斯特菲尔德的香烟。虽然礼帽、皮衣穿戴不上，但他是大布之衣、大白之冠，要把自己收拾得干干净净的。虽然我是一介平民，我也要有平民的范儿。最后还调侃一下：别人还以为我是冯玉祥的信徒呢。

你看，他把那种场景描绘得栩栩如生，好像我们就看到了这个房子里他们一家人的生活，被他还原到一个最日常的场景。这就是文字的魅力。

翟毓红：我觉得他写这封信的时候，不是想给我们今天这些后人看的，而是最真实的一种自然情绪和生活状态的表达。这可能就是这封信最重要的意义。我们想解读这段历史，除了看史书上写的之外，读这么一封信，可能你的感觉就很不一样了。

1. 此信后续

当年张学良的这封求助信，经百般辗转，层层审阅，待宋子文收到时已是 1946 年春天。早年曾亲赴沈阳，见识过张少帅在大帅府里奢侈生活的宋子文，读罢此信不禁为之唏嘘不已。后经努力斡旋，宋子文为张学良解决了一笔足可渡过难关的生活费用。

2. 张学良、赵四小姐与于凤至

张学良被幽禁在湖南期间，其结发妻子于凤至患了当时国内无药可医的乳腺癌。张学良通过宋美龄游说蒋介石，允许于凤至赴美就医。在宋子文的亲自安排下，于凤至从上海搭美国飞机出境。张学良与赵四小姐在内地过着软禁生活期间，还与远在美国的于凤至保持着书信联系，于凤至也时常通过各种渠道接济他俩。

3. 特别提示

选择这封信是因为有趣。这种没钱的乐观固然难得，但其背后还是因为有钱，跟咱老百姓是两回事。从来没有金钱概念的张学良，没钱了也是架子不倒，算起日常花销，场景活灵活现。让人感觉不到哀叹、乞怜，性格幽默、可爱，堪称潇洒人生的范本。

苦情

○ 文绮与文绣往来信（1931）

你辱没了祖宗

○ 于凤至写给赵四小姐（1963）

我同意与张学良解除婚姻关系

○ 蒋方舟写给张爱玲（2011）

这是文学仅剩的安慰

○ 何孟写给丈夫王富盈（北宋初）

早没了秦晋之好，

剩下的全是怨恨

○ 李叔同出家前写给日本妻子诚子（1918）

请吞下这苦酒

《见字如面》第二季入选信件文档　编号 189

你辱没了祖宗
——文绮与文绣往来信

1931 年

“

因为九年独守空床，从未受到过平等待遇，所以委托律师商榷分居的办法，这不过是要求逊帝根据民国法律，给我人道的待遇，不让父母给我的身体，遭受法外的凌辱致死而已。

”

文绣（1909—1953），字蕙心，自号爱莲，清末代皇帝爱新觉罗·溥仪的淑妃。

文绮，文绣的族兄。

1922 年，时年虚岁 14 的文绣，以照片入选皇妃，早婉容一日被迎娶入宫，以便大婚时跪迎皇后。初期，与溥仪感情尚好。1924 年被逐出宫时曾袖藏利剪，自尽未果。后与溥仪感情疏离，龃龉不断。

1931 年 8 月，文绣登报公开表示要与溥仪离婚，“刀妃革命”一时间成为天字号新闻。同年 10 月，她正式宣告与溥仪离婚。

早在文绣争取与溥仪离婚期间，其族兄文绮在报上发表了公开信，指责她此举糊涂万分、荒谬万分，且辱没祖宗。文绣针对于此，给他写了一封回信。

文绮写给文绣

蕙心二妹鉴：

突然听说你将要向退位皇帝请求离婚的事，不胜惊恐。这种事情，岂是我们这种恪守传统的人家可以做得出来的吗？我们家领受清朝皇室的深厚恩典长达二百余年，我祖我宗四代官至一品。且不说逊帝对你并没有虐待之事，就算真是虐待了，对你而言也只应耐死忍受，以此报答清朝皇室的恩德。现在，你竟然办出这样的事！妹妹！妹妹！你实在是糊涂万分！荒谬万分！你辱没了祖宗！你一定会被社会上的人唾骂而死！

文绣回复文绮

文绮族兄大鉴：

我跟你不同父、不同祖，素无来往。我入宫九年，未曾与你相见一次。现在，你竟凭借着族兄的身份，不顾中华民国刑法第

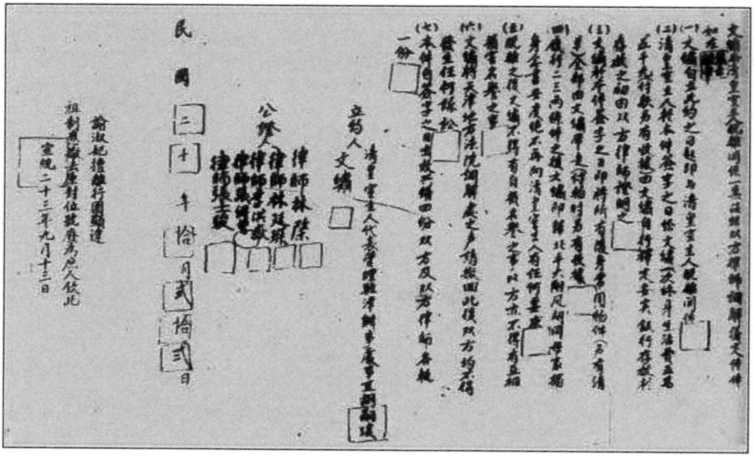

文繡與清皇室主人脫離同居一案經雙方律師調解議定條件如左

(一)文繡自立約之日起即與清皇室主人脫離同居關係

(二)清皇室主人於本件簽字之日給文繡一次終身生活費五萬五千元於本件簽字之日付款[illegible]有收據由文繡自行轉交[illegible]存據於[illegible]之[illegible]由双方律師證明之

(三)文繡於本件簽字之日即將所有隨身常用物件(另有清單)全部帶走由文繡律師[illegible]

(四)[illegible]除二三兩條外之[illegible]文繡即將北平大翔鳳胡同[illegible]

(五)脫離之後文繡不得有[illegible]名譽之事雙方亦不得有損[illegible]之事

(六)文繡將天津地方法院調解處之聲請撤回此後雙方均不得發生任何訴訟

(七)本件自簽字之日[illegible]四份雙方及雙方律師各存一份

立約人 文繡

清皇室主人代表管理駐津辦事處事宜胡嗣瑗

公證人 律師林棨 律師林廷琛 律師李洪嶽 律師[illegible] 律師張士駿

民國二十年拾月貳拾貳日

諭淑妃擅離行園違祖制着撤去原封位號廢為庶人欽此

宣統二十三年九月十三日

文绣、溥仪离婚协议书

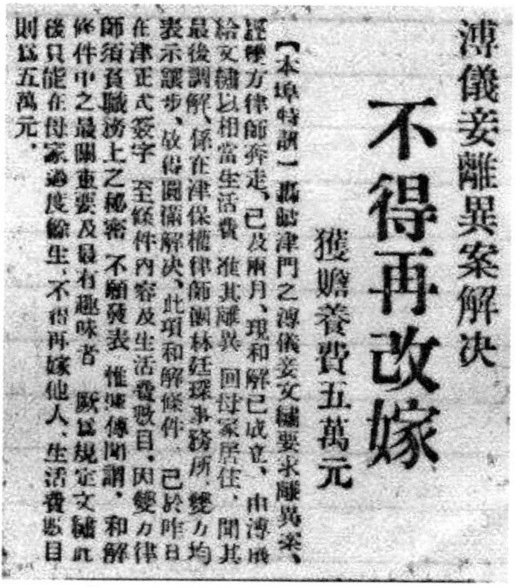

溥儀妾離異案解決

不得再改嫁

獲贍養費五萬元

【本埠特訊】轟動津門之溥儀妾文繡要求離異案、經雙方律師奔走、已及兩月、現和解已成立、由溥儀給文繡以相當生活費、准其離異、回母家居住、聞其最後調解、係在津保權律師團林廷琛事務所、雙方均表示讓步、故得圓滿解決、此項和解條件、已於昨日在津正式簽字、至條件內容及生活費數目、因雙方律師須負職務上之秘密、不願發表、惟據傳聞謂、和解條件中之最關重要及最有趣味者、厥為規定文繡此後只能在母家過度餘生、不得再嫁他人、生活費數目則為五萬元。

廢后向廢帝提出離婚

此之謂平民化

清廢帝溥儀、蟄居本市大羅天後、與其原配金氏、愛情甚篤、乃最近不知何故、雙方突然反目、日前金方特延律師林棨、向溥儀提出離異條件、溥儀亦延請律師李華棨、代表交涉、現雙方律師正進行調解諸件、總以和平離婚為宗旨、不得已或亦將訴諸法云、(陸)

有关文绣、溥仪离婚的报纸新闻

二百九十九条及三百二十五条之规定，在各大报纸上公然教我去死，并且公然诽谤我。你对清朝如此忠勇，特别值得钦佩。只是我所受到的祖宗的教诲，都是教我以守法立身为根本。如果是清朝的子民呢，就遵守清朝的法度。如果是民国的子民呢，就遵守民国的法度。逊帝他当初被逐出宫，曾声明不愿当民国的国民，所以我袖藏利剪，预备随逊帝殉难大清。后来因为逊帝来到天津，成了民国的一个国民，我又岂敢不跟着？既然当了民国的国民，自然就应该遵守民国的法律了。

看看民国宪法第六条，民国国民，无男女、种族、宗教、阶级之区别，在法律上一律平等。我呢，因为九年独守空床，从未受到过平等待遇，所以委托律师商榷分居的办法，这不过是要求逊帝根据民国法律，给我人道的待遇，不让父母给我的身体，遭受法外的凌辱致死而已。没想到我的族兄竟然一再污蔑说我逃亡了、离异了、诈骗钱财了、违背祖宗遗训了、被一群小人欺骗了、被他人当成赚钱工具了……种种自相残杀之语不一而足。你哪里知道，在协商尚未破裂之前，我不能说出的隐痛。委托律师，要求受到人道待遇，我的诉求终将受到法律的保护。如果你教人去死，这是犯了该被公诉的罪行。检察官要是看见报纸，你恐怕会有被检控的危险。给你写这封信，想劝你今后多读点法律方面的书，在谨言慎行上下点功夫，以免触犯民国法律。我对你，也就只能说这么多了。

QQ 音乐　　酷狗音乐　　酷我音乐

—— 扫码收听**周迅**、**杨立新**朗读此信 ——

［原文］

文绮致文绣

蕙心二妹鉴：

顷闻汝将与逊帝请求离异，不胜骇诧。此等事件，岂我守旧人家所可行者？我家受清室厚恩二百余载，我祖我宗四代官至一品。且漫云逊帝对汝并无虐待之事，即果然虐待，在汝亦应耐死忍受，以报清室之恩。今竟出此，吾妹吾妹，汝实糊涂万分，荒谬万分矣！辱没祖宗，终不免为社会上人唾骂而死！

文绣复文绮

文绮族兄大鉴：

妹与兄不同父，不同祖，素无来往，妹入宫九载未曾与兄相见一次，今我兄竟肯以族兄关系，不顾中华民国刑法第二百九十九条及三百二十五条之规定，而在各报纸上公然教妹耐死。又公然诽谤于妹，如此忠勇殊堪钦佩。惟妹所受祖宗遗训，以守法为立身之本：如为清朝民，即守清朝法；如为民国民，即守民国法。逊帝前被逐出宫，曾声明不愿为民国国民，故妹袖藏利剪，预备随逊帝殉清。嗣因逊帝来津，做民国国民一分子，妹又岂敢不随？既为民国国民，自应遵守民国法律。

查民国宪法第六条，民国国民无男女、种族、宗教、阶级之区别，在法律上一律平等。妹因九年独居，未受过平等待遇，故委托律师商榷别居办法，此不过要求逊帝根据民国法律施以人道之待遇，不使父母遗体受法外凌辱致死而已。不料我族兄竟一再诬妹逃亡也、离异也、诈财也、违背祖宗遗训也、被一般小人所骗也、为他人作拍卖品也……种种自残之语不一而足，岂知妹不堪在和解未破裂以前不能说出之苦，委托律师要求受人道待遇，终必受法律之保护。若吾兄教人耐死，系犯公诉罪。检察官见报，恐有检举之危险。理合函请我兄嗣后多读法律书，向谨言慎行上作工夫，以免触犯民国法律，是为至盼。

不够漂亮或不受宠爱，激发了她的自救

梁文道：在这封信里，文绣有个东西表达得特别清楚，就是，你以为我不想当清朝国民吗？我也想，我是跟着逊帝一块的。问题是逊帝他自己不殉国，他自己到天津想当民国国民，那我能怎么办？我只好跟着他当民国国民。既然当了民国国民，我们就守民国的法。你不能再用祖宗家法要求我，因为首先放弃祖宗家法，当了民国国民的这个人就是溥仪自己。

蒋方舟：所以我觉得，她以这样的方式离婚，是非常不卑不亢的。包括她跟族兄的通信，她离婚时要求溥仪支付她五万五千块大洋作为离婚费，每一步都走得不卑不亢，完全颠覆了我们之前对一个皇室女子的认知。

梁文道：你看她跟婉容相比很不一样。婉容大家比较有印象，她是正室皇后嘛。长得漂亮，很大方，据说出入相当得体，大家都喜欢她。而文绣却是个现代得多的人。信里面说到，溥仪对她们没有平等对待。这个很有意思，因为他们结婚之后，溥仪没有跟她同床过。

翟毓红：这是为什么呢？“自然灾害”吗？

梁文道：你说得太好了，溥仪身上有不可抗力。在这点上其实他对婉容、对文绣很平等，两个都没办法，因为他不行，没办法。问题是，他天天跟婉容一起睡觉。那么在这点上，文绣觉得他很不平等。其实这两个女孩子都很苦闷，都很不快乐——遇到这么一个有“自然灾害”问题的男人。婉容据说后来跟一个用人有关系，有私生子，最后得了精神病。文绣不一样，直接提出来：我们离婚吧。

翟毓红：我们查了一下，文绮好像跟她没有特别亲近的血统关系，他是代表了一种势力吗？

梁文道：他代表家族秩序。那种关系底下，他们在乎的不是我跟你亲不亲。他整封信表达出来的不是兄妹感情，而是我要维护那套家族文化秩序。

蒋方舟：我觉得文绣她其实实现了两次自救。她处在一种不平等的关系中，不仅她跟溥仪的关系是不平等的，她跟婉容和溥仪的三角恋关系也是不平等的。我一直觉得，在两性关系里，聪明但不漂亮的女生是非常可怜的。婉容没有这种自救的动力，她享受了某种程度的宠爱，所以她就和这个时代一起沉沦下去。文绣的不漂亮或不受宠爱，某种程度上反而激发了她的自救。她必须学习知识、文化、法律，知识改变命运，这是一重的自救。另外一重的自救，就是她以这样公开的方式，把自己从这样的王室桎梏中解脱了

出来。我就特别想到戴安娜，她俩的命运有很多相似之处。戴安娜也是因为在皇室里，自己是孤身一人，她也不断地试图以公开的方式，与一个巨大的秩序相抗衡。

1. 关于“刀妃革命”

末代皇帝溥仪和他的妃子文绣闹离婚的事件，时称“刀妃革命”。

1931 年夏，文绣通过律师，发出了一封律师函给溥仪：“事帝九年，未蒙一幸；孤枕独抱，愁泪暗流，备受虐待，不堪忍受。今兹要求别居。溥应于每月定若干日前往一次，实行同居。否则唯有相见于法庭。”

文绣的这段声明文字，翻译成现代汉语，是这样的：“我文绣跟你溥仪，跟了九年了，你竟然没有和我过一次夫妻生活。我每天孤枕难眠，暗自流泪。这样的日子，简直就不是人过的。我现在向你正式提出分居。以后，溥仪你必须每月定一个日子，来和我同房一次，否则，我只能到法院去起诉你。”

文绣突然出走，并发律师函，公然闹分居。于是，溥仪聘请了大律师林廷琛，叫他去和文绣谈判。不料，文绣在林大律师眼前，却放声大哭，并说了以下的一番话：“林律师，我直至如今，仍然是处女之身，九年了！受尽了这种有名无实的婚姻的虐待，现在我也是没有办法了，我也只能找律师，依法维护我应有的人权！”

当年秋天，文绣在天津向地区法院递交了诉状，正式起诉溥仪，要求离婚。不久，双方通过庭外和解的方式，达成了和解和离婚的协议。依据这份协议，文绣和溥仪断绝一切关系，溥仪需要一次性向文绣支付五万五千块大洋作为赡养费。而作为代价，文绣则答应终身不再嫁人。溥仪被迫答应离婚后，于1931年9月13日在京、津、沪报纸上发布广告刊登“上谕”:“淑妃擅离行园，显违祖制，撤去原封位号，废为庶人，钦此。”文绣从此成为一介平民。

2.关于平民文绣

文绣在离婚后所拿到的赡养费，在支付了律师费用和期间种种支出后，用所剩不多的钱办了一所小学并任教于该校，成为中国历史上唯一一位担任过教职的皇妃。

1947年夏季，文绣在北平与刘振东结婚，并在北平西城白米斜街租房安了新家庭。婚后夫妻感情融洽，使文绣享受了完满的家庭生活。

1953年9月18日，平生无儿女的中国末代皇妃文绣，因患心脏病故去，终年44岁。

《见字如面》第二季入选信件文档　编号 022

我同意与张学良解除婚姻关系
——于凤至写给赵四小姐

1963 年

“

当你听我说要把孩子抱回大帅府，由我代你抚养时，你感动得嘴唇哆嗦，眼泪就像断了线的珠子一样滚落下来。你叫了一声“大姐!”就抱住我失声哭了起来……

”

于凤至（1897—1990），张学良的原配妻子。1915 年与张学良结为伉俪。1936 年“西安事变”后陪伴被软禁的张学良，1940 年被查出患有乳腺癌，同年赴美求医。后半生在美国度过，再未与张学良见面。

赵一荻（1912—2000），学名赵缇，出生于香港，因在家中姐妹中排行第四，人称赵四小姐。1928 年与张学良相识于天津，其后陪伴张学良长达 72 年。

张学良（1901—2001），字汉卿，奉系军阀首领张作霖的长子，中国近代著名爱国将领。“西安事变”后被长期软禁。在半个多世纪的幽禁生涯中，赵四小姐一直是他的生活伴侣和精神支柱。

20 世纪 60 年代初，尚在台湾被幽禁中的张学良想接受基督教洗礼，却遭到宋美龄的强烈反对，只因张学良当时有两位

"妻子"，不符合基督教教规。虔诚信教的张学良为此陷入左右为难境地。远在美国的于凤至得知此事后，便于1963年10月给赵四小姐写了下面这封信，主动提出与张学良解除婚约。

1964年7月4日，52岁的赵四小姐与63岁的张学良在台北结婚。

缇妹慧鉴：

时间过得真快，自从1940年我赴美医治乳癌，已经二十余年不曾见面，真是隔海翘首，天各一方！

记得是1928年（当为1929年——编者）秋天，我在天津《大公报》上，看到你父亲赵燧山先生因你随汉卿到奉天而发表的《启事》，声称与你断绝父女关系。那时虽然与你还不相识，但却有耳闻。

你是位聪明果断、知书达理的贤惠女子。你住进北陵后潜心学业，在汉卿宣布东北易帜时，你成了他有力的助手。为了家庭和睦，你深明大义，甚至同意汉卿所提的苛刻条件：不给你以"夫人"的名义，对外以秘书称谓。从那时开始，你在你父亲和公众舆论的压力下，表现出超人的坚贞和顾全大局的心胸，这都成为我们日后真诚相处的基础和纽带！

你我第一次见面，是1929年（当为1930年——编者）的冬天。我记得，那天沈阳大雪纷飞，我从汉卿言语的偶尔流露中，得知你已产下一子，这本是件喜事。但我听说你为闾琳的降生而忧虑。因为你和汉卿并无夫妻名分，由你本人抚养婴儿，实在是件很困难的事情。你有心把孩子送到天津的姥姥家里，可是你的父亲已经声明与你脱离了关系，你处于困窘的境地。

我在你临产以前，就为你备下了乳粉和乳婴的衣物。那时我本不想到北陵探望，怕令你难为情。我思来想去，决定还是亲自到北陵看你。我冒着鹅毛大雪，带着蒋妈赶到你的住处。见了面我才知道，你不仅是位聪明贤惠的妹妹，还是位美丽温柔的女子。

你那时万没有想到我会在你最困难的时候来“下奶”，当你听我说要把孩子抱回大帅府，由我代你抚养时，你感动得嘴唇哆嗦，眼泪就像断了线的珠子一样滚落下来。你叫了一声“大姐!”就抱住我失声哭了起来……

汉卿后来被囚于奉化，你已经由上海转香港。我非常理解你的处境，你同闾琳暂避香港，完全是出于不得已！经我据理力争，宋美龄和蒋介石被迫同意我去奉化陪狱。

嗣后，我随汉卿转辗了许多地方，江西萍乡、安徽黄山、湖南郴州，最后又到了凤凰山。转眼就是三年。缇妹，我只陪了汉卿三年，可是你却在牢中陪了他二十多年，你的意志是一般女人所不能相比的。在我决心到美国治病时，汉卿提出了由你来代替我的主张。说真的，当初我心乱如麻。既想继续陪着他，又担心疾病转重，失去了医治的机会。

按说当时你不来相聚也是有理由的。闾琳尚幼，且在香港生活安逸。我知道你当时面临一个痛苦的选择，要么放弃闾琳，要么放弃汉卿。一个女人的心，怎能经受得住如此痛苦的折磨？后来，你为了汉卿，终于放弃了孩子……

缇妹，回首逝去的岁月，汉卿对于我的敬重，对我的真情，都是难以忘怀的。其实，在旧社会，依汉卿当时的地位，三妻四妾也不足为怪。可是，汉卿到底是品格高尚的人，他为了尊重我，始终不肯给你以应得的名义……

阎瑛和鹏飞带回了汉卿的信，他在信中谈及他在受洗时，不能同时有两个妻子。我听后十分理解，事实上，二十多年的患难生活，你早已成为了汉卿最真挚的知己和伴侣了。我对你的忠贞表示敬佩……

现在，我正式提出：为了尊重你和汉卿多年的患难深情，我同意与张学良解除婚姻关系，并且真诚地祝你们知己缔盟，偕老百年！

特此专复

祝顺

钧安

姊：于凤至

于旧金山多树城

1963 年 10 月

（何虎生:《张学良赵四小姐在台湾的日子》，华文出版社 2007）

QQ 音乐　　酷狗音乐　　酷我音乐

—— 扫码收听归亚蕾朗读此信 ——

大家族的人是永远不能丢脸的

翟毓红：作为正室夫人，还要给另外一个女人写评语，写了很多的赞扬之词。写的时候她的内心如何？我们从信里能读出来吗？

梁文道：当然可以。你要读得出来，写这种信，重点是我不丢范儿。这个范儿太重要了。他们都是大家族，民国年代的大人物，他们的脸是永远不能丢的。像于凤至这种信，好多话都非常精彩。例如她说，当时你跟张学良在一块，生下了孩子，她说什么？"我是偶尔得知"。

蒋方舟：对，其实我觉得这句话是整篇信里最咬牙切齿的，最狠的一句。她说她们第一次见面，"那天沈阳大雪纷飞，我从汉卿言语的偶尔流露中，得知你已产下一子"，意思是说，你产一子，作为一个母亲，作为一个女人，对你来说是个大事，但是从张学良的口中，他只是偶尔流露。——我觉得这句话说得太狠了。因为张学良对这件事情的感知，和他怎么跟于凤至交代，这个赵四小姐是不知道的。如果我是赵四小姐，我看到这句话，心肯定被刺痛一下。

翟毓红：后面还有。你今天有机会对他好，都是我的宽容，是我给你了这样的机会。

梁文道：对，这就是她的风范。因为这段关系非常公开，两个女人跟张学良的关系是当时天下人都知道的，所以每一封信写出来，你都应该预备好，这信是天下人都要看的。就算私底下的生活，他们的脸也是不能撕破的。

为什么会有这封信？那当然是因为张学良被迫要跟她离婚。其实张学良本来可以就这么一辈子忽悠下去，但是，因为于凤至身在美国，只要于凤至一天还是他老婆，张学良就有机会以探亲为由离开中国台湾到美国去，而蒋介石、宋美龄要把张学良软禁一辈子，不让他去美国，所以让他信基督教（当然张学良也是真心信）。那你既然信了基督教，基督教要求一夫一妻，你不能这么办。——这一招是宋美龄想出来的，够毒。宋美龄使这么个毒计，于凤至当然知道。但平时看起来，两人是好姐妹，关系很不错，过年过节该送贺卡，该寄礼物照寄不误。

蒋方舟：在这种大家族里，尤其是这样的三角恋，这种妻妾之间的角逐，我觉得特别特别辛苦，输的人不能表现出太多的悲伤，赢的人也不能表现出太大的快乐和得意，否则就很丢脸。我看过一个赵四小姐亲戚的回忆，特别有意思，讲到晚年赵四小姐已经跟张学良结为合法夫妻，他俩一起去外国饭店吃饭，吃的是类似米其林餐厅的5道菜，很好吃。吃完之后，张学良就去打牌了。赵四小姐跟服务员说，把刚刚上的5道菜，一道一道地再给我上来。服务员就很奇怪，看她很瘦小，说你吃不完。她说，刚刚吃的太好吃了，我的生命中，能快乐一天就快乐一天。所以她把那5道菜又吃了一遍。我觉得她的快乐只能流露在这些享受的时刻，但这些快乐恰恰是不能展现给外界看的，她只能在私密的时候，天真得像一个孩子一样。我不知道这是一件幸运的事，还是一件可悲的事。

梁文道：我觉得很可悲。于凤至这整封信，你看就是大姐的感觉，她真是个大姐。她嫁给张学良的时候也是媒妁之言，张学良会觉得，这不是我爱上的女人，是父母定的（好在于凤至长得的确很好看，端庄得体）。最重要的是，于凤至比张学良大4岁，她嫁给张学良的时候，张学良才14岁。

翟毓红：就像领着一个很小的弟弟，要照顾他。

梁文道：对。从张学良来说，这个老大姐老盯着我，对我再好，也挺烦的。忽然认识一个比我小的妹妹，这回我就要自由恋爱了，多高兴。这个小妹妹也是真的喜欢他，老宠着他，惯着他。

蒋方舟：在这信里也可以看到，张学良一直都没发挥什么作用，无论是生孩子还是做什么决断。正因为张学良像是个孩子，所以，这恰恰是两个女人之间的战争。其实很多时候，我们维持感情的一个很大的动力是我们想赢，想赢过情敌，赢过前女友，甚至想赢的欲望战胜了我去爱这个人本身的欲望。如果只有一男一女两个人，说不定很快就分手了，不想再宠着他了。恰恰因为有另外一个女人，想赢的欲望变成了恋爱持续的一个动力。

于凤至生平、为人及其与赵四小姐的关系

1）结婚

于凤至，是富商于文斗之女，张学良的原配妻子。1915 年和张学良结为伉俪。1916 年生下张学良唯一的女儿张闾瑛。1936 年“西安事变”后陪伴张学良，1940 年被查出患有乳腺癌，后赴美求医，病好后在华尔街股市拼杀，赚了许多钱。1990 年在美国离世，享年 93 岁。

张学良同于凤至的婚事，是由张作霖一手包办做主的。张学良最初并不满意这门亲事。张学良跟随张作霖住进省城奉天后，开始学英文，在这一过程中结交了许多英美朋友，西方的“民主、自由”思想充满了他的脑海，所以对婚姻方面的“父母之命”“媒妁之言”十分反感。

但于凤至入帅府以来，以自己独有的庄重、内敛、仁义，赢得了大家的信任和赞誉，也更加使张氏父子对这位女子刮目相看。

张学良在同于凤至婚后的漫长岁月里，也越来越被她的友爱、体谅和痴情所感动。他们在1915年结婚，那时张学良只有14岁，于凤至也仅18岁。婚后，于凤至可谓身兼双重身份：既是妻子，又是大姐。作为妻子，她已察觉出张学良对她用情不专，与别的女人在外同居。面对这些，她默默地把苦涩埋在心底，对张学良仍然一副温良恭顺的样子。作为大姐，她无微不至地照顾他，问寒问暖，没有半点怨言。

1928年(一说1927年)，张学良结识了赵四小姐，他们一见钟情，双双坠入爱河。一时闹得沸沸扬扬。面对丈夫的情人，于凤至没有失却昔日风范，待她如同姐妹，这让张学良深为感动、钦佩。所以，张学良对赵一荻提出，如果她愿意跟随他，没有夫人名义，对外国人称她为自己秘书，对中国人则可称其为侍从小姐。

2)分别

1936年底“西安事变”和平解决以后，蒋介石将张学良扣押起来。张学良在宁波溪口幽禁期间，当局允许张学良的夫人于凤至和赵四小姐和他同住，两位商量之后，每月一替一换，轮流来此陪伴张学良。于凤至由上海乘船来宁波，赵四小姐则由宁波去上海，有时她们也一同留在张学良的身边，小住几日。

彼时，赵四小姐和张学良所生的独子张闾琳(后在美国任太空总署工程师)，还属幼小，正是需要母亲在身边照顾的年龄。于凤至为使赵四小姐更好地抚养幼子，便说服赵四小姐返回上海，自己留下。而后的3年幽禁中，她由溪口辗转奔波江西、湖南、贵州生活，身心受到很大伤害，乳房烂疮日渐加重，张学良便向军统局局长戴笠提出，让于凤至出去治病，由赵四小姐来照料自己的生活，蒋介石批准了张学良的要求。自此，二人天各一方。

临行前张学良叮嘱于凤至：此行赴美就医，无论将来病情是否好转，都不要再返回贵州。他希望于凤至到美国后，设法把当时尚在英国读书的几个孩子转到美国继续学业。

3）离婚

张学良去中国台湾后信仰基督教并接受洗礼。根据基督教教规，已婚男人只准有一位妻子。宋美龄抓住这一点作为借口，用政治手腕胁迫张学良同于凤至离婚，好断绝张学良申请去美国探亲定居的理由。于凤至对于这些怎能不知？无奈之下在离婚协议书上签了字。然而在他们正式离婚之后，于凤至仍然视自己为张夫人；离婚后张学良给她来信的称谓没有变化；宋美龄每年给她寄的圣诞贺卡上，称谓也仍是张夫人。

1964 年 7 月 4 日，经远在美国的于凤至同意离婚，63 岁的张学良才与 52 岁的赵四小姐正式结婚。他们结束 20 多年与世隔绝、相依为命的生活后，在台北杭州南路美国人吉米・爱尔窦的家中举行婚礼。爱尔窦是张学良的老朋友。证婚人是年已百岁的陈维屏牧师，女方证婚人是黄仁霖。13 人的来宾中有宋美龄、张群、王新衡、莫德惠、何世礼、冯庸等。

于凤至至死也没能再见张学良一面，这成了她一生之中最大的遗憾。

1990 年 3 月 20 日，于凤至在睡梦中安然逝去，终年 93 岁。

2000 年 6 月 22 日，赵四小姐病逝于檀香山，终年 88 岁。

2001 年 10 月 14 日，张学良病逝于檀香山，终年 100 岁。

《见字如面》第二季入选信件文档　编号 316

这是文学仅剩的安慰
——蒋方舟写给张爱玲

2011 年 12 月 22 日

“

你遇到胡兰成时 23 岁，我遇到你时 7 岁，如今也快 23 岁了。先是看你的文章，然后研究你的人生，时而背离，时而叛逃，时而万有引力一般地靠近你的人生。

”

蒋方舟（1989— ），出生于湖北襄阳，青年作家。代表作有《打开天窗》《我承认我不曾历经沧桑》等。

张爱玲（1920—1995），原名张煐，出生于上海。中国现代作家。1944 年，结识胡兰成并与之交往。1972 年，定居美国洛杉矶。1995 年 9 月 8 日，病逝于洛杉矶公寓内，终年 75 岁。其作品主要有小说、散文、电影剧本及文学论著等多种。

以下是蒋方舟写给张爱玲的一封信。

张爱玲你好：

那天又想到你，是和人谈起胡兰成。

话头并不是从胡兰成而起，而是从一本叫作《在德黑兰读〈洛丽塔〉》的书开始。伊朗女学者阿扎西从海外归来，回到自己的祖国伊朗教授西方文学，她因为不愿意戴着面纱上课，辞掉了在德黑兰大学的教职，邀请了七名女学生，每周四到她家里贪婪地阅读英文经典。她为女孩子们选定的阅读教材有《一千零一夜》《洛丽塔》《了不起的盖茨比》等。

这本书的主题，是讲在个人自由受到强烈桎梏的大环境下，如何通过启蒙自身，来改变所处的世界。而书里最让我感兴趣的细节，却是当这些秘密阅读小组的妙龄少女们读到亨伯特，忍不住震颤和心动，“洛丽塔，我生命之光，我欲念之火。我的罪恶，我的灵魂”——仿佛亨伯特在舌尖所含的是她们的名字。

忽然就想起了胡兰成，像所有的张爱玲迷一样，我也很讨厌胡兰成，不解你对他的深情。亨伯特和胡兰成一样，其实是非常丑恶肮脏的人，内心有永远也见不得人的一面。

他们的另一个共同点，就是都有种奇异的、能操纵女人的能力。魅，祛不了的魅。比如中国台湾的朱天文、朱天心两姐妹，就是很明显地在胡兰成语言的操控之中。

不同的是，在对女人永不停息的追求上，亨伯特有种自知的病态，胡兰成却视其为天下最正当、最美的事业。

胡兰成在给人的信里写：

"……乃至在路上见跛足的或乞讨的妇人，我都设想我可以娶她为妻……此是年轻人的感情，如大海水，愿意填补地上的不平。因由此感情，故山川草木以及女学生，皆映辉成鲜润的了。"

我看了，觉得比旧文人"红袖添香夜读书"的毛病还要令人憎恶。因为除了风流，还有一种临幸天下的滥爱，自视为上帝、"文人中心主义"——我生气，也是因为对他有先入为主的意见，知道他和你的故事，所以在读这封信的时候，脑海里总有他顾盼生姿的样子。

如果我事先没有这种心理防御，恐怕也很难抗拒胡兰成的魅。

因为你无法把违背社会常理和道德的职责施加给他，他自己有一套标准和与之匹配的语言。比如他在《今生今世》里写："前一晌我看了电影沛丽，沛丽是一只小栗鼠，洪荒世界里雷火焚林，山洪暴发，大雪封山，生命只是个残酷。它随时随地会遇上敌人，被貂追逐，佯死得遁，而于春花春水春枝下，雌雄相向立起，以前脚相戏击为对舞，万死余生中得此一刻思无邪的恋爱，仍四面都是危险，叫人看着真要伤心泪下。众生无明，纵有好处，越见得它是委屈。文明是先要没有委屈。"

他把整个文明的概念，落在一只惊惶的老鼠上。把那些庞大的词汇，都浓缩成一个楚楚的"委屈"。虽然我们明知道文明是个庞大复杂的概念，绝不是轻巧的“不委屈”几个字，但是却不知不觉接受了胡兰成的说法。他有自己解释世界的语言，以及评价万物的体系。你永远不能指责他错了，因为标准是他定的。当你去评价胡兰成时，就不得不进入他的世界，参照他的标准，使用他的语言。

胡兰成的这套标准柔情而委婉，所以让人容易沉迷不能醒。

阿城也把胡兰成的《今生今世》借给陈丹青，他在胡的文章中看出了杀气。杀气是藏在一团圆融温柔的香气中吧。连阿城也只找出了一处破绽，说他“兵家写散文：细节虽丰惟关键处语焉不详”。

最喜欢的你的书，并不是你二十几岁才华横溢期写的小说。而是一本没写完的《异乡记》。这本书只有三万多字，记录了1946年你从上海到温州寻访胡兰成的见闻。

看得人心惊肉跳，尤其是看你平淡地叙述出自己不那么体面的经历：“请女佣带我到解手的地方，原来就在楼梯底下一个阴暗的角落里，放着一只高脚马桶。我伸手钳起那黑腻腻的木盖，勉强使自己坐下去，正好面对着厨房，全然没有一点掩护。风飕飕的，此地就是过道，人来人往，我也不确定是不是应当对他们点头微笑。”

《围城》里也写到过知识分子逃难的狼狈，但是下笔要克制、保留很多，钱钟书嘴角总有一抹嘲弄的笑，要与这乡间的生活拉开距离。不像你诚实得近乎残忍，几乎漫不经心地横刀对自己剖腹，露出惨淡与不堪来。

你流产（抑或是堕胎）过，《小团圆》里写自己直视着抽水马桶里的男胎儿，肌肉上一层淡淡血水，大大的双眼突出。这一幕简直恐怖到了极点，如同排泄物一样的胎儿被冲入排水道。性、虐杀、暴力拥挤在一段让人心碎的记忆中，你却有耐心细细地回忆和描摹这画面。

你对自己狠，也不饶过别人。《殷宝滟送花楼会》写的是傅雷的故事。傅雷爱上了学生的妹妹，一个美貌的女高音歌唱家。而妻子朱梅馥善良浩荡如菩萨，包容怜惜丈夫一切的暴戾乖张。傅雷和女学生相恋过，最后没能在一起。女学生把故事告诉了你，大概也期待你能写成个如泣如诉的悲歌，岂料在你眼里，他们的爱情并不是唐传奇，甚至不算是一段《世说新语》，而不过又是一段自欺欺人。虽然傅雷在你动笔写这篇小说几个月前，才刚写过文章，夸赞你为“文坛最美的收获”，可是你并没有领情，笔下的傅雷不是唐璜，而是个神经质的虐待狂。

评论家柯灵曾经写过著名的《遥寄张爱玲》来怀念你，满怀深情怀念你的才华。在《小团圆》里，你却毫不留情地写了当初是怎样被他在公车上调戏的：“真挤。这家西点店出名的，蛋糕上奶油特别多，照这样要挤成浆糊了。荀桦（原型为柯灵）乘着拥挤，忽然用膝盖夹紧了她两只腿……就在这一刹那间，她震了一震，从他膝盖上尝到坐老虎凳的滋味。”

她担忧到了站他会一同下车，摆脱不了他。她自己也不大认识路，不要被他发现了那住址。幸而他只笑着点点头，没跟着下车。刚才没什么，甚至于不过是再点醒她一下：汉奸妻，人人可戏。

你总是把人想象得比真实更坏一些，或者说，你眼光毒辣，发现了甚至连他们自己都没有发现的猥琐心思，并且不惮写出来，不管那人是不是对自己有意，或是有恩。

对胡适先生，你却是少有地留了情面。那时你们都在美国，离开了国内被人追捧、与人热络的环境，都非常孤独寂寞。胡适先生的处境大概比你好些，也帮了你许多。你当时住在救世军办的宿舍里，性质和待遇就和收容所差不多。

胡适先生来看你，两人往黑漆空洞的客厅里去，胡适先生直赞这地方很好。坐了一会儿，一路出来四面看看，仍然满口说好，分明是没话找话。

你送他到台阶外，天冷，你没穿大衣，却也和胡适先生在凉风中站了许久。那是你们最后一次见面。你刻薄的笔力并没有捅破和揭穿什么，即使内心清明，最后仍然尊称胡适先生为“偶像”。

对亲人和至交，你甚至都没有那么友善。你后来和好友炎樱断交，几乎老死不相往来。在后来的通信里，炎樱问你为什么莫名其妙不再理她，你说：我不喜欢一个人和我老是聊几十年前的事，好像我是个死人一样。你的弟弟张子静，你在《童言无忌》里说他“实在秀美可爱”，听到别人说他种种不成器，你则比谁都气愤。他后来向你寻求救济，你却分文不给，以至于他也写书诉述你的冷漠。

“任是无情也动人”——不相干的人恐怕会这样说你，相干的人则只觉得无情。你却说自己对“所有人都同情”。我想到有人曾经问徐梵澄先生，说鲁迅为什么这么刻薄、这么好骂？徐梵澄先生说：“因为他厚道。厚道是正，一遇到邪，未免不能容，当然骂起来了。”

角度不同，冷暖自知吧。平常事物，你比别人更早看到更深一层的苦难，急急别过脸去，人说你无情，其实是同情至深。

你遇到胡兰成时23岁，我遇到你时7岁，如今也快23岁了。先是看你的文章，然后研究你的人生，时而背离，时而叛逃，时而万有引力一般地靠近你的人生。

你说生活像你从前的老女佣，叫她找一样东西，她总要慢条斯理地从大抽屉里取出一个花格子小手巾包，去掉了别针，打开来轻轻掀着看了一遍，照旧包好，放还原处，又拿出个白竹布包，用一条元色旧鞋口滚条捆上的，打开来看过没有，又收起来；把所有的包裹都检查过一遍，她对这些东西是这样的亲切——全是她收的，她找不到就谁都不要想找得到。

你被时代推着走，只能从后往前推测人生的结局怎样才能美满些：若没有爆发战争，若留在了大陆，若没有逃到美国，若晚年回到香港……全是一堆无从选择的选择题。

如今，我的生活也成了这样一个慢吞吞的老女佣，求之不得的无奈多过踌躇满志，事与愿违的情况多于种瓜得瓜。无论自己抑或是时代，都看不清前路在哪儿，也不知道走哪步会满盘皆输地错。这时总想起你的话来："我们这一代人是幸运的，到底还能读懂《红楼梦》。"这是文学仅剩的安慰，以及最后的退守。还能读懂你，我想我也是幸运的。

蒋方舟

2011 年 12 月 22 日凌晨

（蒋方舟:《我承认我不曾历经沧桑·@张爱玲》，广西师范大学出版社 2013）

QQ 音乐　　酷狗音乐　　酷我音乐

—— 扫码收听**周迅**朗读此信 ——

作家必须要旁观自己的痛苦

翟毓红：特别想听听你本人的感觉怎么样？

蒋方舟：写信的时候二十二三岁，现在我28岁，5年过去了。

梁文道：很悲惨——对不起——因为你23岁就已经像一个老女佣一样了。

蒋方舟：对，我觉得自己那时候真是为赋新词强说愁。

翟毓红：这也就相当于一篇蒋方舟读张爱玲作品的读后感。当时怎么会想到写这样一封信的呢？

蒋方舟：其实是一个约稿。因为我读张爱玲已经读了好多年，7岁的时候第一次读她，今天我包里还放着她的《红楼梦魇》，我在重新看，已经读了20多年。她对于我来说，既是文学上走在我前面的人，也是人生上走在我前面的人，所以我对她的情感是完全不一样的。

翟毓红：那现在5年过去了，今天再写，还会不会再往里加一些新的感悟？

蒋方舟：不会，因为我对张爱玲的情感很小的时候就确定了。但是在开头有"我也很讨厌胡兰成"这句话，如果是如今的话，我不太会这么表述，因为我对张爱玲为什么会爱上胡兰成有了新的理解，不像原来那么不解了。

梁文道：为什么？我对这个问题特别好奇。我所知道的所有喜欢张爱玲的人，大概有九成都很讨厌胡兰成，他们觉得，像张爱玲这样的人怎么能爱上像胡兰成这样的家伙呢？所以"张粉"写到胡兰成的时候，笔下都充满怨毒。

翟毓红：文道老师，我想问一下，您觉得胡兰成怎么样？

梁文道：我觉得胡兰成有点像他的字。他书法写得很好，但那字你第一眼看，你会觉得这就是个狐，狐狸的狐。它不是没有力量，但是总带着一股妖媚之气。这个人太厉害，他太能够用一种似是而非的很中国很玄学的理，把什么事都给它说通了。就像方舟写的一样，什么女人他都可以爱。这么滥情，这么花花公子，后来投靠汪伪政权，再后来又去了日本，每件事他都有方法说圆，而且用的逻辑是一致的，他有自己的一套语言。张爱玲这么冰冷有穿透力的人，怎么会着了他的道呢？

蒋方舟：我觉得，首先因为张爱玲遇到胡兰成的时候是23岁。他们相识是什么样的一个契机？胡兰成在报纸上看了张爱玲写的文章，就想，写这篇文章的人到底是谁？不管他是男的还是女的，我一定要和他把所有能发生的关系都发生。就这样，他就登门拜访张爱玲。张爱玲是知道胡兰成的，她当时和苏青还要设法营救他。在她们心中，胡兰成是有点高高在上的人。这样的一个人，抱着霸道总裁的决绝来到你面前，说我要和你把所有能发生的关系都发生，这对23岁的张爱玲来说杀伤力是很大的。任你多么无情，多么冰冷，当这么一团实质的热情在你面前的时候，你是很难抗拒的。另外一方面，就像刚刚梁文道老师所说，胡兰成他一开始就把自己的性情全部摆在明面上，我就是爱女的，所有女的我都爱。那我觉得像张爱玲这样的人，因为她聪明，所以很快就发现了这一点，但发现的时候她已经爱上他，她也做出她的选择。在这个感情关系中，他已经把他的弱点摆出来，所以你不能有被骗的感觉，你不能半途就放弃，因为你已经做出了这样的选择。

还有一点，是我很个人化的感慨，我觉得胡兰成某种程度上还是成就了她。我们看到胡兰成对张爱玲非常糟糕，《小团圆》里有一段看得我是很心痛的。张爱玲去投奔胡兰成，当时胡兰成已经和一个护士小周好上了，也在张爱玲面前毫不避讳。胡兰成知道张爱玲喜欢画画，就说，你给小周画幅画吧。然后张爱玲就开始画护士小周，画她的情敌。

翟毓红：他居然敢提出这样的要求，居然还有信心她不会拒绝。

蒋方舟：对，他觉得这是应该的。

张爱玲就开始画。开始的时候还说你看她的脸多好看，你看她的眼睛多好看。画着画着，忽然画不下去了，手一软说，我发现这个小周越来越像你了。胡兰成对张爱玲的痛苦很诧异，他说，你是一个作家，你连这么复杂的人类情感都不能理解吗？张爱玲说我这是职业病，就好像煤矿工人一定会得尘肺病一样，难道我是作家就必须忍受第三者吗？

为什么我会觉得，如此痛苦，却在某种程度上成就了张爱玲？因为张爱玲是个作家，她必须旁观她的痛苦。当这种痛苦越来越深，她对痛苦的解剖就会越来越清晰，克服各种痛，冷静地把自己最痛的那一部分写出来，那她解剖自己、解剖世界的力道就更为精准。

梁文道：对。

翟毓红：方舟也是作家。我特别祝福方舟，刚才她说得特别对。作家就要解剖自己，旁观这种痛苦。

蒋方舟：这是有风险的。大概率的可能是万劫不复，小概率的可能是渣男成就了自己。我觉得张爱玲是以极其坚韧的毅力，去解剖自己的痛苦，旁观自己的痛苦，导致她变成一个分寸感极其精准的女作家，你看不出她痛苦的痕迹。

梁文道：并非所有的渣男都是胡兰成，也并非所有因渣男而受害的女性都是张爱玲，所以他们的关系是很特别的一种关系。

胡兰成是这样的人，你看他书里说（我印象很深），他在浙江一个学校里认识了一个女老师，人家都知道胡兰成老家有老婆，但他公然去追那女老师，最后还追成了。面对大家的议论，他表示很“惭愧”。但你看他怎么解释他的“惭愧”——这就是胡兰成，他说我这就像《水浒传》《三国演义》中英雄比箭，赢的人箭中靶心，将弓挽回时，他自叹的那一声“惭愧惭愧”。

翟毓红：意思是，连张爱玲都爱我，惭愧惭愧！

梁文道：你想想看，他是这样一个人，张爱玲能怎么回应他？他写自传《今生今世》之后，张爱玲几十年闭嘴没有提过胡兰成，也不愿意公开回应《今生今世》，乃至于这段文坛八卦，大家都只能通过胡兰成版本了解。到了晚年，张爱玲终于写出《小团圆》，等于是几十年之后才回应他。——我觉得太厉害了。你看她回应渣男的办法，你给我来这套，玩虚的，我也不用早年大家喜欢的那种烁烁发光的文字，我用很赤裸、很残酷、很真实，又有一点叨碎的文字来回应你。就等于说，你别那么高高在上，你给我下来。

蒋方舟：对，我觉得梁老师说得特别好。

张爱玲在感情上是难得的两清——两不相欠的公平。张爱玲无论是跟她姑姑的关系，还是跟炎樱的关系（她俩吃饭谁花的钱，她都要写清楚），甚至跟妈妈的关系（她妈妈早年赞助她的学费，她一定要还给妈妈），都讲求两清。感情上，她对胡兰成的回应，也是讲求公平：你给我的情，多的我一点都不要；你欠我的，我一定要拿回来。

1. 关于蒋方舟

蒋方舟，1989 年 10 月 27 日出生于湖北襄阳，中国青年作家、《新周刊》杂志副主编。

蒋方舟少年成名，7 岁便开始写作，9 岁写成散文集《打开天窗》，此书被湖南省教委定为素质教育推荐读本并改编为漫画书。蒋方舟在《新京报》《南方都市报》等多家报刊开设专栏，用自己的文字记录生活。2005 年，当选中国少年作协主席。2008 年被清华大学破格录取，并引起了较大争议。2009 年 10 月在由《人民文学》杂志社主办的第七届人民文学奖评奖中，蒋方舟获得散文奖。2012 年 6 月，蒋方舟从清华大学毕业，就任《新周刊》杂志副主编。

2. 关于蒋方舟写给张爱玲的这封信

此信写于 2011 年 12 月 22 日，后选入新星出版社 2012 年 8 月出版的《私信 @ 他们》一书，2013 年 10 月收入其由广西师范大学出版社出版的随笔集《我承认我不曾历经沧桑》。其间，经博客、微博等自媒体转发，影响广泛，被誉为“两代才女的隔空对话”。

《见字如面》第二季入选信件文档　编号 289

早没了秦晋之好，剩下的全是怨恨
——何孟写给丈夫王富盈

北宋初

“

这是生命中的灾难，不是日常的拌嘴，就像是两个前世的冤家今生相会，事事对立，谁也不肯顺着对方。结果，家里的钱越来越少，连维持生计都成了问题。

”

这是一位名叫何孟的女子与丈夫王富盈离婚时写的离婚协议书。

1900 年，敦煌莫高窟出土一批古代文献，里边保存“放妻书”12 件（现藏于英国 5 件、法国 5 件、俄国 2 件），年代在唐末至北宋初，即公元 9 世纪到公元 11 世纪前后。

古代，在夫系家庭制下，妻子一般是从夫居，因而在离婚场合，通常也就是妻离夫家，是谓“放妻”。但此文书所反映的婚姻情况，却是丈夫离家，是一封“放夫书”。

都说夫妻一场，是三生修来的姻缘。一对男人女人，经过重重礼仪结为夫妻，本该恩深义重，你情我爱。活着相守到白头，死了一同埋黄土。谁曾想我们夫妻二人义尽情绝，争吵不断，相互憎恶。早没了秦晋之好，剩下的全是怨恨。这是生命中的灾难，不是日常的拌嘴，就像是两个前世的冤家今生相会，事事对立，谁也不肯顺着对方。结果，家里的钱越来越少，连维持生计都成了问题。现在，父老乡亲们为我这当妻子的何孟主持公道，判决我们离婚。责令丈夫王富盈离家另过。从今往后，你王富盈可以任意迎娶贤良，成家过日子传宗接代。我何孟也可以另嫁佳偶，享受幸福快乐的一生。为避免日后反悔添乱，请诸位乡贤共同做证，今后就是上刀山下火海万劫不复，我也对此心甘情愿。恐日后无凭，立字为证。记录缘由，存留备查。

［原文］

盖闻夫天妇地，结因于三世之中；男阴（阳）女阳（阴），纳婚于六礼之下。理贵恩义深，极贪爱因浓。生前相守抱白头，死后要同于黄土。何期二情称怨，互角憎多，无秦晋之同欢，有参辰之别

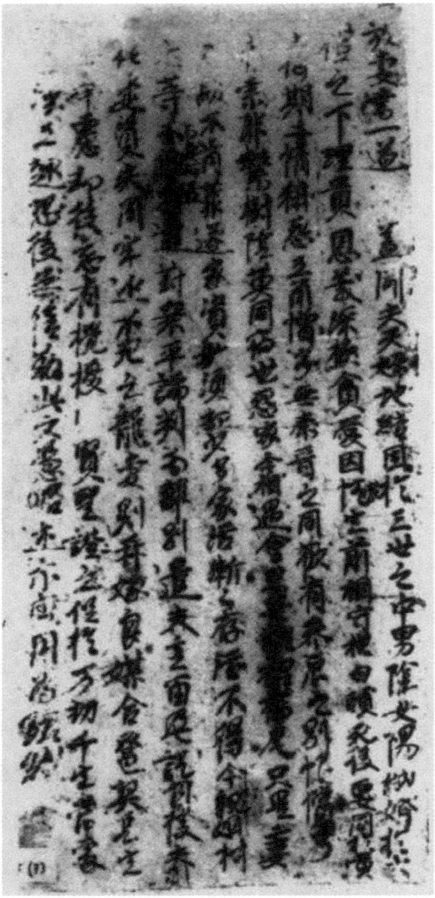

“放夫书”原图

编者注：此书虽题为“放妻书”，但从文中“对众平论，判分离别，遣夫王富盈讫”“自后夫则任娶贤央”等字句、语气，及离婚的具体内容可知，二人是借用了现成的“放妻书”格式写就了此“放夫书”。

恨。偿（尝）耳（闻）赤索非系，树阴莫同，宿世怨家，今相遇会。只是与妻为敌，不肯聚遂家资，须节省，多家活，暂存，活不得。今亲姆（母）村老等，与妻何孟，对众平（评）论，判分离别，遣夫王富盈讫。自后夫则任娶贤央（契），同牢延（筵）不死之龙；妻则再嫁良媒，合卺契（吃）长生之奉（凤）。虑却后忘有搅扰，贤圣证之，但于万劫千生，常处□□（无涯）之趣。恐后无信，勒此文凭。略述示（事）由，用为验约。

不把责任推给对方，是很难做到的

翟毓红：上一季有“放妻书”，这一季是“放夫书”，全都是在莫高窟出土的，觉得真像我们现代的离婚协议一样，男女平等。

梁文道：唐朝末年敦煌出土的文书，这种案例特别多。还有一些老外写的“放妻书”跟“放夫书”。老外包括粟特（今乌兹别克斯坦）人、波斯（今伊朗）人、亚美尼亚人、印度人、哈萨克斯坦人等。有的是用他们本民族的文字写的，加上对应的汉语译文。写的是，老公你去了好久，几年没回来，我可不等你了，我现在宣布跟你离婚了，我这儿又找了谁，都这样。我觉得很有意思，从北朝开始，一直到唐朝，整个中国都跟我们今天所理解的很不一样，文化很多元、很开放，也没有后来那么多礼教上的男尊女卑。

蒋方舟：我不从历史，从人性的角度来看，我觉得这信里最有意思的是，她分析他们夫妻破裂的原因时没有任何怨恨、批评。她不说你离家多日，或你对我不好，或是你打我，等等，她所说的都是相互的，如我们事事对立，谁也不顺着对方，我们相互憎恶，等等，没有把责任推给对方。我觉得这是我们现在都非常难做到的，因为我们分手的时候还在相互指责。

翟毓红：还有一个地方让我觉得特别有意思，你看她写这封“放夫书”时，还要叫上街坊邻居来现场做证，说以后你跟我没任何关系了。我不知道，它到底是一个公文格式呢，还是个性化的表达？

梁文道：要是公文格式，那就更逗了。当时政府是什么样的体制，会用这样的格式来处理婚姻问题，都很开放。

蒋方舟：你看无论是邻居，还是当事人双方，保留和暴露的都是人性最敞亮和坦然的一面，大家都很高兴。

1.关于古人离婚

从史实来看，唐朝、北宋初期，妻子提出离婚的不在少数。女方再嫁不为失节，这与前朝的“从一而终”和后代的“饿死事小，失节事大”形成鲜明的对照。

2.《见字如面》第一季选读的一封“放妻书”

盖说夫妻之缘，恩深义重。论谈共被之因，结誓幽远。

凡为夫妻之因，前世三生结缘，始配今生夫妇。

若结缘不合，比（皆）是怨家，故来相对。妻则一言十口，夫则贩木（反目）生嫌。似猫鼠相憎，如狼犲一处。

既以二心不同，难归一意，快快会及诸亲，各还本道。

愿妻娘子相离之后，重梳蝉鬓，美扫娥媚（眉），巧逞窈窕之姿，选聘高官之主，解怨释结，更莫相憎。一别两宽，各生欢喜。

于时年月日谨立手书

这是敦煌莫高窟出土的一封唐代“放妻书”。文中先是追述姻缘，怀想恩爱，然而“结缘不合，比是怨家”，只能离婚。没有诅咒，反倒是祝愿妻子打扮得漂漂亮亮，早日觅得富贵佳偶。

3. 关于古代离婚书

离婚书对于夫妻双方都是必不可少的证明文书。关于离婚文书的用途，首先是注销户口。我国从春秋战国时期起就有严格的户籍管理制度，据《商君书》卷五《境内》载：“四境之内，丈夫女子皆有名于上，生者著，死者削。”在敦煌吐鲁番出土的文书中，也有女子因婚嫁而除附的记载，如在唐开元四年（716 年）敦煌县慈惠乡的户籍记录中有“女杨王年壹拾捌岁，中女，开元三年账后出嫁，入里内户主余善意孙男伏保为妻”即是例证。对于离婚不办手续，或妇女未经离婚而再嫁，唐律都有相应的罚则。

离婚书的另一用途就是作为再嫁时的结婚凭证。《云溪友议》中有案例：杨志坚妻向坚索要休书后，即到官府申请公牍，以便再嫁。如果没有离婚书，就不能向官府申请公牍；没有官府发放的公牍，也就不能改嫁。

《见字如面》第二季入选信件文档　编号 007

请吞下这苦酒
——李叔同出家前写给日本妻子诚子

1918 年

“

我必须放下一切。我放下了你，也放下了在世间累积的声名与财富。

”

李叔同（1880—1942），20 世纪传奇人物。著名音乐家、美术教育家、书法家、戏剧活动家。他是中国话剧的开拓者之一，也是第一个向中国传播西方音乐的先驱者。“长亭外，古道边，芳草碧连天。”他创作的这首《送别》，历经几十年传唱不衰，已成经典。

李叔同在日本留学期间，遇到后来的妻子诚子（也有人说叫福基）。诚子随李叔同回到中国后，李叔同把她安置在上海，自己则一直在天津、杭州、南京教书，与家人、孩子聚少离多。1918 年春节，38 岁的李叔同在虎跑定慧寺度过，并拜了悟和尚为其在家弟子，取名演音，号弘一。农历七月一日他给妻子写下此信，两周后正式出家。

伤心欲绝的妻子携幼子从上海赶到杭州，抱着最后的一线

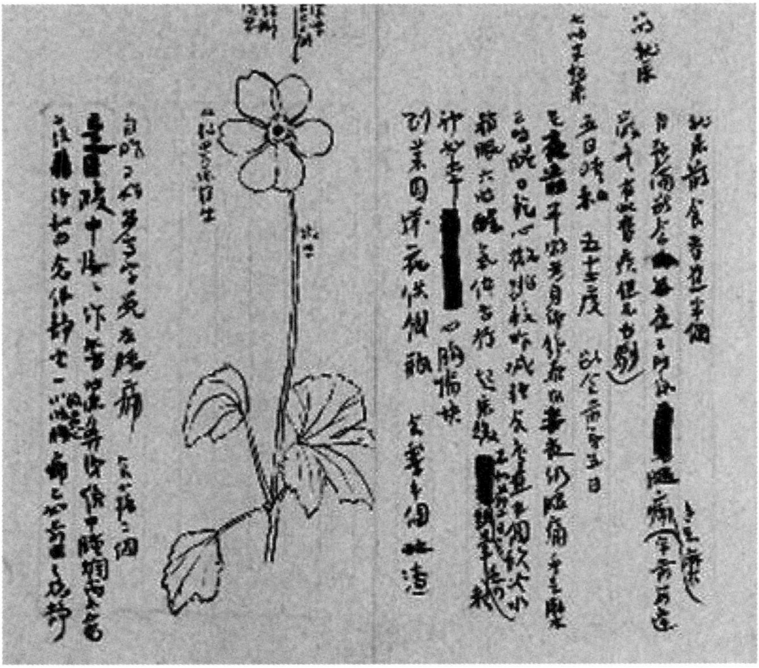

李叔同《断食日志》手稿

希望劝说丈夫回家。这一年，是两人相识后的第11年。然而李叔同决心已定，妻子无奈离去，只是对着关闭的寺门悲伤地责问道："慈悲对世人，为何独独伤我？"

诚子：

关于我决定出家之事，在身边一切事务上我已向相关之人交代清楚。上回与你谈过，想必你已了解我出家一事，是早晚的问题罢了。经过了一段时间的思索，你是否能理解我的决定了呢？若你已同意我这么做，请来信告诉我，你的决定于我十分重要。

对你来讲硬是要接受失去一个与你关系至深之人的痛苦与绝望，这样的心情我了解。但你是不平凡的，请吞下这苦酒，然后撑着去过日子吧。我想你的体内住着的不是一个庸俗、怯懦的灵魂。愿佛力加被，能助你度过这段难挨的日子。

做这样的决定，非我寡情薄义。为了那更永远、更艰难的佛道历程，我必须放下一切。我放下了你，也放下了在世间累积的声名与财富。这些都是过眼云烟，不值得留恋的。

我们要建立的是未来光华的佛国。在西天无极乐土，我们再相逢吧。

为了不增加你的痛苦，我将不再回上海去了。我们那个家里的一切，全数由你支配，并作为纪念。人生短暂数十载，大限总是要来，如今不过是将它提前罢了，我们是早晚要分别的，愿你能看破。

在佛前，我祈祷佛光加持你。望你珍重，念佛的洪名。

叔同戊午七月一日

QQ音乐　　酷狗音乐　　酷我音乐

——— 扫码收听**黄志忠**朗读此信 ———

慈悲和无情并不矛盾

翟毓红：读完这封信，很多人心里都会想到一种场景：一叶扁舟远远地离开，岸上站着他的妻子诚子和他的孩子。李叔同会不会回头？如果这个时候，孩子喊一声爸爸，他真的能够决然离去？那种心境，说实话我不是很了解。

梁文道：他出家时跟诚子分别是怎样的一个场景？有很多描写，很难说哪一种描写是准确的。大家都愿意去想，因为这个场景太难想象。李叔同是一个大才子，而且还是多情才子。他先后有过几个女友，在青楼之间也颇有名声。在日本留学时认识的诚子，是他房东的女儿。他学过西洋美术，是中国第一个找模特画裸体画的画家，找的模特就是他房东的女儿。就这样谈起恋爱，后来跟着他远渡重洋来到中国，生下了小孩。他妻子是这样的一个人，然后，你今天跟她说，我出家去了，拜拜？

翟毓红：他们两人之间是有感情基础的，包括家，包括孩子，不是感情不好要分开。

梁文道：不是。我知道，很多人都谴责李叔同，说这太绝情了。你会有这种感觉吗？

蒋方舟：开始的时候我会。我第一次读到这封信的时候很小，我那时候还是个道德感很强的人，我很愤怒。

梁文道：后来历经沧桑了。

蒋方舟：对。听道长讲了之后，我稍微理解了一些。他为什么不回头？因为如果是我自己，孩子叫一声，我回头，可能就再也没有动力往前走了。我觉得，幸福的生活，对幸福的人可能是一个祝福，但是对一个像李叔同这样的人来说，它既是祝福，某种程度上又是诅咒——因为他不能拥有这样的幸福。他要把自己从幸福中解脱出来，去追寻一个更不凡的事业。他不是在婚姻破裂时才选择这样的方式，因为他要做自己命运的主宰。他知道，如果这样幸福地过下去，他就再也迈不动腿，去走向更艰难、更大的事业。

梁文道：而且他不是那种我不管你怎么想，我已经下了决心，我就走了——不是那个意思。第一段一开始就问，你的决定怎么样，于我非常重要。这是佛教戒律，出家的人如果未成年，要父母允许。在佛教兴盛的地区，像泰国、斯里兰卡这些地方，甚至是父母陪着到寺庙，然后给剃度师送上袈裟说，我今天看到我的孩子出家，我万分欣喜。

翟毓红：就是需要有监护人的意见和许可。

梁文道：对。如果你结了婚而要出家，那首先当然要妻子或丈夫同意，最好也是跟着去寺院，说我今天送我丈夫来出家，得是这样。所以他说“你的决定于我十分重要”。但是他的态度很坚决，说就算你不要跟我分开，我告诉你，我心已决。

翟毓红：每个人能做出这样的决定，都跟他的性格有重要的关系。他是什么样的性格？

梁文道：他是一个太决绝的人了。张爱玲也是一个决绝的人，她这辈子没怎么佩服过人，仅有一两个偶像，她就提过弘一法师。张爱玲自己讲，很多人说我高傲，但是在弘一法师寺院的围墙外面，我是谦卑的。弘一法师一辈子，什么事要么不干，要干就干到底。他之所以画画得那么好，诗写得那么好，音乐那么好，是因为每件事他一进去，就一门深入。

他出家前在杭州教书。中国两个最有名的中学，一个是浙江一师，一个是湖南一师，他在浙江一师教书。那学校出过很多名人，其中一个是他的老同事、老朋友夏丏尊。夏丏尊讲过这么一件事。当年夏丏尊在学校当宿舍舍监，结果宿舍里有人丢东西。他很苦恼。他不想搜查，觉得这样做损害孩子们的尊严。他既不想损害孩子们的尊严，还想要偷东西的人自己承认。他就来跟李叔同商量。李叔同的回应很有意思。他说，你出个布告，就说我们宿舍最近老丢东西，为什么宿舍会有人偷东西呢？一定是我的错，我品德不行，修身不好，榜样不足，所以才会有人学坏。接下来写，我现在给大家三天时间，谁干了这事就来找我，我既往不咎。如果过了三天，仍然没有人出来认自己是小偷的话，我就自杀谢罪。

夏丏尊以为这是玩笑，说，那万一真没人来自首，怎么办？李叔同当时一脸正色地跟他说，那你自杀。

翟毓红：他真是这么想的。

梁文道：他真这么想，不是开玩笑。李叔同是这样的人。

蒋方舟：我觉得他对待自己，对待万物，态度始终是一样的。丰子恺是他的学生，在回忆弘一法师时他讲到，李叔同每次坐藤椅之前，要把藤椅摇一摇。丰子恺很奇怪，问，你为什么要摇？他说，因为这里面有一些小虫子，我摇一摇，让它们好逃跑，不要一屁股把它们给坐死。我觉得对李叔同来说，小虫子也好，他的孩子也好，他的妻子也好，其实是一样的，是平等的。他说我放下了一切，也放下了你，而不是说我只放下你，没有放下一切。所以我觉得，有的时候慈悲和“无情”是不矛盾的。慈悲是面向万物的，他没有对某一件事情有格外的眷恋，所以看似“无情”，但某种程度上可能这是真正的慈悲。

梁文道：简单地讲，人间情爱（如夫妻之爱），从佛教的角度来讲，这是痴（贪、嗔、痴之一）。人间所有的苦痛，莫过于被贪、嗔、痴三毒所困。真正的慈悲应该自己解脱，同时让大家解脱。所以，他要跟太太分手，还说太太你也应该放下你对我的这种痴。如果要斩断贪、嗔、痴造成的种种藕断丝连，这么狠地切断所有东西，这种心态在佛教里叫金刚。金刚就是金刚石（钻石），它是硬度最高的矿物，用它做刀，什么都能砍断。遇到任何情丝牵绊、人间欲念，你能一斩而断，这就是金刚。

翟毓红：有朋友问，李叔同他可以斩断，可如果他的妻子和孩子特别痛苦，那他还会这么选择吗？

蒋方舟：信里有一句话，说“我想你的体内住着的不是一个庸俗、怯懦的灵魂”。其实对方未必一定是他想象的这样勇敢或高尚，但是他愿意相信，而且他已经相信了，那对方不得不按照他这样的高标准来要求自己。

翟毓红：你看我是走上这条路了，你也可以朝着这条路走。如果你也走通了的话，你就不会这样痛苦了。

1. 关于李叔同

1）生于巨富之家

李叔同生于天津河北区地藏庵前李宅。祖李锐，原籍浙江平湖，寄籍天津，经营盐业与银钱业。父李世珍，字筱楼，清同治四年进士，曾官吏部主事，后辞官承父业而为津门巨富。

2）曾有雅士之名

对经国济世的“正经”学问不热衷，年轻时每晚去“天仙园”为伶人杨翠喜捧场。20岁时与袁希濂、许幻园、蔡小香、张小楼结金兰之谊，号称“天涯五友”，与画家任伯年等设立“上海书画公会”，文人雅士日子过得风生水起，五光十色。

3）绘画与话剧

1905年赴日学绘画。1906年，出演话剧《茶花女》，李叔同饰茶花女。

4）后人评价

鲁迅：朴拙圆满，浑若天成。得李师手书，幸甚！

太虚大师为赠偈：以教印心，以律严身，内外清净，菩提之因。

周恩来对曹禺说：你们将来如要编写《中国话剧史》，不要忘记天津的李叔同，即出家后的弘一法师。他是传播西洋绘画、音乐、戏剧到中国来的先驱。

赵朴初：深悲早现茶花女，胜愿终成苦行僧，无尽奇珍供世眼，一轮圆月耀天心。

林语堂：李叔同是我们时代里最有才华的几位天才之一，也是最奇特的一个人，最遗世而独立的一个人。

张爱玲：不要认为我是个高傲的人，我从来不是的，至少，在弘一法师寺院的围墙外面，我是如此的谦卑。

夏丏尊：综师一生，为翩翩之佳公子，为激昂之志士，为多才之艺人，为严肃之教育者，为戒律精严之头陀，而以倾心西极，吉祥善逝。

2. 关于李叔同与诚子

1）两人缘起

李叔同的日本妻子诚子是他 1905 年在日本留学时认识的。当时，诚子是他房东的女儿。两人熟悉后，李叔同想请诚子做他的裸体模特，没想到诚子应允，两人后来相恋并结婚。

2）李叔同出家

黄炎培发表过一篇题为《我也来谈谈李叔同先生》的文章。文章说："叔同出家首先在杭州的西湖，经过了几年，叔同的夫人到上海，要求城东女学杨白民夫人詹练一和我当时的夫人伴她去杭州找叔同，走了几个庙，找到了，要求叔同到岳庙前临湖素食店共餐。三人有问，叔同才答，终席，叔同从不自动发一言，也从不抬头睁眼向三人注视。饭罢，叔同即告辞归庙，雇一小舟，三人送到船边，叔同一人上了船。船开行了，叔同从不回头。但见一桨一桨荡向湖心，直到连人带船一齐埋没湖云深处，什么都不见，叔同最后依然不一顾，叔同夫人大哭而归。”

在正式出家前，李叔同曾预留 3 个月的薪水，将其分为 3 份，其中一份连同自剪下的一绺胡须托老朋友杨白民先生，转交给自己的日本妻子诚子，并拜托朋友将妻子送回日本。

3. 李叔同与诚子的最后一次见面

1918 年的农历正月十五李叔同正式皈依佛门，8 月 19 日他在杭州虎跑寺剃度为僧。剃度几个星期后，他的日本妻子诚子携了幼子从上海赶到杭州灵隐寺，抱着最后一线希望，劝说丈夫切莫弃她出家。然而李叔同决心已定，连寺门都没让妻子和孩子进。

诚子知道已挽不回丈夫的心，仍坚持要与他见最后一面。清晨，薄雾西湖，两舟相向。诚子唤李叔同的名字 :“叔同——”李叔同回应 :“请叫我弘一。”诚子问 :“弘一法师，请告诉我什么是爱?”李叔同回答 :“爱，就是慈悲。”

爱恋

○ 徐妙锦写给明永乐帝朱棣（1407）

娶了我，对陛下您没有一点好处

○ 郁达夫写给王映霞（1927）

我从没有这样的爱过人

○ 沈从文写给张兆和（1931）

我很顽固的爱你

○ 刘粹刚与妻子许希麟往来信（1937）

现在不是我们的时候

○ 林觉民写给妻子陈意映（1911）

与妻书

《见字如面》第二季入选信件文档　编号 315

娶了我，对陛下您没有一点好处
——徐妙锦写给明永乐帝朱棣

1407 年

“

臣女不愿意做的事情，陛下您不会非要强迫我去做吧。

”

徐妙锦（生卒年不详），濠州钟离（今安徽凤阳东北）人。明朝开国元勋、魏国公徐达的第四个女儿，明永乐帝朱棣正宫仁孝皇后之胞妹。天生丽质，满腹诗书，且为人贤良聪慧。

朱棣（1360—1424），明太祖朱元璋第四子，明朝第三位皇帝，史称明成祖。1402 年至 1424 年在位，年号永乐，故后人亦称其为永乐皇帝。

1407 年（永乐五年），永乐帝正宫仁孝皇后病逝，朱棣便打起了续弦妻妹即徐妙锦的主意。生性刚烈、聪慧超常的徐妙锦，在写给他一封“拒婚信”（即《答永乐帝书》）后，毅然选择了削发为尼。

后来，出家为尼的徐妙锦圆寂后，按僧尼习俗理应火葬。为能陪护在父母身边，她立遗嘱将自己的骨灰葬在了徐达家族墓地。

臣女我虽然生长在豪门之家，但生性喜爱淡泊宁静。我不羡慕皇家的深宫禁苑、钟鸣鼎食。我愿意去的，是那些庵庐荒芜的小院，看青苔遍地，红鱼漫游。我不喜欢高墙里妖艳的桃花，总是期待着被人欣赏，我愿意做的，是山间的一株小草，孤独俯仰，自在枯荣。听到墙外秋虫的鸣叫，有人会厌烦它的凄切。看到窗前幽幽的冷月，我却流连它的清辉。人生的境遇各不相同，所以喜欢的东西也各不一样。我就是个喜欢沉溺在寂静中的人，只有待在清幽旷远的地方，远离了荣华富贵的喧嚣，才会觉得心情特别舒畅开朗。

昨天，我哥哥派了特使，送来了皇上您的手谕。臣女跪读之下，深切感受到陛下您哀怜臣女的诚挚心意，臣女万死莫赎。想想陛下您以万乘之尊，日夜操劳公务，自然也该得到愉悦身心的快乐。但您外有朝廷上文武群臣恭顺听命，内有六宫里如云粉黛悉心照料，而我，不过是一个弱女子罢了。论才华，我不足以辅佐万岁。论德行，我不足以母仪天下。娶了我，对陛下您没有一点好处，又实在是违背了我的初衷。臣女不愿意做的事情，陛下您不会非要强迫我去做吧。

臣女我就愿意当个世外闲人，不想要荣华富贵。这些我以前跟您说过，陛下您一定还能记得吧？所以，我请求陛下您能屈尊答应我的请求，如果您能从此忘掉臣女，那是最好不过的事情了。别人喜爱桃李妖娆，我却偏爱翠竹丹枫。我将从此手捧经书，静坐蒲团，青灯古佛，长参寂静，了此余生。臣女此前曾经沐浴圣恩，享受了太多的关爱。我请求您再次同情怜爱我一次，成全臣女的志愿，我会不胜感激，由衷期待。

QQ 音乐　　酷狗音乐　　酷我音乐

—— 扫码收听周迅朗读此信 ——

[原文]

答永乐帝书

臣女生长华门，性甘淡泊。不羡禁苑深宫，钟鸣鼎食；愿去荒庵小院，青磬红鱼。不学园里夭桃，邀人欣赏；愿作山中小草，独自荣枯。听墙外秋虫，人嫌其凄切；睹窗前冷月，自觉清辉。盖人生境遇各殊，因之观赏异趣。矧臣女素耽寂静，处此幽旷清寂之境，隔绝荣华富贵之场，心胸顿觉朗然。

乃日昨阿兄遣使捧上谕来，臣女跪读之下，深感陛下哀怜臣女之至意，臣女诚万死莫赎也。伏思陛下以万乘之尊，宵旰勤劳，自宜求愉快身心之乐。幸外有台阁诸臣，袍笏跻跄；内有六宫嫔御，粉黛如云。而臣女一弱女子耳。才不足以辅佐万岁，德不足以母仪天下。既得失无裨于陛下，而实违臣女之素志。臣女之所未愿者，谅陛下亦未必强愿之也。

臣女愿为世外闲人，不作繁华之想。前经面奏，陛下犹能忆之也。伏乞陛下俯允所求，并乞从此弗以臣女为念，则尤为万幸耳。盖人喜夭桃秾李，我爱翠竹丹枫。从此贝叶蒲团，青灯古佛，长参寂静，了此余生。臣女前曾荷沐圣恩，万千眷注。伏恳再哀而怜之，以全臣女之志愿，则不胜衔感待命之至。

男人一直都有“仕”和“隐”的矛盾

翟毓红：读徐妙锦写给朱棣的信，我觉得对现代女性来说，爱就爱，不爱就不爱，我可以有拒绝的权利，很过瘾。但毕竟是那个年代，她怎么能那么任性呢？她任性有什么资本呢？

许子东：就算是现代，要是面对一个这样地位的人，不用写信，哪怕是暗示，你能说拒绝就拒绝？

翟毓红：女性读了觉得很过瘾，那男性对这样一封信是什么感觉呢？

许子东：男性做不到皇帝的人，当然也觉得不错。好女子都被你有钱有势的人娶走了，也留点给我们草根小民。当然了，这只是白日做梦。

翟毓红：我不知道在那个时代，这样的一个女孩子，她任性的资本到底有哪几个方面？

杨雨：其实徐妙锦还是有一定资本的。她为什么敢拒绝？第一，她老爸是开国功臣徐达，那跟朱元璋应该是过命之交了；第二，她的长姐就是明成祖朱棣的第一任皇后，而且是朱棣还在当燕王的时候就已经嫁给他了，一直辅佐他登基。朱棣跟仁孝皇后相敬如宾，两人在帝王夫妻里关系算是特别不错的。徐达的另外两个女儿是嫁给了朱棣的两个兄弟。

徐妙锦这封信，在正史里是完全无考的。所以越是我们觉得过瘾，越是要打个问号。我在想，古代女子，不管你出身什么样的豪门贵族，如果真像信中所说，明成祖写了一封手谕（不是暗示），那就是下旨，不叫求婚，那叫赐婚（也就是说，他不是询问你的意见、征求你的同意，而是命令，是旨意），你只能谢主隆恩。这是第一个要打问号的。第二个问号，即便这个女子她真的足够任性，她想要抗旨，可她头上顶的不是她一个人的脑袋。

许子东：朱棣很厉害的，史书上记载，他杀了很多人。我倾向于同意这是后人的伪作。

你说这样的故事不是太过瘾了吗？表面上看，这是为天下女子出一口气（终有一天我也可以拒绝这样的人），其实是满足男人的梦。

翟毓红：为什么说是满足男人的梦呢？

许子东：因为男人一直有“仕”跟“隐”的矛盾。中国的文人士为知己者所用，都盼望有人能用我。但用不上呢，我就隐到山里去，要你来求我。鲁迅讲过一句非常好的话，说你要“隐”，先要“仕”。啥意思？就是说，你要做过官，再去乡下种田，才叫隐士，否则就是一个农夫。做尼姑也一样，有皇帝向她求过婚，庙里才把她当宝贝，不然她就是个普通尼姑。

杨雨：我觉得子东老师的判断特别好。很有可能就是一个男性文人，用假托的手法来表达他对天子权力的委婉拒绝。

许子东：中国古代的诗，最多的是两种，一种是朋友相赠，还有一种就是宫怨。中国文人真是博大胸怀，别人不关心，老婆也不关心，就关心后宫佳丽三千？他是真关心吗？不是，他是借关心后宫佳丽发牢骚。这封信也一样。

杨雨：像信里说，我“不学园里夭桃，邀人欣赏；愿做山中小草，独自荣枯”，这种文字要表达的就是这个意思。

许子东：这就是文人的自白嘛。

杨雨：这封信给了我们一个提醒，读古代文人表达男女爱情的诗也好、文也好，它多半都跟男女爱情没有必然的关系。

关于史上有无徐妙锦及其《答永乐帝书》

1)《答永乐帝书》的出处

《答永乐帝书》一文到目前为止能查到的最早版本是出自1936年由上海艺林书社出版的《明代名人情书》(作者何可人、郭炳权)。目前但凡引用《答永乐帝书》的都出自此书，并无别家。再往前溯，便再无线索。

因史料文献不足，现今关于此信真伪的说法，多为猜测性推论。

2）关于徐妙锦的传言

相传明代有四大美女：徐妙锦（明成祖时代）、王满堂（明武宗时代）、马湘兰（明神宗时代）、客印月（明熹宗时代）。徐妙锦位居其首，或非空穴来风。

不止一份史料中曾提及，徐达第四个女儿“未聘”，也就是未曾嫁人。以当时徐家的显赫地位，加上长女、次女、三女都嫁入皇室的背景，如果这第四个女儿未曾嫁人，当有三种可能性：①早夭，未到及笄年龄就已去世；②有某些缺陷，比如残疾，无法嫁人；③其他，比如皈依佛门。

据《答永乐帝书》行文所述，徐妙锦婉拒朱棣后的选择与皈依佛门一说相符。

3）徐妙锦是否真有其人

据明代王世贞《弇山堂别集》卷一记载：“魏国公徐达三女，一为文皇后，一为代王妃，一为安王妃。”有人据此推论，其四女徐妙锦之说，当为后世杜撰。

照此推论，徐妙锦《答永乐帝书》也该是虚构作品。

至于史上究竟有没有徐妙锦拒绝朱棣求婚遁入佛门的事真实发生过，现已无从考据。

《见字如面》第二季入选信件文档　编号049

我从没有这样的爱过人
——郁达夫写给王映霞

1927年

“

我最重视的，是热烈的爱，是盲目的爱，是可以牺牲一切，朝不能待夕的爱。

”

郁达夫（1896—1945），原名郁文，字达夫。中国现代作家、革命烈士。文学代表作有《沉沦》《故都的秋》《春风沉醉的晚上》等。他是新文学团体创造社的发起人之一。在文学创作的同时，他还积极参加各种反帝抗日组织，从事抗日救国宣传活动。1945年郁达夫在苏门答腊岛被日本宪兵杀害，终年49岁。

王映霞（1908—2000），毕业于浙江省立女子师范学校，被誉为民国时期“杭州第一美人”。她初嫁郁达夫，再嫁钟贤道，两次婚事都曾轰动一时。

1927年1月14日，当时还是有妇之夫的郁达夫，与王映霞在上海邂逅，一见钟情，开始对她苦苦追求。其间，郁达夫给王映霞写了大量情书，下面这封写于1927年3月，当时王映霞多次因郁达夫已有家室而拒绝了他的求爱。3个月后的6月5

日，郁达夫和王映霞在杭州订婚。1928 年春天二人在上海举行了婚礼，12 年后离异。

映霞：

这一封信，希望你保存着，可以作我们两人这一次交游的纪念。

两月以来，我把什么都忘掉。为了你，我情愿把家庭、名誉、地位，甚而生命，也可以丢弃，我的爱你，总算是切而且挚了。我几次对你说，我从没有这样的爱过人，我的爱是无条件的，是可以牺牲一切的，是如猛火电光，非烧尽己身不可的。内心既感到了这样热烈的爱，你试想想看外面可不可以和你同路人一样，长不相见的？因此我几次的要求你不要疑我的卑污，不要远避开我，不要于见我的时候要拉一个第三者在内。

好容易你答应了我一次，前礼拜日，总算和你谈了半天。第二天一早起来，我又觉得非见你不可，所以又匆匆地跑到尚贤坊去，谁知事不凑巧，却遇到了孙夫人的骤病，和一位不相识的生客的到来，所以那一天我终于很懊恼地走了。

那一夜回家，仍旧是没有睡着，早晨起来，就接到了你一封信，——在那一天早晨的前夜，我曾有一封信发出，约你今天到先施前面来会——你的信里依旧是说，我们两人在这一个期间内，还是少见面的好。你的苦衷，我未尝不晓得。因为你还是一个无瑕的闺女，和男子来往交游，于名誉上有绝大的损失，并且我是一个已婚之人，尤其容易使人误会。所以你就用拒绝我见面的方法，来防止这一层。第二，你年纪还轻，将来总是要结婚的，所以你所希望于我的，就是赶快把我的身子弄得清清爽爽，可以正式地和你举行婚礼。由这两层原因看来，可以知道你所最重视的是名誉，其次是结婚，又其次才是两人中间的爱情。

不消说这一次我看到了你，是很热烈地爱你的。正因为我很热烈地爱你，所以一时一刻都不愿意离开你，又因为我很热烈地爱你，所以我可以丢生命，丢家庭，丢名誉，以及一切社会上的地位和金钱。所以由我讲来，现在我最重视的，是热烈的爱，是盲目的爱，是可以牺牲一切，朝不能待夕的爱。此外的一切，在爱的面前，都只有和尘沙一样的价值。

真正的爱，是不容利害打算的念头存在于其间的。所以我觉得这一次我对你感到的，的确是很纯正，很热烈的爱情。这一种爱情的保持，是要日日见面，日日谈心，才可以使它长成，使它洁化，使它长存于天地之间。而你对我的要求，第一就是不要我和你见面。我起初还以为这是你慎重行事的美德，心里很感服你，然而以我这几天自己的心境来一推想，觉得真正地感到热烈的爱情的时候，两人的不见面，是绝对的不可能的。若两个人既感到了爱情，而还可以长久不见面的话，那么结婚和同居的那些事情，简直可以不要。

尤其是可以使我得到实证的，就是我自家的经验。我和我女人的订婚，是完全由父母作主，在我三岁的时候定下的。后来我长大了，有了知识，觉得两人中间，终不能发生出情爱来，所以几次想离婚，几次受到了家庭的责备，结果我的对抗方法，就是长年地避居在日本，无论如何，总不愿意回国。后来因为祖母的病，我于暑假中回来了一次——那一年我已经有二十五岁了——殊不知母亲、祖母及女家的长者，硬把我捉住，要我结婚。

我逃得无可再逃，避得无可再避，就只好想了一个恶毒的法子出来刁难女家，就是不要行结婚礼，不要用花轿，不要种种仪式。我以为对于头脑很旧的人，这一个法子是很有效力的。哪里知道女家竟承认了我，还是要我结婚，到了七十二变变完的时候，我才走投无路，只能由他们摆布了，所以就糊里糊涂地结了婚。

但我对于我的女人，终是没有热烈的爱情的，所以结婚之后，到如今将满六载，而我和她同住的时候，积起来还不上半年。因为我对我的女人，终是没有热烈爱情的，所以长年漂流在外，很久很久不见面，我也觉得一点儿也没什么。

从我这自己的经验推想起来，我今天才得到了一个确实的结论，就是现在你对我所感到的情爱，等于我对于我自己的女人所感到的情爱一样。由你看来，和我长年不见，也是没有什么的。既然是如此，那么映霞，我真真对你不起了，因为我爱你的热度愈高，使你所受的困惑也愈深，而我现在爱你的热度，已将超过沸点，那么你现在所受的痛苦，也一定是达到了极点了。

爱情本来要两人同等地感到，同样地表示，才能圆满地成立，才能好好地结果，才能使两方感到一样的愉快，像现在我们这样的爱情，我觉得只是我一面的庸人自扰，并不是真正合乎爱情的原则的。所以这一次因为我起了这盲目的热情之后，我自己倒还是自作自受，吃吃苦是应该的，目下且将连累及你也吃起苦来了。

我若是有良心的人，我若不是一个利己者，那么第一我现在就要先解除你的痛苦。你的爱我，并不是真正的由你本心而发的，不过是我热情的反响。我这里燃烧得愈烈，你那里也痛苦得愈深，因为你一边本不在爱我，一边又不得不聊尽你的对人的礼节，勉强的与我来酬酢。我觉得这样的过去，我的苦楚倒还有限，你的苦楚，未免太大了。

今天想了一个下午，晚上又想了半夜，我才达到了这一个结论。由这一个结论再演想开来，我又发现了几个原因：第一，我们的年龄相差太远，相互的情感是当然不能发生的；第二，我自己的风采不扬——这是我平生最大的恨事——不能引起你内部的燃烧；第三，我的羽翼不丰，没有千万的家财，没有盖世的声誉，所以不能使你五体投地受我的催眠暗示。

说到了这里，我怕你要骂我，骂我在说俏皮话讥讽你，或者你至少也要说我在无理取闹，无理生气，气你不肯和我相见，但是映霞，我很诚恳地对你说，这一种浅薄的心思，我是丝毫没有的。我从前虽则因为你不愿和我见面而曾经发过气，但到了现在——已经想前思后地想破了的现在，我是丝毫也没有怨你的心思，丝毫也没有讥骂你的心思了，我非但没有怨你讥笑你的心思，就是现在我也还在爱你。

正因为爱你的原因，所以我想解除你现在的苦痛——心不由主，不得不勉强酬应的苦痛。我非但衷心还在爱你，我并且也非常的在感激你。因为我这一次见了你，才经验到了情爱的本质，才晓得热烈地想爱人的时候的心境是如何紧张的。我此后想遵守你所望于我的话，我此后想永远地将你留置在我的心灵上膜拜。

我这一回只觉得对你不起，因为我一个人的热爱而累及了你，累你也受了一个多月的苦。我对于自己所犯的这一点罪恶，认识得很清，所以今后我对于你的报答，你也仍旧是和从前一样，你要我怎么样，我就可以怎么样。

映霞，这一回我真觉得对你不起，我真累及了你了。

映霞，你这一回也算是受了一回骗，把我之致累于你的事情，想得轻一点，想得开一点吧！

我还希望你不要因此而断绝了我们的友谊，不要因此而混骂一班具有爱人的资格的男人。

这一回的事情，完全是我不好，完全是我一个人自不量力瞎闯的结果。我这一封信，可以证明你的洁白，证明你的高尚，你不过是一个受难者，一个被疯狗咬了的人，你对我本来没有什么好恶之感，并没有什么男女私情的。万一你要证明你的洁白，证明你的高尚，有将这一封信发表的必要的时候，我也没有什么反对的抗议。不过若没有这一种必要的事情发生的时候，我还是希望你保存着，保存到我死后再发表。

最后我还要重说一句，你所希望我的，规劝我的话，我以后一定牢牢地记着。假使我将来若有一点成就的时候，那么我的这一点成就的荣耀，愿意全部归赠给你。

映霞，映霞，我写完了这一封信，眼泪就忍不住地往下掉了，我我……

达夫上

1927 年 3 月 4 日

（郁达夫：《郁达夫自传·情书几篇》，江苏文艺出版社 2012）

QQ 音乐　　酷狗音乐　　酷我音乐

——— 扫码收听**赵立新**朗读此信 ———

爱或可燃烧，或可永恒，但不可兼得

翟毓红：这封信写得真好，我看好多女孩子都读得眼泪汪汪。

杨雨：其实这不是一封求爱信，而是他求爱受到了挫折。这封信是郁达夫在表达他对映霞的感情。王映霞这个女主人公，她的态度没有直接出现，只是从郁达夫的信里，我感觉并不是像郁达夫所说那样，是他单方面一个人在燃烧，而没有得到王映霞同等的回应。我从他的字里行间感觉到，王映霞这个时候应该对郁达夫是有感情的。她的障碍在哪里呢？他信中说，你希望赶紧“把我的身子弄得清清爽爽，可以正式地和你举行婚礼”。王映霞是希望他们的感情能够放在阳光之下，以名正言顺的身份朝夕相处。而郁达夫是迫不及待的，想要的是我现在可以把一切都放在旁边，先让爱情燃烧起来。

许子东：如果你现在碰到这么一个人，是有名的作家，给你写这样的信，像他这样真诚。但是明摆着，条件是不合适的，他已经有家室了。可他又诚心地在向你求爱，死缠烂打，每天要求见面、写信。碰到这样的情况，女生的感觉会怎么样呢？

杨雨：如果我是王映霞的话，我的反应也许会和她类似。如果你是真的爱，而且你说因为你之前的婚姻是父母包办的，就在你还完全不懂事的情况之下，你的婚姻就已经被父母给定了。现在，你是在人生当中第一次发现了你真正的爱情。假设王映霞是真的也爱上了郁达夫，他们中间的障碍只是一个婚姻的合法性的话，那我也会提出这样的要求。如果我们要正大光明地交往，请你清清白白地站到我的面前。

许子东：但实际情况是，郁达夫当时提出，他要跟孙荃分开，最后王映霞说你不要吧。因为那是民国的时候，一夫多妻是合法的。他的做法叫“两头大”，就是不区分妻妾，跟王映霞也是正式结婚。后来鲁迅的“横眉冷对千夫指”这句诗，有个背景，就是达夫、映霞赏饭。说明王映霞跟他是以正式夫妻面目出现的。当时的情况是，王映霞是一个刚刚毕业的学生，碰到了一个有名的作家来追求。我觉得他们最担心的不是婚姻的问题，因为当时像郁达夫、鲁迅都是这样，家里原来都有一个妻子。王映霞更担心的是郁达夫本身，他是个浪漫派，他写的小说都是男女爱情故事，而且很颓废，很多小说里写到去妓院，各种各样的，真真假假，搞不清楚。他的《沉沦》你们都知道，里边男的很多这样。所以很多人就把他的小说跟他个人的品行也混同了，觉得这个男的“文人无行”嘛。他今天发疯一样发花痴来追你，明天说不定会怎么样。后来王映霞同意，是因为她外公。王映霞的外公非常欣赏郁达夫的才华。这封信里边有一句话被他说中了，信是他死后才发表的。你们可能不知道，这些信一直被王映霞带在身上，所有郁达夫的信，几百封。抗战的时候从武汉撤退到长沙，长沙有名的文夕大火，信遗失了。我特别要提一下，有一个叫燕孟晋的人，在粤汉铁路局工作。有一次他在拍卖走失的行李时，看见一堆火在烧，好奇，跑过去用棍子一拨，看见里边有本日记，拿来一看不重要，又看见一批信纸在烧，一看里边有郁达夫、王映霞的字，马上把它扒出来。

杨雨：这是很有眼光的一个人。

许子东：他是武汉大学的毕业生，但不是学文科的。这批信1949年在香港《新民晚报》还报道过。我原来读书的华东师大，一个老师叫林艾园，这个人是教古代文学的。他就问燕孟晋借来看，看完就没还，燕孟晋就送给他了，因为他是研究文学的。中间林艾园也问过我学校的老师施蛰存，施蛰存说这应该发表。林艾园也没有及时发表，“文革”的时候被抄家抄走了。有一个红卫兵就很有眼光，说这批信不还你了（“文革”后还是还了）。

杨雨：他又发现宝藏了。

许子东：这中间又有一件巧合的事情。许杰是文学研究会的作家。在“文革”中，医院看病叫号，叫到他，“许杰，许杰”，他正好走开了，叫了好几遍。旁边在等的一个老太太听到了，等他来看病的时候，那女人就跑过来，说：“你是许杰？我是王映霞。”他们就接上头了。许杰就告诉王映霞：“你有一批信在我们系的一个老师手里。”那时候只有十几封。林艾园老师不好意思，十几封信就还给了王映霞。

翟毓红：兜兜转转多大一圈。

许子东：到1979年的时候，林艾园在家里整理旧东西，烧废纸，发现还有一叠信，居然是其他部分的信。这信给谁呢？他没有还给王映霞。照理说，这是属于王映霞的吧。他交给了上海博物馆，这样信就出版了，就是《达夫书简》。

杨雨：郁达夫那时候体验到人生当中第一次热烈的爱，所以那么疯狂。

许子东：郁达夫追她成功以后，《日记九种》就发表了。大家都羡慕这么一对才子佳人。但很多人不理解，因为他们的爱情，按今天的说法，客观条件不那么合适，但是感情是真心浪漫的。真心浪漫的，它不能永久。对女生来说，这值不值得？

杨雨：对，就是这么个问题：最低标准和最高境界，你到底要哪个？你是要天长地久，还是要燃烧和刻骨铭心？当然，刻骨铭心和天长地久，有时候是可以共融，但有时候它不能兼得，鱼翅和熊掌你取谁？其实郁达夫这封信里体现的就是，你为什么就不能先刻骨铭心地燃烧呢？然后我们再去创造所谓的天长地久。而王映霞是，我们首先能不能天长地久，然后我再决定是不是跟你刻骨铭心。

至于郁达夫婚内出轨这件事，我觉得我们不能用现在的眼光去看。对原配妻子孙荃的抛弃，其实不是郁达夫造成的，是那个时代的婚俗造成的。孙荃是那个时代的一个受害者。而她的受害不是因为遇到郁达夫，遇到别的男人也会，比如遇到鲁迅，或徐志摩。他们都类似，都有一段父母包办的原配婚姻，让他们真正燃烧爱情的都是另外一个女子，只不过他们是在婚后才碰到心仪的女子。再往前推，古代的话，这就更不是问题了。可以这样理解吗？

许子东：这里边有法律观念的不同，也引发出来感情模式的不同。

杨雨：对，包括道德观念的不同。

许子东：郁达夫的第一任太太孙荃，其实比鲁迅的太太朱安好太多了。她有写诗，他们有沟通，而鲁迅跟朱安真的是不同房的。

但是，没有人因此来谴责鲁迅后来跟许广平的关系，因为在那个时候，他说如果我跟朱安离婚的话，鲁迅的母亲就告诉他，那你就等于杀了这个女的了（休了她就等于杀了她）。郁达夫跟鲁迅不一样，他还回去，还不断地生孩子（我认识他的大儿子郁飞）。郁达夫在文章中写得非常清楚，他说我不得不爱我实在不能爱的女子（我是不爱你的，但是我又不得不爱你）。他的《日记九种》不是记录全部追王映霞的过程吗？可《日记九种》的第一篇，就在他见王映霞的前一天，他太太从北京给他寄来一件棉大衣。他收到棉大衣的时候，心里觉得非常羞愧。等他到王映霞那里，就一见钟情了。注意，他也没有把它删掉，原生态地保持在那里。这人就是这样的性格。他不是见到这个，前面那个就一点没感情了，不是。也就是因为这个，所以后来王映霞说，你不要去办离婚了，不要那么决断。

回到一个更大的问题：当初这么真心的一个浪漫的追求，怎么后来就走不下去了？原因是郁达夫后来到杭州盖了一个房子，缺钱，郁达夫就到福建去做参议员，后来又到日本去找郭沫若回来领导抗战。这期间，据说王映霞跟浙江国民党党部的宣传部部长许绍棣（鲁迅非常恨他，因为他通缉过鲁迅）在一次逃亡过程当中有染。我们要负责任地说，到目前为止，此事没有铁证。有同情王映霞的学者说，郁达夫自己在外面花天酒地，你老婆有一点点事情你就这样吗？在武汉的时候，郁达夫就在报纸上登了一条声明，说他老婆走掉了，他说你一走了，家里小孩怎么办呢？你走就走了，你把家里的钱带走干什么呢？全是胡说八道，没这些事。其实王映霞只是去朋友家住了一天。刘海粟、郭沫若、周恩来，这么多人都跑出来调停。第二天王映霞回来了，郁达夫又登了一个广告，说昨天达夫精神失常，错怪你了。这么折腾，但是也真的伤了王映霞的心。

后来表面上他们和好了，王映霞跟他一起到了南洋。但是，就在一起生活的时候，郁达夫写了《毁家诗纪》(郭沫若说，这是现代旧体诗的绝唱，写得非常好)。他在每首诗下面加注解 (就是他的瞎猜)，说这天晚上，她跟许绍棣在床上怎么怎么样，甚至说，唯有一点值得安慰，我这个老婆总算还不是跟日本人出轨。发表以后，王映霞看到了 (之前不知道)，没办法，只能离开他。晚年的时候，她跟我说了一句话：郁达夫可以做恋人，不能做丈夫。

杨雨：可能真的是，要跟一个特别浪漫的文人，不论来一段轰轰烈烈的爱情，还是来一段天长地久的婚姻，都需要足够强大的心理力量。

许子东：当然了，你想王映霞当时二十来岁的女学生，下了决心，跟一个三十多岁的颓废作家生活，当时她也是有感情的。他们婚后的生活其实也蛮美好 (我看了很多记录)，租房子还是她外公出的钱。王映霞是很现实的，郁达夫说到欧洲旅行结婚，王映霞说把钱省下来买房子吧。郁达夫原来的小说都是很颓废的，王映霞就叫他写散文，文风中的颓废就没了，就比较清新了。从我个人觉得，王映霞一直是爱郁达夫的，不过女人的爱比较现实。你老颓废、老浪漫不行，还得有房子，得长久，还有小孩，对不对？郁达夫也是真爱她的，但是郁达夫受不了这个刺激，他们的爱情跟婚姻，在民国是传为美谈的，是一个神话。这个神话的要点，就是人可以不顾利害追求浪漫，他们居然能成功，大家是羡慕的，是嫉妒的。所以他们一出现裂痕，大家就非常关心，有各种各样的感慨。有的说，热烈一阵子，这一辈子也就值了。有的说，你看，最终还是不行吧？还是学学林徽因，这样比较聪明。总体来说，这一段故事就跟徐志摩一样，是叫人非常羡慕嫉妒恨的一段感情。

翟毓红：这封信里面有一句话，读的时候我印象特别深。他说："假使我将来若有一点成就的时候，那么我的这一点成就的荣耀，愿意全部归赠给你。"这恰恰就是郁达夫给了王映霞一个未来的期许。我觉得，如果是我的话，打动会很大。

许子东：但是也正因为这句话，后来很多人，尤其是文学界的人，对王映霞有些看法。因为跟王映霞婚姻破裂，郁达夫就出走了，去了南洋流亡。否则，他完全可以在重庆或延安抗战，不必跑那么远。其实，被日本宪兵杀掉，惨死他乡，这跟王映霞没有关系，大家也知道。但是很多文人心里有这么一个看法，说他本来可以有更大的成就，却因为这段婚姻而夭折了。我自己觉得那是偏见。

翟毓红：他们主要是心疼郁达夫的才华。

1. 郁达夫的婚恋

郁达夫结过三次婚，三位夫人分别是：孙荃、王映霞、何丽有。此外，在新加坡时，还有一位同居情人李筱瑛。

1）郁达夫的原配夫人孙荃

郁达夫的原配是当时的才女，在郁达夫指导下，写了不少古体诗。

郁达夫自从大革命时期去广州以后就和孙荃分居，并于 1928 年 2 月在上海和王映霞结婚。孙荃与郁达夫分居后就吃长素，念佛诵经，没有再嫁。

1978 年 3 月 29 日孙荃逝世，享年 82 岁。

2）郁达夫的第二任夫人王映霞

1928 年郁达夫与王映霞结婚。

1938 年郁达夫任新加坡《星洲日报》副刊主编，王映霞和儿子郁飞与他一起到新加坡。后来，由于种种误解，两人维持了 12 年的婚姻还是破裂了。

1940 年 8 月，王映霞独自乘轮船返国，在国民党外交部工作，由驻美大使王正廷介绍，王映霞认识了钟贤道。钟贤道毕业于北京中国大学，是王正廷的得意门生，在重庆的华中航业局任经理。1942 年 4 月 4 日，两人结婚。

1948 年，钟贤道率家人回上海定居。新中国成立后他参加中国航运公司创办的学习班，后被分配到中国人民银行工作。1980 年钟贤道病逝，享年 72 岁。

1986 年 11 月，王映霞被聘为上海市文史馆馆员，还参加了馆内的春潮诗社。晚年撰写了回忆录，整理出版了郁达夫书信，即《王映霞自传》和《达夫书简》。

2000 年，王映霞病逝于杭州，享年 92 岁。

3）郁达夫的情人李筱瑛

郁达夫于 1940 年和王映霞离婚后，在新加坡与广播电台工作的李筱瑛（小瑛、晓瑛、晓音）相识。李筱瑛是福建人，毕业于上海暨南大学，能说流利的英语、上海话。

1941 年，李筱瑛刚满 26 岁，因和丈夫意见不合而离婚。当时她是新加坡情报部的华籍职员，后来又担任新加坡电台的华语播音员。

李筱瑛十分崇拜郁达夫的文学才华，并主动向他示爱。不久，李筱瑛就以郁达夫“契女”的名义搬到郁达夫家中居住。郁达夫也不避嫌疑，把自己的书房让给李筱瑛，暗中则已实行同居之好。但最终，郁达夫碍于儿子郁飞不接受李筱瑛，也不便正式结婚。

1941年12月，李筱瑛搬出郁家。

4）郁达夫的第三任夫人何丽有

郁达夫的第三任妻子何丽有是印尼华侨，广东籍。日本侵略军侵占东南亚后，1942年郁达夫在印尼化名赵廉，在巴爷公务（Pajakoem Bceh）和朋友合开赵豫记酒厂。9月经朋友介绍，和华侨姑娘何丽有结婚。

何丽有本名陈莲有，因其貌平庸，郁达夫跟她开玩笑，改名何丽有，意即何丽之有。因她没有受过教育，不懂华文，欣然接受这个名字。她一直以为郁达夫是普通酒厂老板，直至郁达夫被日军杀害，人家才告诉她郁达夫是中国文化名人。

2. 对郁达夫的评价

中国文联前主席夏衍：达夫是一个伟大的爱国者，爱国是他毕生的精神支柱。

政务活动家胡愈之：在中国文学史上，将永远铭刻着郁达夫的名字，在中国人民反法西斯战争的纪念碑上，也将永远铭刻着郁达夫烈士的名字。

香港中文大学教授、国际知名文化研究学者李欧梵：与郭沫若所代表的叛逆、反抗、英雄式的“普罗米修斯型”浪漫主义者相比，郁达夫可说是消极感伤的“维特型”的代表，《沉沦》中的主人公，可以说正好符合这一类型人物的特质——“多情和神经质”“忧郁成疾和宿命论者”。

郁达夫之子郁飞：我的父亲是一位有明显优点，也有明显缺点的人，他很爱国家，对朋友也很热心，但做人处世过于冲动，以至家庭与生活都搞得很不愉快。他不是什么圣人，只是一名文人，不要刻意美化他，也不要把他丑化。

郁达夫的好友、艺术大师刘海粟：达夫感情饱满细腻，观察深切，才思敏捷，古典文学、西洋文学根基都雄厚。从气质上来讲，他是个杰出的抒情诗人，散文和小说不过是诗歌的扩散。他的一生是一首风云变幻而又荡气回肠的长诗。这样的诗人，近代诗史上是屈指可数的。在新文艺作家的队伍中，鲁迅、田汉而外，可抗衡者寥寥。

中国现代文学家、历史学家郭沫若：郁达夫清新的笔调，在中国的枯槁的社会里面好像吹来了一股春风，立刻吹醒了当时无数青年的心。他那大胆的自我暴露，对于深藏在千年万年的背甲里面的士大夫的虚伪，完全是一种暴风雨式的闪击，把一些假道学、假才子们震惊得至于狂怒了。

中国作家沈从文：郁达夫这个名字在《创造周报》上出现不久之后，就成为一切年青人最熟悉的名字了。人人皆觉得郁达夫是个可怜的人，是个朋友，因为人人皆可以从他作品中，发现自己的模样。

《见字如面》第二季入选信件文档　编号 204

我很顽固的爱你
——沈从文写给张兆和

1931 年 6 月

"

我行过许多地方的桥，看过许多次数的云，喝过许多种类的酒，却只爱过一个正当最好年龄的人。

"

沈从文（1902—1988），湖南凤凰人，著名作家、历史文物研究者。著有《长河》《边城》《中国古代服饰研究》等。

张兆和（1910—2003），安徽合肥人，别名三三。沈从文的妻子。现代作家。

1929 年，沈从文前往上海中国公学任教。时年 26 岁的他，一见钟情地爱上了自己的女学生、校花张兆和。生性木讷的沈从文不擅长表达，只是不停地给张兆和写情书。一开始，张兆和十分直率地拒绝了沈从文，可沈从文并不死心，仍坚持给张兆和写情书。1930 年，沈从文离开中国公学到国立青岛大学任教，张兆和继续留在中国公学，完成了大学学业。其间沈从文对张兆和的感情不减反增，一如既往地给她写情书。下面就是其中一封。

1933 年，沈从文和张兆和结为伉俪。

[节选]

三三：

……近日来看到过一篇文章，说到似乎下面的话："每人都有一种奴隶的德性，故世界上才有首领这东西出现，给人尊敬。因这奴隶的德性，为每一人不可少的东西，所以不崇拜首领的人，也总得选择一种机会低头到另一种事上去。"三三，我在你面前，这德性也显然存在的。为了尊敬你，使我看轻了我自己一切事业。我先是不知道我为什么这样无用，所以还只想自己应当有用一点。到后看到那篇文章，才明白，这奴隶的德性，原来是先天的。我们若都相信崇拜首领是一种人类自然行为，便不会再觉得崇拜女子有什么稀奇难懂了。

你注意一下，不要让我这个话又伤害到你的心情，因为我不是在窘你做什么你所做不到的事情，我只在告诉你，一个爱你的人，如何不能忘你的理由。我希望说到这些时，我们都能够快乐一点，如同一本书一样，仿佛与当前的你我都没有多少关系，却同时是一本很好的书。

我还要说，你那个奴隶，为了他自己，为了别人起见，也努力想脱离羁绊过。当然这事作不到，因为不是一件容易事情。为了使你感到窘迫，使你觉得负疚，我以为很不好。我曾做过可笑的努力，极力去同另外一些人要好，到别人崇拜我愿意做我的奴隶时，我才明白，我不是一个首领，用不着别的女人用奴隶的心来服侍我，却愿意自己做奴隶，献上自己的心，给我所爱的人。我说我很顽固的爱你，这种话到现在还不能用别的话来代替，就因为这是我的奴性。

三三，我求你，以后许可我做我要做的事，凡是我要向你说什么时，你都能当我是一个比较愚蠢还并不讨厌的人，让我有一种机会，说出一些有奴性的卑屈的话，这点是你容易办到的。你莫想，每一次我说到“我爱你”时你就觉得受窘，你也不说“我偏不爱你”，作为抗拒别人对你的倾心。你那打算是小孩子的打算，到事实上却毫无用处的……

三三，你是我的月亮。你能听一个并不十分聪明的人，用各样声音，各样言语，向你说出各样的感想，而这感想却因为你的存在，如一个光明，照耀到我的生活里而起的，你不觉得这也是生存里一件有趣味的事吗？

……一个白日带走了一点青春，日子虽不能毁坏我印象里你所给我的光明，却慢慢的使我不同了。“一个女子在诗人的诗中，永远不会老去，但诗人，他自己却老去了。”我想到这些，我十分忧郁了。生命都是太脆薄的一种东西，并不比一株花更经得住年月风雨，用对自然倾心的眼，反观人生，使我不能不觉得热情的可珍，而看重人与人凑巧的藤葛。在同一人事上，第二次的凑巧是不会有的。……我也安慰自己过，我说：“我行过许多地方的桥，看过许多次数的云，喝过许多种类的酒，却只爱过一个正当最好年龄的人。我应当为自己庆幸……”

三三，我希望这个信不是窘你的信。我把你当成我的神，敬重你，同时也要在一些方便上，诉说到即或是真神也很糊涂的心情，你高兴，你注意听一下，不高兴，不要那么注意吧。天下原有许多稀奇事情，我们都缺少能力解释到它，也不能用任何方法说明，譬如想到所爱的一个人的时候，血就流走得快了许多，全身就发热作寒，听到旁人提到这人的名字，就似乎又十分害怕，又十分快乐。究竟为什么原因，任何书上提到的都说不清楚，然而任何书上也总时常提到。“爱”解作一种病的名称，是一个法国心理学者的发明，那病的现象，大致就是上述所及的。

你是还没有害过这种病的人，所以你不知道它如何厉害。有些人永远不害这种病，正如有些人永远不患麻疹、伤寒，所以还不大相信伤寒病使人发狂的事情。三三，你能不害这种病，同时不理解别人这种病，也真是一种幸福。因为这病是与童心成为仇敌的，我愿意你是一个小孩子，真不必明白这些事。不过你却可以明白另一个爱你而害着这难受的病的痛苦的人，在任何情形下，却总想不到是要窘你的。我现在，并且也没有什么痛苦了，我很安静，我似乎为爱你而活着的，故只想怎么样好好的来生活。假使当真时间一晃就是十年，你那时或者还是眼前一样，或者已做了某某大学的一个教授，或者自己不再是小孩子，业已成了许多小孩子的母亲，我们见到时，那真是有意思的事。任何一个作品上，以及任何一个世界名作作者的传记上，最动人的一章，总是那人与人纠纷藤葛的一章。许多诗是专为这点热情的指使而写出的，许多动人的诗，所写的就是这些事，我们能欣赏那些东西，为那些东西而感动，却照例轻视到自己，以及别人因受自己影响而发生传奇的行为，这个事好像不大公平。因为这个理由，天将不许你长是小孩子。“自然”使苹果由青而黄，也一定使你在适当的时间里，转成一个“大人”。三三，到你觉得你已经不是小孩子，愿意作大人时，我倒极希望知道你那时在什么地方做些什么事，有些什么感想。“萑苇”是易折的，“磐石”是难动的，我的生命等于“萑苇”，爱你的心希望它能如“磐石”。

望到北平高空明蓝的天，使人只想下跪，你给我的影响恰如这天空，距离得那么远，我日里望着，晚上做梦，总梦到生着翅膀，向上飞举。向上飞去，便看到许多星子，都成为你的眼睛了。

三三，莫生我的气，许我在梦里，用嘴吻你的脚，我的自卑处，是觉得如一个奴隶蹲到地下用嘴接近你的脚，也近于十分亵渎了你的。

我念到我自己所写到“萑苇是易折的，磐石是难动的”时候，我很悲哀。易折的萑苇，一生中，每当一次风吹过时，皆低下头去，然而风过后，便又重新立起了。只有你使它永远折伏，永远不再作立起的希望。

从文

1931 年 6 月

（沈从文、张兆和:《从文家书——从文兆和书信选》，上海远东出版社 1996）

QQ 音乐　　酷狗音乐　　酷我音乐

—— 扫码收听**明道**朗读此信 ——

别人都放弃的时候，他坚持到最后

翟毓红：沈从文的信，尤其那句我可以跪舔你的脚，一个女孩子看到这么一封信时会是什么感觉？那会儿沈从文是26岁，穷困潦倒。

许子东：沈从文跟大部分作家的出身背景不一样。大部分的中国现代作家都是有钱、中产，家境往下走，出国留学回来，这样的最多。有的本来就是大学教师。沈从文是很苦，当兵，一半土匪兵，在当地也算是不错了，但他跟其他作家比，就完全不同了。这导致沈从文后来在大学里一直很自卑。第二个逆袭成功就是这个婚姻。他跟郁达夫完全不一样，他是由婚姻而由下往上进入上流社会，因为他追求的是"张家四姐妹"之一。那真是名门闺秀。沈从文追她的时候是青蛙十三号嘛（张兆和追求者太多了，所有追求者她给编上号，沈从文是青蛙十三号），理都不理他。

杨雨：所以我们好奇的是，转折点在哪里？他到底写了多少封信，才把这样一只不可以追到手的天鹅终于追到手了？

许子东：没详细考证过。基本上是两个方面，一个是跟郁达夫一样，死缠烂打，至少一年以上；第二个，胡适给他说了好话，徐志摩推荐的，胡适给他介绍的，进了大学。

杨雨：等到青蛙一号、二号都已经放弃了，都已经绝望的时候，青蛙十三号坚持到了最后。

许子东：不单是这样，还有王子来点一点，把青蛙十三号拉出来，说这不是青蛙。

她的大姐元和是嫁给顾传玠的，著名小生；二姐张允和的老公是前阵子刚去世的周有光，所有汉语拼音的制定者；第三个就是沈从文；小妹是嫁给傅汉思，是耶鲁大学的一个汉学家，在北京。所以沈从文等于通过这个婚姻，进入了上流社会。沈从文也不掉价，进了上流社会以后，他的文学成就不断地向上。他是1931年写这封信的，他最好的作品都是后来写成的，《边城》《三三》，一直在很好的创作状态中。

杨雨：我觉得读郁达夫的情书也好，沈从文的情书也好，我特别特别喜欢的是他们那种真诚。

许子东：他们的起点很相似，客观条件不合适，但感情真挚。

香港一个出版人在“文革”结束以后去拜访沈从文，要出版他的《中国古代服饰研究》，看到他家里只有一个房间，两人隔着一张大床讲书的出版。聊天的时候，沈从文太太得到外面去。所以，晚年的沈从文跟张兆和很不容易。

杨雨：这反衬出张兆和这个女子，特别值得我们钦佩。

许子东：可以曾经拥有，也会天长地久。

杨雨：她是那样一个名门闺秀的身份，没怎么吃过苦，因为嫁给沈从文，她体会了人生的种种折磨。

许子东：以张兆和当时的身份，她要是嫁一个富豪或外国教授，可能一生在物质生活方面会比嫁给沈从文更幸福，至少不会吃那么多苦，但我相信张兆和绝不会后悔。

《见字如面》第二季入选信件文档　编号 037

现在不是我们的时候
——刘粹刚与妻子许希麟往来信

1937 年 8 月 30 日

“

诚如你所说，我们的时候，是在杀退了倭奴，恢复我河山，我中华民族永存于世界的那一天。那时候我们再娓娓清谈……

”

刘粹刚（1913—1937），抗战时期中国空军飞行员。1934 年 2 月，他自中央航校第二期毕业，被分配到中国新建空军服役。次年 8 月，娶小学教师许希麟为妻。婚后两人聚少离多，常以书信传情达意。

1936 年，刘粹刚出任中国空军第 5 航空大队第 24 中队中队长。1937 年淞沪会战爆发后，正式加入对日空战。从 8 月 16 日打下第一架敌机到 10 月中旬，共击落敌机 11 架，与高志航、乐以琴、李桂丹一并被誉为中国空军的“四大金刚”。以下是刘粹刚生前与妻子许希麟最后的往来信。这两封信都写于 1937 年 8 月。同年 10 月 25 日，刘粹刚殉职，年仅 24 岁。

刘粹刚牺牲后，许希麟一度痛不欲生，后创办“粹刚小学”，专门招收空军子弟。

［节选］

刘粹刚写给许希麟

希麟：

前奉两函，想已收见矣。现不知您仍留南昌或是回了杭州，殊念！

近日情势非常紧张，中国民族求生存，势必抗战到底。我的工作非常忙迫，从早上四点钟到晚上八点钟都在飞机场里，身体虽稍受些痛苦，但是我们精神上却很愉快！

回忆我俩结婚二年有余，您爱我，事事原谅我，您能了解我的一切。我感激之余，总觉对您惭愧多多。希麟，我是一刻也少不了您的，您鼓励我前进杀敌。现在我相信您也不像无理智者那样地想念我的。

我们部队将来行止或无一定，所以我等或者要到北方去。

我因为工作关系，恐怕不能常常写信给您，人生本如朝露，事事如梦，一切都难预料的，设我不幸，那这就是最后的一封信给您！或者我也许可以胜利凯旋归来。

我的麟！我最亲爱的麟！真的，假如我要是为国牺牲杀身成仁的话，那是尽了我的天职！因为我生在现代的中国，是不容我们偷生片刻的！

您时时刻刻要用您聪慧的脑子与理智，不要愚笨，不要因为我而牺牲一切，您知道人家会笑您懦弱的，绝不会说您是殉情尽节的！

您应当创新的生命、改造环境，我只希望您在人生的旅途中永远记着，遇着了我这么一个人。我的麟，我是永远爱您的！

我们为公理而战争！我们为生存而奋斗！我们会胜利的，不会失败的。我的麟！您不要愁，不要为我担心，天有眼睛的，天是公平的，我也会保重我自己的。

我的麟，您静心地等着吧，等我们恢复失地、击退倭奴之后，那就是我们胜利荣归团聚时。我最亲爱的麟，您静心的等待着吧！

粹刚

八月二十日

许希麟回复刘粹刚

粹刚：

自从握别，思念之情，无时不潆诸梦寐，虽然处此国难期间，顽敌在前，国将不国之际，不应再有小我，而作儿女之态，但情者出自衷肠，自己亦难以管束，奈何！尚望勿因我之念你，而为我有所分心，否然我实为国家之罪人矣！

读来书敬悉，昨在沪你又击落敌机两架，捧读之下，不胜欣喜雀跃，我往昔尝言，希望你将来成为一个“空中霸王”！粹刚，照现在看来，不是很可能的吗？

你有把握，我有信心，我们不难把这个霸王赢来。不过，粹刚，我们不要骄也不要馁，所要的是一副健全的体格，一颗坚定忍耐精细的心，每次上机，亲自仔细检查一番，太信托人，有时也会靠不住的。

茶水不好，你在队上，油的东西千万少吃，以免肚痛、肚泻，以致妨碍工作。早上晚上多添些衣服，秋天了，不要凉着，现在全靠你自己了。

我在扬州，一切自知谨慎小心，我当为你格外小心我自己，千万请你不要惦念。现在你已交给了国家，我不应再以私情来扰乱你为国家御侮的心。

粹刚，现在不是我们的时候，诚如你所说，我们的时候，是在杀退了倭奴，恢复我河山，我中华民族永存于世界的那一天。那时候我们再娓娓清谈，我们家庭充满了融洽之气，我期望那天早日来到。现在望你多多的杀敌、望你珍重、望你为国珍重。

再谈，我的刚，祝你百战百胜！

希麟

卅晚

QQ 音乐　　酷狗音乐　　酷我音乐

— 扫码收听姚晨、喻恩泰朗读此信 —

1. 关于刘粹刚、许希麟的婚恋

1929 年夏，南京中央军校第八期在沈阳招生，刘粹刚应招入学。

1931 年 9 月 18 日，日本关东军突然进袭沈阳，东三省沦入敌手。第二年，中央军校的航空班改组为中央航空学校，设校址于杭州笕桥。刘粹刚报名应考入学。

次年 9 月，许希麟自杭州高级中学师范训练班毕业，由教育局派往笕桥附近的临平镇，担任镇立小学的校长。杭州、笕桥、临平，是铁路沿线紧临的三个站。许希麟家在杭州，每星期六搭乘下午 4 时的嘉杭（嘉兴—杭州）区间车回杭州，星期日再搭乘沪杭甬（上海—杭州—宁波）班车回临平。

笕桥航校学生周末放假外出，多前往杭州游玩，星期日则搭乘沪杭甬班车回笕桥。就这样，刘粹刚时常在车站或火车上见到许希麟，彼此擦肩而过，未交一语。

1933 年春的一天，许希麟收到一封长信。写信人正是刘粹刚，他在信中吐露了对许希麟的倾慕之情。她看了这封信，决定不予理睬。谁知刘粹刚并不气馁，一封封热情洋溢的情书如雪片飞来。为追求她，曾驾驶战斗机在许家屋顶不停盘旋，表演各种特技。到年尾时候，许希麟终于被感动了，回了一封信，答应和他交往。许希麟的父亲也很喜欢这位被称为“空中赵子龙”的年轻人，可他担心飞行员职业太危险。许希麟听罢笑了，拿筷子在父亲酒杯里蘸了酒，写下一行字：生死有命，富贵在天。

1934 年 2 月 1 日，刘粹刚从笕桥航校毕业。次年夏天，这对有情人决定结婚。当时飞行员有不满 28 岁不准结婚的规定。刘粹刚生于 1913 年，才 22 岁。同学们为他们出谋划策，主张他们不发喜帖，不行婚礼，径自去上海度蜜月，回来后再组织小家庭。然而，刘粹刚不同意这种做法，觉得太对不住新娘了。大队长高志航听说后，悄然远赴上海，有意回避了刘粹刚的“违纪”行为。于是，刘粹刚与许希麟穿上礼服，在杭州举办了婚礼。

1937 年 10 月 25 日，刘粹刚执行任务途中，在山西高平不幸失事，飞机撞毁于魁星楼，他当场死亡，年仅 24 岁。

1937 年底，许希麟在昆明创办“粹刚小学”，专门收留空军子弟，传承空军英勇不屈的精神。

2. 关于中国第一代战斗机飞行员

1932 年，为应对可能全面爆发的中日战争，国民政府在杭州笕桥成立中央航空学校，以培养中国第一代飞行军官。

一群年轻人走进这里，他们是民国的富家官宦子弟，或出身名门望族，或来自高等学府。其中有蒋介石的远亲毛邦初、中国“兵工之父”俞大维的儿子、南开大学校长张伯苓的儿子、林徽因的弟弟林恒……他们是中国史上第一代战斗机飞行员！

全面抗战开始时，国民政府只有600余架飞机，而日本投入飞机多达2700多架。敌我差距如此悬殊，仗怎么打？答案很简单：硬打！要么亡国，要么玩命！

沈崇诲，父亲是中华民国司法院大法官、著名法学家沈家彝。他本是清华大学高材生，却毅然投笔从戎。攻击日本船舰时，他驾驶的飞机因受损无法返航，就在更多敌机追来之时，他加速冲过去，在爆炸声中与敌人同归于尽，年仅25岁，是中日空战“自杀式袭击第一人”。

高志航，是张学良器重的留法高材生，精通英、法、俄三国语言。意大利领导人墨索里尼曾以高薪高位聘请他，他却放弃一切回到祖国，成了赫赫有名的中国空军“总教头”，为祖国培养了第一批优秀飞行员。他被誉为中国空军“四大金刚”之一，也被日军公认为是中国空军最有价值的飞行员与指挥员，日军甚至尊敬地称他为“空军战神”。他有个调皮的习惯，每次飞行经过自己家，都会有意飞低一点，这是他和女儿之间的小秘密。女儿一看到就会指着天上的飞机，兴奋地喊道：“我爸爸，在上面！”1937年11月21日，高志航在周口机场，遭遇敌机空袭，中弹殉国，年仅30岁。

林徽因逃难至昆明时，偶然和航校的8位学员邂逅。可之后几年，这些学员的阵亡通知书一份份送达。其中就有她三弟，航校十期学员林恒阵亡的消息。

《见字如面》入选信件文档　编号 087

与妻书
——林觉民写给妻子陈意映

1911 年 4 月 24 日

“

你腹中的孩子，我猜是个女儿。女儿长得一定像你，我的心里特别宽慰。也没准又是个男孩，那就也让他以父亲的志向为志向，那我死之后，这世界上就还有两个小林觉民在了。

”

林觉民（1887—1911），字意洞，福建闽侯人。黄花岗七十二烈士之一。少年之时，即接受民主革命思想，推崇自由平等学说。留学日本期间，加入中国同盟会。1911 年春回国，4 月 24 日在香港江滨楼，于一条巾帕上写下绝笔《与妻书》，后随黄兴、方声洞等革命党人参加广州起义，受伤力尽被俘，不久从容就义，时年 24 岁。

陈意映（1891—1913），林觉民的妻子。婚后支持林觉民进行革命活动，尝言“今后有远行，必以告妾，妾愿随君行”。林觉民牺牲后，陈意映一度意欲轻生。生下幼子后，终因悲伤过度于 1913 年病逝，年仅 22 岁。

意映爱妻，见字如面：

今天，我用这封信与你告别。写这封信的时候，我还是人世间的一个活人，你看到这封信的时候，我已经成为阴间的一个鬼魂。此刻，我写着信，泪水和笔墨在一起流。写不下去时，总想着不写了，又怕你不了解我的心思，以为我忍心抛下你去死，以为我不知道你不想让我去死。所以，我忍住悲伤，为你写下这些话。

我非常爱你。正是因为爱你，才让我有了去面对死亡的勇气。自从和你在一起，我就常愿天下有情人都成眷属。但是遍地的血雨腥风，满街的豺狼恶犬，又有几人几家能称心如意地过日子呢？我只好用爱你的心，去帮助天下人都能爱其所爱。所以，我才敢先你而死，才选择了离开。你要理解我的心思，在悲伤之余，也以天下人为念，你一样会乐于牺牲我和你个人的幸福，为天下人谋求永久的幸福的。你，一定不要悲伤。

你还记得吗，四五年前的一个晚上，我曾经对你说：“与其我先死，还不如你先死。”你刚听到这话就生气了，后来经过我反复解释，你虽然不认为我说得对，但也不再说话。我的意思是说你身体瘦弱，一定经受不住失去我的悲痛，我先死，把痛苦留给你，我于心不忍。所以，所以我宁愿让你先死，让我来承受悲伤。唉！谁知道最终还是我要比你先死了呢？我是真的不会忘记你的。刚结婚的三四个月，正好是冬天月圆的日子，窗外疏梅筛月影，依稀掩映。我和你并肩携手，低低切切，何事不语？何情不诉？现在回想起来，却只剩下脸上的泪痕。

我又想起六七年前，我逃亡之后回到家中，你哭着跟我说："希望你以后再有远行，一定要告诉我，我愿意和你一起走。"我当时也答应了你。十几天前我回家，就想着跟你说说这次的远行，等到和你相对时，却又说不出口。何况你又怀孕了，我就更担心你禁不住悲伤，所以我只好天天呼酒求醉。唉！当时我内心的悲伤，是不能用笔墨来形容的。

我当然愿意和你相守到老。但看看今天的社会吧，天灾可以要人命，盗贼可以要人命，列强瓜分中国的战祸可以要人命，贪官污吏祸害百姓还可以要人命。我们这一代人生在现在的中国，无时无刻不在面对死亡的威胁。到那时让我眼睁睁看着你死，或是让你眼睁睁看着我死，我能怎么办？你又能怎么办？就算是我们没死，又可能夫妻离散不能相见，相隔两地望眼欲穿化骨成石，你想想古往今来谁见过破镜能够重圆的？面对这些比死更痛苦的事，你又能怎么办呢？现在，我和你能双双健存于世不过是幸运罢了，天下不该死的死了、不愿分而分了的人，多到不计其数。在我们相爱的世界，又怎能忍受这一切呢？

这就是我之所以敢率性赴死而不顾你的原因。我现在死而无憾，国事成不成，自有同志者在。小儿依新已经五岁了，很快就会长大，你要好好抚养他，让他学我的样子。你腹中的孩子，我猜是个女儿。女儿长得一定像你，我的心里特别宽慰。也没准又是个男孩，那就也让他以父亲的志向为志向，那我死之后，这世界上就还有两个小林觉民在了。太好了。太好了！我们家以后的日子会很贫穷。贫穷算不上什么苦，清静过日子而已。

现在，我的话说完了。我在九泉之下已经远远听到了你的哭声，我会和你一起哭的。我从前不信有鬼神，现在却又希望它真的存在。现在也有人说真有心灵感应存在，我也希望这是真的，那样我死了以后，我的灵魂还能依偎在你身旁，你就不用因为没人陪你而悲伤了。

我以前没有把我的志向告诉你，这是我的不对。但跟你说了，又怕你天天为我担忧。我为国牺牲百死不辞，可是让你担忧，又确实是我不能忍受的。我实在太爱你了，所以对你，我唯恐有考虑不周的地方。你幸运地嫁给了我，却又如此不幸地生在了今天的中国。我幸运地娶到了你，却又如此不幸地生在了今天的中国！这让我终将不忍独善其身。

唉！纸短情长，写不完的千言万语，你可以沿着我的思路看到。从今天开始，我就再也见不到你了。你想我的时候，就到梦中与我相会吧。

我，哭了。

辛未三月廿六夜四鼓，意洞手书

QQ 音乐　　酷狗音乐　　酷我音乐

——— 扫码收听**赵立新**朗读此信 ———

[原文]

与妻书

意映卿卿如晤：

吾今以此书与汝永别矣。吾作此书时，尚是世中一人；汝看此书时，吾已成为阴间一鬼。吾作此书，泪珠和笔墨齐下，不能竟书而欲搁笔，又恐汝不察吾衷，谓吾忍舍汝而死，谓吾不知汝之不欲吾死也，故遂忍悲为汝言之。

吾至爱汝，即此爱汝一念，使吾勇就死也。吾自遇汝以来，常愿天下有情人都成眷属；然遍地腥云，满街狼犬，称心快意，几家能彀？司马青衫，吾不能学太上之忘情也。语云：仁者“老吾老，以及人之老；幼吾幼，以及人之幼”。吾充吾爱汝之心，助天下人爱其所爱，所以敢先汝而死，不顾汝也。汝体吾此心，于啼泣之余，亦以天下人为念，当亦乐牺牲吾身与汝身之福利，为天下人谋永福也。汝其勿悲。

汝忆否？四五年前某夕，吾尝语曰：“与使吾先死也，无宁汝先而死。”汝初闻言而怒，后经吾婉解，虽不谓吾言为是，而亦无词相答。吾之意盖谓以汝之弱，必不能禁失吾之悲，吾先死留苦与汝，吾心不忍，故宁请汝先死，吾担悲也。嗟夫。谁知吾卒先汝而死乎？吾真真不能忘汝也。回忆后街之屋，入门穿廊，过前后厅，又三四折，有小厅，厅旁一室，为吾与汝双栖之所。初婚三四个月，适冬之望日前后，窗外疏梅筛月影，依稀掩映；吾与（汝）并肩携手，低低切切，何事不语？何情不诉？及今思之，空余泪痕。又回忆六七年前，吾之逃家复归也，汝泣告我：“望今后有远行，必以告妾，妾愿随君行。”吾亦既许汝矣。前十余日回家，即欲乘便以此行之事语汝，及与汝相对，又不能启口，且以汝之有身也，更恐不胜悲，故惟日日呼酒买醉。嗟夫。当时余心之悲，盖不能以寸管形容之。

吾诚愿与汝相守以死，第以今日事势观之，天灾可以死，盗贼可以死，瓜分之日可以死，奸官污吏虐民可以死，吾辈处今日之中国，国中无地无时不可以死，到那时使吾眼睁睁看汝死，或使汝眼睁睁看我死，吾能之乎？抑汝能之乎？即可不死，而离散不相见，徒使两地眼成穿而骨化石，试问古来几曾见破镜能重圆？则较死为苦也，将奈之何？今日吾与汝幸双健。天下人不当死而死与不愿离而离者，不可数计，钟情如我辈者，能忍之乎？此吾所以敢率性就死不顾汝也。吾今死无余憾，国事成不成自有同志者在。依新已五岁，转眼成人，汝其善抚之，使之肖我。汝腹中之物，吾疑其女也，女必像汝，吾心甚慰。或又是男，则亦教其以父志为志，则我死后尚有二意洞在也。甚幸，甚幸。吾家后日当甚贫，贫无所苦，清静过日而已。

吾今与汝无言矣。吾居九泉之下遥闻汝哭声，当哭相和也。吾平日不信有鬼，今则又望其真有。今人又言心电感应有道，吾亦望其言是实，则吾之死，吾灵尚依依旁汝也，汝不必以无侣悲。

吾平生未尝以吾所志语汝，是吾不是处；然语之，又恐汝日日为吾担忧。吾牺牲百死而不辞，而使汝担忧，的的非吾所忍。吾爱汝至，所以为汝谋者惟恐未尽。汝幸而偶我，又何不幸而生今日中国。吾幸而得汝，又何不幸而生今日之中国。卒不忍独善其身。嗟夫。巾短情长，所未尽者，尚有万千，汝可以模拟得之。吾今不能见汝矣。汝不能舍吾，其时时于梦中得我乎。一恸。

辛未三月廿六夜四鼓，意洞手书

家中诸母皆通文，有不解处，望请其指教，当尽吾意为幸。

（邹鲁:《广州三月二十九日革命史·第十章·林觉民传》，国民图书出版社 1994）

1. 此信背景补充

林觉民，福建福州闽侯人，幼年时过继给叔父林孝颖。林孝颖是个饱学多才之士，以诗文闻名于时。林觉民天性聪慧，读书过目不忘，深得林孝颖的喜爱。林觉民小时候厌恶科举，遵父命应考童生，竟在试卷上写下“少年不望万户侯”，第一个交卷。1902 年他考入福州全闽大学堂文科学习，曾数次领导学生运动。

1907 年，林觉民从全闽大学堂毕业，继而留学日本，进入庆应大学文科攻读哲学，并兼修英文、德语。此后不久，参加同盟会。林觉民到各处演说，并写了《六国比较宪法论》《驳康有为物质救国论》等文。

1911年初，林觉民接到黄兴、赵声自香港的来信，信中约集福建同志响应广州起义。4月23日，他从广州来到香港，迎接从日本归来参加起义的同志，住在临江边的一幢小楼上。夜阑人静时，彻夜疾书，分别写下了给父亲和妻子的诀别书——《禀父书》及《与妻书》。27日下午5时半，起义开始，随黄兴进攻督署，不幸腰部中弹而被捕。其间，他用熟练的英语回答审判官，慷慨陈词历数清廷的腐败、宣扬民主自由思想，精彩之极，主判官竟然命令去掉林觉民的镣铐并让出座位给他坐。两广总督张鸣岐这样评价林觉民："惜哉，面貌如玉，肝肠如铁，心地光明如雪，真算奇男子。"林觉民从容就义时，年仅24岁，为黄花岗七十二烈士之一。

在巾帕上写下的《与妻书》，是一份奇特的遗嘱，因为它不仅是一封遗书，还是一封情书，时隔100年，魅力依然，入选教科书，广为人知，有着"20世纪最伟大的情书"之称，也为香港开埠以来，在香港土地上写下的最优美、壮丽的文字，是中国历史上最珍贵的文献之一。

2. 此信后续故事

这一封写在手帕上的遗书是林觉民的母亲在一个清晨做清洁时，发现被人从门缝里塞进来的。林觉民英勇就义后，在广州供职的岳父陈元凯连夜托人带信，让女儿一家火速逃命。林孝颖带领家眷匆忙出逃，躲避在福州光禄坊早题巷3号。

林觉民有两个儿子，林觉民牺牲时，大儿子林依新5岁，小儿子林仲新，当时还未出生。

失去丈夫的陈意映日日夜夜忍受着巨大的悲伤。为了安慰她，也为了保住她腹中的孩子，林家把林觉民哥哥的一个女儿过继给陈意映。女儿叫林暖苏，多少慰藉了陈意映悲伤的心。几个月后，“腹中之物”降生人间，一个活泼可爱的男孩，取名仲新。然而不幸的是，由于陈意映一直不能走出失去丈夫的阴影，再加上生活变得越来越艰难，林仲新刚刚2岁时，郁郁寡欢的陈意映便与世长辞。林依新在9岁时夭折。

民国政府成立后，林仲新受到政府的许多关照，在福州念完小学、中学，后来又到上海念光华大学，生活支出与学费全由民国政府承担。大学毕业后，林仲新来到南京，跟随林觉民的旧交林森做事，新中国成立后回到福建。他结过两次婚，前妻在抗战期间病死，与第二个妻子刘文业感情很好，晚年生活在福建漳州。生有一儿两女，一个在北京，两个在福州。林仲新于1983年病逝。

陈意映的过继女儿林暖苏年过九旬高龄后，记忆力虽严重衰退，但仍能整篇吟诵《与妻书》。

此信原件被林觉民后人捐献给福建博物院。

知行

○ 余光中写给莎士比亚（1967）

您来这儿讲学的事，十有九成是吹了

○ 简媜写给孔子（2011）

我想请您出山来教我的小孩

○ 冯唐写给小陶朱公子（2009）

很多了不起和钱一点关系都没有

○ 孙冕写给出生百天的儿子（2014）

只因为，你已来到人间

《见字如面》第二季入选信件文档 编号 194

您来这儿讲学的事，十有九成是吹了
——余光中写给莎士比亚

1967 年 11 月 4 日

“

您所要争取的，是千古，不是目前，是全人类的崇敬，不是几伙外行的喋喋不休，对吗？

”

余光中（1928—2017），华语文坛著名诗人与散文家。一生从事诗歌、散文、评论、翻译，驰骋文坛逾半个多世纪。代表作有《舟子的悲歌》《蓝色的羽毛》《钟乳石》《万圣节》《白玉苦瓜》等。

莎士比亚（1564—1616），英国伟大的戏剧大师、诗人，欧洲文艺复兴时期的文学巨匠。

1967 年，余光中有感于中国台湾教育界的流弊，给莎士比亚写了下面这封信。

莎士比亚先生：

年初拜读您在斯特拉福投邮的大札，知悉您有意来中国讲学，真是惊喜交加，感奋莫名！可是我的欣悦并没有维持多久。年来为您讲学的事情，奔走于学府与官署之间，舌敝唇焦，一点也不得要领。您的全集，皇皇四十部大著，果真居则充栋，出则汗人，搬来运去，实在费事，但在某些人的眼中，分量并没有这样子重，因此屡遭退件、退稿。我真是不好意思写这封回信，不过您既已嘱咐了我，我想我还是应该把和各方接洽的经过，向您一一报告于后。

首先，我要说明，我们这儿的文化机构，虽然也在提倡所谓文艺，事实上心里是更重视科学的。举个例，我们这儿的文学教授们，只有在“长期发展科学”的名义下，才能申请到文学研究的津贴；好像雕虫末技的文学，要沾上科学之光，才算名正言顺、理直气壮。您不是研究太空或电子的科学家，因此这儿对您的申请，坦白地说，并不那样感到兴趣。我们是一个讲究学历和资格的民族：在科举的时代，讲究的是进士；在科学的时代，讲究的是博士。所以当那些审查委员们在“学历”一栏下，发现您只有中学程度，在“通晓语文”一栏中，只见您“拉丁文稍解，希腊文不通”的时候，他们就面有难色了。也真是的，您的学历表也未免太寒伧了一点；要是您当日也曾去牛津或者剑桥什么的注上一册，情形就不同了。当时我还为您一再辩护，说您虽然没上过大学，全世界还没有一家大学敢说不开您的课。那些审查委员听了我的话，毫不动容，连眉毛也不抬一根，只说："那不相干。我们只照规章办事。既然缴不出文凭，就免谈了。"

后来我灵机一动，想到您的作品，就把您的四十部大著，一股脑儿缴了上去。隔了好久，又给一股脑儿退了回来，理由是"不获通过"。我立刻打了一个电话去，发现那些审查委员还没散会，便亲自赶去那官署向他们请教。

"尊友莎君的呈件不合规定。"一个老头子答道。

"哦——为什么呢？"

"他没有著作。"

"莎士比亚没有著作？"我几乎跳了起来，"他的诗和剧本不算著作吗？"

"诗、剧本、散文、小说，都不合规定。我们要的是'学术著作'。"（他把"学术"两字特别加强，但因为他的乡音很重，听起来像在说"瞎说猪炸"。）

"瞎说猪炸？什么是——"

"正正经经的论文。譬如说，名著的批评、研究、考证等等，才算是瞎说猪炸。"

"您老人家能举个例吗？"我异常谦恭地说。

他也不回答我，只管去卷宗堆里搜寻，好一会才从一个卷宗里抽出一叠表格来。"喏，像这些：《哈姆雷特的心理分析》《论哈姆雷特的悲剧精神》《从弗洛伊德的观点论哈姆雷特和他母亲的关系》

《哈姆雷特著作年月考》《Thou 和 You 在哈姆雷特剧中的用法》《哈姆雷特史无其人说》……”

“我明白您的意思了。假如莎士比亚写一篇十万字的论文，叫《哈姆雷特脚有鸡眼考》……”

“那我们就可以考虑考虑了。”他说。

“可是，说了半天，哈姆雷特就是莎士比亚的作品呀。与其让莎士比亚去论哈姆雷特的鸡眼，为什么不能让他干脆缴上《哈姆雷特》原书呢？”

“那怎么行？《哈姆雷特》是一本无根无据的创作，作不得数的。《哈姆雷特脚有鸡眼考》就有根有据了，根据的就是《哈姆雷特》。有根据，有来历，才是瞎说猪炸。”

显然，您要来我们这儿讲学的事情，无论是在学历上或著作上，都是不能通过的。在“曾获何种荣誉”一栏里，我也没有办法为您填上什么。您那个时候还没有诺贝尔、普利策、巴林根等等奖金，也不时兴颁赠什么荣誉博士学位。您的外文起码得很，根本不可能去国外讲学，或者出席国际笔会之类的大场面。桂冠呢，您那时候倒是有的，可惜您无缘一戴。

对了，说到奖金，我也曾为您申请过的，不过，您千万不要见怪，我在这方面的企图也不成功。有一个奖金委员会的理由是：“主题暧昧，意识模糊。”另一个委员会的评语是：“主题不够积极性，没有表现人性的光明面。”还有一个评审会的意见，也大同小异，不外是说您的作品“缺乏时代意识，没有现实感；又太浪漫，不合古典的三一律”等等。我想，他们的批评，在他们自己看来，也是诚恳的。例如，有一位文学批评的权威，就指责您不该在《李尔王》中让那些不孝的女儿反叛父亲，又说哈姆雷特王子不够积极和坚决，同时剧终时忠奸双方玉石俱毁，也显得用意含混，不足为训。还有人说，罗密欧与朱丽叶的殉情未免过分夸张爱情，对青少年们恐怕会产生不良的影响。至于那卷十四行集，也有人说它太消极，而且有太浓厚的个人主义的色彩云云。

至于大作在此间报纸副刊或杂志上发表，机会恐怕也不太多。我们的编辑先生所欢迎的，还是以武侠、黑幕，或者女作家们每一张稿纸洒一瓶香水的“长篇哀艳悱恻奇情悲剧小说”为主。我想，您来这儿讲学的事，十有九成是吹了。没有把您的嘱咐办妥，我感到非常的抱歉。不过我相信您不会把这些放在心上的。您所要争取的，是千古，不是目前，是全人类的崇敬，不是几伙外行的喋喋不休，对吗？凉风起自天末，还望您善自珍重。后会有期，说不定我会去西敏寺拜望您的。

敬祝

健康

余光中拜上

一九六七年十一月四日

（余光中女儿余幼珊供稿）

QQ 音乐　　酷狗音乐　　酷我音乐

—— 扫码收听**何冰**朗读此信 ——

没有标准可能更可怕

翟毓红：这封信应该说很夸张，很多人可能也笑了，但这个笑里真的有点苦苦的。子东教授，我知道您是一直在学术界，在大学里教书。这里说的很多事，我们把夸张的成分去掉，内核还存在吗？

许子东：不用去掉夸张的成分，一模一样，一点都不夸张，现在大学里就是这样，他讲的任何一条现在都存在。我真佩服他，1967 年余光中就写了这些，现在越来越厉害。

翟毓红：50 年前提出来这些，为什么 50 年后可能更严重了，还一点点都没解决？

许子东：因为这是评审制度全球化的一个结果。从批评的角度来讲，这是用工科的标准来衡量文科，用英语的标准来管理其他语种的研究。大家现在的基本目的是追求世界排名，追求世界排名，你就要遵照国际通行的评审标准：第一，你要讲博士学位；第二，讲学术成果你不能算创作，而且要看获奖，尤其是海外的奖，这些情况全部都存在。

梁文道：我觉得这是没办法的，19 世纪末开始的全球学院跟高等教育的体制完成之后，就是这个局面了。这个体制会否决掉一些我们熟悉的学术人物，使他们没有资格在今天的大学任教。

许子东：你说名字，我来评判。

梁文道：钱穆能教书吗？

许子东：钱穆中学勉强毕业了吧。

翟毓红：学历问题。

梁文道：学历问题。

许子东：他的学生余英时现在倒是最有名的学者。

梁文道：钱钟书也不行，因为没有博士学位；陈寅恪也不行，也没有博士学位。跟着数，唐君毅、牟宗三这些都不行，因为都没有博士学位。

许子东：更不要讲沈从文了。

梁文道：那等而次之了。你想想看，不觉得这很荒谬吗？这些人都不能在今天的大学教书！

再看著作吧，《史记》今天能当学术著作吗？当然不能，没有注释、没有参考书目。不只是人文科学，自然科学也一样。达尔文的《物种起源》今天也算不上数的，因为体例不够严格。

有时候我们会拿这个东西来慨叹、来笑话，说你看我们这个制度是多么有问题。但事实上它又有合理性。即便认识到这一点，我还是会觉得，刚才我说的（这些人教不了今天的大学）都很讽刺。

许子东：确实。

梁文道：不过你换个角度想想，要是我们没有这套制度会怎么样？比如说，我们今天的大学校长要是还像蔡元培先生那样子，完全看才华，不计较各种规章制度，要提拔一个人当北大教授，就算他小学毕业也要请，因为他声名在外。此门要是一开，你想想看会是什么样的结局？每个学校都可以说，我请的这个老师，虽然他没有博士学位，没有论文著作，但是我知道他其实很牛、很厉害，那你怎么办？

翟毓红：没有标准可能更可怕。

许子东：问题就更大。

梁文道：因为制度保证的不是必然有大师，制度保证的是没有不合格的人。

翟毓红：它是个工业标准，它要保证产品的一致性，起码能够排除不合格的东西。

为什么教大学的人要求他应该要有博士学位呢？因为我们相信一个人既然拥有博士学位，他想必经过一定的严格训练，又发表过论文，论文能刊载在某种标准的期刊上，是要费一番工夫的。走完这道程序，我不知道这人将来是不是学术巨星，但是我知道他不会坏到哪里去。最起码能保证他符合最低标准。

梁文道：没错，现代教育体系、学术制度，是用来保证最低标准的，不是用来保证最高标准的。

翟毓红：那我们再来说说最高标准。

许子东：最高标准，你看文学史，那就是高峰，对不对？

梁文道：对，高峰。

许子东：刚才举的例子都是高峰。有一个基本的道理，19世纪以前，文学也好，学术也好，我们关心的是天才。可是20世纪在民主制度下，我们基本上是生产人才，我们不再关心你最高的水平，最高水平你自己慢慢去发展，我们就给交了学费来学校的，要让你毕业。——这就是一些最基本的操作。

我们常常在做这样的事情——要招人了，全世界来了一百个人申请，我们第一步看，七十个有博士学位，好，那另外三十个先拿掉。第二步就有点不大正确了，七十个博士学位里边有十个是来自于耶鲁、哈佛、剑桥，那我们就考虑这十个了。你看，这实际上就已经不正确了，因为另外六十个里边完全可能有非常好的。为了有说服力，我们一层一层地筛选，找到最有名的学校，再看最有名的老师推荐，有时候他推荐的好几个都是他自己的学生。这后面有很多不合理的事情，但是我们也是为了程序。

梁文道：总体起来，程序是公正的。

我们需要一个程序，来辨别什么东西叫学术著作。假如今天我们要招请哲学老师，应聘的人有柏拉图，他交的是《对话录》；有庄子，他交的是《庄子·天下篇》；有释迦牟尼，他交的是《法句经》。问题来了，因为体例都不一样，我怎么去判断什么叫好？我有没有这个资格？如果都写成论文，主题很清晰，有结构、分章节，有参考书目。

许子东：庄子写一篇《论〈见字如面〉》，释迦牟尼写一篇《〈见字如面〉浅析》。

梁文道：对，这样就能比较了嘛。

翟毓红：两位老师都提到，不仅是我们中国存在这个问题。

梁文道：是全球的问题。

我们会争论，你说是灵活点好呢，还是更制度化好呢？

许子东：据我的观察，有的地方太随便（对明星），有的地方太僵化（有的学校对于教中文的，要求能用英文讲课，或者要出国回来才能升职）。

梁文道：尽管有这些弊端，我觉得弊端还是次要的。

许子东：坚持学术规则，我觉得还是必要的。

梁文道：目前没有比它更公平的方法。

许子东：从个人选择来说，假如你觉得你有天才的话，你要不愿意挤进去，你也可以绕开，可以不要学位，这就是很好的要领。

梁文道：事实上，就算它这么制度化，仍然会有真正出色的人（像钱穆）被推上一个很崇高的位置，有很多国际学术大师，他不像一般人发表几篇论文在A级的期刊上，他可能真的十年、二十年就出一本书，但是有那一本书就够了，他就达到那个崇高的位置。

许子东：我考不进你们学校没关系，过几年你们就拿我的书做教材了。

1. 余光中资料补充

余光中，1928年出生于南京，祖籍福建永春。因母亲原籍为江苏武进，故也自称“江南人”。

余光中1952年毕业于台湾大学外文系。1959年获美国艾奥瓦大学艺术硕士。先后任教台湾东吴大学、台湾师范大学、台湾大学、台湾政治大学。其间两度应美国国务院邀请，赴美国多家大学任客座教授。1972年任台湾政治大学西语系教授兼主任。1974年至1985年任香港中文大学中文系教授。1985年开始，任台湾中山大学教授及讲座教授，其中有6年时间兼任文学院院长及外文研究所所长。

余光中是个复杂而多变的诗人，他写作风格变化的轨迹基本上可以说是中国当代诗坛30多年来的一个走向，即先西化后回归。在中国台湾早期的诗歌论战和20世纪70年代中期的乡土文学论战中，余光中的诗论和作品都相当强烈地显示了主张西化、无视读者和脱离现实的倾向。如他自己所述，“少年时代，笔尖所染，不是希顿克灵的余波，便是泰晤士的河水。所酿亦无非一八四二年的葡萄酒。”

从诗歌艺术上看，余光中是个“艺术上的多栖主义者”。他的作品风格极不统一,一般来说，他的诗风是因题材而异的。表达意志和理想的诗，一般都显得壮阔铿锵，而描写乡愁和爱情的作品，一般都显得细腻而柔绵。其中最著名的有《乡愁》。余光中先生热爱中华传统文化，热爱中国，礼赞“中国，最美最母亲的国度”。他说:“蓝墨水的上游是汨罗江”，“要做屈原和李白的传人”，“我的血系中有一条黄河的支流”。他是中国文坛杰出的诗人与散文家，他仍在“与永恒拔河”。他的名字已经醒目地镂刻在中国新文学的史册上。

2017 年 12 月 14 日，余光中在高雄医院逝世，享年 89 岁。

2. 余光中用一封信联通的虚构与现实

1）历久弥新的一封信

余光中《给莎士比亚的一封回信》，写于 51 年前的 1967 年。于今读来不仅不过时，甚至有些历久弥新。在信中，他假设在 350 多年前早已作古的莎翁，今天依然健在人世，将自己虚构成一位介绍莎士比亚来中国讲学的人，就其“有意来中国讲学”一事奔走接洽，并且想象与莎翁煞有介事地通信对话。

余光中长期在高等学校任教，他对高校重科学轻人文、重论著轻创作、重学历轻水平、重桂冠轻能力，以及评审作品固守主题单一、风格明朗的框框深有体会。作为作家兼学者的余光中，年轻时很可能就是这一轻重失衡的受害者，故他对那些把学术著作说成“瞎说猪炸”的学阀、学霸才能调侃得入木三分。那些评审委员竟然不知道《哈姆雷特》就是莎翁的著作，并迂腐地认为只有考证“哈姆雷特有鸡眼”才算学问，才算水平，这种幽他一默的笔法，读之令人喷饭。

2）在荒诞幽默中针砭时弊

余光中以荒诞夸张的笔法叙述自己如何奔走于学府和有关部门之间，舌敝唇焦却没能将莎士比亚足以傲世的四十部著作推荐出去。审查机构的人嫌莎士比亚学历太低，不通外文，甚至没有一篇论文。这对于时下漠视真才实学，盲目推崇所谓学术背景和高学历的现实做了有力的贬斥。时间与空间的错位、历史与现实的荒谬，这封幽默的小品式书信让人回味无穷，并且细思极恐。

我想请您出山来教我的小孩
——简媜写给孔子

约2011年

“

听说您的学生没有念到一半去跳楼、自杀的，我想请您“出山”来教我的小孩，这样我就不必提心吊胆了。

”

简媜（1961— ），原名简敏媜，台湾宜兰县冬山乡人，台湾大学中文系毕业。当代作家，以散文见称于文坛。著有《水问》《只缘身在此山中》《下午茶》《女儿红》《胭脂盆地》等10余种散文集。

孔子（前551—前479），名丘，字仲尼。中国春秋时代著名思想家、教育家。

下面是简媜代一位有着三个孩子的家庭主妇，写给孔子的一封信。

孔子先生：

您好！

很不好意思占用您的宝贵时间，我是您的崇拜者，现在在做家庭主妇，我一共生了三个孩子，有一个老公。

实在是很不得已的啦，我也不知道您家电话（查号台没有登记），只好写信；那我也没有念很多书（因为家庭环境不是很好，只有念到小学三年级就完毕了），如果讲得不清楚，请您不要见笑。

我不是有三个小孩吗？生也是我，养也是我，教也是我，我那个老公只管赚钱，只会"呷得肥肥，装得锤锤"，其余什么都不管，他连小孩念几年级都不知道。现在大的念高二，老二升初三，最小的读小学六年级，功课都在四十名左右，反正不要"吊车尾"最后一名就可以了。可是，最近半年来，我实在"强强欲抓狂"，电视里说好多初中生、高中生跳楼自杀，有的死成功，有的没有成功，我看得心脏都快要停掉。您知道吗，我家住八楼，我很害怕小孩会从窗户跳下去，所以就叫人来装铁窗。可是也有的小孩在学校跳啊，那我又不能叫校长统统装铁窗。我老公看到这种新闻就发脾气，那个报纸跟新闻都有把小孩的父母照出来、名字写出来，我老公就骂小孩说："你们要是敢去跳楼害我上报，没跳死我也把你像'揉'蚂蚁一样'揉'死！"我实在很舍不得那些小孩，也替他们的父母心酸，养一个小孩到十六七岁很不简单的咧，要花很多辛苦的咧，他跳完就溜溜去了，可是他父母还在活，以后他妈妈听到别人说"我小孩怎样怎样"时，心会像刀子在割，那个头永远抬不起来。报纸、新闻又把父母名字写出来，看起来好像他们害死小孩一样，有够没天良！孔子先生，我很不了解为什么小孩吃饱了要去跳楼，您比较有智慧，可不可以劝他们一下，就说是，父母生你养你，没有功劳也有苦劳。做父母的很痴情的，就算小孩出生的时候算命仙说他到十七岁会去跳楼，做父母的也会很痴情地把他养到十七岁的。孔子先生，拜托您一定要把这个意思讲给他们听，要不然，"砰"，跳一个，"砰"，跳两个，那我们女人再会生也不够他们跳啊，对不对！

另外，我家这栋楼的妈妈们常在一起聊天，她们有的想把小孩送到外国，有的把户口迁到好一点的学区，听说这样小孩才会考上好学校。我也很想这样做，可是因为我先生不是很会赚钱（房子还在还贷款呢！），我又听她们常常在比送什么礼物啦、请家教啦、上补习班啦，好像那个好学校的好班要花很多钱的样子。有一次，有个妈妈就在叹气之后提到您的大名，说："要是孔子在就好了！"我第一次听到"有教无类"，"自行束脩以上，吾未尝无诲焉"的"教育理想"。我知道"有教无类"就是"有给他教，没有给他分类"，"束脩"就是肉干（我有去查字典）；我觉得您实在够厉害，心肠这么好，观世音菩萨会保佑您全家的！您可不可以出面去跟那个教育部长讲一下，不要给小孩分类？又不是环保署，要分玻璃罐、铝罐对不对！还有另外，您可不可以上电视跟做父母的讲，不要逼小孩一定要考上建国中学、北一女中、台湾大学嘛，念书跟吃饭差不多，要是小孩的胃很小，你逼他吃大胃才吃得下的东西，那他的小胃就会爆炸，像我小时候帮家里卖鸭，为了让鸭重一点，拼命用唧筒灌饲料，就把鸭子的胃灌破了！我觉得小孩健健康康，长大不要去抢银行、杀人就好了，你逼他拿第一名，就算是全校第一，也不是全国、全世界第一啊！像我，就不会逼小孩考第一，因为我不是第一名的妈妈，怎么可能生出第一名的小孩呢？对不对！

不过，我听那些妈妈在讲，好像现在的教育问题很严重。我不像她们有学问、会讲话，所以就想写这封信给您，请报社帮我转一下，我是想说，既然您教书的口碑那么好，不知道您有没有开暑期辅导班？我有去侧面打听啦，听说您的学生没有念到一半去跳楼、自杀的，我想请您“出山”来教我的小孩，这样我就不必提心吊胆了。可不可以请您寄招生简章跟报名表给我。（要十份，隔壁陈太太、三楼李太太、四楼林太太……也都要。）

还有，不知道您比较喜欢吃“新东阳”肉干还是“黑桥牌”肉干？一百盒够不够？

还有就是说，孔子先生，肉还是不要吃太多比较好。

敬祝健康

简太太敬上

几天后，这封信被退回，原因是：查无此人。

（简媜：《胭脂盆地·给孔子的一封信》，文化艺术出版社 2011）

QQ 音乐　　酷狗音乐　　酷我音乐

—— 扫码收听姚晨朗读此信 ——

有教无类的矛盾

翟毓红：多好啊，这封信，就像一个妈妈在这碎碎念地说出自己的苦恼一样。我看到很多妈妈都陷入这样的怪圈：一边说为什么要补课，为什么要给孩子那么大压力？一转头就给孩子报补课班去了。这是当前一种怪象。

梁文道：因为怕他们输在所谓的起跑线上嘛。前两年，香港有一个妈妈在电视上讲她育儿的成功之道，说了一句很经典的话，当年在预备要生孩子之前，他们做了很多的计算，包括时辰。

许子东：时间要选对。

梁文道：为什么呢？我们知道，有些小孩比别人成绩好，是因为他比同班同学大了几个月。这你得计算。

翟毓红：是这样，大人，四十一岁和四十二岁你不看出来区别，但是小孩子，差几个月差别就很大。

梁文道：刚才简媜这封信提到，听说孔子的学生没有自杀的，的确如此。但我们想想看，孔子最有名的几个学生是什么下场？子路是因为殉城被砍成肉泥，颜回是贫病交加英年早逝。你喜欢当孔子的学生呢，还是当现在的学生呢？

许子东：太少人这样想了。

梁文道：当然也有像子贡那样发大财的，但是他是比较特殊的例外。

为什么孔子的学生没人想自杀？这就要说到孔子的教育。传统儒门教育或中国传统教育，首先教的是什么呢？绝对不是去考试，是做人。信中说到“自行束脩以上”，“束脩”传统解释是肉干，这是受了朱熹的影响，其实有另一个意思，指的是长到十五岁了，能自己把头发束起来了、衣服修整好，这个岁数就可以去上学了。能来上学的，孔子没有不教的。教的是什么？起手第一课，一定是先教你，学做人。为什么要学做人呢？因为人要活得有意义。现在我们的教育谈的是什么呢？数学要考到几分、英语要考到第几级，全是技术活。学的是技术活，压力还那么大，上学要挤破头。这么一对比，孩子们的苦恼、压力，你就完全能理解了。

许子东：孔子比较有教育意义的话是“有教无类”，但这个问题我看是最矛盾的。一方面，分类太早，社会不平等。香港就是，学生很早就分等级：一等、二等、三等。小孩很小就进了一个三等学校，进这个学校的人将来都升不了大学，他就很自暴自弃，打架、骂人。那好的学校又逼死人。另一方面，对我们来说，教育恰恰是一个社会再生产、再分配的机制，它是社会能够打破分层，变得更公平的一个途径。应试教育是一个人能够改变自己和家庭，获得社会地位的最公平的方式。

这就是我感觉到矛盾的地方，如果从公平来讲，就不应该分类，让小孩快乐；但是呢，教育作为一个社会地位上升的阶梯，目前还承担了维系社会公平的功能（你怎么改变你的社会处境呢？就得靠读书。只有读书，边远地区或者贫困家庭的小孩才可以挤进北大，活得比父母好）。要进北大，你不能没有成绩。那班上一排名次，成绩一分高低，就出现了刚才讲的另一种不公平。所以，这是非常非常矛盾的地方。

梁文道：我刚才讲过，孔子的教育虽然也分科，但是有一个相当明确的核心：人该怎么做人，人是怎么回事。其实我们的传统教育（包括家教）就是围绕这点展开的。

许子东：从今天的角度来理解，孔子的教育，一方面非常现实地提到了教育的功利性："学而优则仕"，做官。但孔子又说了，"君子喻于义，小人喻于利"。凡是为了利益来读书的，其实都还在小人的境界，而君子读书的境界不是为了这些好处，而是为了追求真理、完善人格。所以，孔子其实是二元的，他的教育理念里有底线，也有高峰，就看你的造化到哪个地步。底线就是读书有用啊，你不读书你就被淘汰，但是归根到底，最高的读书境界是超越这些实际的利益。

1. 一封异想天开的信

简媜代一位有着三个孩子的家庭主妇，并模拟她的身世、处境、口吻，异想天开地给大圣人孔子写信，意在借古讽今，把当今中国家长的普遍疑难，用认真且谐谑的叙述，重新强调一遍。

2. 此信所言系中国家长的共同痛点

任谁读了简媜《给孔子的一封信》，都不禁哑然失笑，且笑中泛酸。因为无论在大陆还是台湾，中国家长普遍面临着简媜在这封信中写到的，对孩子上学问题、教育问题，诸多相同的无奈。这是人所共知，且为所有家长感同身受的现实。

3. 关于青少年自杀现象分析

2017 年，学生自杀事件接连出现。1 月 13 日，广西梧州藤县一初中女生在考试中离场进入厕所后从四楼跳下，留下字条称“不想学习，唯一的愿望是做个厨子”；3 月 4 日，陕西渭南职业技术学院农学院一名大二学生在宿舍内上吊身亡；4 月 19 日，广东深圳一高三女生留遗书跳楼，称“父母都不理解我，万一没死给我一刀”。

国家卫生健康委员会的一项数据显示，自杀在中国人死亡原因中居第 5 位，15 岁至 35 岁年龄段的青壮年中，自杀位列死因首位。而在全球范围内，自杀也是导致 15 至 19 岁青少年死亡的五大原因之一。正是如花一样的年纪，却以自杀了结自己的性命，令人扼腕叹息的同时，也应引起人们的深思。

据深圳某区各中小学随机选取近千名中学生进行的抽样调查显示：中学生对生命状态所存在的问题主要是主体意识缺失，归属意识淡漠，缺乏生命教育力度，存在生命教育盲区。16% 的中学生表示对于生命教育“非正规地接受过一点”，16% 的中学生表示“一无所知，没有接受过”，18%的中学生表示“说不清楚”。心理健康教育的缺失导致学生对生命的意义认识不清，无法合理掌控自身的情绪，再加上与父母老师交流的匮乏，当遇到悲观情绪时，学生无法自己消解，便采用“自杀”这种极端逃避的方式一了百了。

（摘自《法制日报》2017年4月23日）

《见字如面》第二季入选信件文档　编号 258

很多了不起和钱一点关系都没有
——冯唐写给小陶朱公子

2009 年

“

比如我见过一个陌生人在雨天，在北京，开车。一个行人过马路，匆忙中手里一包桃子掉在马路当中，散落在这个人的车前。这个人按了紧急蹦灯，跳下车，帮行人尽快捡起桃子。这，很了不起，但是和钱没有任何关系。

”

冯唐（1971—　），男，原名张海鹏，诗人、作家、医生、商人、古器物爱好者，2013 第八届中国作家富豪榜上榜作家。

陶朱公，即范蠡（前 536—前 448），别称陶朱公，春秋末期著名政治家、军事家、经济学家和道家学者。范蠡辅助越王灭吴后归隐，经商致富而扬名天下，后代许多生意人都供奉他的塑像，称其为“财神”。小陶朱公子即范蠡的儿子，史上有名的“富二代”。

《三十六大》是冯唐从 2009 年开始发表在 GQ 杂志专栏文字的结集，一共 36 封公开信，就世间有所感悟的人、事、物，讲四十不惑的人生观与世界观。

这是《三十六大》中冯唐穿越历史，遥寄给春秋时期小陶朱公子的一封信。

小陶朱公子：

人从小到大，有几个基本问题，躲也躲不过，比如：情是何物？性是何物？一生应该如何度过？人从哪里来？时间之外是什么？为什么伦理道德长成这副模样？

因为你是财神的儿子，嘴巴里塞满银行卡出生，因为你生下来就有的钱不是通常意义上想吃点什么就吃点什么、想干点什么就干点什么的钱，而是能想让很多人吃什么他们就吃什么、想让他们干什么他们就干什么的钱，所以和其他普通人相比，你很早还遇上另一个问题，躲也躲不过：钱是什么东西？

我想你一定问过你的财神爸爸，他一定有他的说法，我现在也和你唠叨唠叨，方便你比较。你应该知道，所有这些躲也躲不开的问题，都没有标准答案。将来你如果遇见那些坚持只有一种标准答案的，绝大多数是傻子，极少数是大奸大滑，把你的脑子当内裤洗，把你变成傻子。总之，对于这些问题，你能多理解一种新的说法，你的小宇宙就更强悍一些。

从一方面讲，钱不是什么东西，你有钱没什么了不起。

很多了不起和钱一点关系都没有。

比如曾经有一个诗人，有天晚上起来撒尿，见月伤心，写了二十个字：“床前明月光，疑是地上霜。举头望明月，低头思故乡。”一千多年之后，亿万小学生们起夜小便，看到月亮，都想起这二十个字。这，很了不起，但是和钱没有任何关系。

比如曾经有一个小说家，严重抑郁，平常待在人烟稀少的纽约远郊区。实在吃腻了自己做的饭菜，实在厌倦了自摸用的左手和右手，就一路搭车到纽约，在电话黄页里找到当红女影星的电话，打过去，说，我是写《麦田守望者》的塞林格，我想睡你。然后，他就睡了那个女影星。这，很了不起，但是和钱没有任何关系。

比如曾经有一个画家，年轻的时候血战古人，把所有值得模仿的古代名家都模仿了一个遍，自信造出的假画能骗过五百年内所有行家。后来他到了日本，看到日本号称收藏石涛的第一人，指着此人最珍爱的一套石涛山水册，说是他二十年前的练习。收藏家坚决不信，这个画家说，你找装裱师揭开第四页的右下角，背面有我张大千的私印。这，很了不起，但是和钱没有任何关系。

比如曾经有一个生意人，在手机被诺基亚、摩托罗拉、爱立信等巨型企业垄断了近二十年之后，领导一个从来没有做过手机的电脑企业，做出了iPhone。“为什么我会想起来做手机？看看你们手中的手机，我们怎么能容忍自己使用如此糟糕的产品？”这，很了不起，但是和钱没有直接关系。

比如我见过一个陌生人在雨天，在北京，开车。一个行人过马路，匆忙中手里一包桃子掉在马路当中，散落在这个人的车前。这个人按了紧急蹦灯，跳下车，帮行人尽快捡起桃子。这，很了不起，但是和钱没有任何关系。

更简洁的论证是，即使有钱很了不起，但是你有钱也没有什么了不起，因为你的钱不是你挣的。

从另一方面讲，钱是好东西，钱是一种力量，使用好了，你可以变得了不起。

比如培育冷僻的声音。在世界各地挑选一百个民风非主流、生活丰富的地方，每个地方租个房子，提供三餐、网络和一张床。每年找十个诗人、十个写小说的、十个画画的、十个搞照片的、十个设计房子的、十个作曲的、十个唱歌的、十个跳舞的、十个和尚、十个思考时间空间道德律的。不找太畅销的，不找成名太久的，不找有社会主流职务的。这一百个人在这一百个房子里生活一年，没有任何产量的要求，可以思考、创造、读书、自摸、吃喝嫖赌、做任何当地法律不禁止的事儿，也可以什么都不做。

比如延续美好的手艺。在世界最古老的十个大城市，选当地最有传统的美丽位置，开一家小酒店，十张桌子，十间客房。不计成本和时间，找最好的当地厨师、用最好的当地原料、上最好的当地酒，恢复当地历史上曾经有过的最美好的味道、最难忘的醉。盖标准最严格的当地建筑、用最好的当地家具、配最好的当地织物，恢复当地历史上曾经有过的最美好的夜晚、最难忘的梦。如果在北京开，家具要比万历，香炉要比宣德，瓷器要比雍正，丝织要比乾隆。

比如促进渺茫的科学。对于病毒的理解还是如此原始，普通的感冒还是可以一片一片杀死群聚的人类。植物神经、激素和大脑皮层到底如何相互作用，鸦片和枪和玫瑰和性高潮到底如何相通？千万年积累的石油和煤和铀用完了之后，靠什么生火做饭？无数人谩骂中医，但是中国人为什么能如此旺盛地繁衍存活？需要用西方科学的大样本随机双盲实验，先看看中医到底有没有用，再看看到底怎么有了用。

比如推动遥远的民主。在最穷最偏远的两百个县城中，给一所最好的中学盖个新图书馆，建个免费网吧。在图书馆和网吧的立面上贴上你的名字，再过几年，你就和肯德基大叔一样出名了。召集顶尖的一百个学者花二十年重修《资治通鉴》，向前延伸到夏商，向后拓展到公元二零零零年。再过几百年，你就和吕不韦、刘义庆、司马光一样不朽了。

感觉到了吧，再多的钱也可以不够用，花钱也可以很愉快。

余不一一，自己琢磨。

冯唐

（冯唐:《三十六大》，浙江文艺出版社 2012）

QQ 音乐　　酷狗音乐　　酷我音乐

———扫码收听**赵立新**朗读此信———

钱不能取代意义

翟毓红：中国人好像谈钱都比较回避，但冯唐这封信恰恰是直奔主题，很直白地提到了钱。

蒋方舟：我比较喜欢谈钱。对于我来说，首先，钱一定是不能取代意义的。很多人喜欢谈钱，或者愿意用钱取代意义，因为他们找不到他们的工作、他们的努力和他们的人生价值之间的关系，所以他们就退而求其次，说至少还有钱。

许子东：钱应该是做事情跟人生意义之间的中介。

蒋方舟：对，但是钱不能取代意义。如果有一件能体现人生价值的事（它没有什么钱可挣）和钱摆在我面前，我的首选一定是前者。但是我觉得，也不能轻视钱，钱对我来说，其实意味着某种程度的自由。比如，对我来说，我不是一个能写出畅销书的那种作家，可能中国有十个、二十个能写出畅销书的作家（靠写书能养活自己），我绝对不在其中。如果我有钱，那就给了我很大的自由（写作上的自由）。所以我觉得，钱不能取代意义，但是钱能给我自由。对我来说，适度的钱还是好的。子东老师呢？

许子东：钱越多越好。

蒋方舟：是吗？

许子东：钱就是电影票，人生就是电影。很多人一直在倒腾电影票，电影没好好看。但是，没有电影票，你是看不了电影的。在我看来，钱和人生就是这么一个关系。

翟毓红：原来我们一直在说，希望能有更多的自由，一个是时间的自由，一个是金钱的自由。如果金钱不再是一个问题的话，我们就可以遵从自己内心的选择，有更多的自由了。

许子东：照你们说的，人都在追求境界：我有足够的钱了，我就不必考虑钱了。这样的人我一个都没见过。钱越多的人，越在倒腾钱。钱多得用不完的人，照样在为钱忙活。

翟毓红：但那个时候，他往往说，我赚钱已经不是为了我自己了。对我来说，钱就是个数字。

许子东：有的你可以理解为赚钱就是他的专业精神了，对他来说钱就是数字了，但是有的不是。今天的中国人，家里因为房地产升值，几十万上百万根本不算数了。现在，你随便来讲都有几百万，这个以前是完全不可能。回到三十年前，谁家有？“万元户”嘛。现在“万元户”不是骂人的话嘛，对不对？但是你说，人都觉得自己有钱了吗？不见得。很多人为钱思考的时间、精神所占的比例都更大了，为什么？你已经有几百万了，你还那么操心，更操心了。我见过你说的这种真的只想生活意义的人，不考虑钱了，但那不是钱够了，通常是查出有绝症了，然后就放开生活了。过了几年以后，说那绝症是个误诊，可生活方式已经全部改变了。——这种人，根本不是因为钱的关系。

蒋方舟：刚刚子东老师提到一个特别重要的一个问题，就是他提到的一个词：比例。就是说，钱在你人生当中所占的比例。现代人对于小钱和大钱的比例，认知上完全是混乱的。比如说我的父辈，他们觉得几万块钱确实就是大钱，但是现在我们看，不是了。还有，生活在北京、上海、杭州这样的城市，每天听到的都是各种各样的财富故事，谁忽然一夜暴富，你觉得，好像这个故事也同样可以发生在自己身上。就是因为这个，钱在人生当中的比例也变得忽大忽小，变得非常失调。

翟毓红：方舟刚才提到的是一个大钱、小钱的问题，可能还存在一个快钱、慢钱的问题。比如我们也看到了，个别想赚快钱的人慢慢倒下了。有的时候，慢一点往往走得更稳一点，让我们感觉更踏实。

许子东：你说的这是金融界的清流。

有人问，如果金钱足够多的话，它会给诚信和爱情加分吗？我觉得，金钱会减弱诚信，金钱也会损害爱情，它不会加分。比方说你现在爱一个人，你一年挣五十万，他一百万，你们俩挺正常的。明天你听说他有十个亿，不要说你自己，旁边人都觉得，你怎么这么深谋远虑啊，怎么这么早就爱上他了？你看，这是损害了你的爱情。诚信也是这样。所以，金钱是好东西，但它有副作用，会损害诚信和爱情这些东西。我们不会不要金钱，但是我们还得看清它有损坏作用。

蒋方舟：你说人为什么要诚信？因为诚信能带来自我满足。人为什么需要爱情？因为爱情能让人幸福和快乐。这两个最终的结果，都不是只有通过钱才能达到的。所以我觉得，钱并不是获得这两个最终结果的唯一手段。

翟毓红：我知道，子东老师家里有特别优秀的女儿。那你跟你自己的女儿怎么谈钱？

许子东：我没有专门跟她谈过钱的问题。我们自己怎么处理钱、讲钱，就会影响到她对钱的观念。今天出去消费了，什么东西该买，什么东西不该买？什么东西很好，但是我犹豫了半天还是不买。——这其实就已经是在跟小孩讲钱的问题了。另外，我看过张爱玲的书，说她曾经问她爸爸要钱，她爸爸跟她后母既不说给，又不说不给，让女儿在那里站了很久，使得张爱玲咬牙切齿，后来一直念念不忘。我自从看完这一段以后，凡我女儿问我要钱，我马上给，一点都不耽误。她也不会多要钱。她如果有什么要求，比如说："我假期要去欧洲了，能不能贴补我一半的旅费？"我马上给，绝不耽误。小孩她成功了，现在已经哈佛硕士毕业了，已经在大公司工作，她还能问我要钱，是对我的信任，是我的幸福。这就是我的金钱观。

蒋方舟：我小时候，有一段时间我爸妈都没有工作，那个时候我12岁，我在报纸写专栏，是家里唯一能挣钱的。我记得那个时候我们家很穷，我每次放学回家，在门外就特别开心地问："妈妈，今天吃什么呀？"我后来看到我妈妈写的文章，说她每到这时候都有给我下跪的欲望，因为当时要么吃五毛钱的卤鸡蛋配米饭，要么吃五毛钱的卤鸡翅配米饭，没有别的可吃。当时有穷亲戚来我们家借钱，看到我写作业连凳子都没有，太可怜了，临走还给我留了二百块钱，说："你买点东西吃吧。"所以，我其实算过过苦日子。

但是，我也没有把钱太当回事，或者太急功近利地去想这件事，因为从小我父母教育我，钱某种程度上是个人价值的证明，但不是全部个人价值的证明。

其实我妈妈现在靠我来养，她退休了。我鼓励她剪纸、搞艺术创作，不要想着挣钱。但是她自己很急着挣钱，觉得这样才能证明她有价值。她需要外界的证明，对她来说，来自钱的证明，可能是个人价值的最公平的一个体现。

所以我觉得，我虽然过过苦日子，但是我对钱应该还是三观挺正的。

1.关于“富二代”

“富二代”是指继承巨额财产的富豪子女。他们继承的财产包括房屋及现金，且财产中房屋的市场价值与拥有的现金总额相加一般都在1亿元人民币以上，也就是我们所谓的“亿万家财”。继承了亿万家财的富家子女才算是“富二代”。

“富二代”有知识成功型、艰苦奋斗型，这两类在“富二代”中是主体，也有纨绔子弟败家型，也有一小部分最后较为平庸。有专家认为，富人的财富应有部分捐献给社会，而不是全部由子女继承，否则容易导致社会贫富分化加剧，不利于社会的稳定与经济的发展；但是也有专家认为，财富不在一定规则下传承，就很难出现中国本土的贵族。

“富二代”脚下是金子做的垫脚石。这使得他们天然在社会竞争力上要强于普通人。以让孩子受教育为例，99%的“富二代”进了最好的学校，而中产阶层二代不超过50%，大量的温饱阶层的孩子通过努力后达到的比例可能只有5%。这种资源的承继使得“富二代”在知识、技能方面远远领先，又客观上增加了他们的竞争力。无论是文化程度、眼界，还是跟政府打交道的熟练程度，“富二代”都要比父辈优秀得多。

“富二代”阶层从根本上动摇了中国人的财富观和价值取向。这意味着，在中国，不通过自我奋斗就成为有产者不再是一件可耻的事。财富的合法继承也将受到法律保护。而在生活方式上，蜜糖里泡大的“富二代”很容易就接受了奢侈品消费，而非温饱型的消费，这将对其他阶层，特别是中产阶层消费产生巨大的示范作用。

2. 关于“冯唐金线”

“冯唐金线”，网友自造的成语，类似班门弄斧的意思，主要用于文学领域，表示一个文学水平差的人，拿着自己的线到处评论别人的文学水平。

“冯唐金线”一词，最早源于作家冯唐关于2012年初韩寒“代笔门”写的文章《大是》。他在文中写道：“文学的标准的确很难量化，但是文学的确有一条金线，一部作品达到了就是达到了，没达到就是没达到，对于门外人，若隐若现，对于明眼人，一清二楚，洞若观火。‘文章千古事，得失寸心知’。虽然知道这条金线的人不多，但是还没死绝。这条金线和销量没有直接正相关的关系，在某些时代，甚至负相关，这改变不了这条金线存在的事实。”

2012年5月2日，王小波的夫人李银河发微博称：“昨晚与冯唐相聚畅谈。他对小波文字的评价我一开始看了觉得有些不舒服，但是我知道在他心目中小波的文学是上了他心中的那条‘金线’的。他只是觉得小波对中国古文字的韵味把握稍差。小波自称其文字师承是王道乾、穆旦、傅雷等诗人和翻译家，而拥有一个仅仅属于他的文字风格才是一个成功作家的标准。”

这两次事件使得“冯唐金线”在网络上被热议，甚至有网友将其列为网络新成语。

只因为，你已来到人间
——孙冕写给出生百天的儿子

2014 年 8 月 9 日

“

有一天，你早早睡了，爸爸与你外公在家喝酒聊家常。爸爸忽然流着泪水，冒出一句很丢脸的话：我不想老，不想死，我要陪儿子一起长大！

”

孙冕（1953—　），1977 年在广东开始媒体生涯，1996 年创建新锐时事生活周刊《新周刊》并任社长，成为中国新时代媒体先锋人物。爱好户外运动，2010 年 5 月 17 日 9 时 57 分，孙冕和队友登顶珠穆朗玛峰，时年 57 岁的孙冕成为从珠峰北侧登顶的年龄最大的华人。孙冕长期为救助抗战老兵而奔走，发动明星友人等社会各界力量为生活困难的抗战老兵捐款捐资。孙冕支持并参与好友——演员陈坤的“行走的力量”心灵公益项目，每年在青海、西藏等地与志愿者一同行走。

2014 年，孙冕六十得子。在儿子出生百日的当天，孙冕请来亲朋好友庆祝，并给儿子写了下面这封信。

儿子：

今天，是你一百天的生日。

奶奶、姑姑、叔叔、外公、外婆、舅舅、小表哥，还有许许多多你爸爸妈妈的好朋友和同事都来了，这么多人来给你过生日，好有面子哦！

爸爸妈妈和你，我们一家三口，感受到亲情友情扑面而来的温暖，而心存感恩。

儿子，你吮吸着姑姑从外地背过来的奶粉，享用着姚晨姑姑给你寄过来的许许多多喝的用的，连同小土豆哥哥穿过的软软的衣裳。

你生下来时，外婆就用外公从湖南乡下摘回来的艾叶，煮着清香的艾叶水，让你每天美美地洗一回澡。

外婆说，艾叶水是好东西，能去邪气养身子，看你洗澡时抓紧小拳头抱着肉嘟嘟的胸口，美滋滋的样子，爸爸禁不住会搓搓你的胸，捏捏你的小手和小脸。

此刻，当着这么多亲朋好友的面，爸爸想告诉你，爸爸认识你妈妈的来龙去脉，爸爸搜尽满脑子的词，却憋出了这句话：

只因为，我在人群中，多看了你妈妈那一眼。

那是在 2012 年 12 月 9 日，爸爸的好朋友韩家英叔叔在深圳办了一场他个人设计生涯的成就展览，我去了。

什么叫作成就呢？成就就是一件事件从不懂到懂，到很懂，到懂得很厉害。

就好像，好像爸爸从许多许多人之中，看懂一个人的眼神一样。

在那天的宴会上，有个女孩多看了我一眼，我也多看了她一眼。

爸爸天生好奇又调皮，对爸爸的好朋友孙周叔叔说："瞧那女孩，挺好看的。"

孙周叔叔的太太红梅阿姨问："你想认识她？"

没想到我随便一说，红梅阿姨一打招呼，那女孩一下子转过身来。

哇，一副满不在乎的样子，还有点傲慢。

长得怎么样？还可以吧。

男人在欣赏女人时，如果有几分得意，就这么说。

不信，你自己抬头看看。因为，她就是你眼前的妈妈。

儿子，你每天都看到你妈，看了整整一百天了。

可是你不知道，你爸爸只不过比你多看了妈妈不到两个一百天，她就怀上了你。

儿子，等你长大了你就会明白，在人群中多看了人家那一眼，是要负责任的。

你爸爸和你妈妈甚至来不及熟悉、了解和感受彼此的优点或缺点，来不及好好地、浪漫地，或者肉麻地、缠绵地相爱，你就在 2014 年的 5 月 3 日急匆匆地来到了人间。

爱，是一座很高很高的山。如果不是一个人牵着另一个人，手脚和身心并用，甚至遍体鳞伤爬到山顶，谈不上懂得爱。

那座山很美，很雄伟，让想爱的人，做着白日梦都想去爬。

可是呀，真正能摸到顶峰，看到无限风光的，又能有几人？多少人望而却步，多少人半途而废。

你爸爸和你妈妈甚至还没有想好要不要爬这座山峰，你就哇哇叫着来到了人世间。

那天，听着你妈妈哇哇叫，爸爸脑子里一片空白。

直到爸爸捧起你时，一点点的红嘟嘟的小人儿，看护士阿姨给你喂第一口水时，听到你的小嘴唇叭吱叭吱地响，才突然醒悟，我们一家三口，已经来到“爱”的山脚下，将开始美丽而艰辛又充满想象的旅程。

爸爸要让你和妈妈平平安安的，在每一次走走停停之中，领悟到人生的无限风光。

有一天，你早早睡了，爸爸与你外公在家喝酒聊家常。爸爸忽然流着泪水，冒出一句很丢脸的话：我不想老，不想死，我要陪儿子一起长大！

儿子，这可是爸爸醉后吐真言呀。

爸爸想在你不懂事的时候，把爸爸自己懂事的经历删除掉，或者假装跟你一样不懂事。这样，咱爷俩就可以平等地手拉着手，可以共同咿呀咿呀地望着蓝天的蓝，白云的白，不用去想长大以后的事了。

当你的肉乎乎的小手握着爸爸的拇指时，爸爸感觉到这是一棵小小的嫩芽，抓住一根枯藤，开始了一生的攀爬。

儿子，你妈妈曾许了一个愿，如果你在马年出生，就去西藏转冈仁波齐神山。你妈妈很要强，说去转山是为了给你这小马驹祈福，爸爸当然要陪伴啦！

神山的路崎岖漫长，爸爸先后转走三次，仍心存敬畏，可是你妈妈从来没有走过那么高那么长的路，根本不知道有多艰难。

你妈妈那天因为高原反应，身体很不舒服，跌跌撞撞的，爸爸找了一匹马，让妈妈骑着马翻过 5000 多米高的山，爸爸生怕妈妈走丢了，拼了命在后头飞快地赶呀赶，绝不让妈妈脱离爸爸的视线，为的是保护你妈妈能平安回到你的身旁！

那天，爸爸就是一个顶天立地的男子汉。等你长大之后，爸爸会告诉你，不管风吹浪打，如果妈妈遇到任何危险，你必须像爸爸一样，拼了命去保护妈妈！

外婆说：父亲爱儿子，就像一条长长的路。儿子爱父亲，就像一条短短的扁担。

儿子呀，爸爸爱你，一无所求。你爱爸爸像条短短的扁担也行，要不，像筷子一样短？更短的像根牙签？都行。

对爸爸来说，爱，责任重于高山，深于大海。

只因为，你已来到人间。

只因为，爸爸看了你第一眼。

2014 年 8 月 9 日，于广州

（孙冕供稿）

QQ 音乐　　酷狗音乐　　酷我音乐

——— 扫码收听孙冕朗读此信 ———

有孩子之后，就想陪他长大

翟毓红：真的是真情流露。我在里面看到了老来得子的得意之情。

梁文道：一般的爸爸对儿子不太会是这样。我们都认识孙冕，平常没见过他激动成这样。

许子东：他一贯跟人家有点不一样。

梁文道：像个大小孩一样的一个人。

这封信最有趣的是，忽然让我想到，我念书的时候看到哲学家唐君毅他们写，中国式的爱情是从形而下走到形而上的爱情。现在我们一般人恋爱，肯定心里想象一个理想的对象，然后在世间找寻符合这个理想的对象，在茫茫人海中找到了，就是他了，就谈恋爱，就结婚，再一步一步地从形而上走到形而下，要搞房子啦，什么一大堆的。你看我们爷爷奶奶他们那辈人，也没听说有什么太大的感情波折，当然也不一定多浪漫，好像很踏实地就走过来，很多人，尤其是农村的，就那么做了一辈子老伴。那么，他们是怎么开始的呢？他们恰恰相反，是从形而下走到形而上，有时候甚至两个人见都没见过，要上床了才看第一眼。跟着就有了小孩，然后才慢慢开始讲感情。那感情一开始就围绕着小孩、围绕着家庭，所以互相的称呼是孩子他妈、孩子他爸，而不是亲爱的。

看孙冕这封信，我马上想到这个。你看，他信里提到，爱是一座高山，他跟孩子他妈还没想清楚，小孩已经来了。这太有意思了，我觉得。

许子东：对。孙冕就是这样的婚姻，这样的一个小孩，老来得子，是很特别的。你要佩服他非常勇于享受。我觉得这个小孩的出生是他到了这个年龄要证实自己生命的这么一个明证。我们能感觉到他那句“我不想老，不想死”是发自肺腑的真心话。

梁文道：特别是有小孩之后，就想陪他长大。

许子东：这么小的小孩，赋予他更大的责任。

翟毓红：孩子出生，孙冕先生突然意识到自己的年龄，重新看待自己的生命，就下了一个决心。

梁文道：对，就更不想老，更不想死。孩子要到处玩，你真的就希望自己可以更年轻，可以一直陪着他。

锋芒

○ 乾隆皇帝写给英王乔治三世（1793）

你这个国王，

远在重洋之外却能倾心归服

○ 梁启超写给孩子们（1926）

我昨天做了一件极不愿意做的事情

○ 袁雪芬写给父亲（1947）

不幸我是个女孩，

更不幸是个演戏的

○ 蔡元培写给公众（1919）

不愿再任北京大学校长的宣言

○ 胤禛写给年羹尧（1718）

将来你必然会背叛我

《见字如面》第二季入选信件文档　编号 210

你这个国王，远在重洋之外却能倾心归服
——乾隆皇帝写给英王乔治三世

1793 年 9 月 23 日

“

天朝德威传布天下，万国来朝，种种贵重之物，全都运到了这里，实在是无所不有，这些都是你的正使亲眼所见。但是朕从不喜欢奇巧的东西，也没有什么还需要从你们国家置办的物件。

”

乾隆皇帝，即清高宗爱新觉罗·弘历（1711—1799），年号乾隆，清朝第六位皇帝，25 岁登基，在位 60 年。

乔治三世（1738—1820），全名乔治·威廉·腓特烈，英国及爱尔兰国王，1760 年登基。其在位期间，英国开始第一次工业革命，社会生产力大大提高，急于开拓海外市场。

1793 年，英王乔治三世派遣马戛尔尼勋爵为特使，以补贺乾隆皇帝八十寿辰为名，远涉重洋来到中国。这是西欧各国政府首次向中国派出正式使节。其主要目的是商洽扩大通商事宜，包括希望中国开放更多口岸，降低关税，给予租界，并派公使长驻中国等。这是当时的乾隆皇帝很难理解的。

次年 3 月，马戛尔尼一行离开中国，返程时随身携带了下面这封由乾隆皇帝写给英王乔治三世的信《敕英咭利国王谕》。

奉天承运皇帝敕谕英咭利国王知悉：

你这个国王，远在重洋之外，却能倾心归服，特地派来使节，恭敬地带着奏章，漂洋过海来到天朝，叩祝我的生日，还带来地方特产，很有诚意。

朕看了你的奏章，词意真挚恳切，可以看到国王你恭顺的诚心，这样很好。所有随同前来的正副使臣，考虑到他们都是奉命远道而来，我决定给他们更多的礼遇。我已经命令有关负责人带领他们前来拜会，赐予了盛宴，加倍给予了奖赏，用来表达对你们归顺行为的接纳。已经回到珠山的船长、船员、杂役等六百余人，虽然未能来京，朕也一视同仁，给了很多赏赐，让他们都能得到恩惠。

至于国王你的奏章上说，恳请派遣一人常驻在天朝，以便照管你们国家的买卖。这是不合天朝体制的，不可以这样做。向来西洋各国，有愿意来天朝工作的人，都会被准许来京。但来了之后，就要遵守天朝法度，按照天朝的规矩着装，要在这里成家，永远不准再返回本国。这是天朝明确的制度，想必国王你也是知道的。现在，国王你想要请求派一位你们国家的人常驻京城，这就不能像是来北京工作的洋人，既不能在京城住着不再回国，又不可以听任其随意往来常通信息，实在是没有什么好处的事情。

况且，天朝所管辖的地方非常广远。凡是外国的使臣到京，宾馆住宿的规格，交通出行的安排，都有固定的规矩，从来没有听其自便的先例。你的国家如果留人在京，言语不通，服饰不同，是没有地方可以安置的。如果一定要按照来京工作的洋人一样，要求他一律改变服饰，天朝又不愿强人所难。假设，天朝也想派人常驻你的国家，难道你的国家会这样做吗？

况且西洋有很多国家，不是只有你一国。如果都像国王你这样恳请派人留在京城，又怎么可能全都答应呢？所以，此事实在难以办到，朕不可能因为国王你一人之请，就去更改天朝延续百年的法度。

如果说国王你是为了照顾买卖，你们国家的人在澳门做贸易又不是一天两天了，天朝原本就没有不给予关照。就像从前的葡萄牙、意大利等国，屡次派使者来朝，也曾经提出过照料贸易的要求。天朝看着它们诚心诚意，给了很多优惠政策。凡是涉及这些国家的贸易之事，无不照料周备。前两天，广东商人吴昭平，拖欠了洋船的银两，朕立即下令有关部门，由国库先行动支款项代为清还，并将欠款的商人判了重罪。这件事，在你们国家也都听说了吧。各国又何必派人常驻京城，非要提出这种既破坏规矩又根本不可行的请求呢？况且，人留在京城，距离澳门将近万里，他又如何能照料得到澳门的贸易呢？

如果说，你们派人常驻，是因为仰慕天朝，想要观摩学习这里的文化，那么天朝自有天朝的礼法，与你们国家各不相同。就算你们国家所留之人能够学习，你的国家也是自有你们的风俗制度，也不可能效法中国。所以说，学了也是白学，没什么用处。

天朝保有四海，朕只有励精图治，全力处理好政务。对奇珍异宝，并不看重。国王你此次进贡了各种礼物，朕看到的是一片诚心，路途辛苦，特批有关部门收下。天朝德威传布天下，万国来朝，种种贵重之物，全都运到了这里，实在是无所不有，这些都是你的正使亲眼所见。但是朕从不喜欢奇巧的东西，也没有什么还需要从你们国家置办的物件。只是因为国王你请求派人常驻京城，既不符合天朝的制度，又觉得对你的国家没有一点好处，才命令使臣回国，特此详细解释，让你明白。国王你要很好地理解朕的意思，要更加忠诚，永远恭顺，这样你才能统治好你的国家，共享太平之福。

正副使臣以下各级官员，及通事兵役人等，按照惯例赏赐了物件。除此之外，借着使臣回国的机会，特颁敕谕，并赐国王你丝绸宝物，这是所有朝觐的国王都有的。朕再加赐彩缎罗绮，文玩器具诸珍，另有清单。你好好收着，要明白我的心意。

特此敕谕。

QQ 音乐　　酷狗音乐　　酷我音乐

—— 扫码收听张丰毅朗读此信 ——

[原文]

敕英咭利国王谕

敕谕英咭利国王曰，咨尔国王远在重洋，倾心向化，特遣使恭赍表章，航海来庭，叩祝万寿，并备进方物，用将忱悃。

朕披阅表文，词意肫恳，具见尔国王恭顺之诚，深为嘉许。所有赍到表贡之正副使臣，念其奉使远涉，推恩加礼。已令大臣带领瞻觐，赐予筵宴，叠加赏赉，用示怀柔。其已回珠山之管船官役人等六百余人，虽未来京，朕亦优加赏赐，俾得普沾恩惠，一视同仁。

至尔国王表内恳请派一尔国之人住居天朝，照管尔国买卖一节，此则与天朝体制不合，断不可行。向来西洋各国有愿来天朝当差之人，原准其来京，但既来之后，即遵用天朝服色，安置堂内，永远不准复回本国，此系天朝定制，想尔国王亦所知悉。今尔国王欲求派一尔国之人居住京城，既不能若来京当差之西洋人，在京居住不归本国，又不可听其往来，常通信息，实为无益之事。

且天朝所管地方至为广远，凡外藩使臣到京，译馆供给，行止出入，俱有一定体制，从无听其自便之例。今尔国若留人在京，言语不通，服饰殊制，无地可以安置。若必似来京当差之西洋人，令其一例改易服饰，天朝亦从不肯强人以所难。设天朝欲差人常驻尔国，亦岂尔国所能遵行？况西洋诸国甚多，非止尔一国。若俱似尔国王恳请派人留京，岂能一一听许？是此事断断难行。岂能因尔国王一人之请，以致更张天朝百余年法度。若云尔国王为照料买卖起见，则尔国人在澳门贸易非止一日，原无不加以恩视。即如从前博尔都噶里雅（葡萄牙），意达哩亚（意大利）等国屡次遣使来朝，亦曾以照料贸易为请。天朝鉴其悃忱，优加体恤。凡遇该国等贸易之事，无不照料周备。前次广东商人吴昭平有拖欠洋船价值银两者，俱饬令该管总督由官库内先行动支帑项代为清还，并将拖欠商人重治其罪。想此事尔国亦闻知矣。外国又何必派人留京，为此越例，断不可行之请，况留人在京，距澳门贸易处所几及万里，伊亦何能照料耶？

若云仰慕天朝，欲其观习教化，则天朝自有天朝礼法，与尔国各不相同。尔国所留之人即能习学，尔国自有风俗制度，亦断不能效法中国，即学会亦属无用。

天朝抚有四海，惟励精图治，办理政务，奇珍异宝，并不贵重。尔国王此次赍进各物，念其诚心远献，特谕该管衙门收纳。其实天朝德威远被，万国来王，种种贵重之物，梯航毕集，无所不有。尔之正使等所亲见。然从不贵奇巧，并无更需尔国制办物件。是尔国王所请派人留京一事，于天朝体制既属不合，而于尔国亦殊觉无益。特此详晰开示，遣令贡使等安程回国。尔国王惟当善体朕意，益励款诚。永矢恭顺，以保义尔有邦，共享太平之福。除正副使臣以下各官及通事兵役人等，正赏加赏各物件，另单赏给外。兹因尔国使臣归国，特颁敕谕，并赐赍尔国王文绮珍物，具如常仪。加赐彩缎罗绮，文玩器具诸珍，另有清单，王其祗受，悉朕眷怀。

特此敕谕。

（【清】《清实录》第二七册，中华书局 1986）

乾隆的个人意见，没办法左右历史进程

杨雨：挺为难这个翻译的。我们现在看来觉得很可笑，但是放在当时那个年代，站在他的文化立场上，我觉得乾隆每一句话都说得很真诚。

梁文道：对，因为他有自己的一套道理。

刚才杨老师提到翻译，这是很有趣的事。在马戛尔尼访华事件里，很多人容易忽略翻译的重要性——它简直是中国近现代史上一个分水岭般的事件。在这个事件里，一个大问题就是怎么翻译。比如以后你要继续乖乖的，保持恭顺，这怎么翻译？当时的翻译有明显的人为改造，将这些中文翻译到英文时，翻译人员把它改成英王乔治三世听了容易接受的说法。反过来，英国这边的话也在中国这边经过了加工。这么翻译下来，就出现一个问题，可能在很长时间内，双方正式的官方了解是不通的，都在各说各话。

这整件事情，今天从头来看，有一个事情必须要澄清。我们很容易以为，这封信表达出来的是乾隆井底之蛙的傲慢，不知道世界有多大。英国人正处在第一次工业革命之后，国力上升，正在四处扩张，建立它庞大的殖民帝国，你乾隆还以为自己真的是天朝呢？那真相如何呢？真相是，当时中国还真像个天朝，论整个国家的生产力、总体经济实力，中国当年一定是排名第一，而且在很长的时间，我们都排名第一，是全世界最有生产力的国家，也是全世界最大的市场。如果论生产陶瓷、茶叶、棉纱的话，我们生产力是一流的。那么问题在哪儿呢？问题在于，虽然中国国力很强大，生产力很高，总体而言这个国家很有钱，但老百姓穷。

杨雨：所以乾隆看到的他的国家，和外国使团看到的中国老百姓的生活，是截然不同的两幅画面。英国使团沿途丢弃的变质食品，或死鸡死鸭，他们会看到老百姓会去哄抢。他们就觉得，这是一个多么贫穷和落后的国度。而乾隆看到的国家，是一个富有的，GDP 很可能是世界第一的强大富饶的国家。

梁文道：对。你要跟我做买卖，要我开关，我啥没有？我关起门来什么都有，对吧？但是，中国老百姓的真实生活，真的就是很悲惨。所以，当时中国的情况是，国家很有钱，人民生活普遍很困顿，很紧张。

另一方面，我们也不要把那时候的英国想得太先进了。那个时候工业革命刚刚开始，几十年后鸦片战争时的船坚炮利都还没出现。

所以，当年的英国是工业革命开始，有很多技术上的突破性；而中国在世界上经济体量最大，但是普遍贫困，内部市场出现问题，正在缓缓地衰老。这样两个国家碰上了，要解决国际秩序上的矛盾，其实谁说得都有道理。

乾隆这封信好像句句话都在理，他真的能自圆其说。因为从乾隆的角度来看，世界秩序就是天下秩序，天下秩序当然就是臣民跟属国，再外一圈就是藩属了。马戛尔尼是从比藩属更远的地方来的，这种地方的人，我们知道，用乾隆的术语叫作“教化所不及”。

翟毓红：够不着，太远了。

杨雨：鞭长莫及。

梁文道：对。你看他的信，除了开头和结尾好像很傲慢，中间老说，你看你派人来，我要是派人到你那儿，你也不乐意吧？所以他真知道那是个外国，他没把它当成特别的什么。前头、后头这么写，是要给国民看。天下就是这么一个体制，虽然教化不及，但我仍然要说你对我还算孝顺，这话得讲出来。

翟毓红：除了给国民看，会不会还为了给离得近的那些国家（藩属）看？

梁文道：对。

杨雨：所以，不能由这么一封信，或者这么一个事件，就说乾隆眼界那么封闭，造成了此后几十年中国的闭关锁国，导致了后来的鸦片战争。其实乾隆并不是那么封闭的人。

梁文道：并不傻。

杨雨：对。你看从他爷爷开始，就是一个眼界比较开阔的帝王。

梁文道：对。真正的问题其实是两套秩序的碰撞。马戛尔尼带来的那套东西，是在欧洲刚刚出现没多久的新观念（今天是全世界公认的观念）——世界是由独立主权国家组成的。

翟毓红：主权平等。

梁文道：对，再小的国家，跟再大的国家，主权上是平等的。但中国当时的世界观是天下观，这两套秩序碰撞在一起了，到底遵从谁的世界观？

鸡同鸭讲。

翟毓红：完全讲不到一块去。

现在有另外一种说法，按照鸦片战争往前推的话，几十年以前，英国人就主动来了，要跟你做生意好好赚钱，你不干。后来你看人家带着炮舰来了。两位老师对这种观点有什么看法？

梁文道：当英国工业革命几十年后非常成熟，它的殖民地根基很强大了之后，无论你是不是跟它做买卖，它的炮舰都会来。我们从它跟非洲、亚洲其他地区打交道的经验来看，印度很早就向它打开国门了，你该怎么做买卖，我都跟你做，最后你还是要把我变成殖民地。所以我觉得，这个讲法是不太了解英帝国它这个殖民者的本质。

杨雨：乾隆他个人的意见，没有办法去左右历史的进程。

梁文道：对，我觉得在这种时候，一个当政者，他能做的事其实没有我们想象的那么多。

另外我想指出，我们有一个常见的误会。国人从五四以来一直有一个观念，认为中国过去百年的问题，都是由明朝后开始的闭关锁国造成的，认为我们是一个多么封闭的国家。其实真相不完全是这样的。

事实上，中国在那段期间，没有我们想象的那么闭关，绝对没有。比如明朝末年，用来对付倭寇、对付满洲铁骑的武器，相当多的是西式火器。那些火器是从澳门引进过来，自己再改良制造的。明朝以后，尤其到了清朝之后，中国东南沿海各省市出现了大量的移民（当时说是非法移民）到外面，他们跟中国的关系非常深。而且那个时候，中国跟世界的贸易量是非常非常大的。明朝的中国，就已经跟今天很像，是世界工厂，只不过那时候我们世界工厂不在东莞而在景德镇。当时景德镇是二十四小时开工，大老远看，整个镇火光映天。你去英国、荷兰，你看他们博物馆很多瓷器，瓷器上面画着耶稣、诺亚方舟，谁画的？四百年前住在中国景德镇的工匠画的。可能他从来没听过那些故事，不知道那些传说，人家那边寄图纸，辗转海路过来，在没有电邮，没有微信，没有国际快递的年代，越洋下订单，越洋给图纸，我们这边接到单，赶快画，赶快烧，然后再运过去。

翟毓红：好先进。

梁文道：你想象一下四百年前的全球化，中国是那个全球化的核心。中国在当时吞没了全世界白银产量的近乎三分之一，甚至是一半，那些白银是从美洲过来的。——我们其实没有我们想象的那么闭关。

杨雨：有人可能会假设，乾隆那个时代，如果东西方文化实现了无障碍沟通，是不是就能避免后来的鸦片战争这一系列的后果？其实从古到今，战争都会找一个动机（或可以公之于众的理由），但归根结底都是资源的争夺。不是说，实现了文化的互相理解，资源争夺这个最主要的动机就会改变。就像刚才说的，工业革命之后，英国的实力不断膨胀，向外扩张是一定的。没有要不要扩张的问题，只有向哪里扩张的问题。

梁文道：对。

杨雨：历史的轨迹不可以变更，因为最基本的动机一直存在，直到通过战争建立利益平衡的新世界格局，才会达到暂时的和平。我们现在任何地方的文化沟通都没有障碍了吧，但是战争依然在持续，因为利益争夺的基本动机没有变。

梁文道：从这封信，我没办法判断乾隆在哪个境界，更没办法判断马戛尔尼代表的英国国王或整个英国处在哪个阶段，但是我很肯定地知道，他们认知世界的方法跟背后的预设，世界观和文化，是很不一样的，决定世界观跟行为的那些基本逻辑是不一样的。

马戛尔尼访华对欧洲人造成的最大影响是，从此之后，他们对中国有了一个很定型的观念，他们认为中国人不只贫穷（这比较客观），还很愚昧，很不理性。我好好地跟你谈互派大使，这不是很自然、很正常吗？你居然跟我来这些，讲半天都讲不通，所以你不理性。你为什么不理性？因为你还处在蒙昧的状态，你有待被启蒙、被解放。欧洲人以前对中国还有点向往，甚至是崇拜的，从那时候开始，欧洲人认为中国是一个野蛮、落后、贫穷、蒙昧的国家，这造成的更直接的影响就是，后来他们发动战争来侵略中国的时候，会把这当成一个道德上的理由，叫"白人的负担"，就是那些殖民主义者会觉得，你以为我想来占领你吗？这是我的负担、责任。

杨雨：他是一种救世主的心态。

梁文道：对。我多累啊，我也不想来。这是典型的殖民心态，就是从那个时候开始的。

1. 敕谕及《敕英咭利国王谕》

《敕英咭利国王谕》，即给英国国王的敕谕。

乾隆无法理解马戛尔尼提出的各国互派外交使节这种事，不能不认为是无稽之谈。对于通商要求，乾隆皇帝则认为毫无必要。马戛尔尼一行于 1792 年 9 月 26 日出访中国，在受了一番羞辱之后，一无所获，于 1794 年 3 月 17 日离开中国，于 9 月初返回英国。

2. 马戛尔尼使团经历了什么

1792 年 9 月 26 日，英国政府派出马戛尔尼一行，以贺乾隆 80 大寿为名出使中国，这是西欧各国政府首次向中国派出正式使节。

1793 年 8 月 5 日（清乾隆五十八年六月廿三），英国使团乘坐一艘装有 64 门炮舰的“狮子”号和两艘英国东印度公司提供的随行船只抵达天津白河口，之后换小船入大沽，受到钦差大臣直隶总督的迎接，并送上大量礼物、食品。这个排场的见面礼，让英国人大感意外，因为按照他们的外交惯例，除特邀外，一般使团的出访费用都是自理的。

让英国人意想不到的怪事接踵而至，运送礼物、食品的船只载着两名中国官员刚刚离开，由于“有些猪和家禽已经在路上碰撞而死”，所以英国人把一些死猪、死鸡从“狮子号”上扔下了大海。岸上看热闹的中国人一见，争先恐后跳下水，“马上把它们捞起来，洗干净后腌在盐里”。

比经济上的贫困更令英国人震惊的，是清廷政治上的专制、黑暗和野蛮。登陆定海时，英国人对当地官员提出一个请求，找一个熟悉海路的人把他们领航到天津。年迈的总兵大人一口答应。不过，与英国人设想的出资招募、有偿使用不同，定海总兵的办法是派出虎狼之师到街上搜寻抓捕。更让英国人开眼界的是，沿白河返程时，由于水位下降，船开不动，脾气大发的主事官员竟然“命令手下的兵丁让船长和全体船员挨板子”。

英国人对当时中国人的冷漠、缺乏人道主义关怀和公共观念也大为惊愕。使团的船经过运河时，一伙看热闹的人压翻了河中的一艘小船，许多人掉进河中，“虽然这一带有不少船只在行驶，却没有一艘船前去救援在河里挣扎的人”。最后，英国人劝说自己船上的人开过去救援也得不到响应。

9 月 14 日（八月初十），乾隆帝正式接见使团，马戛尔尼代表英国政府向其提出了七个请求，要求签订正式条约：

开放宁波、珠山（今舟山）、天津、广州之中一地或数地为贸易口岸；

允许英国商人比照俄国之例在北京设一仓库以收贮发卖货物，在北京设立常设使馆；

允许英国在珠山（今舟山）附近一岛屿修建设施，作存货及商人居住；

允许选择广州城附近一处地方作英商居留地，并允许澳门英商自由出入广东；

允许英国商船出入广州与澳门水道并能减免货物课税；

允许广东及其他贸易港公表税率，不得随意乱收杂费；

允许英国圣公会教士到中国传教。

同时，英国使团向中国政府赠送了一批国礼，其中包括：前膛枪等武器、望远镜、地球仪等天文学仪器、钟表和一艘英国最先进的 110 门炮舰模型。

乾隆帝以无先例为由拒绝了英国的要求，他认为中国作为天朝上国，不需要外国的商品即可自给自足，双方不存在平等贸易的基本条件。

9 月 21 日，使团回到北京。10 月 7 日，和珅向使团交呈了乾隆帝的回信和回礼。使团离开北京，经京杭大运河往杭州等地参观。在游历了东部中国之后，先后抵达杭州、广州。

之后，使团在澳门停留了一段时间，并于1794年3月17日离开中国，9月6日回到英国朴茨茅斯军港。

马戛尔尼和他的随从团员撰写了大量的回忆录，成为了欧洲研究清朝的珍贵资料。在总结自己失败的原因时，他认为是翻译水平过低导致的。

《见字如面》第二季入选信件文档　编号083

我昨天做了一件极不愿意做的事情
——梁启超写给孩子们

1926年10月4日

“

我希望这是你们两个人这一辈子最后一次结婚！这就是我对你们的祝贺！

”

梁启超(1873—1929)，字卓如，号任公。中国近代思想家、政治家、教育家、史学家、文学家。戊戌变法领袖之一，中国近代维新派代表人物。梁启超共有14个子女，除了5位早夭外，其余9个全部成才，且每一个都是各自专业领域的一流专家。

1926年10月，梁启超在爱徒徐志摩与陆小曼的婚礼上做完证婚人后，给自己的孩子们写了这封信。信中提到的王受庆(1895—1942)，本名王赓，系民国时期高级军官，陆小曼的第一任丈夫。

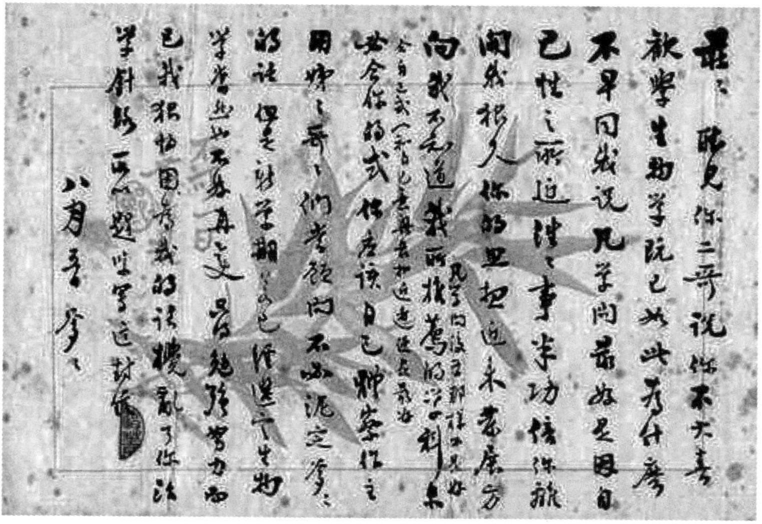

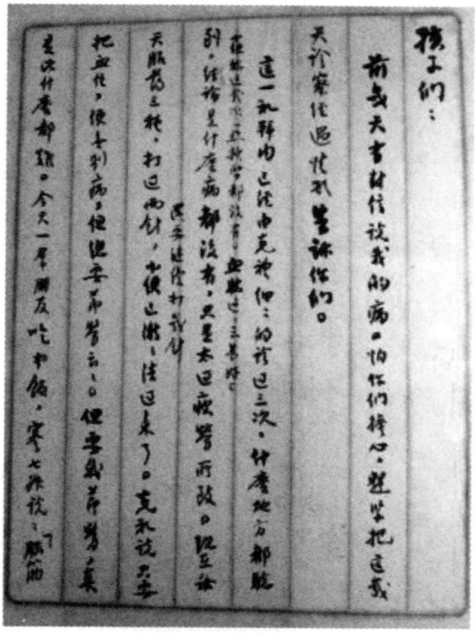

梁启超写给孩子们的信

孩子们：

我昨天做了一件极不愿意做之事，去替徐志摩证婚。他的新妇原是王受庆夫人，与志摩恋爱上，才和受庆离婚，实在是不道德之极。我屡次告诫志摩而无效。胡适之、张彭春苦苦为他说情，到底以姑息志摩之故，卒徇其请。我在礼堂演说一篇训词，大大教训一番，新人及满堂宾客无一不失色，此恐是中外古今所未闻之婚礼矣。今把训词稿子寄给你们一看。

青年为感情冲动，不能节制，任意决破礼防的罗网，其实乃是自投苦恼的罗网，真是可痛，真是可怜！徐志摩这个人其实聪明，我爱他不过，此次看着他陷于灭顶，还想救他出来，我也有一番苦心。老朋友们对于他这番举动无不深恶痛绝，我想他若从此见摈于社会，固然自作自受，无可怨恨，但觉得这个人太可惜了，或者竟弄到自杀。我又看着他找得这样一个人做伴侣，怕他将来苦痛更无限，所以想对于那个人当头一棒，盼望他能有觉悟（但恐甚难），免得将来把志摩累死，但恐不过是我极痴的婆心便了。闻张歆海近来也很堕落，日日只想做官（志摩却是很高洁，只是发了恋爱狂——变态心理——变态心理的犯罪），此外还有许多招物议之处，我也不愿多讲了。品性上不曾经过严格的训练，真是可怕，我因昨日的感触，专写这一封信给思成、徽音（林徽因本名徽音，后改为徽因。——编者）、思忠们看看。

爹爹

十月四日

（张品兴编:《梁启超家书》，中国文联出版社 1999）

QQ 音乐　　酷狗音乐　　酷我音乐

—— 扫码收听**李立群**朗读此信 ——

婚礼训词

我来是为了讲几句不中听的话，好让社会上知道这样的恶例不足取法，更不值得鼓励。

徐志摩，你这个人性情浮躁，以至于学无所成，做学问不成，做人更是失败，你离婚再娶就是用情不专的证明！

陆小曼，你和徐志摩都是过来人，我希望从今以后你能恪遵妇道，检讨自己的个性和行为，离婚、再婚都是你们性格的过失所造成的，希望你们不要一错再错、自误误人。不要以自私自利作为行事的准则，不要以荒唐和享乐作为人生追求的目的，不要再把婚姻当作是儿戏，以为高兴可以结婚，不高兴可以离婚，让父母汗颜，让朋友不齿，让社会看笑话！

总之，我希望这是你们两个人这一辈子最后一次结婚！这就是我对你们的祝贺！

我说完了。

另类版的“白头偕老”

翟毓红：这封信实在是太有意思了。一般来说，结婚的证词都是“百年好合、早生贵子”，都是好听的话。

梁文道：而且要夸新郎、夸新娘，才子佳人之类的。这位一上来就说学问不好、人品更糟。

翟毓红：真的是好尴尬呀。实际上，梁启超是他们请的非常尊贵的客人。

梁文道：梁启超这话，虽然你说很尴尬，可能就像他自己讲的，真的是古今中外都没有这么证婚的。可你再想想，他说这话还不算丢身份，因为他是徐志摩的老师。徐志摩和陆小曼都央着要他来证婚，好几次他推辞说我不去，因为他从头到尾不赞成这事。后来徐志摩他们找胡适来说项，好，他去了。你硬要我来嘛，我也不能说违心话，那我就说这话。

许子东：这叫实话实说。

梁文道：所以我觉得不算丢份。尤其是最后一句，多多少少还有点劝勉的意思，希望你们两个是最后一次结婚——这算不算是一个另类版的祝人家“百年好合、白头偕老”？

许子东：翻译成正能量的话就是：祝你们白头偕老。

翟毓红：更搞笑的是，梁启超还写了一封信告诉自己的孩子们，好像有“我也要教育教育你们”的意思。

梁文道：对，就是说，下面的小辈你们当心着点，看看这个坏榜样。

这封信还有个不吉祥的地方，后人看来有点一语成谶，他说陆小曼这人会不会把徐志摩给累死。

翟毓红：对，我找到这一段，说什么“看着他陷于灭顶”“苦痛更无限”“累死”等等。

梁文道：是，这些话是比较耐人琢磨的。但是，这番话到底是很保守的。我们今天没有人会觉得两个人离婚、再婚是个问题。

翟毓红：子东老师怎么看？

许子东：我分析，这封信是替他学生说话——表面上骂了很多。

翟毓红：您觉得还是爱他？

许子东：当然。就是自己的学生才可以这样骂嘛，我这个学生学问又不好、做人更差——他把别人能骂徐志摩的话都说了，徐志摩就安全了。第一个，他是帮他的学生；第二个，是警告儿媳，林徽因。因为徐志摩是他儿媳的男朋友，说到底，在我们旁观者看来，之所以陆小曼跟徐志摩今天要结婚，原因是林徽因跟了他儿子。梁启超这是婉转地把信抄给儿媳妇。

我觉得那个时代真是了不起。第一个了不起，梁启超可以这样在这种场合，既顾了人情，又坚持了他本人的原则，打破常规讲这番话；第二个了不起，按他的说法是什么？让父母汗颜、让朋友不齿、让社会看笑话，徐志摩照样走下去，顶住所有的社会压力，这是浪漫才子；第三个了不起，陆小曼的老公王赓，是孙传芳的总参谋长啊，当然很有钱了，而且还有地位。

翟毓红：还受过良好的教育，很帅。

许子东：陆小曼跟这么个才子，谁都看得到才子不靠谱，林徽因看得到，别人看不到吗？徐志摩这人，如果不摔死的话，将来还不知道会怎么变，对不对？但是陆小曼还是这么痴情地跟了他，这是第三个了不起；还有第四个了不起，张幼仪同意了徐志摩跟陆小曼结婚。

梁文道：王赓还送了贺礼。

1. 关于徐志摩、陆小曼与王赓三人的关系

徐志摩（1897—1931），浙江海宁人。现代诗人、散文家。曾就读于北京大学、美国克拉克大学、英国剑桥大学，后又拜在梁启超门下。

陆小曼（1903—1965），名眉，别名小眉，原籍江苏武进。1903年9月生于上海，两岁时随父母迁居北京。陆小曼的父亲陆定为官多年，后弃政从商办银行。因为有钱，小曼不进学堂，老师全请到家里来，接受的全是当时最好的教育。她诗词、绘画、音乐无一不精，还擅长京剧、昆曲。虽未出过国门，十五六岁已精通英语、法语，是名噪一时的“绝代佳人”。

1920年，17岁的陆小曼奉父母之命与无锡王赓结婚。王赓比

陆小曼大 7 岁，曾留学美国普林斯顿大学、西点军校，与徐志摩是好友，曾一起在北大任教。王赓是个认真负责的人，常为授课埋头研究，分不开身或不想出门时，就请志摩陪小曼游山玩水或进歌舞场消遣。

当时的徐志摩正处于失恋中，他苦苦追求的林徽因跟梁思成结了婚，心境孤寂落寞。相同的气质、相同的爱好拉近了这对才子佳人的距离。适逢王赓受聘赴哈尔滨任警察局长，独守空闺的小曼与志摩感情迅速增温。不久，王赓受孙传芳邀请出任南京五省联军总司令部总参谋长，风闻徐、陆二人的事，他给妻子写了一封信："如念夫妻之情，立刻南下团聚，倘若另有所属，决不加以阻拦。"几经周折，徐志摩跟发妻张幼仪离了婚，陆小曼也与王赓友好分手。王赓毕竟在美国受过高等教育，思想不保守，他大度地对小曼说："合得来是夫妻，合不来就分手，我自愿退让来成全你们。"并且祝福陆小曼："希望你能过得幸福。"

在胡适、郁达夫等一帮朋友的帮助下，徐志摩、陆小曼决定走进婚姻的殿堂。

2. 胡适出面请梁启超为徐志摩、陆小曼证婚

早在 1918 年 6 月，正在北京大学读书的徐志摩拜梁启超先生为师，梁启超欣赏徐志摩的才华，但对他的私生活感到不满。徐志摩不顾父母反对，与发妻张幼仪离婚，又要娶有夫之妇陆小曼。

徐志摩的父亲徐申如起先坚决不同意儿子娶陆小曼。一是他不

喜欢陆小曼，认为这样的女人品行轻薄；二是觉得儿子离婚已属大逆不道，再娶一个有夫之妇更是有辱门风。后经胡适、刘海粟等人斡旋，徐父才勉强同意儿子再婚。但他提出：婚礼必须由胡适做介绍人，梁启超证婚，否则不予承认。

1926 年 8 月 14 日（农历七月初七），中国的“情人节”，徐志摩与陆小曼订婚，10 月 3 日在北京北海公园举行了盛大的婚礼。婚礼上，梁启超宣讲了有史以来“最坦诚”“最直率”“最另类”的证婚词。

3. 与徐志摩有关的三位女子

徐志摩是中国现代诗人，20 世纪 20 年代末到 30 年代的“新月派”主将。与徐志摩关系密切的有三个女性：张幼仪、林徽因、陆小曼。

1915 年，由张君劢提亲，徐志摩把张幼仪娶进了门。张幼仪出身富贵却不骄纵，相夫教子，恪尽妇道。而徐志摩对这桩无爱的婚姻始终心存疑虑，在英国念书时结识林徽因更促使他决心离婚。1922 年 3 月两人在柏林离婚，11 月还在国内发表了离婚通告，成为当时的头号新闻。

林徽因秀外慧中，是有名的才女，其父林长民也是社会名流。她与徐志摩相识时只有 17 岁，两人虽然相知很深，但最后林徽因还是嫁给了梁启超之子、后来的著名建筑学家梁思成。

陆小曼是有名的美人加才女，与徐志摩相恋时已是有夫之妇。两人的恋情成为当时最轰动的新闻。经过许多曲折，两人终成眷属。徐志摩父亲始终不承认陆小曼这个儿媳，而陆小曼整日沉浸在上海的社交场上，她挥金如土的习性也使诗人入不敷出。

徐志摩在北平教书，而陆小曼坚持留在上海，于是徐志摩只得经常在平沪两地奔波，“总想飞”的诗人喜欢乘飞机（当时并不普及）。1931年11月19日，徐志摩搭乘济南号邮机从南京飞向北平，因为他答应20日要帮助林徽因筹划一个学术讲座。飞机在山东党家山撞山炸毁。

徐志摩蒙难后，张幼仪自立、自强，继续侍奉公婆，抚养儿子，并在上海创立时装公司、女子银行，开风气之先，业务也相当发达，直到50多岁才再次结婚，得享天年。

林徽因捡拾了一块失事飞机的碎片珍藏到去世，并提议设置“志摩奖金”鼓励文学青年。

陆小曼终身素服，绝足社交场所，编辑出版《徐志摩全集》成为她唯一的心愿，而由于种种原因，这一愿望到1965年她辞世也没能实现。

《见字如面》第二季入选信件文档　编号 157

不幸我是个女孩，更不幸是个演戏的
——袁雪芬写给父亲

1947 年 5 月 24 日

“

这十二年来我已尝遍了甜、酸、苦、辣的滋味。爸！这世界不允许有灵魂的人。

”

袁雪芬（1922—2011），浙江嵊县人，越剧“袁派”创始人，工正旦。曾任华东戏曲研究院副院长、上海越剧院院长。

袁雪芬和父亲的感情一直很好。1941 年父亲生病，袁雪芬接到家里电报“父病笃速归”，那时她还不知道“笃”是什么意思，便找人去解释，“结果一听就哭起来”。父亲去世后，袁雪芬于 1947 年 5 月写下这篇《一封无法投递的信》，刊登在当时的上海《大公报》上。

爸爸：

您说会回来的，怎么一去好几年，到现在连音讯都没有，您在异乡客地一切都好吗？家里祖母、妈妈、叔叔、妹妹跟我都记挂着您。爸！我记得您出门那年，我正在沦陷的孤岛演戏。那时候交通断绝，骨肉远隔，那天接着来信，爸说“要出国”去了，叫我回家“送行”。我虽然吐血病着，恨不得一步就到了家，看看五年不见的爸爸。唉！可是那时节不由你心急，手续真麻烦，要打通行证，还要市民证，再要旅行证、回乡证……带了许多证还不能安全，我同保香姐姐走的是小路，受尽了惊吓，总算回到了别离五年的家。一看见爸妈，纵有千言万语，也都变成了眼泪。爸与我边哭边说：“去年本当预备到‘阴国’去，谁知道想尽办法打电报给你，听说路上很危险，你又不能回来。唉！这是战争害我们的，不知到几时才能太平？所以我一直等着，今天你真的回来了，总算被我等到了。”一家人团聚几天，我就要动身走了，心里虽有许多话要跟爸说，在悲欢之中又无从说起。

我问爸爸：“我从上海回来路上困难重重，假如您要‘出国’去，不知要怎么样呢？”爸说：“我去的地方是真正和平区，没有战争，不要吃户口米，是最安全的地方，什么证也不要。”我听了很奇怪，有这样的好地方？为什么爸一个人去，不带我去呢？您不说原因只对我笑。过了几天，爸！您就“动身”去了，您说会回来的，会写信给我的，可是直到现在怎么一点消息也没有？爸！您出门后不多几日，祖父因您单身出门不放心，他也找您“去”了，他老人家也在您那里吗？好吗？我们都很牵记着。爸！您出门的当年我就回到上海演戏了，这时候我跳出了科班，另组剧团。“新越剧”就在那时诞生：分幕、装置、灯光、化妆、服装等新的方式都在这时候渗入我们的演出。起初演员们不习惯学戏排戏，似乎这是多此一举。观众倒是接受了，可是同行不赞成新的，喜欢保守旧的，用种种不同的方式向我们袭击。虽然给我们很多阻碍，我们还是低着头工作。这样一年半，一切都在进步中。同时我自己肺病里的细菌，从左肺进展到右肺，这也算进步了吧。妈天天哭着要我回乡休养几个月再说，那是民国卅三年三月间，我的身体实在不能支持，只得跟随妈回乡。我想，祖父是有肺病的，爸也有肺病的，这份“传家之宝”一定要传给我，我也只好照单全收。爸！您与祖父在“阴国”医院里养病，要多少钱一天？肺病特效药有吗？我相信你们那儿住的地方一定很舒服，药也便宜，不会有什么黑市，不会闹房荒，要不然你们应该早就逃回来了。爸！我在乡下，医生、药都没有，只好每天晒晒太阳，在菜园里拔拔青草，看看成群蚂蚁搬家。乡下空气虽好，可惜环境太恶。有许多人仗着日本鬼子的势力，凶狠强横，忘记了自己还是中国人，专门欺侮国人，常常借了名义来强迫我演戏。那时节我的病非但不能轻，反而加重了许多。想想这边，是那边好，到了那边，还是这边好，真是到处一样，我只好再到上海。各方面又来接洽登台，一答应登台，根本没有工夫医病了。爸！您会骂我太大意吗？爸！这不是我的消极，我想用积极办法医治，我过去不喜欢与人谈笑，我现在学会说说笑笑，这样是有益于健康的。爸！您相信这句话吗？真的！这十二年来我已尝遍了甜、酸、苦、辣的滋味。爸！这世界不允许有灵魂的人。假使你自身清白，站在自己岗位上挣扎，人家会说你固执、骄傲。唉！自然会有各种麻烦来找你。爸！不幸我是个女孩，更不幸是个演戏的，只要你是个女演员，他们对付你的方式更多。在中国演戏的不是艺术家，每一个人都知道叫“戏子”。没有保障的“戏子”，谁都可以来欺侮你，甚至造了种种谣言来攻击你。你若开开口，就做几本书写几篇莫名其妙的文章来破坏你。你若不开口，看的人还以为你是真的默认了。你若再开口，就会把你打入深渊大海，永世不得翻身。爸！人说：“聪敏遭天忌”，我既不聪敏为什么也有人忌？爸！胜利已有二年了！说民主，什么叫民主？自由，自由在哪里？黑暗，还是黑暗！爸，这两年我要是不乐观，早被一群杀人不用刀的杀死了！爸，我常常想，一旦能见到爸，让我痛痛快快地申诉一场！可是我现在到哪里去申诉呢？我不想哭，哭！哭有什么用呢？我不是小孩，我有的是理智。爸！我的性格比从前坚强得多了，这是时代给我的转变，是这个社会给我的磨炼。的确，我得着的，您应该高兴，我损失的，您也不要难过，每一桩事都要有收获，一定有损失的。爸！我现在休息着，看看各种戏，再学一点不懂的东西，也可以增加见识。我们的“新越剧”现在是怎么样了呢？成功了吗？不！没有。爸！等到成功的日子我再写信告诉您。爸，我再告诉您一个您喜欢听的消息，我的身体比以前好多了，最近牛奶我也吃了。至于您与祖父的近况怎么样，我真不知道怎样才可以知道呢？只有遥祝平安！

您的儿雪芬上

卅六，五，二十四

（《大公报》1947 年 6 月 19 日）

QQ 音乐　　酷狗音乐　　酷我音乐

—— 扫码收听姚晨朗读此信 ——

1. 袁雪芬姓袁，但为人一点也不“圆”

2011 年 2 月 19 日，越剧宗师袁雪芬逝世，终年 89 岁。

袁雪芬姓袁，但她在为人上一点也不“圆”，认真近乎刻板，清白近乎孤傲，熟悉她的人知道，袁雪芬从小到大就是这样。

当初父亲反对袁雪芬当“戏子”，差点与她断绝关系。可袁雪芬心意已决，绝不妥协，父亲只好要求袁雪芬“不求成名，但愿成人”“绝不能自轻自贱”。袁雪芬谨记父亲教诲，一生洁身自好。

袁雪芬发誓“坚决不做勾引男人的下流动作”，因而被师傅另眼相看，给她特权，允许她不学“花旦戏”。

1946 年 6 月宋美龄到上海，点名要听袁雪芬演唱，袁雪芬让人回报:“不管什么人，谁要看我唱戏，请到剧场来。”袁雪芬一时成为上海《联合晚报》头版头条的新闻人物。

2. 关于袁雪芬的越剧改革

袁雪芬主张戏曲应当对社会起有益的作用。

抗日战争时期，袁雪芬曾对《梁祝哀史》去芜存菁。她演出了不少新戏，并上电台演唱，扩大了越剧影响，被誉为“越剧新后”。

从1942年10月起，袁雪芬开始越剧改革，用自己的包银聘请专职编剧、导演、舞美设计、舞台监督，成立剧务部主持演出，在越剧界首次建立正规的编戏、排戏制度；废除幕表制，使用完整的剧本；废除衣箱制，参照古代绘画，根据人物身份设计服装；打破传统的舞台形式，采用立体布景、油彩化妆、灯光、音响，逐步形成综合的艺术机制。表演上博采众长，将话剧、电影、昆曲等众家之长吸收到越剧中，加以融化、创新。她的改革被争先仿效，并为众多后学者所师承。

3. 关于戏曲演员的社会地位

在传统中国，戏剧演员地位很低，女演员地位更低，女优、女伶、坤伶、坤角等称呼多带有贬义。晚清、民国以来，一些戏剧名演员的社会地位上升，常成为一个戏班的实际经营者，因此被尊称为先生或老板。但直到 20 世纪 40 年代，中国多数地区仍有戏剧演员的牌位不能进宗庙祠堂的旧规矩。50 年代以后，戏剧演员终于在整体上获得了与其他行业从业者平起平坐的资格。马连良、荀慧生、盖叫天、裘盛戎、周信芳等优秀的戏剧演员，得到了社会公众的尊敬和拥戴。

不愿再任北京大学校长的宣言
——蔡元培写给公众

1919 年 6 月 15 日

“

看了这点半新的，就算“洪水猛兽”一样了。又不能用正当的辩论法来辩论，鬼鬼祟祟，想借着强权来干涉。于是教育部来干涉了，国务院来干涉了，甚而什么参议院也来干涉了，世界哪有这种不自由的大学吗？

”

蔡元培（1868—1940），浙江绍兴人，革命家、教育家、政治家。中华民国首任教育总长。1916 年至 1927 年任北京大学校长，革新北大，开“学术”与“自由”之风。

1919 年“五四运动”爆发后，北洋政府抓捕了许多大学生。蔡元培奔走要求释放。经多方斡旋，5 月 7 日被捕学生获释。随后蔡元培公开通电，引咎辞职，以此抗议政府。6 月 15 日，他再发布一封公开信，即下面这份《不愿再任北京大学校长的宣言》，以说明自己坚辞北大校长的原因。

不愿再任北京大学校长的宣言

我绝对不能再作那政府任命的校长：由于北京大学校长是简任职，是半官僚性质，便生出许多官僚的关系。那里用呈，那里用咨，天天有一大堆无聊的照例的公牍。要是稍微破点例，就要呈请教育部，候他批准。什么大学文、理科叫作本科的问题，文、理合办的问题，选科制的问题，甚至小到法科暂省学长的问题，附设中学的问题，都要经那拘文牵义的部员来斟酌。甚至部里还常常派了什么一知半解的部员来视察，他报告了，还要发几个训令来训饬几句。我是个痛恶官僚的人，能甘心仰这些官僚的鼻息吗？我将进北京大学的时候，没有想到这一层，所以两年有半，天天受这个苦痛。现在苦痛受足了，好容易脱离了，难道还肯投入去吗？

我绝对不能再做不自由的大学校长：思想自由，是世界大学的通例。德意志帝政时代，是世界著名开明专制的国，他的大学何等自由。那美、法等国，更不必说了。北京大学，向来受旧思想的拘束，是很不自由的。我进去了，想稍稍开点风气，请了几个比较的有点新思想的人，提倡点新的学理，发布点新的印刷品，用世界的

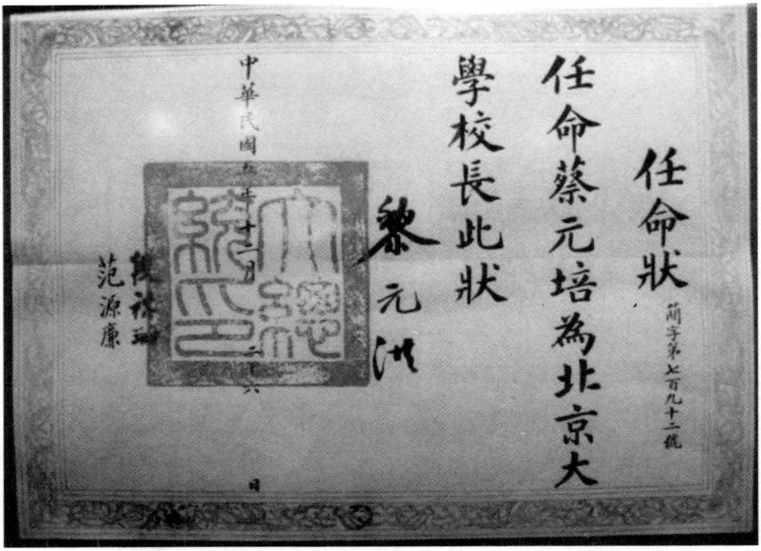

北洋政府颁发给蔡元培的“任命状”

新思想来比较，用我的理想来批评，还算是半新的。在新的一方面偶有点儿沾沾自喜的，我还觉得好笑。那知道旧的一方面，看了这点半新的，就算“洪水猛兽”一样了。又不能用正当的辩论法来辩论，鬼鬼祟祟，想借着强权来干涉。于是教育部来干涉了，国务院来干涉了，甚而什么参议院也来干涉了，世界有这种不自由的大学吗？还要我去充这种大学的校长吗？

我绝对不能再到北京的学校任校长：北京是个臭虫窠（这是民国元年袁项城所送的徽号，所以他那时候虽不肯到南京去，却有移政府到南苑去的计画），无论何等高尚的人物，无论何等高尚的事业，一到北京，便都染了点臭虫的气味。我已经染了两年有半了，好容易逃到故乡的西湖、鉴湖，把那个臭气味淘洗干净了。难道还要我再作逐臭之夫，再去尝尝这气味吗？

我想有人见了我这一段的话，一定要把“我不入地狱，谁入地狱”的话来劝勉我。但是我现在实在没有到佛说这句话的时候的程度，所以只好谨谢不敏了。

（高平叔编:《蔡元培全集》第三卷，中华书局 1984）

1. 关于蔡元培

1916 年至 1927 年蔡元培任北京大学校长，革新北大开“学术”与“自由”之风。1920 年至 1930 年，蔡元培同时兼任中法大学校长。他早年参加反清朝帝制的斗争，民国初年主持制定了中国近代高等教育的第一个法令——《大学令》。北伐时期，国民政府定都南京后，他主持教育行政委员会、筹设中华民国大学院及中央研究院，主导教育及学术体制改革。1927 年参与发起“护国救党运动”，认为应当清党，但反对杀人。1928 年至 1940 年专任中央研究院院长，贯彻对学术研究的主张。蔡元培数度赴德国和法国留学、考察，研究哲学、文学、美学、心理学和文化史，为他致力于改革封建教育奠定思想理论基础。1940 年 3 月 5 日在香港病逝。葬于香港仔山巅华人公墓。

2. 关于蔡元培七辞北大校长

1）实际在校时间不足五年，七辞北大校长而未获准

蔡元培是真正的学界泰斗，受到举世景仰，名至实归。从 51 岁出任北大校长到 61 岁最后卸任，蔡元培在任一共十年。十年间，北洋政府的总统换了五次，还有临时执政一人、摄政二人，内阁总理换了三十次，而蔡元培一直是北大校长。但实际在校时间不足五年，期间他曾七辞北大校长而未获准。

此封公开信即为其第三次辞去北大校长的声明。

2）七辞北大校长，各有原因

第一次：1917 年 7 月 3 日。张勋拥宣统废帝复辟，蔡元培离京到了天津，提出辞去北大校长一职。

第二次：1918 年 5 月 21 日。北大学生要到北洋政府请愿，反对中日一个军事协定，蔡元培劝说不成，当天请求辞职。

第三次：1919 年 5 月 8 日。五四运动期间，北洋政府抓了许多北大学生。蔡元培奔走要求释放，等 5 月 7 日学生一放出来，他就公开通电，引咎辞职，实际上他也是以辞职表示和北洋政府的不合作。结果因为政府一再挽留，总统徐世昌也挽留，他辞职未成。

第四次：1919 年 12 月 31 日。北京教职员因为不信任教育部，全体停止职务，蔡元培作为校长当然要辞职。

第五次：1922 年 10 月 19 日。原因有点例外，因为北大学生发生讲义风潮，对讲义收费不满而闹事。蔡元培愤而辞职。这次风潮由胡适调停解决。

第六次：1923 年 1 月 17 日。曾在北大任教、当时担任财政总长的罗文干被冤枉逮捕，本来司法机关查无证据将罗放了。不料教育总长彭允彝竟然在国务院会议上提案将罗再次抓起来。蔡元培抗议行政干预司法，向总统和教育部提出辞职，并公开在《北京大学日刊》发表辞职声明。蔡元培这次辞职社会反响很大，舆论强烈，彭允彝也因此下台。总统黎元洪出面挽留，他辞职不成，但不再到校，由蒋梦麟代理。奇怪的是北洋政府始终没有免他的职。

第七次：1926 年 7 月 8 日。蔡元培从欧洲回国，第七次提出辞职，仍未获准，但他没有再回北大。直到 1927 年 7 月，军阀张作霖取消北大改为京师大学校，他的校长名义才被取消。

（摘自：王家声《文人的骨气和底气》）

《见字如面》第二季入选信件文档　编号 009

将来你必然会背叛我
——胤禛写给年羹尧

约 1718 年

“

德妃娘娘的千秋大庆，弘时阿哥的完婚之喜，你写了一个字前来祝贺吗？半年了，你写了一个字给我请安吗？拿你的顶头上司当成大街上一个不认识的人了吧？

”

雍正（1678—1735），即爱新觉罗·胤禛，康熙帝第四子，清朝第五位皇帝。未即位前，获封和硕雍亲王，继承皇位后，次年改年号为雍正。

年羹尧（1679—1726），字亮工，号双峰，清朝名将，进士出身，官至四川总督、川陕总督、抚远大将军，加封太保、一等公，高官显爵集于一身。雍正二年入京时，得到雍正帝特殊宠遇。但翌年十二月，他被雍正帝削官夺爵，列大罪 92 条，于公元 1726 年（雍正四年）赐自尽。

依清制，严禁亲王与外官私交。但由于年羹尧的妹妹年氏，时为雍亲王胤禛的侧福晋，故年羹尧与雍王府关系甚深，时有私信往来。下面这封信便是当时胤禛写给年羹尧，明为申斥、实是拉拢的密函。

[节译]

王字谕年羹尧：

我知道你是个浮浪轻佻的恶少，你有今天不过是老碰上好运罢了。君臣大义，你就一点儿没学过。国家朝廷的典章制度，各大郡王各大军区各级领导的称谓，都是历史形成富有深意的，你却狂昧无知。写个报告该怎么称呼，你知道该依据什么吗？多少次让你爸告诫你，你就是抗命不改，一肚子坏话憋不住，竟然敢公开强词狡辩，无父无君，没有比你更过分的了。

德妃娘娘的千秋大庆，弘时阿哥的完婚之喜，你写了一个字前来祝贺吗？半年了，你写了一个字给我请安吗？拿你的顶头上司当成大街上一个不认识的人了吧？你还说什么钱都捐了军饷了，家里没钱了，你说这话有意思吗？我什么时候惦记过你们家的钱，你凭什么把我想得这么猥琐，造谣生事大放厥词呢？

你在四川骄横不法，狂悖无忌，皇上将来早晚会明察。你还敢说你今日不辜负皇上，异日就不会辜负我？你这是什么话？用无法无天的胡言，诱惑我去干不安分的勾当，你这是封疆大吏该说的话吗？异日这两个字，就足以杀了你年羹尧的全家。你跟大骗子孟光祖私相授受的事不但众人皆知，而且是你家里的人亲口告诉我的，你还敢蒙骗皇上，成了漏网之鱼。就这一件事，就可以看出你现在就是背叛了皇上，将来你必然会背叛我。

我培养下属，是连同他的家人父子全都养育成全的。你已经没了人心，但总还有耳朵眼睛吧。你不想着报恩，反而公然跋扈，你到底藏着什么祸心、凭着谁的势力，竟敢如此胆大妄为呢？就你这德行，就证明你现在背叛了我，异日你一定会背叛皇上了！

在朝廷上有君有臣，在本府内有主有仆。所以对亲王、郡王、贝勒、贝子等没有不叫主子的，没有不自称奴才的，这是通行的惯例。而且你爸自称奴才，你哥自称奴才，难道你爸不是封疆大吏吗？凭什么就你不称奴才，你不是你哥的弟弟，不是你爸的儿子吗？那你又何必称我为主子呢？你既然称我为主子，你又有什么理由不称自己是奴才呢？你父亲、哥哥做事，不听你的规劝这是可以的。你不听父亲的教训，抗拒主子的命令，这是无父无君，万分可恶。如果你另有高见，或是有别的委屈，你可以跟我说，申明你的理由。我也会将你不肯自称奴才的事，德妃生日、阿哥结婚、一年也没一字请安，以及跟大骗子孟光祖交往的事，连同你写着“异日”二字的报告，都好好保留着呢。我得奏明皇上，相信皇上自有定夺。还有，你父亲年事已高，你的儿子本该代你奉养老人。可是你不这么想，让七八个孩子都跟着你，难道人心真的能坏到这种程度吗？只有到娶媳妇的时候，你才会让儿子回京。忠臣得在孝子中间找，这个道理你明白吗？

从现在起，你的儿子，凡是十岁以上的，全都让他们来京侍奉你爸。你当年临走时跟我要走的正在读书的弟弟、侄子，也必须让他们火速来京，不许留在外地，帮着你干这种无父无君的事情。

我看你现在这种藐视本门主子的意思，将来做出谋反叛逆的事儿大有可能。你爸看见了你写的报告，当着我的面痛哭失声，抱恨倒地，骂你狂妄自大、胡作非为。你干出这种事，还敢假装孝顺欺骗世人，觍着脸说父子天性未泯，丧心病狂到了何种地步？

你爸在北京，我对他恩重如山，你这种无父之人，未必能想到其中的深意。圣主以孝治天下，作为一个敬老爱老的人，我无法忍受你的这种行为，所以才会不惜如此，加以申斥，给你这个愚笨的脑袋敲敲警钟。你要是真能从此认识错误、切实悔悟，那真是你的福分。如果依然执迷不悟，非要拿嘴去咬肚脐眼儿，只能是后悔莫及。

你自己想吧。

QQ 音乐　　酷狗音乐　　酷我音乐

—— 扫码收听**何冰**朗读此信 ——

[原文]

王字谕年羹尧：

知汝以儇佻恶少，屡逢侥悻。君臣大义，素所面墙，国朝祖宗制度，各王门旗属主仆称呼，永垂久远，俱有深意。尔狂昧无知，具启称职，出自何典？屡谕尔父，尔犹抗违不悛，不从腹诽，而竟公然饰词诡拒，无父无君，莫此为甚！

况妃母（德妃）千秋大庆，阿哥（弘时）完婚之喜，而汝从无一字前来称贺，六七个月无一请安启字，视本门之主已成陌路人矣。且汝所称，捐资助饷家无余财，更属无谓之甚。况我从未问及汝家囊橐，何得以鄙亵之心测我，肆而进其矫产之词？

况汝在蜀骄横不法，狂悖无忌，皇上将来不无洞鉴。而尚敢谓今日之不负皇上，即异日之不负我者，是何言欤。以无法无天之谈而诱余以不安分之举也。岂封疆大吏之所当言者？异日二字足可以诛羹尧全家。且汝与于孟光祖馈遗授受不但众所共知，而且出自于汝家人之亲口以告我者，尚敢朦胧皇上，得以漏网？即此一事，即汝现在所以负皇上而将来之所以必负我者也！

至于我之培植下人，即其家人父子亦无不委曲作养成全，在汝固已无人心，谅必非无耳无目者。于此不思所以报称，而反公然跋扈，尔所蓄何心，诚何所挟持而竟敢于如此耶？！即此无状，是即汝之现在所以负我，即异日必负皇上者也！

况在朝廷称君臣，在本门称主仆，故自亲王、郡王、贝勒、贝子以至公等莫不皆称主子、奴才，此通行常例也。且汝父称奴才，汝兄称奴才，汝父岂非封疆大臣乎？而汝独不然者，是汝非汝兄之弟，亦非汝父子矣！又何必称我为主！既称为主，又何不可自称奴才耶！汝父兄所为不是汝当劝约而同之则犹可也！不遵父训、抗拒本主，无父无君，万分可恶。若汝或另有所见，或别有委曲，汝不妨具折启奏，申明汝之大典。我亦将汝不肯称奴才之故，以至妃母大庆阿哥喜事，并于我处终年无一字请安，以及孟光祖之事与汝所具“异日”之启，好好存留在此，一一奏明，谅皇上自有定夺也。再，汝父年老，汝子自当代汝奉养。汝毫不为意，七八个留任所，岂人心之能恶也。只待汝子娶亲方令来京，信乎？求忠臣于孝子也；而又使及于我所具启，苟简无礼，言词皆谬，皆汝之不肖下属，无可奈何之所以应塞汝者，而即施之于我，是岂主子奴才之礼乎？凡此皆汝之不学无术，只知逞一时刚愎之私而自贻乃父之威耳。

自今以后凡汝子十岁以上者，俱着令来京侍奉汝父，即汝昔年临行时向我讨去读书之弟侄，亦必着令作速来京，毋留在外，法成汝无父无君之行也？！

观汝今日藐视本门主子之意，他日为谋反叛逆之举，皆不可定！汝父见汝此启，当余之面痛哭气恨倒地，言汝疯狂乱为。汝如此所为而犹敢以伪孝欺人，腆言父子天性，何其丧心病狂一至于此？

况汝父在京，我之待他恩典甚重，谅汝无父之人亦未必深悉其委曲也。

然圣主以孝治天下，而于我惜老之夙心有所不忍，故不惜如此申斥，警汝愚蒙。汝诚能于此爽然自失，真实悔悟，则诚汝之福也！其犹执迷不悛则真所谓噬脐莫及者矣！汝其图之！

（故宫博物院：《文献丛编》，北京图书馆出版社 2008）

在试探和暗示中达到默契

翟毓红：信的最后好精彩：拿嘴咬肚脐眼。

梁文道：这就是地下工作者写密函的那种写法，真的是密函。如果我们完全不了解历史背景，光看这封信，你甚至会以为这是他杀年羹尧之前写的，但恰恰不是。

我觉得这是一封默契的来信。这封信是对年羹尧的回信，所以我们要想想年羹尧之前给他写了什么。其中最关键的一点就是，年羹尧说，我今天忠诚于皇上（也就是康熙），他日也必忠诚于你。意思就是，你将来一定也会当皇上。你现在还没当，我要跟着你，让你当皇上。这就等于要效命了，就是表忠心。这种话是不好讲的，也是最凶险的，等于是劝进，要是被人发现了，会被怎么样是很难说的。雍正表面上当然绝对不能承认要当皇上，他要藏得很深。那么，你的属下给你写这么一封信，你该怎么教训他呢？看他的回答是什么：你还敢说你忠诚于皇上，你用“异日”这个字眼，就已经背叛皇上了，以后你也一定背叛我。你看这话，太妙了，等于是反过来说。顺了他这句话的结构，也就是，你已经不忠于现在的皇上了，将来也会不忠于我。也就是，我将来的确是想当皇上。

翟毓红：别人不会看这信也解读出这个意思吗？

许子东：字面上没有这个意思呀。他可以说，我在训斥他，他要劝进，我把他退回去呀。

梁文道：太厉害了。

许子东：我们都理解，我骂你是因为你是我的人。你不是我的人，我不会这样骂你，我客客气气的。骂你是信任。现在生活当中也是这样，一个老板骂你，是对你有信任。这是第一。第二，你有把柄给我了。你看你用词不当，在字面上你把今上跟我并提，这就是谋反了，就这句话，我可以杀你全家。还有一些小把柄。第三，进一步，我要人质。你那些小孩留在身边干什么，十岁以上的，全给我送到北京来，我来照顾。还有你老爸。你的家人全部送过来。

最后说，你自己想想清楚，你下一步怎么办。这就是收买他。表面上全部是骂。

梁文道：我们可以推测，年羹尧之前那封信就是主动献把柄。就有一点像电影《投名状》，他要来个投名状。年羹尧那句话是很大胆的，一拿出来真的就能说是谋反，他写这么大胆、危险的话给雍正看，就表示我弄个小辫子给你抓，你抓住了，就等于承认我是你的人了。

至于后来雍正怎么又翻脸无情，这有很大的争论，到今天也没有定论。有一个说法是：狡兔死，走狗烹。

1. 关于这封信

这是一封互表心迹的信，也是胤禛拉拢年羹尧的信。

年羹尧先给胤禛写了封信，信中用言语试探当时的雍亲王胤禛是不是想当皇上，也可理解是向胤禛表明自己忠心的举措。年羹尧试探的言语，就是胤禛在回信中所说的"尚敢谓今日之不负皇上，即异日之不负我者"，将康熙皇帝和胤禛等同看待，这在当时是大逆不道之罪。胤禛在回信的字里行间也给了年羹尧暗示。

这封回信的使命是拢住年羹尧。雍正反复强调年羹尧"异日"之启，要求年羹尧把十岁以上的儿子全部送入北京（打着忠孝的幌子，把年羹尧的亲人变成自己的人质），既暗示着拉拢，又暗示着威胁。信中说"况汝父在京，我之待他恩典甚重，谅汝无父之人亦未必深悉其委曲也"，意味深长。此信将胤禛恩威并用的手段体现得淋漓尽致。

通过这封信，胤禛与年羹尧达成了默契。

2. 雍正帝与年羹尧的几个小故事

雍正即位后，两人关系一度非常亲密。曾朱批年羹尧的奏折："尔之真情朕实鉴之，朕亦甚想你，亦有些朝事和你商量。"年羹尧进京，即与总理事务大臣一同处理军国大政，俨然成了总理事务大臣。

去给年羹尧下旨让他自裁的是蔡珽，当年就是年羹尧把他推举给雍正皇帝的。估计雍正是故意让年羹尧推举的人看着他死。年羹尧看到来的是蔡珽，还抱有一丝幻想，拖了很长时间，最后还是自裁了。

雍正给年羹尧下的最后一份诏旨是："尔自尽后，稍有含冤之意，则佛书所谓永堕地狱者，虽万劫不能消汝罪孽也。"意思是，你年羹尧自尽之后，如有怨念，天地神佛都不会饶你，度千万劫你都不会超生。

热血

○ 司马迁写给任安（前 93）

我现在只想写完这本书

○ 丘迟写给陈伯之（505）

期望将军您能早定良策，

自求多福

○ 侯方域写给阮大铖（1643）

以后写史书的人可就不像我这么客气了

○ 臧洪写给陈琳（195）

你我开始是兄弟，

结局却是仇敌

○ 张问德与田岛往来信（1943）

我很关切阁下的悲惨末日

○ 南明永历皇帝写给吴三桂（1661）

我跟您可是没仇没怨呀

《见字如面》第二季入选信件文档　编号 271

我现在只想写完这本书
——司马迁写给任安

公元前 93 年

“

活着，更需要勇气。我选择了隐忍苟活，选择了深陷粪土之中而不解脱，是因为想做的事情还没有做完……

”

司马迁（前 145—约前 87），字子长，西汉史学家、文学家。因创作中国第一部纪传体通史《史记》，被后世尊称为史迁、太史公、历史之父。

任安（？—约前 91），字少卿，司马迁的朋友，曾任益州刺史、北军使者护军等职。

公元前 99 年，司马迁因替李陵败降匈奴之事辩解而受宫刑，后任中书令。不久，任安因罪下狱，被判死刑。他自认蒙冤，便致函老友救命，司马迁于是给他回复了下面这封《报任安书》，在向其告知自己苦衷的同时，也记述了他矢志完成《史记》的构想。

［节译］

太史公牛马走司马迁再拜言：

少卿足下，我听说，提高修养才能承载智慧，充满爱心才能开启善行。道义决定取舍，勇气决定荣辱，贡献决定声誉。人，是靠着这五项标准存活于世、立于君子之林的。所以，灾祸莫惨于贪欲，悲哀莫痛于伤心，恶行莫丑于辱先，耻辱莫大于宫刑。受了宫刑，就不再是人。今天如此，历来如此。

况且，事情的真相难以说清。我小时候没什么才华，长大后也没被人看好。主上看着我父亲的面子，让我有机会以微薄之力效力于宫廷。我觉得头上顶个盆就看不见天，所以我远离了朋友应酬，抛弃了家庭琐事，殚精竭虑，克己奉公，希望换来主上的恩宠。但是，事情并没有往好的方向发展。我跟李陵虽然同朝为官，却不是朋友。我们两人志趣不同，连杯酒都没喝过。但我看李陵的为人，真是非比寻常。对亲人孝顺，对他人诚信，对钱财清廉，对取舍公平。分别有让，恭俭下人，常思奋不顾身以徇国家之急。他一贯的所作所为，我认为确有国士之风。

一个人，在国家危难的时候，能够舍生忘死、慷慨前行，已经很了不起。现在只是因为一个错误，那帮龟缩在家的人就群起而攻，我真的是由衷地为他感到悲哀。李陵带领的步兵不满五千，深陷敌阵，打到了单于的王庭，就像在虎口上垂挂诱饵，向强大的胡兵发起攻击。面对着千军万马，与单于连战十天，杀敌人数超过了自己军队的人数。敌军丢弃了伤员，所有军官无不惊慌失措。于是，敌人征调了左右贤王的全部军队，动员了所有能参战的人，举一国之力，围攻李陵。李陵率领部队转战千里，矢尽道穷，不见援兵，死伤的战士堆成了山，但就是这样，李陵振臂一呼，将士无不奋起。他们流着眼泪，流着鲜血，拉开没有了箭的弓弦，冒着寒光凛凛的刀刃，面向北方，拼死杀敌。

李陵尚未全军覆没的时候，每逢收到战报，王公贵族都是举杯为皇上庆贺。几天后，战败的消息传来，主上因此食不甘味、心情沉痛。大臣们战战兢兢，不知道该说点什么。我自不量力，看见主上悲伤的样子，就想给他宽宽心，我想对主上说，李陵一直与将士同甘共苦，换得士兵以死效力，就是古代的名将也比不过他。现在虽然战败被俘，但观其意，一定会想着找机会报效朝廷的。结局虽然无奈，但他杀敌无数，所立战功依旧是可以昭告天下而无愧的。我正想着找机会跟皇上说呢，皇上就问到了我头上，我就用这番话强调了李陵的功劳，想让主上换个角度看待这件事，也堵堵那帮挑事人的嘴。我没有完全说清楚我要表达的意思，皇上也没有深入了解，以为我是在败坏贰师将军，替李陵辩解，就把我下了大狱。

我拳拳的忠心，从此再没有机会辩白。因为是皇上定的性，也就只能这么判。家境贫寒，凑不出足以赎罪的钱财。朋友无奈，皇上身边没人肯为我说一句好话。我身非木石，孤独地与狱卒为伍，深陷囹圄之中，我心中的苦，又能跟谁说呢？正如您亲眼所见，这件事我哪点做错了？李陵活着被俘，社会舆论让他全家都抬不起头。我被关在宫刑的囚室，满世界的人都在嘲笑。悲哀，悲哀。

这些话是轻易不能对人说的。我的祖辈不是开疆裂土的功臣，宫廷中的文史之官、天象之官，跟算卦的差不多，本来就是主上的弄臣，跟唱歌跳舞的一样，社会上没几个人看得起。假如我伏法被杀，就像九牛一毛，跟死了只蚂蚁没什么区别。社会上没人会把你当英雄，只会觉得你傻，不知道躲事儿，活该去死。为什么会这样？这是我们平时宣扬的价值观造成的。人，谁都有一死，或重于泰山，或轻于鸿毛，区别在你为什么而死。

人没有不贪生怕死的，你会想到父母、顾及妻子，但为了理想而选择不死，却是另有坚守。不幸的我已经无父无母，无兄无亲，我还受了宫刑，没法面对妻子儿女。我不死，是因为死不一定代表勇敢，不说明你不怯懦，活着，更需要勇气。我选择了隐忍苟活，选择了深陷粪土之中而不解脱，是因为想做的事情还没有做完，窝囊地死了，我的著作后人就再也看不到了。

有太多曾经的显贵在历史上全无痕迹，只有真正精彩的人生才会被人称颂。文王拘而演《周易》，仲尼厄而作《春秋》，屈原放逐乃赋《离骚》，左丘失明厥有《国语》。《诗》三百篇，大都是圣贤发愤之作。我比他们差了很多。我一直在用可怜的文采，网罗天下流传的旧闻，约略核定事实，梳理事件始末，探究成败得失的道理，从轩辕时代开始，一直写到今天。写成了十篇表，十二篇本纪，八章书，三十篇世家，七十篇列传，一共是一百三十篇。也想着据此究天人之际，通古今之变，成一家之言。

书正写到一半，就遭遇了这次的灾祸。我真后悔为什么没能早点写完，那样的话，我就可以直接死了算了。

我现在只想写完这本书，把它藏之名山，传给后人。我要在全天下洗清我的耻辱。为此忍受今天的万人耻笑，我决不后悔。

人，只有在死了以后，才会获得公正的评价。书不尽意，略陈固陋。谨再拜。

QQ 音乐　　酷狗音乐　　酷我音乐

—— 扫码收听**赵立新**朗读此信 ——

[原文]

报任安书

太史公牛马走司马迁再拜言：

少卿足下，曩者辱赐书，教以慎于接物，推贤进士为务，意气勤勤恳恳，若望仆不相师用，而流俗人之言。仆非敢如是也。虽罢驽，亦尝侧闻长者遗风矣。顾自以为身残处秽，动而见尤，欲益反损，是以抑郁而无谁语。谚曰：“谁为为之？孰令听之？”盖钟子期死，伯牙终身不复鼓琴。何则？士为知己用，女为悦己容。若仆大质已亏缺，虽材怀随和，行若由夷，终不可以为荣，适足以发笑而自点耳。

书辞宜答，会东从上来，又迫贱事，相见日浅，卒卒无须臾之间得竭指意。今少卿抱不测之罪，涉旬月，迫季冬，仆又薄从上上雍，恐卒然不可讳。是仆终已不得舒愤懑以晓左右，则长逝者魂魄私恨无穷。请略陈固陋。阙然不报，幸勿过。

仆闻之，修身者智之府也，爱施者仁之端也，取予者义之符也，耻辱者勇之决也，立名者行之极也。士有此五者，然后可以托于世，列于君子之林矣。故祸莫憯于欲利，悲莫痛于伤心，行莫丑于辱先，而诟莫大于宫刑。刑余之人，无所比数，非一世也，所从来远矣。昔卫灵公与雍渠载，孔子适陈；商鞅因景监见，赵良寒心；同子参乘，爰丝变色：自古而耻之。夫中材之人，事关于宦竖，莫不伤气，况慷慨之士乎！如今朝虽乏人，奈何令刀锯之余荐天下豪隽哉！仆赖先人绪业，得待罪辇毂下，二十余年矣。所以自惟：上之，不能纳忠效信，有奇策材力之誉，自结明主；次之，又不能拾遗补阙，招贤进能，显岩穴之士；外之，不能备行伍，攻城野战，有斩将搴旗之功；下之，不能累日积劳，取尊官厚禄，以为宗族交游光宠。四者无一遂，苟合取容，无所短长之效，可见于此矣。乡者，仆亦尝厕下大夫之列，陪外廷末议。不以此时引维纲，尽思虑，今已亏形为扫除之隶，在阘茸之中，乃欲昂首信眉，论列是非，不亦轻朝廷，羞当世之士邪！嗟乎！嗟乎！如仆，尚何言哉！尚何言哉！

且事本末未易明也。仆少负不羁之才，长无乡曲之誉，主上幸以先人之故，使得奉薄技，出入周卫之中。仆以为戴盆何以望天，故绝宾客之知，忘室家之业，日夜思竭其不肖之材力，务一心营职，以求亲媚于主上。而事乃有大谬不然者。夫仆与李陵俱居门下，素非相善也，趣舍异路，未尝衔杯酒接殷勤之欢。然仆观其为人自奇士，事亲孝，与士信，临财廉，取予义，分别有让，恭俭下人，常思奋不顾身以徇国家之急。其素所畜积也，仆以为有国士之风。夫人臣出万死不顾一生之计，赴公家之难，斯已奇矣。今举事一不当，而全躯保妻子之臣随而媒孽其短，仆诚私心痛之。且李陵提步卒不满五千，深践戎马之地，足历王庭，垂饵虎口，横挑强胡，昂亿万之师，与单于连战十余日，所杀过当。虏救死扶伤不给，旃裘之君长咸震怖，乃悉征左右贤王，举引弓之民，一国共攻而围之。转斗千里，矢尽道穷，救兵不至，士卒死伤如积。然李陵一呼劳军，士无不起，躬流涕，沫血饮泣，张空弮，冒白刃，北首争死敌。陵未没时，使有来报，汉公卿王侯皆奉觞上寿。后数日，陵败书闻，主上为之食不甘味，听朝不怡。大臣忧惧，不知所出。仆窃不自料其卑贱，见主上惨凄怛悼，诚欲效其款款之愚，以为李陵素与士大夫绝甘分少，能得人之死力，虽古名将不过也。身虽陷败，彼观其意，且欲得其当而报汉。事已无可奈何，其所摧败，功亦足以暴于天下。仆怀欲陈之，而未有路。适会召问，即以此指推言陵功，欲以广主上之意，塞睚眦之辞。未能尽明，明主不深晓，以为仆沮贰师，而为李陵游说，遂下于理。拳拳之忠，终不能自列。因为诬上，卒从吏议。家贫，财赂不足以自赎，交游莫救，左右亲近不为一言。身非木石，独与法吏为伍，深幽囹圄之中，谁可告诉者！此正少卿所亲见，仆行事岂不然邪？李陵既生降，隤其家声，而仆又茸以蚕室，重为天下观笑。悲夫！悲夫！

事未易一二为俗人言也。仆之先人非有剖符丹书之功，文史星历近乎卜祝之间，固主上所戏弄，倡优畜之，流俗之所轻也。假令仆伏法受诛，若九牛亡一毛，与蝼蚁何异？而世又不与能死节者比，特以为智穷罪极，不能自免，卒就死耳。何也？素所自树立使然。人固有一死，死有重于泰山，或轻于鸿毛，用之所趋异也。太上不辱先，其次不辱身，其次不辱理色，其次不辱辞令，其次诎体受辱，其次易服受辱，其次关木索、被棰楚受辱，其次剔毛发、婴金铁受辱，其次毁肌肤断肢体受辱，最下腐刑，极矣！传曰"刑不上大夫"，此言士节不可不厉也。猛虎处深山，百兽震恐，及其在阱槛之中，摇尾而求食，积威约之渐也。故士有画地为牢势可不入；削木为吏，议不对，定计于鲜也。今交手足，受木索，暴肌肤，受榜棰，幽于圜墙之中，当此之时，见狱吏则头枪地，视徒隶则心惕息。何者？积威约之势也。及已至此，言不辱者，所谓强颜耳，曷足贵乎！且西伯，伯也，拘牖里；李斯，相也，具五刑；淮阴，王也，受械于陈；彭越、张敖南乡称孤，系狱具罪；绛侯诛诸吕，权倾五伯，囚于请室；魏其，大将也，衣赭关三木；季布为朱家钳奴；灌夫受辱居室。此人皆身至王侯将相，声闻邻国，及罪至罔加，不能引决自财。在尘埃之中，古今一体，安在其不辱也？由此言之，勇怯，势也；强弱，形也。审矣，曷足怪乎？且人不能早自财绳墨之外，已稍陵迟，至于鞭棰之间，乃欲引节，斯不亦远乎！古人所以重施刑于大夫者，殆为此也。

夫人情莫不贪生恶死，念亲戚，顾妻子，至激于义理者不然，乃有不得已也。今仆不幸，早失二亲，无兄弟之亲，独身孤立，少卿视仆于妻子何如哉？且勇者不必死节，怯夫慕义，何处不勉焉！仆虽怯懦，欲苟活，亦颇识去就之分矣，何至自湛溺累绁之辱哉！

且夫臧获婢妾，犹能引决，况若仆之不得已乎！所以隐忍苟活，函粪土之中而不辞者，恨私心有所不尽，鄙没世而文采不表于后也。

古者富贵而名摩灭，不可胜记，唯俶傥非常之人称焉。盖西伯（文王）拘而演《周易》；仲尼厄而作《春秋》；屈原放逐，乃赋《离骚》；左丘失明，厥有《国语》；孙子髌脚，《兵法》修列；不韦迁蜀，世传《吕览》；韩非囚秦，《说难》《孤愤》；《诗》三百篇，大抵圣贤发愤之所为作也。此人皆意有所郁结，不得通其道，故述往事，思来者。及如左丘明无目，孙子断足，终不可用，退论书策以舒其愤，思垂空文以自见。

仆窃不逊，近自托于无能之辞，网罗天下放失旧闻，考之行事，稽其成败兴坏之理，凡百三十篇，亦欲以究天人之际，通古今之变，成一家之言。草创未就，适会此祸，惜其不成，是以就极刑而无愠色。仆诚已著此书，藏之名山，传之其人，通邑大都，则仆偿前辱之责，虽万被戮，岂有悔哉？然此可为智者道，难为俗人言也！

且负下未易居，下流多谤议。仆以口语遇遭此祸，重为乡党戮笑，污辱先人，亦何面目复上父母之丘墓乎？虽累百世，垢弥甚耳！是以肠一日而九回，居则忽忽若有所亡，出则不知所如往。每念斯耻，汗未尝不发背沾衣也！身直为闺阁之臣，宁得自引深藏于岩穴邪！故且从俗浮湛，与时俯仰，以通其狂惑。今少卿乃教以推贤进士，无乃与仆之私指谬乎？今虽欲自雕瑑，曼辞以自解，无益，于俗不信，只取辱耳。要之死日，然后是非乃定。书不能尽意，故略陈固陋。谨再拜。

（【东汉】班固：《汉书·司马迁传》，中华书局1964；【梁】萧统：《文选·卷四十一·书上》，中华书局1977）

给自己在这世间牢牢地拴一根绳子

翟毓红：这封信我们已经读完了，那我们设想一下，如果说在受到宫刑的时候，司马迁已经先把《史记》写完了，是不是我们就看不到那样的《史记》了呢？

史航：可能也看不到受宫刑后的司马迁了，因为他就选择一死了之了。而这个版本的《史记》，也远比没有经历这些人间奇祸的司马迁写出来的《史记》要厚重得多。

许子东：莎士比亚估计就是读了他这封信，所以才想出这句话，叫作“活着还是死去，这是个问题”。这封信给莎士比亚这句话做了注脚。这是世界上最有名的一句话。他这封信里还有一句话，在二十世纪六十年代，中国人人都会背的。

史航：人固有一死，或重于泰山，或轻于鸿毛。

许子东：这实在不是一封简单的信，这个，我们可以把它看作《史记》的自序，就好像鲁迅的《呐喊》自序，概括他全部的著作、创作本意。借这个机会，他解释了他为什么写《史记》，这个可讲的太多了。

我关心的一个问题是，汉武帝，他到底是暴政呢还是宽容呢？司马迁从监狱出来，照样做中书令，照样把《史记》写完了。想想看，要是碰到别的暴政的人，你这个人是反我的，我以后还让你写东西？

史航：这个人就给抹掉了。

许子东：你看，汉武帝最后还让他写出来了。从宏观的角度来看，西方是有政教分离这个传统的。政教分离的意思就是，皇帝的权力不是绝对的，什么人可以牵制皇帝？教皇，宗教。中国没有宗教。但是中国也有政教分离，这个教就是孔子的那个传统，但相对比较抽象。自从《史记》出来以后，他这最后一句话：人只有在死了以后才能获得真正公正的评价。请记住，这句话对皇帝，一样起作用。皇上活着的时候，谁都不能反我，谁反，我杀谁头。可是他告诉你，你怎么样，取决于后人怎么写你。那这个敢写跟皇帝的意见不一样的东西，自司马迁始。当然，《春秋》是在前的，但《史记》是最完整的。汉武帝要是早知道，这肠子都悔青了。

史航：我个人觉得，他除了写得好以外，他还真正树立了一个传统。就是在中国，对后来的皇帝来说，皇帝要两个东西，第一要权，没争到权的时候，亲人都杀。一旦有了权，就要名。

翟毓红：名声。

许子东：这个名不掌握在他手里，这就制约了很多皇帝不能乱为，你不能做昏君，你不能真的行暴政。很多皇帝很努力，他考虑的就是这个历史的监督。还有读书人，还有老百姓，这也是给弱者的一个安慰。我现在打不过你，将来啊，在历史上你是一个什么样的名声？所以，司马迁的这个贡献，真不是一本书，一个人而已。

史航：对，刚刚说到史学界，最后它跟儒教的很多伦理合流成了一种。无论是民间野史还是民间修史，就因为有《史记》这样的著作，我们能看到那么有权力的人，最后像冰山一样瓦解，在历史上剩下的只是一汪水。这个传统也就不仅是对弱者的安慰，其实也是对真相的一个封存。就是刚才许老师说的立志。立志能够防止轻生，因为你会把生看得很重。如果一个生命是鸿毛，一吹就飞了。如果这里有那么一本书要写，那我身体重得很，是泰山，我不能把泰山随便推到北海里去，我不能死。所以，如果一生没有大的志向，很容易就选择结束。人要立志，就是给自己在这世间牢牢地拴一根绳子，把自己拴住。

许子东：这个故事给我们的启示是，人一辈子活着，做的事，总要比你自己的生命更大，要做一些在你生命之外的事情。如果你所有的一切是为了你这一生的快乐、幸福，享受荣耀、权利，终究是可悲的，终究是局限的。人如果拥有超越自己一生以外的东西，人生就有价值了。

史航：一旦被这么大一件事压在身上，人就能体验到更多了。比如《项王本纪》，项羽在乌江这一刻，他知道，项羽的天下也只是一半，就像有一本《史记》只写了一半，他没有征战整个天下，那种悲愤绝望、时不我待、天欲亡我的感觉，我觉得司马迁都体验到了。苦难真到了最底部的时候，他可以仰望所有人的苦难，所有人的苦难都离他更近了。时代把他真逼到走投无路的时候，笔才是他唯一的路，这条路才能通向他写的每一个人。

许子东：后来所有的历史书都不如司马迁的书。你看他对陈胜、吴广的评价，还有写《游侠列传》(游侠就是流氓武装，在历史上地位是很低的)，就是从司马迁开始，由他奠定了中国侠义文化的定义。形式上他还是帝王将相，还是按这个次序来，但是他有自己独特的看法。当然，我们在技术上没法判断哪些是宫刑前写的，哪些是宫刑后写的，但是后面的人都不如他，绝对跟他受刑有关。

史航：你们的一切，我不是添加什么，而是让你们这个体系瓦解。我把你原有的秩序，在拆台之后，建立起我的精神王国。

1. 关于司马迁

扬雄在《法言》一书中写道："太史迁，曰实录。""子长多爱，爱奇也。"扬雄是赞扬司马迁实录精神的第一人。他提出的实录与爱奇，为历代论者所赞同，直到现在。

班固是汉代系统评论司马迁的第一人。《汉书》中有《司马迁传》。班固在赞语中说："自刘向、扬雄博极群书，皆称迁有良史之材，服其状况序事理，辩而不华，质而不俚，其文直、其事核，不虚美、不隐恶，故谓之实录。"说司马迁"不虚美、不隐恶"，可谓一语中的，世称其当，后人皆服。司马迁的"实录"精神已成为中国史学的优良传统。

韩愈十分推崇司马迁的文学才华。他说："汉朝人莫不能文，独司马相如、太史公、刘向、扬雄之为最。"他认为司马迁作品的风格是"雄深雅健"。《史记》成为韩愈作文的样本。

柳宗元认为，《史记》文章写得"朴素凝炼、简洁利落，无枝蔓之疾；浑然天成、滴水不漏，增一字不容；遣词造句，煞费苦心，减一字不能"。

梁启超认为："史界太祖，端推司马迁"，"太史公诚史界之造物主也"。

鲁迅认为："武帝时文人，赋莫若司马相如，文莫若司马迁。"司马迁写文章"不拘于史法，不囿于字句，发于情，肆于心而为文"，因而《史记》不失为"史家之绝唱，无韵之《离骚》"。鲁迅的评价成为《史记》评论中的不朽名言。

2. 汉武帝时期免除死罪的三种途径

第一种途径，祖上有功于国家，有先皇颁发的丹书铁券，这时候拿出来，可以免死。比如萧何的子孙曾多次犯罪，就拿出了汉高祖发给萧家的东西，得到了赦免；第二种途径，家里有钱，可以多捐，然后免死。这是汉武帝时期的特殊政策。由于对外战争消耗巨大，国家财政紧张，犯人交钱免罪成为一项增加财政收入的重要措施；第三种途径，就是接受宫刑，可以代替死罪。但是这样做，受刑之人终生抬不起头来，让人觉得为了求生而自甘低贱。恰如司马迁信中所言。

3.《史记》何时公布天下

司马迁有一个女儿嫁给了杨敞。杨敞在汉昭帝刘弗陵时期，曾官至宰相。杨敞有两个儿子，大儿子杨忠，小儿子杨恽。杨恽自幼聪颖好学，他的母亲把自己珍藏着并且深爱着的《史记》，拿出来给他阅读。杨恽初读此书，便被书中的内容吸引住了，爱不释手，一字字、一篇篇，非常用心地把它读完。杨恽成年之后，还把它读了好几遍，每读一遍总是热泪盈眶，扼腕叹息。在汉宣帝的时候，杨恽被封为平通侯，这时候他看到当时朝政清明，想到他的外祖父司马迁这部巨著正是重见天日的时候，于是上书汉宣帝，把《史记》献了出来，从此天下人得以共读这部伟大的史著。

期望将军您能早定良策，自求多福
——丘迟写给陈伯之

公元 505 年

“

暮春三月，江南草长，杂花生树，群莺乱飞。将军您看见故国的旗帜和战阵，想想您和我们在一起的日子，如今您却要刀剑相加，您难道就不难过吗？

”

丘迟（464—508），字希范，吴兴乌程（今属浙江省湖州市）人，南朝文学家。八岁能文，初仕南齐，官至殿中郎、车骑录事参军。

陈伯之（生卒不详），南齐济阴睢陵（今江苏睢宁）人，幼有膂力，少小无赖，家中贫穷，以盗劫为生。后以军功升迁为南齐冠军将军、骠骑司马。

丘迟、陈伯之二人曾同朝为官。在南梁取代南齐后，丘迟受到梁武帝重用，一应劝进文书均出自他手。陈伯之则弃梁而改投北魏。公元 505 年，梁武帝派临川王萧宏领兵伐魏，陈伯之屯兵寿阳与梁军对抗。萧宏命丘迟以个人名义写信劝降陈伯之。《与陈伯之书》因此面世。陈伯之收到这封劝降信后不久，即率八千之众投降。

丘迟顿首陈将军足下：

别来无恙，幸甚，幸甚。将军勇冠三军，才华举世罕见。从不屑于追逐燕雀之小志，而是向往鸿鹄的高翔。当初您顺应时代，选择追随贤明的君主，立功立事，开国承家。出门就有华丽的车子坐，威权号令万里，那是何等的壮观。怎奈忽然成为奔逃的流寇，听到弓箭的响声就双腿打颤，看见毡帐的军营就屈膝跪拜。这是多么地卑劣、下贱。

我想您当初做出错误选择的时候，并没有其他原因，只是自己认识不清，又受了外界流言的蛊惑，沉迷于一时的声势，才有了今天的结果。我大梁朝一向鼓励戴罪立功，不计较过失而加以任用，用人不计小过，以赤诚之心待天下人，让怀疑、动摇的人都安定了下来。这一切，将军都是知道的，无须我一一赘述。

当年朱鲔杀了刘秀的兄长，再次投奔，刘秀照样用人不疑。张绣杀了曹操的儿子，再次归降，曹操对他还像以前一样。何况将军您并没有犯下这样的罪过，而您的功勋却是举世公认的。要我说，迷途知返，这是古代圣哲都教诲的。知错就改，这是古代经典上评价很高的。皇上对您一直法外施恩，宽容以待。将军在故乡的祖坟从未被打扰，家里的亲人也一直被保护，房屋完好，妻妾都在。您扪心自问，还有什么可说的呢？现在的梁朝，功臣名将，雁行有序。文臣在帷幄之中出谋划策，武将在疆场之上驰骋立功，朝廷歃血为誓，大家的功名都可以传诸子孙。唯独将军您，还在苟且偷生，效力异族，实在是悲哀。

历史上，南燕的皇帝慕容超强悍吧，最后被斩首了。后秦的国君姚泓威风吧，最后还不是成了俘虏。所以说，霜露滋润万物，偏偏不滋润异类。华夏的土地，绝不会归了异族。北虏进犯中原，战祸经年，恶贯满盈，必然覆灭。况且你周围那帮人昏聩狡诈，总是自相残杀，部落分崩离析，首领相互猜忌，很快就会束手就擒、引颈就戮。而将军您，就像鱼游在开水锅里，像燕子把窝搭在随时迁徙的帐篷上，您也太糊涂了吧？

暮春三月，江南草长，杂花生树，群莺乱飞。将军您看见故国的旗帜和战阵，想想您和我们在一起的日子，如今您却要刀剑相加，您难道就不难过吗？

当初，大将廉颇逃到魏国，心中想做的，还是故国的将领。战神吴起临河而泣，哭的依旧是故国的土地。故国之情人人都有，难道将军您偏偏就没有吗？希望您早定良策，自求多福。

当今的梁朝，皇上圣明，天下安乐。万方宝物，均来朝贺。夜郎滇池，民族归心。朝鲜西域，接受教化。只有北狄尚存野心，倔强于沙漠边塞之间，想延缓必然覆灭的命运。我部统帅萧宏殿下是皇上的至亲，德行昌明，奉命指挥这次征战，慰藉河南的百姓，讨伐秦中的逆贼。如果您还没想明白，请一定考虑我的这番话。

聊以此书表达往日的情谊，您好好想想吧。

丘迟叩拜。

QQ 音乐　　酷狗音乐　　酷我音乐

—— 扫码收听徐涛朗读此信 ——

[原文]

与陈伯之书

迟顿首陈将军足下：

无恙，幸甚，幸甚！将军勇冠三军，才为世出，弃燕雀之小志，慕鸿鹄以高翔！昔因机变化，遭遇明主，立功立事，开国称孤。朱轮华毂，拥旄万里，何其壮也！如何一旦为奔亡之虏，闻鸣镝而股战，对穹庐以屈膝，又何劣耶！

寻君去就之际，非有他故，直以不能内审诸己，外受流言，沈迷猖蹶，以至于此。圣朝赦罪责功，弃瑕录用，推赤心于天下，安反侧于万物。将军之所知，不假仆一二谈也。朱鲔涉血于友于，张绣剚刃于爱子，汉主不以为疑，魏君待之若旧。况将军无昔人之罪，而勋重于当世！夫迷途知反，往哲是与，不远而复，先典攸高。主上屈法申恩，吞舟是漏；将军松柏不剪，亲戚安居，高台未倾，爱妾尚在；悠悠尔心，亦何可言！今功臣名将，雁行有序，佩紫怀黄，赞帷幄之谋，乘轺建节，奉疆埸之任，并刑马作誓，传之子孙。将军独靦颜借命，驱驰毡裘之长，宁不哀哉！

夫以慕容超之强，身送东市；姚泓之盛，面缚西都。故知霜露所均，不育异类；姬汉旧邦，无取杂种。北虏僭盗中原，多历年所，恶积祸盈，理至燋烂。况伪孽昏狡，自相夷戮，部落携离，酋豪猜贰。方当系颈蛮邸，悬首藁街，而将军鱼游于沸鼎之中，燕巢于飞幕之上，不亦惑乎？

暮春三月，江南草长，杂花生树，群莺乱飞。见故国之旗鼓，感平生于畴日，抚弦登陴，岂不怆悢！

所以廉公之思赵将，吴子之泣西河，人之情也，将军独无情哉？想早励良规，自求多福。

当今皇帝盛明，天下安乐。白环西献，楛矢东来；夜郎滇池，解辫请职；朝鲜昌海，蹶角受化。唯北狄野心，掘强沙塞之间，欲延岁月之命耳！中军临川殿下，明德茂亲，揔兹戎重，吊民洛汭，伐罪秦中，若遂不改，方思仆言。聊布往怀，君其详之。丘迟顿首。

（【梁】萧统：《文选·卷四十三·书下》，中华书局 1977）

顺天应人的智慧

翟毓红：历史上，陈伯之是不识字的，那他怎么读信，是有人给他念吗？

史航：他不是看信，是听信。

翟毓红：读的效果很重要。

史航：对。我觉得，陈伯之听到这个腔调，不用听完就能归顺了。确实，这信顺天应人。应人，应的是自己的人心。特别有意思的是，此前可能很多人都不知道，“暮春三月，江南草长，杂花生树，群莺乱飞”，把江南美景写得这么美，经常被引用的话，是出自一封劝降信。这个我觉得算是写景第一。这种劝降信就是有力量，因为这个说服力，它不是来自于讲伦理、讲道义，它是脑补画面，让你有念旧之思、故国之思。我觉得这点很高明。

许子东：你说得太对了。这么有名的一段风景描写，出自于劝降书，这说明中国文化真是博大精深。用现代人的思维，你要我投降，你得给我条件，给我保障，比如说不杀我和家人什么的，对不对？这封劝降书，给你写一段风景。仔细一看，硬条件都夹在里边了——你家里的祖坟没有动，你的妻妾都还在那里。等于是人质。言下之意，你要是不降的话，这些人都得斩，你的坟都得掘。这是婉转地表达对你的威吓。

翟毓红：我有一个问题，投降是很耻辱的事。但这里，他为什么就降了？降和不降，本质的区别是什么？

史航：其实古代投降的很多的。我们老说胜败乃兵家常事，其实降与不降也都兵家常事。在民族危难时刻，面对异族，在大是大非上，我会强调“我但有断头将军，无有降将军也”。但另一面是顺天应人，任何一个开国皇帝，都面临大量的降将。所以，这确实不能用一个标准来衡量所有的事情。

许子东：战争怎么来处理对方投降的人，以及你自己怎么看待放下武器这个行为，整个串起来，几乎就是一部人类文明进步的历史。以前为什么不降？一个原因就是，你降了也是被活埋。都是一死，我何必死在敌方手里？所以，不能杀掉俘虏，就变成了现代战争的一个游戏规则。

1. 陈伯之不识字怎么看信，又怎么被感动

据《南史》卷六十一《陈伯之传》："伯之不识书。"也就是说，陈伯之一字不识。如此，则丘迟此信，当亦由陈伯之左右为之诵读。那么，此信是否能打动陈伯之，很大程度上取决于读信者的诵读。

宋周密《齐东野语》，该书卷二十有一则《读书声》云：昔有以诗投东坡者，朗诵之而请曰："此诗有分数否？"坡曰："十分。"其人大喜。坡徐曰："三分诗，七分读耳。"

看来，为陈伯之诵读丘迟信的人，以声情并茂的诵读打动了陈伯之，所以他降了。

2. 文字的力量也很强大

历来评论者都以为，陈伯之带八千铁甲兵，归降梁朝，是丘迟写的这封信起了作用。丘迟在信中，以情感的暖流，消融了对方心底的坚冰，促成了陈伯之幡然悔悟，最终弃暗投明。一封书信，撼动了八千铁甲兵！可见文字力量的强大。

《见字如面》第二季入选信件文档　编号 202

以后写史书的人可就不像我这么客气了
——侯方域写给阮大铖

公元 1643 年

“

我就奇了怪了，您常说愿屈尊结交天下能人，可这脸说变就变，连嫁祸于人、灭人九族的事都干，这跟您原来想的也太不一样了。

”

侯方域（1618—1655），字朝宗，明归德府（今河南商丘）人，明末“四公子”之一。由明入清的作家，其文学活动多在清初。明户部尚书侯恂之子，祖父及父辈都是东林党人，均因反对宦官专权而被黜。明朝灭亡后，侯方域流落江南，入清后参加科举考试，后失悔此举。

阮大铖（1587—1646），字集之，明末政治人物，著名戏曲作家。由于做过明代的光禄卿，又名阮光禄。崇祯朝时因其名列权奸魏忠贤逆案而被罢官为民。明亡后在福王朱由崧的南明朝廷中官至兵部尚书、右副都御史，对东林、复社人员大加报复。南京城陷后乞降于清，后病死于随清军攻打仙霞关的路上。

明亡前一年，因依附魏忠贤而被斥蛰居南京的阮大铖，力图东山再起。拉拢侯方域不成，转而借机构陷。侯方域在得知消息走避宜兴之前，写下了这封《癸未去金陵日与阮光禄书》。

我听说君子立身处世，不该对自己宽容却对他人苛责，因为那是有违道义的。现在您对于我，有很多事情看不惯，我想跟你说说这个事。

您，是我的父辈。神宗末年，您跟我父亲同朝为官，相得甚欢。后来我父亲想一辈子跟着您却又没能如愿，您自己该记得是因为什么，不必我再提醒了吧。我父亲被撤职回老家的时候，我还是个孩子，每次在他身边，他总是感念您的才华，成天为您惋惜。到我长大了，开始读书了，要去金陵多交些朋友。临上路时，父亲一边送我一边说："金陵有位御史名叫成勇，虽然比我晚出道，但我内心却非常尊重他。你到了金陵，要拜他为师。还有一位老朋友方孔炤先生，你要带着名片亲自去拜见他。"父亲的嘱托中并没有提到您。

等我到了金陵，成先生已经获罪离开了，只见到了方先生。他的儿子以智是我的老朋友，因此我们从早到晚都在一起。您跟方先生，都是我父亲的同事，我理当去拜见您，但为什么我不敢去，您自己该记得是因为什么，不必我再提醒了吧。现在，您责怪我跟方先生走得近，跟您离得远，嘿，这就有点过了。

忽然有一天，有位王将军客气地来找我，来了就让我作诗，写了诗他就喜欢，还给我买酒召妓，弄个游船爬个山，连玩好几天一点不带累的。我就不明白了，就问这位王将军："你要干吗呀？"将军于是屏退左右，告诉我说："这都是阮光禄大人想要跟您结交，特意安排的。光禄大人现在被很多人诟病，希望您能跟您的那几位朋友说说，没准能帮他恢复点名誉。"我赶紧谢谢他说："光禄先生身为高官，身边嘉朋满座，足够自娱自乐了，哪儿还用得着这几个书生呀。我要是跟这几个朋友说吧，他们一定会跟我绝交。我要是自己去跟光禄大人交往吧，我又帮不上什么忙。您陪我玩了这些天，心意我领了，但咱们就到这儿吧。"

我这么处理，真的是从内心出发，我真没觉得有什么过分的，但您总是为这事不高兴，我还真就罪责难逃了。

昨晚我刚睡下，就听到县令杨文骢敲门，他跟我说："左良玉将军的大兵已经进逼金陵，城里人心惶惶。阮光禄大人在清议堂上发言，说你侯方域跟左良玉是老朋友，是他的内应。你还不赶紧跑？"我这才知道您不光生我的气，而且已经恨到非灭族而后快的地步了。我跟左将军是老朋友没错，而且我已经按照熊尚书的指示，给他写了信，劝阻他来金陵，他到底怎么想，我还不知道。如果他犯上作乱，那他就是反贼。我要是真的在城内接应了他，那我也是反贼。稍知礼仪的正人君子，为什么要甘心做贼呢？贼倒是真有，当初魏忠贤的那帮孝子贤孙，倒行逆施，日暮途穷，最后黔驴技穷，全变成了贼。您说我跟那帮人有关系吗？为什么您下手这么狠呢？

我就奇了怪了，您常说愿屈尊结交天下能人，可这脸说变就变，连嫁祸于人、灭人九族的事都干，这跟您原来想的也太不一样了。如果有一天，您能明白天下的能人为什么都不愿意跟您交往的原因，您未必不后悔，后悔了未必不能改。要是您真的后悔了、改变了，给大家一点时间，您的变化未必不能被大家了解。大家了解了，天下的能人未必不会接踵而至，投到您的门下。我要是看到天下能人都投到了您的门下，也一定会紧随其后，向您敬礼谢罪。您为什么不等待那一天，非要使出这种阴毒下作的招儿呢？

生逢乱世，我现在已经是无家可归了。弄条小船，尽情山水，对我个人没什么困难。只可惜您器量如此狭窄，混得不好也就罢了，万一哪天又让您得了志，您还不得杀尽天下能人下酒才觉得痛快呀。要是那样，天下的能人谁敢往您跟前凑呀？以后写史书的人写到您，可就不像我这么客气了。

我先走了。本来可以不跟您说，但是担心您误会，觉得我对长辈不礼貌，所以写了这些。

不再多说了。

QQ 音乐　　酷狗音乐　　酷我音乐

—— 扫码收听何冰朗读此信 ——

[原文]

癸未去金陵日与阮光禄书

仆窃闻君子处己，不欲自恕而苛责他人以非其道。今执事之于仆，乃有不然者，愿为执事陈之。

执事，仆之父行也。神宗之末，与大人同朝，相得甚欢。其后乃有欲终事执事而不能者，执事当自追忆其故，不必仆言之也。大人削官归，仆时方少，每侍，未尝不念执事之才而嗟惜者弥日。及仆稍长，知读书，求友金陵，将戒途，而大人送之曰："金陵有御史成公勇者，虽于我为后进，我常心重之。汝至，当以为师。又有老友方公孔炤，汝当持刺拜于床下。"语不及执事。及至金陵，则成公已得罪去，仅见方公，而其子以智者，仆之夙交也，以此晨夕过从。执事与方公，同为父行，理当谒，然而不敢者，执事当自追忆其故，不必仆言之也。今执事乃责仆与方公厚，而与执事薄。噫，亦过矣。

忽一日，有王将军过仆甚恭。每一至，必邀仆为诗歌，既得之，必喜，而为仆贳酒奏伎，招游舫，携山屐，殷殷积旬不倦。仆初不解，既而疑以问将军。将军乃屏人以告仆曰："是皆阮光禄所愿纳交于君者也，光禄方为诸君所诟，愿更以道之君之友陈君定生、吴君次尾，庶稍湔乎。"仆敛容谢之曰："光禄身为贵卿，又不少佳宾客，足自娱，安用此二三书生为哉。仆道之两君，必重为两君所绝。若仆独私从光禄游，又窃恐无益光禄。辱相款八日，意良厚，然不得不绝矣。”凡此皆仆平心称量，自以为未甚太过，而执事顾含怒不已，仆诚无所逃罪矣！

昨夜方寝，而杨令君文骢叩门过仆曰：“左将军兵且来，都人汹汹，阮光禄扬言于清议堂，云子与有旧，且应之于内，子盍行乎。”仆乃知执事不独见怒，而且恨之，欲置之族灭而后快也。仆与左诚有旧，亦已奉熊尚书之教，驰书止之，其心事尚不可知。若其犯顺，则贼也；仆诚应之于内，亦贼也。士君子稍知礼义，何至甘心作贼！万一有焉，此必日暮途穷，倒行而逆施，若昔日干儿义孙之徒，计无复之，容出于此。而仆岂其人耶，何执事文织之深也！

窃怪执事常愿下交天下士，而展转蹉跎，乃至嫁祸而灭人之族，亦甚违其本念。倘一旦追忆天下士所以相远之故，未必不悔，悔未必不改。果悔且改，静待之数年，心事未必不暴白。心事果暴白，天下士未必不接踵而至执事之门。仆果见天下士接踵而至执事之门，亦必且随属其后，长揖谢过，岂为晚乎？而奈何阴毒左计一至于此！

仆今已遭乱无家，扁舟短棹，措此身甚易。独惜执事忮机一动，长伏草莽则已，万一复得志，必至杀尽天下士以酧其宿所不快，则是使天下士终不复至执事之门，而后世操简书以议执事者，不能如仆之词微而义婉也。仆且去，可以不言，然恐执事不察，终谓仆于长者傲，故敢述其区区，不宣。

（《四部备要·壮悔堂文集·第三卷·癸未去金陵日与阮光禄书》）

真实的人永远活在故事之外

蒋方舟：我觉得他这封信里，一方面是父辈仇恨的一个延续（对于魏忠贤的仇恨延续到他这一代），另一方面，就是一种义愤。他义愤到了什么程度，死到临头还不跑，他还要坐下来一点一点地去数落他的仇人。侯方域这个人很有意思，他的义愤也很符合他的人设，他爸爸是官场清流，他也是。

翟毓红：清流二代。

蒋方舟：对。他非常有才华，14 岁的时候就写“自居风霜气，终非燕雀情”。后来多尔衮劝降史可法的时候，他代写了《复多尔衮书》，写得非常慷慨激昂，很符合他在这封信里流露出来的这种人设：疾恶如仇，非常正直，非常忠诚。但是后来到了清朝的时候，侯方域参加了清朝的科举考试。连他斥为阉党的马士英都誓死不降、以身殉国，他反而投降了，成了清朝的官。

所以再看这封信，我就觉得很有意思，“要是您真的后悔了、改变了，给大家一点时间，您的变化未必不能被大家了解”，他所有斥责别人的话，其实到后来都可以说在自己身上。

许子东：对。这信显示了一种官场道义。我们今天觉得侯方域是一个比较正面的形象，阮大铖我们都觉得有问题。这两个人，听上去一个慷慨陈词，一个是被指责的，但是后来两人都从了清朝。光禄向清军投降了。投降就投降了呗，他还带领清军到福建什么地方去清剿，去追杀明朝遗民。他年纪有六十多一点吧，路上人家说：“像你这么追杀，你注意身体。”他说：“没事，我好得很呢。”然后就倒下了。

翟毓红：带路带得还挺喜兴。

许子东：为什么这段细节，历史记载那么详细呢？就是说，你活该啊，你做了汉奸还要这样卖命。

但是他刚才很反高潮，说侯公子也这样，还去考试。当初可是他写信对质多尔衮的。所以我没有结论了，越来越矛盾。再看他这封信，他是处在被阮大铖追杀的状况下，可是道义上他站在一个制高点，说你魏忠贤这一派，将来是要完蛋的。信里边有一句话在暗示，说我爸为什么不让我找您啊？是我爸看不上您。你为什么还要找我们这些人来替你恢复名誉呀，对不对？你没用，你要靠我们恢复名誉，可今天你还要来追杀我们。

不过话说回来，撇开历史观的事情，这篇文章里有一段我最欣赏，我这个读中文的，跟大家推荐他这一段，有四个未必。你做这些事情你未必不后悔，你未必不能改（就是说，其实你有另外一个选择），你改了以后未必不被理解，之后你就未必不被大家原谅，说不定很多人还来请你。就是说，当你面临一个政治选择的时候，其实你有各种可能性。他也没说一定，没说你做这事将来一定后悔，你做这事将来一定要改，没有，他都是未必。而且是连贯的句子，气势很强。很难想象在逃亡中的一个文人，还能这样写文章。

翟毓红：这是子东老师告诉大家怎么写作文啊。

蒋方舟：信里可以看到他自己的价值观，他后来的人生选择，在这封信里其实有一些端倪，就是他不断在设置各种未必。我觉得这个人，他的价值观、他的个性还是一贯的，他在不断地寻求一个底线，虽然这个底线不断后退，但是在坚持底线这一点上他还是一致的。

翟毓红：有朋友问，侯方域也降清了，在国家大节方面，阮大铖跟侯方域是半斤八两，但是为什么我们对侯方域的评价就比较正面，阮大铖就成了小人？

蒋方舟：我觉得可能文学和艺术创作者要负责任。

许子东：孔尚任。

蒋方舟：对，是因为孔尚任写了《桃花扇》。《桃花扇》是以侯方域和李香君为故事的原型。在那个故事里，侯方域和李香君后来一起出家，做了一个虚空的、自我放逐的人生选择。很多时候，我们会以为这确实是他人生的终结，他最后超脱了。其实真实的版本、真实的人物，依然活在故事之外，过着也许不那么高风亮节的，或许是苟且的一生。真实的人永远活在故事之外。

许子东：在中国的传统上，留名就靠两个，一个是历史，他不是说了吗，你别看我今天骂你，将来的人写你就更不客气了。将来什么人？就是写历史的。还有第二个，除了历史以外，还有文学、作家。所以，做官的，应该跟作家搞好关系。将来在历史上的名声还要靠蒋方舟啊。

蒋方舟：靠所有创作者。

《见字如面》第二季入选信件文档　编号 100

你我开始是兄弟，结局却是仇敌
——臧洪写给陈琳

公元 195 年

“

我是最不愿意像现在这样，与您兵戎相见的。每次登上城墙，望见主公的旗帜、营帐，就会想起昔日朋友欢聚的情景，想到琴弦变成了弓箭，不觉泪流满面。

”

臧洪（160—195），字子源，广陵射阳人，汉末群雄之一。曾为关东联军设坛盟誓，共伐董卓。先是被广陵太守张超聘为功曹，后被袁绍所重用，担任青州刺史、东郡太守。政绩卓越，深得百姓拥护。

陈琳（？—217），字孔璋，东汉末年著名文学家，“建安七子”之一。与臧洪曾是志同道合的同乡故交。先归附袁绍，绍败，归附曹操。

汉末群雄割据，曹操攻打张超。因袁绍不肯出兵救张超，以致张超被曹操灭族。臧洪因此始与袁绍为敌，袁绍则把臧洪围困在东武阳城，前后长达一年，怎么攻都攻不下来。于是袁绍命陈琳以故交身份写信给臧洪，劝其投降。臧洪便写了下面这封信予以回应。后经几番恶战，东武阳城破，臧洪被袁绍杀死。

［节译］

从前天各一方，对您的思念只能在梦里。现在我们对面列阵，却已各为其主，不能相见。要说不难过，那是违心的。

此前承蒙不弃，您写信给我详陈利害祸福，于公于私情意恳切。我呢，就是个小人，原本没什么志向，因为当了兵，受到主公袁绍的照顾，享受了特殊的恩宠，竟也做了大官。所以我是最不愿意像现在这样，与您兵戎相见的。每次登上城墙，望见主公的旗帜、营帐，就会想起昔日朋友欢聚的情景，想到琴弦变成了弓箭，不觉泪流满面。为什么呢？

我跟随主公的日子，没什么可后悔的。主公给了我比别人更多的礼遇。选择主公，是想成就大业，扫清逆寇，共尊王室。没想到天子被赶出了都城，我的老主公张超又被围困。张超哥哥率领的援军被消灭，我向袁绍请求带兵解救张超却被拒绝，我请求独自前往又被拘捕。眼睁睁看着我昔日的主公命丧黄泉。

留下还是离开，我想了很久。我如果留在袁绍身边，那就是对故主张超的不忠不孝。我如果离开了袁绍，又会对不起朋友。两害相权必取其一，丧忠孝之名与亏交友之道，孰轻孰重，答案是明摆着的。我只好带着部队，挥泪告别。如果主公袁绍能多少明白忠孝的含义，大家在一起的时候是朋友，分别的时候能管住自己，对朋友不去斤斤计较非要斩尽杀绝，那么我一定会选择避让，不会像现在这样与您兵戎相见的。

我这么说是有依据的。当初韩馥出让冀州，主公袁绍得到了土地。后来就因为韩馥出使朝廷，得到了皇上的直接委任，转瞬之间连个机会都不给就被诛杀九族。吕布为了讨董卓来求救兵，不给救兵也就罢了，求你总没错吧，结果又是派人追杀，差点就死了。刘子璜奉命出使误了时间，想辞职吧，不批，因为害怕主公，顾及亲人，编了个理由想回老家，也算是有忠有孝，对主公没什么损害，但最终还是死于麾下，不肯宽恕。

我不是个聪明人，又没能从一而终。但我能见微知著，看透了主公的为人。他根本就不是觉得这三个人该死，而是因为要一统山东，用武力清除异己，又担心军心涣散不愿效命，所以要废弃天子的权威，树立自己的权威，顺我者昌，逆我者亡。这是袁绍个人的私利，而不是大家的理想。所以，我看到了前人的下场，选择困守孤城，决一死战。这实在不是我的初衷，而是主公造成的。

现在，我所坚守的城池固若金汤，全城军民响应号召，拿出了三年的积蓄，支撑一年的开销，粮草丰足，士气高涨。根本就不像你们，又盖房子又种地的，还得担心秋风起时，我们各路援军杀到，袁绍老巢告急求救闹得无功而返。您讽刺我只有黑山一路救兵，却偏偏想不到黄巾义军已经被收编了吧？我还要告诉您，张燕的队伍也都归顺了皇上。当年汉高祖刘邦在巨野收编了彭越，光武帝刘秀靠着绿林好汉创立基业，最终龙飞受命帝业中兴。只要是能帮助皇上重整山河，您就别嫌弃人家的出身了。况且，我已经拿到了皇上的谕旨，将与他们并肩作战。

跟您就聊到这儿吧。您远离属地逐利，我为天子守城。您委身于袁绍，我供职于朝廷。您说我身死而名灭，我笑您生死而无名。可悲啊！你我开始是兄弟，结局却是仇敌。

努力，努力。夫复何言！

[原文]

答陈琳书

隔阔相思，发于寤寐，幸相去步武之间耳，而以趣舍异规，不得相见，其为怆恨，可为心哉！

前以不遗，比辱雅贶，述叙祸福，公私切至。所以不即奉答者，既学薄才钝，不足塞诘，亦以吾子携负侧室，息肩主人，家在东州，仆为仇敌。以是事人，虽披中情，堕肝胆，犹身疏有罪，言甘见怪，方首尾不救，何能恤人？且以子之才，穷该典籍，岂将暗于大道，不达余趣哉！然犹复云云者，仆以是知足下之言，信不由衷，将以救祸也。必欲算计长短，辩谘是非，是非之论，言满天下，陈之更不明，不言无所损。又言伤告绝之义，非吾所忍行也。是以损弃纸笔，一无所答。亦冀遥忖其心，知其计定，不复渝变也。

重获来命，援引古今，纷纭六纸，虽欲不言，焉得已哉！

仆小人也，本乏志用，中因行役，特蒙倾盖，恩深分厚，遂窃大州，宁乐今日自还接刃乎！每登城临兵，观主人之旗鼓，瞻望帐幄，感故友之周旋，抚弦搦矢，不觉涕流之覆面也。何者？自以辅佐主人，无以为悔。主人相接，过绝等伦。当受任之初，自谓究竟大事，埽清寇逆，共尊王室。岂悟天子不悦，本州见侵，郡将遘牖里之厄，陈留克创兵之谋，请师见拒，辞行被拘，使洪故君，遂至沦灭。区区微节，无所获申，谋计栖迟，丧忠孝之名，杖策携背，亏交友之分。揆此二者，与其不得已丧忠孝之名，与亏交友之道，轻重殊涂，亲疏异画，故便忍悲挥戈，收泪告绝。若使主人少垂古人忠恕之情，来者侧席，去者克己，不汲汲于离友，信刑戮以自辅，则仆抗季札之志，不为今日之战矣。

何以效之？昔张景明亲登坛喢血，奉辞奔走，卒使韩牧让印，主人得地，然后但以拜章朝主，赐爵获传之故，旋时之间，不蒙观过之贷，而受夷灭之祸。吕奉先讨卓来奔，请兵不获，告去何罪？复见斫刺，滨于死亡。刘子璜奉使逾时，辞不获命，畏威怀亲，以诈求归，可谓有志忠孝，无损霸道者也，然辄僵毙麾下，不蒙亏除。仆虽不敏，又素不能原始见终，睹微知著，窃度主人之心，岂谓三子宜死，罚当刑中哉？实且欲一统山东，增兵讨仇，惧战士狐疑，无以沮劝，故抑废王命，以崇承制，慕义者蒙荣，待放者被戮，此乃主人之利，非游士之愿也。故仆鉴戒前人，困穷死战。仆虽下愚，亦尝闻君子之言矣。此实非吾心也。乃主人招焉。凡吾所以背弃国民，用命此城者，正以君子之违，不适敌国故也。是以获罪主人，见攻逾时，而足下更引此义，以为吾规，无乃辞同趋异，非吾子所为休戚者哉！

吾闻之也，义不背亲，忠不遗君，故东宗本州，以为亲援，中扶郡将，以安社稷，一举二得，以徼忠孝，何以为非？而足下欲使吾轻本破家。均君主人，主人之于我也，年为吾兄，分为笃友，道乖告去，以安君亲，可谓顺矣。若子之言，则包胥宜致命于伍员，不当号哭于秦庭矣。苟区区于攘患，不知言乖乎道理矣。足下或者见城围不解，救兵未至，感婚姻之义，惟平生之好，以为屈节而苟生，胜守义而倾覆也。昔晏婴不降志于白刃，南史不曲笔以求生。故身著图象，名垂后世，况仆据金城之固，驱士民之力，散三年之畜，以为一年之资，匡困补乏，以悦天下，何图筑室反耕哉！但惧秋风扬尘，伯珪马首南向，张杨、飞燕，膂力作难，北鄙将告倒县之急，股肱奏乞归之诚耳。主人当鉴我曹辈，反旌退师，治兵邺垣，何宜久辱盛怒，暴威于吾城下哉？足下讥吾恃黑山以为救，独不念黄巾之合从邪！加飞燕之属，悉以受王命矣。昔高祖取彭越于巨野，光武创基兆于绿林，卒能龙飞受命，中兴帝业。苟可辅主兴化，夫何嫌哉！况仆亲奉玺书，与之从事。

行矣孔璋！足下徼利于境外，臧洪授命于君亲；吾子托身于盟主，臧洪策名于长安。子谓余身死而名灭，仆亦笑子生死而无闻焉，悲哉！本同而末离，努力努力，夫复何言！

（【清】严可均辑:《全后汉文》卷六十八，商务印书馆 1999）

为大节而死，还是为情义而死

翟毓红：我觉得臧洪这个人蛮有意思的。你看他是为了旧主和现在的这个老板闹翻了，既然这样，当初他干吗要离开旧主呢？在他的眼中，忠义到底是什么？

许子东：我对他的诚信道德观有点模糊。他说对旧主，要是我不去救他，我就是不忠不孝，但是离开袁绍又会对不起朋友。他把现在这个老板当哥们儿，在他的排序里，忠孝是最高的，朋友是第二。这是他的一个理由。接下来他又说了一大堆袁绍的不好，其实更真实的原因是，他觉得旧主比较好，现在这个主不好。换句话说，易主以后他后悔了，说是看透了现在这个主公的为人。反正在我看来，他忠心于旧主，所以不满于袁绍。

蒋方舟：这件事涉及到好几层的选择。他誓死不降，其实是替全城的人做了这个决定，全城七八千人都必须跟随他。对于全城的人来说，他们的道德选择是简单的，就跟着臧洪就行了。最后这七八千人好像一个都没叛逃，互相枕着大腿就死掉了。但是对臧洪来说，这个选择是两难的，有一个情义的选择，有一个出于政治考量的选择，他最后选择的是情义。我觉得这个选择很艰难，因为你做政治上的判断，为大节而死，你还有可能被历史记住，但是为情义而死，这件事好像别人都不太能理解。

许子东：我觉得他的道德依据是两层：第一层，旧主是最重要的。第二层，这新主不怎么样，这是他的道德选择。不过我印象最深的，还是他把他的妾都煮了，分给他的军人吃。

翟毓红：到最后最困难的时候，他们已经守不住了，没有吃的了，就把城里的老鼠，包括枪上的皮革都吃掉了，后来还剩了三升米也给煮粥了。实在没的吃，就像子东刚才说的，就把他自己家媳妇给炖了，分给所有的士兵吃。大家很感动，于是乎就跟他一起殉城了。做他的妻子真不幸。

许子东：以前我看《无极》有这样一个情节，皇帝说皇后："到屋顶上去脱衣服，奖赏下面的士兵。"我觉得那有点离谱啊。现在一看这段历史，就觉得那个还没那么离谱。

蒋方舟：如果我是他的妾，我就觉得，嫁给他，某种意义上也意味着诚信的嘱托。老公要把我煮了，我只能心甘情愿地被煮。

许子东：你讲得好。这真叫为爱情而献身了。你被煮了，老公不一定吃你，你还完成了老公这个守城大业，名留青史啊。

蒋方舟：我是在想，他的这个妾也好，城中的其他人也好，如果他们能留下一封信的话，也会挺感人。因为他们的选择看似是被动的，其实也有一个选择，他们可以跑，但是他们选择不跑。这也是这里面每个人的层层选择。只是因为臧洪是城主，他的选择更掷地有声。每个臣民，包括他这个小妾，他们内心没有发声的那种选择，我觉得同样是掷地有声的。

翟毓红：毛骨悚然。

许子东：这些人的选择，在他们自己看来是值得的。在记载他们故事的史家眼里，至少也是有点欣赏的，就是他们坚持了他们认为的原则、诚信，尽管这种坚持是违反他们自身利益的。要是符合他们的利益，那就没人记载他了。当然，我们今天看得很透，臧洪的坚持是没啥意义的，他救张超可能也救不了。

1. 当初，臧洪为何离开张超投奔袁绍

东汉末年，酸枣会盟瓦解后，张超留在陈留，派臧洪前往幽州联络大司马刘虞。臧洪到达河间国时，恰逢袁绍与公孙瓒交战，臧洪无法通过。袁绍很器重臧洪的才能，正巧青州刺史焦和病卒，袁绍就任

命臧洪为青州刺史。当时青州黄巾军很活跃，连年战乱，致使“州遂萧条，悉为丘墟”。臧洪在任两年，青州呈现出新的面貌。袁绍“叹其能”，改任他为兖州刺史部的东郡太守，治所在黄河北岸的东武阳。

2. 后来，臧洪为什么反对袁绍

曹操包围张超于雍丘，张超说道：“大概只有臧洪会来救我吧！”众人认为袁绍与曹操关系非常密切，而臧洪又被袁绍重用，一定不会自毁前程，远来赴难。张超道：“子源是天下义士，绝不会忘本。但就怕被袁绍约束，来不及救我。”臧洪听到张超被围，果然赤脚痛哭，并点军备发，又向袁绍请求援军，要求袁绍放行，但袁绍始终不许臧洪前往救援，于是张超全家都被曹操杀光。臧洪因此怨恨袁绍，不再听袁绍的命令。袁绍于是兴兵包围东武阳，打了一年还打不下来。袁绍命令陈琳写信给臧洪，晓以祸福，责以恩义。结果被严词拒绝。

3. 关于臧洪其人

袁绍接到臧洪的回信后，知道臧洪誓死不降，增兵急攻，东武阳城中粮食已尽，臧洪认为死期不远，把部下叫来对他们说：“袁绍的野心很大，对汉室江山图谋不轨，我为大义而死，死有所值，你们没必要跟着我一起死，你们在城池未破之前，带着家小逃出去吧。”城中的部将、百姓泪流满面，说要死一起死！一开始还有老鼠和武器上的皮革可以吃，后来什么都被吃光了，只剩下三升米，臧洪让人煮成稀粥让大家喝。最后又把自己的爱妾杀了分给将士充饥。将士们都失声痛哭，没法抬头看臧洪。城中男女七八千人互相枕着大腿死在一起，但一个叛逃的也没有。

4. 后世评价臧洪

陈寿：陈登、臧洪并有雄气壮节，登降年夙陨，功业未遂，洪以兵弱敌强，烈志不立，惜哉！

赵翼：臧洪自是汉末义士，其与张超结交，后与袁绍交兵之处，皆无关于曹操也。则魏纪内本可不必立传，而寿列之于张邈之次。盖以其气节，不忍没之耳。

王夫之：臧洪怨袁绍之不救张超，困守孤城，杀爱妾以食将士，陷其民男女相枕而死者七八千人，何为者哉？张邈兄弟党吕布以夺曹操之兖州，于其时，天子方蒙尘而寄命于贼手，超无能恤，彼其于袁、曹均耳。洪以私恩为一曲之义，奋不顾身，而一郡之生齿为之并命，殆所谓任侠者与！于义未也，而食人之罪不可逭矣。天下至不仁之事，其始为之者，未必不托于义以生其安忍之心。

5. 关于臧洪手下

臧洪有个同县的老乡叫陈容，在臧洪手下担任东郡郡丞，东武阳未被攻下前，臧洪派陈容出城。臧洪在法场时，袁绍命陈容在一旁看，看袁绍要杀臧洪，他上来求情，袁绍不答应，让人把他拉出去，陈容大喊：“今日宁与臧洪同日死，不与将军同日生。”袁绍于是下令把陈容也杀了。袁绍身边不少人对臧洪、陈容之死表示惋惜，认为是“一日杀二烈士”。

臧洪在城破之前派遣两个司马出城向吕布求援，等到他们回来时东武阳已经陷落，皆赴敌而死。

6. 关于信中涉及历史人物

1）伯珪（？—199）：指公孙瓒，字伯珪，辽西令支（今河北迁安）人，东汉末年武将、军阀，汉末群雄之一，与袁绍为敌。

2）张燕（生卒年不详）：东汉末年一支农民起义的首领。后来归附朝廷，汉灵帝任命张燕为平难中郎将。支持公孙瓒，与袁绍为敌。官渡之战后，归附曹操。

3）张邈（？—195）：字孟卓，东平寿张（今山东东平县）人。东汉末年陈留太守，汉末群雄之一，曾参与讨伐董卓。在汴水之战后归附曹操。此前因为与袁绍有隙，又曾与吕布交往，袁绍几次叫曹操杀张邈，但曹操都未听从，跟张邈更为亲近。公元194年（兴平元年），曹操带兵讨伐陶谦时，张邈与陈宫叛曹迎吕布为兖州牧。后吕布被曹操击败，张邈跟随吕布投奔刘备，全家及弟弟张超都被曹操杀于雍丘。张邈在向袁术借兵的路上，被部下所杀。

《见字如面》第二季入选信件文档　编号 008

我很关切阁下的悲惨末日
——张问德与田岛往来信

1943 年 8 月 31 日

“

为了能使阁下解除腾冲人民痛苦之善意得以伸张，我能够给你提出的建议，只有请阁下及同僚全部返东京，使腾冲人民永离枪刺胁迫之痛苦……

”

张问德（1880—1956），字崇仁，云南腾冲人，出身书香世家。参加过国民革命，担任过“云南王”龙云的秘书、腾冲县参议会议长等职务。1942 年日军占领腾冲之初，腾冲县原县长不战而逃，62 岁的张问德作为地方士绅代表临危受命，出任腾冲县县长，组织领导当地军民的抗日活动。

田岛寿嗣（1906—？），侵华日军大尉。1942 年至 1944 年，任腾冲日军行政班本部长，是侵华日军驻腾冲最高行政官。1943 年 8 月，田岛给张问德写了一封信，以解决腾冲民生的困难为由提出想与之会面，要求进行坦诚商谈。

田岛写给张问德

崇仁县长勋鉴：

久仰大名，无缘相见。您在西北的声望，让我心驰神往。我想说的是：我这次奉命调来腾冲，职司行政，深深羡慕这里民殷物阜，气象雍和。虽经历事变，但官员守矩，百姓驯顺，风俗醇厚之美德，依然俱在，真是西南之第一乐园，大足有为之乡也。只是由于战事还未平息，亡命之徒尚未缉拿归案，加上交通梗阻，生活成本日益高昂，如果你我双方不谋划应对的办法，坐视不管，恐怕将来会对这里产生种种不利的影响。如果在贵方土地上看不到幸福，白白让双方的人民遭遇重重困境，饥寒冻饿，坐以待毙，有什么好处呢？

职责所在，我非常愿意与您选个地方见面，进行一次长谈，共同解决双方民生之困难问题，您是否也有此意呢？如蒙不弃，同意见面，那我就先拟出几条会晤的办法，征求您的意见：

一、会晤地点定在小西乡董官司村之董氏宗祠；二、谈话范围绝不许有一语涉及双方之军事问题；三、为保证第二项之确实起见，双方可用监事员一人在场监视谈话。

以上所说这三条，如您同意予以考虑，请先回复。会面日期，可由您决定后告知，以便我提前候驾。至于您到达我方辖区后，生命名誉之安全，由我负完全责任。请最好不带兵卫，不携武器。如果万一您必须带武装兵士侍卫时，也没什么不可以，但您要带多少人、多少枪械子弹，请预先告知，以免发生误会。

总之，这件事双方都应以诚恳信义为前提，请不要有一点疑虑。田岛我生平为人，百无一长，唯“不欺不诈，推诚接物”八字，则常用以自励。凡事只要是我衷心所想嘴上说出的，虽刀锯在后，鼎镬在前，亦不敢有一字之改移。苍天在上，言出至诚。您能同意吗？临颖神驰，不胜依依。等着您的回信。

大日本腾越行政班本部长上

昭和十八年八月三十一日

张问德回复田岛

田岛阁下：

来函以腾冲人民痛苦为言，想借着会晤长谈而谋划解除。如果我们中国尚未遭受侵凌，而且与日本依然保持正常的国家关系，那我一定会予以周情之考虑。但事态的演变，已经让我将可以同意考虑的基础扫除无余。

诚如阁下来书所言，腾冲官员守矩，百姓驯顺，风俗醇厚，是西南之第一乐园，大足有为之乡。但自事态演变以来，腾冲人民死于枪刺之下，暴尸露骨于荒野者已逾二千人，房屋毁于兵火者已逾五万幢，骡马达三千匹，谷物损失达百万石，财产被劫掠者近五十亿。百姓父失其子，妻失其夫，居则无以遮蔽风雨，行则无以图谋生活，啼饥号寒，坐以待毙，甚而为阁下及僚属所奴役，横加鞭笞，很多已被送往密支那行将充当炮灰。尤其使我不忍提及的，则为妇女遭受污辱之事，凡此均属腾冲人民之痛苦。

我愿坦直向阁下说明此种痛苦，均系阁下及同僚所赐予。此种赐予都是在犯罪。由于人民之尊严重任，我只能对此种罪行予以谴责，而于遭受痛苦之人民予以衷心之同情。

阁下既然想解除腾冲人民之痛苦，我虽然不知道阁下有怎样的解除计划，但我作为中国的一个公民，而且是腾冲地方政府的一名官吏，出于我的责任与良心，对于阁下将提出的任何计划，均无考虑之必要与可能。但为了能使阁下解除腾冲人民痛苦之善意得以伸张，我能够给你提出的建议，只有请阁下及同僚全部返东京，使腾冲人民永离枪刺胁迫之痛苦，而自漂泊之地返回故乡，于断井残垣之上重建乐园。如果真能这样，就跟你今天提出的要求一样，我将不谈任何军事问题，也不带携有武器的卫兵来跟你及同僚会晤，来表达对解除腾冲人民痛苦的谢意，且祈求上苍赦免你们的罪行。

如果腾冲仍为阁下及同僚所盘踞，所有罪行依然继续发生，我就只能竭其精力以尽其责任，以后你对腾冲将不会再有驯良醇厚之感。道德与正义的压力，终将使阁下及同僚有朝一日屈服在我及腾冲人民的面前。所以，我拒绝阁下所要求择地会晤以作长议，而将从事于人类之尊严生命更为有益之事，痛苦的腾冲人民将深切明了对你们这帮人应如何动作，才能解除我们自身所遭受的痛苦。

所以，我倒是很关切阁下及同僚即将到来的悲惨末日命运，特要求阁下作缜密之长思。

大中华民国云南省腾冲县县长　张问德

大中华民国三十二年九月十二日

QQ 音乐　酷狗音乐　酷我音乐

— 扫码收听姬他、李立群朗读此信 —

［原文］

崇仁县长勋鉴：

久钦教范，觌晤无缘，引领西北，倍增神驰。启者：岛此次捧檄来腾，职司行政，深羡此地之民殷物阜，气象雍和，虽经事变，而士循民良，风俗醇厚之美德，依然具在，诚西南之第一乐园，大足有为之乡也。惟以军事未靖，流亡未缉，交通梗阻，生活高昂，彼此若不谋进展方法，坐视不为之，所固恐将来此间之不利，其在贵境如未见为幸福，徒重困双方人民，饥寒冻馁坐以待毙而已，有何益哉？职是之故，岛甚愿与台端择地相晤，作一度长日聚谈，共同解决双方民生之困难问题，台端其有意乎？如不我遐弃，而表示同情，则岛兹先拟出会晤办法数事，征求台端同意解决。一、会晤地点定在小西乡董官司村之董氏宗祠；二、谈话范围绝不许有一语涉及双方之军事问题；三、为保证第二项之确实起见，双方可用监事员一人在场监视谈话。右列三事，如台端具有同情予以同意时，请先复，会集日期，可由台端决定示知，以便岛先时候驾。至台端到达此本境以后，生命名誉之安全，由岛负完全责任。最妥请不带兵卫，不携武器为好。如万一必须带武装兵士侍卫时，亦无有不可，则兵数若干？枪械子弹若干？请预先示知，以免发生误会。总之，兹事双方系诚恳信义为前提，请不须少有疑虑。岛生平为人，百无一长，惟不欺不诈，推诚接物八字，则常用以自励。凡事只要出岛之中心乐从而诸口者，虽刀锯在后，鼎镬在前，亦不敢有一字之改移。苍天在上，言出至诚，台端其有意乎？临颖神驰，不胜依依，伫盼回玉。

大日本腾越行政班本部长上

昭和十八年八月三十一日具

答田岛书

田岛阁下：

来函以云南保山腾冲人民痛苦为言，欲藉会晤长谈而谋解除。苟我中国犹未遭受侵凌，且与日本犹能保持正常国交关系时，则余必将予以同情之考虑，然情态之演变，已使余将可予同情考虑之基础扫除无余。诚如阁下来书所言，腾冲士循民良，风俗醇厚，实西南第一乐园，大足有为之乡。然自事态演变以来，腾冲人民死于枪刺之下，暴尸露骨于荒野者已逾二千人，房屋毁于兵火者已逾五万幢，骡马达三千匹，谷物损失达百万石，财产被劫掠者近五十亿。

遂使人民父失其子，妻失其夫，居则无遮蔽风雨，行则无以图谋生活，啼饥号寒，坐以待毙，甚致为阁下及其僚所奴役，横被鞭笞，或已被送往密支那行将充当炮灰。而尤使余不忍言者则为妇女遭受污辱之事。凡此均属腾冲人民之痛苦，余愿坦直向阁下说明此种痛苦，均系阁下及其同僚所赐与，此种赐与均属罪行。由于人民之尊严生命，余仅能对此种罪行予以诅咒，而于遭受痛苦之人民予以衷心之同情。

阁下既欲解除腾冲人民之痛苦，余虽不知阁下解除之计划将何如，然以余为中国之一公民，且为腾冲地方政府之一官吏，由于余之责任与良心，对于阁下所将提出之任何计划，均无考虑之必要与可能。然余为使阁下解除腾冲人民痛苦之善意能以伸张，则余所能贡献于阁下者，仅有请阁下及同僚全部返东京，使腾冲人民永离枪刺胁迫之痛苦，而自漂泊之地返回故乡，于断井残垣之上重建乐园。一如阁下所要求于今日者，余不谈任何军事问题，亦不带携有武器之兵卫，以与阁下及其同僚相会晤，以致谢腾冲人民痛苦之解除，且必将前往靖国神社，为在腾冲战死之近万日本官司兵祈求冥福，并愿上苍赦其罪行。

苟腾冲仍为阁下及其同僚所盘踞，所有罪行依然继续发生，余仅能竭其精力以尽其责任，他日阁下对腾冲将不复有循良醇厚之感，由于道德及正义之压力，将使阁下及其同僚终有一日屈服于余及我腾冲人民之前。故余拒绝阁下所要求择地会晤以作长谈，而将从事于人类之尊严、生命更为有益之事，痛苦之腾冲人民将深切明了彼等应如何动作，以解除其自身所遭受之痛苦。

故余关切于阁下及其同僚即将到来之悲惨末日命运，特敢要求阁下作缜密之长思。

大中华民国云南省腾冲县县长　张问德

大中华民国三十二年九月十二日文字

（许秋芳：《极边第一城的血色记忆——腾冲抗战见证录（上）》，武汉大学出版社 2003）

小心那些已经占尽你便宜，还要跟你讲诚信的人

翟毓红：原来一提到中日之间的战争，更多的是战场上相见。现在在文字当中，我们也看到了彼此之间的刀光剑影。

日本的田岛在信里说，“双方系诚恳信义为前提”，这不就是诚信吗？他讲诚信的基础在哪里？到我家里来跟我谈诚信，我觉得挺搞笑的。

许子东：最直接讲诚信的就是这封信了，直接在文字上出现了。他说“我生平为人，百无一长，唯‘不欺不诈，推诚接物’八字，则常用以自励”，这是直接标榜了，也给我们上了生动的一课：最直接标榜的，可能是最不诚信的。所以大家千万不要相信字面上的话。纯从这封信本身来看，好像很有礼貌，它比起多尔衮当年威吓史可法的信，“我踮起脚就可以望见江南了”，好像客气很多。可他已经占了你的家园了，还说“我们双方平等，带的人都一样啊”。只露出一个破绽，你看他挑选的地方，一个宗祠。这验证了中国传统社会里祠堂的重要性，就像《白鹿原》描写的那样。他第二句露出一个字，“谈话范围绝不许有一语涉及双方之军事问题”，这个

"许"字露馅了。不许，这就已经是威吓了。说明这个日本人文化程度还是有限，文雅是装了，但仍露出一点破绽。这就是以诚信为名的最不诚信的信。

蒋方舟：我倒是觉得这回信挺有意思的。回信一开始就说你日本人对腾冲人民所做的这些罪行，直接戳穿了，你们口上说的所谓诚信，跟你做的不一致。还能看到，田岛给张问德的信，一直都是在说我和你，是两个人之间的交集。但是张问德的信，好像回信的主体是腾冲人民，他不断地在说我们腾冲人民跟你没什么好谈的。来信是一个人对另外一个人，回信说你面对的不只是我个人，而是所有的腾冲人。这跟臧洪的信有很大的区别，那是个体之间的交往，张问德这是一个城对一个人发声。我觉得二者的力量是不一样的。

许子东：一般来说，两军交战谈军情。田岛的信说不许谈战场上的情况，他要谈民生，说我要来帮你建设，让腾冲的老百姓过上好生活。真的把自己粉饰得非常漂亮。

我们要警惕。这封信不仅让我们回顾了抗日战争，还让我们对"诚信"二字保持清醒。如果一个人已经占尽了你的便宜，还在跟你讲诚信，千万小心。鲁迅说过，把人家手扳起来了，然后说宽恕，这样的人千万要小心。他跟你的头头谈一谈，可能你下面就瓦解军心了。

1. 张问德出任腾冲县长始末

1942 年，张问德组织地方抗击日军，被任命为县长时 62 岁。因此前的县长不战而逃，他一个年过半百老人只好站了出来。

当时的腾冲县政府是流动的，进行的也是游击战。敌人来了我走，敌人走了我再回来，所以张问德曾六次过怒江、八次翻越高黎贡山。但不论走到哪里，张问德都会扛起抗日这面大旗。他随时叫勤务兵背着国旗，不管政府搬到哪里，都首先要把国旗挂起来，挂起来就是政府还在，祖国还在，体现的是抗战决心。他将这面国旗视为自己的生命。他还在这面国旗上写了一首自己创作的《西江月》激励士气："倭寇霸我河山，杀人放火轮奸，誓与顽敌不共天，谁不怒发冲冠！我有雪耻志气，杀上高黎贡山，临死噬敌咬牙关，魂如日月经天！"

1944 年 9 月 14 日上午 10 时，张问德给田岛回信一年之后，我远征军全歼腾冲守敌。抗战时期中国五百多座沦陷县城中，腾冲是第一个光复的。

腾冲光复后，许多汉奸买通政府军，摇身一变，大摇大摆当了官。张问德果断将朋比为奸的乡长悉数撤职，不动声色地签署了判决书，将钟镜秋等十名罪大恶极的卖国贼在群众的欢呼声中击毙。腾冲光复不久，张问德挂冠而去，去时留下了一句话："老夫禄位无轻重，只要国家正义伸！"

直到他 1957 年去世，从未再提往事。每当有人对他赞叹，他总是微笑，淡淡回答："我只是中华民族的读书人。"

2. 关于张问德其他一些资料

张问德无党无派，一生始终坚持国家利益、民族利益至上，是一位有气节的读书人。在参加两广护国军的时候，他响应孙中山“联俄联共，扶助农工”主张，把20岁和19岁的两个孩子送到黄埔军校的四期、五期去读书。他黄埔四期毕业的儿子后来去了井冈山，最后下落不明。

我跟您可是没仇没怨呀
——南明永历皇帝写给吴三桂

1661 年

“

谁想到将军您不避艰险，带着数十万大军，亲自来到这穷乡僻壤，追逐一个孤苦无助、亡命天涯的人。我恨这天地真是太小了，这么大的世界，怎么就装不下一个人呢？

”

朱由榔（1623—1662），南明永历皇帝。明神宗的孙子，明思宗的堂弟，是南明最后一个皇帝。1662 年被吴三桂绞杀于昆明。

吴三桂（1612—1678），明末清初著名政治、军事人物。原为明朝将领，官至辽东总兵。1644 年降清，引清兵入关后，获封平西大将军。明末清初十几年间，吴三桂率部从西北打到西南边陲，为清朝的建立立下功劳。

1661 年，永历皇帝朱由榔兵败后自云南逃亡到缅甸，缅甸王莽白收留了他。1662 年初，吴三桂亲率清兵出征缅甸。缅甸王莽白称：“愿送驾（指永历皇帝）出城，但祈来兵退扎锡坡。”永历皇帝自知大限将至，给吴三桂写了下面这封信。

［节译］

将军，您是明朝的功臣，又是新朝的权贵。当初您领受着世代沿袭的爵位，全权治理着要塞重镇，先皇崇祯帝对将军可谓恩深义重。没想到国家遭受不测之祸，李闯逆贼恣肆妄为，攻入我京师，逼死我先帝，掠杀我人民。将军戴孝誓师，率军讨伐。那时候，您心里还是有着大明王朝的。

奈何清兵入京，对外打着为明朝复仇的旗号，暗地里却是在实行着问鼎中原的野心。结果，您钟爱的陈圆圆倒是失而复得了，您却忘了李贼授首之后，江北广袤的土地，已经不是大明王朝的了。

身在南方的重臣不忍心看着大明社稷颠覆，觉得凭借江南的半壁江山，未始不能光复昔日的版图。谁想到皇帝的座位还没有焐热，清朝的大军就已经来了。那个时候，我在广东深圳一带逃窜，痛心疾首，走投无路，根本没工夫想恢复祖业的事，是诸位大臣们总是舍不得大明的社稷，反复勉强，我才当了这个皇上。我自登极以来，第一战丢掉了楚地，第二战失去了粤西，从早到晚一直过着颠沛流离、抱头鼠窜的日子。

后来我躲到了广西云南一带，想着这回与人无患、与国无争了吧？结果是将军您不念先皇帝的大德，只想着建树开国元勋之功，带着军队又来攻打，害得我身无立锥之地。将军您的功劳倒是大了，但您真的就忍心吗？我只好离开中国，渡过沙河，借居在缅甸。在这深山险境之中，我已经失去了世代拥有的江山，又是在境外苟延残喘，我觉得这回没事了。谁想到将军您不避艰险，带着数十万大军，亲自来到这穷乡僻壤，追逐一个孤苦无助、亡命天涯的人。我恨这天地真是太小了，这么大的世界，怎么就装不下一个人呢？难道您加爵封王之后，还一定要拿着我的性命去邀功吗？

大明朝先祖勤勤恳恳、艰苦奋斗获得的天下，我没能保住一寸，全让您立了功了。您消灭了大明王朝的基业，现在又要杀掉我和儿子。您就真的没有一点同情之心、可怜之意吗？将军您也是个中国人，还是个世代享受大明俸禄的子弟。您就算不可怜我，难道也不看先帝的面子吗？就算不给先帝面子，难道也不看你自己祖先的面子吗？我不知道新的主人给了您多大的好处，但我跟您可是没仇没怨呀。您对别人就尽忠竭力，对我就除草绝根，可能您觉得这样是对的，但您不觉得这样很傻吗？您觉得是给清朝立了大功，但清朝对您就不担心吗？千秋万代之后的史书上，将军您会被描述成什么样的人呢？

我今日兵单力薄，不过是借他人卧榻暂且栖身而已。我们父子之命掌握在将军手中，这是明摆着的。如果您一定要我的首级、让我血溅月日，您来封信说您要，我当然不敢推辞。但如果您能让我转祸为福，转危为安，以南方片席之地，让我凑合着当个皇帝，我也全听您的。如果这样，将军您既给清朝办了事，也算没忘记故主的养育，没辜负先帝的恩德了。恳请您给予裁择。

[原文]

将军本朝之勋臣，新朝之雄镇也。世膺爵秩，藩封外疆，烈皇帝之于将军，可谓甚厚。讵意国遭不造，闯逆肆志，突入我京师，逼死我先帝，掠杀我人民。将军缟素誓师，提兵问罪，当日之本衷犹未尽泯也。

奈何请兵入京，外施复仇之虚名，阴行问鼎之实计。红颜幸得故主，顿忘逆贼授首之后，而江北一带土宇，竟非本朝所有矣。

南方重臣，不忍我社稷颠覆，以为江南半壁，未始不可全图。讵鸾舆未暖，戎马卒至。闵皇帝即位未几，而车驾又蒙尘矣。闽镇兴师，复振位号，不能全宗社于东土，或可偏处于一隅。然雄心未餍，并取隆武皇帝而灭之。当是时，朕远窜粤东，痛心疾首，几不复生，何暇复思宗社计乎？诸臣犹不忍我二祖列宗之殄祀也，强之再四，始膺大统。

朕自登极以来，一战而楚失，再战而西粤亡。朕披星戴月，流离惊窜，不可胜数。幸李定国迎朕于贵州，奉朕于安南，自谓与人无患，与国无争矣。乃将军忘君父之大德，图开创之宏勋，督师入镇，犯我天阙，致滇南寸地曾不得孑然而处焉。将军之功大矣！将军之心忍乎不忍乎？朕用是遗弃中国，旋渡沙河，聊借缅国以固吾圉。出深入险，既失世守之江山，复延先泽于外服，亦自幸矣。迩来，将军不避艰险，亲至沙漠，提数十万之众，追茕茕羁旅之君，何视天下太隘哉？岂天覆地载之中，竟不能容朕一人哉？岂封王袭爵之后，尤必以歼朕邀功哉？

第思高皇帝栉风沐雨之天下，朕不能身受片地，以为将军建功之能。将军既毁宗室，今又欲破我父子，感鸱鸮之章，能不惨然心恻耶？将军犹是中华之人，犹是世禄之裔也。即不为朕怜，独不念先帝乎！即不念先帝，独不念二祖列宗乎！即不念二祖列宗，独不念已身之祖若父乎！不知新王何亲何厚于将军？孤客何仇何怨于将军？彼则尽忠竭力，此则除草绝根，若此者是将军自以为智，而不知适成其愚。将军于清朝自以为厚，而不知厚其所薄。万祀而下，史书记载，且谓将军为何如人也？

朕今日兵单力微，卧榻边虽暂容鼾睡，父子之命悬于将军之手也明矣。若必欲得朕之首领，血溅月日，封函报命，固不敢辞。倘能转祸为福，反危就安，以南方片席，俾朕备位共主，唯将军命。是将军虽臣清朝，亦可谓不忘故主之血食，不负先帝之厚恩矣。惟冀裁择焉。

（苏州博物馆等编：《丹午笔记·吴城日记·五石脂》，江苏古籍出版社 1985）

叛贼比敌人更可怕

翟毓红：凑合着当一个皇帝，用我们现在的话讲，已经卑微到了尘埃里了，我就是一只蚂蚁，您踩死我还挺累的，您就放了我吧。就是那种感觉。

梁文道：这信我觉得写得非常不妙，又很笨。你恰巧能看到，明朝真是气数已尽，末代皇帝是这么一副德行。

本来南明政权就已经很颠沛，除了到台湾岛上由郑氏扶持的那一帮之外，基本上都跟宋朝不太一样。南宋那个时候一路还挺壮烈，明代这一路真的是另一个故事，互相内斗，又搞这又搞那。到了这封信，最糟的地方在哪儿？假如你今天觉得自己几乎是必死的了，能不能活下去全看吴三桂，你这封信是不是该反着写？完全应该义正词严，以皇帝的尊严痛斥他是逆贼。你这么写，如果他最后还是要杀你，也总比现在这么一个求饶、凑合、哀求放我一马的名声要好，对吧？还有，你知道吴三桂是个反复的人，到了这个时候，你要抓住逆贼的心理。当年跟在他身边的满洲人说，还是把他带回北京再说。他不，他上书说，我建议立马在这儿杀他全家。为什么要这么狠？就因为他是造反的人，一个投降来的人，他会做得比什么人都绝，以此来证明他的忠诚。

翟毓红：没错，因为他是动摇过的人。

梁文道：他怎么让清朝相信他呢？那就是，你们清朝人自己都舍不得干的事，我能干，用这个来证明自己的忠诚。那如果抓住他这一点，你这时候就应该知道，你多半就要死了，那你这封信就应该义正词严地谴责他。假如你还真想不死，也该骂他。为什么呢？起码让他觉得你是个有骨气的人，你不是怕死的人，你是随时预备再起的人。吴三桂说不定真的会动摇。他如果要留着你的话，必然要有一个考虑，我留着你，将来有一天我要再怎么样的时候，你还有没有用？你现在已经表明你是一个没用的人了。

翟毓红：没准靠这气节，让吴三桂感觉到，有一天要东山再起，我留着你还有用，我就不杀你了。会这样吗？

梁文道：也许会。你想想看，如果吴三桂没杀他，将来吴三桂要造反清朝的时候，吴三桂能够抬着他。

许子东：对，他等于还有一个名义上的道德支柱。但是，这个末代皇帝信这么写，基本上是没什么希望了。我看这信也是觉得，第一就是您刚才说的，叛贼手特别狠，叛贼比敌人更可怕。反过来再想一层，他也没办法。他既然做了叛徒，万一他手下留情，清廷对他又会说，吴三桂你是什么意思？明代的最后一帝还在那里，我们可以说“算了吧”，你也敢说“算了吧”？

梁文道：这话轮不到你讲。

许子东：对。他为了自己在清廷的安全，清人要做三分的事，他一定要做到五分。

翟毓红：最后下手非常狠，用弓弦。

许子东：不，弓弦不是狠。因为那是帝王。

梁文道：不能流血。

许子东：保留全尸，不要杀头，用弓弦算是仁慈的。这不是吴三桂的决定，是清将反对斩首。

最后他还是反了，他一次反了以后，还是反了。从吴三桂身上，我们看到叛徒真是难当。后来清代不是给他们写《贰臣传》嘛，所有这些背叛的人全部给你们写书，给你们讲得清清楚楚，他们怎么背叛明朝的，不知道要教育什么人。

梁文道：清朝特别狠。这些人本来是明朝的大臣，后来都归顺大清，帮大清干一堆脏活，他们活着的时候加官晋爵。等到过了一阵子之后，大清天下坐稳了，就出一本书，《贰臣传》，说这些人没好人。后来反而希望大家都像史可法这样。

许子东：对。到乾隆的时候，给史可法一个名称：忠王。

梁文道：你看很奇怪吧，史可法、郑成功这种人，完全都是站在清朝对立面的，但是他们的声望都是在清朝得到提高的。清朝说，大家该向他们学习。那些投降的，反而说是贰臣、小人。

1. 南明为何同时有两个皇帝

朱由榔血统高贵，属于皇室近亲，因此被拥立为永历帝。但是这位永历帝虽然身上流着明王室的鲜血，却没有继承明王室传统，是一位没有主见，听说清军来袭就吓破胆，迅速逃逸的皇帝。他在1646年11月22日清军来袭时逃离肇庆，逃到梧州，这等于是宣布放弃了广东，朱由榔在广东省内大失人心，遗老遗少也对他大失所望。1646年12月8日，他们奉请隆武帝之弟唐王朱聿𨮁监国，并且抢在朱由榔称帝前，在12月11日正式称帝，改第二年为绍武元年。而朱由榔在12月24日于肇庆称帝，改第二年年号为永历，史称朱由榔为永历帝。

明朝残余势力建立了两个政权，而且这两个政权都自称大明政权，双方没能携手对抗大清王朝，而是互相激战。清军趁势而上，出其不意攻占了广州，绍武帝及首辅苏观生自杀殉国。于是朱由榔成了南明的唯一政权，但最终屡战屡败，四处逃窜，最终逃到了缅甸境内，后被杀兄篡位的缅甸王莽白献给了吴三桂。

2. 永历皇帝的绝命书

吴三桂率军攻入缅甸后，被缅甸王莽达收留的永历皇帝朱由榔，给吴三桂写了这封信，时间应在缅甸王莽达的弟弟莽白发动政变，杀死其兄后继位为王之前，即1661年上半年之前。因在8月12日，莽白即在杀尽永历帝侍从近卫后，俘获了永历帝朱由榔。

1662年1月22日，莽白将永历帝朱由榔献给吴三桂，明朝彻底灭亡。此前写给吴三桂的这封信，实际就成了永历皇帝的绝命书。

3.永历皇帝是怎么死的

入缅捉拿永历皇帝朱由榔，是吴三桂积极请求的结果。据说清廷本要放永历皇帝一马。俘获永历皇帝朱由榔之后，吴三桂等人认为如果押解赴京献俘，路途遥远，恐怕发生意外，建议就地处决，得到清廷核准。

据记载，行刑前吴三桂主张将朱由榔等拖出去砍头，清朝将领不赞成，爱星阿说："永历尝为中国之君，今若斩首，未免太惨，仍当赐以自尽，始为得体。"安南将军卓罗也说："一死而已，彼亦曾为君，全其首领可也。"于是，1662年6月1日（永历十六年四月十五日），南明永历皇帝朱由榔父子和王维恭三人在昆明篦子坡被抬到门首小庙内用弓弦勒死。他们的眷属二十余人也被处死。永历皇帝朱由榔时年四十岁。

古韵

○ 汉武帝写给全国百姓（前 89）

凡是伤害百姓的事，
全都停止了吧

○ 骆宾王代李敬业传檄天下文（684）

请看今日之域中，
竟是谁家之天下

○ 海瑞写给隆庆皇帝（1570）

现在满朝的官员都是妇人

○ 朱元璋写给国子监太学生（1397）

他定的学规，你们当依着行

○ 汉文帝与南粤王赵佗往来信（前 180）

战场上的每一寸收获，
都要付出十倍的代价

○ 戴铎写给雍正（1713）

现在是君臣利害的关键时期

《见字如面》第二季入选信件文档　编号 014

凡是伤害百姓的事，全都停止了吧
——汉武帝写给全国百姓

公元前 89 年

“

当今最重要的事，在于严禁苛政的暴虐……我即位以来，所为狂悖，使天下愁苦，不可追悔。

”

汉武帝刘彻（前 156—前 87），西汉第五位皇帝，中国历史上杰出的政治家、战略家、诗人。他在位 50 多年，颇具雄才大略，史上将他与秦始皇并列为“秦皇汉武”。

公元前 89 年（征和四年），桑弘羊等人上书汉武帝，建议在轮台戍兵以备匈奴。汉武帝不仅驳回了建议，还下诏自我反思，写了这封《轮台罪己诏》通告天下。

这份罪己诏被认为是中国历史上第一封内容丰富、保存完整的皇帝罪己诏，首开历代皇帝罪己先河。

前些天，有关部门上奏，想要每个百姓增加三十钱赋税补助边防的开支，这样做明显会加重老弱孤独者的困境。今天，又有人奏请派兵到轮台去屯田垦荒。轮台在车师国以西千余里。以前开陵侯攻打车师的时候，危须、尉犁、楼兰等六国在京师的子弟都争先回国，组织牲畜、粮草迎接汉军，又主动派出数万士兵，由各位国王亲自带领，共同围剿车师，降服了车师国王。各国收兵的时候，却已无力再为返程的汉军提供粮草了。汉军攻破车师的时候，城里的粮食非常多，但士兵们无论装载多少，都无法支撑他们班师回朝。体魄强悍的吃光了食物，体弱多病的数千人死在了路上。我派了酒泉的驴队、骆驼队带着食品，西出玉门关去迎接大军。可是从张掖到玉门，没有多远的距离，却还是有很多人没能回来。

因为我的糊涂，过去还办过一件事。一位名叫弘的军官给我写了一份报告，说："匈奴人捆了马的四蹄，扔到城下，扬言'中原人，我送你们马匹'。"别忘了是他们长期扣留着汉朝使者，所以，我派遣了贰师将军李广利出征，想要维护汉朝使者神圣的尊严。

古时候，卿大夫参与决策，都要求神问卜，不吉利的事不干。所以，我就把有关匈奴人捆绑他们马匹的报告给大家看。大家都说："匈奴自己捆绑了自己的马，这是他们最不祥的征兆。"也有人说："他们这是想要显示自己的强大。只有没钱的人才非要让人觉得自己特有钱。"

用《易经》卜卦，得到了"大过"卦，爻在九五，匈奴困败。军中的卦师、太史观测了星象，太卜也看了龟背，都说是吉兆，匈奴必破，时不可再得也。又说："北伐征程，在鬴山必克。"给各位将领算卦，贰师将军李广利最吉。所以，我亲自派遣李广利出征鬴山，嘱咐他一定不要深入匈奴腹地。

事后再看，所有的谋划和卦辞预兆全都错谬到了正好相反。我们俘虏的敌方将领说："听说汉军来了，匈奴派了巫师在各条陆路、水道上都埋了死牛、死羊来诅咒大军。以前单于送给汉朝天子的马匹、裘皮，都是让巫师施过魔法的。送来捆住的马，也是在诅咒汉军的征战。"他们还有一卦说："汉军将有一位将领遭逢厄运。"匈奴常说："汉朝极其强大，但是不耐远征。损失了一个将军，千军都会丧失战斗力。"后来李广利兵败，军士死略离散，悲痛常在我心。

现在又有人提议远赴轮台屯垦，想要修筑堡垒哨所，这是扰劳天下，而不是忧虑百姓，我已经听不下去了。大鸿胪等又议，想招募囚犯，以封侯作为奖赏，借护送匈奴使者回国的机会，刺杀单于报仇雪恨。这样的事情就算是"春秋五霸"也做不出来。况且匈奴对投降他们的汉人要搜查全身，要仔细盘问他所知道的情况，根本就没有可能。

如今，边塞防务尚未走上正轨，跑出城门也没人管，边塞官吏派士兵出去狩猎，卖猎物的皮肉赚钱。士兵劳苦而守备松弛，丢了边关连人都集合不起来。是因为那些狩猎被抓又跑回来的俘虏，我才知道了这些情况。

当今最重要的事，在于严禁苛政的暴虐，制止擅自征缴的赋税，鼓励百姓致力于农业生产。要恢复养马者免徭役的法令，补足短缺的马匹，不让军备匮乏就行了。各地高级官员分别制定养马和补充边境物资的方案，呈送公务时一并上报。

我即位以来，所为狂悖，使天下愁苦，不可追悔。从今天开始，凡是伤害百姓，靡费天下的事情，全都停止了吧。

[原文]

轮台罪己诏

前有司奏，欲益民赋三十助边用，是重困老弱孤独也。而今又请遣卒田轮台。轮台西于车师千余里，前开陵侯击车师时，危须、尉犁、楼兰六国子弟在京师者皆先归，发畜食迎汉军，又自发兵，凡数万人，王各自将，共围车师，降其王。诸国兵便罢，力不能复至道上食汉军。汉军破城，食至多，然士自载不足以竟师，强者尽食畜产，羸者道死数千人。朕发酒泉驴橐驼负食，出玉门迎军。吏卒起张掖，不甚远，然尚厮留甚众。

曩者，朕之不明，以军候弘上书言“匈奴缚马前后足，置城下，驰言‘秦人，我匄若马’”。又汉使者久留不还，故兴遣贰师将军，欲以为使者威重也。

古者卿大夫与谋，参以蓍龟，不吉不行。乃者以缚马书徧视丞相御史二千石诸大夫郎为文学者，乃至郡属国都尉成忠、赵破奴等，皆以“虏自缚其马，不祥甚哉!”，或以为“欲以见强，夫不足者视人有余。”

《易》之，卦得《大过》，爻在九五，匈奴困败。公车方士、太史治星望气，及太卜龟蓍，皆以为吉，匈奴必破，时不可再得也。又曰“北伐行将，于鬴山必克。”卦诸将，贰师最吉。故朕亲发贰师下鬴山，诏之必毋深入。

今计谋卦兆皆反缪。重合侯得虏候者，言“闻汉军当来，匈奴使巫埋羊牛所出诸道及水上以诅军。单于遗天子马裘，常使巫祝之。缚马者，诅军事也。”又卜“汉军一将不吉”。匈奴常言“汉极大，然不能饥渴，失一狼，走千羊。”乃者贰师败，军士死略离散，悲痛常在朕心。

今请远田轮台，欲起亭燧，是扰劳天下，非所以优民也，今朕不忍闻。大鸿胪等又议，欲募囚徒送匈奴使者，明封侯之赏以报忿，五伯所弗能为也。且匈奴得汉降者，常提掖搜索，问以所闻。

今边塞未正，阑出不禁，障候长吏使卒猎兽，以皮肉为利，卒苦而烽火乏，失亦上集不得，后降者来，若捕生口虏，乃知之。

当今务在禁苛暴，止擅赋，力本农，修马复令，以补缺，毋乏武备而已。郡国二千石各上进畜马方略补边状，与计对。

朕即位以来，所为狂悖，使天下愁苦，不可追悔。自今事有伤害百姓，糜费天下者，悉罢之。

(【东汉】班固:《汉书·卷九十六下·西域传第六十六下》，中华书局 1964；并请参见【北宋】司马光:《资治通鉴·汉纪十四》，北京联合出版公司 2017)

在反省中加固自己的权威

翟毓红：这一封《罪己诏》，应该说是历史上最出名的一封了。

止庵：《罪己诏》其实很早就有，《尚书》里就有，一直到后来历代皇帝，有记录的大概是89位皇帝写过《罪己诏》。一赶上什么事，天灾人祸，或者地震、粮食歉收，都写《罪己诏》，就把这个事责任归结给自己，因为他贵为天子，所以把责任归他。但是汉武帝这封信跟其他的不太一样。过去都是说，我是天子，我领了这个责任之后，就完了。他这封信表达的是，过去实行的一个政策要改了，这时候恰恰又有人来建议还继续这么干，他说不能这么干。

史航：别的《罪己诏》，可能很多都是套路，写完了接着做自己的事情，政策未必需要改变，大不了大赦天下而已。但是这个《罪己诏》，真的是一个老司机要强拐弯，急刹车，而这个时候呢，别人都在喊加油，他自己踩的刹车。外界有压力，但根本到不了他面前，老百姓有冤案他听不到。他就是真心想维护自己的统治，而且他已经67岁了，活不了几年了，现在不拐弯，让下一任他的孩子去拐弯，可能是撞墙，车毁人亡。只有他有能力拐，大家信服。

止庵：我觉得凡是《罪己诏》肯定都是作秀。但是纯然作秀，跟这个有一点实际内容的，是有区别的。

史航：这个是真人秀。

止庵：这个《罪己诏》里边有一种对于国家形势的明断。这种明断，可能当时臣子们还没有看到，他先看到了，他就把这个说出来了。所以我觉得，应该说，即使这是作秀，也是有点分量、有点意义的作秀。

翟毓红：他这个时候基本上快不久于人世了，说自己有这么多问题，不担心权威受损吗？

止庵：这个《罪己诏》你细看，其实把伏笔都做好了，并不是说从头到尾都是我的错，只是我最后承担这个总责任。

史航：先摘清了，再揽过来，这个大家只能领情。换句话说，这事由我提了，就有了官方说法，是个定论，大家只能点赞，不能说不满。没有这个机会。

止庵：这个《罪己诏》跟其他的《罪己诏》有一个区别，里边全是人祸，没有天灾。这些事本来是可以不干的，干错了。这跟把天灾往身上揽，还是不太一样，确实多少有一点点反省的意思。

翟毓红：汉武帝在周围一片点赞声中，突然来这么一道《罪己诏》，他是受到什么触动了吗？

止庵：我觉得他在他那个位置，知道国力如何。最主要是李广利战败了，派李广利这件事情，他说是占卜的结果，不是他的决定。实际上，这件事情跟他个人有很大关系。这是他的人，有亲戚关系。去了之后，败得特别惨，而且最后投降了。其实他自己这关过不去。别人根本不敢说，但是他自己心里过不了，所以他要改一个局面。

史航：他不是等别人逼着宣布，他自己首先宣布，干这么多年，“犯我强汉者，虽远必诛”，诛久了也很累的。在反省中加固了自己的权威。

止庵：人家用了很多阴招我没有办法，所以打败了。全给解释得很通。这封信一定是经过深思熟虑的，绝不是一时兴起写的东西。

史航：所以，所有《罪己诏》中这篇名气最大。

1. 汉武帝写《轮台罪己诏》的历史背景

汉武帝晚年，建明堂，垒高坛，树“泰一”尊神，大搞顶礼膜拜，并且靡费巨资，多次封禅出游，令大批人入海求蓬莱真神。为了通神求仙，他听信方士之言，把宫廷被服都弄成怪模怪样，还造30丈高的铜柱仙人掌，用以搜集甘露，和玉屑饮之，以为可以长生不老。并任用江充，最终酿成“巫蛊之祸”，逼死太子刘据和卫皇后，受株连者数万人，导致政局动荡。

经济上，由于连年对外用兵和肆意挥霍，国库空虚。汉武帝用桑弘羊执掌全国财政，将盐铁实行垄断专卖，并出卖爵位，允许以钱赎罪，使国家经济好转，但使吏制进一步腐败。广大平民不堪官府和豪强双重压榨，于汉武帝统治的中后期接连发生暴乱，并且愈演愈烈。

军事上，公元前90年（征和三年），贰师将军李广利受命出兵五原（今内蒙古自治区五原县）伐匈奴前夕，丞相刘屈氂与李广利合谋立昌邑王刘髆为太子。后刘屈氂被腰斩，李广利妻被下狱。此时李广利正在乘胜追击，听到消息恐遭祸，欲再击匈奴取得胜利，以期汉武帝饶其不死。但之后兵败，李广利只得投降匈奴。

以上种种打击使汉武帝心灰意冷，对自己过去坚持的施政主张开始动摇。公元前89年（征和四年），桑弘羊等人上书汉武帝，建议在轮台（今新疆维吾尔自治区轮台县）戍兵以备匈奴，然而汉武帝并未同意，驳回了桑弘羊等人的建议。并且下了一道自我反省罪过的诏书——《轮台罪己诏》，重启汉初“黄老”思想，无为而治，与民休息。

2. 关于《轮台罪己诏》的作用

它提出的与民休息的方针影响到昭宣朝的施政方向，是具有重要意义的。《轮台罪己诏》的最大意义在于停战。此诏之后，农业得到发展，经济缓慢恢复，是值得肯定的。然而对《轮台罪己诏》本身并不可附加太多的对于社会经济的实际意义。

请看今日之域中，竟是谁家之天下
——骆宾王代李敬业传檄天下文

公元 684 年

“

她出身卑下，当初只是太宗皇帝的才人，曾借更衣的机会得以奉侍左右。等到太宗去世，她便不顾伦常，秽乱东宫，隐瞒了先帝对她宠幸的事实，图谋后宫专宠的地位。

”

骆宾王（约 638—？），唐代诗人，与王勃、杨炯、卢照邻合称“初唐四杰”。他早慧，7 岁能赋诗，有“神童”之誉。唐高宗永徽年间官至侍御史，因上书言政事获罪入狱，并贬为临海县丞，乃怏怏弃官而去。

李敬业（636—684），又称徐敬业，从小善于骑射，有才智，曾任眉州刺史，后被贬为柳州司马。

公元 684 年，武则天废唐中宗立睿宗，临朝称制。九月，李敬业以匡扶中宗复辟为理由在扬州起兵反对武氏。其间骆宾王投在李敬业幕下，专撰军中书檄。这篇《代李敬业传檄天下文》，便是他此时所作。两个月后李敬业讨武兵败，为部下所杀。骆宾王不知所踪。

那个非法把持朝政的武氏，绝非良善之辈。她出身卑下，当初只是太宗皇帝的才人，曾借更衣的机会得以奉侍左右。等到太宗去世，她便不顾伦常，秽乱东宫，隐瞒了先帝对她宠幸的事实，图谋后宫专宠的地位。嫉妒成性，蛾眉不肯让人。妖姿艳语，狐媚偏能惑主。终于她穿上了皇后的华服，却让国君陷于乱伦的境地。她以蛇蝎为心，豺狼成性，亲近奸佞，残害忠良，杀姐屠兄，弑君害母，人神之所共恨，天地之所不容。尤其是她还包藏祸心，窥窃帝位。国君的爱子，被她幽禁在别宫。她的亲友党羽，却都委以重任。天哪！我们再也没有霍光这样的忠臣，没有灭吕后的刘章。当民谣唱起了“燕飞来，啄皇孙”，就知道汉家王朝的气数将尽。当恶龙的口水流淌于宫廷，就预示着华夏的基业将要衰亡。

我李敬业是大唐旧臣，公侯长子，奉先帝之遗训，荷本朝之厚恩。当年，商纣王无道，他的哥哥离开了他，那是符合天道的。桓谭流泪隐退，那不是没有意义的。因此，我愤然起兵，志在安定社稷，天下百姓的失望需要平复，宇内人心之所向需要顺应，高举义旗，誓清妖孽。南连百越，北尽三河，铁骑成群，战车相接。海陵粟米泛红，我们的仓储之积多到发霉。江浦黄旗烈烈，我们的匡复之功指日可待。战马鸣而北风起，剑气冲而南斗平。怒喝则山岳崩颓，叱咤则风云变色。以此制敌，何敌不摧！以此攻城，何城不克！

诸位或是世代的封爵，或是皇室的姻亲，或是身负重托的将军，或是领受先帝遗命的大臣。先帝言犹在耳，忠心岂能忘怀。一抔之土未干，六尺之孤安在？如果真能转祸为福，对得起先帝辅佐了皇上，共同立下了勤王的功勋，没辜负先皇遗命，那么所有封爵赏赐，咱们同指山河。如果有谁眷恋眼前，徘徊歧路，看不清大势所趋，必将遗留后患，最终家破人亡。请看今日之域中，竟是谁家之天下！

本檄文发至各州郡，传达给所有人。

QQ 音乐　　酷狗音乐　　酷我音乐

—— 扫码收听徐涛朗读此信 ——

[原文]

代李敬业传檄天下文

伪临朝武氏者，人非和顺，地实寒微。昔充太宗下陈，尝以更衣入侍。洎乎晚节，秽乱春宫。密隐先帝之私，阴图后庭之嬖。入门见嫉，蛾眉不肯让人；掩袖工谗，狐媚偏能惑主。践元后于翚翟，陷吾君于聚麀。加以虺蜴为心，豺狼成性。近狎邪僻，残害忠良；杀姊屠兄，弑君鸩母。神人之所共疾，天地之所不容。犹复包藏祸心，窥窃神器。君之爱子，幽之于别宫；贼之宗盟，委之以重任。呜呼！霍子孟之不作，朱虚侯之已亡。燕啄皇孙，知汉祚之将尽。龙漦帝后，识夏庭之遽衰。

敬业皇唐旧臣，公侯冢子。奉先君之遗训，荷本朝之厚恩。宋微子之兴悲，良有以也；桓君山之流涕，岂徒然哉！是用气愤风云，志安社稷。因天下之失望，顺宇内之推心，爰举义旗，誓清妖孽。南连百越，北尽三河，铁骑成群，玉轴相接。海陵红粟，仓储之积靡穷；江浦黄旗，匡复之功何远。班声动而北风起，剑气冲而南斗平。喑呜则山岳崩颓，叱咤则风云变色。以此制敌，何敌不摧！以此攻城，何城不克！

公等或家传汉爵，或地协周亲，或膺重寄于爪牙，或受顾命于宣室。言犹在耳，忠岂忘心！一抔之土未干，六尺之孤安在？倘能转祸为福，送往事居，共立勤王之勋，无废旧君之命，凡诸爵赏，同指山河。若其眷恋穷城，徘徊歧路，坐昧先几之兆，必贻后至之诛。请看今日之域中，竟是谁家之天下！

移檄州郡，咸使知闻。

（【清】陈熙晋注释:《骆临海集笺注》，上海古籍出版社 2011）

文人的想象力

翟毓红：这个文章写得特别好，真正有文采的人，要是骂起人来也真是了得。

止庵：我们读的时候兴奋，骆宾王写的时候更兴奋。这是兴奋状态下写的文章。

翟毓红：等这么久就等这个。

史航：不是载入文集，是载入史册。

止庵：他当时的状态特别到位。这文章特别有意思的是，它把两个我们平常连不上的东西，一个涉及特别隐私的攻击、骂人话，和一个国家的正义之举，把这两个东西连在一块，连得还挺好。比如这两句原文“入门见嫉，蛾眉不肯让人”，从入宫开始到惑主，有一个过程，通过这么一句，把这个人起家的过程写出来了，让我们清清楚楚看得出来。还有“偏能惑主”，这个“偏”字，骆宾王写的时候气不平——这样一个人，那么高的皇帝居然让她给掌握了！

史航：其实前面那句话，说“昔充太宗下陈，尝以更衣入侍”，更衣是干吗？皇上上厕所，你就抓住这么点机会帮个忙，你就开始走红了。这一开头，起点极为不堪，极为微妙。被他这么一勾勒，整个这个人的发家史，你可以脑补所有的画面，都是不堪，都是儿童不宜。

另一方面，檄文处处在打大唐先帝的脸，打得“啪啪啪”的，所有的人居然看着这么不堪的画面激昂起来，是一个非常匡复正义的情怀。——他把这两者结合得非常好，刺激的是你的荷尔蒙，升华的是你的正义感。

止庵：“杀姊屠兄，弑君鸩母”，这上半句是真事，说着说着，就开始虚构了，她也没有杀过皇君，也没有杀过谁的母亲。描述了“杀姊屠兄”，这不够，为了文章的需要，还要找补点，加点料。

史航：这真的是好文章容易犯的一个毛病，但也是乐趣。以前有个人写诗，说“舍弟江南殁，家兄塞北亡”。他上司一听，说“你家真惨，哥也死了弟也死了”，他说“没有没有，我就是为了对仗工整”。文人的强迫症。

止庵：后边更是文人完全在那发挥想象力了。檄文是一种公开的宣言，应该是句句都落到实处的，可实际上他最后完全写飘了，就是自由创作了。

史航：比如书法作品，檄文应该是小楷的写法，这哥们儿却是狂草。

翟毓红：进入状态了。

史航：他是抡着写。不是人在抡东西，是东西在抡人。

止庵：他又不是全部瞎说，又有落到实处的，比如“一抔之土未干，六尺之孤安在”这两句，说“先皇死了，埋的土还没干呢，现在这个皇帝哪去了，谁来管这件事”。武则天一看这句，说这人是相国之才啊！

史航：我觉得，骆宾王的诗名气很大，可能传扬天下，但是，真的未必能入武则天的眼。

止庵：他是“初唐四杰”之一，那几位都没有得到重用。可见当时靠写诗也达不到那个知名度。咱们现在知道有骆宾王，那个时候可能不知道，就是一帮文人知道，没到那个份上。但是这文章到这个份上了，因为檄文大家必须得看。

史航：这信里确实有当时对于女性的一些偏见，也有对于唐代朝廷中伦理关系的批评。因为武则天是唐太宗的才人，又成了唐高宗的皇后，所以有这么一个乱伦关系。

翟毓红：是不是那会儿宫里相对比较开放？

史航：后人有一句话叫“脏唐臭汉”。唐朝这种事不止一起。杨贵妃跟唐玄宗还有唐玄宗儿子之间也是一样的关系。所以那个年代，可能对伦理关系没有那么看重。

翟毓红：民间怎么看呢？

史航：民间一看，就急了。鲁迅也说“唐则大有胡气”，不完全是汉文化的伦理状态，已经受到了胡人的好多影响。

止庵：骆宾王写的时候，真是急了，实在是忍不住从这说起。你武则天有本事不是吗，这文中根本不涉及，就只说你是道德败坏的人，你把我们整个国家搞成这样。

1. 武则天与《代李敬业传檄天下文》

武则天(624—705)，本名珝，后自改名为曌，中国历史上唯一一位女皇帝。刚入宫时为太宗才人。太宗死，则天出家为尼，不久被高宗召进宫，封为昭仪，后来立为皇后。高宗死后，中宗即位，武后废中宗欲自立为帝。便开始屠杀李唐宗室，这激起李唐子孙及一部分官吏的不满和反抗。李敬业便是其中代表。

《代李敬业传檄天下文》是骆宾王的代表作。这篇檄文将武则天置于被告席上，列数其罪，借此宣告天下，共同起兵，起到了很大的宣传鼓动作用。

据《新唐书》载，武则天初观此文时，还嬉笑自若，当读到“一抔之土未干，六尺之孤安在”句时，惊问是谁写的，叹道：“有如此才，而使之沦落不偶，宰相之过也!”可见这篇檄文煽动力之强了。

本文亦称《讨武曌檄》，但武则天自名“曌”是在光宅五年武后称帝以后的事，可知乃后人所改。

2. 武则天的道德破产与统治权威

经过骆宾王这一番张扬，武则天本该遭遇道德破产。但没有任何迹象表明，道德破产的武氏统治权威遭到削弱。

《见字如面》第二季入选信件文档　编号248

现在满朝的官员都是妇人
——海瑞写给隆庆皇帝

公元1570年

“

琼山离京师万里，臣要想再跟您说点心中的话，就没那么方便了。所以臣再多说一句……

”

海瑞（1514—1587），海南琼山人。明朝著名清官。海瑞一生，经历了正德、嘉靖、隆庆、万历四朝。

隆庆皇帝（1537—1572），即明穆宗朱载垕，明朝第十三位皇帝。

海瑞任南京巡抚期间，一意安抚贫弱，抑制贵势。大学士徐阶致仕家居，诸子横暴乡里，被海瑞绳之以法。徐阶父子贿买吏科给事中戴凤翔诬劾海瑞“迂狂颠倒”“滥受词讼”。吏部复奏，海瑞于1570年（隆庆四年）二月由南京巡抚改调总督南京粮储。一月后，朝廷决定裁撤南京粮储，意在让这位忠心耿介的老臣回家歇息。海瑞心灰意冷，写下这封《告养病疏》辞官，隆庆帝准其还乡。

［节译］

奏报因老病不能供职，恳请恩准回乡养老以延残喘事：

人事主官戴凤翔上奏，说臣沽名钓誉、扰乱朝纲、严重违法违纪。臣最近看见内部通报，知道皇上没有追究臣的罪责，只是安排臣以现有的级别去总督粮食储运。皇恩广大，无以为报，臣还有什么可说的呢。臣曾经说，现在的各级官员全都有因循守旧、苟且偷生的通病，皇上虽有锐意改革的决心，群臣却绝无毅然担当的心思。他们互为掣肘，互为排挤，却总是找借口说："环境就这样，做人得学会变通。"人没有了奋斗的精神，国家强盛就是一句空话。老百姓的精神状态，就会日渐消沉。臣两次上书谈论此事，尽管众官员不以为然，但臣依然坚持认为自己是对的，因为臣真的就是对的。

孔子说："用行动去改善社会，就是最大的政治。"总督也好，巡抚也罢，工作分工不同，但在实实在在改善社会上，作用却是一样的。臣总想着以身试险，挽既倒之狂澜，以身作则，开复兴之明路。苏轼曾经说过："要敢于突破保守的观念，开拓全新的发展路径，而后天下才能振兴。"臣一直秉承这个理念，对所安排的工作尽职尽责，希望能对得起皇上的信任。

但是做事情，需要君臣之间的信任，更需要年富力强。臣身体本来就虚弱，这些年又有很多病症。古人说，人到了五十岁就开始老了。臣现在已经五十七岁，还差三年就六十了。天道一周，人身一变。今年过节，就觉得特别疲惫，哮喘痰多，气血两亏，每次犯病都要晕上半天，只能勉强做点事。不了解臣的人觉得臣还不老，但其实臣的身体不过是外强中干，已经非常衰弱了。希望皇上能体察臣的苦情，臣在这儿先给您谢罪了。若皇上您宽宏大量，不处分臣的不情之请，臣希望您能让臣回到原籍，永终田里。

臣是广东琼山县人。琼山离京师万里，臣要想再跟您说点心中的话，就没那么方便了。所以臣再多说一句：

臣在担任巡抚期间，对所有的工作都是竭尽全力的，都是广泛征求民众的意见，严格依法办事的。对老百姓有利的就推动，危害老百姓的就铲除。这一点千万不能改变。麻烦皇上跟新来的巡抚说一声，不要因为臣受到毁谤就轻易放弃臣的方针、政策。正确的事情，在落后的地区一样可行。不要觉得那些乡绅贤达人多势众就笑脸相迎，平头百姓人微言轻没有关系就冷眼相加。您还得要求京城的大小官员，工作不能再像从前那样虚应故事，不能再像从前那样熬够年头等着升迁。必须积极落实皇上励精图治的思想，不要辜负了平生所读的圣贤文章。不盲目跟风，凡事必须认真。九分认真，一分放过，就不是认真，更何况半真半假的呢？京城官员的思想统一了，做事对错就有了标准。京城的官员之中，如果有谁对臣的为官之道不以为然，老觉得屈从他人才是对的，那他一定是个庸臣，一定是不以尧舜之道辅佐皇上的人。还有宰相，当得跟个司谏官似的，话说了不少，事没干成几件，完全是宋朝亡国的路数，我们的皇上又能依靠谁呢？

胡铨曾经对宋孝宗说：“诗曰：勿听妇人之言。”现在满朝的官员都是妇人，皇上不听他们的话就对了。真能这样，国家幸甚，愚臣幸甚。

QQ 音乐　　酷狗音乐　　酷我音乐

—— 扫码收听**李立群**朗读此信 ——

[原文]

奏为衰病不能供职，恳恩典赐归田以延残喘事：

科臣戴凤翔论臣沽名乱政，大乖宪体。臣近见邸报，皇上不加罪责，着臣以原官总督粮储。皇恩广大，无可报矣。臣复何言！臣尝谓今诸臣全犯一因循苟且之病。皇上虽有锐然望治之心，群臣绝无毅然当事之念。互为掣肘，互为排挤，而又动自诿曰：“时势则然，哲人通变”。人无奋志，治功不兴。国俗民风，日就颓敝。臣二经论劾，众口呶呶，臣尚执己为是，臣实见得是也。

孔子谓：“施于有政，是亦为政”。总督巡抚，推行之大小不同。而施于有政，事功则一。臣尚欲以身为障，回既倒之狂澜；以身为标，开复古之门路。苏轼有言曰：“破庸人之论，开功名之门，而后天下可为。”臣日夕念之，职任所到，执臣而行，补报吾皇或可万分一二也。但任事在君臣孚契，犹在年力精强。臣气体原弱，从来疾病相仍。古人称五十始衰，臣今年五十七，去六十仅三年耳。天道一周，人身亦一变。新春增年，又觉衰惫。目今痰气交作，血气益虚，每一动发，昏迷半日，勉强视事。不知臣者谓臣未衰，臣之自视，外强中惫，衰弱为甚。况臣母今年八十一，一向随任。视事之余，得以左右侍养。而老人乐所自生，日念乡井。臣报君事母，交战胸中。论臣衰年，义当奉母。伏望皇上察臣苦情。臣前自陈，俯伏俟罪。万一皇上宽恩，不加罪谴，赐臣回籍，永终田里。

臣广东琼山县人，琼山万里京师，微臣忠悃，无口可达。臣再有一言焉：

臣叨任巡抚，凡所施为，竭尽心力，一皆采访民言，考求成法，民利与兴，民害与除，不可易也。伏愿皇上仍勅新任抚臣，勿以臣受谤而轻改臣事。忠信之事，蛮貊可行。勿谓乡官过客，口大难犯，不可不厚；小民口小，口碑不得上闻而不恤。仍勅阁部大小臣工，不得如前虚应故事，不得如前挨日待迁。必求仰副皇上求治之心，毋负平生学古之志。不求合俗，事必认真。九分之真，一分放过，不谓之真，况半真半假者乎。阁部臣之志定而言官之是非公矣。阁部臣如不以臣言为然，自以徇人为是，是庸臣也。是不以尧舜之道事皇上者也。宰相奉行台谏风旨，多议论，少成功。遂阶宋室不竞之祸。我皇上何赖焉！

胡铨之告孝宗曰："诗云：勿听妇人之言。"今举朝之士皆妇人也，皇上勿听之可也。宗社幸甚，愚臣幸甚。

（陈义钟编校：《海瑞集》，中华书局1962）

他是一种道德化身

史航：海刚峰，也叫海笔架，那是多么硬挺的一个人！这封信要说起来，我觉得就是两个成语。跟皇上“推心置腹”——你看我最近生什么病，半夜睡觉什么样，痰什么样，皇上都没问，他直接主动跟人聊，当自己人，当老朋友聊。跟其他大臣“不共戴天”——皇上，我跟你说点事，请清场，其他人离开吧。这真是独特性格、独特笔法的一封信。

止庵：海瑞信里有件有意思的事，一方面说我确实身体不行了，可是另一方面呢，又说没有能接替我的人。

翟毓红：他这里说了一句话特别重要：“臣两次上书谈论此事，尽管众官员不以为然，但臣依然坚持认为自己是对的，因为臣真的就是对的。”

史航：他是一个以身许国的人，他没有自己的个人生活空间，包括他的私生活。你看他为什么没有后代，他的女儿怎么饿死的，他的妻子怎么死的？他的私生活非常凄惨。他离不得皇上，恋恋不舍。他被皇帝打入天牢，在天牢里听说嘉靖皇帝死了，他大哭，哭到吃的食物全吐出来，哭到快死掉了。这个人就是这样的忠臣。

止庵：我觉得他是一种道德化身。如果没有这样的人，可能整个的道德水准就降下来了。这个高度只能他一个人撑着。

翟毓红：他既然七次辞官，为什么都没有辞掉呢？他是真的想辞官呢，还是气话？

止庵：你看这封信就知道，海瑞其实不是辞官。海瑞说的是，没有我，这个国家真是不成。他是这个意思。

史航：等待挽留。

止庵：海瑞应该是以身殉职，他想干到这个程度。

史航：他已经把自己定义为擎天柱了。

止庵：他确实是这么认为的。海瑞这个人不能说是装出来的。但是这样的人呢，是被自己的观念，被自己的道德感给变成这样了。这个人有点可怕，干净得可怕，高尚得可怕。

史航：如果他托生到另外一个朝代，比如唐朝，他是魏徵的话，他可能是一个足金足料的魏徵，是让唐太宗更头疼的魏徵。魏徵有幸，而海瑞无分，无分获得皇上给他真正推心置腹的机会。

翟毓红：他的孤独其实并不来自于满朝的文武大臣，而是来自于皇上对他的态度。

史航：我觉得，海瑞这个人最大的特点在于不党，他不跟人结党，是独来独往的一个人。

翟毓红：这封信里最后一句话，作为女生，其实我心里头还是有点不舒服。他说："现在满朝的官员都是妇人，皇上不听他们的话就对了。"

止庵：海瑞也有海瑞的局限性，时代的局限性，还有中国的国情。这些方面都得考虑到。

关于海瑞辞官

海瑞《告养病疏》写于隆庆四年（1570年），当时，他在应天巡抚任上大力惩治贪官污吏，打击豪绅富户，损害了众多权贵的利益。吏科给事中戴凤翔上疏参劾海瑞“沽名乱政、大乖宪体”。海瑞虽然上了奏折为自己做辩护，但无奈当时他得罪的人太多，趁机落井下石者甚众，朝廷抵不住压力，只好下令改任他为南京粮储。海瑞无法接受遭贬黜的现实，索性递了辞职信。这篇“大放厥词”的临别宣言，一竿子打死了整个大明王朝的上层阶级，看似惊世骇俗，然而对向来敢于犯颜直谏的海瑞来说，也无足为怪。

早在嘉靖三十二年（1553年），海瑞在福建南平县当教谕，上级督学官来视察工作，海瑞和两名同事前去迎接。见到督学，其他二人都俯首跪地，唯独海瑞站得笔直，从此获得了“海笔架”的雅号。

海瑞始终不畏强权，对政治的丑恶正言怒骂，有犯无隐。一次他竟然向嘉靖皇帝上了《治安疏》，直斥嘉靖崇奉道教，不务政事，迷恋修仙炼丹，导致纲纪败坏，人民倒悬。嘉靖皇帝勃然大怒，让海瑞身陷囹圄，命悬鬼门，幸亏适逢新帝即位才侥幸获释，捡得一条性命。

然而，这场牢狱之灾并未让海瑞学会审识时务，其刚正不阿的性格淋漓尽致地体现在这封骂遍朝野的辞职信中。之后，朝廷应允了他的辞官请求，海瑞回到琼山老家候调。

万历十三年（1585年），张居正被清算，73岁的海瑞再次走上政治舞台。他满怀希望，期冀新君能够支持自己实现惩奸除恶的政治夙愿，谁知他仅被当成一个标签，一面旗帜，一个装点门面的政治花瓶。海瑞遂先后七次提出辞职，辞职申请无一例外被打回。

万历十五年（1587年）十月十四日，海瑞病故于南京任上。

海瑞没有儿子，去世后，同事凑钱为海瑞办理了丧事。海瑞的死讯传出，南京的百姓因此罢市。海瑞的灵柩用船运回家乡时，祭奠哭拜的人百里不绝。

《见字如面》第二季入选信件文档　编号 149

他定的学规，你们当依着行
——朱元璋写给国子监太学生

1397 年

“

若先前贴了票子，有知道的，或举报，或把人绑缚来，也一样赏他大银两个。将那犯人凌迟了，枭令在监前，全家抄没，人口发配到岭南。

”

朱元璋（1328—1398），幼名重八，濠州钟离（今安徽凤阳东北）人，后改名元璋，字国瑞。元末农民起义军首领，明朝开国皇帝，年号洪武，史称明太祖。

国子监，古代最高学府与教育行政管理机构。明清两朝时，太学即国子监的俗称。太学生是指在太学读书的生员，亦是当时最高级生员。

为求人才，建国后的朱元璋在南京设立了国子监，其治学方针与其政治主张一样，十分严苛。他所委任的国子监祭酒（校长）宋讷（1311—1390），秉承他的意旨，订出许多规条，待学生非常残酷，动辄打骂体罚，常有犯规学生被强制饿死，或被逼上吊。为此，曾有位太学生赵麟出了一张匿名帖子提出抗议。太祖闻之，龙颜大怒，法外施刑把赵麟杀了，并在国子监立一长竿，枭首示众。

时隔多年，朱元璋还忘不了这件事，在洪武三十年（1397年）下达了这道粗言厉声的圣旨，告诫全体教职员和学生。

你们学生们都听着：先前，那宋讷做祭酒啊，学规好生严肃。秀才们循规蹈矩，都肯向学，所以教出来的个个中用，朝廷好生得人。后来，他善终了。以礼送他回乡安葬，沿路上让有司官祭他。

近年，让那老秀才们做祭酒啊，他们都怀着异心，不肯教诲，把宋讷的学规都改坏了。所以，生徒全不务学。用着他啊，好生坏事。

如今，让那年纪小的秀才官人们来署学事。他定的学规，你们当依着行。敢有抗拒不服，撒泼皮，违犯学规的，若祭酒来上奏你啊，都不饶，全家发配到岭南，或充军，或充吏，或做首领官。

今后学规严紧。若有心怀不满、闹事捣乱之人，敢有似从前那样发匿名贴、诽谤师长的，许大家举报，或把人绑缚来，赏大银两个。若先前贴了票子，有知道的，或举报，或把人绑缚来，也一样赏他大银两个。将那犯人凌迟了，枭令在监前，全家抄没，人口发配到岭南。

钦此！

QQ 音乐　　酷狗音乐　　酷我音乐

—— 扫码收听**杨立新**朗读此信 ——

［原文］

恁学生每听着：先前那宋讷做祭酒呵，学规好生严肃，秀才每循规蹈矩，都肯向学，所以教出来的个个中用，朝廷好生得人。后来他善终了，以礼送他回乡安葬，沿路上着有司官祭他。

近年着那老秀才每做祭酒呵，他每都怀着异心，不肯教诲，把宋讷的学规都改坏了，所以生徒全不务学，用着他呵，好生坏事。

如今着那年纪小的秀才官人每来署着学事，他定的学规，恁每当依着行。敢有抗拒不服，撒泼皮，违犯学规的，若祭酒来奏着恁呵，都不饶！全家发向烟瘴地面去，或充军，或充吏，或做首领官。

今后学规严紧，若无籍之徒，敢有似前贴没头帖子，诽谤师长的，许诸人出首，或绑缚将来，赏大银两个。若先前帖了票子，有知道的，或出首，或绑缚将来呵，也一桀（并）赏他大银两个。将那犯人凌迟了，枭令在监前，全家抄没，人口迁发烟瘴地面。钦此！

（北京国子监十三经碑林）

不讲理就是“规矩”

翟毓红：这个朱元璋太狠了，不好好学或者学习不好，都得被干死。

止庵：朱元璋当然狠，不光是对国子监的人狠。他一杀就几万人呢。

翟毓红：朱元璋这封信特别有趣，原文当中用了好多的“呵”，那个时候就开始用这样的词了，这可是在圣旨当中啊。

止庵：就是很口语，很白话。这个白话给我们的印象特别深刻，因为当整个国家都必须用文言的时候，白话反而象征着一种权力。就像有人有资格在“破四旧”的年代里，可以说文言，写诗词，那也是权力。

元朝皇帝入主中原后，他不太懂汉语，他说的蒙古语翻译过来就是白话了。朱元璋灭了元，但是这个风格已经延续下来了。他做草民的时候，觉得大人物这么说话很有派头，轮到我当大人物了也这么说话，很有趣。他说“大银两个”，不说“二两银子”——厉害吧，体面吧，你们看，我在众人之上，我想怎么着就怎么着，想这样写就这样写。你刚才说的“呵”字，我就放在里面，你就得听着。我都怀疑，当时国子监那帮人看惯了古文，恐怕都不知道这是怎么回事。

翟毓红：如果朱元璋想找人给他美化一些……

止庵：他不要这个。我是比你们都高，我说什么就是什么，我想怎么样就怎么样。

史航：自我作古，你们还不许学，你们谁学我这种白话，就是坏学生。

止庵：应该说这是霸道文，它没有什么规矩，里边肯定有很多残酷的成分，霸道。但是细细说呢，它也是打破了当时大家习惯已久的规定，也算是一种新鲜空气吧。

史航：不讲理就是“规矩”。

翟毓红：当时这文还刻到碑上了。不只是刻到了一家的碑上，刻到了两个地方。

止庵：南京学生觉得训话说得不错，北京学生也应该有福气看到这篇文字，所以北京也刻了一个。

翟毓红：他可以这样洋洋洒洒，不拘一格，大大咧咧的。那他的内心也是大大咧咧的，还是特别小心眼的？

史航：特别小心眼。

止庵：我觉得，一方面这个人很霸道，一方面这个人特别敏感，特别虚弱，这两个合一块，正好是这个人。

翟毓红：后来有没有哪个皇上写下这样的白话文？

止庵：他儿子永乐皇帝也这么弄，动不动就一家人送到哪去充军，这么写到圣旨里。

1. 关于国子监刻有这道圣旨的石碑

朱元璋给太学生写的这道圣旨和提到的事情，是在南京国子监发生的，怎么北京的国子监也有这么块碑呢？推测起来，可能是永乐皇帝觉得这通话训得十分精彩，特地在北京又刻了一个复本。

这块太祖敕谕碑，现在还立在北京国子监十三经碑林中。

2. 关于朱元璋的“白话圣旨”分析

从这道圣旨可见朱元璋白话说得挺熟练。这也说明当时白话已经十分普及。而朱元璋说白话而不感到丢面子，一方面说明他保持了他所出身的底层阶级的本色，另一方面也说明他是还没融入上层社会的暴发户。朱元璋一直对文化人保持高度警惕，甚至大开杀戒，可能也与这种特殊心态有关。这类圣旨透露了一些正史中所没有的信息。

3. 关于“白话圣旨”的源流

元朝时期，蒙古皇帝颁发圣旨大多用的是白话，有些还是从蒙古语转译而来的白话。白话就是这样进入宫廷书面语的。

朱元璋出身于下层社会，他在推翻元朝后沿袭了元朝皇帝的圣旨风格。

朱元璋父子的白话圣旨不少，但是他们之后的明朝皇帝圣旨，最终还是重新回归了文雅。

清朝皇帝在奏折上的朱批也采用白话文。

《见字如面》第二季入选信件文档　编号 048

战场上的每一寸收获，都要付出十倍的代价
——汉文帝与南粤王赵佗往来信

公元前 180 年

“

战争会让士卒大量牺牲，文官武将会折损，会让妻子守寡，孩子成孤儿，会让老人失去依靠，战场上的每一寸收获，都要付出十倍的代价……

”

汉文帝刘恒（前 202—前 157），汉高祖刘邦第四子，母薄姬。公元前 196 年，刘邦镇压陈豨叛乱后，封刘恒为代王。高祖死后，吕后专权，诸吕掌握了朝廷的军政大权。公元前 180 年，吕后一死，太尉周勃、丞相陈平等大臣把诸吕一网打尽，迎刘恒入京，是为汉文帝。

赵佗（约前 240—前 137），秦朝恒山郡真定县（今河北省正定县）人，秦朝著名将领，南粤国的创建者，也是南粤国的第一代王。

汉高祖时，赵佗接受“南粤王”封号，从此“称臣奉汉约”。南粤国成为西汉王朝的一个属国。吕后统治时期，对南粤实行经济封锁政策，赵佗即以兵戎相见，与汉王朝分庭抗礼。吕后死后，文帝即位，改用安抚政策，派遣陆贾出使南粤，并给赵佗带去了下面这封信。

[节译]

汉文帝写给赵佗

皇帝谨问，南粤王您辛苦了。我作为汉高帝侧室的儿子，早年被弃置在边塞，成了管理一处藩地的代王。那里路途遥远，信息闭塞，我又愚钝木讷，从没给您写过信。高皇帝抛下我们西去之后，孝惠皇帝即位，高太后亲自处理政事。后来她不幸患病，人变得昏乱暴虐，老吕家的人也滥用权力胡作非为。为掩人耳目，竟然抱了个别人家的孩子当了孝惠皇帝的子嗣。赖宗庙之灵，功臣之力，已经把他们全杀了。因为各位王侯不嫌弃，我不得不接受了皇帝的职务，现在已经上岗了。

此前我听说您给将军隆虑侯写信，询问家乡亲人的消息，还请求罢免驻守长沙的两位将军。我按照您信上的要求，罢免了博阳侯将军。您在真定的亲人兄弟，我已经派人去慰问，还修缮了您家的祖坟。

前两天我听说大王您又在边境挑起战事，弄得兵祸连连，长沙苦之，南郡尤甚。您虽然统治了一个国家，但这对您又有什么好处呢？战争会让士卒大量牺牲，文官武将会折损，会让妻子守寡，孩子成孤儿，会让老人失去依靠，战场上的每一寸收获，都要付出十倍的代价。我是不忍心做这种事的。

我希望能确定咱们两国犬牙交错的边界。我问过有关部门，他们说，汉高祖时代双方确定了以长沙为界，长沙以南归您治理，不得擅自改变。我现在就算拥有了您的土地，国家也没大多少，就算获得了您的财富，我也多不了几个钱。所以服岭以南，还是归您自治。不过，您把自己也叫作皇帝，天下就成了两个皇帝并立，这就没办法让车同轨便利交通了，就会引发争议，一争议就互不相让，这不是仁者该干的事。

我愿意与您分弃前嫌，从现在开始，像过去一样互派特使加强沟通。所以，我派遣陆贾前来，向您谕告我的本意。您应该接受，不要再引发战祸了。

托特使带去用丝绵做的衣服，厚的五十件，中的三十件，薄的二十件，赠送给您。希望您把这当成好消息，消除疑虑，尊重邻国。

赵佗回复汉文帝

蛮夷首领老臣赵佗冒死再拜上书皇帝陛下：

老夫本来是粤地的一个小官，承蒙汉高祖赐我印玺，封为南粤王。作为藩属国，我一直按时恪守进献朝贡的本分。孝惠皇帝即位，对我恩义不绝，所赐老夫者甚厚。自从太后亲自临朝执政，任用小人，听信奸臣，夷人不再被视为华夏一员，传出指令说：“不许再向南粤输出金、铁和农具，马、牛和羊就是给，也只给公的，不给母的。”

老夫地处偏僻，马、牛、羊都已经衰老了。我觉得这是因为自己德行不佳，犯下大错，先后派了三批使者上书谢过，都没有任何回音。又听说老夫父母的坟墓已经被铲平，宗族兄弟已经被杀光，我的大臣就议论说：“我们是对内得不到汉朝的支持，对外又不独立。”所以，老夫更号为帝，只为能自主管理自己的土地，非敢有害于天下也。谁知高皇后闻之大怒，取消了南粤的建制，使臣不再往来。老夫怀疑长沙王私下进了谗言，所以派兵在边境给了他一点教训。

老夫待在南粤已经四十九年了，现在都抱上孙子了。但现在的我，还是夙兴夜寐，寝不安席，食不甘味，无心看美丽的风景，不愿听美妙的乐章，这全都是因为我无法成为汉朝天下的一员。

现在，承蒙陛下可怜，恢复了我过去的封号，像过去一样派来了特使。老夫我就是死了，我的忠心也不会变。我马上改国号，不敢再自称皇帝了。

谨借返程使者，献上白璧一双，翠鸟千尾，犀角十座，紫贝五百，桂蠹一器，生翠四十双，孔雀二双。

昧死再拜，以闻皇帝陛下。

QQ 音乐　　酷狗音乐　　酷我音乐

—扫码收听赵立新、于和伟朗读此信—

［原文］

赐南粤王赵佗书

皇帝谨问南粤王，甚苦心劳意。朕，高帝侧室之子。弃外，奉北藩于代。道里辽远，壅蔽朴愚，未尝致书。高皇帝弃群臣，孝惠皇帝即世，高后自临事，不幸有疾，日进不衰，以故谆暴乎治。诸吕为变故乱法，不能独制，乃取它（他）姓子，为孝惠皇帝嗣，赖宗庙之灵，功臣之力，诛之已毕。朕以王侯吏不释之故，不得不立，今即位。

乃者闻王遗将军隆虑侯书，求亲昆弟，请罢长沙两将军。朕以王书，罢将军博阳侯。亲昆弟在真定者，已遣人存问，修治先人冢。

前日闻王发兵于边，为寇灾不止，当其时长沙苦之，南郡尤甚。虽王之国，庸独利乎。必多杀士卒，伤良将吏，寡人之妻，孤人之子，独人父母，得一亡十，朕不忍为也。

朕欲定地犬牙相入者，以问吏。吏曰：高皇帝所以介长沙土也。朕不得擅变焉。吏曰：得王之地，不足以为大，得王之财，不足以为富，服领以南，王自治之。虽然，王之号为帝，两帝并立，亡一乘之使以通其道，是争也。争而不让，仁者不为也。

愿与王分弃前患，终今以来通使如故。故使贾驰谕告王朕意，王亦受之，毋为寇灾矣。

上褚五十衣，中褚三十衣，下褚二十衣遗王，愿王听乐娱忧，存问邻国。

南粤王赵佗上汉文帝书

蛮夷大长老夫臣佗，昧死再拜上书皇帝陛下：

老夫故粤吏也，高皇帝幸赐臣佗玺，以为南粤王。使为外臣，时内贡职。孝惠皇帝即位，义不忍绝，所以赐老夫者厚甚。高后自临用事，近细士，信馋臣，别异华夷，出令曰："毋予蛮夷外粤金铁田器；马牛羊即予，予牡，毋与牝。"

老夫处辟，马牛羊齿已长。自以祭祀不修，有死罪，使内史藩、中尉高、御史平凡三辈上书谢过，皆不反。又风闻老夫父母坟墓已坏削，兄弟宗族已诛论，吏相与议曰："今内不得振于汉，外亡以自高异。"故更号为帝，自帝其国，非敢有害于天下也。高皇后闻之大怒，削去南粤之籍，使使不通。老夫窃疑长沙王谗臣，故敢发兵以伐其边。

且南方卑湿，蛮夷中西有西瓯，其众半羸，南面称王；东有闽粤，其众数千人，亦称王；西北有长沙，其半蛮夷，亦称王。老夫故敢妄窃帝号，聊以自娱。老夫身定百邑之地，东西南北数千万里，带甲百万有余，然北面而臣事汉，何也？不敢背先人之故。

老夫处粤四十九年，于今抱孙焉。然夙兴夜寐，寝不安席，食不甘味，目不视靡曼之色，耳不听钟鼓之音者，以不得事汉也。今陛下幸哀怜，复故号，通使汉如故。老夫死骨不腐，改号不敢为帝矣！

谨北面因使者献白璧一双，翠鸟千，犀角十，紫贝五百，桂蠹一器，生翠四十双，孔雀二双。

昧死再拜，以闻皇帝陛下。

（【东汉】班固：《汉书·西南夷两粤朝鲜传第六十五》，中华书局 1964）

一封信搞定叛变的人

梁文道：大家总是说汉文帝那封信很厉害，一封信搞定了要叛离的人。其实信写得是好，但没那么厉害，我就不太相信一封信能消除一场战争，必然是水到渠成。形势已经走到那儿了，这封信点明了形势而已。形势是什么呢？当年南粤国，今天我们很容易从一个中原中心主义看，以为是个蛮荒小国。但你仔细看，它版图有多大：从长沙以南开始，广东、广西是它，贵州一部分是它，福建的南部也是它，还有北越南的一部分。

翟毓红：好大的面积。

梁文道：这不是一个小国。可是它再怎么大，它有个问题。赵佗给汉文帝的信已经点出问题所在了，它跟汉关系搞到那么恶劣，要兵戎相见，其中一个理由是，吕后时代对它进行经济封锁，可能让他损失很大，特别是他指出来的牛羊马。我不太敢肯定牛这种动物在当时的南方有多普遍，或者是不是稀缺到那个程度，但是我比较肯定马的确是从西部进到中国，再从北方往南下的一种动物。而缺马，我觉得对他们而言，当时是比较麻烦的一件事。

许子东：说是只给公的，不给母的。

梁文道：没错，生不了下一代。所以我觉得，他当时的确受到一些制约。第二，我们要讲汉文帝的时代，虽然已经经过秦，但其实离周尚未远。过去的天下观、封建秩序，某种程度还存在。至少"文景之治"的时候，底下那些藩王还是有一定地位的，还有一定的势力地盘，割据观念其实还是很强的。南粤只不过是走得最远的一个。本来他认为，我还在秩序之内，是你把我扔出去了，这很过分。那你说我怎么办呢？

许子东：汉文帝伟大，他说我不打仗，这个地方就归你，但是你不能称帝。你看汉文帝那个时候的口气之大，他说你这点地方，我拿了也不算多，你这点钱，我拿了也没啥发达的。说不算多，刚才画了一下，整个南中国，还包括越南，这么大一块地方。对于那些地方来说，它是第一次正式地归属了汉代的版图。

翟毓红：那对于赵佗来说，他丢掉，或者他牺牲的是什么呢？

梁文道：他在乎几个东西：一个是我的家人怎么样，我的祖坟怎么样。汉文帝都给他照顾到了。你现在没有理由作战了吧？我还告诉你，你要作战的话，我们双方都有牺牲，而这个牺牲比较起来，我反而比较没那么在乎。为什么呢？我要是打赢了，多了你这点地方我也不多，多了你这点钱我也不多。同样的，真的作战起来，你的牺牲比我大。汉文帝其实点明了这个形势。

许子东：战争会发生在你这个地方，吃亏的是你嘛。

翟毓红：另外我也发现这两封信中有好玩的事——前面把形势谈清楚、态度谈清楚之后，最后都是送礼物。

许子东：那礼是不公平的，你有没有发现啊？汉朝送过去的是丝绵衣服，厚的二十件、中的三十件，南方这么热，要那么厚的丝绵衣服干什么？

梁文道：对呀，送那些厚丝绵不管用啊。

许子东：回送的东西值钱了。

梁文道：你看看，白壁一双、翠鸟千尾、犀角十座、紫贝五百、孔雀两双什么的。

许子东：不平等关系。

翟毓红：这也是表达一种称臣的态度和诚意。

许子东：汉文帝用几十件衣服就搞定了。

汉文帝《赐南粤王赵佗书》：半壁江山一纸书

南粤王赵佗原是秦朝大将，为征伐岭南，秦军30万由他带领开灵渠而下番禺（广州）。但当秦朝国内大乱时，他却封锁了通向中原的所有通道，自立而待天下变。汉朝开国的时候，他也没有归降诚服，还是处于“化外之国”的地位。当时南粤国国都位于番禺（今广东省广州市），疆域为今天的广东、广西两省区大部，福建、湖南、贵州、云南的部分地区和越南北部。赵佗是南粤国的第一代王和皇帝。

汉文帝元年（公元前179年），陆贾出使南粤，送来《赐南粤王赵佗书》。文帝的信在谦虚中体现了高超的政治智慧。

说“朕以王书，罢将军博阳侯。亲昆弟在真定者，已遣人存问，修治先人冢”，第一张打的是辟谣牌（赵佗是因为听说弟弟被杀，祖坟被毁，才称帝起兵打长沙的，并小胜而回），第二张是感情牌，第三张是威胁牌（他手里有人质：赵佗的弟弟）。然后再分析利害，意思是，论实力您不如我，经济上您又依赖于我。后人赞叹“半壁江山一纸书”！

看信后，南粤王赵佗去帝号向汉称臣。此举为南粤国换来60多年太平。

汉武帝建元四年（公元前137年），赵佗以103岁善终。

汉武帝元鼎五年（公元前112年），武帝灭南粤国。

《见字如面》第二季入选信件文档　编号 209

现在是君臣利害的关键时期
——戴铎写给雍正

公元 1713 年

“

正赶上这样的关键时期，主子您千万不要有一刻的放松警惕。否则，稍微有一点懈怠，让别人捷足先登王储的宝座……后悔就来不及了。

”

戴铎（生卒年不详），曾为清康熙皇四子胤禛策士，后被胤禛推荐担任福建知府、道员，四川布政使等职。

雍正（1678—1735），即爱新觉罗·胤禛，康熙帝第四子，清朝第五位皇帝。未即位前，获封和硕雍亲王。在康熙晚年诸子夺嫡之争中最终胜出，继承皇位，次年改年号雍正。

在康熙后期的 10 多年里，20 多位皇子围绕储位进行争夺。最后胤禛之所以取胜，被精明的康熙帝立为储位，得益于谋士为他制订的夺储策略。1713 年，正值原太子再度被废、储位之争白热化之际，戴铎给胤禛写了这封自以为忠心可嘉的密信。写信后不久，他就被胤禛外放离京，最终被以“贪官”罪名处死。

奴才戴铎谨启主子万福万安：

奴才我经常会想到，人生在世，能活到百岁的没几个。想着修炼成仙，当个古今第一风流人物吧，够不上；想着独善其身不求闻达，隐逸于林泉下自得其乐吧，又做不到。于是只好随波逐流，碌碌一世，醉生梦死，与草木同腐朽，真是挺可悲的。幸好，主子您有尧舜之德，对奴才我又特别信任。可惜我这级别跟您离得太远，不能天天跟您见面，满肚子心里话没机会跟您说。就算有时候能说上两句，也不可能多说。这让奴才我整天郁闷不安，终身饮恨，并且时时愧疚。

但现在是君臣利害的关键时期，是决定终身荣辱的重要时刻，有些话奴才我就算是掉了脑袋也得说出来，这才对得起您的信任。现在，我就把奴才的这点见解，说给主子您听：

当今皇上，确实是天纵之才，不世之主。在太子没有确定的时候，各位王爷各有不同的心思。古人说，百姓家的父子容易相处，皇上家的父子可就难了。一两个兄弟容易相处，兄弟众多可就难了。为什么呢？作为皇上的儿子，你不露两手吧，皇上看不上你。你露多了吧，皇上又会疑心。这就太难了。兄弟众多，各有所长，必然争强好胜计较输赢，这也不好办。谁都不知道该以孝心伺候皇上，以诚信作为原则，以和睦相互交往，以忍让实现包容。父子兄弟之间只有这样，才能相互依存。

主子您天性仁孝，在皇上面前毫无瑕疵。跟诸位王爷阿哥相处，您都是大度包容，让有才华的对您没有猜忌，没才华的把您当成依靠。以前东宫太子没出事儿的时候，就有人看不惯说："这位如果当了皇上，整个皇族都活不成。"这当然只是草野村夫的说法，说这话的人没准儿还得掉脑袋，但他为什么不怕掉脑袋，忍不住非要说呢？

至于皇上周围的那些人，他们不过是想从主子那儿获得更多好处的人罢了。他们要是说您一句好话，您未必能立刻得到好处。但要是说您一句坏话，那可就是埋下了祸根。主子您敬老尊贤，口碑极佳，以后更要处处留心，碰见这些人就多说好话。对那些皇上身边的亲信就不必说了，即便是对那些汉族的官员、底下的侍从，主子您似乎也应该在见面的时候，多说点温暖的话、鼓励的话。主子您都不用赏赐他们金银财宝，他们就已经感激涕零了。那样的话，您的好名声就会越传越大、越传越大，无论官方还是民间的舆论好评，谁还比得过您呢？

至于各部各处的闲人，您似乎倒不必跟他们过多交往。

咱府上的人，受着主子您的隆恩相待，自难报答。主动出力办事的人很多。话说到这儿，奴才我也是自觉惭愧。但天下之事，有一利必有一害，有一得必有一失，得到好处的人未必知恩图报，受到损害的人却一定会心怀怨恨。古人说：没有了贪念，天下可反掌而定。当然主子您是四海为家，我知道您从来不会在意蝇头小利。您看咱们府上也不是没有一两个聪明人，但就像玉石装在盒子里，珍珠沉在海底下，就算有点小长处，您怎么能让他表现出来呢？前两天主子您指示，让府上的工作人员可以借银子买官，这就让我仰见了主子您提拔人才的良苦用心。恳求主子您更多培养，终始栽培，对不了解的下属经常亲自面试，对已经了解的恩上加恩，使咱府上人才的能力不断彰显，不断成长，将来派到外面去当个省长、市长，留在京城当个部长、局长，在皇上的领导下努力工作，虽然未必每个人都能用得上，但没准就有那么两三个有出息的，可以扛得住半壁江山呢。

以上数条，求主子您千万采纳。奴才我身受隆恩，日夜焚香为您祷祝。主子您根基深厚，学问渊博，何事不知，何事不明，哪里用得着听奴才我这种犬马之人说这些浅薄的话。奴才我今天就要奉命出差去湖广了，往来似乎需要数月。正赶上这样的关键时期，主子您千万不要有一刻的放松警惕。否则，稍微有一点懈怠，就让别人捷足先登王储的宝座了。主子您才智德学俱全又高人万倍，人家一旦妒忌，毒念即生，到了势不两立的时候，后悔就来不及了。

奴才冒死上陈之罪，实出心中感激之诚，万求主子饶恕奴才的无知，可怜奴才的进取之心，采纳奴才的建议，那么，奴才幸甚，天下万民幸甚。

QQ 音乐　　酷狗音乐　　酷我音乐

—— 扫码收听**赵立新**朗读此信 ——

[原文]

奴才戴铎谨启主子万福万安。奴才每思人生在世，百岁无多。上之不能从赤松子游得达摩祖髓，作古今来第一风流人物，次之又不能苟全性命不求闻达，甘隐逸于林泉下，而随波逐流，碌碌一世，醉生梦去，与草木同腐朽，良可悲也。幸达我主子有尧舜之德，而奴才受格外之知，惟因身居外吏，不能日近天颜，虽有微衷无由上达，即或偶言亦难尽备，此奴才之日夜抑郁而不能自安，终身饮恨，而时为愧赧者也。

然当此君臣利害之关，终身荣辱之际，奴才虽一言而死，亦可少报知遇于万一也。谨据奴才之见，为我主子陈之：皇上有天纵之资，诚为不世出之主；诸王当未定之日，各有不并立之心。论者谓处庸众之父子易，处英明之父子难；处孤寡之手足易，处众多之手足难。何也？处英明之父子也，不露其长，恐其见弃，过露其长，恐其见疑，此其所以为难。处众多之手足也，此有好竽，彼有好瑟，此有所争，彼有所胜，此其所以为难。而不知孝以事之，诚以格之，和以结之，忍以容之，而父子兄弟之间，无不相得者。我主子天性仁孝，皇上前毫无所疵，其诸王阿哥之中，俱当以大度包容，使有才者不为忌，无才者以为靠。昔者东宫未事之秋，侧目者有云："此人为君，皇族无噍类矣！"此虽草野之谚，未必不受此二语之大害也。奈何以一时之小忿而忘终身之大害乎？

至于左右近御之人，俱求主子破格优礼也。一言之誉，未必得福之速，一言之谗，即可伏祸之根。主子敬老尊贤，声名实所久著，更求刻意留心，逢人加意，素为皇上之亲信者，不必论，即汉官宦侍之流，主子似应于见面之际，俱加温语数句，奖语数言，在主子不用金帛之赐，而彼已感激无地矣。贤声日久日盛，日盛日彰，臣民之公论谁得而逾之。

至于各部各处之闲事，似不必多于与闻也。

本门之人，受主子隆恩相待，自难报答，寻事出力者甚多。兴言及此，奴才亦觉自愧。不知天下事，有一利必有一害，有一益必有一损，受利受益者未必以为恩，受害受损者则以为怨矣。古人云：不贪子女玉帛，天下可反掌而定。况主子以四海为家，岂在些须之为利乎！

至于本门之人，岂无一二才智之士，但玉在椟中，珠沉海底，即有微长，何由表现。顷者奉主子金谕，许令本门人借银捐纳，仰见主子提拔人才之至意。恳求主子加意作养，终始栽培，于未知者时为亲试，于已知者恩上加恩，使本门人由微而显，由小而大，俾在外者为督抚提镇，在内者为阁部九卿，仰籍天颜，愈当奋勉，虽未必人人得效，而或得二三人才，未尝非东南之半壁也。

以上数条，万祈主子采纳。奴才身受深恩，日夜焚祝。我主子宿根深重，学问渊宏，何事不知，何事不彻，岂容奴才犬马之人刍荛之见。奴才今奉差往湖广，来往似需数月。当此紧要之时，诚不容一刻放松也！否则稍为懈怠，倘高才捷足者先主子而得之。我主子之才智德学素俱，高人万倍，人之妒念一起，毒念即生，至势难中立之秋，悔无及矣。冒死上陈之罪，实出中心感激之诚，万求主子恕其无知，怜其向上，俯赐详阅纳行，则奴才幸甚，天下臣民幸甚。

（故宫博物院:《文献丛编·第3辑·戴铎奏折》，北京图书馆出版社 2008）

聪明反被聪明误

翟毓红：我觉得，这拍马屁也不容易，要拍不好直接脑袋都掉了。你说这个戴铎怎么回事？代价太大了。

梁文道：戴铎后来死了。他主子雍正当上皇帝大概一年多，他就差不多要完蛋了，被分配到年羹尧的驻地。意思是，先降了官，然后，让雍正很信任的年羹尧盯住这个人。再后来，戴铎就干脆获得处决的处分，就被干掉了。

翟毓红：他到底是哪个点弄错了，最后招致杀身之祸？

杨雨：我们知道，在康熙末年的时候，夺嫡之争已经到了白热化，特别微妙。而胤禛采取的策略是韬光养晦，让人觉得他是最没有野心的一个人。像皇长子、皇八子，还有皇十四子，都给人感觉，很有可能是以后的太子。

梁文道：那个时候，皇位继承安排得很有趣，一堆人有机会，那现在该怎么办？应该韬光养晦，低调，但又得显本事。

在当时清朝那样的语境下，戴铎犯的最大错误是，他真把自己当成了雍正的心腹。他总共给雍正写了十封信，后来历史学家叫"戴铎十启"。这十封信写的全是这一类，越写到后面越离谱。后面他写到，看样子太子之位要拿到很难了，不如我们派点人去台湾岛，成立一个颠覆基地，将来要是谁上来，我们就用台湾岛当基地，在东南起兵。离谱到这个程度。

雍正很厉害。其实雍正采纳过不少他的意见，但是每回回信绝不夸他，而是每回都骂他，说你怎么能说这话呢，我怎么能做这样的人呢？我怎么会想当皇帝呢？你跟我来这个，你滚。

杨雨：雍正其实是把他当成一种政治工具，尤其是在他夺得帝位之后，把这些很私密的书信，连同自己的批语公之于众，借此洗脱自己：你们看，我一直没有要夺嫡的愿望，我一直在批评他，说他这样想是错的。

梁文道：戴铎犯的最大错误是，本来他把你贬了，可能还念点恩情。最大的问题是，戴铎到了年羹尧那儿（年羹尧是主子跟前最当红的），主动把他写给雍正的那十封信跟雍正的回信给年羹尧看。这事一捅出去，立刻斩决。

然后，雍正把所有那些信集中起来，前面还要加个小批注，当成参考材料，给全国官员都发一发，学习学习。在那个情况下，他是拿戴铎出来当祭品。给大家看他写的信，说戴铎一天到晚给我劝进，每回都被我骂，可见我从头到尾没想过。大家都看到了吧，这种人我杀了他。

杨雨：我觉得戴铎值得同情的地方是，他自以为很聪明，其实他完全不了解胤禛的需求是什么。他提出这些建议，自以为是掏心掏肺的点子，即便是在我们这样的政治外行来看，也觉得很幼稚。我想他如果了解胤禛，知道他的政治智慧和远见的话，这样的所谓策略其实根本不值一提。

翟毓红：这就犯了一个巨大的错误。

杨雨：他根本达不到他主子那样的境界和智慧。我觉得他的劝进好像从头至尾都在为他主子着想，但是雍正可能一下子就看穿了，其实他是想抱一棵大树。

1. 关于胤禛对此信的批语

胤禛对这封信的批语是："语言虽则金石，与我分中无用。我若有此心，断不如此行履也。况亦大苦之事，避之不能，尚有希图之举乎？至于君臣利害之关，终身荣辱之际，全不在此，无祸无福，至终保任。汝但为我放心，凡此等居心语言，切不可动，慎之，慎之。"显然，雍正比戴铎聪明多了。看这批语，就知道戴铎是多此一举。

2. 关于戴铎：聪明反被聪明误

戴铎写出这封信不久，即被胤禛打发到杭州、福建一带，禁止他回京。戴铎在胤禛即位为雍正帝后，先被发到年羹尧处当差，后被指为贪官，最终被处死。

附 《见字如面》第二季节目制作名录

出品人	杨　晶	马延琨	吕　雁
总导演	关正文		
总顾问	许子东	梁文道	史　航
	蒋方舟	杨　雨	止　庵
顾　问	曹隽平	陈　杭	杜鹏飞
	方继孝	傅光明	韩田鹿
	来　罡	李　辉	刘海永
	刘宜庆	师永刚	石　川
	王人恩	王　彦	叶永烈
	尹百宽	余世存	赵雅娟
	张　丁	张乐天	张元林
总体设计	刘　宇		
总编剧	张子选		
编　剧	毛小玉	唐　蕊	郭亚楠
	李话竹	曹　林	宁志忠
	张媛媛	胡晓丹	程　潇
	陈慕华	王培培	郑颖超

策　　划　郑仲伟　陈　柱　刘　鹏
　　　　　胡乃月　韩志磊　张雅慧

视觉总监　董云鹏
视觉设计　许　乐　王　远　王昭文
　　　　　李婷婷　霍　宁

总 剪 辑　秦剑秋
剪辑统筹　刘昀飞　任　伟
主 剪 辑　王　颖　戚　磊　唐鑫野
调　　色　许　乐
音　　编　牛　群

制作总监　寇文星
导　　演　张新明　张　维　程相轶

专题总监　孙治海
专题导演　刘　健

运营总监　黄　薇
广告总监　陈晓晨
市场营销　柴文娜　王燕萌
宣传推广　白晓明　刘　迪

节目统筹　赵汉斯　张　强
媒体统筹　张浩天　张顿晖

财务统筹　耿　岚　黎春兰　晏瑛艳
　　　　　李雨晴
行政统筹　郭梓琳
IT 统 筹　刘　刚
制片主任　张　一

主 题 歌　见字如面
作　　词　唐甜甜　林　凯
作　　曲　唐甜甜
演　　唱　唐甜甜

制 片 人　王培培　简　琳　孙宜平
副制片人　王慧臣　于　婧
监　　制　王　成　李　扬　李　杨
　　　　　孔育昭
总 监 制　杨　晶　马延琨　吕　雁

鸣　　谢　北京经济技术开发区工委宣传部
　　　　　中芯国际集成电路制造（北京）有限公司
　　　　　建川博物馆
　　　　　中国人民大学家书博物馆

清华大学艺术博物馆

山东华夏书信文化博物馆

复旦发展研究院当代中国社会生活资料中心

重庆三峡博物馆

中国科学技术出版社

联合出品　黑龙江广播电视台

企鹅影视

实力文化

“一带一路”金融国际合作机制创新研究

黄志刚 等 著

国家社科基金重大研究专项项目成果

科学出版社

北京

内 容 简 介

本书构建了一个独具特色的五位一体的研究框架，基于“一带一路”金融经济命运共同体新理念，围绕服务“一带一路”高质量发展，提出了一系列的新观点和有见地的政策建议；突出问题导向，针对金融机构国际合作、金融市场国际合作、货币国际合作、投融资国际合作和金融安全国际合作等五个重点研究领域分析关键问题；突出理论创新，提出了牢固树立金融经济命运共同体理念，系统阐述了“一带一路”金融国际合作体系建设的新定位、新理念和新路径，为创新“一带一路”金融国际合作机制提供理论依据；突出政策规划，围绕五个重点领域，提出合作机制创新的目标、原则、构想、路径规划和相应政策建议，增强了政策建议的科学性、针对性和可操作性。

本书为推进“一带一路”金融国际合作、“一带一路”高质量发展和向世界提供金融合作中国方案提供了重要理论支撑和决策参考。本书适合国际金融领域和“一带一路”投融资领域的从业者与研究者阅读参考。

图书在版编目(CIP)数据

“一带一路”金融国际合作机制创新研究/黄志刚等著. —北京：科学出版社，2022.12

ISBN 978-7-03-073942-1

Ⅰ. ①一… Ⅱ. ①黄… Ⅲ. ①“一带一路”–国际金融–国际合作–研究 Ⅳ. ①F831.2

中国版本图书馆 CIP 数据核字（2022）第 224958 号

责任编辑：陈会迎／责任校对：贾娜娜
责任印制：张 伟／封面设计：有道设计

科学出版社 出版
北京东黄城根北街 16 号
邮政编码：100717
http://www.sciencep.com
北京中科印刷有限公司 印刷
科学出版社发行 各地新华书店经销
*
2022 年 12 月第 一 版 开本：787 × 1092 1/16
2023 年 9 月第二次印刷 印张：23 3/4
字数：478 000

定价：162.00 元

（如有印装质量问题，我社负责调换）

前 言

“一带一路”倡议是习近平人类命运共同体思想的重要实践，这是人类历史上国际多边合作最伟大的工程。自 2013 年首次提出以来，“一带一路”已经完成了具有“四梁八柱”意义的“六廊六路多国多港”互联互通架构的基本建设，成绩斐然。第二届“一带一路”国际合作高峰论坛开幕式上，国家主席习近平指出：“面向未来，我们要聚焦重点、深耕细作，共同绘制精谨细腻的‘工笔画’，推动共建‘一带一路’沿着高质量发展方向不断前进。”[①]构建合作共赢的“一带一路”金融国际合作新体系既是“一带一路”高质量发展的题中应有之义，也是保障“一带一路”高质量发展的前提条件，更是当前构建“双循环”新发展格局的关键制度安排。

构建合作共赢的“一带一路”金融国际合作新体系重在合作机制创新，本书构建了一个独具特色的五位一体的研究框架，基于“一带一路”金融经济命运共同体新理念，围绕服务“一带一路”高质量发展，提出了一系列的新观点和有见地的政策建议。为突出问题导向，我们在五个重点领域展开研究。一是金融机构国际合作机制创新。共建“一带一路”国家中大多是新兴经济体和发展中国家，风险与机遇并存，部分国家存在政局不稳、经济状况不佳、法律制度不健全等问题，金融体系欠发展。另外，我国目前的金融机构国际合作仍处于初级阶段，存在合作不够深入、合作方式单一、合作机制不成熟等多种问题，无法满足“一带一路”建设的资金需要。因此，以“合作共赢”理念指导金融机构国际合作机制创新是推动实现“一带一路”合作共赢的基础，也是促进“一带一路”国际合作和金融领域国际合作的重要原则之一。二是金融市场国际合作机制创新。面向未来，中国为提高全球资源配置能力而贡献的金融市场国际合作机制，与西方霸权主义下所建立的国际金融市场相比，应该在理念、基本机制、战略目标等方面都具有优越性与创新性。这个战略目标是什么，新理念是什么，合作机制如何创新，以及这些问题如何在高质量建设“一带一路”中体现，都值得深入研究。三是货币国际合作机制创新。作为“一带一路”倡议的发起国，我国正在推动实施的人民币国际化进程将直接影响相关国家之间的货币流动，对实现“五通”目标、深化区域金融经济合作产生重要作用。国际货币合作机制建设、人民币国际化和“一

① 习近平在第二届“一带一路”国际合作高峰论坛开幕式上的主旨演讲（全文），http://www.xinhuanet.com/politics/leaders/2019-04/26/c_1124420187.htm[2019-10-30]。

带一路”高质量发展之间究竟存在什么样的关系？这既是需要认真研究的重大国际金融理论问题，也是迫切需要解决的重大现实问题。四是投融资国际合作机制创新。投融资合作是推动“一带一路”基础设施建设的重要动力，也是“一带一路”金融合作的关键所在，积极推动构建并不断完善以市场化、多元化、可持续性、互利共赢、风险共担为特征的“一带一路”投融资国际合作机制具有重大现实意义。五是金融安全国际合作机制创新。历史的事实一再说明，国际金融安全问题在相当程度上就是国际金融合作机制的建设和优化问题，一个有效的区域金融安全机制构建对“一带一路”金融合作的长期发展和合作共赢目标的实现具有重大意义。

针对以上五个方面的关键问题，我们分别组织了五个研究小组展开了深入的调查和研究工作，有二十多篇论文发表在国内外重要期刊上，研究成果被人民网、光明网、中国经济网、中国一带一路网、中国青年网等权威网站转载，作为国家社科基金重大研究专项，如期高质量结项。本书的主要贡献：一是提出体现“人类命运共同体”理念的“一带一路”金融经济命运共同体建设理念。中国提出的“一带一路”倡议是前所未有的，所面临的区域复杂性也是前所未有的，以此为背景研究金融国际合作机制显然也是前所未有的，需要前所未有的思想理念指导。“人类命运共同体”理念是我国在复杂的时代背景下提出的、具有顶层指导意义的思想理论，是指导“一带一路”金融国际合作机制创新的基础理论。我们根据“一带一路”建设面临的主要问题和金融合作机制面临的主要问题展开研究，提出“一带一路”金融经济命运共同体理念，对金融合作机制建设涉及的各个方面，包括机构合作、市场合作、货币合作、投融资合作、安全合作等展开研究，创新性地提出金融合作各个方面的基本指导思想和系统的机制创新框架。二是提出构建“一带一路”金融国际合作机制的中国方案。本书是以“一带一路”共商共建共享的原则来构建区域内的金融国际合作机制的，所形成的区域金融治理理念和模式与当前全球金融治理现状有本质上的区别，比如，我们提出的合作新理念——金融经济命运共同体理念，创新运用差序包容理念，促进多边开放合作共赢理念，“1+1+*X*”多层次、全方位建设理念；合作新定位——合作共赢是其建设宗旨定位，融通全球是其功能定位，中国主导是建设主体定位，多边机制是建设方案定位等。由此而构建的“一带一路”金融国际合作机制的中国方案，是对“人类命运共同体”理论在金融国际合作和金融全球治理的具体阐释，也是对全球金融治理理念和模式的创新。当前发达国家，特别是美国，主导的全球金融治理模式中，美国等发达国家的金融话语权大大超过其经济贡献，而新兴经济体在全球金融治理中仍处于边缘地位，全球金融治理理念和模式必须进行改革创新。三是针对不同合作领域提出具体合作路径和政策建议，对“一带一路”金融国际合作的实践具有较重要的参考、借鉴价值。例如，对于“一带一路”金融机构国际合作机制创新，本书提出以政治互访为引领、以信息共享为支撑、以银行合作铺路搭桥、以金融人才培养为重点、以文化融合为根基的政策建议；对于“一带一路”金融市场国际合作机制创新，本书提出积极构建中国式多层次资本市场体系、加快推进中国边境特色金融市场建设、完善双边金融市场互联互通机制等政策建议；对于“一带一路”货币国际合作机制创新，本书提出分国家类别激发“一带一路”货币国际合作中的人民币需求、稳步增加“一带一路”货币国际合作中人民币供给等政策建议；对于“一带一路”投融资国际合作机制创新，本书提出应建立“资金可获得、成本可分摊、收益可主导、风险可控制”的“1+1+X”的多层次、全方位的投融资国际合作机制的战略谋划；对于“一带一路”金融安全国际合作机制创新，本书提出加强“一带一路”金融基础设施建设、成立“一带一路”金融安全协调委员会、推动多元平衡的货币体系建设等政策建议。这些政策建议对“一带一路”金融国际合作机制创新的具体实践具有重要的指导和借鉴意义。

金融合作与具体经济合作大有不同，前者直接指向核心利益乃至主权。“一带一路”金融国际合作机制建设在战略规划上应该循序并差序推进，先建立金融合作的基础，再逐步提高金融合作的层次，这是推进“一带一路”金融国际合作机制建设的基本路径。

（1）总体上，“一带一路”金融国际合作机制建设要与建设阶段相一致，从初级到高级，循序并差序推进。从共建基础设施到共建经济走廊、从铁路港口硬联通到政策规则软联通、从双边直接合作到多边和第三方市场合作，“一带一路”建设阶段性特征明显。金融国际合作机制建设也要服务于这一阶段性发展需要，实现几个方面的跨越。一是要实现从政府主导合作模式到市场化合作模式的跨越。政府推进、政策性金融为主是目前“一带一路”项目融资的主要模式，它可以满足现阶段的建设需要，但缺乏可持续性，最终应该过渡到市场化为主的合作模式，通过“一带一路”市场化多边金融国际合作机制，使“一带一路”项目融资通过国际资本市场和货币市场获得满足。二是要实现从中国为主到域内外国家广泛主动参与的跨越。“一带一路”建设资金完全依靠中国提供是不现实的，吸引域内外多方资金支持是“一带一路”能够持续推进的基础，这不仅需要政治上的互信，更需要构建一个合作共赢的多边金融合作机制，通过创新机制激活发展动力。三是要实现从投融资、计价和结算货币的美元独大到人民币等多种货币平衡发展的跨越。通过新机制建设，逐步改变高度依赖美元融资的局面，破解“美元约束和干预（制裁）”。货币的流通与使用涉及国家经济主权，中国不寻求人民币的国际霸权地位，但应逐步降低对美元的依赖，并逐步使人民币的国际话语权与中国经济的国际话语权相匹配，在“一带一路”金融合作中逐步增加包括人民币在内的更多货币作为投融资、计价和结算货币。

（2）实施上，“一带一路”金融国际合作机制建设要基础性合作和具体合作并重。首先是政治、军事互信机制建设要先行。只有不断提升政治、军事互信，才能为金融国际合作打下坚实基础。其次是从建设救助机制和提供金融经济安全公共品着手。建设有效的危机救助机制，为各国主权债务可持续性提供金融合作解决方案，可以进一步加强互信、促进合作。再次是以建设跨国信用和支付环境与机制为基础。加强“一带一路”跨国信用环境建设，创新区域支付机制，改变美国主导国际支付系统的局面。最后是相机开展各类商业性、政策性、开发性金融机构和市场的合作机制建设。根据差序包容原理，从不同国家实际情况出发，优势互补，开展不同层次的双边、多边和第三方具体金融合作。

新冠肺炎疫情在全球暴发后，世界经济受到重创，高质量建设“一带一路”应体现在使“一带一路”经济金融受到的冲击最小、保持经济金融互动最频繁和未来经济恢复最快等方面，这一切最是表现为也依赖于金融的稳定和合作，因此，这正是加快推进“一带一路”金融国际合作新机制、新体系建设的时机。

“一带一路”建设在不断推进，新的机遇与挑战也在不断出现。本书既是我们项目研究的最终成果，也是我们研究“一带一路”金融问题的新起点。

目录

总论

一、“一带一路”金融国际合作的背景与重要意义

（一）时代背景

“一带一路”倡议是多边区域合作的伟大创举。“一带一路”倡议是历史上多边区域合作最伟大的国际工程之一。截至 2022 年 3 月 23 日，这一倡议得到了全球 180 多个国家和国际组织的积极响应和支持，纳入了联合国大会、联合国安理会等重要决议。随着大批早期项目落地开花，“一带一路”倡议早已从理念转化为行动，从愿景转变为现实。目前，“一带一路”已经完成了具有“四梁八柱”意义的“六廊六路多国多港”互联互通架构的基本建设，未来必将走向高质量发展。

金融国际合作是“一带一路”建设的重要内容。金融作为现代经济发展的核心，完备的金融组织体系和完善的投融资体制是支撑经济可持续增长的重要支柱。新中国 70 多年的发展经验也表明，要发展经济，金融必须先行。共建“一带一路”国家大多数是发展中国家，而发展中国家普遍存在金融抑制现象。在“一带一路”建设过程中，要实现“一带一路”的区域协调发展，推动互联互通建设，深化中国与共建“一带一路”国家间金融国际合作是重中之重。

百年未有之大变局催生新型国际金融规则。21 世纪以来，欧盟、美国、日本等国家和地区的经济金融困境以及中国、印度等发展中新兴大国的实力提升使现有国际金融规则中存在的全球金融治理体系滞后僵化、国际规则呈现“碎片化”、金融风险防范体制不完善等问题日益凸显，现有国际金融秩序面临越来越大的变革压力。国际力量对比变化背景下，单边主义、“赢者通吃”不再持续，国际金融规则朝着多边机制和合作共赢转变，一个平等共享、开放包容、互利共赢的国际金融合作新规则亟待建立。

（二）重要意义

“一带一路”金融国际合作有利于“一带一路”高质量发展。习近平在第二届“一带一路”国际合作高峰论坛开幕式上提出“推动共建‘一带一路’沿着高质量发展方向不断前进”“要努力实现高标准、惠民生、可持续目标”[①]。实现“高标准”目标重在提升“五通”建设水平，加强金融监管合作可以提升政策沟通水平，加大基础设施金融投入可以提高设施联通水平，改善金融便利化服务可以提

---

① 习近平在第二届“一带一路”国际合作高峰论坛开幕式上的主旨演讲（全文），http://www.xinhuanet.com/politics/leaders/2019-04/26/c_1124420187.htm[2019-10-30]。

升贸易畅通水平，优化金融机构和金融市场合作可以提升资金融通水平，发展普惠金融可以提升民心相通水平。实现“惠民生”目标重在增加沿带沿路人民就业，而这离不开金融的资源优化配置作用和金融国际合作机制的不断创新。实现“可持续”目标重在解决投资的可持续性、安全性和绿色发展问题，而倡导多边主义的金融国际合作以及绿色金融是解决问题的有效途径。

“一带一路”金融国际合作有利于国际金融治理体系完善。“一带一路”金融国际合作致力于为沿线发展中国家的基础设施建设和联通提供资金、技术和服务等支持，并以金融合作为切入点，在新型多边金融机构设计组建、资金投入、计价、融资、互换、汇兑、结算、信用评级、金融监管等方面进行创新，探索建立一个覆盖范围广、包容性强的区域经济金融合作机制。同时，“一带一路”建设秉承共商共建共享原则，这将开创全球新型大国合作关系和国际金融治理新模式。目前，国际金融合作的全球性规则体系主要由美国等西方国家主导构建，平等、开放、包容、互利、共赢的“一带一路”国际金融规则体系的形成，有助于新兴经济体和发展中国家扩大话语权，平衡西方主导的国际金融治理格局，同时探索与现有多边国际金融机构开展有效合作和良性竞争，有助于提高国际金融体系效率。

“一带一路”金融国际合作有利于金融经济命运共同体实现。加快构建“你中有我、我中有你”的人类命运共同体，是习近平新时代中国特色社会主义思想的有机组成部分。“一带一路”建设是构建人类命运共同体的重要载体，它是中国向国际社会提供的一项制度性公共产品，有利于各国战略衔接，实现互利共赢，共同携手打造利益共同体、责任共同体和命运共同体。基于“人类命运共同体”的理念，“一带一路”金融国际合作机制建设最重要的理念创新就是金融经济命运共同体。从建立金融经济命运共同体理念出发，通过金融国际合作强化各国的经济联系，促进各国之间的贸易增长与经济发展，推动经济全球化与区域经济一体化，使具有不同政治和文化的国家超越传统地缘政治思想，增强“命运共同体”自觉，为解决全球与地区发展问题提供新的思路。

二、“一带一路”金融国际合作机制创新的战略构想

（一）合作定位

金融霸权和掠夺是现行国际金融体系的重要特征之一，而“一带一路”金融国际合作体系应有新的明确定位。

首先，合作共赢是其建设宗旨定位。习近平指出：“我们推进‘一带一路’建设不会重复地缘博弈的老套路，而将开创合作共赢的新模式；不会形成破坏稳定的小集团，而将建设和谐共存的大家庭。”[①]“合作共赢”是“一带一路”建设的

① 习近平在“一带一路”国际合作高峰论坛开幕式上的演讲（全文），http://www.cac.gov.cn/2017-05/14/c_1120969688.htm[2019-10-30]。

首要关键词，同样也是“一带一路”金融国际合作的宗旨。

其次，融通全球是其功能定位。金融的本质是服务实体经济，对“一带一路”建设而言，就是服务“五通”建设，促进各国之间政策沟通、设施联通、贸易畅通、资金融通、民心相通，打造利益共同体、责任共同体和命运共同体。

再次，中国主导是建设主体定位。“一带一路”倡议由中国提出，中国是“一带一路”建设的主要参与者，主导“一带一路”金融国际合作也是中国的必然担当。我们不追求像现行国际金融组织那样的一票否决权，我们要主导建成像亚洲基础设施投资银行（Asian Infrastructure Investment Bank，AIIB，简称亚投行）那样的被国际公认的国际金融合作组织。

最后，多边机制是建设方案定位。习近平明确指出，“我们要秉持共商共建共享原则，倡导多边主义，大家的事大家商量着办”①。各国文化多样、制度各异、诉求不同，在应对世界经济面临的挑战、开创发展新机遇、谋求发展新动力、拓展发展新空间的过程中，渴望建立多边机制，实现优势互补、互利共赢。在这样的框架内，只有体现共商共建共享原则，各国才能携手不断朝着人类命运共同体方向前进。

（二）合作理念

“一带一路”金融国际合作机制建设是一项复杂的系统工程，没有可借鉴的经验和理论，唯有理念创新、务实包容、久久为功，方能支撑“一带一路”高质量发展。

一是牢固树立金融经济命运共同体理念。习近平在推进“一带一路”建设工作 5 周年座谈会上指出：“共建‘一带一路’顺应了全球治理体系变革的内在要求，彰显了同舟共济、权责共担的命运共同体意识，为完善全球治理体系变革提供了新思路新方案。”②基于人类命运共同体理念，“一带一路”金融国际合作机制建设最重要的理念创新就是金融经济命运共同体。从建立金融经济命运共同体理念出发，通过金融国际合作强化共建“一带一路”国家之间的经济联系，增强“命运共同体”自觉，为解决全球与地区发展问题提供新的思路。

二是创新运用差序包容理念。费孝通先生提出“差序格局”概念描述亲疏远近的人际格局，共建“一带一路”国家由于经济、政治、文化及相互关系存在差异，也形成了明显的国际“差序格局”。国际“差序格局”的存在意味着金融国际合作不可能完全均等化，正视差异存在并采取不同形式的合作方式，促进合作从零到有、从简单到复杂、从低级到高级、从双边到多边持续发展，才能最终实现合作共赢的目标。

---

① 习近平在第二届“一带一路”国际合作高峰论坛开幕式上的主旨演讲（全文），http://www.xinhuanet.com/politics/leaders/2019-04/26/c_1124420187.htm[2019-10-30]。

② 习近平出席推进“一带一路”建设工作 5 周年座谈会并发表重要讲话，http://www.gov.cn/xinwen/2018-08/27/content_5316913.htm[2019-10-30]。

三是努力实现“1+1+X>2+X”合作建设理念。只有通过双边和多边合作，并且双边合作实现“1+1>2”，多边合作实现“1+1+X>2+X”，才能最终实现多边合作共赢和高质量建设“一带一路”目标。“一带一路”金融国际合作，不仅欢迎第三方参与（即“1+1+1”），更欢迎第三方联盟参与（即“1+1+X”），这既是高质量建设“一带一路”的客观需要，也是构建人类命运共同体的思想原则。

四是促进多边开放合作共赢理念。唯有开放方能建设“一带一路”，唯有大开放方能建设“一带一路”金融国际合作机制。由于金融系统的风险性，一国的金融开放往往迟于其经济贸易开放，但高质量建设“一带一路”要求金融开放必须先行。因此各国要加大金融开放力度，为资金互联互通创造良好的环境。

（三）合作目标

（1）金融支持“一带一路”。充分发挥金融的引导作用，拓展“一带一路”金融服务布局，不断创新“一带一路”金融体系，通过金融国际合作提升“一带一路”“五通”水平，服务“一带一路”经济建设和实体经济发展。

（2）国际货币体系多元化。协同推进“一带一路”“五通”建设与人民币国际化进程，通过设施联通、资金融通、贸易畅通激发人民币国际化的使用需求，通过政策沟通、民心相通夯实人民币国际化的使用基础，在“一带一路”建设中通过金融创新驱动，稳步推进人民币国际化，促进国际货币体系多元化。

（3）金融治理中国模式构建。构建多边共赢的、能汇聚全球金融资源的、差序包容的、服务“一带一路”发展建设的区域金融合作机制，推动沿线各国贸易投资一体化，为构建中国主导、安全成长、全球共享的新型国际金融治理模式提供中国方案。

（四）总体原则

（1）共商共建共享原则。习近平提出的“共商共建共享”的全球治理理念，为破解当今人类社会发展面临的共同难题提供了新原则、新思路。这一理念在“一带一路”金融国际合作中也将发挥至关重要的作用，“共商共建共享”能够使金融国际合作行稳致远，成为真正的金融经济利益共同体、责任共同体和命运共同体。

（2）合作共赢原则。习近平提出“推进‘一带一路’建设不会重复地缘博弈的老套路，而将开创合作共赢的新模式；不会形成破坏稳定的小集团，而将建设和谐共存的大家庭。”“合作共赢”是“一带一路”建设的首要关键词，同样也是“一带一路”金融国际合作的宗旨。

（3）多边合作原则。“一带一路”金融国际合作只有通过双边合作和多边合作，才能最终实现高质量建设“一带一路”的目标。“一带一路”金融国际合作不仅欢迎第三方参与（即“1+1+1”），更欢迎第三方联盟参与（即“1+1+X”），这既是建设“一带一路”的客观需要，也是构建人类命运共同体的思想原则。

（4）差序包容原则。各国由于经济、政治、文化及相互关系存在差异，也存在着类似于人际亲疏远近的"差序格局"，这意味着金融国际合作不能完全均等化，必须采取差序包容方式，促进合作从零到有、从简单到复杂、从低级到高级、从双边到多边持续发展，最终才能实现合作共赢目标。

（5）循序渐进原则。金融合作涉及国家核心利益乃至主权，"一带一路"金融国际合作要与建设阶段相一致，从初级到高级，依生命周期循序渐进。首先要建立金融国际合作的互信基础，其次是从建设救助机制和提供金融经济安全公共品着手，再次是以建设跨国信用和支付环境为基础，最后是相机开展各类商业性、政策性、开发性金融机构和市场的合作机制建设。

（五）框架设计

"一带一路"是一项全球制度性公共产品，其发展的资金需求和缺口巨大，作为倡议提出者，中国应承担起金融国际合作机制的建设者、推动者角色，积极与共建"一带一路"国家加强金融领域对接合作，大力开展金融创新，为"一带一路"建设提供资金支持和各种金融服务的安排。为此，要建立一个覆盖中国和其他共建"一带一路"国家，广泛汇集金融机构和金融市场，满足"一带一路"投融资合作、货币合作和监管合作需求，有中国特色金融治理理念和模式的"一带一路"金融走廊（图 0-1）。其中，"一带一路"金融走廊以各国金融市场互联互通为基础，同时与金融机构合作、投融资合作、货币合作和监管合作彼此

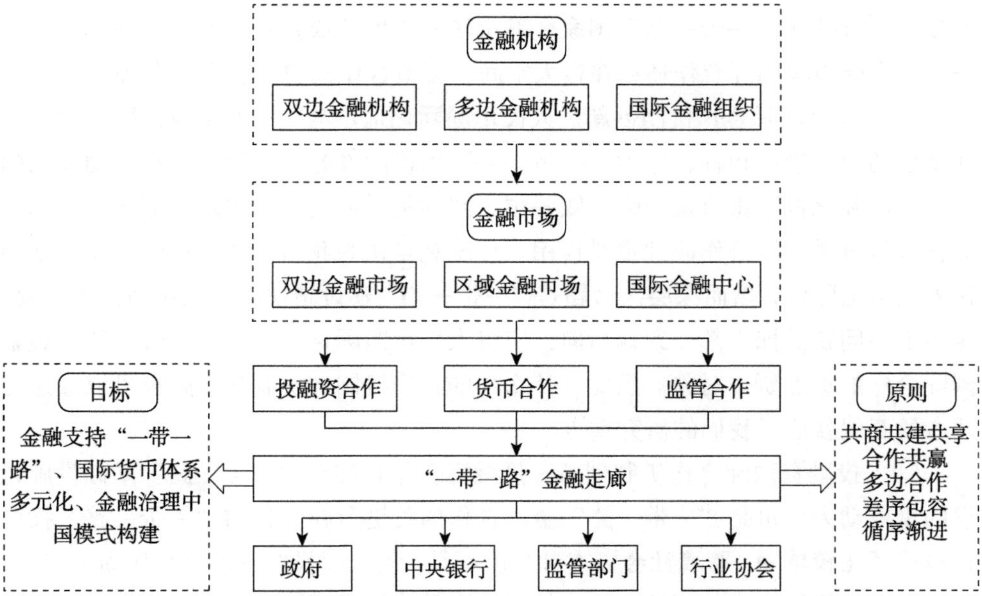

图 0-1　"一带一路"金融国际合作框架设计图

协调、相互影响、互为因果，共同形成一个统一的金融国际合作系统。此外，政府、中央银行、监管部门及行业协会在合作统筹和市场合作方面也扮演着重要推动角色，以保障“一带一路”金融国际合作的平稳快速安全推进。

三、“一带一路”金融国际合作机制创新的重点领域

“一带一路”金融国际合作为实现“合作共赢”提供了金融合作具体领域的机制创新思路，重点包括金融机构国际合作机制创新、金融市场国际合作机制创新、货币国际合作机制创新、投融资国际合作机制创新和金融安全国际合作机制创新。

（1）金融机构国际合作机制创新。“一带一路”沿线大多是新兴经济体和发展中国家，风险与机遇并存，部分国家存在政局不稳、经济状况不佳、法律制度不健全等问题，金融体系欠发达。另外，我国目前的金融机构国际合作仍处于初级阶段，存在合作不够深入、合作方式单一，特别是合作机制不成熟等多种问题，无法满足“一带一路”建设的资金需要。因此，金融机构国际合作机制创新是推动实现共建“一带一路”国家合作共赢的基础，也是促进“一带一路”金融领域国际合作的重要环节。

（2）金融市场国际合作机制创新。中国将秉持共商共建共享原则，推动共建“一带一路”高质量发展，这决定了中国为提高全球资源配置能力而建立的金融市场国际合作机制，与西方霸权主义下所建立的国际金融市场机制截然不同，前者在理念、基本机制、战略目标等方面都具有突出的优越性与创新性。由于我国及相当部分共建“一带一路”国家金融市场开放度和成熟度较低，目前“一带一路”的金融市场国际合作还存在很大空间，创新合作机制的深入研究势在必行。

（3）货币国际合作机制创新。人民币国际化地位与我国经济及国际经济合作在全球的地位极不相称，作为“一带一路”倡议的发起国，我国正在推动实施的人民币国际化进程将直接加强沿线各国之间的货币流动，对实现“五通”目标、深化区域金融经济合作起到重要作用。传统观点认为我国需要“一带一路”来加快人民币国际化，然而深层次命题是“一带一路”建设迫切需要人民币的国际化。这些重要问题的探索都一致地指向：应将人民币国际化上升为“一带一路”金融国际合作的重点研究对象。因此，什么样的合作机制和机制建设路径可以加速这两者的互促就成了我们的研究重点。

（4）投融资国际合作机制创新。投融资合作是推动“一带一路”基础设施建设的重要动力，也是“一带一路”金融合作的关键所在。目前“一带一路”投融资模式还比较单一，跨境社会资本参与度不足，国家间投融资政策合作尚不完善，投融资合作机制缺乏创新性，无法较好地满足建设需要。因此，积极推动构建并不断完善以市场化、多元化、可持续性、互利共赢、风险共担为特征的“一带一

路”投融资国际合作机制具有重大现实意义。

(5)金融安全国际合作机制创新。区域金融稳定是实现区域金融合作共赢的前提，也是金融合作能够持续并不断向前发展的前提。随着“一带一路”金融国际合作的推进，金融和贸易交往不断加深，金融风险传导也会出现新特征，金融监管和金融安全面临新的问题与挑战，一个有效的区域金融安全网构建对“一带一路”金融合作的长期发展和合作共赢目标的实现具有重大意义。

四、“一带一路”金融机构国际合作机制创新

(一)合作目标：金融服务全球化

“一带一路”金融机构国际合作的目标是构建完善的“一带一路”国际化金融服务网络，更好地为“一带一路”提供金融支持，最终实现金融服务全球化。“一带一路”金融机构国际合作应以共建“一带一路”国家的中央银行为引领，以多边国际金融组织为桥梁，以商业金融机构和政策性金融机构为合作的主力军，构建多层级、全方位的“一带一路”金融机构合作体系。“一带一路”金融机构多方开展跨国同业合作，促进共建“一带一路”国家金融机构服务功能有效对接，通过优势互补拓展融资渠道，实现互利共赢，助力“一带一路”实体经济共同发展。

(二)合作机制

“一带一路”金融机构国际合作机制应以共同发展为导向，构建开放、均衡、包容、普惠的多层级金融机构国际合作体系。“一带一路”金融机构国际合作机制包括宏观和微观两个层面。宏观层面的合作主要有国家层面的金融机构合作原则设立、政策对接、对话机制的建立，为参与国间的金融机构业务往来搭建好合作平台与合作框架。微观层面的合作则指金融机构之间根据政府间达成的共识，从具体的项目出发开展金融机构间业务的国际合作、政策的沟通交流等合作活动。宏观层面的合作与微观层面的合作相辅相成，宏观层面的合作为区域间金融机构合作创造了良好的合作环境与合作框架，有助于引导和推动金融机构开展合作活动；而微观层面的合作则是对宏观层面合作的具体落实，是宏观政策的落地。只有实现了宏观和微观层面的合作才能真正达到促进区域间要素自由流动、优化资源配置、互利共赢、共同发展的目的。

(三)路径规划

1. 以官方外交为基础开展高层对话

由于“一带一路”范围广、涉及国家多，国际关系十分复杂，国家间的政治互信程度不一，这就给“一带一路”金融机构国际合作机制的建设带来了困难。中央政府需要发挥引领作用，打好外交基础，创造友好的国际合作环境。首先，

要针对不同国家政治经济、人文历史、民族宗教等多方面的真实情况，实施符合该国特点的外交政策。通过政府间沟通和首脑谈话，探寻共建“一带一路”国家金融机构国际合作契合点，联结共建“一带一路”国家间的金融机构发展的利益和需求，达成“一带一路”金融机构国际合作的共同目标。其次，以高水平的外交活动促进国家间经济往来和政策沟通。以现有的国际合作组织［如上海合作组织（简称上合组织）、亚投行等］为纽带，促进共建“一带一路”国家政府间的沟通交流，加强经济和文化层面的交流与理解。

2. 构建中国与共建“一带一路”国家金融机构的信息共享平台

信息交流畅通无阻是“一带一路”金融机构国际合作的关键。以共商共建共享为原则，整合多方优质信息资源，打破信息不对称障碍，以信息交流促进“一带一路”金融机构国际合作，打造“一带一路”金融信息共享平台。在“一带一路”金融信息共享平台中，共建“一带一路”国家的金融机构可以便捷地共享信息、磋商合作，各国的投资、贸易、产业项目都可以在该平台发布信息，分享进展与成果，项目也可在该平台寻求与金融机构合作，从而形成“一带一路”金融信息资源池，任何需要“一带一路”投融资或金融服务信息的金融机构或企业都可以在该平台获得权威、及时的信息服务。在提供便利化信息分享渠道的同时，利用人工智能技术对信息细分行业分类、智能推荐，用大数据技术服务“一带一路”建设，为“一带一路”建设创造更多的投资贸易机会。

3. 设置“一带一路”金融机构纠纷协调组织

现有国际纠纷解决机制是以发达国家为主导的，不符合“一带一路”发展的需要。在“一带一路”倡议下应以发展中国家和新兴市场为主体，构建金融国际纠纷解决机制就显得至关重要。设置“一带一路”金融机构纠纷协调组织，应做到以下方面：一是通过双边、多边协议，提高“一带一路”国际纠纷调解机制在各国的认可度，扩大参与国家范围；二是制定符合“一带一路”特色的纠纷解决方式，采取以仲裁为主，磋商、谈判等政治手段为辅的协调方式（黄韵，2017）；三是建立完善的商讨流程和快速处理通道，加快争端解决速度，降低解决争端的时间成本和资金成本（张超和张晓明，2017）。

4. 中央银行统筹规划“一带一路”金融机构监管合作

由于共建“一带一路”国家金融发展水平和金融监管制度各异，中央银行应牵头开展各国间的金融监管合作，分步骤建立“一带一路”金融监管制度，就国际金融监管在正常状态下的合作以及危机下的应急措施达成合作共识。“一带一路”金融机构合作机制建设需要充分发挥中央银行的带头作用，从战略高度制订“一带一路”金融机构合作机制的顶层设计方案，对整体的战略布局进行统筹规划。目前，

“一带一路”金融机构的合作模式仍然较为单一，国家层面的合作模式主要有签署合作协议，机构层面的合作模式主要包括货币互换、银团贷款、联合融资、同业授信、发行“一带一路”债券、中资证券公司持股境外证券公司等。中央银行应从合作现状问题出发，从战略高度进行金融机构合作的顶层规划，将国家层面的合作对接与机构层面的合作落地联系起来，为金融机构制定合作模式的总体方针，从而使金融机构合作机制形成一个从上至下环环相扣、紧密相连的合作体系。

5. 建立“一带一路”金融机构合作智库联盟

建立“一带一路”金融机构合作智库联盟，通过发挥智库的交流沟通与智慧合力，为“一带一路”金融机构国际合作提供理论与实务创新。建立智库联盟，组织联盟成员开展合作研究，为各国在“一带一路”金融机构合作中的科学决策提供重要的理论支撑，为业务创新提供技术支持。通过推动各国智库间的交往交流，消除国际社会上存在的对“一带一路”建设的偏见，拓展双方合作契合领域，吸引更多国家参与到“一带一路”建设中，为“一带一路”建设以及金融机构合作营造良好的软环境。智库联盟可以充分发挥其理论优势，通过智库交流促进各国从不同角度对“一带一路”金融机构合作进行理论思考，通过国际交流合作、联合研究等为金融机构国际合作提供咨询服务，发挥社会服务作用。

（四）政策建议

1. 根据国家间政治互信水平分类开展政治互访

根据不同国家与中国的政治互信水平，采取相应政策持续推进中国与共建“一带一路”国家的政治互访。对于互信水平高的国家，如俄罗斯、柬埔寨、塞尔维亚、哈萨克斯坦、巴基斯坦、匈牙利、老挝、波兰、白俄罗斯、蒙古国、捷克、吉尔吉斯斯坦和乌兹别克斯坦等国家，应在保障现有政治互信水平的前提下继续深挖合作潜力。对于政治互信仍有较大提升空间的西亚北非和欧洲部分国家，应进一步加强政策沟通与具体政策的对接，将国际金融机构合作机制的政策落实到位。还有部分欧洲国家如英国、法国、德国均支持“一带一路”倡议，但是具体政策对接尚未有实质性作为，因此这些国家作为潜力型国家应作为重点目标，加强政府间的沟通、互访，加强政策沟通；同时以民间文化交流为辅，促进各国人民加深对中国文化和“一带一路”文化的理解，提高对“一带一路”倡议的信任度。伊拉克、叙利亚、也门、巴勒斯坦等政局不稳定的国家，缺乏在“一带一路”框架下同中国进行有效政策沟通的能力。对于这些国家，应采取较为保守的策略。

2. 以文化融合为桥梁，营造良好的金融机构国际合作环境

消除沿线国家之间的文化壁垒，提升国际文化包容性，促进国家间相互理解，营造良好的金融机构国际合作环境。首先，在国家层面，应促进政府间的政策沟

通交流，通过政府间的合作协议保障国家间的文化互通。在地区层面，鼓励省、市级政府间加强文化交流合作，建立友好城市。充分发挥海外华侨的优势，加强民间文化交流沟通和文化宣传。通过政府和民间双渠道的文化交流沟通，保证民心相通，加强文化理解和包容，以文化认同感打造连接各国的强有力的纽带，在民心互通的基础上加强“一带一路”金融机构合作机制建设与创新。

3. 搭建“一带一路”金融信息共享平台

“一带一路”涉及国家众多，情况不一，环境复杂，建立一套合理可行的“一带一路”金融信息共享与整合机制十分重要。一是监管信息共享。“一带一路”金融信息共享平台应收集整合各国的金融监管信息，并及时更新。要实现监管信息共享，应使沿线国家达成政治共识，进而达成信息共享协议，为实现信息共享铺路；应通过非政府组织推进信息收集与整合工作，让各国更容易接受。二是项目信息共享。“一带一路”金融信息共享平台通过整合“一带一路”建设项目和金融机构业务的相关信息，为金融机构和企业提供项目对接，实现项目信息的共享。同时整合已实现项目以形成案例库，供“一带一路”建设各参与主体研究分析。三是征信信息共享。“一带一路”金融信息共享平台要实现征信信息共享，可以通过建设“一带一路”征信体系，统一征信评级标准，构建“一带一路”征信评级规则，最终实现征信信息的统一。

4. 以银行合作为先锋，带动证券保险机构合作

银行作为共建“一带一路”国家的金融体系中最主要的金融机构，在金融机构国际合作项目中也是最为活跃的金融机构，而证券业和保险业的国际合作处于初级阶段。因此，“一带一路”金融机构合作建设可以采取优先促进银行业开放，以培养具有全球竞争力的银行为目标，通过银行业国际合作，充分打通“一带一路”资金融通渠道，为“一带一路”建设中的中资企业以及当地企业和居民提供金融服务，培育中国金融机构的“一带一路”国际金融市场，再通过银行业的先锋带动为证券、保险机构铺路，带动证券业和保险业的“一带一路”国际合作。中国银行业机构众多，要科学规划其“一带一路”的布局，既要避免扎堆从而导致恶性竞争，也要尽快补齐某国因缺少银行业金融机构而无法开展正常业务的短板。

5. 以金融人才培养为重点，多渠道开展金融教育合作

“一带一路”金融机构国际合作离不开人才支撑。有优秀的经营人才队伍，金融资源配置和风险管理效率才能有效提高；有优秀的监管人才队伍，金融安全才能得到保障；有具有国际视野且了解多国金融政策的国际金融人才，才能保障国际金融机构合作的不断深入。因此，应从“一带一路”金融机构发展实际出发，

开展多渠道金融教育合作，努力培养高素质国际金融人才队伍。通过与共建“一带一路”国家政府达成国际金融人才联合培养协议，可对接各金融机构与高校，以文化教育交流、学术科研合作、人才联合培养、课程合作建设、合作办学等多种渠道开展金融人才培养合作，为“一带一路”金融机构国际合作输出高质量的国际金融人才。

五、“一带一路”金融市场国际合作机制创新

（一）合作目标：国际金融市场互联互通

在全球形势剧变、“逆全球化”思潮兴起背景下，“一带一路”金融市场国际合作的目标，就是通过落实金融市场对外开放政策措施，扩大与共建“一带一路”国家的金融市场合作力度，促进金融市场结构优化和金融产品丰富升级，逐渐实现国际金融市场互联互通。同时，在“双循环”新发展格局下，推动形成“以国内资金循环为主体，国内国际资金循环相互促进”的新格局。

（二）合作机制

在金融市场互联互通合作目标的指引下，要以国际金融中心合作为基础，建立辐射双边、区域金融市场的互联互通机制；以证券市场合作为基础，建立带动债券与外汇及其他金融市场的互联互通机制。加强金融区域市场互联互通，要选取香港、新加坡、伦敦等国际金融中心作为支点，根据不同支点的市场优势和发展诉求对市场功能进行划分，在双边互联互通机制建设基本成型后，推广到德国、阿联酋、法国、俄罗斯等国家金融市场，而后采取从双边金融市场合作辐射至多边金融合作的方式，实现“一带一路”金融市场的全面互联互通。要以现有沪港通、深港通等合作为样板，加强与香港金融市场的合作深度，继续推进双方在股票、债券、基金、保险、衍生品等方面的合作，利用示范效应和扩散效应将合作经验拓展至与伦敦、新加坡等金融市场的合作中，形成从点到面、由浅至深、从局部到全面的金融市场合作格局。加强金融子市场互联互通，要以资本市场、衍生品市场等金融子市场为主要载体，通过债券通、股票通、基金互通等投融资合作机制，逐步带动货币、保险等其他市场合作。

（三）路径规划

根据中国和“一带一路”各金融市场发展及合作的动态趋势，金融市场国际合作按照分区域、分市场、分层次进行合作路径规划。

1. 分梯度开展区域金融市场国际合作

按照金融市场发展情况和各国与中国金融市场国际合作的基础，可从三个梯

度开展金融市场国际合作：第一梯度以中国香港为重要通道，以新加坡、阿联酋、俄罗斯、英国等为重点，这些金融市场已与我国积累了一定的合作经验，且市场规模较大，制度相对成熟，可作为双边金融市场国际合作的首要抓手，与其展开全方位的金融市场合作，并承担辐射周边国家金融市场的职能；第二梯度为法国、德国、卢森堡和马来西亚等国家，这些金融市场虽在规模化、成熟度方面与第一梯度市场相比稍有逊色，但在债券市场、大宗商品市场等某些方面具有独特的发展优势，可与其进行重点领域的金融市场国际合作；其他国家为第三梯度，这些国家金融市场较不发达，存在普遍金融抑制，很难直接与其展开金融市场合作，其主要是作为资金的输入国承接"一带一路"金融市场合作的成果，带动其经济金融的发展、国内市场的开放和相关制度的成熟健全，而后再逐渐广泛参与到"一带一路"金融市场国际合作中。

虽然现阶段我国境内金融市场发展规模较大，但金融抑制尚存、资本管制犹在、相关制度不健全、金融创新能力不强、多层次资本市场体系有待深化，应先与第一梯度金融市场合作，对这些区域的金融主体适度放开资本管制，扩大市场开放幅度，吸取其金融市场建设经验并形成双边金融市场合作经验，以促进本土金融市场建设发展，并将其金融市场合作经验复制至其他市场合作中。随着金融制度的完善成熟、金融市场开放幅度的扩大和次区域市场的培育发展，可以能源金融合作、大宗商品市场合作、绿色债券市场合作等为切入点，与俄罗斯、阿联酋等较不发达但具有一定市场影响力的第一梯度金融市场，以及法国、德国、卢森堡和马来西亚等第二梯度金融市场展开合作，并引导第三梯度国家的金融主体参与其中，最终达到国内金融市场成熟开放、各区域广泛参与合作的状态。

2. 分子市场开展金融市场国际合作

我国与共建"一带一路"国家债券市场、股票市场的合作层次最高，外汇市场、衍生品市场合作次之，货币市场、基金市场的合作基本处于起步阶段，而诸如保险等其他市场方面的合作则几乎没有。结合当前合作基础和市场发展基础，在"一带一路"金融市场国际合作过程中，应以债券市场作为先行重点合作市场，继续鼓励"一带一路"债券合作创新，挖掘绿色债券、可续期债券和超长期债券等债券品种的发展潜力；继续扩大中英两国跨境绿色债券的发行投资及第三方市场合作；推进多边债券市场合作，加快亚洲债券市场和离岸人民币债券市场建设步伐，推动亚洲债券托管清算结算系统互联互通建设；加快债券通等制度协调和机制建设，畅通债券相互发行和投资路径。发挥股票市场灵活自由、广泛汇集资金的优势，持续打通股票市场互通障碍，充分激发股票市场活力和流动性，挖掘其对"一带一路"项目合作的重要资金支持作用。利用公募基金长期稳健和私募基金高效灵活的特点，继续发展基金产品互认等机制，发挥基金市场合作对优化投资者结构、稳定市场发展的重要支撑作用。共建"一带一路"国家多是新兴发展中国家，基础设施建设和大宗商品贸易是中国与其进行双边经贸合作的重要内容，受政治风险以及利率、汇率、大宗商品价格波动等各种不确定性影响较大，对衍生品交易和保险等具有稳定收益、降低风险的金融产品有较大需求。在“一带一路”金融市场国际合作中，应发挥两个市场的深化和保障功能，保障“一带一路”国际经贸和金融合作的长久稳步推进。

3. 分层次推进金融市场国际合作

按照风险偏好和专业程度，可将市场参与者分为三个层次，从第一层次到第三层次，市场参与者风险偏好依次升高，专业性依次降低。按照市场参与者的不同层次，逐步推进其参与到国际金融市场的合作中。首先应开放以中央银行、政策性银行和多边金融机构为代表的第一层次市场主体参与到“一带一路”金融市场国际合作中。中央银行、政策性银行和多边金融机构多为非营利组织，其金融活动主要是为了稳定汇率、维持国际收支平衡、促进本国和区域经济发展，因此其资金较多投向缺乏经济效益、改善民生和创造就业的项目，如能源、基建、电力等。基建先行、铁路外交是中国参与“一带一路”合作的一大特色。在“一带一路”合作的初级阶段，国际合作机制尚不完善，各国的资本开放程度有限，因此，率先打通第一层次市场主体参与金融市场国际合作的路径，是兼顾满足“一带一路”合作项目资金需求和控制金融市场合作风险的现实和理智选择。随着金融合作的逐渐开展和相关机制的完善，再逐渐放开以保险公司、证券公司、基金公司、资产管理公司和大型商业银行为代表的第二层次市场主体参与到“一带一路”金融市场合作中来。第二层次主体虽都以营利为目的，但流动性监管、资本监管等相关监管措施，金融市场操作规范，以及极其丰富的投融资经验使其在规范性和安全性的前提下，将资金投向长期来看具有增值价值的项目，是激发市场活力、扩大市场规模、优化市场结构和提升市场专业化水平的主要载体。在第二层次主体广泛参与的情况下，可放开对信托公司、中小商业银行和其他金融机构等第三层次市场主体的金融市场国际合作准入，以进一步提高市场流动性并加大对中小企业等小规模融资主体的融资支持。

（四）政策建议

1. 着力构建多层次资本市场体系

完善的多层次资本市场是稳步推进金融市场国际化和开展金融市场国际合作的基础。第一，完善资本市场基本制度，建设包容性强、流动性高的多层次资本市场。逐步理顺和完善股票在资本市场各层次之间的流转渠道，着力提高各层次市场的活跃度和流动性，彻底实现资金要素资源的市场化最优分配，从而构建成金融生态的内部良性循环和与产业系统的外部良性循环。第二，坚持依据实际，突出特色，协调发展，完善各子资本市场板块的个性化差异化功能及与之匹配的标准制度安排。深入推进新三板市场化改革，研究颁布精选层企业进行转板上市的相关标准，构建完整的精选层企业转板上市制度，拓宽挂牌企业上市渠道，打通中小微企业发挥增长潜力的上升通道，强化多层次资本市场各层次间的有机联系，强化金融创新服务实体经济能力。第三，加强金融产品创新，形成多元化融资体系。发挥我国香港“桥头堡”作用，与发达金融市场开展金融科技合作，结合共建“一带一路”国家的资源特色和发展阶段，创新真正满足“一带一路”投融资需求的基金、债券产品；合理化创新运用创业投资基金、产业投资基金、保险投资资金等各种金融产品促进资产证券化，更多地通过直接融资渠道高质量共建“一带一路”；积极拓展政策性银行、商业银行、资本市场等多元化融资渠道，为“一带一路”建设提供多方位融资支持。

2. 有序推动国内金融市场高水平开放

中国金融市场开放需分层次、全方位、多领域有序推进。首先，做好制度型金融开放路径的顶层设计，实施制度化负面清单管理制度，推进制度型金融开放，保证金融开放的合理有序进行。其次，稳步推进资本市场双向开放，着力全方位开放。放松境外机构投资者本外币汇出金额和比例限制，尝试在粤港澳大湾区进行“跨境理财通”业务试点，允许外资金融机构办理银行间债务市场的债券承销和评级业务，授权外资金融机构担任非金融债务融资工具A类主承销商，逐渐破除金融市场开放在投资者与筹资者、“引进来”和“走出去”方面的发展不平衡。最后，真正取消商业银行、证券机构、基金管理公司、期货和人身险行业的外资持股比例限制，拓宽外资金融机构经营的业务范围，放宽外资金融机构进入中国市场在资产规模、资产结构、经营年限、股东资质等方面的限制，实施分层次和多领域开放。

3. 加快推进中国边境特色金融市场建设

广西、云南、黑龙江、新疆、福建等边境金融市场是促进次区域金融市场合作和重点领域金融市场合作的重要抓手，应植根经贸合作，发挥地方特色，形成“一带一路”金融市场走廊上的重要支点。第一，以金融改革试验区为范式，推进区域性金融开放。以边境省区为据点，搭建中国区域性跨境人民币业务平台，建设广西—东盟、云南—南盟、海南—阿联酋、新疆—中亚、黑龙江（或内蒙古）—俄罗斯等区域的跨境人民币资金汇兑高速通道，为中国公司利用国内外两个市场、两种资源多元化其境内、境外融资渠道提供基本的金融设施支持，切实改善中资企业借入外债限制较多、门槛较高的问题。第二，加快推进外汇管理创新实验点工作在边境省区落地，积极建立完善边境外汇市场。加强与周边经济体的区域性金融交流与创新合作，以广西推行人民币对越南盾等银行间外汇市场区域交易为范本，加快推行人民币在南亚、中东欧和阿拉伯经济体的银行间外汇市场交易。

第三，基于边境省区经济贸易合作的具体内容，建立个性化区域金融市场。加快广西南宁中国—东盟黄金产业园区的招商引资工作，着力构建发展集贵金属精深加工、设计研发、检验检测、集散配送、跨境电商、展会展示、金融交易、文旅推广等为一体的黄金珠宝产业集聚区，未来在产业园区的发展基础上建设辐射东盟地区的国际化区域性人民币黄金交易中心。新疆是我国石油、天然气等能源资源和矿产资源的重要基地和加工区，与中亚有密切的经贸合作，也在货币、金融监管等方面展开积极合作，故可在此基础上建立人民币能源交易中心，并进一步提升新疆黄金投融资平台开放性，加强与中亚五国黄金市场的合作广度和深度。第四，将边境省区作为开放试点，建立边境自贸区离岸金融中心。借鉴上海、海南等地的自由贸易账户体系设立方案，有序建立从离岸在岸内外分离型到内外渗透型最后到内外一体化的人民币离岸金融中心。

4. 积极完善双边金融市场互联互通机制

在资本项目开放程度不高的背景下，需加快完善为境外投资主体投资我国境内市场，以及境内投资主体投资境外市场设立的一系列互联互通管道，包括但不限于人民币合格境外机构投资者（RMB qualified foreign institutional investor，RQFII）、合格境内机构投资者（qualified domestic institutional investor，QDII）、港股通、沪伦通等。要进一步完善和拓展金融市场互联互通机制，持续放宽直至取消每日跨境交易额度限制，扩大区域范围和联通渠道，持续加强与境外成熟发达市场的联系；优化合格机构投资者制度，进一步放宽投资比例限制，提升资金跨境流动的便利性，适时出台合格个人跨境投资者制度。在沪港通的经验基础上，积极稳步推进沪德通、沪新通合作，实现我国资本市场与境外市场互联互通的新突破。下一步，应进一步拓展双边金融市场的互联互通机制。继沪港通、深港通实现交易所市场股票对外开放后，已成功积累大量风险偏好较高的海外投资者群体，应当考虑适时放开可转债、公司债、衍生品等具有较高风险的交易品种，满足境外投资者持有债券后进行流动性管理以及管理利率风险、汇率风险、信用风险等风险的需求。在沪港通深化发展基础上，进一步搞好沪伦通建设，同时拓展沪德通、沪新通，在我国资本市场与境外市场互联互通上实现新突破。

5. 全方位推动共建“一带一路”国家间金融对话合作

短期内，要加快各国之间双边、多边对话及协商机制建设优化力度，构建各国财长和央行行长间互访及对话的规范性机制。借助多边对话机制，使双方在全球经济治理问题上达成一致意见，为中国与共建“一带一路”国家在金融市场国际合作中谋求更加公平、公正的国际环境。中长期内，应推动与共建“一带一路”国家金融市场制度对接和标准统一，加强信息共享和项目信息透明化建设。一方面，中国应积极倡议和推动共建“一带一路”国家建立与国际接轨的会计核算准则、法律法规和税收架构，加强各方在产品标准、业务规则和市场管理制度层面的合作，构建“一带一路”证券交易所的学习交流合作平台，为互联互通提供支持。另一方面，中国可参照世界银行、国际货币基金组织（International Monetary Fund，IMF）、亚洲开发银行等国际金融机构提供项目贷款的惯常做法，研究“一带一路”建设项目投融资、贷中、贷后等阶段的最低信息披露规定，对相关业务信息、建设进度信息以及财务信息等按时披露，并建立相关信息的发布、交流平台，有效解决信息不完善、不对称等问题，进一步提升信息共享程度，以构建一个公开透明、简洁高效、层次清晰、可行性强的信息披露和共享体系。

6. 加强金融市场国际合作保障机制建设

国内方面，国家发展和改革委员会已设立推进“一带一路”建设工作领导小组办公室，但受限于工作经验、人力资源和工作基础等原因，其较少涉及金融市场国际合作工作。可考虑在推进“一带一路”建设工作领导小组办公室中设立专门的金融合作小组，通过设立金融合作小组，并与各级地方政府、商协学会、金融法律等服务机构开展合作，推动资源、信息、项目共享对接，推进金融产品创新和金融市场联通。国际上，在金融市场国际合作中进行高层推动、战略对接、双边对话、多边机制、二轨对话及交流合作等保障机制建设。在金融合作的起步阶段，可通过战略对接、领导人互访和国别合作促进会等初步达成国际金融合作的一致意见；保障高层推动金融合作发挥实质促进作用，而后再通过上合组织峰会等多边机制、财政部部长对话、智库交流合作等进行金融合作框架搭建和制度保障设计，促进沿线国家的金融管理部门、政策性和商业性金融机构加强规范化、常态化的经验交流与监管合作，建立完善助力国际金融标准设立、金融子市场合作等层次共同发展的常态化渠道；最后通过金融合作分委会、城市合作、重点领域合作以及金融机构交流合作等将“一带一路”金融市场国际合作落实到具体城市、子市场和参与主体，针对资本市场、保险市场等具体领域或具体产品合作以及重庆—巴黎、广西—东盟等跨境合作，进行重点磋商协调，将金融市场合作从规划层面推入到实操层面。

六、“一带一路”货币国际合作机制创新

（一）合作目标：国际货币多元化

布雷顿森林体系瓦解之后，美元依旧占据着国际货币的垄断地位，由此带来的国际货币体系的霸权特征及不公正性日益凸显，引起国际社会广泛关注，构建新的国际货币体系呼声不断高涨。“一带一路”货币国际合作的目标是促进国际货币多元化，通过积极推进区域内货币合作进程，破解美元霸权的约束和干预，逐步使人民币的国际话语权与我国经济的国际话语权相匹配，从根本上保证区域经

济深度融合、共同发展。

（二）合作机制

“一带一路”货币国际合作主要有以人民币离岸市场、大宗商品人民币定价、货币政策国际协调为基础的三个合作机制。其中，人民币离岸市场建设是“一带一路”货币国际合作的重要推手，在当前在岸人民币依旧存在一定管制的前提下，可以利用在岸与离岸人民币之间越发紧密的互动联系创新汇率合作机制；大宗商品人民币定价是推动人民币国际化和“一带一路”货币合作进程的重要路径。在“一带一路”货币国际合作中，石油人民币对人民币国际化以及国际货币多元化意义重大，可施行“推出人民币计价的原油期货交易+加大国内金融市场开放力度+在‘一带一路’相关建设与投资中更多使用人民币计价与结算”的“三位一体”人民币国际化战略，努力构建石油人民币体系；货币政策国际协调是“一带一路”建设和人民币国际化的必要条件。在推动“一带一路”货币合作的进程中，通过货币政策国际协调，不仅能够应对金融失衡和经济衰退，提升抗击金融风险的能力，还有利于形成稳定和可操作性强的汇率环境，为“一带一路”建设和人民币国际化搭建平台。

（三）路径规划

“一带一路”货币合作机制创新的实现路径主要包括以人民币作为区域货币合作的代理变量、在“双循环”新发展格局下创新货币国际合作机制两个方面。

1. 以人民币作为区域货币合作的代理变量

虽然人民币目前还不是“一带一路”最主要的货币，但是从国家总体因素、金融发展水平、贸易发展水平、经济发展水平等方面来看，人民币未来最有潜力成为区域内决定性货币。“一带一路”建设加强了沿线国家基础设施的互联互通，加强了沿线国家经贸合作，带动了区域经济增长，为人民币国际化和地位提升带来了历史性机遇。以人民币作为区域货币合作的代理变量，能够直接增加“一带一路”贸易和投资活动中人民币的使用规模，对人民币国际化将产生直接推动作用。人民币成为“一带一路”货币合作代理变量需要经历人民币周边化、区域化和全球化三个阶段：初期应着眼于周边国家，中期应促进人民币成为亚洲区域货币合作的代理变量，后期应以区域化为基础推动人民币全球化。

2. 在“双循环”新发展格局下创新货币国际合作机制

在“双循环”背景下，我们应当助力“一带一路”货币合作机制，以实体经济的真实需求作为推动人民币国际化的现实基础，进而推动人民币在相关国家计价、结算与储备方面的使用。一方面，利用境外需求带动国内的产业升级，借助实体经济影响力增强世界各国对人民币的货币信心。从当前国际主导货币的发展经验来看，产业推动与货币推动相结合，是实现货币在全球范围国际化的有效途径。推动人民币国际化，需要遵从国际货币的客观发展规律，积极结合“一带一路”建设，借助中国制造和中国资本以人民币计价、以人民币结算的形式“走出去”。另一方面，通过金融渠道输出、贸易渠道回流，逐步实现人民币跨国间多重循环的新发展格局。经常账户下通过进口对外支付人民币，通过出口贸易结算实现人民币回流。资本与金融账户下通过本币对外直接投资、央行资产互换等形式实现人民币输出，通过现钞回流、跨境贷款、本币外商直接投资、外国投资者投资境内金融市场等方式实现人民币回流。

（四）政策建议

1. 分阶段推进人民币作为“一带一路”货币合作的代理变量

实现人民币成为“丝绸之路经济带”货币合作的代理变量可分三个阶段：先从俄罗斯和蒙古国开始，后向中亚和西亚推进（哈萨克斯坦、吉尔吉斯斯坦、塔吉克斯坦、乌兹别克斯坦、伊朗、伊拉克、阿塞拜疆、格鲁吉亚、亚美尼亚、土耳其、叙利亚、沙特阿拉伯、巴林、卡塔尔、也门、阿曼、阿联酋、科威特、黎巴嫩、阿富汗），最后在中东欧和西欧完成（塞浦路斯、奥地利、希腊、波兰、塞尔维亚、捷克、保加利亚、斯洛伐克、阿尔巴尼亚、克罗地亚、波黑、黑山、爱沙尼亚、立陶宛、斯洛文尼亚、匈牙利、北马其顿、罗马尼亚、拉脱维亚、乌克兰、白俄罗斯、摩尔多瓦、马耳他、意大利、卢森堡）。

实现人民币成为“21世纪海上丝绸之路”货币合作的代理变量可分四个阶段：先从韩国和东盟开始（韩国、马来西亚、印度尼西亚、泰国、菲律宾、新加坡、文莱、越南、老挝、缅甸、柬埔寨），后向南亚推进（尼泊尔、巴基斯坦、孟加拉国、斯里兰卡、马尔代夫），接着在非洲实行，延伸到葡萄牙[苏丹、南非、塞内加尔、塞拉利昂、科特迪瓦、索马里、喀麦隆、南苏丹、塞舌尔、几内亚、加纳、赞比亚、莫桑比克、加蓬、纳米比亚、毛里塔尼亚、安哥拉、吉布提、埃塞俄比亚、肯尼亚、尼日利亚、乍得、刚果（布）、津巴布韦、阿尔及利亚、坦桑尼亚、布隆迪、佛得角、乌干达、冈比亚、多哥、卢旺达、摩洛哥、马达加斯加、突尼斯、利比亚、埃及等国]，最后在拉丁美洲和大洋洲国家完成（新西兰、巴布亚新几内亚、萨摩亚、纽埃、斐济、密克罗尼西亚联邦、库克群岛、汤加、瓦努阿图、智利、圭亚那、玻利维亚、乌拉圭、委内瑞拉、苏里南、厄瓜多尔、哥斯达黎加、巴拿马、萨尔瓦多、多米尼加、特立尼达和多巴哥、安提瓜和巴布达、多米尼克、格林纳达、巴巴多斯、古巴等国）。

2. 分国家类别激发共建“一带一路”国家对人民币的需求

根据政治因素将共建“一带一路”国家分成四类，对于不同类国家对人民币的需求应采取不同措施。第一类是受美国制裁的国家。在共建“一带一路”国家中，俄罗斯、伊朗、古巴、委内瑞拉等国家受到了美国不同程度的政治制裁和经济制裁，可与这些国家构建商业结算机制，积极发展人民币跨境支付系统（Cross-border Interbank Payment System，CIPS），争取在双边甚至多边贸易投资结算时尽力绕开美元，提高人民币结算比重。从受制裁国家的实际需求出发，建立专门金融机制，提供相应金融服务，提高受制裁国家对人民币的需求。第二类是以美元贸易为主开展双边合作的国家，推动人民币成为我国与这些国家货币合作的代理变量会受到来自美国的阻力。可与这些国家建立贸易合作区域，推动各国贸易投资往来，提高这些国家对我国的贸易依赖度以及对人民币的需求。可以建立共建“一带一路”国家广泛参与并以人民币为核心的区域性经济合作组织，提升人民币在区域的地位，从而提高这些国家对人民币的需求。第三类是与我国有政治冲突的国家，提高这些国家对人民币的需求存在难度。缓解政治冲突并提高对人民币的需求，需要双方充分地沟通和协商。第四类是与我国经贸合作密切的国家，要在进一步推进双边经贸合作的基础上，建立全面人民币双边货币合作机制。

3. 稳步增加“一带一路”货币国际合作中人民币供给

第一，完善人民币国际循环机制。在重视人民币境外存量规模扩大的基础上，实现人民币国际化战略的重点应在于完善人民币国际循环机制，通过拓宽人民币回流渠道实现境外人民币的良性循环。第二，化解现阶段美元霸权下特里芬两难困境，不断提升本国的经济规模，增强经济实力。雄厚的经济实力将成为我国人民币国际化进程中最有力的支撑，是避免陷入特里芬两难困境的关键。第三，积极发挥数字货币在人民币供给中的作用。基于区块链技术的人民币数字化，不仅可以帮助人民币绕过美元清算体系，还可以提升物流和贸易的效率。贸易中区块链的解决方案使得流程更加透明，分布式账本技术可以提高安全性，加快交易总体速度，提升中央银行对货币供给和货币流通的控制力。第四，加强宏观经济政策的国际协调。在明确中国主导地位的基础上，整合沿线发展中国家或集团之间的相对成熟的双边和多边对话或者合作平台与机制，以谋求经济利益作为出发点，逐渐通过从具体合作项目协调扩展到更大范围的经济政策协调。集结国内外在区域国别、世界经济领域的专家和优秀企业家成立智库联盟和企业家论坛，与共建“一带一路”国家的智库和企业建立自下而上的协调平台。

七、“一带一路”投融资国际合作机制创新

（一）合作目标：多层次、全方位投融资合作体系

“一带一路”投融资国际合作的目标是构建一个多层次、全方位投融资合作体

系。这一新型“一带一路”投融资国际合作体系，在积极推动双边合作和多边合作的基础上，倡导调动全球资源，建立“资金可获得、成本可分摊、收益可主导、风险可控制”的“1+1+*X*”的投融资国际合作机制，以服务“一带一路”建设。调动全球资源指的是不仅要深化共建“一带一路”国家之间的投融资合作，还要倡导未参与的国家可以作为第三方市场的参与方或目的国进行合作，以实现共赢的根本目的。

（二）合作机制

为了加强投融资国际合作与对接，打造“利益共同体”，畅通资金支持“一带一路”建设，最终实现引入多元化投融资主体、合理摊配投资成本、获取可持续投资收益以及有效监测防控投融资风险，需要建立四个具体合作机制：多元化资本引入机制、合作成本分配机制、收益保障与分配机制和风险监测防控机制。

（1）多元化资本引入机制。通过发挥亚投行、丝路基金有限责任公司（简称丝路基金）等开发性金融机构的引领作用，率先对沿线区域重大项目进行优先建设与运营，借此吸引各类多元化资本进入其具有相应预期回报的配套性项目，进一步，借鉴资产证券化，创新投融资合作模式，将存量资产盘活，用以吸引更多资本。

（2）合作成本分配机制。将合作成本分为固定成本和变动成本，在一定范围内固定成本将随着合作方数量增多而降低，每个合作成员承担的变动成本可以按收益分配比例确定，从而可以消除各合作参与方的“搭便车”动机，均衡各方参与者合作成本，使投融资国际合作更加紧密。

（3）收益保障与分配机制。通过完善重大项目建设的收益评价体系，帮助遴选出优质的投融资项目，以保障投融资国际合作各参与方的收益，并结合收益和风险匹配的原则，按照参与方的风险容忍程度及投入成本，设计创新型的收益保障与分配机制。

（4）风险监测防控机制。建立各国普遍参与的风险监测防控机制，对经济风险与非经济风险进行识别、监测与预警，对融资成本和投资回报加以监测与预测，并建立投融资风险的响应机制。

（三）路径规划

1. 建立以重大项目为抓手的全球合作机制

重大项目是指世界大多数国家共同关注的或有较大共识的投资项目，如气候投融资项目、绿色发展项目、新能源项目等。为分散风险，根据不同业务模块、经营区域等特点，对重大项目进行分拆，划分为若干个子项目，再由担保机构出面对各子项目进行信用支持，同时，风险投资机构与各子项目签订相关期权合同，在此基础上将这一系列子项目的资金需求进行打包，用运营权、矿产资源等向银行进行抵押贷款，获取资金。然后，贷款银行将该打包资产转移给特殊目的载体（special purpose vehicle，SPV）进行资产证券化，经过评级机构分级后，通过债券市场进行发售。根据所承担风险的大小，优先级以担保机构进行优先认购，次优先级以银行等金融机构投资者进行优先认购，权益级以风险投资机构进行优先认购。当某个子项目出现风险时，则将该项目暂时剔除出资产池，并由风险投资机构根据期权所签订的认购价格，购买该项目的股权，注入资金，经并购或重组等运作，待其恢复正常运营时再纳入 SPV 资产池。上述设计可以有效权衡风险和收益，改变现阶段“一带一路”重大项目偏重单一债权融资或股权融资，导致其短期收益与长期收益失衡，以及由银行或者担保机构等单方面承担高风险等状况。

2. 建立以境外合作园区为平台的全球合作机制

在境外合作园区内设立运营投资公司，该公司的主要收入来源于园区内的管理运营收益，以及对园区内有融资需求的企业进行投资所产生的收益。在此，借鉴信托产品结构化概念中优先、夹层、劣后的分层设计，将该公司的股东设计为优先级股东、夹层级股东、劣后级股东这三大类。三类股东在收益分配与风险承担两方面存在一定的优先、劣后之分。在收益分配上，优先级股东享有最先分配利润的权利，当满足其所要求的“固定”收益后，再将剩余利润分配至夹层级股东，当满足其所要求的“固定+浮动”收益后，最终将剩余利润全部分配至劣后级股东，满足其“浮动”收益的要求；在风险分担上，当公司出现亏损时则先亏损劣后级股东的资本金，以保障优先级股东与夹层级股东的资本金安全，待劣后级股东资本金消耗殆尽后，再以损失夹层级股东的资本金来保障优先级股东的资本金。在股东对象的考虑上，优先级股东以世界多边组织以及发达国家的机构为主，夹层级股东以周围双边组织以及发展中国家的机构为主，劣后级股东以参与建设园区的国家及本土机构为主。上述设计借鉴信托产品结构化概念中优先、夹层、劣后的分层设计，通过让利与相适应的风险承担，可以吸引各类不同风险偏好的资本进场，促进国际资本在特定区域内的稳定合作，并且可以提高园区内中小项目群的投融资效率，有效解决当前境外合作园区内资金囤积于优势企业，劣势企业融资难等问题。

3. 建立以互联网投融资平台为依托的全球合作机制

为满足“一带一路”沿线投融资项目的资金缺口，构建互联网投融资平台，可以有效提高沿线投融资效率。具体来说，沿线各国投融资项目的资金缺口，可以通过基金、银行、资产管理公司等各种类型的金融机构设计相对应的股权类、债权类、资产证券化类等项目包，经过担保、保险、评级公司等机构的增信服务，投放到互联网投融资平台上，然后通过券商、商业银行等相关机构的销售服务，使沿线各国的机构投资者或者个人投资者可以通过互联网投融资平台进行认购。

在投融资合作机制上，通过设计一份投融资参与各方都认可并能贯彻执行的主协议，然后考虑不同业务、不同机构等差异化问题，制定各类附件模板，以供投融资合作时的需要。同时以此为契机，以互联网投融资平台为基础，设立一个类似国际掉期与衍生工具协会（International Swaps and Derivatives Association，ISDA）的国际互联网投融资组织，用来监管、规范该平台上的所有投融资活动。上述设计通过构建互联网投融资平台，可以增加投融资主体的数量规模，打破投融资主体间由地理距离所产生的合作阻碍，全方位提升“一带一路”投融资国际合作的效率；借鉴 ISDA 的成功经验，通过设计投融资合作的主协议和相关文件，可以降低在互联网投融资平台上合作的信用和法律风险，使得借助互联网投融资平台所进行的投融资国际合作可以有效落实。

（四）政策建议

1. “线上+线下”双维度逐步推进

针对沿线国家的差异化特点，以及合作机制的不同适用范围，制订有梯度区别的路径规划，设计“线下+线上”双维度逐步推进的实现路径。根据“一带一路”建设的初步成果主要集中在重大项目与境外合作园区两个方面，“线下”路径基于共识项目驱动。在“线下”实现路径中，应从基础设施建设、油气能源开发等重点领域中，挑选出较为有代表性和影响力，尤其是共识度较高的重大项目，如中欧班列、中国–中亚天然气管道等知名度较高的项目；从现有众多境外合作园区中，挑选出合作较为稳定和成熟的代表性园区，如中俄（滨海边疆区）现代农业产业合作区、中国·埃及苏伊士经贸合作区等 20 个已通过商务部确认考核的境外合作园区。然后试点合作机制，打造各类“明星项目”，进而提炼出普适性经验，加强其可复制性，逐渐将该合作机制普及至其余的重大项目与境外合作园区，实现针对“线下”路径规划的“突破—普及”两阶段目标。在“线上”实现路径中，应根据沿线国家信息化程度的差异，分时期、分对象进行逐步推进。在初期，我国应与新加坡、东欧各国等具有信息化优势的国家进行合作，形成区域互联网投融资合作，同时，加快推进沿线国家的信息化基础设施建设，以及针对境外合作园区的信息化进行重点建设；在中期，以局部互联网投融资合作为基础，逐步纳入符合信息化要求的沿线国家为主区域，以境外合作园区为平台进行互联网投融资合作为次区域，进而形成主、次区域交互的互联网投融资合作；在后期，以逐渐覆盖沿线全部国家为目标，形成全局互联网投融资合作，以此为基础，再计划性地纳入其他国家。

2. 加强全球投融资政策沟通和政治互信

政策沟通位列“一带一路”建设的“五通”之首，对于国家间合作和区域间合作发挥着先导作用和基础作用。“一带一路”倡议提出之后的一段时间，国际上也曾存在过质疑，现在仍有少数国家存在顾虑。随着中国不断围绕“一带一路”发出“中国声音”，提出“中国方案”，越来越多的国家开始对其进行正面理解。具体到“一带一路”投融资国际合作实施过程中，也需要加强相关政策沟通。作为“一带一路”投融资合作机制中的多元化投融资主体，存在类似亲属地缘关系中的“差序格局”。要实现不同意识形态的国家间合作，多元主体在沟通全球投融资政策时需要依循差序包容的原理，不能“一刀切”，不能完全均等化。在“一带一路”投融资多边合作中，加强政治互信是基础和保障。要秉持“和平、发展、合作、共赢”的核心理念，通过全方位、多主体的政治协商、经济交往、人文互动将政治互信、经济融合、文化包容落实到“一带一路”建设的每一个项目中，为实现“一带一路”投融资国际合作提供有力支撑和保障。

3. 强化收益风险匹配的可持续投融资合作

要以互联网投融资平台为核心，将多样化的投融资主体、多元化的投融资方式、主流信用评级机构、各国担保和保险机构等联合起来，以互联网技术为基础，构建可持续投融资多边合作的网络体系。一是强化利益共享，以互联网的方式提高各国之间民间资本的流动性，同时降低信息不对称性以及融资成本，保障各投资主体的利益分配。二是强化风险共担，通过互联网模式的推广销售，将风险分散化至各国家个人以及机构，有效缓解了风险集中性的问题。

4. 加强投融资国际合作风险监测与防控

一是健全“一带一路”投融资国际合作风险的监测预警机制。现有信息平台还不能对“一带一路”建设参与者所面临的投融资风险进行兼具时效性与针对性的分析、判断和预测。“一带一路”建设的多元投融资主体可运用大数据和人工智能技术，发挥各方优势合作构建“一带一路”投融资风险监控体系，构建多层次、多维度、实时有效的投融资风险监测预警体系，并为“一带一路”建设参与者提供符合其特点的风险防范服务。二是健全“一带一路”投融资国际合作风险的防控机制。根据“一带一路”投融资国际合作风险的监测预警机制提取预警信号，建立“一带一路”沿线国家投资的信息平台，在政府层面的宏观引导支持下搞好警情响应策略及预案实施，建立“一带一路”沿线国家投资风险应对的案例库，按历史案例相对应的风险级别、风险类型归档，以支撑警情响应预案模块构建。

5. 健全多边投资保护协定和纠纷解决机制

为保证“一带一路”投融资国际合作创新机制的顺利运行，需要健全多边投资保护协定。针对当前“一带一路”大背景下中国转变为投资输出国的现实需求，研究商签“一带一路”沿线各国共同适用的多边投资保护协议，在注重保护东道国利益的同时要注重保护投资者的利益。另外，应健全“一带一路”建设中的纠纷解决机制。我国已经先后在深圳、西安两地设立了国际商事法庭，以及武汉仲裁委员会“一带一路”(中国)仲裁院，上海“一带一路”国际仲裁中心等专门服务“一带一路”的纠纷法庭或仲裁机构也正在火热建设中。在此基础上，我国可以参照世界银行的国际投资争端解决中心(International Centre for Settlement of Investment Disputes，ICSID)的设置，并结合“合作共赢”理念，与“一带一路”倡议的参与国共同研究发起设立“一带一路”国际投资争端解决中心，从而明确相关的执行、仲裁等规则。未来，无论是国家之间、投资者之间，抑或是投资者与国家之间的纠纷，都可以提交至该仲裁机构，从而确保仲裁结果可以得到各参与方的共同认可。

八、“一带一路”金融安全国际合作机制创新

(一)合作目标：构建“一带一路”金融安全网

“一带一路”金融安全国际合作的目标是构建“一带一路”金融安全网。“一带一路”金融安全网必须是一个可持续、有弹性、风险可控的金融安全保障体系，要充分考虑金融安全正外部效应、金融安全维护成本和金融安全合作多样性等因素，以促进共建“一带一路”国家金融体系保持基本稳健，更好地服务共建“一带一路”国家共同发展。

(二)合作机制

“一带一路”金融安全网主要有三个层次合作机制：一是底层合作机制，包括企业跨境征信合作和主权信用评级。企业是建设“一带一路”的主体，国家是“一带一路”合作的直接参与者和推动者，对二者的准确评价构成了“一带一路”安全网的基础。二是中间层合作机制，主要是通过双边和多边监管合作推动信息交流共享，实现“一带一路”金融合作信息公开透明和有效监管。三是顶层合作机制，主要是建立“一带一路”金融危机救助机制，为“一带一路”金融安全合作提供最终保障。

(三)路径规划

1. 建立广泛的跨境征信合作机制

共建“一带一路”国家经济、政治、文化等存在巨大差异，对各国企业的信用评级难以遵循统一的方法，需要通过各国征信管理部门和评级机构交流合作，中国境内的信用评级机构，如中诚信国际信用评级有限责任公司(简称中诚信)等，应该积极开展与共建“一带一路”国家的交流合作，要在如何保护征信主体信息、共享方式以及共享范围等方面着重进行探讨，从而求同存异，减少差异，形成一个广泛的跨境征信合作机制。

2. 建立国家主权信用评级合作机制

主权信用对跨国资金往来和经济活动有重要影响。评级行业的垄断与评级机构特殊的政治目的是影响评级结果的重要原因，以单个国家评级机构为评级主体的信用评价方式容易造成偏差，"一带一路"主权信用评级要设立独立的、多国共同参与的跨国性质的信用评级机构，以提高信用评级机构的独立性和权威性。由于各国对外开放程度、信息公开水平和信息质量的差异，还有必要研究信息不完备条件下主权信用评级方法与使用方法。

3. 建立和完善双边与多边监管合作机制

金融风险具有跨国传染效应，必须建立多边监管合作机制加以应对。共建"一带一路"国家中，有部分国家没有与中国签订双边监管合作协议或谅解备忘录；即使有签订这类协议或备忘录，也不具有强制的约束力。进一步的金融安全合作必须在此基础上进一步强化双边的监管合作关系，将备忘录的内容具体落实，同时与尚未签订这类协议或备忘录的国家建立监管合作关系。

4. 建立金融安全信息交流共享机制

信息交流共享是实现金融安全的前提。共建"一带一路"国家存在信息不透明、信息交流不通畅的情况，对跨国投融资活动都会产生不利影响。推动信息交流机制创新，应致力于降低跨国信息获取成本，增强信息可获得性和可靠性。应该努力促进各国政府、监管机构和金融机构之间的沟通和互动，提高各国企业、投融资主体和金融市场主体的透明度，推动各国金融信息有序共享、合理使用。

5. 建立"一带一路"金融危机救助机制

"一带一路"金融安全合作应建立完善的危机救助机制，以作为"一带一路"区域金融稳定的最终保障。金融危机的救济方式与区域金融合作方式、金融危机传导方式、金融危机规模大小和危机程度等相关，必须结合共建"一带一路"国家经济金融合作情况进行分析，研究"一带一路"区域及不同次区域的金融危机传导方式和影响范围，并以此为基础确定危机救济机构和设计危机救济方案。

（四）政策建议

1. 增强政治互信，夯实合作基础

金融安全是国家安全的核心要素，金融安全合作也是国家安全合作的重要组成部分，增强政治互信是金融安全合作的重要切入点。以"人类命运共同体"理念推动金融安全国际合作，坚持以共商共建共享为原则，以和平合作、开放包容、互学互鉴、互利共赢为核心的丝路精神为指引，始终强调团结合作，构建不同于现有体系的新金融安全国际合作体系，是各国增强政治互信的根本方法。我们要"构建以合作共赢为核心的新型国际关系，打造对话不对抗、结伴不结盟的伙伴关系。各国应该尊重彼此主权、尊严、领土完整，尊重彼此发展道路和社会制度，尊重彼此核心利益和重大关切”①，在充分互信的基础上，才能携手应对挑战、共谋稳定，推动区域金融安全合作向纵深方向发展，金融安全合作才能可持续发展，并进而推动世界经济发展。

2. 加强“一带一路”金融基础设施建设

金融基础设施涉及金融稳定运行的各个方面，包括金融市场硬件设施以及金融法律法规、会计制度、信息披露原则等制度安排。金融基础设施是金融安全合作的重要保障，在连接金融机构、保障市场运行、服务实体经济、防范金融风险等方面发挥着至关重要的作用，其建设和发展水平直接关系到能否更好发挥金融功能和实现金融安全。对于“一带一路”金融基础设施建设，在硬件方面，应借助大数据、云计算、区块链、人工智能等新兴技术手段，实现“金融+科技”的完美契合，推动“一带一路”股票市场、债券市场、货币市场建立和发展，推动互联网金融等新金融模式发展，构建及时高效的金融安全信息交换平台；在软件方面，应推动建立完善的金融安全合作机制，包括双边和多边监管合作协议全覆盖、客观公正且具有公信力的信用评级合作、区域自主有效的金融危机救助机制等。

3. 增强金融安全国际合作的保障机制

成立“一带一路”金融安全协调委员会，突破“一带一路”金融合作制度缺乏的掣肘。“一带一路”金融安全协调委员会应由政府相关部门（如中国政府成立的推进“一带一路”建设工作领导小组）直接推动，由“一带一路”主要参与国家和多边金融机构共同发起设立，将大部分共建国家共同纳入。“一带一路”金融安全协调委员会的职能应专注于构建制度性基础设施支撑，包括明确金融安全合作中各国的权利和义务、统一行业信息统计制度、规范化信息分享制度、设计金融安全警戒线、设计具体的金融危机救济措施等，切实推进金融安全国际合作，使金融安全合作真正成为共建“一带一路”国家共同维护、共同分享的公共产品。

4. 循序渐进推进金融安全国际合作深化发展

遵循“循序渐进、先易后难”的原则，逐步推进金融安全国际合作深化发展。一是从双边合作向多边合作迈进，推动合作升级。根据国家间经济往来密切程度，在主要国家间的双边金融安全合作基础上，逐步吸纳周边国家或联系密切国家加入，形成小区域范围的金融安全合作网络，并最终形成更广泛的“一带一路”金融安全合作国际网络。除了小区域中心国家力推之外，也应该借助现有的“一带一路”多边金融机构——如亚投行和丝路基金等——推动多边金融安全合作。二

① 习近平在“一带一路”国际合作高峰论坛开幕式上的演讲（全文），http://www.cac.gov.cn/2017-05/14/c_1120969688.htm[2019-10-30]。

是金融安全合作可先从最易实施的金融危机救济领域启动，推动从以促进信息交流、提振市场信心为主的备忘录式救助，转向提供具体贷款和援助的救助，促使危机救助措施从务虚向务实转变，使金融安全合作真正成为各国的共同利益所在。以金砖国家合作、东盟 10+4 合作为参考，实现小区域内国家救助措施具体化，并逐渐转化为大区域的救助行动具体化。

5. 推动多元平衡的货币体系建设

货币体系对区域金融安全至关重要。建立多元平衡的货币体系，可以避免单一货币发行国滥用货币发行权和金融管辖权，提升区域金融独立性。“一带一路”多元平衡的货币体系建设，必须符合“互利共赢”这一核心原则。“一带一路”多元平衡的货币体系建设应参考国际经济合作的重要性和便利性，以及货币的普遍接受性，选择合适的国际货币。“一带一路”多元平衡的货币体系建设并不排除域外货币加入，只要有助于实现“互利共赢”，域外货币或超主权货币都可以考虑。中国不寻求人民币的国际霸权地位，但应该推动人民币在“一带一路”合作中承担与中国经济地位相匹配的国际责任，在“一带一路”金融合作中应逐步降低对单一货币的依赖，逐步增加包括人民币在内的更多货币作为投融资、计价和结算货币。

第一篇

“一带一路”金融机构国际合作机制创新研究

资金融通是“一带一路”建设的血脉，金融国际合作是跨国资金融通的重要渠道，而金融机构是推进金融国际合作最重要的主体。“一带一路”地域跨度十分广阔，各国经济、制度、文化、科技等发展程度差异较大，金融机构国际合作推进面临巨大困难。如何在“双循环”新发展格局下创新“一带一路”金融机构国际合作机制，以国际化的视野、开放包容的心态推进金融机构开展高水平跨国合作，在理论和实践上都具有重要意义。

目前，“一带一路”金融机构国际合作机制存在合作体系不完善、缺乏全局性的顶层设计与政策对接机制、不同国家发展目标难以协调等问题。创新“一带一路”金融机构国际合作机制，应该遵循“平等相待，共同参与”“共商共议，信息互通”“开放融通，互利共赢”的原则，通过搭建金融信息综合服务平台、建立高层对话机制、优化金融机构国际合作战略布局、设置争端协调组织、建立智库联盟等机制，将国家宏观层面的顶层设计与机构微观层面的合作落地有机联系，使金融机构国际合作机制形成一个从上至下环环相扣、紧密相连的完整体系。

第一章

金融机构国际合作机制概述

金融机构国际合作顺应经济国际化而产生和发展，是金融国际合作的重要组成部分。本章围绕金融机构国际合作机制的内涵、理论基础和国际实践展开，为探索“一带一路”金融机构国际合作机制创新提供重要参考。

第一节　金融机构国际合作机制的基本内涵

目前还没有关于金融机构国际合作机制的明确定义。本节将分别从合作机制的基本内涵、“一带一路”金融机构合作层次以及“一带一路”金融机构合作机制的内涵与特色三个方面展开讨论，对金融机构国际合作机制的基本内涵做出界定。

一、合作机制的内涵界定

为了阐述金融机构国际合作机制的内涵，首先界定“机制”和“合作机制”的区别。目前学界对“机制”的概念尚未达成共识。“机制”一词被广泛运用于人类学、社会学和经济学中，泛指事物内部结构、功能及其运行规律（刘舸和张三南，2010）。1983 年，Stephen D. Krasner（斯蒂芬·D. 克拉斯纳）在《国际机制》一书中首次提出“国际机制”概念，将国际机制定义为国家根据国家间共同利益和目标建立的国际关系原则、规范、制度和处理程序（Krasner，1983）。

“机制”包括四部分，分别为主体、共同利益和目的、中介以及运行规则（门洪华，2000）。经济合作机制（economic cooperation regime，ECR）可分为狭义经济合作机制和广义经济合作机制。狭义经济合作机制也可称为经济整合机制（economic integration regime，EIR），是指多个经济体为了共同的目标建立的一系列协议、规则或制度。广义的经济合作机制是指国际经济合作相关的各类制度、合作规范、合作方式等（门洪华，2000）。广义经济合作机制内容更为广泛。例如，某些经济论坛或经济会议制度属于广义经济合作机制的范畴。

二、“一带一路”金融机构合作的层次

共建“一带一路”国家主要来自中亚、东亚、南亚、北非等地区，这些国家

大多处于发展阶段，在铁路、港口、高速公路、电网、能源基础设施、运输通道、跨境电力和输电通道等基础设施建设方面资金需求巨大，金融服务水平较为落后，因此需要区域多边开发银行、商业银行、股权类基金等各类金融机构共同发挥积极作用。

金融机构国际合作，顾名思义就是国家间金融机构开展的合作活动，其合作形式包括建立区域多边开发性金融机构、金融基础设施互联互通、金融机构间的跨国业务合作、金融机构跨境布局以及区域内金融机构跨境经营的相关监管制度的建立等，其本质就是为了促进区域内跨境交流，使生产要素自由流动优化配置，降低贸易成本，使区域内的经济活动更加便捷高效，从而为区域内经济的共同发展提供根本保证。金融机构国际合作的表现形式可以归纳为宏观和微观两个层次，如图 1-1 所示。宏观层次合作活动是指制定国家层面的金融机构合作原则、进行政策对接、建立对话机制，以及为金融机构业务往来搭建合作准则、规范。微观层次则涉及参与国之间关于金融机构合作的对话机制、合作原则、合作准则和规范等具体合作措施，包括金融机构的跨国经营、建立金融机构国际合作交流平台、建立金融机构国际合作组织、开展金融机构间跨国业务合作、建立多边金融机构等。宏观层次的合作与微观层次的合作相辅相成，宏观层次合作为区域间金融机构合作创造一个好的合作环境与合作框架，有助于引导和推动金融机构开展合作活动；而微观层次合作则是对宏观层次合作的具体落实，是政策的落地，只有实现了微观层次的合作，才能真正达到促进区域间要素自由流动、优化配置、互利共赢、共同发展的目的。

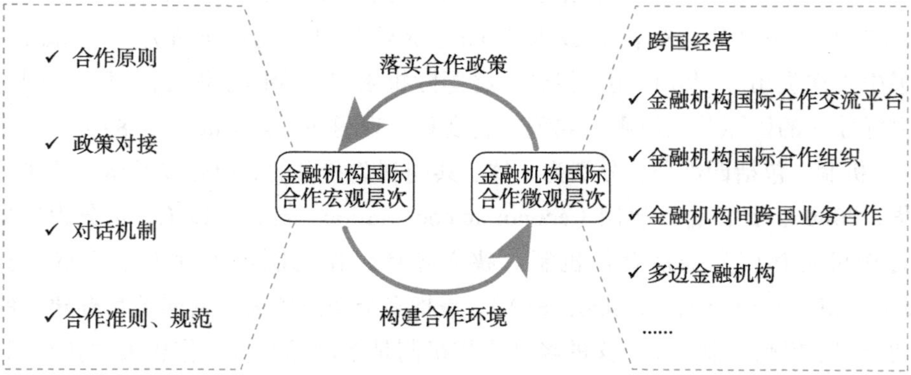

图 1-1　金融机构国际合作的两个层次

三、"一带一路"金融机构国际合作机制的内涵与特色

根据前文分析，我们可以将金融机构国际合作机制定义为不同经济体以金融

机构的跨国经营、国际业务与跨国金融监管等多方面的合作为直接目的，协商建立的一系列金融机构国际合作协议、规则、规章制度以及常态化会议等，其根本目的是降低区域内的贸易壁垒，促进国家间生产要素的国际流动，降低国际贸易成本，使区域内跨国经济活动更便捷。

“一带一路”金融机构国际合作机制不仅有经济学领域金融机构国际合作机制的基本内容，还有共建“一带一路”国家间开展区域经济合作的特色。“一带一路”金融机构国际合作机制有三个特点：一是以协同发展为导向，将中国与世界的发展相连接，最终实现共同繁荣。二是“多元化”。共建“一带一路”国家经济、金融发展水平参差不齐，有的国家综合发展水平较高，有的国家经济发展较为落后。“一带一路”倡议背景下的金融机构国际合作机制，需要实现多层级经济合作机制的相互协调。三是开放、均衡、包容、普惠。“一带一路”金融机构合作机制的建立需要各参与国共商共议，平等交流，并确保各参与国都能从中获益（王国刚，2019）。各国都能享受到“一带一路”政策的红利，达到合作机制的“普惠”目标。

第二节　金融机构国际合作机制创新的理论基础

一、区域经济合作理论

区域经济一体化是指世界局部范围内不同经济体以经济合作承诺或经济合作组织形式，实现商品和要素在区域内的自由流通，形成最优的生产分工，最终达成经济政策与制度在一定程度上的统一（Havens and Balassa，1961）。区域经济一体化包括关税同盟、共同市场、大市场等理论分支（朱新荣，2017）。

Viner（1950）首次提出了关税同盟理论，即消除区域内关税，对区域外的商品和要素进口采用统一的关税。关税同盟理论核心在于以削减关税为切入点，在区域经济一体化的早期，该切入点符合当时多边贸易谈判的核心问题，有利于各参与国在谈判中达成共识。该理论有两个方面的局限性。一是时代局限性。随着世界贸易的发展，关税壁垒不断降低，区域经济一体化的焦点逐渐转向投资和贸易便利化措施等方面，关税不再是人们关注的焦点。二是地域局限性，该理论从发达国家角度出发，其理论的假设过于苛刻，不符合发展中国家的实际需求。共同市场是比关税同盟更进一步的一体化，其将一体化从产品市场扩大到了要素市场。大市场理论的核心思想在于大市场带来的规模经济效应能够促进参与方经济利益的提高。大市场的特别之处就在于扩大市场范围，消除壁垒，形成最优商品生产和贸易资源配置，构建最优的国际经济结构。

二、国际机制理论

20 世纪 70 年代，"国际机制"的概念被引入国际关系理论后，经过 20 多年的发展，成为国际关系中的重要理论，并形成国际机制的三大流派，分别为新现实主义国际机制理论、新自由主义国际机制理论和建构主义国际机制理论（门洪华，2000）。

新现实主义国际机制理论认为国家是理性、利己主义个体，其行为受国际关系的限制，追求利益则是国家行为背后的基本动机（朱杰进，2007）。该理论主张，国际机制需要由拥有权力和资源优势的国家发起、建立和维持运转，而当该机制中各方的权力趋于平均时，霸权体系下的国际机制结构也将随之转化。新现实主义国际机制理论也存在一定的局限性。在霸权稳定理论中，国家的权力大小是唯一的变量，而国际机制的结构则是由国际权力结构决定的，该理论忽略了国际机制自身的作用。

有别于新现实主义，新自由主义关注国家之间的相互依存的关系。新自由主义国际机制理论认为，国际社会没有一个共同的政府管理，但是国际社会具有其特有的组织形式和决策规范。国家作为追求利益的、理性的行为体，只有共同利益与自身利益相符时才会参与合作，因此，互惠合作是国际关系博弈的结果。国家间的博弈会最终形成符合集体利益的最优结果，从而使各国均能达到最优绝对收益，而国际机制则是维持该最优结果的重要保障。不容忽视的是，新自由主义国际机制理论降低了国家国际地位的重要性，认为国家间的相互需要会使权力因素弱化，因此霸权国家企图通过提高权力结构和国际地位实现目标的可能性较低。

建构主义国际机制理论认为，国际社会是由国家互动形成了国际关系，而社会是国际关系的基本结构，社会结构影响了国家的决策、利益以及目标。国家间的相互依赖关系、共同敌人等因素让不同国家形成了一致的认同，从而愿意接受相同的规范约束。国际机制在国与国的互动中逐渐形成。然而建构主义国际机制理论是在对传统理论的批判中形成的，其尚未建立起自己的理论体系。

综上所述，国际机制理论主要有两类。一类强调利益追求，另一类认为国际关系是社会化发展的产物。新现实主义和新自由主义属于第一类。新自由主义强调利益是促成国际合作以及构建和维持国际机制的根本动机；而新现实主义强调权力对国际机制内容和性质的作用。建构主义则属于第二类，该理论认为国家间达成合作的共识是长期国际关系发展带来的社会化产物。

第三节 欧盟、北美、东盟等地区金融机构国际合作机制经验借鉴

一、欧盟与金融机构“单一护照”制度

欧盟金融机构的合作与监管框架由欧盟理事会和欧洲议会制定，欧盟委员会负责协调工作。为解决欧盟各国家间的金融市场准入问题，欧盟采取了“单一护照”制度，即金融机构在欧盟任一成员国获得授权，就可以在任何其他成员国自由贸易和提供金融服务，该制度旨在为欧盟区营造统一、公平、高效率的市场准入环境（刘铁，2008）。

（一）单一金融市场是欧盟金融合作的基础

欧洲经济货币联盟的发展分为三个阶段：①初始阶段（1991 年至 1998 年）。该阶段确定成员国清单，成立欧洲中央银行，确定欧元为统一货币，制定与欧元相配套的法律制度。②发展阶段（1999 年至 2001 年），该阶段主要是金融部门对政府政策的落实与实践，包括推行统一的支付清算系统，同时各国的债券、股票等均以欧元计算，并由欧盟统一计算欧元与各国货币的汇率。③完善阶段（2002 年 1 月至 7 月）。在该阶段正式使用欧元作为欧盟统一货币，欧盟的支付清算系统、证券市场交易、汇率制度正式开始实行，这些成果标志着欧盟单一金融市场基本形成（孙焕民和吴德进，2004）。单一金融市场的成立为欧盟各成员国在欧盟区域内跨国自由提供金融服务打下基础。

（二）“单一护照”制度是提高金融机构合作效率的关键

由于欧盟是一个由其所有成员国组成的单一金融市场，产品和服务都在该市场中自由流通，在这个市场内建立的企业有权出售其任何部分的产品和服务。欧盟国家已经协调了许多产品和服务的规则。在过去二十多年里，欧盟单一金融市场的金融服务得到了迅猛发展，其根本原因就是制定了统一的欧盟金融服务规则手册，并在整个欧盟范围内逐步统一金融监管标准。这是“单一护照”制度得以实行的重要前提。

“单一护照”制度的前提是欧盟内部标准的统一和政府监管机构之间的高强度监管合作，对参与银行业联盟的欧盟国家合并部分监管职能则进一步强化了“单一护照”制度。由于各成员国内部具体情况不同，因此在“单一护照”制度下，成员国间互相认可各国的相关标准和法规，而认可的前提就是欧盟统一制定的最低标准，该标准为各成员国普遍接受。因此，只要各国的标准符合欧盟标准，那么自然会得到其他国家的认可。“单一护照”的种类有许多，欧盟针对不同金融机

构的不同金融服务都制定了详细的规则与标准，不同业务种类都对应着不同的"单一护照"类型。表 1-1 中整理了部分"单一护照"类型及其适用的范围。随着欧盟一体化的深入，欧盟将"单一护照"制度的覆盖范围扩大到了银行、证券和保险三大金融业领域（刘建军，2002）。

表 1-1 部分欧盟"单一护照"及其覆盖范围

欧盟"单一护照"	覆盖范围
《金融工具市场指令》（Markets in Financial Instruments Directive，MiFID）	针对投资业务［如衍生品和对冲产品（如外汇和利率对冲），用于企业管理风险］
《可转让证券集体投资承诺指令》（Undertakings for Collective Investment in Transferable Securities Directive，UCITS）	针对可转让债券管理公司
《资本要求指令》（The Capital Requirements Directive，CRD）	针对信用机构和金融机构
《支付服务指令》（Payment Services Directive，PSD）	仅适用于授权的支付机构（信用卡等）
《电子货币指令》（Electronic Money Directive，EMD）	仅适用于电子货币业务
《保险调解指令》（Insurance Mediation Directive，IMD）	针对保险和再保险中介
《非人寿保险和合并人寿保险指令Ⅲ》（Third Non-Life Insurance and Consolidate Life Assurance Directive）	针对保险公司
《再保险指令》（Reinsurance Directive，RD）	仅适用于纯再保险公司
《投资服务指令》（Investment Services Directive，ISD）	针对包括证券公司在内的非银行类投资公司

资料来源：根据公开资料整理

针对欧盟域外国家金融机构，"单一护照"制度还包括等价制度（equivalence regimes）。根据欧盟《单一市场指令》（Single Market Directives），对单一金融市场之外的金融服务公司实施等价制度（也称为第三国制度），其中以美国最为典型。欧盟对等价制度有如下定义：在特定情况下，欧盟可能会承认某一域外国家的法律、监管或监督体制与相应欧盟体制水平相当，也就是说符合标准的欧盟域外国家可以通过在某一欧盟成员国设立分支机构，以"单一护照"的方式进入欧盟单一金融市场，从而大大降低了跨国经营的成本。等价制度有以下三个优点：其一，合规方面的重叠减少或完全消除；其二，可以接受第三方国家的金融机构的某些服务、产品和活动；其三，减轻了欧盟金融机构在类似的第三国审慎体制下的负担。有专业人士认为，等价机制是促使第三国将其国内规则向欧盟规范转变的诱因之一。若标准不等价，则第三国企业既需要符合欧盟要求，又需要遵守其国内法规要求，大大增加了第三国企业在欧盟或向欧盟同行提供服务的成本。而在等价制度下，即使增加了部分成本，欧盟对域外服务提供者仍然是开放的，因为它们可以找到适应的方法。因此，等价制度强调的是在保护主义和自由主义之间、在监管竞争与监管合作之间找到平衡。

1. 银行的“单一护照”

对于银行来说，只要在欧盟中的一个国家获得授权，就能够在欧盟进行经营活动，无须在每个成员国或地区分别进行申请，这意味着，一张许可证能够使银行进入总人口超过5亿的31个国家（英国脱欧后减少为30个）。“单一护照”系统主要有以下两大优点：第一，被授予“单一护照”的银行不需要在每个成员国都获得该国国内许可证；第二，“单一护照”系统有助于降低商业成本以及银行跨国经营进入壁垒。使用“单一护照”系统的银行可以更便捷地为国外客户提供金融服务，也可以在其他欧盟成员国成立分支机构。

欧盟的“单一护照”有许多不同的类别，分别覆盖了不同的金融服务范围，由于银行经营范围广，一个银行可能需要一个或多个“单一护照”，例如，针对银行支付服务就涉及了《支付服务指令》，针对银行投资业务的就涉及了《金融工具市场指令》，因此，在“单一护照”制度下，银行基本实现了在欧盟各成员国自由进入和自由提供金融服务，极大程度地便利了银行跨国合作，促进了金融要素的流动。

2. 证券发行企业的“单一护照”

对于需要在金融市场进行融资的企业，获得金融监管机构对其证券发行和证券交易计划的承认和许可至关重要。对此，1989年欧盟提出了“相互认可制度”，企业在一个欧盟成员国通过认可的发行计划书，同样被其他成员国承认（刘建军，2002）。在该制度下，企业需要根据其他成员国的要求披露相应信息，并将发行说明书翻译成成员国语言。这些规定大大增加了证券发行国企业主体的筹资成本，发行证券的灵活性下降，增加了把握证券发行时机的难度。

2001年欧盟针对上述问题进行了改进，新规定在保留了相互认可制度的同时，进一步统一了欧盟区域内证券计划说明书的语言规范，降低了跨国操作的翻译成本。同时企业在跨国发行证券时所需额外提供的材料与手续也大幅减少，提高了欧盟区域内企业跨国发行与交易证券的效率。

3. 证券公司的“单一护照”

1993年通过、1996年正式实施的《投资服务指令》构建了证券公司“单一护照”制度，进一步扩大了“单一护照”制度的覆盖范围。该指令规定证券公司通过获得母国的许可，可在整个欧盟域内开设分支机构，提供跨境业务，并受母国监管。该指令针对证券公司如何开展经营活动、披露标准、信息保护以及各类手续费如何收取等一系列内容进行了规范，制定了相应的标准，保护了投资者利益。《投资服务指令》中第11条同时认可除母国之外的东道国金融监管当局对证券公司实施监管的权力。

4. 以养老基金和投资信托为主的机构投资者的“单一护照”

机构投资者是欧盟跨境证券交易的主力军（刘建军，2002）。欧盟于1985年发布《可转让证券集体投资承诺指令》，规定欧盟境内的投资信托产品可以在区域内自由交易，该制度的建立使欧盟域内形成了巨大统一的投资信托市场。该指令也有一定的局限性，一是将投资信托标的范围限定为股票与债券等可转让的证券；二是手续繁杂，增加了跨境信托交易的时间和资金成本，降低交易效率。针对这些问题，2000年欧洲委员会提出两个修正指令，其中一号修正指令扩大了投资信托资产投资的对象范围，提高了信托投资组合中某一具体资产的组成比例，进一步增加了信托“单一护照”制度的自由度。

（三）金融监管法规是欧盟金融合作机制建立的前提

“单一护照”制度早期实施效果有限，主要原因是受制于欧盟区域内各国间的金融监管协调困难。1999年欧盟颁布《金融服务行动计划》（Financial Services Action Plan，FSAP），对金融市场多个监管领域做出具体规定，对金融监管的相互认可、公司信息披露、消费者保护等一系列金融监管制度进行全方位的规范，在极大程度上保证欧盟区域内“单一护照”制度的平稳运行。《金融服务行动计划》由《投资服务指令》驱动，允许金融机构在整个欧盟范围内提供产品和服务，无内部边界限制。《金融服务行动计划》在泛欧洲竞争环境中的实施解放了欧洲资本市场，同时寻求引进监管和投资者保护的共同标准。

二、《北美自由贸易协定》与《美墨加协议》

（一）合作机制建立背景

《美国-墨西哥-加拿大协议》（简称《美墨加协议》）是加拿大、墨西哥和美国于2018年正式签署的自由贸易协定。这是《北美自由贸易协定》（North American Free Trade Agreement，NAFTA）成员国在2017~2018年重新谈判的结果，也被称为“《北美自由贸易协定》2.0”。《美墨加协议》的前身为1992年签署的《北美自由贸易协定》。1989年美国和加拿大两国签署了《美加自由贸易协定》，1992年墨西哥正式加入，新的三边自由贸易协定——《北美自由贸易协定》由此形成，该协议于1994年正式生效。《美墨加协议》旨在逐步消除美国、加拿大、墨西哥三国间的经济贸易壁垒，提高产品和劳动要素的流动性，提升区域内开放和自由化水平，从而带动经济发展，促进就业，最终发展成为世界最大的自由贸易区，实现三国的共同发展。

在透明度原则下，《美墨加协议》要求各成员国在处理关于进入其国内金融服务市场的申请时，要保证程序的公开、信息的及时提供，同时应尽可能提前公布该国将要采取的措施，从而能够给受影响的成员国评价、分析此措施的机会（厉力，2011）。

（二）协议基本原则

协议制定主要遵循三个原则：国民待遇原则、市场准入原则和最惠国待遇原则。

1. 国民待遇原则

《北美自由贸易协定》第14章第5条规定，在金融服务方面，要求一国必须对在境内营业的其他《北美自由贸易协定》成员国的金融机构给予国民待遇。国民待遇原则适用于参与金融活动的多种主体及其活动，如金融机构、机构投资者等。对于金融机构运行存在的问题，各成员国应对《北美自由贸易协定》下其他成员国的金融活动主体给予不低于相似情况下的本国国民待遇。

那么国民待遇的标准是什么呢？《北美自由贸易协定》中规定，不论一国给予其他成员国金融机构的待遇是否与本国金融机构享有的待遇完全相同，只要该待遇能够给两个金融机构在该国市场平等的竞争机会，就符合国民待遇的要求（温树英，2003）。也就是说，国民待遇并不是要求完全一致对待，而是降低跨境金融活动的壁垒，营造公平竞争的环境。

2. 市场准入原则

《北美自由贸易协定》要求各成员国允许其他成员国的金融机构在其境内设立金融机构。在该原则下，一缔约方不得对其他缔约方在其境内设立的跨境经营的金融机构所有权采取任何限制措施。在跨境金融服务的市场准入方面，首先，任何缔约方不能设置壁垒限制成员国内的金融机构跨境经营；其次，各国不能限制区域内跨境金融服务的交易活动；最后，进行跨国经营的金融机构应该在东道国的监管下开展经营活动。

3. 最惠国待遇原则

《北美自由贸易协定》第14章第6条规定了无条件最惠国待遇原则。最惠国待遇原则是指，各缔约方提供给其他缔约方的投资者、金融机构、金融机构投资者以及跨境金融服务提供者的待遇，不可以低于相同情况下其所提供给任何国家的待遇。

《美墨加协议》以国民待遇原则、市场准入原则和最惠国待遇原则限制各国设置壁垒，消除国家间的歧视性待遇，保障了金融市场开放以及区域内金融市场的公平、自由的经营环境。《美墨加协议》保留了各国政府监管部门的职能，并设置相关规则保障监管的透明度和公正性，维持区域内的金融稳定，同时又在一定程度上保证监管制度下金融服务和金融机构的自由跨境流动。

三、东盟的金融一体化进程

(一)合作机制建立背景

1961年7月马来西亚、菲律宾和泰国成立了东南亚联盟,1967年印度尼西亚、泰国、新加坡、菲律宾四国外长和马来西亚副总理在曼谷举行会议,发表了《东南亚国家联盟成立宣言》,正式宣告东南亚国家联盟(Association of Southeast Asian Nations,ASEAN,简称东盟)成立。经过几十年的发展,东盟已建立了包括政治、经济、安全在内的一系列合作机制,东南亚地区的一体化程度不断加强。东盟的初始目标是形成一个保障自身安全与利益的战略联盟,平等合作是东盟的基本原则。随着合作的不断深入,东盟国家先后签署了《东南亚友好合作条约》《巴厘宣言》等协议,进一步改善了国家间的政治关系,为未来进一步合作打好了基础。随后,东盟共同规划切实可行的经济发展战略,逐步形成一个区域性组织,文莱、越南、老挝、缅甸和柬埔寨先后加入东盟,使东盟涵盖的区域不断扩大,逐渐发展至整个东南亚地区。其后,东盟逐渐开始发展与区域外国家合作,通过与美国、日本、澳大利亚、加拿大、俄罗斯等十国的对话,逐渐形成以东盟为中心的一系列合作机制。

(二)金融机构合作机制及效果分析

东盟的金融一体化进程得到了一定的发展,包括直接投资增加、跨境银行业的关联度上升、外资参与力度加大等。2007年,东盟成员国达成了《东盟经济共同体蓝图2015》,共同确定了培育单一市场和生产基地、发展高度竞争的经济区、加强中小企业发展、更大程度融入全球经济四大目标,明确了176项优先行动,包括关于金融服务自由流动、允许提高资本流动性、加强资本市场一体化等涉及金融机构合作的9项相关项目。2008年东盟采取了记分卡机制,监测蓝图实现进度,并跟踪、评价成员国对行动的落实进度。

为了加强东盟各类资本市场间的跨境合作,东盟发起了多项倡议。2010年4月,东盟各国中央银行行长批准成立支付与结算系统工作委员会(Working Committee on Payment and Settlement System,WC-PSS),重点关注政策、法律框架、工具、制度和市场基础设施。2011年4月,东盟各国中央银行行长共同批准成立《东盟银行业一体化框架》特别工作组与金融服务自由化工作委员会,旨在于2020年全面开放东盟的银行部门,其中金融服务自由化工作委员会着力于银行和保险部门的进一步开放。2013年,东盟绘制了东盟资本市场基础设施(ASEAN Capital Market Infrastructure,ACMI)蓝图,设立了资本市场发展委员会,旨在通过东盟经济一体化的准入、清算、托管、结算系统与安排让东盟的发行主体和投资者能够进入东盟跨境股票和债券市场。

一方面，东盟逐步推进金融服务自由化与区域内金融一体化，另一方面，加强区域经济监督与危机管理也是一体化的根本保障，是区域性制度建立的重要内容。2010 年东盟成立了东盟一体化监测办公室（ASEAN Integration Monitoring Office，AIMO），主要职能在于提高东盟秘书处跟踪区域经济一体化进程中的监测能力。2011 年成立的东盟与中日韩（10+3）宏观经济研究办公室一直在新加坡展开独立的区域宏观经济监督。2013 年，“东盟+3”的财长与中央银行行长呼吁在监督、流动性支持安排和能力发展等领域与 IMF 其他多边金融机构建立有限的合作关系。然而，到 2015 年，东盟并未形成统一的区域金融机构监管体系，主要是通过协调监管规定的形式控制外资金融机构进入的风险，其中以新加坡最为典型。首先，新加坡金融管理局对于进出新加坡市场的外资金融机构制定了较高的审批标准；其次，新加坡金融管理局还限制了允许吸收零售存款的外资分行的数量；再次，新加坡金融管理局还要求零售业务规模大的特准全面银行在当地注册零售业务；最后，新加坡金融管理局与外资金融机构母国监管当局建立良好的工作关系，并积极与母国管理层接触，从而为外资金融机构在新加坡的业务操作中识别的风险或缺陷负责。

东盟金融一体化的一个重大障碍就是金融欠发达地区与金融发达地区的金融发展水平差距，东盟一些国家缺乏实体和金融基础设施建设，给深化金融一体化带来了风险与障碍(孟夏，2005)。东盟十国的金融发展中，新加坡、马来西亚和泰国的金融机构发展水平远高于其他东盟国家。因此，东盟金融一体化亟待解决的一个问题就是如何推动金融欠发达经济体赶上较为发达经济体的步伐。

四、经验总结

对比不同地区金融机构国际合作机制的特征，可得发现，构建金融机构合作机制的直接目的是推动区域内金融机构合作，但其根本目的是促进区域内跨境贸易与投融资的开展，推动区域内经济一体化发展。金融机构一体化的推进能够刺激金融机构发展与产品创新，从而提高金融机构竞争力和服务效率。金融机构能够为区域内企业提供境内乃至跨境的金融服务，使企业开展跨境投资、贸易时，资金流动更为便捷、高效，从而促进就业和经济增长。金融机构一体化还是推动发展更大、更深和流动性更高的区域市场的助推器，不仅可以降低资本成本、加强风险分散、延长融资期限、改善资源配置结构以及交易的结算方法，还可以加强对政府、银行与非银行金融机构的纪律约束。

由本章分析可以发现，建立金融机构合作机制需要注意以下几个要点。第一，良好的沟通机制是建立合作机制的重要渠道。区域内的一切合作都离不开国家间的互相信任，而信任关系是建立在良好的沟通与交流的基础之上的，建立有效沟通机制是区域内国家间消除隔阂和分歧、增加信任的有效手段。欧盟的“单一护照”制度、《北美自由贸易协定》以及东盟达成的各种合作协定和取得的各种成果，都与畅通的沟通而形成的成员国间相互认可、相互信任的关系密不可分。成员国间充分共同制定协议、标准是推动金融服务在区域内高效率、便捷化自由流动的根本保证。第二，区域内达成机构准入的统一标准，是实现金融服务在区域内自由流动的重要前提。只有形成一套区域内各国互相认同的标准，才能降低金融机构的进入门槛，使金融服务的流动更为便捷、顺畅。不论是欧盟的金融机构“单一护照”制度，还是《北美自由贸易协定》的国民待遇原则与市场准入原则，其共同点在于为区域内金融机构设立统一的最低标准，只要满足了最低标准，就可以在区域内跨境经营或提供服务，大大降低了准入门槛与经营限制。第三，区域内建立统一、有效的核心监管规定是金融机构合作机制有效运转的重要保障，金融服务在区域内的自由流动只有在宏观审慎监管限制下才是安全的。当各国各种金融机构的相关规定、监管条例与处置方法存在较大差异时，就难以保证竞争的公平。欧盟设置了统一的欧盟共同指令，然而其成员国在执行与理解方面却可以保持较大的灵活性，这就导致了虽然制定了统一指令却没有达到统一标准的效果。在合作过程中，国家层面的规章制度不一致就会导致竞争性扭曲，加大金融机构的成本和负担，进一步鼓励监管套利。

第二章

“一带一路”金融机构国际合作机制的状况分析

2013年以来，中国与共建“一带一路”国家展开了一系列的金融机构国际合作，各共建国家得到了实实在在的好处，对共建“一带一路”的认同感和参与度不断提升。一方面，中资金融机构不断拓展海外布局，为沿线国家及中国在沿线国家投资的企业提供金融服务；另一方面，中国在“一带一路”倡议下坚持金融开放，吸引各国的金融机构进入国内市场，进一步提高金融开放程度，实现共赢的目标。

第一节　“一带一路”金融机构地区布局

在“一带一路”倡议的带动下，中国金融机构积极加强对企业“走出去”和“一带一路”建设的金融支持，积极服务“一带一路”建设，在各国设置的海外分支机构数量日渐增长，在能源、交通、运输、电网、旅游文化、国际贸易等行业展开多层次的合作。

一、“一带一路”银行机构地区布局

在“走出去”方面，截至2020年底，11家中资银行在29个“一带一路”沿线国家设立了80家一级分支机构。在“一带一路”沿线国家“走进来”方面，中国银行保险监督管理委员会（简称银保监会）数据显示，截至2020年底，来自23个“一带一路”沿线国家的48家银行在我国设立了分支机构。[①]2020年，中国推出了监管松绑、取消外资控股比例限制、取消设立分支机构的区域限制、放宽在华业务限制等诸多含金量颇高的开放举措，让中国银行业“引进来”“走出去”的“双向开放”步伐更加坚定有力。

为了更好支持中资银行开展跨境业务，为“一带一路”建设提供金融服务，

---

① 2020年末11家中资银行在29个“一带一路”沿线国家设立了80家一级分支机构，http://news.stcn.com/news/202103/t20210324_2945345.html[2021-03-01]。

银保监会不断深化跨境监管交流合作。截至 2020 年，银保监会共和 84 个国家和地区的金融监管部门签署了合作谅解备忘录或监管合作备忘录，其中 37 个是“一带一路”沿线国家。在该框架下，中国与各合作国不断加强跨境监管合作交流，大大降低了中资银行在境外经营的风险，有利于银行开展多层级、多领域的国际合作。

国家开发银行、中国进出口银行和国内四大商业银行作为“金融先行”的主力军，为我国企业在沿线国家的投资提供资本支持和金融服务。截至 2019 年，中国银行在“一带一路”沿线 24 个国家设置了分支机构。在中国银行的带领下，中资银行首次进入捷克、塞尔维亚、文莱和斯里兰卡等国家。除了布局海外市场，中国银行还积极创新“一带一路”特色融资模式，5 次发行“一带一路”主题债券，共计近 150 亿美元。2015 年至 2019 年的 5 年间，中国银行在“一带一路”沿线国家发放贷款 1361 亿美元，支持“一带一路”重点项目 600 余个，充分发挥了“一带一路”首选银行作用①。

截至 2019 年一季度末，中国工商银行在“一带一路”沿线 21 个国家开设了 131 家分支机构，共支持“一带一路”沿线项目 400 多个，累计承贷金额超过 1000 亿美元②。2017 年，中国工商银行发起建立“一带一路”银行间常态化合作交流机制，中国工商银行与机制成员合作落地逾 50 个“一带一路”项目，总金额超 400 亿美元。2019 年 4 月，中国工商银行发行了 22 亿美元“一带一路”银行间常态化合作债券（Belt and Road Bankers Roundtable Bond，简称 BRBR 债），这是全球首个银行绿色合作债③。

截至 2018 年末，中国建设银行在“一带一路”沿线设立了 5 家分支机构，累计为俄罗斯、巴基斯坦、阿联酋、越南、沙特阿拉伯、马来西亚等 29 个“一带一路”沿线国家的 117 个项目提供了资金支持，签约金额达 206 亿美元。截至 2018 年末，中国农业银行在“一带一路”沿线国家设立了 6 家分支机构。2014 年至 2019 年，中国农业银行累计为 45 个沿线国家办理项目贷款、保函、境外发债等金融业务达 126 亿美元。

政策性银行以参与“一带一路”项目为主，机构布局较为谨慎。国家开发银行关注基础设施建设项目，2017 年 12 月 20 日在香港以私募方式成功发行 3.5 亿美元五年固息“一带一路”专项债券。截至 2018 年底，国家开发银行出资 5 亿元人民币参与丝路基金建设；通过银团贷款、联合融资、同业授信等方式向“一带一路”沿线金融机构累计授信 1034 亿元等值人民币。2018 年 7 月、9 月分别发

① 中国银行深化机构布局做“一带一路”的首选银行，http://client.sina.com.cn/news/2019-04-23/doc-ihvhiewr7781473.shtml[2020-01-03]。

② 四大行各展身手，多元化服务“一带一路”建设，https://www.sohu.com/a/309626783_267106[2020-01-03]。

③ 中国工商银行成功发行 22 亿美元全球首笔绿色“一带一路”银行间常态化合作债券，http://greenfinance.xinhua08.com/a/20190418/1819224.shtml?f=arelated[2020-01-03]。

起建立中国-阿拉伯国家银行联合体、中非金融合作银联体。国家进出口银行以基础设施互联互通作为支持的重点，截至 2018 年末，共出资 15 亿元人民币参与丝路基金建设。

二、“一带一路”保险机构地区布局

“一带一路”沿线国家政治风险、投资风险、社会安全度差异较大，因此“一带一路”项目需要保险为其保驾护航。目前“一带一路”沿线国家的保险市场大多处于发展的初级阶段，规模较小，保险公司能力无法满足企业保险需求。随着“一带一路”项目的持续增加，中国企业在“一带一路”沿线国家的保险需求不断扩大，需要我国保险业积极“走出去”，满足区域内保险增长的需求，为“一带一路”建设提供风险保障。

中国太平洋保险（集团）股份有限公司在新加坡、印度尼西亚、中国香港等地开设境外分支机构，为中国企业提供货运险、船舶险、车辆险、意外险等多类型险种，为海外中国企业和中国公民提供财产安全保障①。

中国再保险（集团）股份有限公司（简称中再集团）为“一带一路”项目提供再保险服务，是为“一带一路”沿线国家提供风险保障最多的中资保险公司之一。2019 年，中再集团与葡萄牙忠诚保险集团（简称忠诚保险）签署合作谅解备忘录，共同为葡萄牙、安哥拉、莫桑比克、佛得角及秘鲁等国家的“一带一路”建设项目提供保险服务。双方还将在粤港澳大湾区建设中寻找合作机会，尤其是发挥忠诚保险在葡萄牙语国家的影响力，拓展葡萄牙语国家市场。截至 2019 年 5 月，中再集团与 29 家境外保险机构达成了“一带一路”业务合作，海外业务遍布 123 个国家和地区②。2019 年 11 月，中再集团与中再集团新加坡分公司合作成立了新加坡“一带一路”联合体，为“一带一路”提供的承保能力达 15.45 亿美元；2019 年中再集团与 6 家国际保险公司成立新加坡政治暴力险共保体，具有 2.5 亿美元的承保能力。同时，中再集团正在与英国财政部下属的“一带一路”推进委员会加强合作，筹建“一带一路”英国共保体，未来将形成与英国的“一带一路”保险合作机制。

作为中国唯一的政策性出口信用保险机构，中国出口信用保险公司积极参与“一带一路”建设，2019 年上半年承保“一带一路”沿线国家出口和投资 714 亿美元，同时中国出口信用保险公司不断加强国际合作和重点国别开发。

2020 年 7 月，中国“一带一路”再保险共同体成立，该共同体由中再集团、

---

① 保险业助力“一带一路”建设护航企业“走出去”，https://www.cs.com.cn/xwzx/hg/201807/t20180713_5840574.html[2020-01-03]。

② 中国再保险强化责任担当高质量服务“一带一路”建设，https://page.om.qq.com/page/ORThL31Dr-sQrKn7n7OPw_EQ0[2020-01-10]。

中再产险、人保财险、人保再保险、太保财险、平安财险、国寿财险、中华联合、太平财险、中银保险、华泰财险共同发起设立。共同体旨在充分整合国内保险力量，搭建行业交流平台，实现“1+1>2”的协同聚合效应。

三、“一带一路”证券机构地区布局

“一带一路”建设中，证券交易所的作用不容忽视。截至2019年，中国证券监督管理委员会（简称中国证监会）与64个国家和地区签署证券期货监管合作谅解备忘录，其中“一带一路”沿线国家32个，为中国与“一带一路”沿线国家开展证券合作打下良好基础①。在该合作框架下，中国证券交易所与境外机构的业务合作不断创新，积极拓展“一带一路”投融资新渠道。上海证券交易所（简称上交所）、深圳证券交易所（简称深交所）开发了沪港通、深港通，联通内地和香港市场，为“一带一路”证券交易所合作的推广做出了可供参考的范本。

“一带一路”证券交易所国际合作主要通过股权合作进行。图2-1为“一带一路”中国证券交易所国际合作进程图。2016年12月，中国金融期货交易所、上交所、深交所、中巴投资有限责任公司以及巴基斯坦哈比银行组成的联合体成功竞得巴基斯坦证券交易所40%的股份，其中中方三家交易所将持有30%的股份，

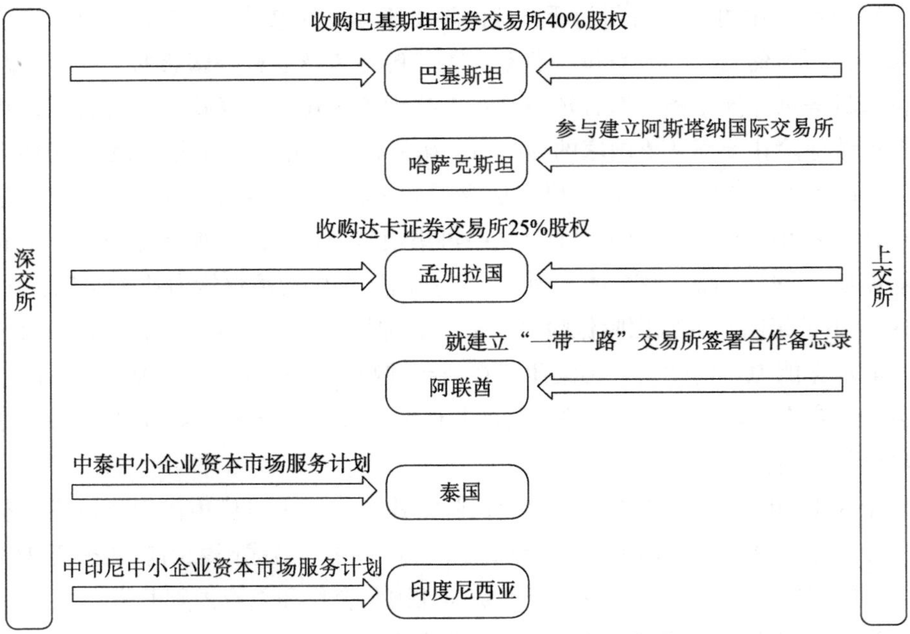

图2-1 中国证券交易所沿“一带一路”推进合作

资料来源：根据公开资料整理

① 中国证监会与境外证券（期货）监管机构签署的备忘录一览表（2019年12月），http://www.csrc.gov.cn/csrc/c100214/c1452139/content.shtml[2020-01-10]。

交易总额为 89.6 亿卢比。竞拍成功使联合体获得巴基斯坦证券交易所董事会 10 个席位中的 4 席，占巴基斯坦证券交易所 40%的股权，也使巴基斯坦证券交易所成为中国在“一带一路”沿线国家首个投资的证券交易平台，这标志着中国对“一带一路”的建设领域深入到证券交易市场领域。

上交所与哈萨克斯坦共同筹建的阿斯塔纳国际交易所成立于 2017 年，该交易所设立了“一带一路”板，“一带一路”证券可在该板块交易。“一带一路”证券计价币种多样，包括人民币、坚戈、美元、欧元、卢比等多种货币。阿斯塔纳国际交易所为“一带一路”项目资金筹集提供了一个国际化的场所和渠道。2018 年 4 月上交所与阿联酋就建立“一带一路”交易所签署了合作备忘录。2018 年 5 月 14 日，上交所和深交所与孟加拉国达卡证券交易所签署合作协议，联合收购了达卡证券交易所 25%的股权，交易金额约为 94.7 亿塔卡（约 1.2 亿美元）。

2019 年深交所和泰国证券交易所共同建立“中泰中小企业资本市场服务计划”，开创了中国和泰国投融资新方式。同年，深交所还与印度尼西亚证券交易所联合，共同建立“中印尼中小企业资本市场服务计划”，为两国中小科创企业提供包含常态化路演展示、信息对接、论坛研讨、孵化培育等在内的全方位服务①。

中资证券公司也通过自身业务海外布局或直接在沿线国家开设分支机构的方式积极参与“一带一路”建设。自“一带一路”倡议提出以来，截至 2020 年末，已有 2 家中资证券公司实现了“走出去”，在“一带一路”沿线国家开设子公司。同时，我国以合格境外机构投资者（Qualified Foreign Institutional Investor，QFII）的形式“引进来”境外证券公司，包括 32 家获得 QFII 资格和 35 家获得 RQFII 资格的“一带一路”国家证券公司。具体数据如表 2-1 和表 2-2 所示。

表 2-1 “一带一路”沿线国家 QFII 机构数

国家	机构数量/个	累计批准额度/亿美元
阿联酋	1	50
卡塔尔	1	20
科威特	1	20
立陶宛	1	2.3
马来西亚	3	20.6
泰国	2	4
文莱	1	2
新加坡	22	79.2
总计	32	198.1

资料来源：国家外汇管理局官网，时间截至 2020 年 5 月 31 日

① 深交所举办中印尼资本市场合作研讨会 齐心共建合作新格局，http://www.szse.cn/aboutus/trends/news/t20190426_566587.html[2019-12-01]。

表 2-2 “一带一路”沿线国家 RQFII 机构数

国家	机构数量/个	累计批准额度/亿元人民币
新加坡	32	782.55
泰国	2	21
马来西亚	1	16
总计	35	819.55

资料来源：国家外汇管理局官网，时间截至 2020 年 5 月 31 日

第二节 “一带一路”金融机构国际合作机制成果

一、中俄金融联盟

中俄两国不断完善金融机构合作机制建设，两国政府积极合作，搭建了中俄投资基金，并以中俄金融合作分委会、中俄财长对话等形式建立了两国关于金融合作的对话机制。2015 年中俄区域金融合作互访机制建立，中国中央银行分支机构组团首次出访俄国，展开交流。俄罗斯还积极参与丝路基金、亚投行、上海合作组织银行联合体等多边金融机构建设。多层次的中俄金融机构合作体系逐渐形成。中俄两国间金融机构合作以银行为主体，代理行是中俄银行的主要合作形式，截至 2019 年底，中资银行与 200 多家俄罗斯银行展开了合作。同时合作形式在不断多样化，均由代理行转化为开展跨境经营。中资银行积极在俄罗斯布局，中国工商银行、中国农业银行、中国银行、中国建设银行、中国进出口银行和国家开发银行都在俄罗斯开设了海外分支机构。同时，俄罗斯金融机构也在“走进”中国，俄罗斯联邦储蓄银行等 9 家俄罗斯银行在国内开设了 11 家分支机构[①]。

中俄银行间的合作范围越来越广，业务合作日益密切。2017 年，中国工商银行开始在俄罗斯提供人民币清算服务；中国银行与俄罗斯 34 家银行签署人民币现钞批发业务协议；国家开发银行与俄罗斯四家银行签署人民币贷款协议，价值 510 亿元人民币，用于投放中俄人民币跨境贷款项目，然后以转贷形式为中国参与俄罗斯基建项目提供资金。哈尔滨银行协同境内 9 家银行与俄罗斯开发与对外经济银行签署了 100 亿元人民币银团贷款协议，为中俄“一带一路”建设项目提供资金。另外，哈尔滨银行还和俄罗斯开发与对外经济银行合作建立中俄高科技产业投资基金，为中俄合作的高科技项目提供资金支持[①]。

随着中俄两国间金融机构合作规模的不断扩大、“一带一路”倡议的不断推进，相邻地区商业银行合作已经无法满足现有的跨国金融服务需求，中俄间寻求更高层次合作机制的呼声不断。2015 年中俄共同成立了中俄金融联盟，促进中俄两国

① “一带一路”中俄金融合作发挥的重要作用，https://www.sohu.com/a/315693073_120162921 [2019-12-01]。

金融机构资源、信息共享与合作创新[①]。

中俄金融联盟不以营利为目的，以“资源共享、优势互补、互惠合作”为联盟宗旨，其主要目标是促进中俄金融合作全面发展，推进两国货币结算，同时促进联盟成员在金融服务、风险管理等方面的经验交流，促进中俄银行间开展多形式的业务合作。

中俄金融联盟初始成员有35家金融机构，包括18家中方机构和17家俄方机构[①]。2019年，黑龙江政府网站公开数据显示，中俄金融联盟的成员机构已经发展至68家，中方机构32家，遍布全国19省24市。其中“一带一路”圈定的重点省份有12个，这些省份都是“一带一路”投资的主力军，各省投资额之和占“一带一路”沿线国家贸易总额的75%；俄罗斯金融机构则增至36家，其中18家的总部在莫斯科，18家在西伯利亚地区开设了分支机构。联盟成员涵盖了银行、信托公司、基金公司、保险公司、资产管理公司、融资租赁公司、行业协会、评级机构、资讯公司等十多类金融机构。

中俄金融联盟成立后，推动了一系列金融机构合作，取得了一系列成果。通过一年一度的成员大会，中俄金融联盟成员不断沟通，达成了一项又一项的合作，形成了一个成熟、完善的对话机制，是推进中俄两国金融机构合作的主要沟通渠道。2015年10月，在第一届中俄金融联盟成员大会上，成员们签署了推进中俄本币结算意向书、人民币银团拆借主协议、衍生品交易合作协议等多个项目；2016年9月，在第二届中俄金融联盟成员大会上，哈尔滨银行联合多家中资银行与俄罗斯开发与对外经济银行合作，共同签订了《百亿人民币贷款协议》，为中俄“一带一路”重点合作项目服务，开启了中俄两国金融机构参与最广、规模最大、影响最深的跨境同业银行合作项目。2017年第三届中俄金融联盟成员大会上，成员机构一致通过《中俄金融联盟组织架构方案》《中俄金融联盟会费管理办法》等多项议题，进一步完善联盟的管理体系。2019年5月，第五届中俄金融联盟成员大会期间，成员机构签署了《哈尔滨银行与储蓄银行现钞跨境调运合作协议》《中方成员单位与莫斯科信贷银行银团借款合作意向书》《中俄金融联盟成员（中方同业）流动性应急互助框架协议》。多年来，中俄金融联盟达成的一系列协议为中俄两国金融机构合作和信息沟通打下了坚实基础，营造和谐合作环境，为两国间金融机构合作具体落实铺平了道路。

黑龙江在中俄合作中有得天独厚的优势，金融机构也做了很多创新的尝试。哈尔滨银行研发推出跨境电商在线支付平台，为中俄跨境贸易、投资带来便捷、高效、低成本的支付体验。这款跨境电商金融服务平台可以为境内跨境电商企业

---

① 中俄金融合作联盟在哈成立 合作开启新篇章，http://hlj.cnr.cn/htpxw/20151016/t20151016_520168289.shtml[2019-12-01]。

提供一站式、全流程的在线支付、收款、结算、交易查询以及退款等多项服务，能够为跨境出口电商企业提供 7×24 小时跨境支付、收款、结汇等金融服务。哈尔滨银行还开通了现钞跨境运输渠道，助推资金融通高质量合作。2019 年 5 月，哈尔滨银行与俄罗斯亚洲太平洋银行合作，首次将 1500 万元人民币现钞从黑龙江省东宁口岸陆路运输至俄罗斯符拉迪沃斯托克，打通了与俄罗斯的人民币、卢布现钞双币种、双向、航空与陆路结合的联合调运渠道。截至 2019 年 9 月，哈尔滨银行累计对俄罗斯跨境调出近 70 亿卢布现钞，调出 1.95 亿元人民币现钞，累计调入 7000 万卢布现钞。

二、亚洲金融合作协会

2015 年博鳌亚洲论坛上，习近平在主旨演讲中首次提出倡议，“探讨搭建亚洲金融机构交流合作平台”①。2016 年来自亚洲、欧洲、美洲的 12 个国家和地区的 38 家金融机构签署了合作意向书，共同建立亚洲金融合作协会（Asian Financial Cooperation Association，AFCA）。亚洲金融合作协会是一个国际性的非政府、非营利组织，亚洲国家的金融机构都可以自愿参加②。2017 年 5 月 11 日，亚洲金融合作协会成立工作会议通过《亚洲金融合作协会章程》《亚洲金融合作协会首届理事、监事、高管人员推荐办法及人选名单》等 13 项议案，标志着亚洲金融合作协会正式成立，并被列入“一带一路”国际合作高峰论坛成果清单。

亚洲金融合作协会的宗旨是“联通合作、共治共享”，致力于促进亚洲国家间金融交流与合作。亚洲金融合作协会通过搭建区域金融合作平台促进金融机构的沟通，保障区域内的金融稳定，避免大规模金融危机③。亚洲金融合作协会于 2019 年成立了“一带一路”金融合作委员会，并制定了三年工作规划纲要；设立了“一带一路”金融信息共享平台，引导本币在“一带一路”建设中的使用；推动了“一带一路”信用评级合作，建立了风险评估、识别以及预警等相关服务共享体系；建立了“一带一路”国际商事争端预防与解决机制④。

三、中国与中东欧国家的“16+1”合作机制

2012 年 4 月，中国与中东欧合作正式发起，其成员国包括中国和中东欧 16

---

① 习近平主席在博鳌亚洲论坛 2015 年年会上的主旨演讲(全文)，http://www.gov.cn/xinwen/2015-03/29/content_2839796.htm[2020-01-03]。

② 亚洲金融合作协会成立仪式在京举行 107 家机构加入|新京报财讯，https://www.bjnews.com.cn/finance/2017/07/24/451576.html[2020-01-03]。

③ 107 家各国金融机构打造“朋友圈”：成立“亚金协”防范区域金融风险【21 世纪经济报道】，https://www.boc.cn/aboutboc/ab8/201707/t20170726_9859793.html[2020-01-03]。

④ 亚金协“一带一路”金融合作委员会成立 聚焦五大任务助力资金融通，https://www.yidaiyilu.gov.cn/xwzx/gnxw/89732.htm[2019-10-30]。

个国家，因此又称为“16+1”合作机制①。2012 年 9 月，中国—中东欧国家合作秘书处正式成立，保障合作顺利进展。秘书处中方成员单位包括 20 多家中央部委和有关机构，中东欧国家任命国家协调员负责与中方秘书处协调对接。2015 年 4 月，设立“外交部中国—中东欧国家合作事务特别代表”。“16+1”合作机制已经成为“一带一路”建设的重要组成部分②。

“16+1”合作机制规划了中国和中东欧国家 2015～2020 年的工作重点，旨在不断挖掘中国和中东欧国家的合作潜力，提高合作质量和合作效率。“16+1”合作也是中国与中东欧 16 国共同创建的金融合作平台。李克强总理提出的“16+1”合作框架的六大重点中，第四个重点强调要“不断创新投融资合作方式”“支持在中东欧国家建立人民币清算安排，加强中方金融机构同欧洲复兴开发银行等地区和国际多边金融机构的交流合作，为‘16+1 合作’提供更多金融支持”③。

“16+1”合作机制搭建了良好的合作基础，“一带一路”沿线中东欧 16 国积极响应，合作机制已经取得丰富成果，其中金融机构合作取得显著进展。

1. 中国—中东欧投资合作基金

中国—中东欧投资合作基金是中国进出口银行作为主要发起人设立的离岸股权投资基金。2012 年，首次中国—中东欧国家领导人会晤上，时任总理的温家宝正式提出建立中国—中东欧投资合作基金（一期）。该基金正式成立于 2013 年 11 月，并被写入中国与中东欧国家合作的纲领性文件《中国—中东欧国家合作布加勒斯特纲要》。2014 年初，一期中国—中东欧投资合作基金正式运营，最终封闭规模为 4.35 亿美元。该基金的投资范围包括“16+1”成员国的基础设施与具有投资潜力的行业，侧重促进中国和中东欧国家贸易投资、双边市场准入等多项合作④。2017 年二期中国—中东欧投资合作基金完成设立，募集资金 10 亿美元，以有限合伙制形式在卢森堡注册成立，有限合伙人主要包括中国进出口银行和匈牙利进出口银行。二期中国—中东欧投资合作基金已经投资了波兰优质风电场、捷克光伏企业、匈牙利的一所私立教育集团以及保加利亚的一家体育设施建造公司。

2. 中国—中东欧银行联合体

2017 年中国—中东欧银行联合体正式成立，国家开发银行为其提供了 20 亿

---

① 中国与中东欧国家领导人会晤新闻公报，http://www.gov.cn/ldhd/2012-04/26/content_2124347.htm[2020-01-03]。

② 2019 年希腊作为新成员正式加入“16+1”合作机制，“16+1”扩容为“17+1”。随着国际形势的变化，2021~2022 年立陶宛、爱沙尼亚和拉脱维亚相继宣布退出合作机制。

③ 李克强为“16+1 合作”提出“1+6”合作框架，http://www.gov.cn/xinwen/2015-11/25/content_2972027.htm[2020-01-03]。

④ 中国—中东欧投资合作基金，http://china-ceefund.com/Template/backgroundCH_32.html[2022-10-07]。

等值欧元的合作贷款，该贷款将在5年内用于支持中东欧国家的各类建设项目[①]。截至2021年，中国—中东欧银行联合体共有15家成员行。中国—中东欧银行联合体以“自主经营、独立决策、风险自担”为基本原则，在投融资、员工培训、信息交流、政策互通等领域展开合作。中国—中东欧银行联合体由理事会、高官会和秘书处三个部门组成，形成了一套有效的沟通模式，通过合作为中国—中东欧国家合作重点项目提供投融资支持，以优质金融服务促进中国与中东欧国家经济社会发展[②]。

3. 互设机构

各国积极开放金融市场，中资银行已在波兰、匈牙利、捷克和塞尔维亚等地设立海外机构。2016年，中国工商银行投资10亿欧元成立中国—中东欧金融控股公司；2017年匈牙利储蓄商业银行首次进入中国。

四、中拉开发性金融合作机制

截至2018年，国家开发银行为200多个拉丁美洲的“一带一路”建设项目提供资金支持，总金额超1000亿美元。为支持拉丁美洲区域的“一带一路”建设，中国人民银行、国家外汇管理局会同国家开发银行发起设立了中拉产能合作投资基金。2019年，国家开发银行牵头成立中拉开发性金融合作机制，拉方创始成员行包括7家具有区域代表性和影响力的拉丁美洲开发性金融机构。中拉开发性金融合作机制的设立旨在促进中国同拉丁美洲区域国家金融机构的合作，促进多边信息交流与政策沟通。中拉开发性金融合作机制为中国和拉丁美洲国家提供了一个良好的合作平台，促进了中国和拉丁美洲国家金融机构的合作，共同为区域内的“一带一路”基础设施建设以及投融资项目提供了更完善的金融服务，同时也降低了金融机构所面临的风险。另外，中拉开发性金融合作机制还以促进成员国间的贸易往来为目标，推进国家间的经济交流，最终实现中国与拉丁美洲国家的共同发展。

第三节 “一带一路”金融机构国际合作机制存在的问题

目前，我国在“一带一路”金融机构合作机制构建上取得了一定的成果，但是仍然存在许多问题。

---

① 中国—中东欧银联体正式成立，http://www.cdb.com.cn/xwzx/khdt/201711/t20171128_4778.html[2020-03-03]。

② 中国—中东欧银联体为“16+1 合作”提供融资支持，http://www.gov.cn/xinwen/2017-11/28/content_5242777.htm[2020-01-03]。

一、信息共享机制尚不完善，海外监管风险压力大

由于共建“一带一路”国家在金融监管体制与金融市场成熟度、开放度上存在较大差异，金融机构在开展“一带一路”业务、拓展“一带一路”市场时存在严重的信息不对称问题，使金融机构海外经营面临较大的监管风险。如何在发展与合规间权衡是金融机构海外经营面临的挑战之一。部分国家合规和反洗钱等方面的要求十分严格。例如，越南只允许中越边境地区银行试点跨境人民币结算，大部分非边境地区仍是人民币业务空白，2017 年底政策才有所松动。中国银行虽然在越南设立胡志明市分行，但位于非边境地区，必须通过委托代理方式，通过边境银行为客户提供人民币金融服务。随着世界各国监管法规日趋严格，银行内部相应的操作流程、员工相关知识的培训没有跟上监管法规变化的步伐，旧流程与新的法规不匹配，导致中资银行海外经营频频被罚。例如，2016 年 2 月，中国工商银行马德里分行因涉嫌洗钱被西班牙警方审查；2016 年中国农业银行纽约分行因违反纽约州反洗钱法规缴纳超 2 亿美元处罚金；2017 年，中国银行米兰分行因涉嫌洗钱缴纳 60 万欧元罚金，4 名员工被判两年缓刑；2018 年中国建设银行南非约翰内斯堡分行因在反洗钱和反恐怖融资控制措施中存在薄弱环节，被罚 7500 万兰特①。

二、缺乏全局性顶层设计，金融机构合作无既定规范遵循

目前“一带一路”金融机构国际合作机制尚未形成完整的体系，缺乏全局性的顶层设计，金融机构合作无既定规范遵循，导致机构各自为政，缺乏凝聚力，合作形式随意性较大，合作程度难以进一步深入（李仁真和申晨，2019；李晓安，2018）。虽然我国金融机构“一带一路”海外布局正处于日益完善中，但海外金融业务开展依旧处于初级阶段，具体表现在以下几个方面：①金融机构合作缺乏完善的制度。首先，现有的金融合作没有完善、统一的合作制度，通过机构间沟通交流达成合作，一方面增加交流沟通的成本，另一方面合作结果的可测性较低。其次，现有合作主要以双边合作为主，大部分合作仅达成合作协议，还没有落实到具体的合作内容。最后，现有的金融机构合作主要由国家牵头，商业银行参与度仍较低，合作还没有形成正向、可持续发展的良性循环。②“一带一路”沿线国家原有网点几近饱和，新设海外机构步伐放缓。中资银行海外分布主要集中于部分国家，而当这些国家金融服务业饱和，且其他未开设分支机构的地区尚不具备合作条件时，我国金融机构很难通过新设机构形式开展业务。③“出海”经营

---

① 避免中资银行出海再遭巨额罚单！银保监会发文强化合规管理，https://xw.qq.com/amphtml/20190123A018MS00[2020-03-03]。

的金融服务种类单一且服务水平较低。现有“一带一路”海外业务拓展的银行多为国有大行，如中国银行、中国工商银行等。国有大行提供的金融服务多为传统型业务，国际合作型或者创新型业务相对较少，无法有效满足项目或客户的实际需求。

三、经济文化水平差异阻碍金融机构合作深化发展

国家间经济水平差异阻碍“一带一路”金融机构国际合作的开展。一方面，各国处于不同经济发展水平时，就会有不同的发展目标、政策偏好。如何协调不同国家的目标和政策，使合作符合每个国家的利益，是“一带一路”金融机构国际合作亟须解决的问题。对于低收入国家，提高基础设施水平、获得充足的资金支持是其重点目标；对于高收入国家，如何保持并刺激其经济发展是其首要目的；对于新兴市场，如何应对发达国家的贸易壁垒是其亟待解决的难题。由于不同国家间存在目标和利益冲突，国家间的合作难以达成。

另一方面，“一带一路”沿线国家的国际政治关系复杂，各国之间政治互信水平与民间认可度差距较大。伊拉克、叙利亚、巴勒斯坦国内政局动荡，国内外政策缺乏延续性，无法保障金融机构合作安全稳定推进，难以进行有效的政策沟通。2017 年“6・18”中印洞朗对峙事件、2020 年“6・15”中印加勒万河谷边境冲突使中印双方战略互信降至冰点，印度官员曾在国际场合以“中巴经济走廊”侵犯其领土和主权为由明确反对“一带一路”倡议。分布于欧洲的“一带一路”沿线国家支持“一带一路”倡议，但部分欧洲国家在具体政策对接上尚未有实质性作为。西亚北非国家多数是同中国具有传统友谊的国家，政治互信程度较高，然而由于经济发展水平等因素限制，这些国家同中国在“一带一路”框架下的合作机制和具体政策对接仍有较大的提升空间。

第三章

“一带一路”金融机构国际合作程度评价与影响因素分析

目前中国与“一带一路”沿线各国金融机构国际合作程度如何？孰优孰劣？金融机构国际合作水平受哪些因素影响？如何进一步深化“一带一路”沿线国家的金融机构国际合作？哪些国家需要重点推进合作？是否需要因地制宜采取不同策略？这一系列问题对未来“一带一路”金融机构国际合作的深化、“一带一路”建设庞大金融需求的满足，乃至“一带一路”倡议整体进程和发展都是至关重要的。本章将通过构建中国与“一带一路”沿线各国的金融机构国际合作指数，量化中国与“一带一路”沿线各国金融机构国际合作水平，从而比较中国与不同“一带一路”沿线国家金融机构国际合作水平的差异以及地域分布特点；分别从政治与安全、经济与贸易、文化与教育三个层面分析“一带一路”金融机构国际合作指数受哪些因素的影响，并根据分析结果，为“一带一路”金融机构国际合作机制的战略布局规划以及进一步深化“一带一路”金融机构国际合作提出政策建议①。

第一节 “一带一路”金融机构国际合作程度评价

本节通过主成分分析（principal components analysis，PCA）法，构建“一带一路”金融机构国际合作指数，进而比较中国与沿线各国的合作程度。

一、指标选取原则

本节指标选取遵循综合性、科学性、客观性和可得性原则，力求全面真实地反映各地区的合作潜力。

（1）综合性原则。“一带一路”金融机构国际合作机制是一项系统、综合的工作，由经济、政治、文化交流等多因素决定，这些因素相互交叉、联系，仅仅根据单一要素进行分析判断，很有可能产生误判。因此，要选择多个指标，综合、

① 本章内容参见《“一带一路”沿线国家的金融机构国际合作指数构建与影响因素分析》（唐旻，黄志刚，林朝颖，《管理评论》，已录用）。

全面地反映“一带一路”金融机构国际合作水平，综合考虑各方面的要素，通过多参数、多尺度分析，力求指标选取具有全面性。

（2）科学性原则。在选择指标时必须遵循经济规律和客观事实规律，采用科学的方法和手段，选择的指标必须是能够通过统计、观察、测试等方式得出明确结果的定性或定量指标，从而保证研究结果的真实有效。

（3）客观性原则。所选择的指标需要客观反映“一带一路”金融机构国际合作现状，尽量消除主观性。

（4）可得性原则。选择的指标一定要有数据来源。任何一个指标体系，即使设计得再完美，若收集不到相应的数据，也难以得出结果。因此在选择指标时应考虑该指标的相关数据的可得性。

二、指标与样本选择

（一）“一带一路”金融机构国际合作指数的指标选择

“一带一路”金融机构国际合作指数从宏观层面度量国与国之间金融机构国际合作水平，包括国与国之间金融机构跨境开设分支机构合作度和提供跨境金融服务合作度两个方面。相较于大量从机构角度出发分析金融机构国际化程度与跨国经营效率探究机构国际合作的文献，本书将中国与“一带一路”沿线国家间金融机构国际合作水平指数化，形成一个客观的可测指标，有利于比较以及进一步研究。

本书选取了“一带一路”沿线国家在华外资银行数、中资银行在“一带一路”沿线国家分布数、“一带一路”沿线国家QFII机构数以及“一带一路”沿线国家RQFII机构数四个指标（表3-1），构造“一带一路”沿线国家金融机构国际合作指数。其中，“一带一路”沿线国家在华外资银行数代表外资金融机构“引进来”情况，数据来自中国银行业监督管理委员会（简称银监会）；中资银行在“一带一路”沿线国家分布数代表中国金融机构“走出去”情况，数据来自中国人民银行；“一带一路”沿线国家QFII机构数的数据来自国家外汇管理局；“一带一路”沿线国家RQFII机构数的数据来自国家外汇管理局。

表3-1 “一带一路”金融机构国际合作指数变量定义

变量	定义	数据来源
Y_1	“一带一路”沿线国家在华外资银行数	银监会
Y_2	中资银行在“一带一路”沿线国家分布数	中国人民银行
Y_3	“一带一路”沿线国家QFII机构数	国家外汇管理局
Y_4	“一带一路”沿线国家RQFII机构数	国家外汇管理局

（二）样本选择

“一带一路”沿线国家众多，由于部分国家因为战乱或其他原因无法获得数据，实际收集到 55 个沿线国家的数据。考虑数据可得性，本书选择 2016 年和 2017 年作为测算区间。

三、实证结果分析

表 3-2 为金融机构国际合作指数构建变量的描述性统计分析，其中四个变量的最小值和中位数均为 0，说明大部分“一带一路”沿线国家与中国都没有开展金融机构国际合作。四个变量的最大值与最小值差较大，尤其是“一带一路”沿线国家 QFII 机构数（Y_3）和“一带一路”沿线国家 RQFII 机构数（Y_4）两个指标，说明“一带一路”沿线国家与中国的金融机构国际合作活动分布不均，合作集中在少数国家。

表 3-2 基础变量描述性统计

变量	样本数	均值	标准差	最大值	最小值	中位数
Y_1	110	0.61	1.49	8	0	0
Y_2	110	0.98	1.55	7	0	0
Y_3	110	0.58	2.98	22	0	0
Y_4	110	0.61	4.23	32	0	0

采用主成分分析法，将上述四个基础变量合成“一带一路”金融机构国际合作指数，反映“一带一路”沿线国家和中国金融机构国际合作水平。主成分分析法通过分析变量间的内在结构关系，把多变量转化为少数几个相互独立且包含原有变量大部分信息的综合指标，被广泛运用于指数合成。

参考赵汝为等（2019）、王劲松和任宇航（2021）的方法，在对基础指标进行标准化处理后，对四个基础指标进行主成分分析，得出金融机构国际合作指数 FIICI。综合指数 2016 年和 2017 年的表达式如下：

$$\mathrm{FIICI}_{2016}=0.2944\times \mathrm{ZY}_{1,2016}+0.4717\times \mathrm{ZY}_{2,2016}+0.5926\times \mathrm{ZY}_{3,2016}+0.5825\times \mathrm{ZY}_{4,2016} \tag{3-1}$$

$$\mathrm{FIICI}_{2017}=0.0285\times \mathrm{ZY}_{1,2017}+0.4719\times \mathrm{ZY}_{2,2017}+0.6268\times \mathrm{ZY}_{3,2017}+0.6190\times \mathrm{ZY}_{4,2017} \tag{3-2}$$

其中，$\mathrm{ZY}_{i,t}$ 为标准化后的基础指标。

为了便于比较分析，这里参考杜思正等（2016）的方法，以 Min-Max 标准化法将指数投射到[0,1]区间上，标准化后的“一带一路”金融机构国际合作指数见表 3-3。

表 3-3 “一带一路”金融机构国际合作指数

国家	合作指数		国家	合作指数	
	2016 年	2017 年		2016 年	2017 年
蒙古国	0.04	0.05	马尔代夫	0.00	0.00
新加坡	1.00	1.00	尼泊尔	0.00	0.00
马来西亚	0.17	0.22	哈萨克斯坦	0.06	0.03
印度尼西亚	0.07	0.07	乌兹别克斯坦	0.00	0.00
缅甸	0.06	0.05	土库曼斯坦	0.00	0.00
泰国	0.19	0.12	塔吉克斯坦	0.00	0.00
老挝	0.06	0.05	吉尔吉斯斯坦	0.00	0.00
柬埔寨	0.06	0.05	俄罗斯	0.19	0.10
越南	0.14	0.15	乌克兰	0.00	0.00
文莱	0.05	0.04	白俄罗斯	0.02	0.00
菲律宾	0.06	0.03	格鲁吉亚	0.00	0.00
伊朗	0.02	0.00	阿塞拜疆	0.00	0.00
土耳其	0.07	0.05	亚美尼亚	0.00	0.00
约旦	0.02	0.00	波兰	0.03	0.05
黎巴嫩	0.00	0.00	立陶宛	0.02	0.02
以色列	0.02	0.00	捷克	0.03	0.05
沙特阿拉伯	0.04	0.03	斯洛伐克	0.00	0.00
阿曼	0.00	0.00	匈牙利	0.06	0.05
阿联酋	0.27	0.20	斯洛文尼亚	0.00	0.00
卡塔尔	0.08	0.07	克罗地亚	0.00	0.00
科威特	0.06	0.07	波黑	0.00	0.00
巴林	0.03	0.03	黑山	0.00	0.00
埃及	0.02	0.02	塞尔维亚	0.03	0.03
印度	0.15	0.18	罗马尼亚	0.00	0.00
巴基斯坦	0.09	0.07	保加利亚	0.00	0.00
孟加拉国	0.00	0.00	马其顿	0.00	0.00
阿富汗	0.00	0.00	阿尔巴尼亚	0.00	0.00
斯里兰卡	0.00	0.03			

从“一带一路”金融机构国际合作指数柱状图（图 3-1）可以观察到，“一带一路”沿线各国合作水平差异明显，且主要集中于少数几个国家，合作分布不均衡。2016 年合作指数排名前 5 名的国家分别为新加坡、阿联酋、泰国、俄罗斯和马来西亚，其中 4 个为亚洲国家，1 个为欧洲国家；2017 年排名前 5 名的新加坡、马来西亚、阿联酋、印度和越南均为亚洲国家。有 23 个国家 2016 年和 2017 年合作指数均为 0，其中亚洲国家 13 个，占亚洲国家样本的 34.2%，欧洲国家 10 个，占欧洲国家样本的 58.8%。2016~2017 年伊朗、约旦、以色列、白俄罗斯四个国家合作指数由 0.0153 下降为 0。

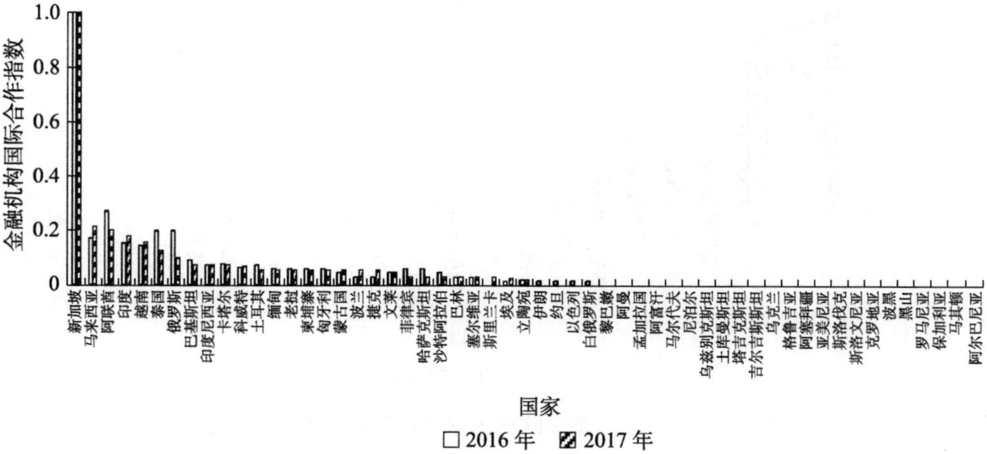

图 3-1 2016~2017 年“一带一路”金融机构国际合作指数

对比 2016 年和 2017 年的金融机构国际合作指数，可以发现，20 个国家与中国的金融机构国际合作水平出现了不同程度的下降。另有马来西亚、印度、越南、印度尼西亚、科威特、蒙古国、波兰、捷克、立陶宛、埃及和斯里兰卡 11 个国家 2017 年的合作指数较 2016 年有所提升，其中 3 个为欧洲国家，8 个亚洲国家（本部分将埃及归为亚洲国家）。

2016 年“一带一路”金融机构国际合作大体上呈现出距离近、合作紧的趋势，且合作紧密的国家主要集中在亚洲。2017 年，中国与邻国，尤其是中亚、西亚地区的合作程度有所减弱，而东南亚国家作为“一带一路”合作的主力国家，仍保持较高金融机构合作水平。

进一步分区域进行分析，由图 3-2 可以看出，亚洲地区金融机构国际合作水平总体更高，2016 年新加坡、阿联酋、泰国、马来西亚是金融机构国际合作的主要国家，2017 年则为新加坡、马来西亚、阿联酋和印度。而在欧洲国家中（图 3-3），俄罗斯合作指数最高，其次是匈牙利，有 10 个欧洲国家 2016 年和 2017 年的金融机构国际合作指数为 0。

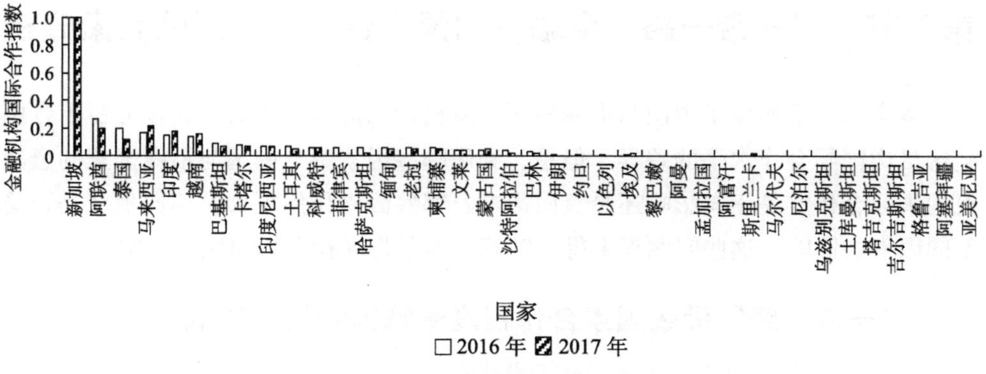

图 3-2 “一带一路”亚洲国家金融机构国际合作指数

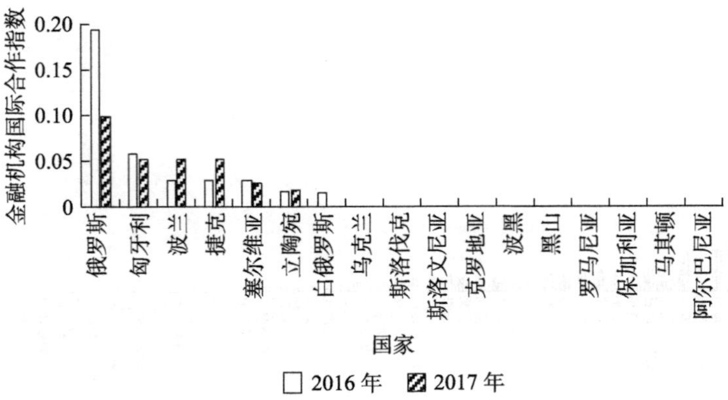

图 3-3 “一带一路”欧洲国家金融机构国际合作指数

综合以上分析可见，“一带一路”金融机构国际合作地域分布极不均衡，形成了明显的两极分化。大部分国家与中国的金融机构国际合作水平较低，合作主要集中于新加坡、马来西亚、阿联酋和泰国等亚洲国家，“一带一路”金融机构国际合作在地域分布上仍有很大的扩展空间。对比 2016 年和 2017 年指数变化发现，“一带一路”沿线国家金融机构国际合作水平总体呈下降趋势，有 20 个国家的合作水平出现不同程度的下降，这可能与“一带一路”金融机构国际合作仍处于发展初期有关。23 个“一带一路”沿线国家的合作水平保持在最低水平没有变化，说明中国与“一带一路”沿线国家的金融机构国际合作尚未涉及这些国家，合作趋于集中在已有合作关系的国家。由此可见，当前“一带一路”金融机构国际合作模式以发展现有合作为主，有大量未开展合作的国家有待“拓荒”。在地域分布上，“一带一路”金融机构国际合作大体上呈现距离近、合作紧的趋势，且合作紧密的国家主要集中在亚洲，欧洲国家合作水平普遍较低。下面进一步从政治与安全、经济与贸易以及文化与教育三个方面分析“一带一路”金融机构国际合作指数的影响因素。

第二节 “一带一路”金融机构国际合作程度影响因素分析

本章第一节构建了中国与沿线各国金融机构国际合作指数，初步分析了各国金融机构国际合作水平的差异。但是，到底哪些因素影响中国与沿线国家的金融机构国际合作？是正向影响还是负向影响？哪些因素作用更大？不同地区是否受不同因素的影响？这些问题尚未得以解答。本节将寻找上述问题的答案。

一、“一带一路”沿线国家合作程度影响因素指标选取

从政治与安全、经济与贸易以及文化与教育三个方面选择 13 个变量作为影响

因素，分析这些影响因素与金融机构国际合作指数之间的关系。指标的定义与来源见表 3-4，描述性统计见表 3-5。

表 3-4 “一带一路”沿线国家合作潜力指标定义及来源

一级指标	变量	定义	来源
政治与安全	X_1	“一带一路”沿线国家与中国的制度距离	世界银行
	X_2	“一带一路”沿线国家军费支出	国泰安数据库
	X_3	“一带一路”沿线国家与中国建交时间	网络搜索
经济与贸易	X_4	“一带一路”沿线国家与中国经济自由度差异	美国传统基金会
	X_5	“一带一路”沿线国家对中国直接投资额	国泰安数据库
	X_6	“一带一路”沿线国家服务进出口额	国泰安数据库
	X_7	“一带一路”沿线国家货物进出口额	国泰安数据库
	X_8	“一带一路”沿线国家货柜码头吞吐量	国泰安数据库
文化与教育	X_9	“一带一路”沿线国家孔子学院数	国泰安数据库
	X_{10}	“一带一路”沿线国家识字率	世界银行
	X_{11}	“一带一路”沿线国家高等教育入学率	世界银行
	X_{12}	“一带一路”沿线国家政府教育支出占 GDP 比重	世界银行
	X_{13}	“一带一路”沿线国家与中国建立友好城市数	中外交流网站

表 3-5 合作潜力指标变量描述性统计

变量	观测数	平均	中位数	标准差	最小值	最大值
Y	110	0.06	0.02	0.14	0.00	1.00
X_1	110	–1.15	–1.19	0.66	–2.56	0.68
X_2	110	2.16	1.53	2.21	0.00	12.03
X_3	110	43.72	42.00	18.55	10.00	77.00
X_4	110	2.16	1.23	2.81	0.00	17.92
X_5	110	0.23	0.01	0.83	–0.37	6.32
X_6	110	2.89	1.15	5.00	0.00	30.52
X_7	110	2.86	1.19	3.82	0.01	16.83
X_8	110	0.04	0.00	0.07	0.00	0.34
X_9	110	2.97	2.00	5.04	0.00	35.00
X_{10}	110	0.93	0.97	0.12	0.41	1.00
X_{11}	110	0.44	0.44	0.22	0.08	0.88
X_{12}	110	0.04	0.04	0.01	0.02	0.07
X_{13}	110	8.29	3.00	15.00	0.00	111.00

（一）政治与安全

（1）“一带一路”沿线国家与中国的制度距离。制度距离是指两个国家在制度的规则、规范和认知三个方面的差异，这里借鉴 Kaufmann 等（2010）、黄远浙等（2021）、方慧和赵甜（2017）的计算方法，对世界治理指数（world governance index，WGI）包含的公众话语权和问责、政治稳定性与非暴乱、政府施政有效性、管制质量、法治程度和腐败控制六个维度的指标加权平均后得出综合指数，然后计算“一带一路”沿线各国综合指数与中国的差额，得出“一带一路”沿线国家与中国制度距离指标。

（2）“一带一路”沿线国家军费支出。该指标是指“一带一路”沿线各国用于军事建设、武器装备配置研发制造以及战争的经费。军费支出单位为万亿本币单位。

（3）“一带一路”沿线国家与中国建交时间。该指标是指“一带一路”沿线国家自与中国建交之年至当年的以年份为单位的时间长度。

（二）经济与贸易

（1）“一带一路”沿线国家与中国经济自由度差异。该指标借鉴了 Kogut 和 Singh（1988）、邓子梁和原晓惠（2018）和肖红军（2014）的方法，对中国和“一带一路”沿线国家经济自由度的差值取平方后，除以经济自由度样本方差得出经济自由度差异指标。

（2）“一带一路”沿线国家对中国直接投资额。该指标反映“一带一路”沿线国家对中国的投资意愿以及两国间的投资合作深度，单位为万亿美元。

（3）“一带一路”沿线国家服务进出口额。该指标是各国各类服务进出口的总额，单位为百万亿美元。

（4）“一带一路”沿线国家货物进出口额。该指标是各国各类货物进出口的总额，单位为百万亿美元。

（5）“一带一路”沿线国家货柜码头吞吐量。该指标是衡量各国运输能力的指标，单位为 TEU/亿。

（三）文化与教育

（1）“一带一路”沿线国家孔子学院数。该指标是指我国在该国设立孔子学院和孔子课堂的总数，反映我国传统文化在该国的宣传、推广水平。

（2）“一带一路”沿线国家识字率。该指标反映沿线国家基础教育普及率，指标越高，说明沿线国家的国民受教育程度越高。

（3）“一带一路”沿线国家高等教育入学率。该指标反映沿线国家的高等教育普及率，指标越高，说明沿线国家的国民受教育程度越高。

（4）“一带一路”沿线国家政府教育支出占 GDP 比重。该指标反映沿线国家政府对国民教育的重视程度，指标越高，说明沿线国家的国民受教育程度越高。

（5）“一带一路”沿线国家与中国建立友好城市数。该指标反映了“一带一路”沿线国家与中国的总体文化交流情况，合作城市越多，文化交流水平越高。

二、实证结果分析

将样本中的55个“一带一路”沿线国家分为欧洲国家和亚洲国家，然后利用所选变量分别对总样本和分样本建立固定效应面板回归模型。

（一）总样本回归

首先进行总样本回归分析，回归结果见表3-6。在政治与安全层面，制度距离在5%的显著性水平上与金融机构国际合作指数负相关。该结论与邓子梁和原晓惠（2018）的研究结果一致。“一带一路”沿线国家与中国制度差异越小，越容易达成共识，越有利于合作推进，因此两国间的金融机构国际合作水平越高。军费支出作为安全因素，与“一带一路”金融机构国际合作指数在10%的显著性水平上呈负相关关系。该发现与蒋涛等（2017）、周伟和江宏飞（2020）、吕越等（2019）、吕越和邓利静（2019）的研究结果一致。当一国受到周边国家军事威胁，或企图用军事实力威胁其他国家时，该国的军费支出就会增加。也就是说，军费支出越高，说明该国面对的军事威胁越多，国家政权稳定性越弱，政治风险越大，因此金融机构国际合作越难开展。反之，军费支出越小的国家，政权稳定性和安全性越高，越有利于金融机构国际合作的开展。

表3-6　合作影响因素回归结果

一级指标	二级	总样本	亚洲	欧洲
政治与安全	“一带一路”沿线国家与中国的制度距离	–0.0164** （–2.05）	–0.0380* （–1.97）	0.0127 （1.40）
	“一带一路”沿线国家军费支出	–0.0023* （–1.95）	–0.0001 （–0.05）	0.0027 （0.44）
	“一带一路”沿线国家与中国建交时间	0.0001 （0.45）	0.0020*** （2.94）	–0.0001 （–0.76）
经济与贸易	“一带一路”沿线国家与中国经济自由度差异	0.0131*** （3.15）	0.0281*** （3.56）	0.0001 （0.01）
	“一带一路”沿线国家对中国直接投资额	0.0873*** （6.21）	0.0805*** （6.16）	0.0786*** （6.87）
	“一带一路”沿线国家服务进出口额	0.0029 （1.40）	0.0029 （1.24）	0.0014 （0.37）
	“一带一路”沿线国家货物进出口额	0.0034 （1.17）	0.0095** （2.47）	0.0044* （1.98）
	“一带一路”沿线国家货柜码头吞吐量	0.4286** （2.20）	–0.0612 （–0.23）	–1.6821 （–1.69）
文化与教育	“一带一路”沿线国家孔子学院数	–0.0005 （–0.89）	–0.0001 （–0.10）	–0.0009 （–1.00）

续表

一级指标	二级	总样本	亚洲	欧洲
文化与教育	“一带一路”沿线国家识字率	–0.0568 (–1.35)	0.0677 (1.24)	–0.4481 (–1.10)
	“一带一路”沿线国家高等教育入学率	0.0147 (0.78)	–0.0527 (–1.41)	0.0210 (0.64)
	“一带一路”沿线国家政府教育支出占 GDP 比重	–0.0031 (–0.01)	0.6699* (0.058)	–0.2435 (–0.41)
	“一带一路”沿线国家与中国建立友好城市数	0.0002 (0.61)	–0.0002 (–0.23)	0.0011*** (2.84)
常数项		–0.0002 (–0.00)	–0.2462** (–2.34)	–0.2462** (–2.34)

注：括号中的数值为该系数的 p 值

*、**和***分别表示在 10%、5%和 1%的显著性水平上显著

在经济与贸易层面，经济自由度差异与金融机构国际合作指数显著正相关，中国经济自由度在世界范围内处于中等水平，与新加坡、阿联酋、马来西亚、立陶宛、捷克等国家有一定差距。金融机构国际合作离不开开放、自由的合作环境。中资金融机构优先选择与经济自由度高于中国的国家合作是必然的。如何以现有合作带动“一带一路”沿线其他国家的金融机构国际合作共同发展，是后续发展路径选择需要关注的问题。

在经济与贸易层面，“一带一路”沿线国家对中国直接投资额和货柜码头吞吐量均显著正向影响金融机构国际合作指数。直接投资和贸易与金融机构国际合作有着相互促进的关系，投资与贸易离不开金融支持，金融发展能够显著提高对外直接投资和贸易水平。Desbordes 和 Wei（2017）认为，母国金融发展对对外直接投资起到关键的推动作用。反过来，“一带一路”投资贸易活动带来的金融服务需求也进一步强化中资金融机构在该地区开展业务的动机，促进中国与“一带一路”沿线国家金融机构国际合作的深化。目前我国金融机构“走出去”以“追随客户”为主要动机，当客户在“一带一路”沿线国家进行投资和贸易有金融服务需求时，金融机构通过在海外建立分支机构为当地的本国客户提供便捷的融资服务。因此，与中国投资、贸易合作越多的国家，自然能够吸引更多的金融机构在当地开展金融业务、开设分支机构，从而促进了金融机构国际合作在这些地区的发展。总样本的文化与教育层面则没有显著影响金融机构国际合作指数，在分地区样本分析中做进一步讨论。

（二）分样本回归

国泰安数据库依据地域将样本国家分为七类，分别为东亚、东南亚、西亚北

非、南亚、中亚、独联体和中东欧。鉴于数据样本有限，我们将样本分为亚洲样本和欧洲样本，其中将俄罗斯、乌克兰、白俄罗斯和中东欧国家等 17 个国家分为欧洲国家。由于属于西亚北非类别的国家中仅有埃及一个非洲国家，故将东亚、东南亚、西亚北非、南亚、中亚国家以及格鲁吉亚、阿塞拜疆和亚美尼亚等共 38 个国家合并归类为亚洲国家。回归结果见表 3-6。亚洲样本的回归结果显示，制度距离在 10%的显著性水平上与“一带一路”金融机构国际合作指数负相关，“一带一路”沿线国家与中国建交时间与金融机构国际合作指数在 1%的显著性水平上正相关。由于亚洲国家发展水平差异较大，且部分国家仍处于战乱中，政治稳定性较差，因此政治与安全因素对于亚洲国家的金融机构国际合作指数有重要影响。文化层面因素的影响不显著，这可能是由于中国和亚洲国家地域相邻、文化相近，文化交流较为紧密，文化沟通度的差异对合作指数影响不大。另外，政府教育支出占 GDP 比重与金融机构国际合作指数显著正相关。政府教育支出越多，越有利于合作过程中的沟通交流。在经济与贸易层面，经济自由度差异、亚洲国家对中国的直接投资额以及该国货物进出口额，是促进中国与亚洲国家金融机构国际合作的重要因素。因此，进一步促进中国与亚洲国家间的贸易和投资，对于推进金融机构国际合作有着重要的作用。

对于欧洲国家，政治与安全因素对金融机构国际合作指数的影响并不显著。在经济与贸易方面，欧洲国家对中国的直接投资额和货物进出口额对金融机构国际合作指数有显著的正向影响。因此，对于欧洲国家而言，吸引欧洲国家加入“一带一路”建设是促进中欧金融机构国际合作的关键经济层面因素。在文化与教育层面，“一带一路”沿线国家与中国建立友好城市数指标与金融机构国际合作指数显著正相关。民心相通是“一带一路”建设的社会根基，是联结“一带一路”中不同文化、国家人们的重要纽带。加强沿线国家人民对“一带一路”建设的认可度、参与度是“一带一路”金融机构国际合作成功的关键。孟醒（2021）认为，民心相通不仅是中国在推进“一带一路”建设时的重点合作领域，也有助于消除中国企业在东道国经营时所面临的政治和文化风险。我国与“一带一路”沿线欧洲国家存在文化差异，在跨文化环境中推进“一带一路”金融机构国际合作，不同文化的沟通交流就显得尤为重要。彭继增等（2020）发现文化差异导致各国消费者、投资者之间难以理解对方的消费习惯、价值观、交易习惯等，从而容易产生文化冲突。这种文化冲突的存在会增加“一带一路”沿线国家间的交易成本和交易风险，降低投资和贸易效率，从而限制金融机构国际合作水平的提高。由于中西方文化差异较大，因此促进我国城市与欧洲国家城市建立友好城市关系，有利于中国与欧洲国家的文化交流，促进中西方不同文化间的相互理解，进而深化中欧金融机构国际合作。

三、结论与建议

本章首先以主成分分析法构建“一带一路”金融机构国际合作指数，度量中国与“一带一路”沿线各国金融机构国际合作水平。然后，选取 13 个变量进行实证分析。从“一带一路”金融机构国际合作水平来看，“一带一路”金融机构国际合作分布极为不均衡，形成了明显的两极分化，合作主要集中于新加坡、马来西亚、阿联酋和泰国等部分亚洲国家和俄罗斯等少数欧洲国家。当前“一带一路”金融机构国际合作推进模式仍以发展现有合作为主，已有金融机构国际合作基础的国家更容易吸引金融机构国际合作，而没有金融机构国际合作的国家则缺乏关注，大量未开展合作的国家有待“拓荒”，该发展模式进一步加重了“一带一路”沿线国家金融机构国际合作的两极分化。对于总样本而言，在政治与安全方面，制度距离与军费支出是影响“一带一路”金融机构国际合作指数的重要因素，制度距离越小，军费支出越低，越有助于提升我国与“一带一路”沿线国家的金融机构国际合作水平。在经济与贸易层面，本章发现目前中国优先和经济自由度高的“一带一路”沿线国家展开合作，与经济自由度弱于中国的国家金融机构国际合作较少。另外，提高“一带一路”沿线国家对中国直接投资额和“一带一路”沿线国家货柜码头吞吐量均能显著促进合作水平的提升。进一步考察我国与亚洲、欧洲“一带一路”沿线国家金融机构国际合作情况，分析结果表明，制度距离和建交时间是影响中国与亚洲国家合作水平的重要因素，制度距离越小，建交时间越长，金融机构国际合作指数越高。提高经济自由度差异、对中国直接投资额和货物进出口额能显著促进亚洲国家合作水平的提升。对于欧洲国家，文化交流是更为重要的影响因素，“一带一路”沿线欧洲国家与中国建立友好城市能显著提高合作水平。在经济与贸易层面，提高“一带一路”沿线欧洲国家对中国的直接投资额和货物进出口额有助于深化中国和欧洲国家的合作。

针对以上发现的问题，提出以下六点建议。

第一，分步骤推进与高、中、低合作水平国家的金融机构国际合作。“一带一路”金融机构国际合作在地域分布上呈现少数国家合作程度深，部分国家开展一定合作但程度相对较低，以及大部分国家为未开拓的“合作荒地”的态势。因此，对于金融机构国际合作水平较高的国家，如新加坡、马来西亚、阿联酋、泰国要继续深化合作，形成多层次、完善的合作模式，为金融机构国际合作水平较低的国家提供合作模式参考，带动这些国家提高合作水平。对于尚未开展合作的国家应加强前期调研，以小规模、试点的形式开展金融机构国际合作，从整体上促进“一带一路”沿线国家的共同发展与繁荣。

第二，强化与亚洲国家间的高层对话与政治互信。政治因素对于中国与“一带一路”沿线亚洲国家的金融机构国际合作指数有显著影响。因此，应重点提升亚洲国家的政治互信水平，以亚洲国家为重点建设“一带一路”高层对话机制，通过签署联合声明、双边协议等多种形式，与亚洲国家就“一带一路”金融机构国际合作问题达成共识，实现“一带一路”金融机构国际合作机制宏观层面的政策对接，为微观层面的政策落地打好坚实基础。通过不断加强与亚洲国家间政策沟通度，促进“一带一路”金融机构国际合作深化。

第三，优先与制度距离差异小的亚洲国家开展合作。制度距离显著影响亚洲国家与中国的金融机构国际合作程度。因此，在“一带一路”金融机构国际合作机制建设中，优先选择在制度相近的亚洲国家加强金融机构国际合作。与此同时，可通过国家政府、监管部门的政治互访，加强政策沟通，减小制度差异，形成以优先合作的亚洲国家为锚点，带动中国与亚洲国家金融机构国际合作全面深化的局面。

第四，继续加强与各国经济合作。经济合作是影响“一带一路”金融机构国际合作水平的重要因素。首先，亚投行应继续坚持开放包容原则，充分保障各国尤其是亚洲国家的话语权。其次，应该继续拓展与亚洲国家货币互换规模的提升空间，持续发力促进对亚洲国家的直接投资，助力其经济发展。最后，推进与欧洲国家高层交流，与更多的欧洲国家签署监管合作备忘录、货币互换协议，与欧洲国家就产业园建设及相应政策对接进行沟通商讨，促进产业园在欧洲地区的落地。

第五，积极开展民间文化交流。以欧洲国家为重点，不断加强中国与“一带一路”沿线国家的文化交流，助力金融机构国际合作的进一步深入。中国与欧洲国家文化差异较大，文化接受程度不高，文化交融较少。因此，要充分认识和理解文化沟通在金融机构国际合作中的重要地位，依托“一带一路”倡议，讲“一带一路”故事，促进中国与“一带一路”沿线尤其是欧洲国家官方与民间的文化沟通。在与欧洲“一带一路”沿线国家开展国际合作之前，需要全面了解合作国家的文化差异，走符合当地文化特色的合作路线，从而破解文化距离产生的抑制效应，推动“一带一路”金融机构国际合作水平的提高。

第六，建设促进“双循环”格局的“一带一路”金融支持系统。在新的国际形势和新冠肺炎疫情的双重影响下，经济全球化出现了停滞。我国根据当前发展阶段、环境、条件变化，提出构建以国内大循环为主体、国内国际双循环相互促进的新发展格局，这是重塑我国国际合作和竞争新优势的战略抉择。“双循环”战略目标的提出为“一带一路”建设和发展提供了新的契机。我国与“一带一路”沿线国家的政策互通、经济互通、贸易互通、民心互通将带来金融机构的资金互通，而金融机构的资金互通进一步加速了“双循环”的节奏，拓宽了“双循环”的辐射范围。因此，“一带一路”金融机构国际合作机制建设应以建设能够促进“双循环”新发展格局的“一带一路”金融支持系统为目标。通过进一步深化“一带一路”金融机构国际合作，提高“一带一路”沿线国家的金融开放水平，提升对外开放质量，从而以高水平的对外开放推动国内大循环，进而提升中国企业在全球价值链体系的地位，促进中国产业结构的进一步转型升级。同时，在“外循环”过程中，通过进一步完善“一带一路”金融机构海外布局、海外服务体系等，提升“一带一路”金融支持体系对“一带一路”建设的支撑作用。

第四章

“一带一路”金融机构国际合作机制创新

现有“一带一路”金融机构国际合作中存在合作分布不均衡、海外监管信息不通畅等问题。持续加强“一带一路”金融机构国际合作机制建设，要以“一带一路”金融机构国际合作机制的合作目标和总体原则为落脚点，针对合作存在的问题进行机制创新，根据“一带一路”建设与“一带一路”金融机构合作的现实需要规划合作路径。

第一节　“一带一路”金融机构国际合作的目标

一、通过优势互补拓展融资渠道，实现互利共赢

参与共建“一带一路”的发展中国家在基础设施、轨道交通、城市综合开发等方面存在着广阔的市场空间和大量的投资机会，资金需求量巨大，而回收周期长则是“一带一路”建设项目资金难以回避的问题。在国家重大战略中，我国金融行业一直发挥着重要的推动作用，“一带一路”广阔的市场空间既是机遇又是挑战。一方面，巨大的资金需求使市场对金融服务的需求增加。“一带一路”的建设项目需要股权投资等多种形式融资，为金融机构创造了许多扩展国际市场、开发新业务的机会。另一方面，金额大、周期长的资金需求考验着金融业的资金融通能力，单靠一家金融机构单打独斗、孤军奋战难以实现。因此，只有金融机构开展多方合作、多措共举，拓展多层次、多元化、互补型融资渠道，才能在新局面中抓住机遇、迎接挑战，从而真正实现“一带一路”合作各方互利共赢。

二、降低融资成本，大力推进经济走廊建设

“一带一路”倡议要大力推进经济走廊建设。资金是经济走廊建设的血液，融通渠道是经济走廊建设的命脉。只有打通经济走廊建设的命脉，才能使血液顺畅地输送到经济走廊建设中每一个有需求的角落，从而大大提高经济走廊的功能与“一带一路”建设的生命力。因此，疏通融资渠道是关键，而融资成本高一直是疏通融资渠道的一块绊脚石，“融资难，融资贵”依然是中国企业海

外投资面临的严峻难题。一方面，现有融资模式相对单一，主权借款和以能源、资源做抵押的借款仍是大部分境外项目的主要融资形式，想要在国际资本市场融入资金的企业面临重重困难。另一方面，国内美元融资成本普遍高于境外，导致我国企业的对外投资成本高的难题普遍存在。国内政策性银行提供的融资的利率也普遍高于境外国家的利率水平。部分商业银行虽提供了优惠贷款，但存在流程复杂、获批门槛较高等问题，大大降低了其在“一带一路”建设中融资的可行性。因此，有效降低融资成本和融资难度，提高融资效率，使有资金需求的企业及时获得所需资金，促进“一带一路”框架下的建设项目落成，加速“一带一路”经济走廊建设，是“一带一路”金融机构国际合作的重要目标之一。

三、通过跨国同业合作，助力“一带一路”地区经济共同发展

实体兴邦，实体经济是国家经济之本，是国民经济的基础和命脉。党的十九大报告指出，“必须把发展经济的着力点放在实体经济上”①。一方面，共建“一带一路”国家大多是发展中国家，面临着实体经济基础较弱、资金瓶颈巨大等问题；另一方面，共建“一带一路”国家经济发展水平不均衡，是合作推进的重大阻碍之一。因此，“一带一路”倡议就是要解决世界经济发展不平衡问题，为共建“一带一路”国家乃至全球实体经济可持续发展提供新动能。只有引导更多的人力、财力、物力投入“一带一路”实体经济发展，营造出更有助于扩大就业和实体经济成长的环境，才能推动“一带一路”国家实现共同繁荣与发展。

服务实体经济是金融工作的初心和根本。金融在“一带一路”建设中发挥着资源配置的作用，引导资金流向，是实体经济发展的支撑力量。因此，促进“一带一路”金融机构跨国同业合作，是提振“一带一路”实体经济，实现共同发展的必然选择。一方面，中资企业在铁路、电力、通信、基础设施上的产业、技术优势正好与共建“一带一路”国家的资源优势、市场需求充分互补，使中资企业在多变的国际环境中依然存在大量的机会，同时也产生了大量资金需求，这些需求催生出对投资银行、企业融资、资产管理和私人银行等金融服务的需要。通过与金融科技公司及其他金融机构开展同业合作，推动中资金融机构规模化发展，拓展业务范围，助力“一带一路”实体经济共同发展。另一方面，中资金融机构可以充分利用其在互联互通机制上的优势，与国际同业展开合作，双方联通境内外金融资源，通过打通外资机构独有的客户资源网络，从而扩张市场业务和海外

① 习近平：决胜全面建成小康社会 夺取新时代中国特色社会主义伟大胜利——在中国共产党第十九次全国代表大会上的报告，http://www.gov.cn/zhuanti/2017-10/27/content_5234876.htm[2019-12-15]。

布局，实现内容和渠道价值的提升，更好地服务“一带一路”建设，实现“一带一路”实体经济的共同发展。

第二节 “一带一路”金融机构国际合作的总体原则

一、平等相待，共同参与

“一带一路”建设是平等相待、共同参与的合作，其取得成功的关键离不开各国的平等参与。“一带一路”涉及区域范围辽阔，要想使众多国家达成共识，促成合作，就必须以“平等相待，共同参与”原则作为“一带一路”金融机构国际合作机制建设的基石。

首先，要确保共建“一带一路”国家获得平等的合作待遇，塑造“一带一路”平等的金融机构合作氛围。“一带一路”金融机构合作机制旨在使各国对金融机构设立与金融服务的标准与监管达成共识，为“一带一路”金融机构国际合作打造便利的合作环境，推进要素在区域内自由流动。在“一带一路”金融机构合作机制下，各国的金融机构、金融机构投资者、金融机构投资者的投资以及跨境金融服务都应得到平等对待，以避免歧视为首要目标，以平等对待推动合作，以合作进一步推动共建“一带一路”国家共同发展，促进“一带一路”金融机构国际合作机制建设。

其次，“一带一路”金融机构国际合作机制建设离不开平等协商。“一带一路”金融机构合作机制建设要想促进区域内合作，就需要各国处于平等地位，共同商讨，得出各国认可的标准。若少数掌握较高话语权的国家占据主导地位，引导标准制定，则有可能使利益向少数国家倾斜，这就有违“一带一路”平等共赢的合作特征，也难以达成“一带一路”共识。

二、共商共议，信息互通

“一带一路”金融机构合作与共建国家的利益息息相关。习近平指出，“‘一带一路’建设秉持的是共商共建共享原则，不是封闭的，而是开放包容的；不是中国一家的独奏，而是沿线国家的合唱”[①]。共建“一带一路”国家金融监管法规大相径庭，经济发展水平参差不齐，政治生态迥异，利益诉求多元，区域内缺乏统一的标准和互认的披露要求也增加了各国金融部门间的合作困难，只有坚持共商共议、信息互通的原则，才能打破国家间的壁垒，打通合作渠道。

建立一套畅通的沟通机制与交流平台，加强各国间的监管协调和政策协调，

---

① 习近平主席在博鳌亚洲论坛 2015 年年会上的主旨演讲（全文），http://www.xinhuanet.com//politics/2015-03/29/c_127632707.htm[2019-12-15]。

实现政策沟通与信息联通是打通合作渠道的关键。在政策沟通方面，沿线各国可以就“一带一路”金融机构合作战略、各类金融机构跨境提供金融服务的标准、金融机构跨境经营的准入标准、跨境金融机构监管标准等内容提出诉求，分享经验，共同商讨，达成共识。信息联通则是贯穿合作机制运行过程的重要原则，共建“一带一路”国家通过沟通机制及时共享准确、真实的信息，从而避免沟通不畅、信息获取不及时导致的信息不对称等风险和金融市场运行效率的降低。由此可见，“共商共议，信息互通”原则需要贯穿“一带一路”金融机构国际合作机制建设与运行的全过程。

三、开放融通，互利共赢

“一带一路”是开放向所有国家共商共建、共享共赢的大平台。习近平指出，“天空足够大，地球足够大，世界也足够大，容得下各国共同发展繁荣”[①]。中国提出“一带一路”倡议，就是要实现共赢共享发展，本着和平合作、开放包容、互学互鉴、互利共赢的精神推进合作。因此，“一带一路”金融机构国际合作机制建设应以开放交流、合作共赢为准则，不断扩大合作范围。“开放带来进步，封闭导致落后。”[②]各国间的相互投资和商品、生产要素的流通的本质在于各国各尽所长，在开放的经济交流中各取所需，实现区域内乃至世界范围内的资源配置效率最大化。历史已深刻验证了“相通则共进，相闭则各退”[③]的规律。共建“一带一路”国家只有不断消除国际合作的重重阻碍，进一步提高经济自由度，“一带一路”倡议下的各方面合作才能畅通，经济才能可持续增长。“一带一路”金融机构合作机制建设应坚持对外开放，坚决抵制保护主义、单边主义，促进“一带一路”双边、多边国际合作。同时，促进各国经济交流联通，共建互利、包容的世界经济。

第三节　“一带一路”金融机构国际合作机制创新构想

“一带一路”金融机构国际合作机制创新主要通过建立畅通的对话机制，加强信息平台建设，实现信息共享，化解金融机构跨国合作国际争端，推动合作创新，从而实现深挖合作潜力，拓展合作新领域，开发合作新思路，建立合作新路径，创造“一带一路”合作共赢新格局。

---

① 弘扬和平共处五项原则　建设合作共赢美好世界——在和平共处五项原则发表 60 周年纪念大会上的讲话，http://politics.people.com.cn/n/2014/0629/c1024-25213364.html[2019-12-15]。

② 习近平在“一带一路”国际合作高峰论坛开幕式上发表主旨演讲，http://news.cctv.com/2017/05/14/ARTItSXe69X0e7BXQbRkU5xq170514.shtml[2019-12-15]。

③ 习近平主席出席首届中国国际进口博览会开幕式并发表主旨演讲，http://www.gov.cn/zhuanti/zhibo/jbhkmszb.html[2019-12-15]。

一、搭建金融信息综合服务平台，实现信息共享

信息交流畅通无阻是决定“一带一路”金融机构国际合作成功的核心要素。由于沿线各国经济、社会发展水平差异较大，金融监管制度也各不相同，实现“一带一路”金融信息共享不仅可以降低因监管制度不了解以及信息不透明而带来的多种风险和投资壁垒，还可以促进金融机构国际合作更顺畅、高效地开展和运行（孟于群，2019）。“一带一路”金融信息共享平台应以共商、共享、共建为原则，整合多方优质信息资源，打破信息不对称障碍，以信息交流促进“一带一路”金融机构国际合作。在“一带一路”金融信息共享平台中，共建“一带一路”国家的金融机构可以便捷地共享信息、磋商合作，各国的投资、贸易、产业项目都可以在该平台发布信息，分享进展与成果，项目也可在该平台寻求与金融机构合作，从而形成“一带一路”金融信息资源池，任何需要“一带一路”投融资或金融服务的信息都可以在该平台获得权威、及时的信息服务。以“一带一路”经济信息共享网络为例，新华通讯社联通全球 30 多家通讯社、信息服务机构、研究机构、商协会，共同打造了“一带一路”经济信息共享网络①，该平台致力于为其成员机构提供各类经济信息，提供便利化信息分享渠道，同时，该平台利用人工智能技术对信息细分行业分类、智能推荐，用大数据技术服务“一带一路”建设，为“一带一路”建设创造了更多的投资和贸易机会。

二、建立高层对话机制，推动金融监管多边合作

“一带一路”覆盖区域广阔，国家众多。一方面，国际关系错综复杂，部分国家对中国释放出积极的信号，如巴基斯坦、肯尼亚、坦桑尼亚、俄罗斯等，也有国家对中国缺乏信任、态度消极，如印度、以色列、越南等；另一方面，各国在政治、经济结构、法律法规、税收制度、市场利益、货币体系等方面均存在较大差异。这都给“一带一路”金融机构国际合作机制建设增加了困难。“一带一路”金融机构国际合作需考虑金融机构设立、运行，以及提供金融服务的相关政策、法律法规等一系列细节问题，要解决上述问题，加强金融机构合作，需要建立共建“一带一路”国家的高层定期对话机制，政府在合作机制中应发挥引领作用，强化政府推动力，推动金融监管领域的多边合作。

一方面，中央政府需要发挥引领作用，打好外交基础，创造友好的国际合作环境。首先，针对不同国家政治经济、人文历史、民族宗教等多方面的真实情况，有针对性地开展外交，做到“一国一策”（张伟伟等，2019）。加强战略沟通，找

---

① 打通经济信息通道 共享“一带一路”机遇——写在“一带一路”经济信息共享网络成立之际，https://asean.cnfin.com/asean-xh08/a/20190627/1854697.shtml[2020-12-15]。

到中国与沿线国家金融业发展与金融服务需求的契合点，将中国金融机构的发展与沿线国家需求和利益相联结，协同沿线国家的利益与目标。其次，经济外交是促进国家间经济往来和政策沟通的重要途径。通过现有的国际合作组织，包括上合组织、亚投行等，促进共建“一带一路”国家政府间的沟通交流，提高信任度，建立高效的沟通机制，促进经济和文化层面的交流与理解。

另一方面，以高层对话机制推动金融监管多边合作。现有金融监管国际合作机制的需求与供给不均衡，主要表现为金融监管国际合作机制的供给不足，同时现有金融监管机制与共建“一带一路”国家的实际需求不符，存在着明显的西方主导特征，而以发展中国家为主的共建“一带一路”国家在其中常常处于劣势。因此，“一带一路”金融机构国际合作需要符合自身特点的金融监管多边合作机制。作为金融监管多边合作的主要参与主体，中央政府以及银保监会、证监会等金融监管机构，应充分发挥其作用，积极开展高层对话，保证国家间的沟通顺畅，共商共议，在汇率监督与调整、银行监管、证券监管、保险监管以及金融集团监管的国际合作机制等方面达成共识。

三、战略布局金融机构国际合作，优化合作模式

共建“一带一路”国家情况复杂，经济发展水平、政治制度、意识形态、社会文化习俗等差异较大，共建“一带一路”国家间的金融机构合作是由很多相互联系、相互制约的组成部分构成的一个系统。因此，“一带一路”金融机构合作机制建设需要充分发挥各国中央银行的领头功能，从战略层面制订合作机制的顶层设计方案，对整体的战略布局进行统筹规划。

中央银行应该统筹规划“一带一路”金融机构监管合作。共建“一带一路”国家金融发展水平差异较大，“一带一路”金融机构合作面临着各种各样的风险，一些地区还受到地缘政治、恐怖主义、政治安全因素影响。针对沿线的金融风险问题，应该由中央银行牵头，不断深化与沿线国家开展金融监管合作，逐步构建“一带一路”金融监管机制，就国际金融监管在正常状态下的合作以及危机下的应急措施达成合作共识。

与此同时，中央银行还应牵头优化合作模式，拓展合作途径。目前，“一带一路”金融机构的合作模式仍然较为单一，国家层面的合作形式主要有签署合作协议，机构层面的合作形式主要包括银团贷款、联合融资、同业授信、发行“一带一路”债券、中资证券公司持股境外证券公司等。中央银行应从战略高度进行金融机构合作的顶层规划，将国家层面的合作对接与机构层面的合作落地联系起来，为金融机构制定合作模式的总体方针，从而使金融机构合作机制形成一个从上至下环环相扣、紧密相连的合作体系。

四、设置争端协调组织，化解金融机构国际合作冲突

“一带一路”金融机构国际合作过程中，企业、经济组织、金融机构在投融资活动中产生跨国争端在所难免，如何有效合理地解决国家间因贸易产生的争议，已成为中国与各沿线国家共同面临的问题。因此，在共建“一带一路”国家间设置具有中心地位的国际争端调解组织迫在眉睫。共建“一带一路”国家社会、经济发展差距较大，国际关系受制度距离影响显著，现有的国际争端调解是基于发达国家要求建立的调解机制，因此，建立一个能够满足“一带一路”倡议特殊要求的国际争端解决机制就显得至关重要。应该借鉴传统国际争端调解机构，构建真正符合“一带一路”倡议现实需求的“一带一路”国际争端调解机构。一是通过双边、多边协议推动共建“一带一路”国家争端解决机构的发展。目前，我国与沿线国家在金融监管、服务标准等方面的合作仍有进一步深挖的潜力。作为倡议国，中国应该坚持贯彻互利共赢的原则，提高“一带一路”国际争端调解机制的认可度，从而扩大参与国范围。二是探讨符合“一带一路”特色的纠纷协商方式，争端解决以仲裁为主，以磋商、谈判等政治手段为辅（黄韵，2017）。相较于其他政治手段，仲裁机构完全独立于争端国，通过设置完善的制度与规则，保证争端处理过程的透明与公正，同时监督仲裁结果的有效执行。仲裁作为一种完善的制度化的争端解决方式，在国际贸易争端中公信力较高，结果更具有可预见性和稳定性，是保障“一带一路”金融机构合作机制的正常运行的重要基础（黄韵，2017）。三是不断加强共建“一带一路”国家间政策沟通，建立完善的商讨流程和快速处理通道，加快争端解决速度，降低解决争端的时间成本和资金成本；设置统一的流程化的调解规范和制度，保证争端调解的公平公正，避免国家间产生误解（张超和张晓明，2017）。

五、建立智库联盟，促进金融机构合作理论与实践创新

“一带一路”智库合作联盟是研究机构进行信息共享、资源共享、成果共享的交流平台，为整合研究资源、加强分工协调、形成智慧合力提供了有效的方式。通过对内加强国内交流以及对外加强与国际智库交流、沟通和协作的方式，为“一带一路”倡议在各国间的顺利开展发挥智库的交流沟通作用。具体来看，建立“一带一路”金融机构合作智库联盟具有以下功能：一是咨政建言作用。智库交流可以通过组织开展合作研究，为各国在“一带一路”金融机构合作中的科学决策提供重要的理论支撑，为业务创新提供技术支持（陈四清，2017）。二是促进“一带一路”建设的舆论引领。建立智库联盟可以通过促进各国学者、相关领域专家和领军人物的交流和沟通，进一步提高“一带一路”倡议在沿线国家的认可度和接

受度，消除国际社会上存在的对“一带一路”建设的错误偏见，让更多国家参与到“一带一路”建设中，从而为“一带一路”金融机构国际合作创造合适的环境（金鑫和林永亮，2019）。三是以理论推动实践发展。“一带一路”建设是不断发展和动态变化的，“一带一路”金融机构国际合作需要紧跟“一带一路”发展的需要，为“一带一路”建设提供相匹配的创新理论。“一带一路”智库联盟可为学者、专家深入探讨各国间合作机制的关系提供理论交流平台（赵益维和赵豪迈，2017）。四是智库联盟的根本目的是服务社会。脱离了实践的理论是虚无的，只有将理论与“一带一路”金融机构国际合作机制建设中的实践问题有机结合，才是智库联盟真正的价值所在。智库联盟可以充分发挥其理论优势，通过国际交流合作、联合研究等为金融机构国际合作提供咨询服务。

第四节 “一带一路”金融机构国际合作机制的建设路径规划

“一带一路”金融机构合作机制建设是一个复杂、长期的系统工程，只有恰当地分地域、分阶段、分步骤地有序推进，才能够既稳步推进金融机构合作机制的建设，同时加快区域内部的实际融合，缩小共建“一带一路”国家间的差距，促进各国的共同发展，实现机制共建与成果共享。

一、以政治互访为引领，通过高层对话形成深化合作的第一动力

高效的沟通是“一带一路”金融机构合作机制建设的关键。“一带一路”倡议覆盖的区域广、国家多，国际关系十分复杂，国家间的政治互信程度不一，这就给“一带一路”金融机构国际合作机制建设带来了困难。因此，中国应该加强与其他国家间的政府外交沟通，建立友好的国际关系，以顺畅的政治沟通带动民间文化交流，以开展文化交流活动促进民心相通[①]，从而为国际合作创造良好的合作氛围（马晨，2017）。在此基础上，与各国开展政府政策沟通、签订合作协议、监管部门协商等多形式、多层级的合作内容，构建金融机构合作的政府沟通机制。同时，政府应出台相关政策，引导和扶持我国金融机构与共建“一带一路”国家开展深度合作。

根据各国与中国的政治互信水平，采取对应政策持续推进中国与其他国家的政治互访。对于互信水平高的国家，如俄罗斯、柬埔寨、塞尔维亚、哈萨克斯坦、巴基斯坦、匈牙利、老挝、波兰、白俄罗斯、蒙古国、捷克、吉尔吉斯斯坦和乌

① 心相通，路平坦：以文化交流促进“一带一路”国家民心相通，http://www.qstheory.cn/dukan/hqwg/2018-04/08/c_1122648565.htm[2022-10-07]。

兹别克斯坦等国家，应在保障现有政治互信水平的前提下继续深挖合作潜力。对于政治互信水平仍有较大提升空间的西亚北非和欧洲部分国家，应进一步加强政策沟通与具体政策的对接，将国际金融机构合作机制的政策落实到位。部分欧洲国家如英国、法国、德国等均支持“一带一路”倡议，但具体政策对接尚未有实质性作为。因此，这些潜力型国家应作为重点目标，加强政府间的沟通、互访，加强政策沟通；同时以民间文化交流为辅，讲“一带一路”故事，增强这些潜力型国家政府及民间对“一带一路”倡议的信任度。伊拉克、叙利亚、也门、巴勒斯坦等政局不稳定的国家，缺乏在“一带一路”框架下同中国进行有效政策沟通的能力，合作应采取较为保守的战略。

二、以信息共享为支撑，搭建共建“一带一路”国家金融信息共享平台

“一带一路”倡议的核心是“五通”，而“五通”中的任何一“通”都离不开信息畅通。实现信息畅通不仅能够提高市场透明度，降低成本，还能减少风险，提高效率，加快推进“一带一路”建设。近年来“一带一路”信息共享在国内已得到一定重视，国研网于 2015 年建立了“一带一路”研究与决策支撑平台，新华社于 2015 年分别建立了“新华丝路”英文商业数据库和“一带一路”综合信息服务平台——新华丝路网（丁波涛，2017）。但现有数据库大多数是对国内信息或机构内的资讯进行整合，仍未实现真正的“一带一路”信息共享。“一带一路”国家众多，且情况不一，环境复杂，金融机构若要在各国开展业务需要收集大量信息，耗费大量成本。因此，如何建立一套合理可行的金融信息共享与整合机制十分重要。

一是监管信息共享。共建“一带一路”国家的金融市场发展水平参差不齐，金融监管模式纷繁冗杂，若中资金融机构在其他国家开展业务前对当地监管制度不了解或信息陈旧没有及时更新，就会带来较大风险。如四大行在海外经营过程中，由于违反当地法规而被调查甚至罚款（孙璐璐，2018），究其原因是中资银行在业务操作和法规学习上没有相应地跟上各国法规、制度变化的进度。然而，随着信息化水平以及科技水平的不断提升，信息、数据、网络安全等问题已成为世界各国面临的新挑战。如何促进各国主动共享信息是建立国际信息共享平台面临的重要难题。

实现监管信息共享，首先应该与共建“一带一路”国家达成政治共识，通过签署双边金融监管合作备忘录，以达成信息共享协议为实现信息共享铺路。其次，避免将信息整合变成国家行为，减少各国疑虑。通过非政府组织推进信息收集与整合工作，让各国更容易接受。

二是项目信息共享。“一带一路”项目众多，且都离不开金融的支持。“一带一路”金融信息共享平台通过整合“一带一路”建设项目和金融机构业务的相关信息，为金融机构和企业提供项目对接，实现项目信息的共享。一方面，金融机构可以在平台上发布可提供的金融服务等信息，平台对该类信息进行整合，使有金融服务需求的“一带一路”项目投资者可在平台获得金融服务相关信息，而“一带一路”项目也可在平台发布金融服务的需求，为全球金融机构提供帮助。另一方面，平台也可以整合已实现项目从而形成案例库，供“一带一路”建设各参与主体研究分析。

三是征信信息共享。共建“一带一路”国家多是经济发展相对落后、金融服务相对缺失的国家，其征信体系发展较为落后。征信成本高且效率低，给中资金融机构在这些地区开展贷款等金融业务带来一定的困难，跨境征信信息共享、促进征信市场发展显得尤为重要。“一带一路”金融信息共享平台实现征信信息共享，可以通过建设“一带一路”征信体系，统一征信评级标准，构建“一带一路”征信评级规则，最终实现征信信息的统一。在合法合规的基础上推进各国信用信息的跨国分享，有助于金融机构在“一带一路”建设中开展跨国金融服务时判别市场主体的征信状况，防范信用风险，满足跨国贸易和投融资活动的信用需求。

三、以银行合作铺路搭桥，带动证券和保险机构合作

共建“一带一路”国家以发展中国家为主，银行仍然是最主要的金融机构。根据前文对“一带一路”金融机构国际合作状况的分析，在金融机构国际合作项目中，银行是最为活跃的金融机构，而证券业和保险业的合作仍处于初级阶段。因此，“一带一路”金融机构合作机制建设可以采取以银行开放为主导，优先促进银行业的开放，以培养具有全球竞争力的银行为目标，让银行合作为证券、保险机构的合作铺路搭桥。

（一）发挥各银行自身优势，立足差异化经营

对于政策性银行，继续鼓励其依托政策性资金优势，为“一带一路”基础设施项目提供长期化、低利率的政策性资金支持。共建“一带一路”国家基础设施建设资金需求具有金额大、周期长的特点，要支持政策性银行建立多元、稳定和低成本的本外币资金筹集渠道，以便更好地支持“一带一路”建设。对于国家优惠贷款，应该在控制风险的前提下，适当扩大规模，审批流程尽量简化和优化，从而缩短企业融资时间和成本。

对于开发性银行，要充分发挥其“开发”的功能，开拓性、创造性地进入目前其他机构尚未进入的领域，充当领头羊，带动商业性金融进入该领域，为领域注入活力，推动发展。开发性银行不需要投入大量资金，而是应该起到撬动商业

性金融的作用，吸引商业金融机构进入。共建“一带一路”国家法制不健全、市场不规范、缺乏有效治理的情况普遍存在，很难吸引投资。开发性金融机构应该主动与当地政府和企业沟通，共同培育市场，使“一带一路”金融合作朝着可持续的方向发展，充分激发当地经济发展的动力。

在政策性银行和开发性银行的引领下，商业银行应充分发挥其金融功能，为“一带一路”建设提供资金支持。以中国工商银行在安哥拉的一项25亿美元的项目为例，该项目并未采用国家财政担保，而是通过安哥拉最大的石油公司提供担保向中国出口石油，中国石油天然气集团有限公司（简称中石油）作为购买方将资金付给中国工商银行进行还本付息。在“一带一路”金融机构国际合作的过程中，要重视商业银行逐利的目标，考虑财务可持续性和追求回报，让商业银行在“一带一路”投融资中发挥主流作用，从而形成商业银行的国际合作和“一带一路”建设相互促进的良性循环。

（二）带动证券、保险机构国际合作，推动“一带一路”建设步伐

服务“一带一路”建设，保障我国企业“走出去”的海外利益是保险机构发展的必然选择，保险机构需要抓住这一机遇，为我国企业海外利益提供风险保障。以日本为例，20世纪60年代，日本保险企业在政府的扶持下“走出去”，布局海外业务，为日本企业的境外贸易与投资提供保障。现在，日本国内保险公司仍然是日本企业境外投资和贸易活动的主力军。借鉴日本保险机构布局海外市场的经验，“一带一路”倡议下的保险机构国际合作机制建设首先要从国家层面制定相关政策，充分发挥国家政策的引导作用，加大对保险机构尤其是商业保险和再保险海外布局的扶持（袁临江，2018）。其次，政府要联合保险机构，加强对“走出去”企业的“一带一路”风险管理意识教育，让企业对各国的风险有充分认知，化被动购买保险为主动采用保险产品组合管理风险，从而避免企业海外投资的风险暴露。最后，保险企业从业务创新能力、承保能力和“出海”速度三个方面提升，为服务“一带一路”建设构建能够协同合作、统筹管理的风险保障体系。

对于证券交易所，首先要促进合作形式的创新。中国证券交易所选择“一带一路”沿线重点交易所为靶心进行重点突破，通过签署合作备忘录、战略合作协议等方式加强双边合作，在此基础上将双边合作进一步向多边合作拓展，不断提升各国交易所间沟通交流的顺畅度，在资本市场领域加强与“一带一路”沿线国家的合作（周松林，2017）。要加强“一带一路”不同国家市场制度规则差异、相关风险的学习与教育，同时促进合作制度商讨。其次，为参与“一带一路”建设的企业提供优质的投融资服务是“一带一路”证券交易所合作的重要内容。以符合“一带一路”特色的股权和债券融资为目标探索“一带一路”证券交易所国际合作的渠道，降低企业跨国投融资的门槛与限制，寻找最优合作模式。最后，促

进信息技术交流与共享。由于共建“一带一路”国家证券交易发展水平各不相同，加强合作国家间的信息技术共享与相互扶持，缩小信息技术水平差异，是“一带一路”证券交易所国际合作顺利推进的重要保障。信息技术是证券交易所的底层保障，实现合作国家间信息共享能够大大提高证券交易所的融资成本和效率。

对于证券公司，中资证券公司可以借此机会迅速开展在东南亚、中亚、欧洲的国际机构网点布局，拓展当地市场。可从以下方面发力：一是以并购为主要方式，完善共建“一带一路”国家布局。目前国内证券公司境外分支机构主要集中在香港，并以香港为中心再延伸至东南亚，随后辐射全球。以海通证券为例，其在海外的扩张主要以并购为主，通过对大福证券等金融机构收购、整合，逐步布局全球市场。二是以机构客户为中心，搭建综合金融服务平台。从海外机构的经验来看，海外投行控股的合资证券公司的优势主要表现为具有全球网络布局、多样化的产品体系和丰富的机构销售服务经验，机构投资者是其重要的收入来源。反观国内机构投资者，在海外市场对国际机构投资者的影响力和吸引力都有限。因此，中资证券公司应该采取客户跟随策略，以“走出去”为契机，以“一带一路”为纽带，为国内客户提供综合金融服务，同时整合国内外资源，积极发展产业型机构投资，牵引其不断海外扩张，积极发展交易型机构投资者，提高交易型机构投资者在全球资本市场的参与度，从而推动自身全球机构客户数量增长。此外，还需要逐步搭建和完善金融综合服务平台，针对全球机构投资者的综合金融服务需求，开发出适配其需求的定制化金融产品，为其资产配置提供综合的金融服务。

四、以金融人才培养为重点，多渠道开展金融教育合作

“一带一路”金融机构国际合作离不开人才，特别是具有多国金融业从业经验的具有国际视野的人才。习近平强调，“要大力培养、选拔、使用政治过硬、作风优良、业务精通的金融人才，特别是要注意培养金融高端人才，努力建设一支宏大的德才兼备的高素质金融人才队伍”①。培养具有国际视野且了解多国金融政策的国际金融人才，有助于提升国家风险管理水平，加速金融创新，提高“一带一路”金融机构国际合作的效率，促进金融机构国际合作不断深入。“一带一路”金融教育合作应由国家牵头与共建“一带一路”国家达成政府间金融人才联合培养国际协议，对接各金融机构与高校，以文化教育交流、学术科研合作、人才联合培养、课程合作建设、合作办学等多种渠道开展金融业务、监管培训，培养符合“一带一路”建设发展需要的国际金融人才。

① 努力建设高素质金融人才队伍，http://finance.people.com.cn/n1/2019/0709/c1004-31221654.html[2019-10-30]。

五、以文化融合为根基，健全文化交流合作平台

"一带一路"金融机构国际合作机制的建设要以文化融合为根基，消除各国之间的文化壁垒，通过文化交流开辟各国金融机构合作通道。推进"一带一路"文化交流要坚持平等对话、相互尊重、开放包容和互学互鉴的基本原则。

第一，通过政府和民间双渠道的文化交流沟通，促进民心相通。在国家层面，应促进政府间的政策沟通交流，通过政府间达成合作协议保障共建"一带一路"国家间的文化交流。在地区层面，鼓励省、市级政府间加强文化交流，通过友好城市建设促进文化合作。充分发挥海外华侨的优势，加强民间文化交流沟通和文化宣传。

第二，传播"一带一路"好声音。目前，还有许多国家对"一带一路"不甚了解，甚至对"一带一路"倡议存在误解。要想消除这些隔阂，提高各国对"一带一路"的接受度，有效方式之一就是讲好"一带一路"故事。通过向共建"一带一路"国家讲述"一带一路"的历史、发展、取得的成果以及未来的发展空间，传播"一带一路"背后的价值观与互利共赢的根本理念，向国际社会传递"一带一路"的共商共建共享原则与和平合作、开放包容、互学互鉴、互利共赢的精神，从而让"一带一路"倡议被更多国家的人民所接受。只有这样才能把富有魅力与时代价值的文化精神传播出去，从而提高国际话语权与影响力，更好地推动"一带一路"金融机构国际合作机制的形成。

第二篇

“一带一路”金融市场国际合作机制创新研究

金融市场是金融主体聚集、金融活动发生、金融功能实现的场所。加强“一带一路”金融市场高质量合作，实现“一带一路”金融市场互联互通，是构建“一带一路”金融走廊的关键支柱和核心要素。现有的金融市场国际合作实践，主要依托便利的区域地理位置或密切的政治经济关系形成合作圈子，如欧洲的金融市场一体化、南美地区的南方共同市场、东亚金融合作等，而对于“一带一路”倡议这种超过 140 个国家响应的全球范围的金融市场国际合作，尚无先例可循。因此，研究“一带一路”金融市场国际合作机制创新不仅具有现实必要性，也能为多区域、开放性的金融市场国际合作提供重要理论贡献。

目前，“一带一路”金融市场国际合作尚处于初级阶段，双边、多边合作机制不健全、合作不均衡现象在区域、子市场等方面广泛存在，加上地缘政治、金融市场发展基础等因素的制约，合作难以同步全域推进。故以合作基础良好的区域和领域为抓手，由点至面、渐进深入才是更为合理可行的合作推进方式。以中国香港为重要通道，以新加坡、俄罗斯、阿联酋、英国等作为双边合作支点，并分别辐射到东南亚、南亚、中亚、西亚、中东欧等区域，形成由双边辐射至多边的“一带一路”金融市场国际合作区域布局。在此基础上，结合金融市场、市场参与者以及合作保障机制的不同梯度和层次，构建一个各方市场广泛参与、合作领域各有侧重、市场主体各司其职、保障机制宏微兼备的“一带一路”金融市场国际合作动态框架，在分层次、分区域、分市场的“一带一路”金融市场合作推进中，逐步实现“一带一路”金融市场互联互通。

第五章

金融市场国际合作机制概述

高质量建设“一带一路”离不开金融的支持。不同于以往的金融市场国际合作，“一带一路”基础设施、能源开发、绿色合作的复杂性和特殊性，共建“一带一路”国家的广泛性和差异性，以及“一带一路”合作目标的民生性和可持续性，对“一带一路”金融市场国际合作提出了更高的要求。因此，必须在金融市场国际合作理论和内在机理的指导下，借鉴相关经验、吸取相关教训，结合“一带一路”实际情况，进行合作机制合理化、创新性设计。

第一节　金融市场国际合作机制的基本内涵和相关理论

一、基本内涵

学术界对于金融市场国际合作机制没有统一的定义。从实践看，金融市场作为金融主体开展金融活动所依托的实物或虚拟场所，其国际合作主要体现为对他国的金融主体在本国金融市场开展各种金融业务的准入，以及本国居民和机构在国际金融市场上的交易行为进行放松或取消管制的协调政策，包括已存在的金融活动和创新性的金融活动，以期达到金融资源自由流动、规模经济与范围经济效应凸显、资本效率提高的目的。

因此，金融市场国际合作机制可以理解为，双边或多边为减少金融资源流动阻碍而进行的放松对金融主体参与金融活动准入和准出限制的一系列协调安排。合作方为追求资本效率的优化提升，通过一系列促进在合作区域范围内金融资源自由流动的旧有制度对接和新制度创建的举措，即金融市场国际合作机制的设立，放开金融主体的跨区域金融活动限制，逐步减少不同金融市场间的税收、交易、核算等制度差异，使金融市场融合度、市场一体化及产品标准化程度大大提高。

二、相关理论

（一）金融全球化

20 世纪 90 年代以来，金融全球化的快速推进成为经济全球化的最显著标志，其伴随着经济全球化而发展，现已成为经济全球化的最重要的推动力。学者一般将金融全球化定义为，由管制放松等导致的金融自由化程度提高，各国金融市场间的联系日益紧密，跨越国界的金融活动尤其是跨国资本流动日趋频繁的现象，是世界各国、各区域的资本市场的联结与融合程度日益提高的趋势（白钦先，2003）。金融全球化包含金融机构、金融市场、金融工具、金融业务的全球化以及货币的国际化等各个方面。因此，金融全球化是在多因素推动下共同作用的结果。

第一，跨国公司是金融全球化的微观基础，跨国公司在全球范围内进行投资和组织生产经营使大规模资金频繁、广泛地跨国流动。第二，资本市场开放和资本管制放松是金融全球化的宏观基础，使离岸金融市场、基金类等投资机构、资产证券化等金融产品得以发展。第三，世界贸易组织（World Trade Organization，WTO）、IMF以及巴塞尔银行监管委员会（简称巴塞尔委员会）等国际组织是金融全球化的制度基础。第四，跨国商业银行、投资银行和国际金融市场是金融全球化的组织基础。第五，计算机网络技术的发展是金融全球化的技术基础，尤其是近年来区块链、人工智能等新技术的发展，有力地促进了金融国际化程度的深化。

（二）金融一体化

世界银行将世界经济一体化划分为市场一体化、生产一体化和金融一体化三个层次。学者对金融一体化定义的表述虽有所差异，但大多都将其描述为基于国际金融制度创新和金融管制放松而使不同国家的金融活动相互渗透、影响而形成的整体联动的发展态势。相对于金融全球化而言，金融一体化更多的是一种区域性的概念，且更加强调国家基于战略目的而进行的金融自由化制度安排，并非像金融全球化一样强调经济运行的内在自然规律。

总体而言，对金融一体化含义的界定因标准不同而有所差异，主要有以下几种。

（1）以开放程度定义金融一体化。Bartholdy 等（2003）提出，完全的金融一体化是指，国内或区域内不存在任何诸如资本控制等法律法规、隐性歧视等方面的壁垒，资金清算系统完备，相同金融产品价格一致，资金流动自由，投资者交易不受限制。Epaulard 和 Pommeret（2016）则将其定义为：提供金融工具或服务的市场充分一体化，要求所有的市场参与者面临同样的规则和机会，具有资本自由流动和一体化金融服务这两个显著特征。

（2）以交易价格定义金融一体化。Werner（1999）认为，金融一体化有弱式金融一体化和强式金融一体化两种形式。弱式金融一体化是指，金融资产的跨国流动不存在制度等方面的阻碍，但不同国家和地区的同类金融资产仍存在差异，不能完全替代；强式金融一体化是指，不同币种的相同金融资产具有完全替代性并满足一价定律。Smith 等（2012）从三个方面定义了金融一体化：第一，因银行和金融机构的跨国经营，各国和地区金融市场相互关联；第二，各国和地区间的金融市场交易量日益增长；第三，相同金融产品和工具的价格在不同市场上趋于一致。易纲（2001）则简明指出，金融一体化就是在全球金融市场上不存在套利空间。

（3）以制度性安排定义金融一体化。者贵昌（2000）指出，金融一体化是世界多国政府自愿制定和实施的一种联合性协调措施。

（4）以市场融合定义金融一体化。刘建江（2006）认为，从单一国家的角度来看，金融一体化是指在金融开放的基础上其金融活动与世界其他经济体相互影响渗透而形成一个联动整体的发展态势。另外，张凤超（2003）站在金融资源效率改善的角度指出，金融一体化是通过金融核心扩散效应的发挥，促进金融腹地的金融产业成长状况得以改善，从而带动整个金融区域系统的金融产业成长水平的提升，最终实现金融区域系统的金融资源效率最优化。

从以上梳理可以发现，学者对金融一体化的认识存在以下共性。

一是金融一体化具有区域性特征。网络和通信技术的发展使金融交易大大突破了地理和物理限制，但国家（地区）间文化、制度的不同却是技术无法克服的障碍，因此金融一体化只能从“区域”开始，也必须与“区域”相联系，只是“区域”范围的差异和“一体化”程度的差异而已。

二是金融一体化由政府主导。金融资源的流动可能是自发的，但实际上由于政治、经济、法律等差异的切实存在，从金融资源的流动到金融一体化的实现绝对不是一个完全自发的过程，政府对于经济目标的确立以及政府间协调对资源流动障碍的扫除，都是金融一体化推进中不可或缺的力量，如德国、法国等合作对欧盟建立以及东南亚各国政府对于“东盟+3”框架设立的推动作用。

三是金融一体化需要制度保障。制度是政府间金融合作目标得以达成以及金融一体化进程得以推进的现实路径。从 1952 年出台《巴黎条约》以建设欧洲煤钢共同体，到 1991 年签订《欧洲联盟条约》以构建单一市场和开启欧元计划，再到 1998 年欧洲中央银行设立、统一货币政策的推行，其相关条文为欧盟金融一体化奠定了基本坚实的制度基础。因此，离开了制度保障以及现实制度实施，金融一体化就是一句空话。

综合以上学者的观点，可以认为，金融一体化是指在金融开放的前提下，多个金融市场通过一定的制度安排实现金融资源在不同市场间的自由流动，从而在一定地区内实现金融制度趋同化、金融产品同质化和金融协调机制统一化的过程。金融一体化不仅是经济一体化的最高级阶段，其发展过程也是一个从初级阶段到高级阶段的运动过程：从国际货币汇算、结算，到国家和地区间资本流通管制的放松和不同金融市场间交易壁垒的消除，再到经济体间相互协调、渐进统一的货币政策，直到发行统一货币，形成统一市场。

尽管制度的衔接、管制的放松、市场的融合和技术的发展在很大程度上促进了金融一体化的进程，但由于完全的金融一体化只是一种理想状态，现实金融市场中总是存在由于市场分割、标准不统一而产生的距离摩擦，金融资源也并非均匀分布。因此，现实市场中，金融具有显著的区域化特点。正因如此，政府间开展金融合作，从金融区域一体化着手，创建规范合理的金融合作机制，加快金融资源的流动速度，提高金融资源的配置效率，不断加快金融一体化程度的推进，才有了更加重要的意义。

（三）金融区域运动理论

从对金融全球化和金融一体化含义的剖析中可以看出，金融全球化和金融一体化是一种发展趋势和理想状态，回归到两者实现的具体路径和现实过程，区域因素就必须被纳入考虑范围。虽然金融区域一体化会在一定程度上对金融全球化造成分割，但金融区域一体化往往能较好地解决金融融合过程中出现的协调制度建立、金融政策协同等现实问题，是政府在推进金融一体化和金融全球化过程中的优先选择和现实模式。

金融资源作为一种特殊的经济资源，因参与区域运动而形成金融产业，进而产生金融区域的空间变化过程，其归根到底是一种金融空间区域运动规律的实质反映。金融区域运动，即金融资源的区域运动，指的是金融资源遵循特殊规律进行的区域选择和落实的一个过程，其实质是金融效率的空间调整和提高（张凤超，2005）。金融区域运动不仅指运动主体（金融资源）与区域条件融合和发展为金融事业，进而在区域空间上生成金融区域系统的变动过程，也包括金融区域系统的结构、功能、规模、等级在时空上的有序演变过程，以及金融区域各系统的空间作用格局，如图 5-1 所示。

可以看出，金融区域运动理念下，金融市场具有如下特征。

一是金融资源具有多层次性。我们可以把金融资源归为三种类型：第一类，基础性核心金融资源，也就是广义的货币资金，它贯穿于金融活动的始末；第二类，实体性中间金融资源，即金融组织体系和金融工具体系，一般作为实现金融各种功能的具体手段；第三类，整体功能性高层金融资源，包括金融制度、金融法规、市场标准、处理惯例等要素，通过发挥第三类金融资源的调节、约束、激

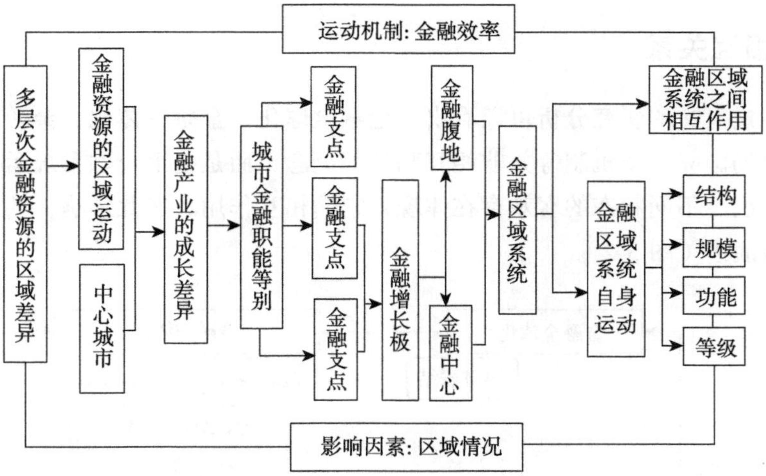

图 5-1　金融区域运动内涵

资料来源：张凤超（2003）

励、反馈等作用，有助于实现金融资源整体性的优化运动和高效配置。金融资源的各种类型要素之间联系紧密，具有相互耦合的功能性联系，且不同类型间存在差异化尺度的对应性。

二是金融区域运动起源于各经济地区的金融资源禀赋差异。金融资源在空间分布和区域分布上均具有非均质或非连续的特征，区域金融资源禀赋差异性引发了金融资源的区域运动。金融资源各类要素的价值及功能不同，在金融资源配置效率帕累托改进的驱动下，参加金融区域运动的制约因素和空间表达差异较大，非同一性非常显著。例如，货币资金和金融工具系统是金融功能得以实现的客体，它们被利率或资产价格引导，区域运动特征十分显著；金融组织系统是由货币资金在其中进行的运动所联结起来的金融运动环境，其中金融机构和金融市场的设立、选址、布局以及整合包含非显性的区域运动，而金融机构和金融市场的设施创新、科技创新及其传播则是区域运动的明确镜像；整体功能性高层金融资源完全处在人为层面，对先进区域的金融制度模式和金融法规创设的学习、交流和模仿，使第三类型的金融资源也显现出鲜明的区域传递、区域扩张的倾向和事实。

三是金融区域系统是金融区域运动的区域实现形式。金融资源以金融区域运动机制为导向，遵守着特定的运动规律，在比较长的时间内与区域空间相结合而形成有机整体，即金融区域系统。其是以金融产业为核心和主体的复合区域体系，依赖一定的空间和时间范畴：空间方面的位置和范围、时间方面的排序和阶段。另外，该系统还体现出以单极的金融中心和多维度的金融腹地为依托组合而成的空间网络体系，并依据金融中心和不同金融腹地的空间结构、发展规模、发展水平和功能，在金融区域大系统中承担不同角色、占据特定位置。

三、相互关系

通过上文的研究分析可以看出，金融全球化、金融一体化、金融区域运动和金融市场国际合作机制等并非相互割裂的概念，而是整个金融系统运作过程中的不同层次、不同状态的客观存在体现，它们相互作用、彼此影响，共同推进金融系统的演进（图 5-2）。

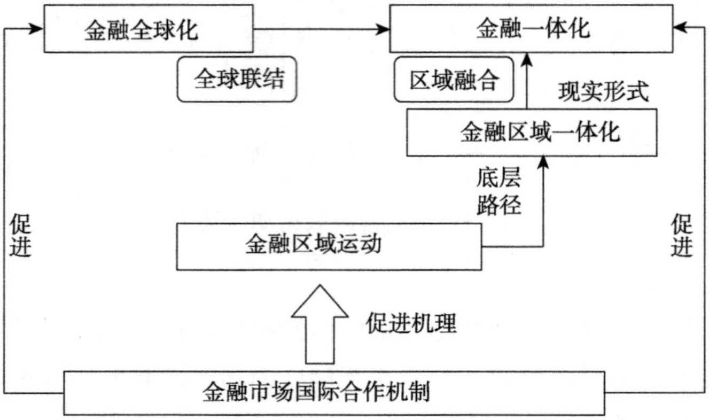

图 5-2　金融市场国际合作几个概念的关系

首先，金融区域运动是金融全球化、金融一体化等得以实现的最底层、最基本的运作形式，也是金融市场国际合作机制效用得以发挥的中介，金融市场国际合作机制唯有通过金融区域运动使金融资源在金融支点、金融腹地和金融中心间流动，才能对金融资源进行优化配置，实现金融区域系统的规模扩张、结构优化、等级提高和系统升级。

其次，金融市场国际合作机制是金融区域运动有序、规范、快速地运作，金融全球化和金融一体化得以推进的保护伞和催化剂。欧盟内部紧密复杂的经济交流、政治合作和文化融合无一不是建立在规范严谨的制度文件、行动有效的组织机构和监察部门的基础上的，合作机制中对各国责任义务的规定、组织运作的设计等不仅规范了不同国家金融市场合作行为，保障金融市场合作规范、有序地进行，更疏通了阻碍金融资源流动的种种障碍，提供了金融区域运动得以实现的快速通道，加快金融一体化和全球化进程，提高金融市场融合质量。

最后，金融一体化是金融国际合作机制设计和实施，并通过金融区域运动得以发挥作用的目标状态。从一定层面上讲，金融全球化是金融一体化在将区域界定于全球层面时的特殊状态，即金融一体化包含金融全球化。资本的逐利性决定了金融资源对突破本国区域限制，在全球寻找高效率资产标的的诉求。而这一诉求得以实现的前提是政府间开展金融市场国际合作，扩大开放力度，放松资本管制，并在税收、会计、交易等制度方面进行衔接和协调，逐渐弱化和减少金融市场间的差异，疏通风险、价格机制的传导通道，这也就是金融一体化的过程。

第二节　金融市场国际合作相关实践

一、制度主导型国际合作

制度主导型金融市场国际合作的特点在于重视区域金融合作立法和制度设立在各个合作主体的规范与约束作用，并随着合作的推进不断进行制度创新，以解决发展中产生的问题。

（一）欧洲金融市场一体化

欧洲金融市场一体化是在原有金融和经济合作、先天自然条件等的基础上，通过政府力量和民间力量的推动，因地制宜、与时俱进地进行合作机制创新设计和运行，达到了目前的金融市场一体化状况（图 5-3）。

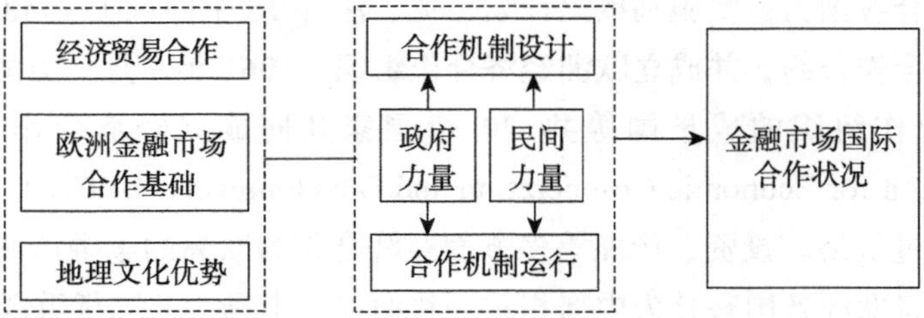

图 5-3　欧洲金融市场国际合作框架

欧洲经济一体化发展的每一步都首先体现为相应的法律成果，并通过法律得以巩固。1990 年之前，《罗马条约》《布鲁塞尔条约》等条约的签署，大大促进了成员国间商品、服务、资金、劳动力的自由流动。20 世纪 90 年代，欧洲金融市场一体化取得重大进展。1991 年《欧洲联盟条约》成功签署，有力地推动了欧洲共同体（简称欧共体）从区域型经济共同开发向区域政经整合转型，也掀起了一波成员国间证券市场结盟合并的热潮。1998 年，欧洲八个主要股票交易所的最高管理层在巴黎商议，就组建单一的泛欧证券交易市场达成一致共识。2000 年，巴黎证券交易所、阿姆斯特丹证券交易所和布鲁塞尔证券交易所宣布组成欧洲第二大股票市场“泛欧交易所”。此外，欧共体和欧盟成员国间的期权交易所与期货交易所的合并也在快速推进。1992 年 3 月，伦敦国际金融期货交易所与伦敦期权交易市场合并，引进了股票期权交易；1996 年又收购伦敦商品交易所，加入了糖、土豆等农产品期货交易。1994 年，德国期货交易所与法兰克福证券交易所合并；

1998年9月，又与瑞士期权和金融期货交易所合并为欧洲期货交易所。

政策的出台和落地对欧洲金融市场一体化的推动作用不容忽视。1999年，欧盟制定了《金融服务行动计划》，共出台了涵盖证券、银行和保险领域的42项合作推进措施，旨在消除欧洲金融市场一体化推进进程中存在的所有制度、标准等方面的障碍。欧盟金融市场一体化的推进重塑了国际金融市场格局，在证券市场一体化不断深化和证券交易所合并联合，以及统一货币带来的汇率风险消失和货币发行、交易成本下降等因素的共同加持下，一个覆盖范围广、实力强大、产品丰富的国际金融中心加速形成，并发挥出巨大的影响力。

（二）欧洲金融市场合作基础

1. 经济合作

欧洲金融市场一体化符合欧洲整体经济利益和欧洲各国经济利益，加快了欧洲的经济发展，提高了欧洲的国际地位并改变了世界金融格局。其中，欧洲原有的经济合作基础是欧洲金融市场有效合作的基石。现代的欧洲经济合作开始于第二次世界大战（简称二战）后，由于二战使欧洲各国经济受损严重，为了稳定欧洲经济，联合各国力量实施马歇尔计划，英、法等18个国家于1948年4月签署《欧洲经济合作公约》并成立欧洲经济合作组织。1961年9月，美国、加拿大及欧洲经济合作组织的成员国等共20个国家共同成立经济合作与发展组织（Organization for Economic Co-operation and Development，OECD）。成立至今，其成员国通过贸易、投资、产能等多方面经济合作为欧洲的金融市场一体化打下基础，逐步将欧洲各国整合为内部相对一致的单一市场、共同货币区和关税区。

在促进自由贸易层面，贸易开放和贸易自由化对于经济增长的积极影响已经被充分论证，欧盟几乎与其所有邻国签有双边互惠贸易协定，在极大程度上促进了欧洲地区的贸易交流。在此基础上，于2010年建立的欧洲—地中海自由贸易区进一步促使欧盟各国与地中海各国的贸易往来更加紧密。这意味着欧盟与地中海国家的关系开始由欧盟单方面给予贸易优惠政策转变为双方采取对等互利的自由贸易体制。这一自由贸易区的形成，促进了欧盟各国和地中海国家的区域经济的发展，同时也是欧洲经济合作的助推器。

在投资合作层面，为充分利用国际资本市场和欧共体内部资金，促进欧共体的平衡和稳定发展，欧共体于1958年1月1日成立欧洲投资银行（European lnvestment Bank，EIB）。欧洲投资银行的贷款对象从起初的不发达成员国的经济开发项目，扩大到与欧共体有联系或密切合作的周边经济体。成立迄今，欧洲投资银行主要通过发行债券在资本市场上筹资，为促进欧洲地区平衡发展的工业、能源、基础设施建设等项目提供贷款或贷款担保，在很大程度上促进了欧洲的资金融通交流。

在产能合作方面，欧洲各地区突出比较优势互补，欧洲中部和东部国家在中低端制造业上具有比较优势，人工成本相对较低，高端技术产业相对不发达，而西欧国家由于历史发展等原因，在高端制造业、市场布局、工业体系以及资本充足率上都具有明显的比较优势。欧洲各国一直在尝试将欧洲塑造成一条巨大的生产线和价值链，加强产能合作，利用分工优势把不同生产要素整合在这个生产线和价值链上，发挥欧盟内部的影响力，由西北欧带动中东欧通过产能合作实现共同发展。

2. 文化地理优势

欧洲各国间相似的文化背景和地缘优势是欧共体和欧盟能够建立并渐次推进的基础，而率先在经济领域实现的一体化在不同程度上同化着社会公众的社会政治观念和文化价值，政治观念和文化价值随即成为欧洲金融一体化进展的承载者和重要推动力。同时，欧洲文化位于双重自性的结构中，欧洲自性以欧洲的联合和统一为目标，国家主权需在服从欧洲整体利益的过程中做出让渡，民族自性则强调国家或民族利益不可侵犯，导致了合作的有限性。长期以来，民族自性一直是欧洲各国制定对外政策要考虑的重要因素，因此欧洲金融市场一体化也只能从对主权影响最小的领域开始。欧洲文化和地理上的上述非制度性特点决定了欧洲金融市场一体化只能采取渐进式、渗透式的体制模式（兰天，2005）。

基督教共同观念是欧洲经济一体化的重要思想基础，欧洲人政治认同的开端也来源于基督教的地域化和共同体观念。随后，联邦主义、共和主义思想的发展，欧洲联合的提出，民间欧洲联合运动的进行，以及领导层面经济一体化政策措施的实施，都对现今欧洲的经济一体化进程起到了巨大的推动作用。

（三）欧洲金融市场合作推动力

1. 政府力量

欧洲委员会及有关机构就欧洲金融市场一体化问题在法律上尝试颇多，并产生一系列促进欧洲金融市场合作的法律措施及相关文件。1957 年出台的《罗马条约》中规定诸多具体原则，目的在于确保金融机构可以不受限制地从事跨国服务。1977 年，欧共体理事会发布《协调信贷机构开业与经营相关法律、规则和管理规定的第一理事会指令》，即《第一银行指令》，保证信用机构能够不受限制地设立跨国分支机构和提供金融服务。1989 年，《第二银行指令》发布，作为共同体制定和实施促进金融一体化法律法规的转折点，其引进了共同认同、母国监管和单一银行执照原则，解决了成员国的差异性对跨国金融活动的阻碍，有效推动和促进了金融市场的合作。1993 年，《投资服务指令》出台，它将《第二银行指令》的规定相应地推广到非银行性投资公司，使非银行性投资公司的跨国活动迅速增加，有力地促进了金融市场上的公平竞争，成为促进金融市场合作的重要推动力。

欧元出台后，欧洲中央银行为确保货币市场流动性所执行的一系列举措直接促进了欧洲金融市场的一体化。其中，泛欧实时全额自动清算（Trans-European Automated Real-time Gross Settlement Express Transfer，TARGET）系统为跨国支付体系提供了有效的清算和结算工具，通过环球同业银行金融电讯协会（Society for Worldwide Interbank Financial Telecommunication，SWIFT）系统与欧洲各国中央银行进行清算，几乎覆盖所有的银行，现已成为欧元大额跨国支付的标准。TARGET 系统的出现与正常运转有力地促进了欧洲范围内跨境货币市场的发展，在很大程度上解决了欧洲金融机构跨国金融活动在市场支持体系上遇到的麻烦，促进了欧洲跨国金融活动的增长和欧洲市场的金融合作。

2. 民间力量

欧洲各国间贸易、投资等实体经济领域的一体化趋势是金融市场合作的主要动力之一。与此同时，欧元区成员国证券市场的逐步融合也进一步推动欧洲金融市场合作。1998 年，欧洲八个主要股票交易所就组建单一的泛欧证券交易市场达成一致共识。此后，阿姆斯特丹证券交易所、布鲁塞尔证券交易所和巴黎证券交易所三家证券交易所又在新签订的股票、债券和金融衍生品联合交易协议的基础上建立了欧洲大陆上规模最大的联合证券交易所（皮六一，2013）。欧盟内部证券交易所的合并整合改善了成员国国内证券市场规模小、范围窄、流动性差的缺点，并减少了各成员国在证券发行、销售规则、交易惯例等方面的不同，使欧盟各成员国的证券市场向一个泛欧、整体性、一体化的证券市场网络前进。此外，银行类金融机构作为货币市场的重要组成部分，其合并整合也在快速推进。在欧元区建立前后，欧元区内各经济体银行机构的跨国并购和重组也抵至高潮，诞生了很多全能型业务银行。欧盟内部银行机构的合并重组，打破了各国货币市场之间的相互割裂状态，对欧盟内部金融市场的规则、结构、规模和效率影响重大，显著推进了欧洲金融市场一体化的进程。

（四）金融市场合作机制设计和运行

1. 金融市场合作机制设计

欧洲金融市场一体化是欧盟政治经济一体化的产物和重要组成部分，各国在寻求政治经济一体化的过程中，自愿将部分国家主权转交给欧盟，并共同以“共享”“法制”“分权和制衡”为原则设立机构、分配权力。如图 5-4 所示，通过欧盟各部门的合作和协调，以贸易一体化为先导，形成政治一体化和经济一体化的互动。其中，欧洲中央银行的成立是欧洲金融市场一体化的重要推动力量和保障，其以《欧洲联盟条约》为法律依据，负责在欧元区内行使统一的货币政策和对外汇率政策，为欧洲金融市场一体化的实现奠定了环境基础。

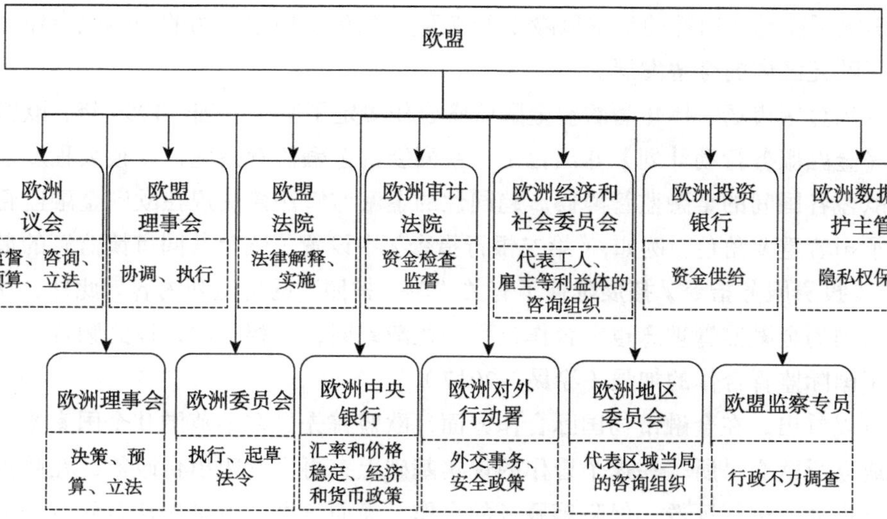

图 5-4　欧盟组织架构图

欧洲金融市场合作机制主要遵循通过消除欧洲国家间贸易和投资壁垒，放松国家间的证券投资限制，增加公众投资和企业借贷的渠道的原则，来实现国家之间资本的自由流动，使得欧盟金融市场从相互割裂趋向统一。具体而言，欧洲金融市场合作可以清晰地呈现出递进的制度变迁路径：欧洲支付同盟—《罗马条约》—韦尔纳计划—欧洲货币体系建立—德洛尔计划—《欧洲联盟条约》—《阿姆斯特丹条约》—欧洲中央银行建立—欧元诞生（李宏佳，2018）。众多政策的出台逐步使其成员国之间的资本流动更加便捷。统一欧元有效地降低了债券发行成本，也促使欧元区企业更多地从银行信贷等间接融资转向债券融资，从而缓解欧元区企业的融资约束，使其投资增加并获得更多价值增值，最终促进欧洲金融市场间的合作，实现金融一体化。

2. 金融市场合作机制运行

从欧洲支付同盟、欧洲货币联盟（European Monetary Union，EMU）再到欧元的发行，欧洲金融合作成为全球公认的区域金融国际合作范本。欧洲金融市场合作机制基本在货币合作、投融资合作、金融监管合作和金融稳定合作的共同推进下得以顺利运行，各个方面彼此协调、相互促进。

货币合作是国际金融市场合作最直接的动力源。欧元作为欧元区唯一的法定货币，大大提高了债券市场的统一性和协调性，还降低了汇率的波动风险，拓宽了投资者的投资范围，改变了债券市场的规模、效率和组成结构。其改变主要表现为国家债券市场和公司债券市场的一体化。以欧元统一计价的欧元区国债不仅消除了不同货币之间进行汇兑的汇率风险，使不同类型的国债更有同质性，也拓宽了投资者的金融产品选择空间。统一的欧元也使得公司债券具有单一的标价单位，消除了欧元区内部的汇率风险（丁纯等，2019）。债券市场的一体化合作大大促进了欧元区内的金融发展。

欧洲金融市场一体化为欧盟金融监管合作奠定了坚实基础。1999年，欧盟通过了《金融服务行动计划》并出台了一系列新的金融监管措施，在很大程度上减少了欧盟各国间的金融监管障碍。趋同性的金融监管法律法规在欧洲金融监管合作中承担着重要角色，例如，《第二银行指令》中设置了欧盟共同审慎监管的最低标准，《投资服务指令》拓展延伸了有关“单一护照”的规定和内容。此外，欧盟各成员国的金融监管理念也在合作过程中逐渐趋同，互相吸收，彼此融合，大大促进了国际监管合作的加强（涂晟，2017）。

可以看出，在金融市场国际合作方面，欧盟首先是在小范围几个国家签订协议，成立泛欧交易所，在这个合作的现实基础上，再由欧盟出台政策，在政治方面进行推动，进行证券、保险等服务的合作。简而言之，就是先从事先有经济合作基础的领域和地区开始，形成合适的合作模板和经验后，再应用到其他市场。

二、政府主导型国际合作

政府主导型的金融市场国际合作模式的特点主要体现在两个方面：第一，行政色彩在区域国际协调的机制构建中比较鲜明，而市场的需求和供给因素在区域协调主体的组织设计和机构运行中承担次要角色；第二，区域协调方法以政府为主，规划制定、实施控制和实践指导都以政府为导向。

（一）南方共同市场

南方共同市场是南美地区最大的经济一体化组织，也是世界上第一个完全由发展中国家组成的共同市场。在人口和贸易额方面，南方共同市场是世界上第四大区域经济一体化组织。不同于欧盟经济一体化所代表的传统一体化演进路径，南方共同市场是从自由贸易区阶段逐步向关税同盟、共同市场和经济联盟阶段推进的。在各方政府的协力推进下，南方共同市场的发展路径表现出跳跃式特征。其在起步阶段就确定了建立共同市场的远大目标，力争不仅推进贸易自由化，还要建立区域内共同对外关税，实现商品、劳务和资本的一体化。2019年，阿根廷、巴西、乌拉圭和巴拉圭四个南方共同市场创始成员国计划设置特别小组，全面评估使用统一货币并进一步加强货币合作的可能性。

1. 南方共同市场法律框架

南方共同市场的法律框架大体可分为两个层次：第一层次，确立南方共同市场目标、原则及其推进经济政治一体化进程主要组织机构的合作协议，主要包括《亚松森条约》及其构建组织和体制结构的附加协定书——《黑金城议定书》，以及规定争端解决规则的《奥利沃斯议定书》(Olivos Protocol)（左品，2011）。第二层次是特定方面的国际法律文件，主要分为经济层面和非经济层面。经济层面的包括产权保护方面的《保护知识产权协定书》、服务贸易方面的《蒙得维的亚议定书》、保护投资方面的《克罗尼亚议定书》（温先涛，2012）、竞争方面的《福塔雷萨议定书》以及政府采购等方面的议定书。在非经济层面，主要是教育合作、文化交流、法律事务、安全防护、防卫事务以及环境保护等方面的合作协议。

1）《亚松森条约》

《亚松森条约》是建立南方共同市场最基础的法律文件，其内容简洁、结构清晰，包括 24 个条款和 5 个附件，主要规定了南方共同市场所追求的目标、遵守的原则以及落实的基本方法。《亚松森条约》为建立南方共同市场设立四个重要机制：一是 1994 年建立的“贸易自由化项目”；二是 1995 年前建成的“共同对外关税”；三是宏观经济和国家政策方面的协调；四是加快推进区域内部国际贸易流动自由化的专项协议。

2）《奥利沃斯议定书》

《奥利沃斯议定书》是南方共同市场主要的争端解决机制，其共经过三次重大发展完善。1991 年生效的《亚松森条约》附件三中初步确立了南方共同市场在过渡期内临时采用的争端解决机制；1993 年 4 月，《巴西利亚议定书》正式生效并取代《亚松森条约》附件；2004 年 1 月正式生效的《奥利沃斯议定书》是目前南方共同市场争端解决唯一有效的法律文件。《奥利沃斯议定书》在《巴西利亚议定书》的基础上进行了较大改善，主要包括：第一，设立南方共同市场审议贸易争端常设仲裁法院；第二，创建强制执行仲裁决议机制；第三，参考 WTO 模式，建立新型争端解决程序；第四，赋予南方共同市场争端解决小组的选择性介入权，简化争端解决流程和时间；第五，允许成员国在 WTO 和南方共同市场争端解决机制中进行排他性选择；第六，允许私人主体诉求的共同市场小组国际部门必须参与到与被控违反南方共同市场法律的成员国的磋商中去（张志儒，2013）。

3）《黑金城议定书》

1994 年签订生效的《黑金城议定书》主要包含 53 个条文和 1 个南方共同市场贸易委员会起诉规范的附件，是《亚松森条约》的重要组成部分。其功能主要体现在：第一，构建南方共同市场的体制结构；第二，设立南方共同市场的六个核心部门并明确各自职能；第三，确立南方共同市场在国际法上的主体资格，以及其与第三方经济体和组织进行谈判的资格和权利。

2. 南方共同市场由内向型转向开放型

南方共同市场从建立之日起就一直强调其市场的开放性和非排他性，并邀请南美其他经济体加入其中，以达成建立以南方共同市场为核心的南美自由贸易区的目标。南方共同市场组建之初，巴西和阿根廷就邀请智利加入，但智利出于对本国收益的考虑并未参加。随着南方共同市场的蓬勃发展，尤其是智利与成员国之间经济贸易的快速增长，双方的经济联系更加密切。1996 年，双方签署自由贸易协定，智利正式成为南方共同市场一员。此后，周边经济体也开始更多地关注南方共同市场的发展和壮大，逐渐加强与南方共同市场的经济政治合作，甚或希望加入其中，南方共同市场迅速扩大。

南方共同市场在区域内不断发展和巩固的同时，也表现出了全球化扩张的态势。其作为一个体量庞大、稳定发展且颇具发展潜力的国际经济组织，也在不断加强与美国、欧盟等经济体的合作。在南方共同市场建立之初，阿根廷、巴西、乌拉圭和巴拉圭四个成员国与美国签署了贸易和投资协议，即“4+1”协议，其主要是为建立四个成员国的共同对外关系，以推动西半球的经济政治一体化进程。南方共同市场的建立带来了成员国的经济复兴，使包括西班牙在内的欧盟国家对其产生了浓厚兴趣，希望利用双方在经济发展、资源禀赋等方面的互补性，建立跨洲际的自由贸易区。1995 年 12 月 15 日，南方共同市场和欧盟达成旨在建立两个贸易集团间自由贸易区的框架协议，成为世界上第一个跨地区的自由贸易集团，标志着欧盟与南方共同市场之间的关系迈入了一个崭新的阶段（佟欣秋，2015）。

3. 南方共同市场货币一体化

自南方共同市场成立起，建立货币联盟、使用统一货币就是重点议题之一。在 2018~2020 年的一轮美元升值周期中，巴西和阿根廷货币遭到大幅度贬值。为应对流动性不足问题，阿根廷被迫求助于 IMF。此轮货币危机使南方共同市场成员国深刻认识到统一货币对区域金融稳定的重要性。使用统一货币在促进南方共同市场降低贸易成本的同时，还可以提升统一货币区的经济总量，并有助于采取相同货币政策抵御外部宏观冲击造成的经济金融风险。南方共同市场通过统一货币形成经济货币联盟，不仅可提高成员国内部市场的开放性，还使得成员国之间跨边界的经济政治金融一体化程度大幅提升。

虽然南方共同市场尚未建立起货币一体化，但无论是在南方共同市场内部经贸交流中，还是在南方共同市场与其他国际组织的经贸交流中，它都在尝试进行货币互换政策协议的签订，期望通过这种形式实现资金的短期流动，从而拉动本国企业的出口效益提升，以及降低金融危机对本国经济产业所造成的负面影响。但阿根廷、巴西、巴拉圭、乌拉圭四国在经济、社会、制度等层面都存在诸多问题，因其大多属于资源依赖型发展中国家，工业化进程尚短，经济和产业体系的抗风险能力不强。要建立起统一的货币，南方共同市场首先应该重视互帮互助原则，逐步缩小内部成员国之间的经济差距，这是货币联盟稳定的基石。

可以看出，南方共同市场是先在少数几个国家范围内进行区域一体化的实践，待成员国得到实实在在的好处后再吸引其他国家加入，形成一定的影响力后，再以团体的形式与第三方展开合作。待区域经济一体化的合作程度比较高的时候，可以深入推进货币一体化的相关实践。

（二）东亚金融合作①

1997年亚洲金融危机的爆发给泰国、马来西亚、新加坡、日本、韩国等整个东亚地区带来了巨大的经济挫伤，使东亚各国意识到自身在金融领域的脆弱性、金融风险的传染性，以及区域国际合作的重要性。东亚地区性金融危机爆发过后，在世界各国政府的支持主导和行业界的广泛积极响应下，东亚地区区域性金融合作不断加快和深化，各方共同积极促进区域性财金合作的机制和体系建设，并在区域性金融安全网、金融基础设施共同构建、债券市场体系整体建设、银行业监管、危机治理及风险承担能力等多个领域都卓有成效。随着东亚国际金融合作的深化和开展，国际金融组织也更加重视与东亚地区的经济交流和合作，例如，国际清算银行（Bank for International Settlements，BIS）不但在亚洲债券基金领域和国际上与东亚及太平洋地区中央银行行长会议组织（Executives' Meeting of East Asia and Pacific Central Banks，EMEAP）开展了深度合作，还通过其亚洲顾问委员会（Asian Advisory Committee，AAC）平台，与EMEAP共同探讨未来国际金融加强交流和合作的可能性和方向（刘亮，2013）。

1. “清迈倡议及其多边化”下的货币互换安排

2000年5月，在“东盟+3”国际财长联席会议上，中国、日本、韩国和其他东盟10国共同代表签署了清迈倡议（Chiang Mai Initiative，CMI），决定在清迈倡议的总体框架下继续加快探索建立一种面向全球化的新型区域性的货币国际区域合作机制。清迈倡议货币互换合作机制主要由两部分构成：第一，拓宽原有的东盟互换安排（ASEAN Swap Arrangement，ASA）。2001年11月，在东盟国家领导人非正式峰会上，成员决议正式将原有的东盟互换安排从6个国家扩展到全部东盟10国。第二，“东盟+3”国家决议共同建立双边互换和回购协议网络（network of bilateral swap and repurchase agreement，简称BSA）。该协议网络主要包括中国、日本、韩国各自的双边互换及回购协议，以及中国、日本、韩国三国分别与东盟各国签署的双边互换及回购协议（陆婷，2017）。

然而，清迈倡议下的双边货币互换协议存在着松散、不易形成合力的缺陷。2010年3月“清迈倡议多边化”（Chiang Mai Initiative Multilateralization，CMIM）生效。“清迈倡议多边化”不断进行深入的完善和修改，如引入预防性贷款工具和稳定性机制等，有助于帮助成员更加平稳地渡过经济危机期。

从“清迈倡议”发展到“清迈倡议多边化”，“东盟+3”将原有比较分散的双

① 本部分所使用的东亚概念是广义上的，由东北亚地区与东南亚地区共同组成。

边援助货币互换协议升级为统一的自我救助货币池，提升区域货币金融国际合作至一个崭新阶段，为东亚货币合作奠定了坚实基础。

2. 亚洲债券市场的建立与发展

此前，许多金融专家和经济学者把亚洲金融危机在东亚造成重创的原因归结于货币和期限的双错配，即将短期的外币融资汇兑为本币后投入到本国长期的经济建设中，而导致这种情况出现的主要原因在于东亚范围内尚未形成一个成熟的国际债券市场以进行大规模、长期限的融资。于是，为减少对区域外资金的过度依赖、丰富融资产品类型并扩展融资渠道，东亚各国均积极提倡并大力推进发展区域国际债券市场的步伐。

2003 年 8 月，在“东盟+3”财长会议上，各成员国财长一致通过亚洲债券市场倡议（Asian Bond Markets Initiative，ABMI）。ABMI 的主要目标是通过建立一个广泛参与、运行高效、流动充分的区域性国际债券市场，使东亚地区较高的储蓄率转化为东亚地区的经济发展投资，并缓解一些国家存在的期限和货币双错配问题。ABMI 的计划分为两个阶段。第一阶段是实践和发展阶段。该阶段旨在通过更高效利用地区居民储蓄发展区域债券市场，减少债务错配和经济波动风险。首先，加速区域债券市场建设，大力提升债券发行人、债券币种以及投资主体的多元化水平。其次，强化债券市场基础设施，尤其是信用担保和投资机制、结算和清算系统建设、信用评级制度及亚洲债券发行标准。第二阶段属于新 ABMI 路线。新 ABMI 路线主要在四个领域发展：促进以当地货币为主导的债券发行；提高对本币债券的需求；改进监管框架；完善与债券市场相关的基础设施（苏春子，2018）。

与此同时，“东盟+3”央行行长会议还积极组织参与国与国际清算银行合作，以国际清算银行为基金管理人和托管行，在 2003 年和 2005 年先后推出两期亚洲债券基金，投资于东亚国家发行的以美元计价的主权债以及以本币计价的企业债，标志着亚洲债券市场由规划阶段转入实操阶段。2010 年 11 月，为进一步完善亚洲债券市场功能，“东盟+3”与亚洲开发银行开展合作，共同建立信用担保与投资基金（Credit Guarantee and Investment Facility，CGIF），为参与方投资级公司发行的本币计价债券提供信用担保。此担保不仅助力参与方企业发行中长期本币债券，减少债券错配，还能有效加强参与方金融体系对全球资本流动和外部冲击的抵抗能力。

亚洲债券基金以及相关担保机制的创建有效提高了亚洲本币债券市场的体量。截至 2019 年 6 月，东亚地区未清偿本币债券共计 15.3 万亿美元，较上年 6 月提高 14.2%。在全球化日益区域化、碎片化的背景下，各国经济贸易发展的不确定性在持续提高，全球经济增长乏力，但亚洲本币债券市场在此背景下展现出更大的抗风险能力并获得稳健增长。

三、市场主导型国际合作

市场主导型地区金融市场合作管理模式主要有三个基本特点：第一，在政策制定、执行和协调的主体选择方面，往往设立专业而全面的组织和管理机构；第二，在推动合作发展的策略选择方面，倾向于使用社会资本和人力资源作为解决成员国间经济和社会发展差距的主要手段；第三，在多方协调的措施选择方面，以经济措施为主。北美自由贸易区的金融市场国际合作是其典型代表。

北美自由贸易区在实际上具有南北合作共存、一个大国政府主导、经济优势互补等特点，通过将《北美自由贸易协定》作为其法律依据，对于成员国可以形成较强的法制和约束力，以实现生产要素在区域内的完全自由流动。

《北美自由贸易协定》中专门规定了金融服务的合作方式和合作深度，其目的是在成员领土内为金融服务活动的广泛自由化构建一个详尽的法律框架，包含市场准入原则、最惠国待遇原则和国民待遇原则（温树英，2003）。《北美自由贸易协定》规定：第一，某一成员国金融服务供给者可在另一成员国开业，提供银行、保险、投行、财富管理、证券交易等金融服务。成员国不应对本国居民在另一成员国境内购买和享受金融服务进行限制，应对金融部门的跨境交易采取与本国相同的规定。第二，各成员国应给予在其境内的金融服务提供者以国民待遇，不得将来自其他成员国的金融服务商置于较本国金融服务商不利的地位。第三，成员国范围内金融市场开业条件、人工要求、申请程序等应明确公示并遵规执行。第四，各成员国可保留合理范围内自行调整的权利，以维护本国和区域内金融系统稳定。特殊情况下，可采取旨在保护收支平衡的措施。第五，成员国间就金融事务磋商应遵守专门程序。第六，各成员国对金融服务合作做出具体承诺（李悦等，2007）。

然而，《北美自由贸易协定》在金融合作方面的规定实际上较为有限，其做出的实质性改变主要体现在墨西哥方面，放宽了其对美国和加拿大金融服务机构的进入限制，而由于美国和加拿大的法律在提供给外国金融服务公司国民待遇方面已经相对自由，故美国和加拿大的金融服务开放规定几乎未变。在对缔约方金融监管法律的协调方面，《北美自由贸易协定》未涉及（温树英，2003）。因此，《北美自由贸易协定》中金融国际合作的内容实质是墨西哥扩大其金融市场开放的规定。

可以看出，《北美自由贸易协定》主要通过自由贸易区的途径来进行国际金融合作，其也提供了一种在共同市场推进条件不成熟时推行金融服务贸易自由化的可行手段，即通过建立自由贸易区，放开金融机构在区域内提供金融服务的限制，以向更深层次的金融合作迈进。

第六章

"一带一路"金融市场国际合作的状况分析

因时制宜、因地制宜、随势而变是保障"一带一路"金融市场国际合作机制设计可行性和前瞻性的内在要求。"一带一路"建设具有开放性和包容性特征，涉及经济体众多，合作层次不尽相同，因此有必要先行按照子市场对"一带一路"金融市场国际合作的状况进行梳理，深入分析现有合作机制在金融市场开放制度衔接、金融产品创新、促进和保障机制设计等方面存在的问题，并结合上文的金融市场国际合作理论和经验，为设计出有效可行的"一带一路"金融市场国际合作机制奠定现实基础。中国香港作为重要的国际金融中心，在"一带一路"金融市场国际合作中发挥着重要的纽带作用，因此本章对中国香港的金融合作情况也加以说明。

第一节 "一带一路"金融市场国际合作运行状况

金融市场国际合作作为资金融通的重要媒介，是构成"一带一路"倡议的重要支持力量。在各金融主体的广泛参与下，金融市场的国际合作在推动共建"一带一路"国家发展方面取得丰硕成果。其中，我国香港发挥了关键的桥头堡作用。

一、股票市场国际合作

（一）"引进来"方面

20 世纪 90 年代以来，中国渐进放宽境外投资者进入国内股票市场的限制，并在近年来加快了此步伐，先后推出 QFII、RQFII 等股票市场开放机制，并以中国香港为重要支点，通过沪港通、深港通以及内地与香港基金互认实现"引进来"。

1. QFII

QFII 是我国对外国专业投资机构到中国境内进行投资的资格认定制度。QFII 是一国在货币没有实现完全可自由兑换、资本项目尚未开放的情况下，有限度地引进外资、开放资本市场的一项过渡性制度（高翔，2001）。近年来，我国不断完善 QFII 管理制度，以发挥 QFII 对中国金融市场发展的促进作用，如加大单个 QFII 机构投资额度、拓宽 QFII 投资领域、简化审批程序等，QFII 制度渐趋成熟。2020

年 5 月，中国人民银行和国家外汇管理局共同发布《境外机构投资者境内证券期货投资资金管理规定》，大大简化了境外机构投资者进行境内证券期货投资方面的资金管理要求，取消了 QFII 进行中国境内证券投资的额度限制。

可从 QFII 的审批额度分布了解“一带一路”境外投资者对我国股票市场的参与状况。国家外汇管理局公告显示，截至 2020 年 5 月 31 日，累计有 295 家机构获得 1162.59 亿美元投资额度，其中境外机构共计 130 余家。在区域分布上，QFII 审批额度较为集中，其中中国香港金融机构累计批准额度 267.83 亿美元，占比超过两成，累计批准额度超过 10 亿美元的“一带一路”沿线国家仅有新加坡、阿联酋、马来西亚、科威特、卡塔尔等 5 个国家，体现出我国境内股票市场与境外合作方面的不均衡性，这与我国资本市场的开放程度以及不同金融市场的发展状况有莫大关系。

2. RQFII

RQFII 被称为“小 QFII”。其在 QFII 管理制度的基础上有所改变和优化，具体表现在：第一，投资基金必须为人民币，而非外汇；第二，投资机构差异，RQFII 机构被限定为中国境内基金管理公司和证券公司的香港子公司；第三，投资范围不同，可参与银行间债券市场投资；第四，在投资额度限制以及跨境资金收支管理方面进行了简化。2020 年，RQFII 进行境内证券投资的额度管理要求也被取消。

截至 2020 年 5 月 31 日，共建“一带一路”国家中仅新加坡、泰国、马来西亚这三个国家获得 RQFII 额度。中国香港地区获得 3651.57 亿元 RQFII 额度，占总批准额度的一半以上。可以看出，RQFII 与 QFII 一样存在集中化和非均衡的特点，也从侧面反映出中国与共建“一带一路”国家的股票市场合作尚存在很大的提升空间。

3. 沪港通与深港通

沪港通和深港通分别于 2014 年 11 月和 2016 年 12 月正式启动运行。作为内地与香港股票市场互联互通的重要尝试，沪深港通广泛吸引了国际投资者以及全球资金的共同参与，在内地与香港两地金融机构共同运营和协同监管下，正稳健运行。近年来，沪深港通运行态势总体平稳，风险可控，并激发了两地股票市场的发展活力。

针对境内外市场存在的制度差异，沪深港通取得了多项突破，主要有交易对接安排的突破、结算与交收安排的突破、实现有序且高效的跨境资金流动、跨境监管协作机制的突破以及名义持有人制度下的投资者权益保护，满足了投资者的双向跨境资产配置需求，以最小的制度成本，实现最大可能的市场和监管效率，为内地和香港市场带来了双赢。

内地与香港股市互联互通机制在设计之时，就确立了两地市场“交易封闭运行、人民币交易结算、不改变投资者交易习惯以及控制风险”的基本原则。多年来的运行呈现出了从有效管控到有序开放、从聚焦重点到多元覆盖的发展趋势。从额度管理上来看，沪深港通最初有每日额度限制和年总额度限制，经历 2015 年两地股市调整之后，沪深港通机制于 2016 年取消了总额度限制；伴随着 A 股纳入 MSCI（Morgan Stanley Capital International，摩根士丹利资本国际公司）指数，2018 年 5 月，中国将沪深港通的每日交易额度扩大 4 倍，即北向资金和南向资金的每日交易额度分别增加至 520 亿元和 420 亿元。从股票标的和投资者门槛管理来看，初期沪港通的投资范围仅限于两地股票市场中的大中型成分股。自 2021 年 2 月 1 日起，属于上证 180、上证 380 指数成分股及 A+H 股公司的 A 股科创板股票正式纳入沪股通股票范围；科创板上市 A+H 股公司的 H 股及深交所上市 A+H 股公司的 H 股正式纳入港股通股票范围。通过沪股通参与科创板股票交易目前仅限机构投资者，且要符合香港的相关规则界定要求。

如图 6-1 所示，随着互联互通机制日渐成熟，北向资金呈现稳步大幅增长的态势。其中，北向资金在 2015 年和 2016 年徘徊在 1000 亿元附近，2017 年开始大幅流入。自 2018 年开始，由于国内外资本市场环境日趋错综复杂，沪指大幅震荡，A 股出现较大跌幅，但沪深股通资金却在持续流入 A 股，于 2019 年与港股通成交净额逐渐达到平衡，并保持稳定增长态势，这说明我国股票市场国际化程度正逐步提高。

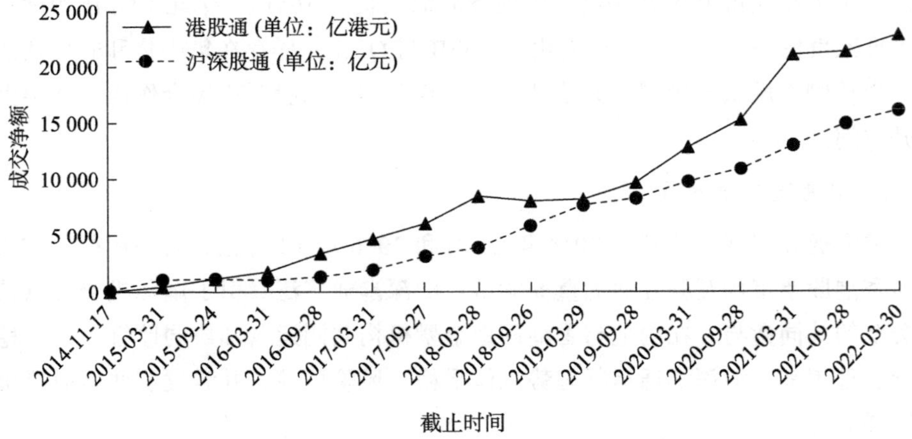

图 6-1 沪深港通累计买入成交净额变化

资料来源：Wind

（二）“走出去”方面

1. QDII

2007 年 7 月，《合格境内机构投资者境外证券投资管理试行办法》被批准实施。QDII 是我国与 QFII 相对应的一种投资开放机制，是指在资本项目未完全开放的情况下，允许政府所认可的境内金融投资机构到境外资本市场投资的机制（田剑英，2008）。被批准的 QDII 机构可先行在中国境内募集资金，而后将其全部或一部分资金以资产组合的方式投资到境外股票和债券市场。QDII 制度也在发展中进一步完善。2014 年 11 月，人民币合格境内机构投资者（RMB Qualified Domestic Institutional Investor，RQDII）开始正式实施。RQDII 可以以自有或募集来自境内机构和个人的人民币资金，投资于境外金融市场的人民币计价产品（高洪民，2017）。在过去十余年里，QDII 额度几经变化，最初总体获批的投资额度才不到 100 亿美元，截至 2020 年 3 月末为 1039.83 亿美元，但 QDII 额度仍然是稀缺资源。

如表 6-1 所示，从获批额度来看，证券类获批额度最高，占比高达 45%，银行类获批额度占比为 14%，保险类和信托类获批额度占比分别为 33%及 8%。从投资范围来看，早期 QDII 主要投资到我国香港地区和新兴国家的股票市场，而后由于沪港通和深港通的正式运行，境内基金布局香港股市主要通过沪深港通渠道，故就有更多的 QDII 额度投资于美国、欧洲、日本和东南亚地区等其他国际市场。投资于其他共建“一带一路”国家的较少，主要是因为大多数共建“一带一路”国家的金融市场不发达、开放水平不高，对其进行证券投资缺乏渠道，还存在投资收益风险大、不确定性强等问题。另外，很多参与共建“一带一路”的发展中国家为了防止资金外流，会严格限制资金和利润汇出的额度。在投资标的方面，QDII 主要投向香港股票、海外交易所交易基金和主动管理型基金，其中，投入到基金和股票的比例高达 95%，投入到基金的比例高于 60%，而货币市场金融工具及其他金融工具仅占不到 40%。

表 6-1　QDII 投资额度分布情况

类别	投资额度/亿美元
银行类	148.40
证券类	461.30
保险类	339.53
信托类	83.10

资料来源：国家外汇管理局官网

2. 港股通

港股通是“港股市场跟 A 股市场交易互联互通机制”的简称，是指上交所和深交所与香港联合交易所有限公司（简称香港联合交易所）建立技术连接，使内地投资者通过当地证券公司或经纪商买卖规定范围内的香港联合交易所上市的股票（徐寿福和陈百助，2021）。港股通开放了中国内地投资者交易指定范围内香港联合交易所上市股票的通道，且相对沪市港股通而言，深市港股通涵盖的范围更广。根据规定，沪市港股通股票包含：①恒生综合大型股指数的成分股；②恒生综合中型股指数的成分股；③A+H股上市公司的H股。相较之下，深市港股通股票除包含上述范围股票之外，还包含恒生综合小型股指数成分股。截至2020年6月23日，沪市港股通可投资标的数为318只个股，而深市港股通可投资标的达到475只。同期，香港交易所上市公司数量2500个左右，内地投资者可以投资的港股数量占总量的比重超过30%。

依靠港股市场估值偏低的优势，港股通自开通以来基本保持增长态势，尤其是深市港股通，已成为港股通资金流入的主要来源（图6-2）。截至2021年底，港股通净流入达8153亿元。其中，沪市港股通在2017年之前增长迅速，但2016年12月开通的深市港股通得益于其投资范围优势，对南向资金造成了很大程度上的分流，并取得稳健迅速的发展，截至2021年底其累计净流入达5100亿元，已成为港股市场上不可忽视的力量。

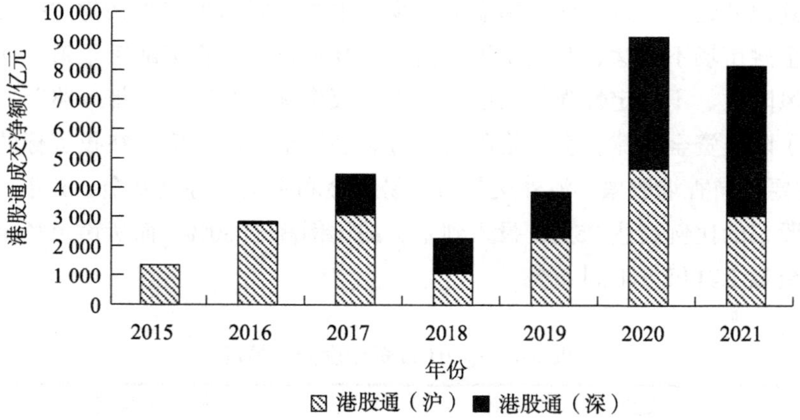

图6-2 港股通成交情况

资料来源：东方财富Choice数据

3. 境内企业境外上市

境外上市是指国内的股份制有限公司利用境外股票市场向境外机构和个人投资者发行股票，并在境外设立的证券交易所公开上市交易。我国企业境外上市有直接上市与间接上市两种模式，具体渠道有：①内地企业到境外直接上市［IPO（initial public offering，首次公开发行）］，以H股、S股形式在境外上市，如青岛啤酒（H股）、中新药业（S股）；②涉及中国境内权益的境外企业在境外上市（IPO、红筹股），如裕兴电脑、大众食品在香港上市；③在境外买壳进行上市，或反向兼并企业并上市，如浙江金义在新加坡买壳上市；④在中国境内A股已上市的公司在境外分拆上市，如同仁堂的分拆子公司以 H 股方式在香港上市。现阶段，我国境内企业赴“一带一路”股票市场上市主要集中在香港和新加坡股票市场。

“一带一路”股票市场中，新加坡股票市场是我国企业境外上市的主要目的地。新加坡交易所借助其国际化程度较高、上市融资及再融资难度较低、上市时间较短、税收优惠等优势，过去几年一度成为中国企业出海上市的首选地之一。由于借壳上市流程相对简单，其已成为中国企业参与新加坡股票市场的最主要手段。新加坡交易所与香港交易所在上市条件方面差别不大，但由于香港资本市场监管制度、市场容量上稍占优势，而新加坡证券市场规模较小，市盈率、换手率等重要指标较低，筹集资金规模有限，在香港交易所政策不断革新以吸引内地企业尤其是新经济企业赴港上市的情况下，新加坡交易所对内地企业的吸引力日趋减小。之前在新加坡上市的内地企业纷纷从新加坡交易所退市，赴新加坡交易所上市的企业也日趋减少。

香港是我国境内企业境外上市的主要目的地。如图 6-3 所示，我国内地赴港上市的境内企业数量总体呈上升趋势，2016~2017 年，我国内地赴港 IPO 的境内企业数量总体呈上升趋势。随着 A 股 IPO 审核严把入口关已成为常态，加之香港股市在接纳同股不同权、放宽生物科技公司的上市条件、放宽作为第二上市渠道的限制等方面进行改革，促使内地企业自 2018 年掀起赴港上市热潮。2019 年，由于小米等赴港上市企业市场表现不佳、市场对国际形势预期悲观等，一些内地企业纷纷推迟赴港上市计划，但得益于期间几只较大型新股的贡献，筹资金额保持稳步增长。2020 年以来，随着美国对中概股政策的收紧以及国内相关政策的限制，中概股告别美股、回国上市或为大势所趋，国际化的港股市场也成为许多企业的新目标。

图 6-3 2012~2021 年度港股 IPO 数量及募资金额

资料来源：Wind

（三）股票市场国际合作机制总结

在各个金融子市场中，股票市场的国际合作走在前列，机制也较为健全。我国目前正加紧推进股票市场“引进来”的步伐，也在引进境外投资者方面进行了一些机制创新，但无论是在投资主体区域和资格还是投资额度与范围方面都存在较为严格的限制。2019 年 9 月，我国金融市场进一步扩大对外开放，取消 RQFII 的投资额度和试点国家及地区限制，缓解了之前存在的投资额度紧张问题。然而，境外投资者对我国股票市场的参与仍不活跃，除了新加坡、马来西亚等东南亚国家以外，西亚、中亚、中东欧等经济体几乎未参与我国股票市场投资活动。我国境内投资者和筹资者都纷纷“走出去”积极参与国际股票市场，但筹资者走出去的步伐在政策、制度、实践等方面都领先于投资者。在“走出去”的目的地方面，投资者参与的国际股票市场较为广泛，但两者对共建“一带一路”国家股票市场的参与都较少，且集中于新加坡股票市场。这与我国金融市场开放受限，以及共建“一带一路”国家金融市场的发展水平和开放水平普遍较低有关，即股票市场国际合作机制的推动力量尚停留在中国和共建“一带一路”国家股票市场的发展成熟和扩大开放等单边层面。作为两地资本市场融合的起点，港股通在投资标的、投资者、交易渠道等方面仍存在诸多限制，规模较小，在跨境资金管理方式上实行原路径返回，依旧是闭环运作模式，尚未从根本上解决人民币回流机制问题，也大大制约了离岸人民币市场的长远发展。

二、债券市场国际合作

（一）“引进来”方面

债券市场是发行和买卖债券的场所，如表 6-2 所示，银行间债券市场是我国债券市场的主体，且我国与共建“一带一路”国家在债券市场方面的合作也集中在银行间债券市场方面，下面介绍共建“一带一路”国家参与我国银行间债券市场的情况。

表 6-2　2020 年 5 月债券市场业务情况

债券现券交割量	本月/亿元	同比	2020 年 1 月至 5 月累计/亿元	同比
银行间	144 891.37	28.23%	633 973.24	33.87%
柜台	291.52	101.76%	1 827.17	55.55%
美元债（美元）	0		0	

资料来源：中国债券信息网

1. 境外投资者

近年来，我国不断通过制度变革推动境外主体对银行间债券市场的参与，基本放开所有类型境外机构准入，提高境外机构参与数量和参与活跃度（图 6-4）。目前，参与中国银行间债券市场的境外机构主要包括三类：一是境外央行或货币当局、中国香港等境外人民币清算行、跨境贸易人民币结算境外参加行、参加跨境服务贸易试点的其他境外金融机构；二是 RQFII；三是 QFII（姜超等，2015）。其中央行类机构中来自共建"一带一路"国家的有新加坡政府投资有限公司、白俄罗斯国家银行、立陶宛银行、阿拉伯货币基金组织、斯洛伐克国家银行、柬埔寨国家银行，参与主体较为广泛；商业类机构中来自共建"一带一路"国家的有新加坡、马来西亚等地。

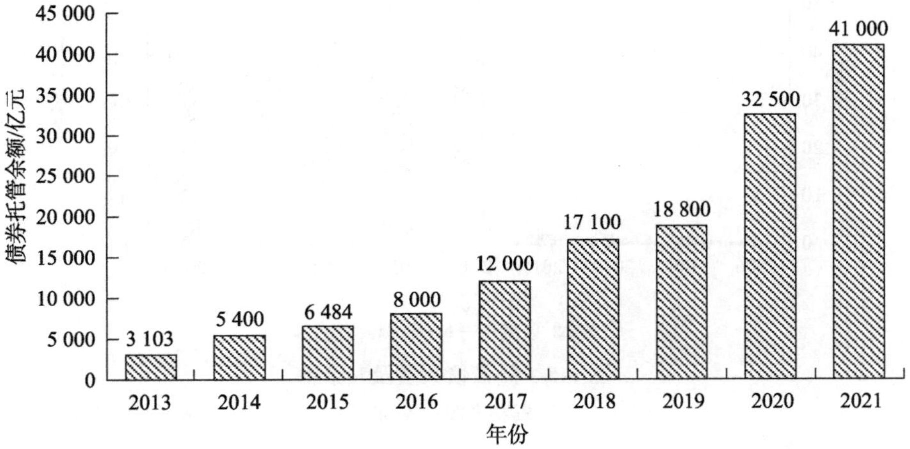

图 6-4　中国银行间债券市场境外机构参与情况

资料来源：根据中国人民银行历年《人民币国际化报告》整理

银行间债券市场开放力度的提高增加了债券作为境外主体境内资产配置的重要性。2020 年，境外主体新增的境内人民币资产中，债券同比增长 47.4%，占比达 37.08%，相对于 2015 年的 17%有了很大提升，主要投资于国债、政府债及国家开发银行金融债等安全级别较高的债券。但我国银行间债券市场的国际化程度仍然处于较低水平，参与者也更多地来自欧美等发达国家和地区，共建"一带一路"国家的参与度总体较低。截至 2017 年末，我国债券市场共有存量债券 746 777.24 亿元，境外投资者持有境内债券 11 988 亿元，境外投资者持有金额占比仅为 1.6%，不仅低于美国、日本等发达国家，也低于印度尼西亚、马来西亚、泰国、印度等发展中国家。

2. 熊猫债/木兰债

熊猫债是指境外和多边金融机构等在中国境内发行的人民币债券。近年来，随着我国经济的发展和人民币国际化的推进，越来越多的境外金融机构及非金融机构选择在中国境内发行熊猫债，发债主体涵盖国际开发机构、境外政府、境外非金融机构及金融机构和企业等。熊猫债的品种逐渐向多样化发展，2010 年仅上市国际机构债，2015 年拓宽至定向工具、商业银行债、一般短期融资券和私募债，2016 年又新增了一般公司债、一般中期票据和超短期融资券。在市场规模上，中国于 2005 年推出熊猫债市场，但受全球金融危机等因素阻碍，该市场在建立 10 年后才迅速发展（图 6-5）。由于相对较低的利率以及人民币疲软激发了发债兴趣，2016 年熊猫债市场飙升至顶峰且集中在中国银行间债券市场。

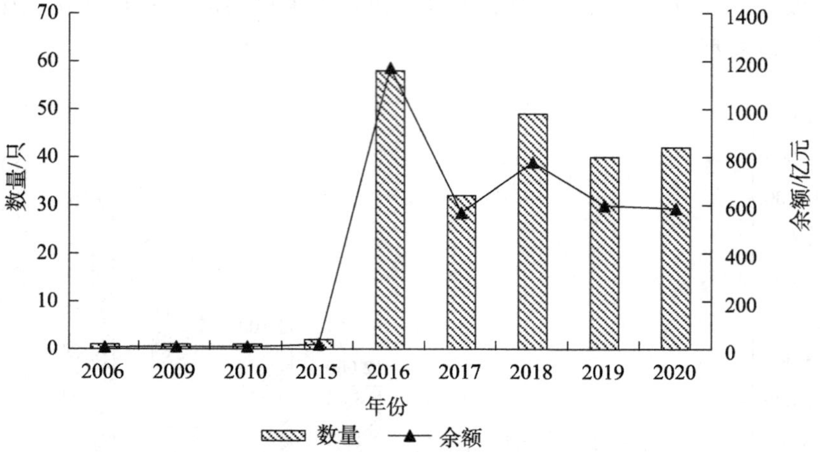

图 6-5　熊猫债数量及其余额

资料来源：Wind

熊猫债发行主体仍以中资背景企业为主，但外国发行主体持续增多，且主要来自“一带一路”沿线国家。2017 年 3 月 16 日，俄罗斯铝业联合公司在上交所成功进行了首期熊猫债发行，金额为 10 亿元人民币，这是首单“一带一路”沿线国家企业发行的熊猫债。2017 年 7 月，由国家开发银行主承销的马来西亚马来亚银行有限公司熊猫债在中国银行间债券市场成功发行，所募集的 10 亿元人民币资金全部投入到“一带一路”建设。2018 年上半年，沙迦酋长国政府、菲律宾政府、新加坡托克集团等均在中国银行间债券市场成功发行熊猫债，普洛斯中国控股有限公司（注册地为香港）相继发行多期“一带一路”公司债券，募集资金主要用于其最近收购的欧洲“一带一路”沿线物流基础设施资产。从熊猫债发行主体类型来看，2018 年上半年熊猫债的发行主体类型包括政府机构、金融机构和非金融企业，其中非金融企业的发行规模占比仍然最高（70.75%），且募集资金用于“一带一路”项目建设的熊猫债明显增多。可以看出，熊猫债已成为支持“一带一路”项目建设的重要资金来源。然而，熊猫债发行期限仍以中短期为主，2018 年上半年虽然经历了短期债券发行量的大幅萎缩，但“一带一路”项目建设的长期资金需求与短期资金供给的期限错配矛盾仍然突出。

木兰债是指以特别提款权（special drawing right，SDR）计价、人民币结算的债券，其发行不仅拓宽了境内投资者的投资机会，对人民币的国际化进程也意义深远。2016 年 8 月，全球首只木兰债由世界银行在中国银行间债券市场完成发行，合计额度高达 20 亿 SDR。同年 10 月，渣打银行（香港）有限公司也在我国银行间债券市场成功发行木兰债 1 亿 SDR。木兰债在中国具有广阔的发展前景，但目前木兰债尚存在定价估值不准确、流动性不强等不足，且由于推出时间较晚，共建“一带一路”国家金融机构的参与度较低。

综上可知，境外主体对我国银行间债券市场的参与度不断提高，引入共建“一带一路”国家央行类机构的机制为其他类型机构的参与起到了示范和引导作用。现阶段，发行熊猫债仍然是境外融资主体到中国债券市场筹资的主要机制，且“一带一路”倡议有力促进了各国通过发行熊猫债募集资金，并用于“一带一路”项目建设的实践进程，成为推动熊猫债发展的一股重要力量。

3. “债券通”

为进一步密切内地与香港的交流合作，“债券通”的“北向通”于 2017 年 7 月 3 日正式开通，境外投资者可通过此渠道直接参与银行间债券市场进行发行债券的认购。与之前开通的 QFII、RQFII 相比，“债券通”通过制度创新降低了外资参与中国债市的门槛，且具有更高的交易效率和更低的交易成本。“债券通”自上线试运行以来，参与者不断增多，交易日趋活跃。2019 年 6 月，通过“债券通”投资渠道累计交易额约 2 万亿元；截至 2019 年底，境外机构持有中国债券的规模已由 2017 年前的 0.8 万亿元增加至 2.4 万亿元。图 6-6 展示了“债券通”开通以来境外持有量和日均交易量情况。可以看出，“债券通”开闸运行两周年成绩斐然，投资者群体快速扩大，成交规模快速上涨，市场交投活跃度日趋提高。

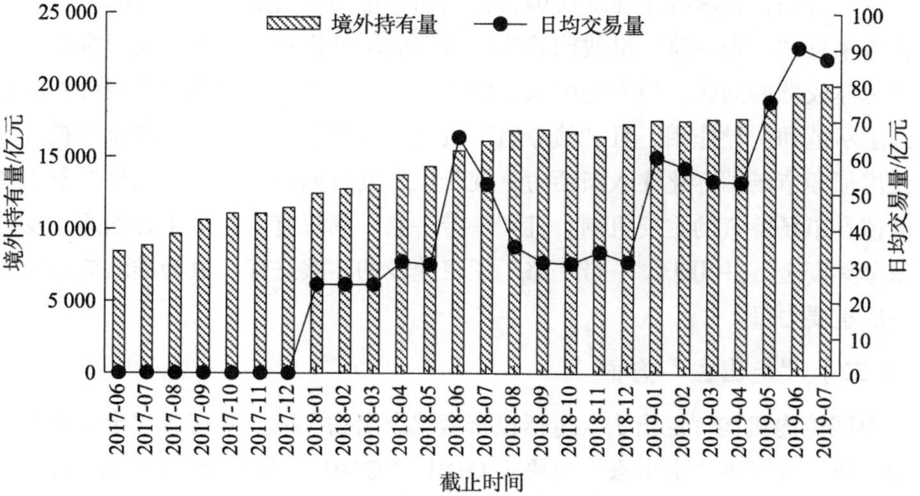

图 6-6 “债券通”境外持有量和日均交易量

资料来源：中央国债登记结算有限责任公司和上海清算所统计月报

在参与主体方面，自 2017 年“债券通”开通以来，交易主体逐渐多元。“债券通”开通第一阶段的参与者主要是各国央行类金融机构，到了第二阶段，大量境外资管机构、基金公司加速参与，2019 年 6 月已约占成交金额的 80%。截至 2019 年 6 月底，参与“债券通”的境外机构投资者已达 1038 家，比 2018 年同期翻了一倍，境外参与者涵盖 29 个经济体。其中，中资海外机构和境外机构约各占一半，境外机构主要集中在中国香港，大约占总量的 59%。国际前一百大资产管理机构中已有 58 家参与到中国银行间债券市场进行投资。参与主体的多元化也带来了交易要求的多元化，产品覆盖利率债、信用债和高收益债券等方面，对 10 年期以上甚至 30 年期的债券需求也有所增加。

在便利境外机构投资者进入境内债券市场、扩大中国债市对外开放方面，“债券通”正起着越来越重要的作用，但从表 6-3 中可以看出，“债券通”存在交易品种较少的问题，且随着交易额增长以及参与国别的扩张，风险、衍生品、回购等相关管理配套措施也有待进一步优化。

表 6-3　“债券通”、QFII、RQFII 渠道特征对比

项目	“债券通”	QFII	RQFII
交易品种	现券	现券、债券借贷、债券远期、远期利率协议、利率互换	现券、债券借贷、债券远期、远期利率协议、利率互换
交易币种	外币或人民币	外币	人民币
交易模式	做市商	代理人	代理人
交易额度	无	有	有
交易资格	备案	审批	审批

综上可知，在境外主体对我国银行间债券市场参与度不断提高的大背景下，存在着来自“一带一路”沿线或共建经济体的境外投资者集中于我国香港且参与水平总体较低的问题，但率先引入各国央行类机构的机制对其他类型机构的参与起到了示范和引导作用，且“债券通”机制也通过吸引来自更多国家的投资者而为我国债券市场国际化注入新活力。现阶段，发行熊猫债仍然是境外融资主体到中国债券市场筹资的主要机制，且“一带一路”倡议有力促进了各国通过发行熊猫债募集资金，并用于“一带一路”项目建设的实践进程，成为推动熊猫债发展的一股重要力量。

（二）“走出去”方面

中国境内机构“走出去”包括投资者“走出去”以及筹资者“走出去”两个方面，债券投资者“走出去”主要有 QDII、RQDII、“债券通”的“南向通”等；债券筹资者“走出去”则主要通过境内机构在境外发债的方式进行。境内机构在境外发行债券起步较早，最初发行外币债券，随着人民币国际化程度的逐渐提高，以人民币计价的点心债券等逐步发展壮大（中国人民大学国际货币研究所，2017）。

1. 境外发行债券

我国境内主体参与国际债券市场的机制运行基本遵循“国家机关—金融企业—非金融企业”的路径。自1984年以来，财政部、政策性银行、商业银行等境内机构陆续在境外发行债券，但境内机构境外发债仍以国家机关和金融机构发债为主，中资企业和外商投资企业境外发行债券占比较低。非金融企业中，受发展模式以及国内融资限制等因素的影响，城投和房地产企业的境外发债活动较为活跃。从中资企业境外债券的交易场所来看，以香港联合交易所、香港债务工具中央结算系统和新加坡交易所为主。从发行币种来看，以美元、人民币和港元为主。截至2019年9月19日，中资企业共发行3507只境外债券，其中境外美元债券共发行了2183只，以人民币计价的境外债券个数占比为24%，以港元计价的债券个数占比为9%。

随着人民币国际化步伐的进一步加快、相关支持政策的出台以及人民币汇率调控的需要等，境内机构赴境外发行人民币债券经历了谨慎发展、快速增长、大幅萎缩、复苏回温几个阶段，发行地也逐步从我国香港拓展到伦敦、非洲、新加坡等地。2007年，中国国家开发银行在香港成功发行了首只离岸人民币债券，发行规模为50亿元，开启了离岸人民币债券市场的进程。2016年5月中国财政部首次在伦敦发行国债。2017年4月，中国银行在非洲发行了首只用于“一带一路”相关信贷项目的人民币债券。中国工商银行也相继于2013年11月和2018年10月在新加坡发行人民币债券。中国香港仍然是最主要的境内机构境外人民币债券发行地，这不仅体现在发行数量和发行金额方面，还体现在发行主体的丰富性方面。相较于新加坡等处于起步阶段的离岸人民币债券市场，香港人民币债券市场不仅吸引了中国央行、股份制银行等金融机构，也吸引了大量包括碧桂园等在内的非金融机构和企业，在香港债务工具中央结算系统发行的境外债券均以人民币计价，且发行者多以银行为主。从发行主体来看，离岸人民币债券市场的参与主体增加，产品结构和主体结构的变化较大。金融债占比逐渐下降，国债和其他债券（可转换债券和外汇基金票据）占比上升。在期限结构层面，仍以中期的1~3年期和5年期为主，长期品种依旧较少。这可能与债券市场容量及债券流动性有关。离岸人民币债券市场存量约为5000多亿元，且流动性不足，几乎没有二级市场的成交，投资者大多持有至到期。

2. “一带一路”专项债券

伴随着“一带一路”建设的走深走实，我国各类金融机构逐渐探索利用债券市场支持“一带一路”项目投融资，“一带一路”专项债券成为金融市场产品创新的一大亮点。为改善境外吸收存款偏短期而发放项目贷款偏长期的状况，中国银行计划筹集中长期资金来替换部分短期资金，以更稳定地支持“一带一路”项目建设。2015 年 6 月，中国银行发行额度 40 亿美元的“一带一路”主题债券，成为国内首只“一带一路”债券。2017 年 3 月，俄罗斯铝业联合公司在上交所发行首期人民币债券（即熊猫债），成为首单“一带一路”沿线国家企业在中国发行的熊猫债。2017 年 12 月，国家开发银行在香港首次以私募方式发行了 3.5 亿美元 5 年期固息的“一带一路”专项债券（张春宇等，2018）。可以看出，“一带一路”专项债券具有发行主体、发行地、发行币种不局限的特点，募集资金用于“一带一路”项目建设。

与此同时，中国也在大力推进“一带一路”债券市场建设并取得阶段性进展，主要集中在开展“一带一路”专项债券试点、通过境内境外债券市场扩大“一带一路”项目资金来源以及“一带一路”债券市场机制设计和建设等方面。中国企业早在 2018 年就开始了“一带一路”专项债券的试点。2018 年 1 月，红狮控股集团有限公司成功公开发行其“一带一路”建设公司债券，发行规模为 3 亿元，期限为 3 年，利率为 6.34%，主体和债项评级均为 AAA。2018 年 3 月，上交所发布《关于开展“一带一路”债券试点的通知》，其中规定了“一带一路”债券的主要类型：“（一）‘一带一路’沿线国家（地区）政府类机构在本所发行的政府债券；（二）‘一带一路’沿线国家（地区）的企业及金融机构在本所发行的公司债券；（三）境内外企业在本所发行的，募集资金用于‘一带一路’建设的公司债券”（张中元和沈铭辉，2018）。

相对于其他债券，“一带一路”专项债券的创新点主要表现在三个方面：第一，相较于银行贷款，“一带一路”专项债券的发行和认购都高度市场化，保证了融资效率和交易透明度；第二，“一带一路”专项债券具有开放性、包容性特征，可广泛吸引境外金融机构和企业参与“一带一路”项目建设；第三，“一带一路”专项债券在实现融资功能的同时，加强了项目所在地政治、经济、金融及法律环境情况说明与风险披露，可夯实金融服务的基础设施建设（吴晓求，2017）。

（三）债券市场国际合作机制总结

在我国金融市场改革开放进程中，债券市场国际合作处在领先位置，主要包括 QFII、RQFII、中国银行间债券市场直接投资（China interbank bond market direct，CIBM Direct）等机制。但每种渠道的准入标准、交易方法和范围、清算结算方式都有所差异，多种渠道并行，且多个渠道的业务皆需通过代理结算进行，降低了结算效率，提高了交易成本，也拉低了境外资金参与我国债券市场的便利化水平。另外，CIBM Direct 等渠道按规定仅可进入银行间债券市场，尚不能直接投资于交易所债券市场。而交易所债券市场中的可转换债券、可交换债券等具有股票性质，且大多企业资产支持证券在交易所市场交易，故现行的债券市场合作机制尚不能满足不同境外投资者的差异化风险偏好，也在一定程度上影响着债市公允价格的形成（龙红亮，2020）。此外，境外参与者尚不能参与我国债券回购市场、国债期货市场等。也就是说，我国债券市场改革开放机制不完善，在一定程度上影响了"一带一路"债券市场的国际合作。

"一带一路"专项债券、离岸人民币债券等产品近年来取得了较快发展，这主要与发行机构评级较高、境外人民币债券回报率较高有关。2019 年新发境外人民币债券中，离岸央票占 91%，其他品种发行主体整体评级较高，主要为我国政策性银行、商业银行等，民营企业和其他类型企业发行规模较小。这一方面体现了我国对人民币债券发行主体的较高审批标准，保证了人民币债券的投资需求，另一方面也影响了债券市场对"一带一路"建设的支持力度。目前，关于企业债最大的担忧源于违约风险方面，要通过推动企业债券市场改革，构建市场化、法治化的债券违约处置机制，明确资金投向，加强监管，将债券发行主体扩展到更多具有发展潜力的企业，有序提升成长性企业债券的发行规模和发行效率。

三、外汇市场国际合作

（一）在岸外汇市场

2005 年汇改以来，中国外汇市场发展取得重大成就。在交易工具方面，现已上市即期、远期、外汇掉期、货币掉期和期权产品，具备了外汇市场国际化所需要的基础产品体系。在币种结构方面，截至 2021 年底，银行间外汇市场已挂牌交易的货币对总数已增长至 24 对，包括国际主要储备货币、新兴市场货币以及"一带一路"沿线货币。截至 2019 年 11 月，我国银行间外汇市场与银行对客户外汇市场分别成交 13.73 万亿元及 2.36 万亿元，银行间外汇市场交易占比高达 85.39%。在当前外汇市场开放水平有限的情况下，我国外汇市场的对外开放实践主要体现在银行间外汇市场方面,因此下面主要阐述银行间外汇市场的国际合作状况。

2005 年汇改后，我国银行间外汇市场的对外开放步伐明显加快（表 6-4），境外央行类机构投资者、境外人民币清算行和人民币参加行可直接参与中国银行间外汇市场，其他境外机构投资者可借助具备结算代理人资格的银行，间接进入银行间外汇市场。截至 2019 年末，中国银行间外汇市场会员为 711 家，较上年末增加 33 家。其中境外机构占比未超过 15%，与成熟市场或发达的新兴市场相比也相对较低，且境外机构多来自欧洲、北美洲、日本等国家和地区，共建"一带一路"国家主要是新加坡、泰国等国。

表 6-4 我国银行间外汇市场开放重要事件

时间	重要事件
2005 年 8 月	向境内符合条件的非银行金融机构和非金融企业开放
2008 年 10 月	引入货币经纪公司开展外汇经纪业务
2015 年 9 月	向境外央行（货币当局）和其他官方储备管理机构、国际金融组织、主权财富基金等境外央行类机构直接开放
2016 年 1 月	向符合条件的人民币购售业务境外参加行开放
2016 年 9 月	银行间外币拆借市场向境外机构开放
2017 年 2 月	向境外商业类机构投资者开放境内外汇衍生品市场
2020 年 1 月	满足境外机构投资者的多方询价需求，将由结算代理人单一提供外汇对冲扩大到多种外汇对冲渠道

资料来源：根据国家外汇管理局公开资料整理

随着中国银行间外汇市场开放水平的提高，境外主体进入交易的便利性也在逐渐提高。我国银行间外汇市场已取消了境外央行类机构交易的额度、品种以及清算方式等限制，且有直连、代理等多种交易渠道供其选择。此外，境外主体可交易的业务范围也在不断拓宽，人民币购售业务、银行间外币拆借市场、境内外汇衍生品市场先后开通了境外主体的进入机制。至此，中国银行间外汇市场的所有子市场和产品类型都已向境外参与者开放。

（二）离岸外汇市场

随着人民币汇改的推进以及人民币国际化步伐的加快，加上在岸市场交易管制较多、交易机制不够灵活、价格形成机制不完善、市场主体参与不充分等原因，人民币离岸外汇市场发展较在岸人民币外汇市场成熟。离岸市场人民币外汇交易量已超过了在岸市场，在我国在岸外汇市场尚未有期货合约的情况下，已经有多个交易所上市了人民币外汇期货合约（表 6-5）。

表 6-5 “一带一路”沿线交易所人民币外汇期货/期权产品

上市时间	上市交易所	人民币外汇期货/期权产品
2014 年 10 月	新加坡交易所	美元/离岸人民币期货 人民币/美元期货 欧元/人民币期货
2015 年 3 月	俄罗斯莫斯科交易所	人民币/卢布期货
2015 年 8 月	新加坡交易所	新加坡元/人民币期货 人民币/新加坡元期货
2015 年 11 月	新加坡洲际交易所	美元/人民币迷你期货 人民币/美元迷你期货
2015 年 11 月	土耳其伊斯坦布尔交易所	人民币/新里拉期货
2015 年 12 月	迪拜黄金与商品交易所	美元/人民币期货
2018 年 10 月	新加坡亚太交易所	离岸人民币/美元期货

资料来源：鲍思晨和田园（2021）

离岸人民币外汇市场机制仍存在很大的提升空间。第一，一些交易所依靠投机和高频交易，缺乏相当比例的实需套保交易作为市场的基石，造成交易品种的短暂性活跃。第二，标准化期货合约利于集中流动，但会给企业套保交易造成部分不便，亟待积极探索产品创新。第三，许多人民币外汇期货市场本质上是各个交易所及其合约组成的数个小市场，可能会出现合约过于分散而导致流动性不充分的情况，支撑不起离岸人民币期货的长久应用。

（三）外汇市场国际合作机制总结

我国外汇市场虽然在引进境外机构方面进行了一定的机制创新，但外汇市场产品不完善、外汇零售市场发展和开放程度低等单边因素仍然是限制“一带一路”外汇市场国际合作的重要原因。国内金融市场对外开放进程逐渐加快以及境外机构在境内金融市场的参与程度不断上升，对参与人民币外汇市场以管理外汇风险的需求不断提升。为满足境外机构投资者的多方询价需求，已由结算代理人单一提供外汇对冲扩大到多种外汇对冲渠道，并引入主经纪业务，但相对于其他市场，我国外汇市场的开放程度较为有限。“一带一路”沿线国家货币具有贬值压力大、汇率波动强的特点，其汇率风险相对较高。随着我国汇率制度改革的不断深化以及高水平开放进程的推进，人民币汇率双向波动的幅度会进一步提高，中国企业投身“一带一路”建设所面对的汇率风险也会相应提高，因此，适时构建并完善涵盖各个期限的外汇期货市场在内的多层次外汇市场体系，是保障我国实体经济高质量发展、构建“双循环”新发展格局的重要基础之一。

相较于在岸外汇市场，离岸人民币外汇市场提供的服务更为多元，但若根据地理四分法将离岸人民币市场分为全球性人民币离岸市场、区域性人民币离岸市场、次区域性人民币离岸市场和重要国别的人民币离岸市场（Harvey and Jones，1992），那么即使是最发达的香港、伦敦等离岸人民币市场也处在区域性发展阶段。鉴于做市商制度不完善、产品过于单一和标准化等问题，以及共建“一带一路”国家多为新兴经济体、商品期货市场发展潜力大等特点，下一步可以结合大宗期货商品交易需求，探索更具灵活性的产品创新，设计可持续做市商机制，促进外汇期货良性发展，利用人民币期货门槛低、交易灵活的特点，推动其向各国普及。

四、其他金融市场合作

（一）期货市场

随着期货市场的发展壮大，我国期货市场的对外开放遵循着先商品期货，后金融期货的路径逐步推进。

在商品期货市场开放方面，2012 年我国对《期货交易管理条例》做出修改，删除了限制外国人参与国内期货交易的规定，允许外国投资者参与境内特定品种的期货交易。2013 年以来，几种战略性大宗商品期货产品如铁矿石期货、原油期货陆续上市，并准许国际投资者参与国内交易，我国期货市场的国际化程度进一步提升。2018 年 3 月 26 日，面向全球投资者开放的人民币原油期货在上海期货交易所正式挂牌交易，截至 2018 年 8 月，上海期货交易所“原油人民币期货”总成交额超 10 万亿元，一跃成为亚洲最大、全球第三大的原油期货交易市场，仅次于美国的 WTI（West Texas Intermediate，西得克萨斯中间基原油）市场和英国布伦特原油市场。2018 年 5 月 4 日，铁矿石期货正式准许境外交易者参与，成为中国第一个已有期货国际化的品种。但受开放时间、交易品种、相关配套制度等条件的限制，目前我国期货市场境外投资者数量有限，其成交、持仓在总量中的占比也不大，如上海国际能源交易中心的境外投资者成交量占比在市场的 5%至 10%之间，境外投资者的持仓量占比在市场的 10%至 15%之间，但其已日趋成为我国期货市场中的重要参与者和组成部分。

中国金融期货市场的开放程度尚不高，在股指期货市场中，只有 QFII 和 RQFII 两个产品可以参与套期保值，这一方面与我国金融期货品种数量有限有关，另一方面也与我国先商品期货，后金融期货的期货市场开放战略有关。

我国对国际期货市场的参与主要体现在期货公司“走出去”方面。近年来，境内期货公司争相通过成为伦敦金属交易所的圈内会员、芝加哥商品交易所的活跃清算会员等方式积极参与国际期货交易。此外，远赴海外，特别是“一带一路”沿线国家设立分支机构的期货公司也逐渐增多。截至 2019 年底，我国已有 21 家期货公司在境外设立了分支机构，部分期货公司已成为伦敦金属交易所、芝加哥商品交易所等境外交易所会员。

“一带一路”沿线国家大宗商品资源丰富，为期货市场的国际合作带来巨大机遇。在我国期货市场交易的主要品种中，泰国的天然橡胶，马来西亚和印度尼西亚的棕榈油，中东的原油，缅甸的锡矿砂，菲律宾的镍矿砂，以及印度、孟加拉国、斯里兰卡三国的棉花，都是我国的重要进口品种。我国期货交易所、进出口企业等和金融机构与沿线国家的密切合作，可以助力双方企业更好地利用彼此资源禀赋优势，促进金融合作更好地支持实体经济发展和对外经贸合作。

（二）货币市场

中国货币市场由多个子市场构成，但目前发展规模较大、成熟度较高的主要包括同业拆借市场和回购市场。其中，债券回购的交易量明显高于拆借交易量，已成为货币市场上交易最活跃的金融品种（图 6-7）。按照交易规则规定，债券回购的最长期限可为一年，但目前回购期限正趋向于短期化。得益于我国银行间债券市场的发展和对境外机构准入的进一步放开，2015 年 5 月，我国允许获准进入

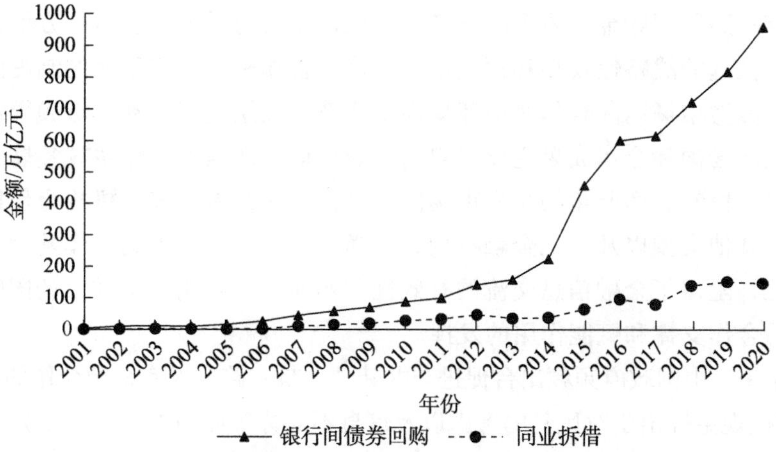

图 6-7 银行间债券市场回购及同业拆借交易量

资料来源：Wind

银行间债券市场的境外人民币业务清算行和境外参加银行开展债券回购交易（包括债券质押式回购交易和债券买断式回购交易），不失为我国推进国际货币市场合作的重大举措（周兆平，2018）。

我国长期在客观上采取了先资本市场，后货币市场的发展思路，导致货币市场的发展较资本市场总体滞后，与欧盟、美国、日本等发达国家或地区的差距较大，与共建“一带一路”国家的合作较少，在同业拆借市场、短期政府债券市场、回购市场等子市场的合作处在起步阶段，相关机制也不完善。

第二节 “一带一路”金融市场国际合作问题分析

一、缺乏全局规划，向下传导机制不完善

“一带一路”金融市场国际合作具有松散约束的特点。不同于欧盟和北美自由贸易区等倾向于创建统一、标准的合作框架，“一带一路”国际合作具有制度松散、软约束、低标准等特点，其更符合开放性高、多元化强的亚洲国家特点，也是区域国际金融合作初级阶段的表现。这一模式不是对现有金融合作机制如世界银行的替代，而是有机利用已有国际金融合作机制，与多个地区的既有机制实现深化合作。一方面，在“一带一路”合作框架下，合理有效对接不同类型的现有金融合作机制，包括但不限于发达国家之间的金融合作机制［欧洲复兴开发银行（European Bank for Reconstruction and Development，EBRD）等］、新兴市场国家间的金融合作机制（新开发银行等）、地域性的金融合作机制［亚洲开发银行、东盟与中日韩（10+3）金融合作机制、上合组织财长和央行行长会议等］（周帅，2017），

使“一带一路”国际金融体系的五脏六腑更富生机与活力。但另一方面，由于缺乏统一、长远的战略性规划和顶层设计，这一合作模式面临很大的制度限制和政策障碍。金融市场国际合作对话环境尚不成熟，高层交流互动不够频繁深入，且当前金融市场国际合作成果主要以双边协商会话、政策性合作协议签署等方式实现，多边、民间、商业化的金融市场国际合作工作开展不多，机构合作以商业银行为主，其他类型以及多元金融机构合作尚不成熟，金融市场合作基础设施建设投入不足，阻碍了金融信息交流的有效性与畅通性，影响了金融市场国际合作对经济贸易合作支撑和赋能作用的发挥。

近年来，中国政府频频出台促进与共建“一带一路”国家金融合作的相关支持政策，但微观主体出于对风险的考虑以及信息不对称等原因参与尚不充分。当前“一带一路”项目建设所需资金多由区域多边金融机构、我国政策性银行以及大型商业银行提供，参与企业以国企为主，中国民间金融机构及企业参与程度较低，国外民间资本及企业的参与就更少。外国主权金融机构及国际金融机构的参与多体现在“一带一路”债券方面，且多投资于与我国主权评级相近的债券，如大型国有银行发行的“一带一路”专项债券，对企业债尤其是民企的企业债投资较少。

二、单边金融市场发展和开放机制不全，导致合作度整体较低

“一带一路”金融市场合作正由无到有、由浅到深、由局部到整体、由政府到民间地推进，但目前合作仍然处于初级阶段。首先，合作对象不全面。“一带一路”金融市场合作更多地体现在与新加坡等邻近经济体的双边合作方面，与中亚国家虽签订协议，但实际合作推进进程却很缓慢，与中东欧国家的金融市场合作实践更是寥寥，且尚未有中国以外的国家基于“一带一路”金融市场合作平台而主动发起与其他国家或地区的金融合作。其次，合作广度不足。当前，金融市场的合作更多地体现在债券市场和股票市场合作层面，其他市场的合作多处于磋商合作阶段。再次，合作深度有待加强。即使是在合作比较紧密的债券市场和股票市场，合作也基本局限于放宽主权金融机构、大型金融机构的市场准入方面，且在交易额度、交易内容等方面有很大限制，中小型民间金融机构和民间企业对其他国家或地区金融市场的选择范围狭窄。最后，合作主要限于金融产品层面。一方面，中国金融产品体系不够健全。虽然近年来中国金融产品多样性大大增加，但缺乏自主创新性，且呈现高度同质化特征。金融机构研发环节和营销环节脱节，金融产品层次性不高，产品体系整体性差。另一方面，参与合作的金融产品较少，且缺乏基于具体经济合作内容的金融产品创新。目前，针对“一带一路”的金融产品创新主要是“一带一路”债券，2019 年虽推出“一带一路”权益类票据产品，但尚未发挥充分的投融资支持功能。“一带一路”沿线自然资源丰富，期货市场合作潜力巨大，但受制于市场开放、交易基础设施建设、制度对接等方面的问题，

尚未推出相关期货产品。

金融市场基础建设和市场开放是金融市场国际合作的基础，中国及“一带一路”的单边金融市场发展和开放机制不全也会影响国际合作推进。“一带一路”沿线国家发展状况参差不齐，包括中国在内的大多数国家金融市场不发达、不成熟，开放程度有限。辛秉清等（2019）的研究指出，2008 年金融危机之前，“一带一路”的金融开放指数总体低于世界平均水平。2014 年以来，“一带一路”金融开放指数平均值呈上升态势。熊彬和刘泽宇（2019）利用 Lane（莱恩）和 Milesi-Ferretti（米莱西-费雷蒂）的资本流（存）量法测度“一带一路”沿线经济体的金融开放度，研究得出，中国香港、新加坡的金融开放度最高，“一带一路”沿线经济体的金融开放水平呈现出明显的区域差异性。其中，中国的金融开放度在“一带一路”沿线经济体中处于较低水平，资本账户开放有限。根据中国人民银行和国家外汇管理局的统计数据（表 6-6，表中以本外币之间的自由兑换衡量资本账户开放水平），截至 2017 年底，在资本项目账户下的 7 大类 11 项 40 个子项目中，4 个子项目已在中国实现完全可兑换，9 个子项目基本可兑换，18 个子项目部分可兑换，完全不可兑换子项目共 6 个。可见，目前我国 85%的资本子项目交易已实现了不同程度的可兑换。但是，2018 年 IMF 发布的《汇兑安排与汇兑限制年报》显示，中国目前仅在商业信贷和直接投资清算项目中存在极少限制，其余的资本项目都存在不同程度的交易管制。可见，虽然近年来我国在资本账户尤其是证券市场项下可兑换方面取得了突破进展，但距离自由兑换仍有一大段距离。金融市场发展和资本开放的差异给合作方的制度衔接带来挑战，不利于金融市场国际合作的深入推进。

表 6-6　资本账户开放一览表

<table>
<tr><th>7 大类</th><th colspan="2">11 项</th><th>40 个子项目</th><th>现状评估</th><th>备注</th></tr>
<tr><td rowspan="12">一、资本和货币市场工具</td><td rowspan="8">1.资本市场证券</td><td rowspan="4">股票或参股性质的其他证券</td><td>1.非居民境内买卖</td><td>部分可兑换</td><td>合格机构投资者</td></tr>
<tr><td>2.非居民境内发行</td><td>不可兑换</td><td>无法律明确允许</td></tr>
<tr><td>3.居民境外买卖</td><td>部分可兑换</td><td>合格机构投资者</td></tr>
<tr><td>4.居民境外发行</td><td>可兑换</td><td></td></tr>
<tr><td rowspan="4">债券和其他债务证券</td><td>5.非居民境内买卖</td><td>基本可兑换</td><td>银行间债券市场对境外机构投资者全开放</td></tr>
<tr><td>6.非居民境内发行</td><td>部分可兑换</td><td>准入条件与主体限制</td></tr>
<tr><td>7.居民境外买卖</td><td>部分可兑换</td><td>合格机构投资者</td></tr>
<tr><td>8.居民境外发行</td><td>基本可兑换</td><td>登记管理</td></tr>
<tr><td colspan="2" rowspan="4">2.货币市场工具</td><td>9.非居民境内买卖</td><td>部分可兑换</td><td>合格机构投资者</td></tr>
<tr><td>10.非居民境内发行</td><td>不可兑换</td><td>无法律明确允许</td></tr>
<tr><td>11.居民境外买卖</td><td>部分可兑换</td><td>合格机构投资者</td></tr>
<tr><td>12.居民境外发行</td><td>可兑换</td><td></td></tr>
</table>

续表

7大类	11项		40个子项目	现状评估	备注
一、资本和货币市场工具	3.集体投资类证券		13.非居民境内买卖	部分可兑换	合格机构投资者
			14.非居民境内发行	部分可兑换	内地与香港基金互认
			15.居民境外买卖	部分可兑换	合格机构投资者
			16.居民境外发行	部分可兑换	内地与香港基金互认
二、衍生工具和其他工具	4.衍生工具和其他工具		17.非居民境内买卖	部分可兑换	可投资产品包括股指期货、特定品种商品期货、外汇衍生品等
			18.非居民境内发行	不可兑换	无法律明确允许
			19.居民境外买卖	部分可兑换	合格机构投资者与其他符合监管要求企业
			20.居民境外发行	不可兑换	无法律明确允许
三、信贷业务	5.商业信贷		21.居民向非居民提供	基本可兑换	余额管理与登记管理
			22.非居民向居民提供	部分可兑换	中资企业借用外债有严格审批条件和约束
	6.金融信贷		23.居民向非居民提供	基本可兑换	余额管理与登记管理
			24.非居民向居民提供	部分可兑换	中资企业借用外债有严格审批条件和约束
	7.担保、保证和备用融资便利		25.居民向非居民提供	基本可兑换	事后登记管理
			26.非居民向居民提供	基本可兑换	额度管理
四、直接投资	8.直接投资		27.对外直接投资	基本可兑换	行业与部门仍有限制
			28.对内直接投资	基本可兑换	需经商务部门审批
五、直接投资清盘	9.直接投资清盘		29.直接投资清盘	可兑换	
六、不动产交易	10.不动产交易		30.居民在境外购买	基本可兑换	与直接投资要求一致
			31.非居民在境内购买	部分可兑换	商业存在与自住原则
			32.非居民在境内出售	可兑换	
七、个人资本交易	11.个人资本转移	个人贷款	33.居民向非居民提供	不可兑换	无法律明确允许
			34.非居民向居民提供	不可兑换	无法律明确允许
		个人礼物、捐赠、遗赠和遗产	35.居民向非居民提供	部分可兑换	汇兑额度限制
			36.非居民向居民提供	部分可兑换	汇兑额度限制
		外国移民在境外的债务结算	37.外国移民境外债务的结算		无法律明确规定
		个人资产的转移	38.移民向国外的转移	部分可兑换	大额财产转移需审批
			39.移民向国内的转移		无法律明确规定
		博彩和中奖收入的转移	40.博彩和中奖收入的转移		无法律明确规定

资料来源：中国人民银行；国家外汇管理局；在巴曙松和郑子龙（2016）统计基础上进一步更新整理

三、金融产品创新机制不完善，导致与“一带一路”项目衔接不足

“一带一路”金融市场国际合作的首要目的就是为合作项目提供融资、弥补项目资金缺口。由于金融市场合作推进深度尚浅且集中于新加坡等原因，现阶段的融资服务主要还是由丝路基金、亚投行等区域金融机构提供，对金融市场中的民间资本的利用和依托力度不大。但随着金融市场尤其是债券市场合作的推进，专门用于“一带一路”项目建设的债券数量渐多，且广泛支持非洲、俄罗斯、中西亚等经济体的项目，已日渐成为支持“一带一路”项目建设的重要力量。然而，“一带一路”金融市场合作大多是延续现有的金融产品和交易模式，多边金融机构、中方政策性银行等是项目资金支持主体，民间资本参与度不高。针对“一带一路”进行的金融创新主要有“一带一路”专项债券、国家和地方丝路基金等。现阶段，原有产品与“一带一路”合作项目金融适配性不高，但新的金融要素尚未发展壮大，故存在“一带一路”项目资金需求缺口过大、投资主体缺位、融资模式单一、缺乏可持续营利模式等问题。“一带一路”倡议下推行的基础设施建设等合作，存在投资金额巨大、投资回报期长等问题，如果没有充足的资金支撑，企业“走出去”也就没有充足的后盾，不光新项目的开展会受阻，原有项目也会因为资金问题而被迫中止。

现有的“一带一路”金融市场合作与项目联系的紧密性不足与缺乏金融创新有很大关系。第一，金融创新的开放性和联动性不足。现有的“一带一路”金融创新大多为国内金融产品创新，如国内金融机构和企业境外发行“一带一路”专项债券，或“一带一路”沿线国家在中国债券市场发行债券，均由中国发起并作为主要参与者。第二，在岸产品创新多，缺乏离岸产品创新。仅依靠在岸产品创新无法充分联动共建“一带一路”国家金融市场，使融资范围和对象大大受限。第三，缺乏在市场机制层面的创新。金融产品创新虽是金融市场合作的一部分，但与共建“一带一路”国家基层金融市场联通层面的创新设计才是金融市场合作的基础建设和长久保障。究其原因，沿线国家金融市场大多不完善，加之“一带一路”倡议提出以来，全球经济较为低迷，发展中国家国内大多面临着经济增速放缓、币值不稳等问题，金融市场不景气，也无暇积极响应中国的金融市场国际合作倡议。

四、双边合作机制不健全，合作不均衡现象广泛存在

“一带一路”金融市场合作不均衡现象在区域、子市场和准入准出方面广泛存在。第一，区域合作不均衡。我国与中亚、西亚、中东欧等经济体的金融市场合作虽逐渐展开，如货币互换、参与我国银行间债券市场等，但还是可以明显看出与东南亚国家的差距。新加坡、马来西亚、泰国等东南亚国家积极参与到我国债

券市场、股票市场、外汇市场中，但中西亚、非洲以及中东欧国家目前对我国金融市场参与较少，境内金融主体对这些国家金融市场的参与就更是寥寥。第二，子市场合作不均衡。由于我国各金融子市场发展存在较大差异，政府对各个子市场合作的支持力度也不同，总体来看，债券市场、股票市场的合作层次最高，外汇市场、衍生品市场合作次之，货币市场、基金市场的合作基本处于起步阶段，而诸如保险等其他市场方面的合作则几乎没有。

“一带一路”金融市场合作不均衡的原因除了上文分析的单边金融市场发展和开放机制方面的原因外，还与双边和多边合作机制的设计和落实有关。一方面，密切的经济贸易联系和良好的金融合作基础是双边或多边合作机制制定的天然优势。目前，我国金融市场国际合作的创新尝试大多是以我国香港为重要通道，让其他国家交易者通过香港参与中国内地金融市场交易，如债券通、港股通、基金互认等；新加坡等亚洲国家也积极参与到我国债券市场、股票市场、外汇市场中。究其原因就在于双方或多方开展金融市场国际合作可以满足参与者的改善基础设施、发展本国工业、参与形成标准等经济发展诉求。而与一些中东欧国家的合作机制不健全，也跟开展合作带来的收益在短期内较为有限，合作基础薄弱，双方整合金融基础设施、交易标准等成本较高，导致双方参与合作的积极性不高有关。另一方面，较高的文化相似性和微观联系也有利于合作机制的落实。上文提到，向下传导机制是否顺畅会直接影响国际合作成果，文化相似性和微观联系是影响向下传导机制的重要因素。中国与东亚经济体在语言、文化方面具有较高的相似性，双方也广泛开展孔子学院、旅游节等方面的文化交流，双边贸易、双边投资关系密切，故金融协会、机构以及企业等对政府倡议的响应程度也较高。

五、离岸人民币市场蓬勃发展，有时会对在岸市场形成冲击

人民币国际化进程在持续推进，在人民币还未能完全自由兑换和资本项目还有限制的情况下，中国香港、新加坡、伦敦等离岸人民币市场凭借其宽松的金融环境、完整的配套设施以及大规模的人民币产品交易需求等，成为重要的离岸人民币市场。由于管制较少、成本较低且相关经验丰富，离岸人民币市场尤其是香港离岸人民币市场，交易品种较为丰富，衍生品深度和广度均较在岸市场更高，各类基础汇率产品更齐全，以此搭建组合的结构性产品也趋多样性。例如，近年来境内发展迅猛的各类汇率类结构性存款，早在2012年前后就已在香港市场广泛存在。这使得离岸市场的头寸状况更加复杂，一旦市场有变，这类结构性产品随时会加入到即远期市场对价格形成冲击。另外，离岸人民币市场交易主体更加多元化，交易行为变化较快。离岸市场目前算是人民币汇率的外围市场，汇率主要还是在在岸市场上决定。这使得离岸市场对消息往往出现过度反应，升值和贬值

溢价较高。鉴于离岸人民币对市场情绪的敏感度更高，不同种类、期限（尤其是长期限）的离岸人民币衍生品的定价均优于在岸人民币。

由上分析可以看出，由于人民币离岸市场产品齐全、与国际市场关系更紧密等特点，其有时会演化出独立的汇率市场行情，并会对在岸人民币市场形成冲击。离岸市场主要通过三种渠道影响在岸市场价格：第一，伴随实际跨境资金流动的套利交易；第二，无实际跨境资金流动的跨市场货币交易；第三，外汇市场参与者的市场预期。由于人民币在岸和离岸市场联动密切且波动剧烈，当离岸市场发生波动时，市场参与者预期在岸市场的价格也会随之变化，进而会增减自身货币头寸并带动在岸市场价格发生变化。而当离岸人民币市场由于某种原因呈现出独立行情时，会在一定程度上影响在岸人民币市场朝同方向运动。如果汇率走势的影响因素是短期性、投机性的，则会干扰在岸市场的正常运行。2015 年汇改后这一特点表现得尤为明显。2017 年，离岸人民币市场部分金融机构退出套息交易，引发了大规模的市场踩踏，使在岸人民币市场也随之走出了大幅升值的行情。但从另一方面看，在岸人民币与离岸人民币的波动率上升反而会促进外汇市场的对冲和避险需求，推动离岸人民币市场的产品创新和交易规模的扩大。

第七章

“一带一路”金融市场国际合作的区域格局

本章以我国与部分共建“一带一路”国家和非共建“一带一路”国家的双边金融市场合作为主线，以各国金融市场发展状况为基础，综合考虑“一带一路”区域布局和区域经济合作、贸易合作、政治关系状况，对如何从“一带一路”双边金融市场合作发展到多边金融市场合作的分工协作态势进行规划分析，并基于我国部分区域与其他国家的金融经贸合作状况和政府政策，规划“一带一路”金融市场合作的次区域布局。

第一节　中俄及周边邻国金融市场国际合作分析

一、俄罗斯及中俄周边邻国金融市场发展状况

（一）俄罗斯金融市场发展状况

2011 年 12 月，俄罗斯两大证券交易所合并成立“莫斯科交易所”集团，其成为一个涵盖外汇、固定收益、货币市场、衍生品、股票、大宗商品等业务的综合性交易平台。其中，外国投资者占比超过 40%，以欧美国家为主。俄罗斯保险业正处于快速发展阶段。2012 年俄罗斯正式加入 WTO 后，俄罗斯保险市场的外资进入限制有所放开。

（二）中俄周边邻国金融市场发展状况

蒙古国的证券市场发展尚处于初级阶段。受限于国内证券市场的规模和发展阶段，蒙古国的大型企业倾向于选择在国外证券市场上市进行资金募集。中亚五国金融生态环境整体较差，主要表现在以下方面：首先，金融机构类型单一。中亚五国的大多数银行、保险、证券等金融机构仍处于初级发展阶段，规模较小，金融产品和服务的供给水平偏低。其次，金融基础设施落后。中亚五国现多采用现金作为主要交易，缺乏对信用卡、支票、手机支付、网银等现代金融工具的使用。最后，融资服务水平低，外汇管理严格。中亚五国贷款平均年利率一般超过 10%。

阿塞拜疆、亚美尼亚、白俄罗斯三国均仅有一家证券交易所，国内金融市场相对落后封闭。阿塞拜疆现行法律规定，外国法人和自然人可投资短期国债、公

司股票和企业债券。亚美尼亚证券交易所的主要业务是挂牌上市有价证券（主要是政府和企业债券）、组织有价证券的公开拍卖、进行外汇交易买卖等。白俄罗斯已建立证券市场所有的基层营业所组成的全国证交所交易系统，包括外汇、证券和期货交易。白俄罗斯法人、居民和非常住居民均有权购买上述证券。

二、中俄双边金融市场合作的辐射范围

从双边金融市场合作辐射到多边金融市场合作需要地缘优势、政治关系、准入制度等作为基础支撑。2015 年，欧亚经济联盟成功建立，其成员国包括俄罗斯、哈萨克斯坦、白俄罗斯、吉尔吉斯斯坦和亚美尼亚五国。2015 年中俄高层明确表示支持丝绸之路经济带建设和欧亚经济联盟建设对接合作，即“一带一盟”合作，同时宣布启动中国与欧亚经济联盟经贸合作方面的协定谈判，并签署了《中华人民共和国与欧亚经济联盟经贸合作协定》。该协定于 2019 年正式生效，不仅加快了中国与欧亚经济联盟国家合作步伐，且合作拓宽至海关合作和贸易便利化、知识产权、部门合作以及政府采购等领域。但欧亚经济联盟目前仅实现了商品和服务的自由流通，尚未实现劳动力和资本的自由流通，下一步与中国的合作将发力于“自贸区协定”方面。

俄罗斯是白俄罗斯的重要政治、经济合作伙伴，2020 年，双方货物贸易额为 295.2 亿美元，占白俄罗斯货物贸易总额的 47.9%。阿塞拜疆注重保持与俄罗斯的友好关系，俄罗斯是阿塞拜疆第三大贸易伙伴国、第一大进口来源国和第八大出口目的国，双方在能源体系建设、产能提高等方面也合作颇多。塔吉克斯坦、土库曼斯坦、乌兹别克斯坦属于中亚五国，与俄罗斯始终保持紧密的经济、政治、文化和军事联系。蒙古国与俄罗斯属于战略伙伴关系，两国始终保持密切的经济贸易关系。蒙古国与俄罗斯的经贸合作具有很强的互补性，能源和矿产资源贸易是双方建立经贸关系的基础，故两国的投资合作也主要体现在矿产资源开发利用和铁路等基础设施建设领域。近年来，俄罗斯逐渐成为白俄罗斯的主要外贸对象、外资以及能源等来源国，双方在政治、经济、军事等方面保持较高程度的一体化。

从以上地缘、政治、经济和文化关系的分析中可以看出，中国与俄罗斯的双边金融市场合作范围可以辐射到欧亚经济联盟、中亚五国、阿塞拜疆、蒙古国等，由此可建立以中俄为核心的多边金融市场合作机制。

三、中俄双边金融市场合作状况

在国家层面，中俄促进和保障金融合作的机制日趋多元化。双方高层互访与会晤机制是双方金融合作的最高级别机制。在互访和会晤中，双方领导人会就包括金融在内的各领域发展和合作问题交换意见，为中俄具体细分领域的国际合作

统领全局、指明方向。2000年，双方在政府首脑定期会晤委员会下设立中俄银行合作分委会，2009年将其更名为中俄金融合作分委会，负责对中俄金融领域合作和银行间的磋商定期交换意见，包括支付结算、信息交流、人员培训、外汇政策、金融支持等具体事务（郭晓琼，2017）。

中国与俄罗斯金融市场的合作主要体现在资本市场，尤其是债券市场方面。2017年3月，俄罗斯铝业联合公司在上交所成功进行了首单熊猫债的发行，总额度为100亿元，分期发行，首期10亿元。2017年9月完成了第二期5亿元的熊猫债发行。俄罗斯企业赴中国发行熊猫债不仅是俄罗斯企业参与中国资本市场的有益尝试，也大大推动了中国债券市场的国际化进程。另外，人民币债券备受俄罗斯银行业欢迎，中国政府也积极鼓励国际发行商发行以离岸人民币计价和认购的点心债券。2010年，俄罗斯外贸银行成功发行10亿元的三年期债券，收益率为2.95%，成为俄罗斯第一家发行点心债券的银行业机构。2014年克里米亚危机过后，欧美等西方经济体逐渐加大对俄的金融制裁力度。为应对此压力，俄罗斯开始积极筹备发行人民币主权债券，并加快了建设人民币主权债券发行基础设施的步伐。中方银行也积极参与俄罗斯债券市场，仅在2015年，来自中国的投资者买入的卢布债券就高达10亿美元。2015年7月，俄罗斯外贸银行成为第一家获得中国银行间债券市场交易牌照的俄罗斯银行。

四、其他中俄金融市场合作建议

（一）中俄及周边邻国多边金融市场合作

第一，以现有合作为基础，加快推进金融市场互联互通。中蒙俄金融市场合作虽处于起步阶段，但发展很快。莫斯科交易所与上海清算所签署谅解备忘录，以合作研究共同建立和推行清算结算互联互通机制的可能性。另外，莫斯科交易所还分别与上交所及深交所签订涵盖信息交流共享、强化业务关联等方面的合作谅解备忘录。莫斯科交易所和上交所现阶段的主要合作方式是放宽市场准入，也就是允许对方国家的投资者和企业进入本国资本市场进行投融资活动。中俄双方正在筹备和开发包括ETF（exchange traded fund，交易所交易基金）互通、多币种债券发行、外汇交易联通、人民币/卢布衍生品、莫斯科交易所国际版、证券投资交易联通、存托联通等项目的合作。外国货币计价债券在莫斯科交易所发行的规则、流程等与本币债券并无二致，但人民币计价债券在莫斯科交易所尚未得到充分发展，下一步可筹措赴莫斯科交易所发行人民币计价债券，也可在QDII机制下探索资本市场投资新渠道。

第二，以服务产能合作为目标，加大双边、多边的金融市场合作。目前，中国与蒙古国、俄罗斯等国的经贸合作侧重在能源矿产、物流运输、通信等层面，这说明中蒙俄金融市场合作在“一带一路”建设方面已经具备一定的产业和经济基础。中国部分基础设施建设企业已参与到俄罗斯金融市场中，莫斯科交易所与中国金融市场的合作很多也都与“一带一路”有关。下一步，应着力创新提升各国产业合作层次方面的金融合作，聚焦产业发展、产业链整合方面的金融创新与服务，鼓励支持中国券商在俄罗斯市场开展天然气、石油类资产的经营活动，在俄罗斯金融市场上发行基于产能、基建等合作的有价证券，提高各国投资者对中俄双边金融市场合作的参与力度和对“一带一路”项目的资金支持力度。

（二）黑龙江与俄罗斯金融市场合作

为推动黑龙江更好对接“一带一路”建设，中国人民银行哈尔滨中心支行先后制定出台了《金融支持黑龙江对接“一带一路”建设指导意见》和《金融支持哈尔滨新区建设指导意见》，为黑龙江省深入贯彻落实国家“一带一路”建设提供了有力的金融政策支持[①]。

在中国政府大力支持和国内企业、金融机构的积极参与下，黑龙江与俄罗斯在中俄本币结算、对俄投融资、对俄电商支付等方面的金融合作机制正逐步完善。2019 年 6 月，哈尔滨银行、中俄金融联盟中的中方银行与俄罗斯银行共同签署《同业借款协议》《现钞跨境调运合作协议》《贸易融资合作协议》等多项国际合作协议，以支持中俄双边经济贸易合作。此外，中国银行黑龙江省分行成功在哈尔滨新区设立黑龙江省首家对俄跨境金融服务中心，旨在依托对俄贸易大省的优势，开发特色金融产品及服务，拓展中俄金融合作渠道。

黑龙江与俄罗斯的金融合作主要体现在金融机构合作和货币合作方面，在金融市场方面的合作较少，这主要与黑龙江和俄罗斯金融市场的成熟程度及规模有关系。下一步，随着黑龙江对俄跨境电子商务网上支付平台、跨境企业对俄投融资服务平台、对俄金融结算平台等的建立，双边金融机构合作和货币合作的不断推进，哈尔滨金融机构的集聚和服务体系的健全，双方可在现有债券市场合作的基础上加强参与对方金融市场的深度和广度。中俄本币结算和跨境人民币业务是黑龙江的优势业务，在人民币在俄罗斯接受程度逐渐提高的背景下，可在结算业务的基础上，拓宽在融资、汇率避险、资金理财等方面的服务范围，形成多层次的金融服务体系。加大双方金融机构跨境融资合作力度和同业间银行授信额度，集合项目公司、中方银行和俄方合作银行三方力量，鼓励支持以项目合作为依托的人民币债券在俄罗斯金融市场发行，为中企在俄罗斯的投资经营提供更多资金支持。

---

① 资料来源：人行哈尔滨中支充分运用涉外金融政策工具助推黑龙江对接“一带一路”建设，https://www.financialnews.com.cn/qy/dfjr/201801/t20180110_131197.html[2019-10-30]。

第二节 中国与新加坡金融市场国际合作分析

一、中国与新加坡区域金融市场发展状况

（一）新加坡金融市场发展状况

新加坡是全球第四大金融中心。通过与美国建立战略合作关系，新加坡发展为亚洲第一个美元离岸市场。随着人民币国际化进程的快速推进，新加坡政府也不断加强与中国的金融市场合作。新加坡已具有相对发达的国际金融市场和相对完善的金融管理体系，依托于此，双方协力推动新加坡发展人民币离岸金融市场，并通过离岸人民币金融产品和服务创新，巩固和提高新加坡的国际金融中心地位。

新加坡交易所（Singapore Exchange Limited，SGX）是亚洲首家实现全电子化及无场地交易的证券交易所，外国企业比重高，国际化程度高，流动性强。此外，新加坡交易所还积极组建亚太证交所联盟，对上市公司而言，在一个股票市场上市，就相当于在全亚洲的股市上市。新加坡的债券市场是世界上最有效率和最透明的市场之一，主要由初级市场和二级市场组成，银行、基金公司和国外投资者是主要投资者。2019 年 4 月新加坡日均外汇交易量创下 6330 亿美元的新高，排名第三，位于英国和美国之后。新加坡外汇市场的参加者由经营外汇业务的本国银行、经批准可经营外汇业务的外国银行和外汇经纪商组成，交易以美元为主，约占交易总额的 85%，前五大交易货币为美元、日元、欧元、澳元和新加坡元。以即期交易为主，掉期交易与远期交易成交额约占交易总额的 1/3。

（二）中新周边其他国家金融市场发展状况

1997 年亚洲金融危机发生之前，东盟主要以市场为导向的经济体都选择了“金融先行”的发展模式，各国的金融体系逐步融汇到了国际金融运转的统一机制中。马来西亚、泰国、印度尼西亚、菲律宾等国家的证券市场已初具规模。越南、缅甸等东盟新成员国近年来不断加强金融发展建设，着力提高国内金融市场国际化程度、扩大金融对外开放、加强区域国际金融合作。但由于起步较晚，加上经济发展的支撑力量不足，其国内证券市场规模较小，一般仅有几家上市公司的股票可供交易，且相关金融基础设施和法律法规不健全。

在南亚地区国家中，印度证券市场脱胎于欧美，具备市场化的基因，形成了相对成熟的制度体系。上市公司方面，孟买证券交易所上市数量较大，但整体活跃成交个股占比较低。交易特征方面，印度两大交易所月均换手率较低，主要是受印度活跃成交个股较少、机构力量庞大、市场化程度高、散户少等因素影响。在行业集中度方面，印度两大交易所均集中于金融和能源行业。尼泊尔、斯里兰

卡、孟加拉国证券市场初具规模，均有 200 多家上市公司，而东帝汶尚无证券市场，马尔代夫证券市场仅有几家上市公司，规模较小。

二、中新双边金融市场合作的辐射范围

新加坡主要依靠地缘优势与周边经济体展开经贸合作，增加其金融市场的影响力。新加坡作为东盟老成员国，与东盟各国都保持着紧密的经济联系。2019 年 5 月，全球高价值商业服务提供商 TMF Group（达盟集团）与新加坡经济发展局共同发布《中国跨境投资：取道新加坡，开拓东盟市场发展机遇》报告，指出东南亚约有 60%的基础建设投资通过新加坡进行融资。新加坡也在积极推动与南亚的区域合作。印度同东南亚国家地理位置相近，有悠久的历史关系，其积极推行"东向政策"，巩固同东盟的政治经济关系，积极参与东南亚合作，并于 2012 年与东盟升级为"战略伙伴"关系，新加坡是其重要贸易伙伴之一。近年来，孟加拉国政府采取以经济外交为基本内容的东向外交政策，进一步加强同东亚、东南亚各国的友好合作关系，新加坡是其重要的贸易伙伴和第二大投资来源国。新加坡还是巴基斯坦的第四大贸易伙伴。斯里兰卡由于奉行独立不结盟的外交政策，新加坡与其签订了自由贸易协定并成为其重要贸易伙伴，也是除中国之外的第二大投资来源国。马尔代夫积极支持南亚区域合作联盟的活动，与亚洲和欧洲国家经济联系密切，新加坡是其第二大进口国。不丹的对外贸易主要在南盟成员间进行，但新加坡仍是其重要的贸易伙伴。

从以上分析可以看出，新加坡作为亚洲重要国际金融中心，区位优势明显，开放程度高，广泛吸纳金融资源，其不仅是中国重要的金融市场合作伙伴，且与东盟和南亚各国保持紧密的经济贸易联系，因此其与中国的双边金融市场合作可辐射至东盟和南亚国家。

三、中新双边金融市场合作状况

新加坡积极参与到我国债券市场、股票市场和外汇市场中。在货币市场方面的合作主要体现在货币互换、银行间债券市场准入和离岸人民币市场方面。资本市场的合作较多，有 QFII、RQFII、QDII、RQDII、离岸人民币债券等机制。新加坡的离岸人民币外汇市场发展较成熟，主要提供人民币对美元期货和标准化人民币对美元期权产品。

四、中新区域金融市场合作建议

（一）中新区域多边金融市场合作

第一，强化功能互补，发挥新加坡市场的独特优势。新加坡是"一带一路"

金融市场合作的重要节点，是中国与东盟共建“一带一路”的重要战略支点，是中国与东盟合作贸易流、资金流、信息流等方面的“中枢”，具有显著的地理和时区优势，可依托其在财富管理、金融科技等方面的优势创新开发“一带一路”金融产品，更好地满足中国—东盟合作项目的融资和风险管理需求。

第二，债券市场先行，培育完善共商共建共享的多层次资本市场。2018 年 3 月，菲律宾政府在中国银行间债券市场首次发行 14.6 亿元人民币债券，并成为东南亚地区第一只主权熊猫债，为东亚其他国家赴中国债券市场融资树立了样板。一方面，要打通东盟、南亚地区投资者参与香港市场的道路，将更多资金汇集于中国与东盟、南亚地区合作项目。另一方面，应积极鼓励和支持其他经济体的金融机构和企业到中国的债券乃至股票市场融资，通过广泛宣传和推广菲律宾政府在中国发行主权熊猫债的做法，促进更多符合条件的东盟企业和机构在中国资本市场发行债券。

第三，根据东盟各成员国经济和金融发展情况，实施“梯度推进”的国际合作模式。中国与东盟的金融市场合作需要依据实际、由浅入深、逐步深化，按照“由易及难、审慎推进”的实施原则，形成“梯度推进”的多层次金融合作模式，致力于构建“1+2+3”的合作布局。依据东盟各成员国经济和金融市场发展差异，可将成员国分为三个梯度。第一梯度主要是新加坡，其金融市场规模大、开放程度高、监管制度完善、金融科技水平高，可为中国与东盟国家的合作项目提供融资支持；第二梯度有马来西亚、泰国、文莱等，其金融市场已初具规模，但尚未成熟，可通过第一梯度国家提供的金融技术支持来完成本国的金融结构调整和优化、金融技术水平提升，并为第三梯度的国家提供必要的融资帮助；其余国家为第三梯度，这些国家发展水平较低，因此主要是接受第一梯度和第二梯度国家的融资，并在第一梯度和第二梯度国家的帮助下发展本国金融业，为今后的金融市场合作奠定基础。

第四，创新银银、银企合作方式，拓宽企业间接参与金融市场融资的渠道。南亚、东南亚是中国重要的对外投资目的地，但大多数中企在南亚、东南亚的投资经营属于起步和发展阶段，难以在境外获得融资。在中资银行海外布局网络尚不健全完善的情况下，国内银行可以采取与国外银行签订本币融资协议或同业间银行授信协议的方式，为境外经营的中国企业提供贷款。另外，一些规模较大的境外银行可以加大在海外市场发行债券的规模和力度，直接为企业在境外提供贷款服务，以解决资金跨境流动问题，减少境内资金出海申请和审批带来的时间和资金成本。

（二）我国境内“一带一路”重要节点与中新周边邻国的区域金融市场合作

1. 广西与东南亚金融市场合作

“一带一路”倡议提出后，广西与东盟成员国加快了金融合作，尤其是金融基础设施建设方面，实现了快速发展。一是通过跨境金融创新，建立人民币与东盟成员国货币的区域性交易平台，以提高广西与东盟成员国贸易投资便利化；二是通过整合银行业金融机构跨境人民币支付系统及其在东盟成员国的代理行资源，搭建面向东盟国家的区域性跨境人民币清算（结算）国际平台，形成以广西为枢纽，辐射东南亚经济体的资金汇划高速通道。目前，东盟各成员国均与广西进行了跨境人民币结算业务合作，促进广西跨境人民币结算量大幅增加。2020 年，广西跨境人民币结算量达到 1557 亿元，占广西本外币跨境收支总量的 40.75%。其中，与东盟地区的跨境人民币结算量达 681 亿元，占广西与东盟地区本外币跨境收支总量的 60%。

2018 年 12 月印发的《广西壮族自治区建设面向东盟的金融开放门户总体方案》指出，广西到 2023 年基本建成面向东盟的金融开放门户，建立起与全方位开放格局相匹配的现代金融体系。在总体规划方案的基础上，广西政府制定发布《五年实施规划》《三年行动计划》《2019 年工作要点》等阶段性规划，以及《金融开放门户金融集聚区发展规划》《关于加强金融人才队伍建设的实施意见》《广西金融空间布局规划》等细化领域文件。与此同时，相关部门着力推进十大工程，涵盖打造金融集聚区、完善金融基础设施、丰富股权融资体系、研究设立保险创新综合试验区、推动贸易投资便利化、争创绿色金融改革创新试验区、推动完善跨境园区金融服务体系、优化金融生态环境、强化金融人才队伍建设、编制广西金融空间布局规划等重点工程①。

在东盟区域化水平进一步提高，广西与东盟国家的机构互设、资金互融、货币互兑、监管互动、人员互联和信息互通渐进密切的背景下（鹿心社和陈武，2019），广西应依托良好的金融合作基础、区域金融开放门户的区位优势以及自由贸易试验区的政策倾斜等多种优势，建立特色金融产品交易中心。在《广西壮族自治区建设面向东盟的金融开放门户总体方案》等文件支持下，根据区域经贸合作特点以及政策和区位优势，建立区域性特色商品产业园区，并据此建立面向东盟地区的区域性国际化金融产品交易中心。例如，在南宁市五象新区推动设立中国—东盟黄金产业园区，并依据黄金生产交易优势探索建立辐射东盟的人民币黄金及其衍生品交易中心。抓住第四波科技浪潮，积极推动跨境特色金融产品和服务创新，依托云计算、大数据、区块链等新兴技术进行产业投融资业务创新。

2. 云南与南亚、东南亚金融市场合作

2010 年 7 月，昆明区域性跨境人民币金融服务中心揭牌，着力为中国与东南亚、南亚国家开展经贸交往提供人民币结算等多种金融服务，同时于云南启动跨

① 广西大力推动面向东盟的金融开放门户建设，http://www.gxzf.gov.cn/zt/sz/jj2019ngxlh/ywbb/t981306.shtml[2020-04-05]。

境贸易人民币结算试点。2011 年 5 月国务院提出支持把昆明建成面向东南亚、南亚的区域性金融中心，2013 年云南沿边金融综合改革试验区建设启动。云南率先启动银行间区域市场交易，在全国首批开展个人经常项目结算试点业务，成立全国首个跨境反假货币工作中心，开辟全国首家对老挝的人民币、老挝的基普现钞调运渠道。云南与亚洲各国积极互设金融机构，外资股权基金和合资股权基金试点稳步推进，跨境本币结算和边境贸易本币结算在结算量、结算范围、贸易方式等方面都有较大发展。老中银行和富滇银行磨憨支行形成境内外母子行联动，通过“中老速汇”业务实现款项划转，并探索借助世界银行的资金解决当地中小企业融资贵的难题。

《中国（云南）自由贸易试验区总体方案》的颁布和实施强化了云南作为面向南亚、东南亚辐射中心的地位，下一步，应继续提高区域性金融服务中心的融通力，完善区域性货币交易“云南模式”，将人民币对泰铢银行间市场区域交易范围拓展至更多国家，丰富银行柜台挂牌币种，进一步发挥自由贸易试验区金融对外开放试点的示范作用。扩大个人经常项下人民币贷款试点范围，引导更多跨国集团企业搭建跨境人民币资金池，以为实现跨国企业集团境内外成员企业之间开展跨境人民币资金余缺调剂和归集业务提供更多支持。

3. 西藏与南亚金融市场合作

在我国与南亚国家经贸合作日益深化、文化交流日渐密切的背景下，西藏自治区政府提出，要加大与南亚大通道和孟中印缅经济走廊的金融合作，推动环喜马拉雅经济带合作进程。但西藏南亚大通道建设是一个巨大的系统工程，西藏自治区财力远远不够，大通道建设需要国家财政、金融、产业的联动支持。下一步，要更好地利用国家政策性金融在资金融通方面的支持和引导作用，引入国家财政资金与社会民间资本相结合的“1+1”投融资模式，建立从国际资金到国内资金、从间接融资到直接融资、从官方机构到商业机构的大通道建设支持格局。充分利用国际金融市场的融资渠道，实现国内政策性金融与商业性金融的协调互动，构建社会资本参与的民间资本支持体系，发挥政府和社会资本合作（public-private partnership，PPP）融资模式的金融支持作用，巩固强化西藏作为中国面向南亚地区的战略枢纽角色。

4. 重庆与新加坡金融市场合作

重庆作为中西部地区唯一直辖市，也是中国西部大开发的战略性支点，在国家区域经济发展和对外开放格局构建中承担独特角色。2019 年，中新双边合作机制会议在重庆顺利召开，中国—新加坡自由贸易协定升级版正式生效实施，西部陆海新通道升级为中国国家战略。其中，金融产品和服务合作是中新互联互通机制的重点合作领域。重庆作为中新互联互通项目运营中心的作用正逐步体现。重庆与新加坡“点对点”的金融合作日益扩大和深化，双方不断支持与促进中国西部省区市与东盟各经济体“面对面”的多领域互联互通，旨在构建立足西部、面向东盟的内陆国际金融中心和中新推进互联互通项目的区域运营中心。2018 年，中新金融科技合作示范区落户重庆两江新区，旨在助力存量企业转型升级，并吸引新加坡及全球范围内的优质企业，建设以“金融+科技”为核心竞争力的创新赋能机制，协力构建以金融科技为加速器的国际高端产业园区。

在中新金融科技合作示范区对重庆金融业及智能化产业的培育作用下，重庆应加快建设重庆内陆国际物流分拨中心，推动国际知名期货交易所来渝设立指定期货交割库，探索建立煤炭、矿石、钢材、木材、铝材、塑料粒子、咖啡等大宗商品期货交易中心，并借鉴香港与深圳、上海金融市场合作的经验，加强双方在大宗商品交易方面的合作。

第三节　中国和阿联酋金融市场国际合作分析

一、中阿区域金融市场发展状况

（一）阿联酋金融市场发展状况

阿联酋主要有三家证券交易所，即阿布扎比证券交易所（Abu Dhabi Securities Exchange，ADX）、迪拜金融市场（Dubai Financial Market，DFM）和纳斯达克迪拜（NASDAQ Dubai）证券交易所。其中，纳斯达克迪拜主要从事国际股权融资、债券、金融衍生品、基金等交易，而 ADX 和 DFM 主要负责阿联酋本土企业股票上市交易。阿联酋仅有一个商品期货交易所，即迪拜黄金和商品交易所（Dubai Gold and Commodities Exchange，DGCX）。

迪拜是排名全球第六的新兴顶级金融中心，也是中东地区最大的金融中心。财富管理是迪拜国际金融中心最擅长的领域，其在这一领域进行了很多方面的创新，如合格投资者基金管理制度等。阿布扎比国际金融中心（Abu Dhabi Global Market，ADGM）的规模比迪拜国际金融中心小，但阿布扎比国际金融中心发展飞速，营商环境优良，监管框架灵活，司法架构独立，业务定位精确，连续多年被评为中东北非地区最佳的金融中心。

（二）中阿区域其他国家金融市场发展状况

中东北非地区目前存在诸多不稳定因素，金融市场发展总体较为落后，规模较大、发展较为成熟的市场主要有沙特阿拉伯、科威特、土耳其、埃及等。沙特阿拉伯拥有中东地区最大的股票交易市场。从 2015 年 6 月 15 日起，向满足条件的外国企业和投资者开放股票市场。科威特股票交易所是阿拉伯世界中第二大交易所。2000 年 8 月，科威特议会颁布《外国资本间接投资法》，除银行外，允许外国投资者拥有上市公司 100%的股份，同时允许非科威特投资者持有和买卖银行的股票。经中央银行批准，非科威特投资者可以持有一家银行 5%~49%的股份。伊斯坦布尔证券交易所（Borsa Istanbul，BIST）是目前土耳其仅有的证券交易所。该交易所运作机制和结构完全符合欧盟标准，外国基金进入土耳其投资股市免收增值税和所得税等一系列优惠措施也为其吸引了大量上市企业。

二、中阿双边金融市场合作的辐射范围

伊斯兰资产主要集中于中东北非等穆斯林聚集的地方。阿联酋与巴勒斯坦、卡塔尔、沙特阿拉伯、叙利亚、土耳其等都属于阿拉伯国家，各国居民以信奉伊斯兰教为主。阿联酋作为重要的国际金融中心，因拥有共同的宗教信仰、文化背景以及地缘优势，吸引了大量来自中东北非的投资者，成为中东北非地区最大的金融中心。

2015 年以来，阿布扎比国际金融中心先后与中国的监管部门、中央部委、地方政府、国有企业及国际组织的多家部门和机构签署合作备忘录或框架协议。2018 年 9 月，阿布扎比国际金融中心金融服务监管局与北京金融街服务局签署合作谅解备忘录，旨在共同推进“一带一路”倡议下的金融互通合作，为中阿投资合作提供更好的金融支持。阿方为开拓阿联酋及中东北非市场的中方优势产能企业提供政府关系、监管便利、营商资源、投资伙伴、金融服务等方面的多层次支持。双方鼓励并支持有金融服务需求的中国企业进入阿布扎比金融市场，助力将其打造成为面向中东北非的“一带一路”投融资中心，以为双方的重大合作战略和倡议提供金融支持。

可以看出，中国与阿联酋的双边金融市场合作范围可辐射至与阿联酋有相似金融发展特色和地缘优势的中东北非地区。

三、中阿双边金融市场合作状况

随着“一带一路”倡议的不断深化、影响范围不断扩大，阿联酋与中国的金融合作也日渐紧密。阿布扎比国际金融中心自 2015 年正式开放后，就围绕中国制定了长期战略，尤其希望依托中国办公室的高效工作，将阿布扎比国际金融中心建设为服务中阿两国企业、金融机构和合作项目的“‘一带一路’中东北非投融资中心”，以及面向中东北非经济体的人民币离岸金融中心，以促进中国与中东北非的多双边经济金融合作。

2015 年 12 月，中国—阿联酋共同投资基金（简称中阿基金）正式建立，总规模 100 亿美元，其中第一期为 40 亿美元，双方各出资 50%。中阿基金以商业原

则运作，主要投向传统能源、基础设施建设等传统行业，以及高端制造、清洁能源等新兴行业。投资区域以中国、阿联酋以及其他新兴国家为主。中阿基金的创设对加强中国与阿联酋等海湾经济体务实合作、支持“一带一路”倡议、推进国际产能合作具有重要意义。

中国的商业银行应继续通过在阿联酋设立分支机构、与阿联酋商业银行合作的方式，进入阿联酋的债券市场发行人民币和外币债券，为中资和当地企业提供信贷支持。2018 年，阿布扎比国际金融中心表示，已与上交所达成原则上共识，以共同建立一个意在促进中方在阿贸易与投资的证券交易所。这家交易所将专注于中国对外贸易和投资。新交易所成立后，其将成为一个重要的国际资本筹集平台，可以为寻求在中东北非投资以及参与“一带一路”的不同企业和投资者，包括全球性、地区性和本土的企业和投资者提供服务。

四、中阿区域金融市场合作建议

（一）中阿区域多边金融市场合作

第一，自贸区和自由港先行，以金融机构合作为先机，撬动金融市场合作。中国和阿布扎比鼓励并支持有条件的中国企业积极参与阿布扎比国际金融中心建设，打造更好服务双方重大合作项目的辐射中东北非的“一带一路”投融资中心，并实施了一系列促进阿布扎比国际金融中心与中国自贸区联动发展的举措。阿布扎比投资者众多，但目前尚未形成较具竞争力的国际化交易所。据此，阿布扎比国际金融中心和上交所计划共同建设一个国际化的证券交易所。在中央全面深化改革委员会的支持下，阿布扎比国际金融中心在与江苏省政府协力建设一个致力于服务“一带一路”产能出海的金融平台，通过颁发金融牌照支持海外筹融资平台开展上市、发债和发行基金业务，为相关企业在中东北非地区的投融资提供支持。在金融机构合作形成一定的市场势力后，可逐步吸引更加多元化的投资者和筹资者参与，以拓宽金融市场合作的广度和深度。

第二，以各国政府及其相关基础设施项目主体为标的，发展以亚洲货币计价的本土债券市场。在中国对阿联酋投资总量和占比逐渐提高、双方经济合作进一步加强的背景下，应共同推进亚洲债券市场发展，尤其是发展以亚洲货币计价的本土债券市场，使各国政府及其相关基础设施项目主体能够获得低成本进入中长期资本市场的可持续融资能力。

第三，建立货币支付清算结算机制，丰富大宗商品交易品种，推动人民币国际化。中国与中东地区石油贸易及其他商品贸易的 60%经由阿联酋转口。在中阿双方建立全面战略合作伙伴关系的背景下，首先应建立满足其商品和服务贸易需求的货币支付清算结算机制，推广以人民币作为包括石油在内的能源与商品贸易的计价和交易货币，以及更广泛投资的计价与结算货币的使用，以人民币国际化赋能中资金融机构拓展中东北非市场。迪拜金融市场在石油人民币方面具有发展优势，而阿布扎比又有意发展石油出口以外的经济领域，可通过自贸区先行试验的方法，同阿布扎比国际金融中心合作建设自贸区大宗商品交易所，吸收其监管经验和智力支持的同时，推动相关金融产品两地交叉上市。

（二）中阿次区域金融市场合作

在次区域合作方面，可以加强海南与阿联酋金融市场合作。2019 年 3 月，海南与阿布扎比国际金融中心签署了备忘录，旨在共同推动海南金融开放创新试验区和海南自由贸易试验区、海南中国特色自由贸易港建设。双方计划在贸易金融、能源金融、旅游金融、可持续金融、航空租赁、交通物流、医疗服务、科技创新、私人银行、财富管理、投资管理、金融科技等领域展开紧密的国际监管与商业开发合作（周晓梦和罗霞，2019）。西亚北非发展水平普遍不高，且以资源型产业为主导，因此在发展过程中易出现以牺牲环境为代价发展经济和资源过度开发的问题，不符合可持续发展的原则。绿色金融为金融发展的方向之一，绿色发展也是“一带一路”高质量建设的重要表现方面，海南可在绿色金融创新方面发力，发展绿色金融市场和创新绿色金融产品，以形成区域性绿色金融交易中心，与阿布扎比金融市场开展互联互通，让赴西亚北非乃至“一带一路”沿线国家进行投资的企业，到海南和阿布扎比通过发行绿色债券等方式进行融资。

第四节　中欧金融市场国际合作分析

英国、法国和德国等虽尚未正式与中国签订“一带一路”合作协议，但英国早在 2015 年就已加入亚投行，英国议会跨党派“一带一路”和中巴经济走廊小组也于 2018 年正式成立；2017 年在巴黎举行的“一带一路”亚欧战略对接主题会议上，法国总统马克龙表示，法方愿与中方在共同遵守相关规则和标准的基础上，积极参与“一带一路”建设，促进亚欧大陆和非洲的繁荣稳定发展；以中欧班列为代表，德国与中国围绕“一带一路”就物流中心、油气管道等示范性项目达成一致合作意向，“一带一路”倡议在德国民间得到了积极响应。鉴于大多数中东欧国家的国内金融市场发展不成熟，且与英国、法国和德国等欧洲传统强国有紧密的经济贸易联系，故选取英国、法国和德国三国作为合作支点。

一、英国、法国、德国等区域金融市场发展状况

（一）英国金融市场发展状况

伦敦是重要的国际金融中心之一。伦敦是全球第一大外汇交易中心，2019 年

7 月，伦敦市场占据全球外汇交易总量的 40.14%，远远高于美国、法国等市场。英国也是全球最大的场外衍生品交易中心，其占有全球场外衍生品约一半的市场份额，且跨境交易占场外衍生品市场约 3/4 的市场份额。美元和欧元作为场外衍生品市场最主要的货币，两种货币交易在利率衍生品和货币衍生品市场上都表现出较大的集中度。伦敦的五个衍生品交易所在金融、金属、能源等领域执行衍生品交易功能，且保持较快发展速度。

伦敦证券交易所是世界四大证券交易所之一，在欧洲债券、外汇交易方面处于世界领先地位，还处理全球约七成的国际股票承销业务。沪伦通开通后为伦敦股票市场引入了更多增量的投资者，有助于其市场活力的激发和市场地位的巩固。作为全球第四大债券市场，英国债券市场规模庞大，以场外市场为主体，主要包括政府债券、其他固息债券和国际债券等，是全球领先的国际债券交易中心。政府债券交易活跃，其他债券的交易主要集中在优先股和可转换证券方面。

2012 年，伦敦金融城确立伦敦人民币离岸业务中心建设计划，旨在将伦敦打造为人民币离岸国际市场的西方中心，与香港、新加坡等金融中心相辅相成。近年来，伦敦人民币离岸业务取得快速增长，伦敦已成为世界最大的人民币离岸外汇交易中心，以及世界第二大人民币离岸清算中心。在中国金融市场加快对外开放的背景下，沪伦通已顺利开通，中英双边金融合作项目也在加快启动。

（二）法国金融市场发展状况

巴黎金融市场汇集了来自全球的大型商业银行及保险公司，也是欧洲规模最大的资产管理中心。法国正努力推进离岸人民币业务。法兰西银行名誉行长克里斯蒂安·努瓦耶于 2016 年 12 月访华时阐述了中法在绿色金融、人民币业务等方面开展金融合作的独特优势和重要意义。巴黎正积极筹备成为新人民币离岸中心的相关事宜，法国企业在开展对华业务时也在逐渐增加对人民币的使用。2015 年，中国银行在巴黎成功启动人民币清算和结算业务，有力地提高了中法甚至中欧之间的金融合作水平。为进一步支持巴黎发展离岸人民币业务，中国于 2019 年将 RQFII 试点范围进一步扩大至法国，授予法国人民币 800 亿元 RQFII 额度。法国是继英国之后，第二个获得 RQFII 额度的欧洲国家，中法两国还同意继续就在巴黎建立人民币清算和结算安排进行讨论。

（三）德国金融市场发展状况

德国现行的金融制度是一种以全能型银行为主的混业经营制度。法兰克福外汇市场在欧洲仅次于伦敦外汇市场，交易的货币以美元为主，次为英镑、瑞士法郎、法国法郎、荷兰盾等。德国外汇市场国际化程度很高，德国国内居民间的外汇交易金额占其外汇市场交易总额的 10%左右，而跨境外汇交易占比在 90%以上，且已成为欧元的国际定价中心。德国期货交易所是现在欧洲期货交易所的前身，目前无商品期货交易服务，其交易产品皆为金融期货和期权。产品体系涵盖股票、股指、汇率、利率衍生品以及交易基金及货币市场交易产品的衍生品，成交量位于世界前列。德国证券交易所是全球唯一综合性的证券交易所，可为上市公司和投资者提供所有投融资相关的业务和系统服务，涵盖股票、衍生品、清算和结算、股票指数等各个方面，且挂牌上市费用位于欧洲最低。

受中国经济增长带动，人民币国际化成功取得进展。作为金融中心，法兰克福是欧元区的首个人民币离岸中心城市，对促进中德关系稳健发展起着关键作用。随着中国金融开放进程的不断推进，德国政府计划推出更多提高在德中资银行自由度的改革措施。2014 年 6 月被中国人民银行授权受理人民币清算行服务后，中国银行法兰克福分行顺利完成了德国人民币清算网络建设，该行人民币清算额持续稳定增长，截至 2019 年 6 月累计受理人民币清算业务超 10 万亿元，大大促进了中德经贸往来及人民币国际化进程。据环球银行金融通信协会的统计，德国已成为人民币业务在欧洲市场的重要支点。2019 年 5 月德国市场人民币收付业务量超过 5850 亿元。

（四）欧洲其他国家金融市场发展状况

欧洲的金融产业内部结构差异较大，主要可以分为四类：银行业和金融市场规模较小的东欧国家，如克罗地亚、白俄罗斯等；基于市场的欧盟成员国（market-based EU member states，MBEU），如荷兰、法国、芬兰、瑞典等，这类国家的公司与资金来源之间的互动主要通过市场（可交易证券如股票和公司债券），通常有更加成熟的包括风险投资在内的证券融资市场；基于银行的欧盟成员国（bank-based EU member states，BBEU），如德国、希腊、意大利、葡萄牙和西班牙等，这类国家银行在从投资者到非金融公司的资金流动中起关键作用；其他如爱尔兰、马耳他、塞浦路斯、卢森堡为例外，这类国家的银行业及信贷规模与国民经济相比权重过大。其中，卢森堡是世界著名的国际金融中心，并已成长为欧洲最大、全球第二的投资基金中心，还是欧洲规模最大的再保险中心、欧元区先进的国际私人银行中心。

二、中英法德双边金融市场合作的辐射范围

拉脱维亚、爱沙尼亚等都属于中东欧国家。冷战结束后，中东欧国家纷纷将“回归欧洲”作为国家发展战略。英国、法国、德国作为欧洲的前三大经济体，与众多中东欧国家都维系着紧密的经贸关系，也一直是中东欧国家的重要外资来源地。德国、英国、法国分别是波兰最大贸易伙伴、第三和第四大出口目的国，德国和英国是斯洛伐克的前两大贸易顺差来源国，是保加利亚等国的重要外资来源地。目前，已有 11 个中东欧国家加入欧盟，该区域其他国家也纷纷提出入盟申

请，且欧盟已给申请国明确的入盟前景。中东欧国家是欧盟结构基金的主要受惠国，加入欧盟后，其接受了大量来自欧盟的经济援助。欧盟各种拨款和项目资金是中东欧国家财政预算的主要来源和基础设施建设的唯一来源（鲍宏铮，2019）。此外，中东欧国家在欧盟内部的出口额占欧盟成员国间出口总额的比重始终高于其对非欧盟国家出口额占欧盟各国对非欧盟出口总额的比重。近年来，乌克兰和摩尔多瓦也一直在寻求拉近与欧盟的关系，并取得一定成效。欧洲理事会 2022 年 6 月 23 日决定，同意欧盟委员会的建议，给予乌克兰和摩尔多瓦欧盟候选成员国地位。因此，中东欧国家注重维系与拉近同欧盟各国的关系，尤其是与德国、法国等欧盟重要成员国的关系。

由以上分析可以看出，中东欧各国与欧洲大国关系良好，不少国家如波兰视德国为其最重要的外交关系，视英国为重要盟友，视法国为传统盟友，双方拥有良好的政治经济合作基础，因此中国与英国、法国、德国的双边金融市场合作可辐射至乌克兰、摩尔多瓦以及拉脱维亚等中东欧国家。

三、中英法德双边金融市场合作状况

（一）中国与英国双边金融市场合作状况

2015 年 9 月，在第七次中英经济财金对话上，首次提出支持开展伦敦—上海股市连通可行性研究。2019 年沪伦通终于从构想成为现实，开始为两地发行人和投资者提供进入对方市场投融资的便利渠道。沪伦通包括东、西两个业务方向。东向业务是指伦敦证券交易所上市公司在上交所挂牌中国存托凭证（Chinese depository receipt，CDR）；西向业务是指上交所 A 股上市公司在伦敦证券交易所挂牌全球存托凭证（global depository receipt，GDR）（宋杰，2019）。根据《中国证券监督管理委员会 英国金融行为监管局 联合公告》，“起步阶段，对沪伦通跨境资金实行总额度管理；其中，东向业务总额度为 2500 亿元人民币；西向业务总额度为 3000 亿元人民币”。

此外，中英双方未来将在金融科技创新、绿色金融等方面展开合作，并积极推进双方在“一带一路”倡议框架下的经济金融合作。中英双方 2016 年宣布建立“中英金融科技桥”，将金融科技作为中英两国深入交流发展的桥梁。2017 年 12 月举行的第九次中英经济财金对话，进一步细化了双方金融科技合作的具体内容，不断促进两国金融科技企业间的交流。中英在金融科技领域双向互补合作潜力巨大，英国金融科技业者可在监管探索、数据分析、后台搭建、另类融资等领域与中国方面加深合作。2018 年 11 月，中国金融学会绿色金融专业委员会与“伦敦金融城绿色金融倡议”共同发布了《“一带一路”绿色投资原则》，并将低碳和可持续发展议题纳入“一带一路”倡议，以促进双方投资环境和投资风险管理水平的提高，进而推进“一带一路”投资合作的绿色化发展。

（二）中国与法国双边金融市场合作状况

中国与法国的金融市场合作较多体现在债券市场方面。2019 年 11 月，我国财政部在法国巴黎顺利完成 40 亿欧元中国主权债券的发行，成为自 2004 年以来中国发行的首只欧元主权债券，也是迄今为止中方单次发行最大金额的外币主权债券，也是首只在法国定价发行并成功上市的中国主权债券。2019 年 11 月，中法关系行动计划在北京签署，双方均表示鼓励两国金融市场双向开放，支持各自符合条件的金融机构到对方国家展业。可见，中法双方的金融机构合作正稳步推进，金融市场合作虽处在起步阶段，存在参与主体有限、规模较小等问题，但双方都在积极探索在金融市场互联互通方面的合作。

（三）中国与德国双边金融市场合作状况

2019 年 11 月，第二十二届欧元金融周“中国日”暨第四届中欧国际交易所金融市场论坛在德国法兰克福举办，中德双方的监管机构、金融机构和基础设施提供商在连接中欧金融市场方面已逐步取得重要进展。2018 年 10 月，德国联邦金融监管局批准了海尔公司的 D 股招股书。这也意味着，海尔成为国内首单“A+D”股上市公司，掀开了中欧国际交易所 D 股市场建设的新篇章。中国农业发展银行等政策性金融机构、中国银行等金融机构及中资企业持续在中欧国际交易所挂牌上市离岸债券，中国相关金融产品的交易、风险管理及资产配置平台建设正在稳步推进。中欧国际交易所也在大力推进股票市场方面的沪德通，即允许德国蓝筹股的上市公司到上交所发行中国存托凭证，放开中国优质的上市公司赴法兰克福证券市场发行全球存托凭证的限制，以增强中德证券市场互联互通。

四、中英法德区域金融市场合作建议

在“一带一路”备受美方阻挠、英国脱欧、中美贸易摩擦与美欧贸易摩擦频发的背景下，中欧加快金融合作恰逢其时。高质量建设“一带一路”必须打通与欧洲金融市场的对接，以英法德为主体形成的欧洲金融市场是全球最发达、汇集金融资源最多的金融市场之一，且欧盟国家与中东欧国家也已形成紧密的经济、文化联系，可将英法德金融市场资金的投资需求与“一带一路”项目建设的融资需求有效结合，综合三方优势，大力开展第三方合作，创造出“1+1+1>3”的合作效果。

（一）中英法德区域多边金融市场合作

第一，大力发展伦敦离岸人民币债券市场，推动点心债券、人民币资产证券化等作为“一带一路”项目更有力的融资工具。首先，推动伦敦市场点心债券作为“一带一路”融资工具。具体操作模式可以分为两种：一是以境内企业为主体在伦敦发行点心债券，并将募集到的资金投入到“一带一路”项目上；二是投资“一带一路”的中资企业，与东道国企业合资建立国际基础设施投资公司，并以该公司为主体在伦敦发行点心债券。第二种方法借鉴了中国地方政府通过设立城市投资平台以促进当地基础设施建设的经验做法。其次，加大中国地方政府在伦敦发行人民币债券的力度。鼓励中国地方政府债券在伦敦等离岸人民币市场发行，不仅有益于助力人民币计价债券成为国际安全资产，促进人民币成为国际储备货币，还能增大伦敦点心债券的资产池，有助于我国地方政府建立更加规范化的财政管理制度。最后，加快构建伦敦离岸人民币资产证券化市场。国际长期投资者对基础设施项目的投资是一个逐渐开展的过程，其一般较回避绿地性质的投资项目，而倾向于将资金投向位于熟悉区域、类型简单、收益明确的项目。因此，对已运营“一带一路”基础设施项目的收益权进行证券化改造可能是更易被国际投资者接受的方式。

第二，创新伦敦金融市场人民币投资渠道，创设伦敦离岸人民币“一带一路”建设投资基金。中英两国的银行等金融机构可通过在伦敦共同发起设立“离岸人民币‘一带一路’投资基金”的方式，募集离岸人民币资金，而后将其运用于“一带一路”建设。该基金可将双方的金融机构，尤其是政策性金融机构，作为基金的一般合伙人，再鼓励其他的金融机构和企业参与，合力推进“一带一路”高质量建设。

第三，建立中英第三方市场合作机制，充分发挥各国金融潜能。中英两国政府在“一带一路”沿线国家开展第三方合作，如联合投资、联合研究、联合培训等。一方面，可以利用英国的金融、高科技优势以及英国海外投资的经验，降低我国在“一带一路”的投资风险；另一方面，也展现出中国在实践“一带一路”倡议上所秉持的开放性姿态，使其成为中国与发达国家联合推动“一带一路”项目实施的顶层设计标杆。

第四，在金融机构环境金融合作的基础上，拓展与法国、德国等国绿色金融合作的规模和范围。2019 年 5 月，法国开发署与南京银行成功签署中国首笔非主权贷款合作协议，法方表示将向南京银行提供专项投资资金，定向支持绿色金融项目。2019 年 11 月，德国商业银行宣布其签署了《“一带一路”绿色投资原则》，扩大了德国商业银行推进中国“一带一路”沿线绿色投资的承诺。《“一带一路”绿色投资原则》计划将低碳发展和可持续发展等绿色议题纳入“一带一路”沿线国家的项目中。截至 2019 年 11 月，已有 33 家金融机构签署了该协议。可见，中国与法国、德国等国的绿色金融合作已具有一定基础，但主要还是表现在金融机构合作层面，存在参与主体较少、汇集资金有限的问题。下一步，在中欧双方绿色金融合作的基础上，可利用巴黎在债券市场和绿色债券市场全球第一的优势，推进“一带一路”绿色债券发行，并随着与欧洲诸国金融市场合作的开展，将绿色金融合作范围扩展至更多国家。

（二）中英法德次区域金融市场合作

中欧金融市场合作在次区域合作上，应加强重庆、深圳与巴黎金融市场合作。巴黎是欧洲金融中心，在资产管理、衍生品和保险市场方面也处于领先地位，其债券发行量居全球首位，泛欧交易所规模也在不停扩张。2010 年，巴黎欧洲金融市场协会与中国银行间市场交易商协会（National Association of Financial Market Institutional Investors，NAFMII）签署备忘录，交流发行公司债券的经验。2016 年，重庆市金融发展服务中心与巴黎欧洲金融市场协会共同签署金融合作协议，双方计划在助力科创企业获得金融支持、助力双方城市所在地公司在股票市场上市、推进跨境人民币清算结算交易等五个方面开展合作，以提高双方金融市场的影响力。此外，双方计划开展跨境人民币合作，鼓励双方地方银行开展长期深度合作，为中小微企业提供更优质的金融服务。2016 年，深圳证券信息有限公司与泛欧交易所集团建立相应合作，双方均表达对于推进中法之间证券市场联通以及投资人互通方面的兴趣。近年来，重庆在深度融入“一带一路”，加快建设内陆开放高地等方面成绩斐然。因此，把重庆建设为“一带一路”上的区域性国际金融中心符合国家战略目标。深圳一直致力于构建高水平的对外开放格局。随着上海与伦敦金融市场合作的稳步推进，深圳与重庆应该发挥与上海金融市场的互补优势，加强与巴黎金融市场在绿色债券发行和证券市场互联互通方面的合作，进一步提高国际金融市场对“一带一路”倡议的参与度。

第八章

“一带一路”金融市场国际合作机制创新

现有“一带一路”金融市场国际合作中存在的最大问题是缺乏统一的有序推进金融市场国际合作的顶层设计，由此造成了合作松散、合作不均衡等其他问题。因此，在确立“一带一路”金融市场国际合作目标和总体原则的基础上，结合合作现状，针对合作问题，有必要对合作机制进行合理创新设计，并根据中国与其他金融市场发展和合作的动态趋势，分层次、分区域、分市场进行合作路径规划。

第一节 “一带一路”金融市场国际合作目标与总体原则

一、“一带一路”金融市场国际合作目标

“一带一路”金融市场国际合作目标就是实现“一带一路”金融市场互联互通。就国内发展而言，在全球形势剧变、逆全球化思潮兴起的背景下，金融体系发展健全、更高层次金融开放是“构建以国内大循环为主体、国内国际双循环相互促进的新发展格局”的战略重器。通过落实金融市场对外开放政策措施，提升与共建“一带一路”国家的金融市场合作力度，促进金融市场结构优化和金融产品丰富升级，逐渐实现国际金融市场互联互通，助力金融这一“双循环”连通器更加畅通，从而推动形成“以国内资金循环为主体、国内国际资金循环双促进”的新格局。

二、“一带一路”金融市场国际合作的总体原则

（一）合作共赢原则

合作共赢是“一带一路”建设的最终目标。高质量共建“一带一路”，是通过全方位、各领域的互联互通，持续深化经济、社会、文化务实合作，携手面对人类命运共同体面临的各种挑战，以实现互利共赢、共同发展。当今世界正处于大发展、大变革、大调整时期，全球化发展大势没有改变，但世界面临的不稳定和

不确定性因素突出，特别是美国政府频频出台贸易和投资限制措施等逆全球化政策，严重阻碍了全球化进程。中国顺应时代发展潮流，提出“一带一路”倡议，旨在加强参与国之间的互联互通，在合作共赢原则指引下融通中国梦与世界梦，在更高质量、更高水平上实现共同发展、合作共赢。

合作共赢也是实现“一带一路”金融市场国际合作可持续性的有效保障。共建“一带一路”国家大多属于发展中国家，资本欠缺、收益率高，但由于合作机制不完善、政治环境复杂、经济发展不稳定、国家金融开放程度有限等，共建“一带一路”国家经济社会发展所需资金未得到有效满足。加强“一带一路”金融市场国际合作，促进金融市场互联互通，广泛汇集全球资金，让其投入到“一带一路”经济建设中来，然后在共商共建共享原则指引下，把“一带一路”高质量建设与各经济体发展战略和发展需要相衔接，充分明确各方关切、兼顾各方利益，寻求利益契合点，发挥各方潜力和优势，共同谋划推动项目实施，可以实现投资方、融资方和项目参与方的多方合作共赢。这是“一带一路”倡议取得成功和金融市场国际合作具有可持续性的关键。

（二）循序渐进原则

循序渐进是实现“一带一路”金融市场国际合作目标的现实路径和理性选择。“一带一路”金融市场国际合作在操作和实施上，应先易后难，循序渐进；分类施策，重点突破。金融市场国际合作不是一蹴而就的过程，它需要合作参与国金融制度、经济开放和发展水平达到一定阶段才可行。对“一带一路”金融市场国际合作而言，更为现实可行的方法是，选取与中国有金融市场合作基础和合作意愿的国际金融中心作为支点，根据不同支点的市场优势和发展诉求对市场功能进行划分，采取从双边金融市场合作辐射至多边金融合作的方式，实现“一带一路”金融市场国际互联互通，广泛吸纳共建“一带一路”国家以及全球的资金，投入到“一带一路”建设中来。

三、“一带一路”金融市场国际合作机制总体设计

实践中如何构建“一带一路”金融市场国际合作机制？我们认为，应该建立一个覆盖中国、“一带一路”乃至欧盟、美国、日本等非共建“一带一路”国家，囊括资金需求方、资金供给方以及政府和央行等相关主体，广泛汇集全球资金，满足“一带一路”投资合作、融资合作和风险管理合作需求，具备多元化融资体系和多层次资本市场的“一带一路”金融走廊（图 8-1）。

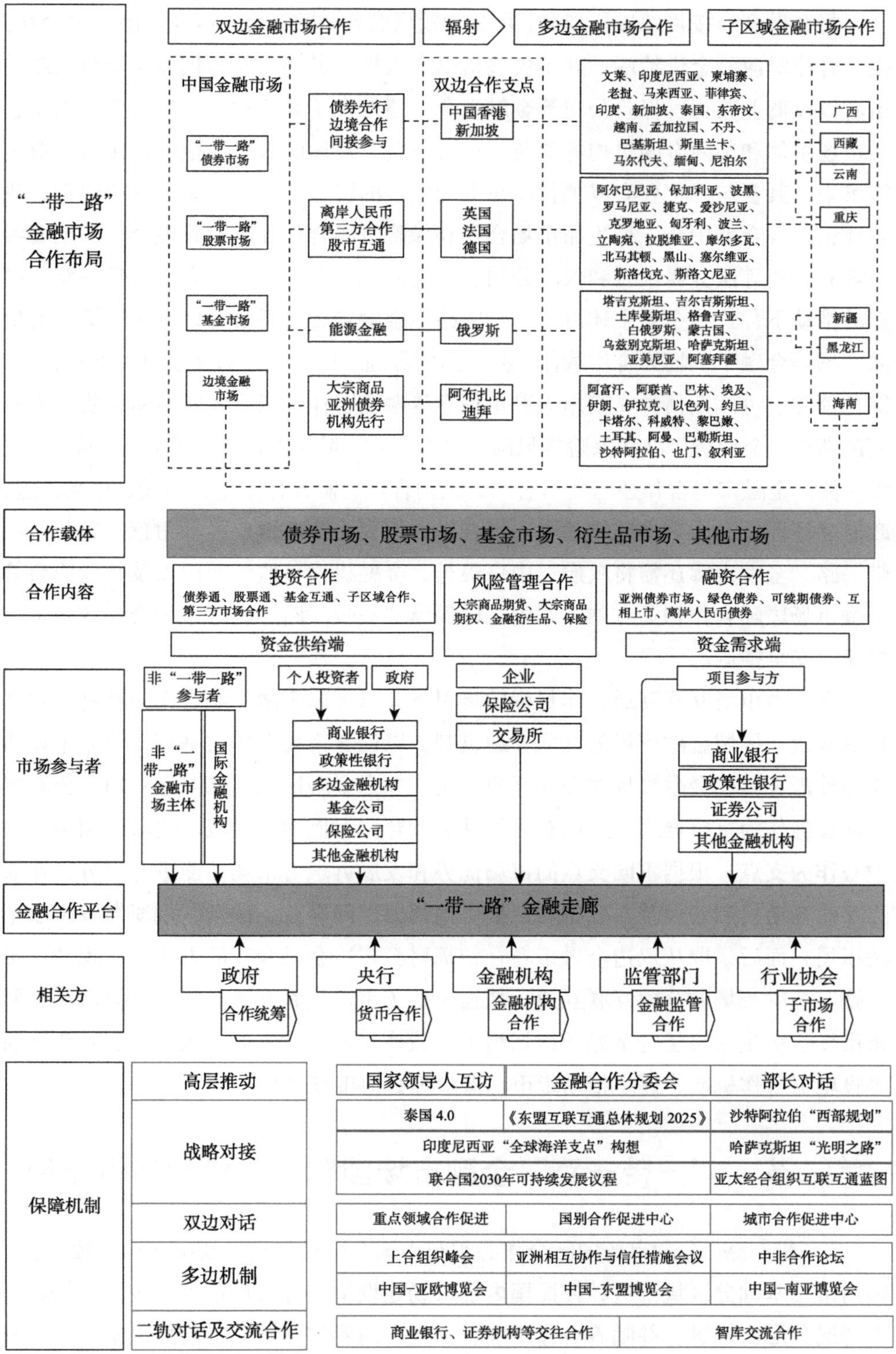

图 8-1 "一带一路"金融市场国际合作机制设计图

将金融合作按目的进行划分，可分为投资合作、融资合作以及风险管理合作。投资合作对应资金供给端，其不仅包括以个人投资者和政府为代表的资金最终供给者以及商业银行、保险公司等金融中介，还打开了非共建“一带一路”国家金融市场主体和国际金融机构等参与“一带一路”建设的入口。融资合作对应资金需求端，其参与者主要有以项目参与方为代表的资金最终需求者和商业银行、政策性银行等金融中介。衍生品市场合作和保险市场合作等风险管理合作的主要参与者有企业等服务需求方和保险公司、交易所等服务供给方。在“一带一路”倡议的推动下，这些金融主体以“一带一路”金融走廊为平台，以资本市场、衍生品市场等金融子市场为合作载体，参与到债券通、股票通、基金互通等投资合作，绿色债券、可续期债券、离岸人民币债券等融资合作，以及大宗商品期货、大宗商品期权、金融衍生品和保险等风险管理合作中。除了金融市场直接参与者，“一带一路”金融市场合作还与货币合作、机构合作、监管合作相辅相成、相互促进，政府和行业协会在合作统筹和子市场合作方面也扮演着重要推动角色，因此“一带一路”金融走廊还需将政府、中央银行、金融机构、监管部门以及行业协会等金融市场国际合作相关方纳入其中，以保障“一带一路”金融市场合作的稳定、快速、安全推进。

在金融市场互联互通合作目标的指引下，以国际金融中心合作为基础，建立辐射双边、区域金融市场的互联互通机制，以证券市场合作为基础，建立带动债券与外汇及其他金融市场的互联互通机制。加强金融区域市场互联互通，要选取中国香港作为重要通道，选取有合作基础和合作意愿的新加坡、伦敦等国际金融中心作为支点，根据不同支点的市场优势和发展诉求对市场功能进行划分，在双边互联互通机制建设基本成型后，推广到德国、阿联酋、法国、俄罗斯等国家金融市场，而后采取从双边金融市场合作辐射至多边金融合作的方式，实现“一带一路”金融市场的全面互联互通。加强金融子市场互联互通，要以债券市场、股票市场、衍生品市场等金融子市场为主要载体，通过债券通、股票通、基金互通等投融资合作机制，逐步带动货币、保险等其他市场合作。

第二节 “一带一路”金融市场国际合作机制建设路径

“一带一路”金融市场国际合作必须与中国金融市场建设情况协调一致，按照国内市场基础分区域推进，按照国内子市场建设情况分市场推进，按照市场参与者情况分层次推进，并随着合作广度、深度和内容的不同而灵活配以不同层面和内容的合作保障机制。具体路径规划见图 8-2。

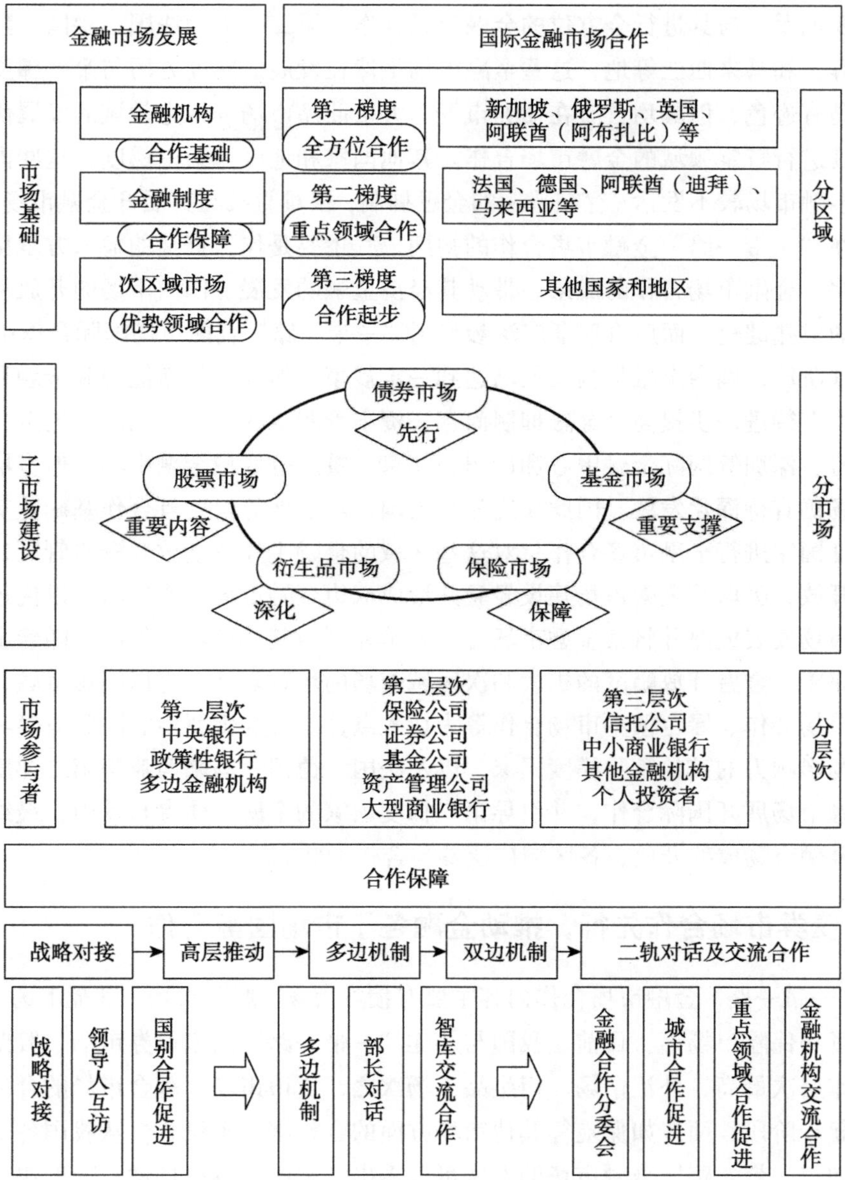

图 8-2 “一带一路”金融市场合作路径规划

一、按市场发展基础，分梯度推动区域金融市场合作

从合作对象来看，按照金融市场发展情况与金融市场合作基础，可将合作伙伴分为三个梯度，第一梯度为新加坡、俄罗斯、英国、阿联酋（阿布扎比）等地，这些金融市场不仅与中国国内金融市场有一定的合作基础，金融市场发展相对成熟，还能承担起辐射周边国家金融市场的职能，可作为双边金融市场合作的主要

和首要抓手，与其进行全方位的金融市场合作。第二梯度为法国、德国、阿联酋（迪拜）和马来西亚等地，这些金融市场虽然在发展成熟度方面与第一梯度市场相比稍有逊色，但其均具有在债券市场、大宗商品市场等特定领域的发展优势，可与其进行特定领域的金融市场合作。其他国家和地区为第三梯度，这些国家和地区金融市场较不发达，存在普遍的金融抑制，很难直接与其展开金融市场合作，因此在“一带一路”金融市场合作的初期，其主要是作为资金的输入方承接“一带一路”金融市场合作的成果，带动其经济金融的发展、国内市场的开放和相关制度的成熟健全，而后再逐渐广泛参与到“一带一路”金融市场国际合作中。

现阶段，国内金融机构发展已达到一定规模，但金融创新能力和金融科技应用能力有待进一步提高；金融抑制尚存，资本管制犹在，相关制度不健全；已形成上海、深圳等国际金融中心和广州、北京、重庆等区域金融中心，但多层次资本市场仍有待深化发展。因此，应先与英国、新加坡等发达且合作基础扎实的第一梯度国家进行金融市场合作，对这些区域的金融主体适度放开资本管制，扩大市场开放，吸取其金融市场建设经验并形成双边金融市场合作经验，以促进本土金融市场发展成熟并将其金融市场合作经验复制至其他市场合作中。随着金融制度的完善、金融开放幅度的扩大和次区域市场的培育发展，可以能源金融、大宗商品市场合作、绿色债券市场合作等为切入点，展开与俄罗斯、阿联酋等具有一定市场影响力的其他第一梯度国家，以及法国、德国、马来西亚等第二梯度国家的金融市场展开国际合作，并引导第三梯度国家的金融主体参与其中，最终达到国内金融市场成熟开放、各区域广泛参与合作的状态。

二、债券市场合作先行，推动金融各子市场国际合作

“一带一路”金融市场合作内容主要有债券市场、股票市场、基金市场、衍生品市场和保险市场等。目前，我国与共建“一带一路”国家债券市场、股票市场的合作层次最高，外汇市场、衍生品市场次之，货币市场、基金市场的合作基本处于起步阶段，而诸如保险等其他市场方面的合作则几乎没有。从我国各金融子市场和“一带一路”金融市场的发展可以看出，我国金融市场增长速度快，功能逐渐完善，债券市场发展亮眼，但市场结构不均衡，衍生品市场发展滞后；国内“一带一路”金融市场尚处于起步阶段，其中债券市场发展较为领先。也就是说，无论是从国内金融市场发展、国内“一带一路”金融市场发展还是“一带一路”金融市场国际合作现状来看，债券市场都处于领先地位，股票市场的发展和合作正在稳步推进，基金和衍生品市场处于起步阶段，保险市场的功能尚待挖掘。

因此，结合当前合作基础和市场发展基础，在“一带一路”金融市场国际合作过程中，一是应以债券市场作为先行市场，继续鼓励“一带一路”债券合作创新，挖掘绿色债券、可续期债券和超长期债券等债券品种的发展潜力；推进多边

债券市场合作，加快亚洲债券市场和离岸人民币债券市场建设步伐，畅通债券相互发行和投资路径。二是发挥股票市场灵活自由、广泛汇集资金的优势，持续打通股票市场互通障碍，充分激发股票市场活力和流动性，挖掘其对“一带一路”项目合作的重要资金支持作用。三是利用公募基金长期稳健和私募基金高效灵活的特点，继续发展基金产品互认等机制，发挥基金市场合作对优化投资者结构、稳定市场发展的重要支撑作用。此外，共建“一带一路”国家多是新兴发展中国家，政治局势、经济发展不稳定，与其进行经济贸易合作存在较大风险，且基础设施建设和大宗商品贸易是中国与其进行经贸合作的重要内容，因此面临利率、汇率风险以及大宗商品价格波动等各种不确定性，衍生品具有稳定收益、降低风险、控制成本等功能，保险具有风险管理、资金融通的专业价值，在“一带一路”金融市场国际合作中，应发挥这两个市场的深化和保障功能，保障“一带一路”国际经贸和金融合作的长久稳步推进。

三、按市场参与者类型，分层次推进金融市场国际合作

国际金融市场参与者呈现多元化和丰富性的特征，不同参与者出于不同目的而进行资金融入和融出的市场操作，且在风险偏好、操作频率、资金规模、市场影响力和市场判断力等方面体现出较大差异性。按照风险偏好和专业程度，可将市场参与者分为三个层次，从第一层次到第三层次，市场参与者风险偏好依次变高，专业性依次降低。

首先应开放以中央银行、政策性银行和多边金融机构为代表的第一层次市场主体参与到“一带一路”金融市场国际合作中。中央银行、政策性银行和多边金融机构多为非营利组织，其金融活动主要是出于稳定汇率、维持国际收支平衡、促进本国和区域经济发展，因此其资金较多投向缺乏经济效益、改善民生和创造就业的项目，如能源、基建、电力等。基建先行、铁路外交是中国参与“一带一路”合作的一大特色。在“一带一路”合作的初级阶段，国际合作机制尚不完善，各国的资本开放程度也有限，因此，率先打通第一层次市场主体参与金融市场国际合作的路径，是兼顾满足“一带一路”合作项目资金需求和控制金融市场合作风险的现实和理智选择。随着金融合作的逐渐开展和相关机制的完善，再逐渐放开以保险公司、证券公司、基金公司、资产管理公司和大型商业银行为代表的第二层次市场主体参与到“一带一路”金融市场合作中来。第二层次主体虽都以营利为目的，但流动性监管、资本监管等相关监管措施、金融市场操作规范及其丰富的投融资经验使其在规范性和安全性的前提下，将资金投向长期来看具有增值价值的项目，是激发市场活力、扩大市场规模、优化市场结构和提升市场专业化水平的主要载体。在第二层次主体广泛参与的情况下，可放开对信托公司、中小商业银行和其他金融机构等第三层次市场主体的金融市场国际合作准入，以进一

步提高市场流动性并加大对中小企业等小规模融资主体的融资支持。

四、完善合作保障机制，助推金融市场国际合作行稳致远

金融市场国际合作保障机制主要包括高层推动、战略对接、双边对话、多边机制、二轨对话及交流合作等。不同类型的保障机制在精准性和效用性方面存在差异。若按照合作促进精确性和对金融市场合作进程影响即时性的高低，以及对金融市场合作促进作用的大小来看，基本可按照"战略对接—高层推动—多边机制—双边机制—二轨对话及交流合作"的顺序进行合作保障机制构建。

具体而言，在金融合作的起步阶段，可通过战略对接、领导人互访和国别合作促进会等初步达成进行国际金融合作的一致意见；为保障高层推动达到对金融合作的实质促进作用，而后再通过上合组织峰会等多边机制、财政部部长对话、智库交流合作等进行金融合作框架搭建和制度保障设计，促进沿线经济体的金融管理部门和各类型金融机构加强标准化常态化交流与合作，建立健全有助于金融标准建立、金融子市场合作等方面协同发展、相互促进的常态化机制；最后通过金融合作分委会、城市合作、重点领域合作以及金融机构交流合作等将"一带一路"金融市场国际合作落实到具体城市、子市场和参与主体，针对资本市场、保险市场等具体领域或具体产品合作以及重庆—巴黎、广西—东盟等省市合作，进行重点磋商协调，将金融市场合作从规划层面推入到实操层面。国内方面，中央全面深化改革委员会已设立推进"一带一路"建设工作领导小组办公室，但受限于人力和工作基础原因，较少涉及金融市场国际合作工作。可考虑在推进"一带一路"建设工作领导小组办公室中设立专门的金融合作小组。通过设立金融合作小组，并与各级地方政府、商协学会、金融法律等服务机构开展合作，推动资源、信息、项目共享对接，推进金融产品创新和金融市场联通。

第三节　"一带一路"金融市场国际合作机制创新政策建议

一、积极构建中国式多层次资本市场体系

完善的多层次资本市场是稳步推进金融市场国际化和开展金融市场国际合作的基础。第一，完善资本市场基本制度，建设包容性强、流动性高的多层次资本市场。逐步理顺和完善股票在资本市场各层次之间的流转渠道，着力提高各层次市场的活跃度和流动性，彻底实现资金要素资源的市场化最优分配，从而构建成金融生态的内部良性循环和与产业系统的外部良性循环。第二，坚持依据实际，突出特色，协调发展，完善各子资本市场板块的个性化差异化功能及与之匹配的标准制度安排。深入推进新三板市场化改革，研究颁布精选层企业进行转板上市

的相关标准，构建完整的精选层企业转板上市制度，拓宽挂牌企业上市渠道，打通中小微企业发挥增长潜力的上升通道，强化多层次资本市场各层次间的有机联系，强化金融创新服务实体经济能力。第三，加强金融产品创新，形成多元化融资体系。采用与英国等发达金融市场开展金融科技合作的方式，结合共建“一带一路”国家的资源特色和发展阶段，创新真正满足“一带一路”投融资需求的基金、债券产品；合理化创新运用创业投资基金、产业投资基金、保险投资资金等各种金融产品促进资产证券化，更多地通过直接融资渠道高质量共建“一带一路”；积极拓展政策性金融、资本市场、银行业金融市场和创新金融产品市场等多元化融资渠道，多方位为“一带一路”建设提供融资支持。

二、有序推动国内金融市场高水平开放

中国金融市场开放需分层次、全方位、多领域有序推进。首先，做好制度型金融开放路径的顶层设计，实施制度化负面清单管理制度，推进制度型金融开放，保证金融开放的合理有序进行。其次，稳步推进资本市场双向开放，着力全方位开放。放松境外机构投资者本外币汇出金额和比例限制，在粤港澳大湾区进行“跨境理财通”业务试点，允许外资金融机构办理银行间债券市场的债券承销和评级业务，授权外资金融机构担任非金融债务融资工具A类主承销商，破除金融市场开放在投资者与筹资者、“引进来”和“走出去”方面的不平衡。最后，真正取消商业银行、证券机构、基金管理公司、期货和人身险行业的外资持股比例限制，拓宽外资金融机构经营的业务范围，放宽外资金融机构进入在资产规模、资产结构、经营年限、股东资质等方面的限制，实施分层次和多领域开放。

三、加快推进中国边境特色金融市场建设

广西、云南、黑龙江、新疆等边境金融市场是促进次区域金融市场合作和重点领域金融市场合作的重要抓手，应植根经贸合作，发挥地方特色，形成“一带一路”金融市场合作走廊上的重要支点。第一，以金融改革试验区为范式，推进区域性金融开放。以边境省区为据点，搭建中国区域性跨境人民币业务平台，建设广西—东盟、云南—南盟、海南—阿联酋等区域的跨境人民币资金汇兑高速通道，为中国公司利用国内外两个市场、两种资源多元化其境内境外融资渠道提供基本的金融设施支持，切实解决中资企业借入外债限制较多、门槛较高的问题。第二，加快推进外汇管理创新实验点工作在边境省区进行落地，积极建立完善边境外汇市场。加强与周边经济体的区域性金融交流与创新合作，以广西推行人民币对越南盾等银行间外汇市场区域交易为范本，加快推行人民币对南亚、中东欧和阿拉伯经济体的银行间外汇市场交易。第三，基于边境省区经济贸易合作的具

体内容，建立个性化区域金融市场。加快推进在广西五象新区建立中国—东盟黄金产业园区，未来在产业园区的发展基础上建设辐射东盟地区的国际化区域性人民币黄金交易中心。新疆是我国石油、天然气等能源资源和矿产资源的重要基地和加工区，与中亚有密切的经贸合作，也在货币、金融监管等方面展开积极合作，故可在此基础上建立人民币能源交易中心，并进一步提升新疆黄金投融资平台开放性，加强与中亚五国黄金市场的合作广度和深度。第四，将边境省区作为开放试点，建立边境自贸区离岸金融中心。借鉴上海、海南等地的自由贸易账户体系设立方案，有序建立从离岸在岸内外分离型，到内外渗透型，最后到内外一体化的人民币离岸金融中心。

四、加强国内“一带一路”金融市场建设

（一）“一带一路”债券市场建设

首先，扩大债券市场开放机制，提高中介机构参与度，优化丰富投资者结构，拓展“一带一路”项目资金来源。支持满足标准的“一带一路”沿线和非沿线国家投资者参与国内债券市场，提高国内金融市场参与主体的规模化和多样性，增强债券市场流动性。可以在战略行业或领域适当保护国内企业市场竞争力的同时，加大其他行业或领域的外商引进力度，并据其融资需要创新供应配套的金融产品和服务，增强我国境内资本市场对外资企业融资的吸引力。针对目前中介机构参与数量较少的问题，应合理引导金融中介机构的主动参与，加强潜在发行人与投资者的信息沟通，树立中国债券市场和熊猫债的优良形象，从而开发更多潜在优质客户。

其次，推动债券市场产品和服务方式创新。鼓励以“一带一路”专项债券为依托，加快推进“一带一路”绿色债券、“一带一路”可续期债券等新型债券品种，增加“一带一路”债券投资工具。加快完善“一带一路”债券投融资机制及相关实施细则，鼓励各类金融机构、公募/私募基金、（R）QFII等主体投资“一带一路”专项债券。对于专门投向“一带一路”相关债券的金融产品给予一定的税收减免等，提高各类投资者参与“一带一路”建设的积极性。

最后，健全“一带一路”债券市场风险防范和处置机制建设。提升信用评估体系及机制建设，构建以评级质量为导向的评价机制，提高评级公司评估“一带一路”项目相关债券信用风险的能力。加强“一带一路”债券的信息披露制度，更加重视后续过程监测，充分披露“一带一路”相关项目面临的经济、政治和市场风险。加强各国金融市场监管标准借鉴和对接，升级债券发行人违约风险防范措施和处置机制，健全涵盖债务重组、破产清算、展期兑付等各类违约处理机制，减轻债务违约对“一带一路”项目推进和实体经济发展的破坏。

（二）“一带一路”基金市场建设

首先，建立基金运作合作体系。截至2019年4月，国际性“一带一路”专项投资基金共有26只，合计投资规模超过1万亿元人民币。可在此基础上，增加我国与其他国家的基金市场合作，扩大基金规模，优化基金结构，完善基金管理，撬动社会资本共同参与，支持“一带一路”重点项目融资。其次，联合拓展基金融资渠道。可将内地与香港基金互认的经验因地制宜地推广到其他经济体，加强个性化、特色化基金产品设计，通过着力打造旗舰产品和服务项目，吸引大型国际企业和金融机构参与，共同支持“一带一路”项目的融资合作。最后，对接基金管理制度，降低基金销售成本。应加强监管机构合作，促进监管制度融合统一和文件材料相互认可，进一步释放基金市场支持“一带一路”建设的能力。

（三）“一带一路”保险市场建设

目前，中国亟须加强“一带一路”保险市场建设，以保障中国企业在“一带一路”地缘政治经济风险较高国家的投资。由于中国保险公司没有全球化的服务网络，前期可与国际保险公司合作，借助其全球化的服务网络、专业风险防范定制方案、丰富的本地工程知识和快速响应的理赔服务，帮助国内保险公司更好地满足中国企业长期的跨区域合作需求，为在风险较高的国家进行基础建设的中国企业进行风险管理服务，在助力中国企业走出去的同时获得更多海外市场。由于“一带一路”合作项目规模一般较大，会给单一的保险公司带来巨大风险，为提升“一带一路”海外利益保障水平，可以考虑建立多样化的海外平台，通过境内“一带一路”再保险共同体、境外“一带一路”保险联合体等形式，增强境内外财产保险行业对“一带一路”建设相关保险业务的承保能力和服务能力，统筹海外资金力量、服务力量、技术优势，提供稳定的再保险保障，以满足海外保险服务的多样化、个性化需求。

（四）“一带一路”外汇市场建设

在不断加强与共建“一带一路”国家的贸易、金融和产能合作过程中，金融机构和跨国企业对于所持有外汇头寸的经营和汇率波动风险的管理需求日益增大。为此，我国应不断加强“一带一路”外汇市场国际合作建设。

首先，推行全口径跨境融资宏观审慎监管政策。我国外汇管理部门应合理调整外债和境外放款额度，推进外债业务办理流程精简化、明确化，加快将全口径跨境融资宏观审慎管理政策推行至全国，废除外债额度事前审批规定，允许有需要的企业在合理范围内自主进行本外币跨境融资，提高企业利用境外低成本资金的便利化水平，以真正缓解国际企业走出去进程中面临的融资难、融资贵问题。深化《跨国公司跨境资金集中运营管理规定》落地实施，着手简化业务登记管理流程，优化企业账户结构管理，优化升级准入退出机制，强化事前、事中、事后监测，着力推进本外币政策的一致性，增大跨国企业集团的外债集中管理额度。

其次，继续推进我国外汇市场双向开放。逐渐放宽境外央行类机构、人民币购售业务境外参加行、境外人民币业务清算行三种境外金融机构进入我国银行间外汇市场的准入标准。协同银行间债券市场共同对外开放，适当允许银行间债券市场境外机构类投资者进入我国外汇衍生品市场。鼓励和支持非银行类金融机构进入我国外汇市场，完善相关制度的额度分配和交易范围管理。完善外汇业务开展的细节，如主经纪协议、三方协议的制定，以及如何建立符合监管要求及市场需求的交易额度和权限管理、套期保值目的确认、内控及隔离等管理的有效机制。

最后，在境内发展“一带一路”货币汇率指数期货。考虑到共建“一带一路”国家多处在发展阶段，其中一些存在资本账户严格管制的国家甚至难以直接发展外汇衍生品市场，因此兼顾成本与效率的更优做法是在我国境内直接建立“一带一路”货币汇率指数期货。“一带一路”建设项目的参与企业可通过境内母公司间接参与“一带一路”汇率指数期货，提高“一带一路”货币汇率风险管理水平。

（五）“一带一路”衍生品市场建设

1. 大宗商品衍生品市场建设

“一带一路”沿线国家大宗商品资源丰富，与我国经济发展联系紧密，资源互补优势明显。下一步，应结合“一带一路”资源特色，逐步将具备条件的商品期货和商品期权品种实现国际化。首先，拓宽特定品种商品范围，对更多商品期货和商品期权进行特定化升级改造，提升中国大宗商品价格的国际影响力，为我国企业跨境经营提供有效的价格参考和风险管理工具。其次，优化市场规则和管理制度，有效降低境外投资方的制度性交易成本。再次，强化跨境监管能力，增强与国外监管机构的沟通与合作，共同维护开放条件下的市场秩序。最后，积极参加国际竞争，增大国际市场推介力度，吸引更多境外投资者参与到中国大宗商品衍生品市场交易中来。

2. 金融衍生品市场建设

中国金融期货市场存在金融衍生品供给不足、对外开放程度不高等问题，与现货商品市场发展需求不匹配、不协调、不平衡的矛盾仍然较为突出。下一步，一是加快构建与“一带一路”建设相适应的金融衍生品产品体系，加快推进外汇期货等国际战略品种上市交易，适时推出相应现货和期货品种的期权合约，完善相关产业链品种体系，根据境内外市场投资者的需要推出商品指数类产品、互换掉期合约等。二是以沪深 300ETF 期权和股票指数期权等衍生品品种为抓手，加大资本市场对外开放。三是优化市场参与主体结构，鼓励各类机构投资者参与市场交易，形成金融机构更全面、更充分参与境内金融期货市场的局面。可通过放宽（R）QFII 渠道，允许更多境外机构投资者参与境内期货期权交易，优化完善境内市场的投资者结构，改变中国金融衍生品市场机构投资者占比低、散户占主导地位的不良发展局面，增强市场的活跃度和承载力，进一步拓展市场深度，从而增强境内衍生品市场服务国内实体经济发展和“一带一路”建设的能力，增强境内金融衍生品市场的吸引力和辐射力。

五、完善双边金融市场互联互通机制

在资本项目开放程度不高的背景下，需加快完善为境外投资主体投资我国境内市场，以及境内投资主体投资境外市场设立的一系列互联互通管道，包括但不限于（R）QFII、（R）QDII 等。

（一）以香港为通道，加强债券市场合作

可从以交易场所为基准以及以交易品种为基准两方面实现对外开放，先在上交所或深交所进行试点，待试点完善后再推广至国内所有交易所市场。目前，境内交易所市场的股票已通过沪港通、深港通等渠道实现了对外开放，两渠道也已在境外形成了可观的投资者基础，这些投资者风险偏好较境内高，对于可转债、公司债等风险偏大的债券品种具有较大的投资需求，可适时放开这些交易品种，满足境外投资者持有债券后进行流动性管理以及管理利率风险、汇率风险、信用风险等风险的需求。针对“债券通”中存在额度管理、收益汇出管制等障碍，未来可放宽境外养老基金、保险资金等长期资金参与我国资本市场的规定，加快推进快速备案通道建立，缩短境外投资者进入境内市场的时间成本；及时充分披露境外投资者特别是非法人产品的信息，便利报价机构撮合对手交易；细化人民币资金汇兑的政策要求，扩大对境外投资者的服务供给；持续优化交易结算机制，提升交易结算效率；推进债券通、CIBM Direct 模式以及 QFII/RQFII 机制之间的有效整合；完善信用评级体系，逐渐统一国内和国际评级标准，做好国内制度与国际规则的有机衔接，全力提升境内债券市场对境外各类投资者的吸引力；强化境内境外的金融基础设施建设合作，不断推进我国债券市场双向高水平开放。

（二）加强股票通合作

目前来看，我国股票市场“引进来”较为顺利，而“走出去”进程则步履维艰，（R）QDII 效果不及预期，不能很好地满足我国经济发展利用境内外两个市场、两种资源的需求。一些领域尚未开放或开放度不够，跨境股票交易尚在过渡时期的制度安排阶段，境内境外投资者还不能实现较高程度的跨境投资和资金流动自由化，合格的个人跨境投资者制度尚未设立；合资券商以及公募基金管理企业的外资持股比例仍存在 51%的上限设置，亟待进一步放宽，以吸引独资券商和公募

基金管理公司入驻中国。要进一步完善和拓展金融市场互联互通机制，合理放宽每日跨境交易额度限制，扩大区域范围和联通渠道，持续加强与境外成熟发达市场的联系；优化合格机构投资者制度，进一步放宽投资比例管理，提升资金跨境流动的便利性，适时出台合格个人跨境投资者制度。在“沪港通”的经验基础上，积极稳步推进“沪德通”“沪新通”合作，实现我国资本市场与境外市场互联互通的新突破。下一步，应进一步拓展双边金融市场的互联互通机制。继“沪港通”“深港通”实现交易所市场股票对外开放后，已成功积累大量风险偏好较高的海外投资者群体，应当考虑适时放开可转债、公司债、衍生品等具有较高风险的交易品种。在“沪港通”深化发展基础上，进一步搞好“沪伦通”建设，同时拓展“沪德通”“沪新通”，在我国资本市场与境外市场互联互通上实现新突破。

六、全方位推动共建国家间金融合作对话

短期内，要加快共建国家之间双边多边对话及协商机制建设，构建各国财长和央行行长间互访及对话的规范性机制。借助多边对话机制，使各方在全球经济治理问题上达成一致意见，为中国与“一带一路”在金融市场国际合作中谋求更加公平、公正的国际环境。中长期内，应推动与共建国家金融市场制度对接和标准统一，加强信息共享和项目信息透明化建设。一方面，中国应积极倡议和推动共建“一带一路”国家建立与国际接轨的会计核算准则、法律法规和税收架构，加强各方在产品标准、业务规则和市场管理制度层面的合作，构建“一带一路”证券交易所的学习交流合作平台，为互联互通提供支持。另一方面，中国可参照世界银行、IMF、亚洲开发银行等国际金融机构提供项目贷款的惯常做法，研究“一带一路”建设项目投融资、贷中、贷后等阶段的最低信息披露规定，对相关业务信息、建设进度信息以及财务信息等按时披露，并建立相关信息的发布、交流平台，有效解决信息不完善、不对称等问题，进一步提升信息共享程度，以构建一个公开透明、简洁高效、层次清晰、可行性强的信息披露和共享体系。

第三篇

"一带一路"货币国际合作机制创新研究

货币合作是"一带一路"金融国际合作的重要组成部分，也是推动"一带一路"高质量发展的重要力量。布雷顿森林体系瓦解之后，以美元垄断为特征的国际货币体系的不公正性日益凸显，而以"世界元"为典型代表的建立全球性货币新架构的设想，在21世纪前三五十年内难以实现，推动货币合作成为当前维系世界金融稳定和推进国际货币体系合理化的最优选择。研究"一带一路"货币合作机制创新，积极推进区域内货币合作进程，破解美元霸权的约束和干预，提高人民币国际话语权，对促进"一带一路"经济深度融合和提升"一带一路"金融国际合作水平具有重要意义。

当前，"一带一路"货币国际合作还处于初级阶段，受到美元霸权和特里芬两难困境的制约依旧严重，以人民币为代表的新兴市场和发展中国家货币在区域内的核心地位还未完全确立。创新"一带一路"货币国际合作机制，应当基于人民币国际化战略和"一带一路"倡议之间的协同关系，充分发挥人民币离岸市场的推手作用，推动以石油人民币为代表的大宗商品人民币定价改革，创新货币政策国际协调机制以形成良好的国际舆论和实践氛围。在"双循环"新发展格局下"以内带外"创新货币国际合作机制，分阶段推动人民币作为区域货币合作的代理变量，分国家类别激发共建"一带一路"国家对人民币的需求，分步骤增加"一带一路"货币国际合作中人民币供给。

第九章

“一带一路”货币国际合作机制概述

在当前国际政治经济舞台上，货币往往被看作国际竞争软实力的核心，各国都非常强调货币战略的重要地位。我国提出的“一带一路”倡议建设必须借鉴和吸收货币合作的国际经验和教训，坚定不移地推进区域性货币合作，构建具有国际主义精神、可以牺牲各个国家局部利益从而确保全局利益的国际货币体系，从根源上保证区域内部形成金融共同体、经济共同体、命运共同体和责任共同体。

第一节　货币国际合作意义及发展历程

一、货币国际合作的意义

在经济全球化的背景下，各国之间的经济与金融联系越发密切，金融风险在更大的范围内对其他国家产生更迅猛的冲击。尤其在2008年金融危机爆发之后，各国政府和学者深刻意识到必要的合作与协调是应对金融风险的根本保障。当今世界，货币国际合作将成为国际货币体系改革与发展的新趋势。货币国际合作能够降低由贸易计价结算货币汇率波动引起的贸易和投资的不确定性，激活本地区经济发展动力，提升抵御外生波动冲击的能力，从而促进全球范围内各国贸易发展和经济水平的提高。更进一步地，货币国际合作能够带动全球经贸一体化进程，增强参与国在国际竞争中的话语权，实现推动经贸发展的共同目标。

第一，货币国际合作能够促进贸易发展。当今，世界各国经济和贸易依存度越来越高，在贸易活动中使用美元计价和结算使得各国对美国的经济依赖性提高，美国国内的货币政策和经济状况会对其他经济体之间的贸易产生影响。货币国际合作能够使全球贸易往来摆脱对美元的依赖，有效缩小由美元汇率变动引起的贸易波动，降低贸易总体汇兑成本，加强汇率协调，促进贸易合作向更高水平发展。国际经验证明，在贸易合作过程中使用多元化货币作为结算货币，对于实现贸易快速发展有很大的作用。尤其是当使用的本币比例提高时，使用区域本币能够降低区域内部贸易结算成本，促进区域内贸易一体化发展。例如，欧元区的货币同盟的实现能够直接提高使用区域本币的比例，达到贸易一体化的目的。

第二，货币国际合作能够促进经济发展。首先，货币国际合作可以极大地促进国家之间的经济往来。各国在货币政策方面实现更有效的沟通和协调，能够更容易在经济发展目标方面达成共识，促使各国经济发展互补和相互促进。其次，货币国际合作下各国之间的经济合作成本和汇率风险降低，对消除各国之间的贸易壁垒、促进各国之间的生产要素自由流通、实现资源更有效的分配有重大作用。各国之间贸易壁垒的消除以及商品的自由流通加剧各国市场的竞争，升级各国产业，改善各国贸易结构，提高整体经济发展水平。最后，货币国际合作还能提高各国之间的产业相关性，实现区域经济周期趋同，经济共同体的形成有助于进一步提高经济发展水平。

第三，货币国际合作能够促进金融稳定。一国的金融危机可能会蔓延到与危机发生国经济贸易交往密切的国家，而货币国际合作可以使得整个区域具有大量外汇储备防范金融危机，区域内各国之间货币政策的协调也能有效降低金融危机爆发的可能性，最终稳定各国金融使其平稳发展。除此之外，货币国际合作能够稳定汇率市场，汇率风险的降低能够稳定投资者信心，提高资本投资比例，进一步加快资本市场发展。

第四，货币国际合作能够增强相关经济体在世界经济事务中的话语权。一国作为一个独立的个体在世界经济事务中的话语权远不及一个经济合作组织。开展货币国际合作的各国进行国际贸易时会考虑到整体利益，参与国际政策协调时也会考虑全局利益，维护相同经济合作组织内部各个参与国在世界中的地位。货币国际合作能够促进参与国达到相似的经济水平，使得各国达成一致的经济发展目标，提高总体经济发展水平。可见，作为一个整体在国际上的经济地位的提高，使得各国在国际机制上成功争取利益的可能性增加，从而实现共同发展。

二、货币国际合作的发展历程

人类历史上出现过不少货币国际合作的尝试，形式上包括成员国持有各自货币但各国货币汇率保持相对固定的拉丁货币同盟、建立统一货币等不同层次的货币合作。其中，欧洲货币合作因其发展程度最高、体制机制最健全、超国家特征最突出而成为典范。欧洲货币合作过程大致可以分为三个阶段：初期阶段（二战结束至 1970 年维纳计划提出之前）、过渡阶段（维纳计划提出之后至欧洲货币体系成立）、高级阶段（1990 年至今）。

（一）欧洲货币合作的初期阶段

1944 年布雷顿森林体系建立之后，欧洲各国间接开始开展货币国际合作。布雷顿森林体系实行美元与黄金挂钩，欧洲各国货币与美元挂钩。欧洲各国货币对美元的汇率围绕中心汇率平价上下浮动 1%，这就使得欧洲各国货币之间的汇率上下浮动在2%之内。也就是说，欧洲货币合作的开端是源于固定汇率制度的设定。

1950年欧洲支付同盟成立，货币合作由间接安排转为主动尝试。欧洲支付同盟提出对各国由双边贸易形成的贸易顺差或逆差进行净额清算并实行多边抵消，不能抵消的部分，由欧洲支付同盟安排一定规模的信贷配额帮助解决。欧洲支付同盟的建立满足了在二战后欧洲各国对有效国际货币安排的需求，解决了欧洲整体在二战后对美国贸易逆差导致欧洲内部贸易结算时黄金和美元缺少的问题，促进了欧洲内部贸易的发展。

1957年法国、意大利、荷兰、联邦德国、比利时和卢森堡六国签署了《罗马条约》，此条约在货币方面建立了由各国中央银行和财政部各一名代表组成的货币委员会，主要目的在于促进成员国的货币政策协调。虽然当时欧洲依旧处在布雷顿森林体系之下，但是美元危机的初步爆发使得欧洲各国已经产生维持国际收支平衡以及与美元平价的需求。货币委员会为之后欧洲货币合作的制度框架提供了构建思路。

1958年欧洲经济共同体五个国家国际收支盈余，美国出现双赤字，造成1961年荷兰和德国的货币升值，欧洲各国的汇率水平发生变化。1964年，中央银行行长委员会成立。中央银行行长委员会的成立不允许各成员国未经协商就改变汇率，协调了欧洲经济共同体国家的货币市场和外汇市场，稳定了各国汇率的稳定。

（二）欧洲货币合作的过渡阶段

越南战争使得美国双赤字加剧，美元进一步疲软，国际市场汇率波动进一步加剧，这对欧共体的政策协调产生了负面影响和冲击。为解决这一问题，欧共体推出1970年维纳计划，提出建立单一中央银行和单一货币。计划的第一阶段是将各国货币对美元的汇率围绕中心汇率平价上下浮动缩小至0.5%；第二阶段是通过财政和货币政策稳定汇率，实现外汇储备的统一管理和资本的自由流动；第三阶段是货币相互锁定。虽然德法分歧、单一中央银行不可行的观点等原因使得维纳计划没有被整体实施，但是维纳计划依旧是首次以官方文件的形式提出在欧洲建立单一中央银行和单一货币的国际货币合作机制。

1971年，布雷顿森林体系崩溃，国际货币体系进入浮动汇率时代。浮动汇率时代的来临并没有阻碍欧共体进一步的货币合作。1972年4月，欧共体为了减小各国之间的汇率波动幅度，建立了“蛇行于洞”汇率机制。此汇率机制限制欧共体双边货币汇率最大波幅在2.25%内，各国对他国货币汇率也在此范围内。“蛇行于洞”汇率机制维持了欧共体各国汇率的稳定，促进了共同农业政策的有效实施，使得欧共体摆脱了对美元的依赖，减小了美元汇率波动对共同市场的影响。

20世纪70年代，“蛇行于洞”汇率机制的运作并不顺利。1973年和1979年的石油危机爆发之后，欧洲经济衰退、失业率激增导致欧共体在经济政策方面协调与合作出现困难，汇率压力使得有许多欧共体国家都曾退出过“蛇行于洞”，尤其是德国马克的升值使得德国的出口和就业深度受损。为了解决这些问题，1973年3月欧洲货币体系（European Monetary System，EMS）建立。欧洲货币体系相较于“蛇行于洞”汇率机制有三点改进。一是创设欧洲货币单位（埃居），将其作为欧洲外汇体系的中心；二是建立欧洲汇率机制（The European Exchange Rate Mechanism，ERM），确定成员国货币对欧洲货币单位的中心汇率，并限制围绕中心汇率的波动幅度，中心汇率的调整需要通过委员会，而成员国和他国之间实行浮动汇率；三是建立欧洲货币基金，完善原有的信贷机制，更好地为欧共体国家提供信贷支持。当然，欧洲货币体系也存在着本质缺陷。根据不可能三角理论，资本自由流动、汇率稳定和货币政策独立性不可能兼得。随着欧共体国家之间资本流动自由度越来越高，若想要维持汇率稳定，欧共体国家就需要放弃货币政策独立性。

（三）欧洲货币合作的高级阶段

1989年6月欧共体马德里首脑会议上通过了德洛尔计划，提出欧洲从1990年起分三步实现经济和货币同盟。第一阶段协调欧共体经济政策与货币政策，进一步推动财政一体化，大力推进结构政策与地区政策，增加执行结构政策与地区政策的基金，从而使成员国发展不平衡现象得到缓解。第二阶段进一步协调经济政策，共同制定政策目标，继续加强结构政策与地区政策，继续充实结构基金。第三阶段大力推进财政协调，各成员国财政受到一些限制性规定的约束，欧共体制定经济政策的权力得到扩大。

1991年，欧共体首脑会议通过了《欧洲联盟条约》，提出了建立欧共体政治、经济、货币联盟的目标和步骤，以及欧洲联盟的三大支柱（经济货币联盟、共同外交和安全政策、司法和内务合作机制）。《欧洲联盟条约》是欧盟的基础。《欧洲联盟条约》分三个阶段完成经济货币联盟。第一阶段（1990年7月1日至1994年1月1日前），任务是加强各国经济和货币政策的协调，取消外汇管制，稳定汇率。1992年至1993年欧洲发生的货币危机使得欧洲货币体系暂时放开对汇率波动幅度的限制。第二阶段（1994年1月1日至1999年1月1日前），任务是建立各国经济政策协调和监督机制，确定成员国货币对欧洲货币单位的汇率，成立欧洲货币管理局，促进各国经济趋同。1998年7月1日，欧洲中央银行取代欧洲货币管理局。第三阶段（1999年1月至2002年2月8日），1999年1月欧元正式启动，成员国货币对欧元的汇率被固定，欧洲中央银行行使制定货币政策的权力。2002年1月1日，欧元进入货币流通领域。2002年2月8日，欧盟成员国的货币停止流通。

可见，欧洲在二战后不断探索货币合作形式，欧洲货币合作的坎坷和积累的经验推动了欧元的出现，使得欧洲货币合作化达到一个更高的层次，给世界其他区域的货币合作乃至世界范围的货币合作提供了宝贵的经验。欧元出现后，欧盟实现了平稳较快的经济发展，形成了强大的经济总体规模、稳定的金融体系，成为可与美国相抗衡的发达经济体，而欧元也成为世界上重要的国际货币之一，进一步推动了欧洲整体经济的发展。

第二节　货币国际合作机制创新的实践经验

一、伊朗的结算机制创新

美国自 2018 年 5 月退出伊朗核问题全面协议（简称伊核协议）以后，对伊朗实施了一系列制裁，损害了伊朗和欧洲各国的利益。作为回应，伊朗拒绝完全遵守伊核协议条款。德黑兰一再强调，只要该框架的其他签署国坚持协议，并允许其经济重新站起来，它愿意遵守伊核协议的条款。这使得急于挽救伊核协议的 E3（法国、德国和英国）处于一个困难的境地：尽管美国实施制裁，它们仍希望继续与伊朗进行贸易，以获得其善意。

2019 年 1 月 31 日，法国、德国和英国三国外长宣布创建“支持贸易往来工具”（Instrument for Supporting Trade Exchanges，INSTEX）结算机制，以促进与伊朗的合法贸易，同时不违反美国的贸易制裁。该机制的目的是帮助挽救伊核协议。由于美国的制裁在很大程度上切断了伊朗与国际金融体系的关系，INSTEX 的想法是促进伊朗与欧盟之间的货物交换，而无须直接转移资金。整个交易过程为欧盟统计向伊朗进口和出口的商品金额，让进口商将钱付给出口商，伊朗也成立了与 INSTEX 相对应的特殊贸易和金融工具（Special Trade and Financial Instruments，STFI），以相同方式匹配进出口商品，实际上就变成双方都在各自境内结算，没有资金越过伊朗边界。

2019 年 6 月 28 日，欧盟发布声明称，INSTEX 已经投入运营。2019 年 11 月 30 日，法国、德国、英国三国发表联合声明表示，欢迎比利时、丹麦、芬兰、挪威、荷兰和瑞典加入 INSTEX 结算机制。但是从目前来看，INSTEX 的发展还较为缓慢。首先，可贸易商品种类极少。为了不过多激怒美国，INSTEX 只能进行人道主义物品（药品、医疗器械、食品等）的贸易结算。因为这些物品都不受美国制裁，而伊朗唯一可以在不违反制裁制度的情况下出口的商品是地毯、开心果和其他精选农产品，最为重要的石油、天然气等大宗商品资源被严格排除。其次，欧盟与伊朗之间贸易进出口差额过大。在三种种类中，除了在食品领域欧盟和伊朗之间的贸易比较平衡，在药品和医疗器械领域，欧盟的出口要远远大于进口，如此大的贸易差额直接导致以物易物的结算方式难以为继。最后，美国给予的巨大压力也使得欧洲企业和银行对 INSTEX 慎之又慎。美国驻欧盟大使曾表态，任何利用 INSTEX 系统进行的非人道主义活动之外的交易都会受到美国的制裁。虽然 INSTEX 结算的是欧元，与美国无关，但是美国可以利用自己的经济霸权去制裁这些参与交易结算的企业和银行，可将其踢出美元结算系统。基于以上种种原因，INSTEX 在建立一年多内都未进行贸易，直到 2020 年 3 月 31 日，双方完成首笔交易，欧洲国家向伊朗出口医疗用品以帮助伊朗控制新冠肺炎疫情。

尽管目前 INSTEX 还不够成熟，但也为受美国制裁的国家进行货币国际合作提供了新思路。伊朗原先不用美元以外的其他币种进行石油结算，并非出于其他币种坚挺与否的考虑，而是美国跟石油输出国组织（Organization of the Petroleum Exporting Countries，OPEC）签订的协议规定石油要用美元来定价与结算，以维持美元在跟黄金脱钩之后的国际货币霸权地位。在美国围剿之下其他国家不敢与伊朗进行石油交易，与其站在一起的俄罗斯自身就是石油输出国，这就为我国扩大人民币影响力提供了机会。国际货币需要被使用者认可，让外部使用者顺利将货币换成他们所需的商品和服务，而我国是一个具有充分制造能力和全面工业体系的大型经济体，同时也拥有独立于美元之外的人民币结算体系，所以在美国制裁大背景下伊朗能够接受我国用人民币购买石油，同时使用我国人民币购买其他商品和服务。这也是变相的“以物易物”，但是在这过程中就扩大了人民币的影响力，渐渐提高了人民币在受制裁国家货币体系中的地位。伊朗央行于 2015 年宣布在与外国进行交易时停止使用美元结算，使用包括人民币等在内的货币签订外贸合同，这是形成人民币生态圈、提高人民币话语权的充分体现。

二、推动货币互换发展创新货币国际合作机制

（一）我国货币互换发展情况

2008 年金融危机爆发后我国货币互换政策开始进入快速发展阶段，截至 2017 年 7 月底，中国人民银行先后与 36 个中央银行或货币当局签订双边货币互换协议。近年来，在习近平“人类命运共同体”的战略构想及“一带一路”贸易往来政策的推进下，与我国新签及续签货币互换协议的国家都明显增多。2018 年，我国央行先后与马来西亚、白俄罗斯、印度尼西亚、哈萨克斯坦、澳大利亚、英国、阿尔巴尼亚、南非和智利共 9 个国家续签了货币互换协议，并与尼日利亚、日本新签了本币互换协议。该年 38 个与我国签订双边互换协议的货币当局中共有 25 个为“一带一路”沿线国家。截至 2021 年 9 月，我国已与 39 个央行或货币当局签署了货币互换协议，规模已达到了 3.47 亿元人民币，人民币已成为世界上最大的货币互换圈。

（二）中韩货币互换案例分析

即便中韩之间政治摩擦升级，但是两国货币互换的发展历程充分体现了“一带一路”建设和人民币国际化背景下“政冷经热”的现实状况。中韩货币互换的签订与发展历程主要可以分为三个时期，即清迈倡议时期、全球金融危机时期以及后危机时期。

我国与韩国的货币互换始于1997年亚洲金融危机。这场危机始于泰国，随后迅速蔓延至韩国、马来西亚等亚洲国家，充分暴露了亚洲国家外汇储备不足、对世界市场依附过强、金融市场制度过于薄弱等问题。为应对此次危机，东盟十国和中日韩三国“10+3”的财政部部长共同通过了清迈倡议，尝试将东盟内部的货币互换机制扩展到“10+3”范围内，进行更大范围的区域货币合作。因此，2000年中韩在清迈倡议框架下首次签订了规模为40亿美元的双边货币互换协议。该阶段的中韩货币互换具有额度较小、期限不固定且以美元为媒介货币的弊端，实用性大大降低，但仍为之后中韩货币互换的发展奠定了基础。

2008年全球金融危机爆发，美国联邦储备系统（简称美联储）为应对输出危机开始大量印发美元，从而引发国际主要结算货币美元币值的大幅波动。美元贬值给韩国出口贸易体系带来巨大危机，引发韩元大幅贬值，经济迅速下滑，金融市场呈现严重衰退迹象。此次由美国引发的全球金融危机使中韩两国深刻认识到单一依赖美元作为结算货币和储备货币的巨大缺陷。结算和储备货币的多样化十分必要，进行货币互换无疑是一种有效措施。再加上两国地理位置相近，贸易往来频繁，签署货币互换协议可以加强两国合作，构建命运共同体一起应对危机，稳定区域金融势态。因此，当年12月12日中韩两国宣布签署了一个规模为1800亿元人民币（38万亿韩元）的双边互换协议，进一步深化了两国之间的货币互换活动。这既是两国应对危机的一种尝试，也是两国脱离清迈倡议下进行的货币互换新突破。此次货币互换协议的签署意味着双方可以在规定范围内以本国货币为担保换取相应的对方货币，以应对金融危机下的突发情况。同时，两国通过货币互换可以为对方提供短期流动性支持，为各自国家的商业银行提供了一定融资便利，有利于双边贸易的发展。此次互换协议的有效期限为三年，经双方一致同意可以展期。

2011年后，各国经济开始逐渐复苏，开始寻求更紧密的经济合作以促进经济增长。因此，中韩两国在全球金融危机时期签订的三年货币互换协议在2011年10月26日决定进行续签，互换额度进一步扩大至3600亿元人民币（64万亿韩元），有效期为三年。此次我国续签协议的主要目的有两点。一方面，吸取全球金融危机中过分依赖美元的经验教训，开始运用货币多样化以及离岸人民币市场并行的手段，推进人民币国际化。另一方面，通过货币互换可以深入两国货币在双边贸易和投资中的使用程度，促进两国贸易的合作与发展，推进世界经济一体化进程。2013 年 1 月 27 日，韩国银行首次动用与我国签署的用于贸易结算的货币互换安排，韩国银行通过货币互换获得 6200 万元人民币，并将其贷出给韩国企业用于支付我国企业的贸易款项。2014 年 10 月 11 日，中韩两国央行再次续签了双边互换协议，互换规模保持 3600 亿元人民币（64 万亿韩元）不变，协议有效期三年，双方同意可以再次展期。此次续签目的与之前大体相同，都是为了进一步加强两国之间的经济、贸易合作，维护区域金融稳定。2017 年，由于韩国强行部署“萨德”系统事件，导致两国关系紧张，中韩货币互换协议续签的前景变得很不明朗。两国的货币互换协议在该年 10 月 10 日午夜到期时依旧还处于商谈阶段，没有确切的续签消息。直到 10 月 13 日，韩国银行才宣称与中国人民银行就两国互换协议再次展期问题达成一致，展期时间为三年，货币互换规模依旧为 3600 亿元人民币（64 万亿韩元）不变。此前中韩货币互换协议一直是韩国最大的货币互换协议，占其全部互换安排的约 45%，并被视为紧急情况下的保护装置。如果该年中韩两国续签协议未达成一致，那么韩国金融市场将直接处于紧张局面，对韩国外汇安全性产生负面影响。

在当下美国贸易战持续升级，国际经济局势复杂多变的形势下，中韩两国货币互换协议的长期稳定发展具有重要意义。第一，我国和韩国的货币互换有助于共同应对经济动荡，维护地区金融稳定。通过货币互换，两国央行可以在危机时刻得到流动性支持，可以提升区域金融危机救助水平。第二，中韩两国进行货币互换可以在本国金融体系内充分使用对方货币，便于本国企业支付对方国家的进口商品、出口企业收到本币支付的货款，可以有效规避汇率风险，降低汇兑费用。第三，中韩货币互换可以拓宽两国企业的融资渠道，两国企业可以分别到对方国家的金融市场进行资金筹措，随后进行货币互换获得本国货币，使中韩本币借贷市场被有效连接起来。第四，我国和韩国的货币互换有助于两国政府推动本币国际化。通过货币互换在一定程度上可以推动本币在境外的结算和储备功能，扩大在国际上的流通范围，提高国际认可度。

第三节　人民币国际化与“一带一路”货币国际合作的协同关系

2018 年我国经济克服重重困难，在中美贸易摩擦加剧、国内外环境复杂多变的情况下实现了中高速增长。供给侧结构性改革初见成效，贸易结构不断优化，人民币汇率形成机制日渐成熟，币值比较稳定。国际社会对人民币的接受程度更高，人民币无论在贸易结算，还是在金融交易、官方储备资产中的份额都显著增加。这些成就都离不开“一带一路”货币国际合作建设。在“一带一路”国际合作高峰论坛中，人民币国际化的议题再次成为各方瞩目的焦点。习近平在“一带一路”国际合作高峰论坛开幕式上的演讲中宣布，“向丝路基金新增资金 1000 亿元人民币，鼓励金融机构开展人民币海外基金业务，规模预计约 3000 亿元人民币。中国国家开发银行、进出口银行将分别提供 2500 亿元和 1300 亿元等值人民币专项贷款，用于支持‘一带一路’基础设施建设、产能、金融合作”“中国将在未来 3 年向参与‘一带一路’建设的发展中国家和国际组织提供 600 亿元人民币援助”[①]。“一带一路”国际合作高峰论坛推动了人民币国际化从跨境贸易主导向资本输出主导转型，也标志着未来人民币国际化的方向将向着融资货币转变，为人民币国际化加速推进注入了新的活力。

“一带一路”建设的基本目标是要实现“五通”，归根结底就是要加强沿线各国的经贸合作，一起打造利益共同体，逐步形成横跨亚欧大陆的、新型的区域深化合作的新格局。人民币国际化有利于加强沿线国家之间的货币流通，降低区域内的金融风险与交易成本，促进区域经济的全方位深度合作。人民币在“一带一路”沿线国家拥有良好的使用环境，随着人民币资本项目和利率市场化改革的持续推进，以及汇率形成机制的进一步完善，人民币有机会借助“一带一路”在国际市场上获得更大发展空间。特别是以丝路基金和亚投行为平台，人民币在大宗商品结算、基础设施融资、跨境电子商务等方面，有较大机会形成区域使用的突破口。因此可以说，“一带一路”国际货币合作与人民币国际化战略目标存在一致性，两者可以相互促进、协同发展。

一、人民币国际化为“一带一路”建设中贸易与投资的发展提供充足的流动性支持

人民币国际化进程可以为区域各国的贸易和投资发展提供充足的流动性支持，有助于保证“一带一路”建设进程中融资顺畅。第一，人民币国际化过程中伴随着巨大的资本流出，沿线各国企业不仅有机会在对华贸易活动中获得人民币贸易融资支持，也有机会快速积累一定规模的人民币资产，为进一步扩大区域内货币国际合作创造良好条件。2020 年，人民币跨境结算规模保持持续快速增长态势，人民币在跨境收支中的使用比例创历史新高。同年，全国人民币跨境收付金额合计 28.38 万亿元，同比增长 44.3%。其中收款 14.1 万亿元，同比增长 40.7%；付款 14.28 万亿元，同比增长 48.1%。收付比为 1∶1.01，净流出 1857.87 亿元，2019 年为净流入 3605.28 亿元，跨境收支更加均衡。2020 年人民币跨境收付占同

① 习近平在“一带一路”国际合作高峰论坛开幕式上的演讲（全文），http://www.cac.gov.cn/2017-05/14/c_1120969688.htm[2019-10-30]。

期本外币跨境收付总金额的比重为47.4%，创历史新高，较上年增长9.28个百分点。第二，中国已与沿线多个国家在央行层面上签署双边货币互换协议，相关国家可以通过用信贷渠道取得人民币资金注入本国金融体系，使得国内机构或企业可以方便地借到人民币，用于支付从中国进口商品的费用，为双边贸易和投资的货币合作与发展提供便利。2008年12月中国央行和韩国银行签订了260亿美元（按当时汇率约合1800亿元人民币/38万亿韩元）货币互换协议。截至2021年9月，中国已经与全球39个央行或货币当局签署了货币互换协议，规模已达到了3.47亿元人民币，人民币已成为世界上最大的货币互换圈；此外，不少国家在双边货币互换协议到期后，选择继续与中国进行续签。第三，人民币离岸市场的发展便利了境外人民币的使用，同时离岸人民币存款在国际银行的运作下倍数扩张，为沿线各国对华贸易和投资发展创造了充足的境外人民币流动性。2020年，我国跨境人民币政策不断优化，人民币跨境使用便利化程度又上新台阶。中国人民银行等部门积极出台跨境人民币政策，体现了多部门协同推进人民币国际化的新思路。粤港澳大湾区、中国（上海）自由贸易试验区、海南自由贸易港等地均立足于各自区域发展，推出跨境人民币重点创新业务区域性政策试点。2020年末中国银行离岸人民币指数（off-shore RMB index，ORI）为1.54%，较2019年末上升0.19个百分点，刷新历史高位，表明人民币在国际金融市场使用水平创历史新高。可见人民币国际化带来了丰富的人民币流动性，可以促进区域贸易和投资的发展。

二、人民币国际化为“一带一路”建设规避使用第三方货币计价结算的风险

“一带一路”建设中计价货币的选择受货币供给波动、汇率波动、货币交易成本、利率收益等多种因素影响，其中最重要的影响因素就是使用这种货币的成本。世界市场上当前最重要的计价货币是美元。究其原因，首先，美元作为关键国际货币，掌握着原油等大宗商品的定价权，国际贸易以美元计价结算具有交易成本低廉的优势。其次，美元是一种优质的外汇储备，美国的国家实力世界领先，经济政治发展稳定。最后，美元的汇价相对比较稳定，币值坚挺，并且国内利率较高，持有美元的资本收益也较高。尽管美国的贸易份额逐年下降，早已不具备二战后初期那样的绝对优势地位，但美元仍然是国际贸易和投资中最广泛使用的第三方货币，在计价结算中继续处于绝对优势地位。然而，2008年金融危机之后，美联储的多轮量化宽松政策致使美元汇率大幅波动，国际贸易和投资双方使用美元计结算不得不面临很大的汇率波动风险。而美国国内经济刺激政策导致其经济政治形势不稳定，资产收益率下降，则意味着官方外汇储备或私人部门资产配置中的美元份额同样面临资本损失的风险。至此，人们对国际贸易和投资使用第三

方货币计价的危害性有了更加深刻的认知。

中国是“一带一路”沿线国家的重要贸易伙伴，区域内贸易如果以人民币计价结算，可以有效规避使用第三方货币的风险。近年来以人民币作为贸易和投资计价货币的优势越来越明显，人民币已经成为全球第五大国际储备货币、全球第五大支付货币和全球第八大外汇交易货币，得到了越来越多的国际认可。人民币币值稳定，为其扩大国际使用提供了良好的国际声誉；人民币国际使用的扩大尤其是以人民币作为计价和结算货币，可以规避其他货币汇率波动的风险；中国的资产收益率保持在较高水平，持有人民币也可以获得可观的资产增值；中国日益强大的经济实力也为人民币提供了信誉保障。因此，越来越多的外国企业开始尝试用人民币进行贸易计价结算和投资。

三、人民币为“一带一路”建设中重大支撑项目提供金融支持

“一带一路”建设涉及很多关系国计民生的重大支撑项目，其中更是以基础设施建设为主要内容。这些重大支撑项目是一个国家提升自身发展潜力、改善人民生活水平的基础，直接影响国民经济的发展。重大支撑项目投资规模大、建设周期长，往往具有直接经济效应不明显、间接效应强大却难以估算的特点，具有公共物品属性。人民币国际化有利于这类基础设施联通目标的实现，为“一带一路”建设夯实必要的物质基础。中国在基础设施建设方面具有独特的优势，可以通过新型的多边金融机构（如亚投行、丝路基金等）动员全球资源，并通过人民币债券、贷款、直接投资、项目融资等多种形式为重大支撑项目提供金融支持，从而将中国基础设施建设经验和成果推广到国外，增进双边经济合作，提升中国在“一带一路”沿线的国际形象。此外，以重大项目融资作为切入点，也能够加强我国与“一带一路”沿线各国的高层往来、民间交流，提升区域经济一体化程度。以亚投行为例。截至 2021 年 1 月，亚投行累计批准贷款项目 108 个，累计批准融资额 220.2 亿美元，其中绿色基础设施领域的重大支撑项目——气候融资在批准融资中的占比到 2025 年预期达到或超过 50%。

四、“一带一路”建设为人民币国际化提供公共货币使用平台

“一带一路”倡议的推进同时也在不断推动人民币国际化的进程，搭建了人民币作为国际公共货币的使用平台。第一，“一带一路”建设丰富了我国主场外交成果，不仅显著提升了我国的国际影响力，并带动人民币地位不断增强。2017~2019 年，我国举办了两届“一带一路”国际合作高峰论坛，沿线国家元首和政府首脑积极响应，参会代表 7600 余名，形成建设性成果超过 500 项。第二，中国与沿线国家的贸易高速增长，人民币使用场景拓宽。据商务部介绍，从“一带一路”倡

议提出至2018年，我国同沿线国家贸易总额超过5万亿美元，年均增长1.1%，我国已成为25个沿线国家最大贸易伙伴。区域合作改变了我国的贸易格局，《区域全面经济伙伴关系协定》(Regional Comprehensive Economic Partnership，RCEP)成员贸易额占我国贸易总额在2020年达到31.7%，东盟成为我国最大贸易伙伴。截至2019年4月，中国提出的《推进“一带一路”贸易畅通合作倡议》得到83个国家和国际组织的积极支持。中国还通过签订《中国—中东欧国家服务贸易合作倡议》和《金砖国家服务贸易合作路线图》，强化与中东欧国家和金砖国家的双边合作机制建设。截至2019年11月，中国与东盟、格鲁吉亚、智利等25个国家和地区签署、升级了17项自由贸易协定，进一步扩大自由贸易区网络体系。为适应跨境电子商务等新业态、新模式发展，截至2021年4月中国与欧洲、拉丁美洲、非洲的22个国家建立起双边电子商务合作机制。第三，我国与合作国家的多边、双边金融合作更加深入，进一步强化人民币的国际化。中国人民银行加强与世界银行、欧洲复兴开发银行、非洲开发银行及美洲开发银行合作，共同支持和参与共建“一带一路”100多个项目。截至2018年底，中国出口信用保险公司累计支持“一带一路”沿线国家的出口和投资超过6000亿美元。国家开发银行和中国进出口银行提供低成本外汇，支持专项债券发行。截至2021年5月，已有1000多家金融机构参与人民币跨境支付系统，可为沿线国家提供便捷安全的人民币清算结算服务。截至2019年11月，境内交易所债券市场新发行6只“一带一路”债券（含资产证券化产品），募资规模达67亿元人民币。

五、“一带一路”建设为人民币国际化建立风险管理机制

“一带一路”沿线国家的经济发展水平不同，金融开放程度不一，市场和制度差异更是广泛存在。如何才能进一步降低交易成本，建立起日益紧密的经贸联系，提高区域经济一体化程度？这是“一带一路”建设所追求的终极目标，也是不容回避的严峻挑战。从历史经验来看，构建经济金融安全锚是区域经济合作中重要的一环。中国作为世界第二大经济体，与“一带一路”沿线国家相比，国家风险较低，贸易金融发展水平较高。如果人民币可以在“一带一路”上全方位地发挥贸易计价结算、金融交易和外汇储备职能，则表明中国为沿线国家提供了新的国际货币及其风险管理机制，构建了经济金融的安全锚，为维护区域经济和金融稳定做出了重大贡献。因此，人民币有望成为破解区域货币合作困境的最优选择。

第一，“一带一路”建设进程中，人民币作为区域性公共货币其使用规模的扩大可以降低区域间贸易的交易成本；同时，区域内各国将人民币作为本国货币的显性或隐性参考标准，可以减轻本国货币受其他货币剧烈波动的影响，起到促进本国币值稳定的作用。第二，中国通过“一带一路”建设提升国际地位，对内可

以在区域内协商各国避免出现“以邻为壑”的货币政策，对外可以代表区域在世界上发出声音，维护本区域的利益。第三，“一带一路”建设可以增强区域内各国在国际贸易中的“讨价还价”能力，提升区域整体在国际贸易谈判中的话语权。第四，“一带一路”建设中涉及多国货币的使用，中国必定能够积累宝贵的货币管理经验，可以成为区域各国的风险管理机制的雏形。同时，加强区域内金融监管合作，搭建区域金融风险监测预警系统，对维护区域融稳定也有积极意义。

第十章

人民币离岸市场建设与“一带一路”货币国际合作

离岸金融市场作为开放性金融市场的重要组成部分，通常具有政治局势稳定、法律框架健全、金融投资设施完善、专业人才资源聚集、金融产品多元、金融创新能力强的特点，还有税收政策优惠、一般无存款准备金的要求、不设置利率管制等综合性优势。所有这些特点使得本币金融产品和服务在离岸市场上往往更具有吸引力与竞争力。人民币离岸市场在过去十几年中有效地发挥了人民币国际化的推进器作用，下一步应通过紧密配合“一带一路”倡议的实施，为人民币国际货币职能的提升开拓新方向，为区域货币合作提供推动力。

第一节　人民币离岸市场是“一带一路”货币国际合作的重要推手

近十年来，人民币离岸市场以及区域货币合作的蓬勃发展，奠定了人民币在国际化舞台上的重要地位。2015 年人民币超越日元成为第四大国际支付货币，次年又顺利加入 SDR，人民币国际化经历了从无到有、由弱到强，在支付、交易、储备、投融资等领域取得了显著的成果，而这些都离不开人民币离岸市场的推动。以香港为例，香港是全球最具规模的离岸人民币市场，同时也是全球第三大金融中心和亚洲最大的资产管理中心，具有雄厚的资金实力和市场影响力。在担任香港人民币业务清算行的十多年中，中国银行（香港）有限公司充分发挥人民币清算行对于跨境人民币业务的优势，建立了一整套先进完善的人民币清算体系，能够快速、安全地处理 70%以上的离岸人民币资金，同时将人民币的优势辐射到世界各国，尤其是“一带一路”沿线国家，成功推动了人民币作为国际支付货币的发展。

然而短期内人民币国际化还无法完全摆脱美元的挑战，因此保持创新、走出属于自己的特色之路就显得至关重要。在新时期，应借助“一带一路”倡议的历史发展机遇为人民币国际化发展开启新纪元，而积极发挥人民币离岸市场在“一带一路”货币合作中的推动作用是至关重要的环节。离岸人民币市场不仅能够推动区域货币合作，而且可以从根本上促进人民币在支付结算、金融交易、官方储备以及投融资等领域发挥国际货币功能，从而摆脱美元制约。未来应如何利用人民币离岸市场的条件和优势，深入推进“一带一路”货币合作进程？我们认为，可以从“一带一路”倡议发展的几个需求出发寻找契合点。

一、利用人民币离岸市场拓展“一带一路”沿线国家的人民币使用，为人民币跨境使用和结算提供保障

人民币离岸市场为人民币产品在“一带一路”沿线国家普及提供有力支撑，促进人民币在“一带一路”沿线国家落地生根，同时人民币离岸市场更是为企业进行人民币跨境交易和结算提供了强有力的保障。

人民币离岸市场在马来西亚的发展是说明这一问题的经典案例。马来西亚是东南亚地区最早响应“一带一路”倡议的国家，同时我国也是马来西亚最大的贸易伙伴。2018 年中马双边贸易额为 1086.3 亿美元，同比增长 13%，频繁的双边贸易使得人民币离岸市场具有广阔的发展空间。近年来，两国之间的人民币贸易结算额频频增长，使用人民币结算带来的低成本优势更加明显，这也使得更多马来西亚企业倾向于使用人民币，由此在更大程度上激发马来西亚人民币离岸市场的发展潜力。马来西亚人民币离岸市场依靠其雄厚的资金沉淀已然成为辐射整个东盟地区的人民币结算中心，拓展了人民币在东盟地区的使用频率和范围。中国银行自 2015 年成为马来西亚人民币清算行以来，致力于提高东盟区域内企业与个人参与人民币跨境清算的便捷程度，为离岸人民币市场的发展注入新的动力。2016 年，中国银行又为“一带一路”沿线国家特别是马来西亚提供强有力的授信支持，为中马两国双边贸易提供结算、融资、避险等多方位服务，切实保障马中关丹产业园和中国—马来西亚钦州产业园区的建设需要。在此基础上，为促进双边本币直接交易，不仅提高了中国银行马来西亚分行做市交易权限，而且还创新性地授予马来西亚衍生品交易所预定的授信额度。人民币能够成为该交易所保证金货币，是人民币在马来西亚正向大宗商品贸易和资本市场延伸的重要标志。

二、人民币离岸市场能够支持“一带一路”沿线国家基础设施建设需求，提高人民币融资交易份额

“一带一路”倡议将带动大批互联互通的基础设施建设。国务院发展研究中心数据显示，2016~2020 年“一带一路”沿线国家基础设施合意投资需求至少达 10.6 万亿美元。亚洲开发银行数据显示，2010~2020 年仅丝绸之路经济带沿线八国（新加坡、马来西亚、泰国、印度尼西亚、菲律宾、中国、哈萨克斯坦、巴基斯坦）

基础建设所需的投资累计就达到 5.7 万亿美元，到 2030 年亚洲基建投资需求预计将高达 26 万亿美元。为满足“一带一路”基础设施建设引发的巨额融资需求，需要人民币离岸市场提供强有力的资金支持。以香港为例，香港以其具备的国际化营商环境以及金融贸易转口和信息传递方面的优势，一直扮演着连接“一带一路”（尤其是 21 世纪海上丝绸之路）沿线国家的重要纽带。“一带一路”沿线国家可以通过香港的金融市场和银行等金融机构筹集建设资金。一方面，香港的金融市场在项目融资和资产证券化方面均拥有成熟经验，不仅可以满足“一带一路”沿线国家的建设需求还能够促进人民币作为投资工具的应用，减轻政府资金压力。另一方面，银行等金融机构可以为“一带一路”沿线国家提供人民币融资结算和现金管理服务，利用自身在发行债券和银团贷款等方面的优势，促进人民币在跨境贷款和投融资项目中的资金循环和流通，为“一带一路”沿线国家提供良好的人民币融资渠道。

三、人民币离岸市场挖掘“一带一路”沿线国家贸易合作潜力，拓展人民币在更广泛区域内发挥计价结算功能

近年来，随着与“一带一路”沿线国家贸易合作的深化，在同沿线国家在双边贸易中使用人民币计价结算的比重虽不断提高，但与跨境人民币使用的平均水平仍存在差距。要解决“一带一路”各国投资贸易便利化问题，消除投资和贸易壁垒，现阶段必须积极推进我国与“一带一路”沿线国家间的贸易往来，共创良好的营商环境，在提高贸易自由度的基础上共商共建具有互惠性质的自由贸易区。在此过程中，人民币离岸市场应积极扩充离岸人民币资金池，扮演好人民币跨境结算“中间人”的角色，为“一带一路”沿线国家贸易投资便利化提供服务。

未来，随着“一带一路”重大建设项目在更多领域使用人民币计价结算，人民币离岸市场跨境支付能够在沿线国家货币合作中发挥更大的作用。作为接入人民币跨境支付系统的海外首家直参行，中国银行一直致力于带动“一带一路”沿线国家的金融机构加入人民币跨境支付系统，完善人民币跨境清算网络对于沿线国家的覆盖程度。今后，在壮大人民币清算行队伍的基础上，金融机构应当坚持拓展区域客户、研发人民币产品、管理外汇风险三管齐下，促进人民币在各国贸易投资中计价结算的发展。

四、人民币离岸市场能够针对“一带一路”沿线国家金融资源错配，为沿线国家提供人民币金融服务

“一带一路”沿线许多国家存在着较为严重的金融资源错配现象，具体表现在以下三个方面。一是货币错配。例如，哈萨克斯坦的美元存款比重曾高达 90%，

近年来哈萨克斯坦政府出台一系列“去美元化”举措降低这一比例，才使得哈萨克斯坦二级银行存款美元化水平降至 50%以下。二是结构错配。大部分“一带一路”沿线国家的金融市场发展缓慢，将储蓄转化为投资的能力较弱。例如，东南亚国家虽有一定量的外汇储备但大量存放于美国，最终转变为美国的资本再输出。未来如何提高金融资源的利用效率，促进储蓄转化为投资是一个亟待解决的难题。可以考虑以人民币离岸市场提供计价和金融配置为突破口，降低结构错配风险。三是期限错配。“一带一路”沿线国家所需要的建设投资大多要求稳定且长期的资金来源，短期资金不仅难以满足需求，还有可能引发金融风险造成经济动荡，此时若能发挥离岸人民币市场在贷款和发债等方面的服务经验，必将在一定程度上缓解沿线国家的资金压力。

在提高离岸人民币市场金融服务水平的过程中，应当特别注意继续发挥香港的领头羊作用。依托国家“先行先试”的政策支持，发挥好香港人民币离岸市场与其他人民币离岸市场相比所独有的规模优势、专业优势、人才优势以及法律优势。在管理现有流动性的基础上，进一步完善包括人民币、港元、美元和欧元在内的四大实时支付系统，建立多层次的流动性支持机制。另外，作为全球最具规模的离岸人民币业务中心，香港应该致力于提供多元化的金融产品，推动以人民币计价的股票、债券和相关衍生产品的发展。强化离岸人民币市场的投资与对冲功能，为全球离岸市场提供成熟经验。

第二节　利用离岸、在岸汇率联动机制推动“一带一路”货币国际合作

2015 年 8 月 11 日，为了完善人民币对美元汇率中间价报价机制，中国人民银行宣布做市商需要参考上日银行间外汇市场收盘汇率向中国外汇交易中心提供中间价报价。之后，离岸、在岸人民币汇差不断扩大，中国人民银行开始不定期地干预外汇市场以遏制套利交易与投机沽空潮涌。2016 年上半年起，多空博弈不断达到高潮，意味着我们可以利用在岸、离岸人民币互动越发紧密的契机，推动“一带一路”货币国际合作。因此，本节研究离岸、在岸人民币汇率联动效应的动态演变过程，对于离岸人民币市场的健康发展、维护人民币国际化成果和提升人民币在“一带一路”货币国际合作中的话语权都具有极其重要的理论意义与现实价值①。

① 本部分参见《人民币定价权的动态演变——基于汇率波动区间的比较分析》（严佳佳，黎淑珍，《金融经济学研究》，2017 年第 4 期）。

一、离岸、在岸人民币汇率联动效应的实证检验

大量文献使用格兰杰因果检验法来研究人民币离岸市场汇率与在岸市场汇率间的线性引导关系(即均值溢出效应),而波动溢出效应的检验通常是建立GARCH(generalized auto-regressive conditional heteroskedasticity,广义自回归条件异方差)模型。因此本节选择使用多元GARCH模型将离岸、在岸人民币汇率有机结合在一个向量GARCH模型的框架内进行分析,有效捕捉市场间波动关系。

利用VAR(vector autoregressive,向量自回归)模型对汇率收益率均值进行分析,如式(10-1)所示。

$$R_t = \alpha + AR_{t-1} + \varepsilon_t \tag{10-1}$$

其矩阵形式为

$$\begin{pmatrix} R_{1,t} \\ R_{2,t} \end{pmatrix} = \begin{pmatrix} \alpha_1 \\ \alpha_2 \end{pmatrix} + \begin{pmatrix} a_{11} & a_{12} \\ a_{21} & a_{22} \end{pmatrix} \begin{pmatrix} R_{1,t-1} \\ R_{2,t-1} \end{pmatrix} + \begin{pmatrix} \varepsilon_{1,t} \\ \varepsilon_{2,t} \end{pmatrix} \tag{10-2}$$

其中,$R_{1,t}$、$R_{2,t}$分别为t时刻的离岸与在岸市场汇率变化率;$\varepsilon_t | I_{t-1} \sim N(0, H_t)$为$t$时刻市场受到的信息冲击,$I_{t-1}$为$t-1$时刻的信息集,$H_t$为方差–协方差矩阵;$2\times1$向量$\alpha$表示常数项;矩阵$A$中的元素$a_{ij}$表示市场上的信息传导;$a_{11}$表示在岸市场汇率变化受自身上一期的影响;$a_{21}$表示离岸市场汇率变动对在岸市场汇率的影响;$a_{12}$表示在岸市场汇率变动对离岸市场汇率的影响;$a_{22}$表示离岸市场汇率变化受自身上一期的影响。

二元BEKK-GARCH(1,1)模型条件方差方程如下:

$$H_t = CC' + A\varepsilon_{t-1}\varepsilon'_{t-1}A' + BH_{t-1}B' \tag{10-3}$$

其中,$\varepsilon_{t-1} = (\varepsilon_{1,t-1} \quad \varepsilon_{2,t-1})'$;$H_t = \begin{pmatrix} h_{11,t} & h_{12,t} \\ h_{21,t} & h_{22,t} \end{pmatrix}$为条件方差–协方差矩阵(1代表在岸人民币汇率收益率,2代表离岸人民币汇率收益率),$h_{11,t}$是在岸人民币利率收益率的条件方差,$h_{22,t}$是离岸人民币汇率收益率的条件方差,$h_{12,t}$、$h_{21,t}$是在岸、离岸人民币汇率收益率间的条件协方差;CC'为常数项,且有正定CC'(由此保证H_t正定);$A = \begin{pmatrix} a_{11} & a_{12} \\ a_{21} & a_{22} \end{pmatrix}$为ARCH(auto-regressive conditional heteroskedasticity,自回归条件异方差)效应对应的系数矩阵,其中,a_{11}、a_{22}表示在岸、离岸市场人民币汇率收益率自身波动的时变性特征,a_{12}、a_{21}表示两市场汇率间的冲击传导效应;$B = \begin{pmatrix} b_{11} & b_{12} \\ b_{21} & b_{22} \end{pmatrix}$为GARCH效应对应的系数矩阵,其中,$b_{11}$、$b_{22}$反映在岸、离岸市场人民币汇率收益率自身波动的持续性特征,b_{12}、b_{21}反映两市场汇率间波动传导

效应。式（10-3）可以改写为以下形式：

$$\begin{pmatrix} h_{11,t} & h_{12,t} \\ h_{21,} & h_{22,t} \end{pmatrix} = \begin{pmatrix} c_{11} & c_{12} \\ c_{21} & c_{22} \end{pmatrix} \begin{pmatrix} c_{11} & c_{12} \\ c_{21} & c_{22} \end{pmatrix}' + \begin{pmatrix} a_{11} & a_{12} \\ a_{21} & a_{22} \end{pmatrix} \begin{pmatrix} \varepsilon_{1,t-1}^2 & \varepsilon_{1,t-1}\varepsilon_{2,t-1} \\ \varepsilon_{2,t-1}\varepsilon_{1,t-1} & \varepsilon_{2,t-1}^2 \end{pmatrix} \begin{pmatrix} a_{11} & a_{12} \\ a_{21} & a_{22} \end{pmatrix}'$$

$$+ \begin{pmatrix} b_{11} & b_{12} \\ b_{21} & b_{22} \end{pmatrix} \begin{pmatrix} h_{11,t-1} & h_{12,t-1} \\ h_{21,t-1} & h_{22,t-1} \end{pmatrix} \begin{pmatrix} b_{11} & b_{12} \\ b_{21} & b_{22} \end{pmatrix}' \qquad (10\text{-}4)$$

展开得到：

$$\begin{aligned} h_{11,t} = & c_{11}^2 + a_{11}^2\varepsilon_{1,t-1}^2 + 2a_{11}a_{12}\varepsilon_{1,t-1}\varepsilon_{2,t-1} + a_{12}^2\varepsilon_{2,t-1}^2 + b_{11}^2 h_{11,t-1} \\ & + 2b_{11}b_{12}h_{12,t-1} + b_{12}^2 h_{22,t-1} \end{aligned} \qquad (10\text{-}5)$$

$$\begin{aligned} h_{21,t} = & c_{11}c_{21} + a_{11}a_{21}\varepsilon_{1,t-1}^2 + (a_{11}a_{22} + a_{12}a_{21})\varepsilon_{1,t-1}\varepsilon_{2,t-1} + a_{12}a_{22}\varepsilon_{2,t-1}^2 \\ & + b_{11}b_{21}h_{11,t-1} + (b_{11}b_{22} + b_{12}b_{21})h_{12,t-1} + b_{12}b_{22}h_{22,t-1} \end{aligned} \qquad (10\text{-}6)$$

判断离岸、在岸人民币汇率收益率之间是否存在波动溢出效应只要检验 A、B 矩阵中非主对角线上的元素在统计上是否显著异于 0。若 a_{12}、b_{12} 显著异于 0，则在岸汇率对离岸汇率存在波动溢出效应，若 a_{21}、b_{21} 显著异于 0，则存在离岸远期汇率对在岸即期汇率的波动溢出效应。

假设条件残差向量服从二元正态分布，包含 T 个样本的对数似然函数为

$$l(\theta) = -T\ln(2\pi) - \frac{1}{2}\sum_{t=1}^{T}(\ln|H_t| + \varepsilon_t' H_t^{-1}\varepsilon_t) \qquad (10\text{-}7)$$

其中，T 为样本总量；θ 为待估参数向量。由于 GARCH 模型的对数似然函数形式是非线性的，因此本节使用 BFGS 算法①进行估计。

本节使用 Ljung-Box Q 统计量对模型残差 z_t 进行检验，其统计量表达式为式（10-8）。其中，T 代表观测值，$r(j)$ 表示滞后 j 期残差项的自相关函数。

$$Q = T(T+2)\sum_{j=1}^{p}(T-j)^{-1}r^2(j) \qquad (10\text{-}8)$$

二、变量选取与样本数据分析

本节样本数据为2005年7月21日至2016年11月21日的CNY与NDF（non-deliverable forwards，无本金交割远期外汇交易）日度数据，剔除了不是同时市场开放日的交易数据。采用即期及远期汇率的日收益率进行分析，计算公式为

$$R_{i,t} = 100 \cdot (\ln P_{i,t} - \ln P_{i,t-1}) \qquad (10\text{-}9)$$

其中，$P_{i,t}$ 为在第 t 日对应汇率的收盘价数据。远期合约选取交易 1 周（1W）、1 月（1M）、3 月（3M）、6 月（6M）、9 月（9M）、12 月（12M）和 3 年（3Y）期

① 于 1970 年前后由 Broyden、Fletcher、Goldfarb、Shanno 提出。

数据，分别作为短期（1周和1月）、中期（3月、6月和9月）以及长期（12月和3年）的代表。CNY数据来源于Wind数据库，NDF数据来源于彭博(Bloomberg)数据库。参考央行扩大汇率波动区间的时间点，本节将研究期间分为四个阶段：第一阶段（人民币对美元汇率浮动区间为0.3%）为2005年7月21日至2007年5月20日，第二阶段（人民币对美元汇率浮动区间为0.5%）为2007年5月21日至2012年4月15日，第三阶段（人民币对美元汇率浮动区间为1%）为2012年4月16日至2014年3月16日，第四阶段（人民币对美元汇率浮动区间为2%）为2014年3月17日至2018年12月31日。

对两个市场的汇率收益率序列进行描述性统计分析，如表10-1所示。从变量的均值来看，在前三个阶段各变量的收益率均值均小于0，但是从第四阶段开始人民币单边升值预期被打破。从标准差来看，3年期的离岸人民币远期汇率波动程度最大，而在岸即期汇率市场的波动性最小。所有市场的峰度均大于3，变量均表现出典型的“尖峰厚尾”分布特征。

表10-1 不同汇率市场收益率描述性统计

阶段	变量	均值	标准差	偏度	峰度	Jarque-Bera
阶段一	CNY	–0.012 7	0.066 9	–0.322 4	4.251 0	36.476 8
	NDF1W	–0.012 6	0.071 8	–0.346 1	4.725 6	63.662 6
	NDF1M	–0.011 9	0.078 8	0.311 9	6.337 7	212.331 7
	NDF3M	–0.015 5	0.113 9	–4.152 6	54.363 8	49 857.860 0
	NDF6M	–0.010 9	0.120 2	0.301 0	6.799 3	272.506 4
	NDF9M	–0.015 8	0.134 2	–1.048 4	13.356 6	2 056.316 0
	NDF12M	–0.015 7	0.135 5	0.044 3	6.197 1	188.393 6
	NDF3Y	–0.012 5	0.441 0	1.181 0	20.320 4	5 627.656 0
阶段二	CNY	–0.015 9	0.047 7	0.064 2	8.782 6	1 714.548 0
	NDF1W	–0.015 9	0.054 6	0.064 3	8.133 8	1 351.588 0
	NDF1M	–0.015 5	0.060 7	–0.318 6	9.736 8	2 346.768 0
	NDF3M	–0.014 6	0.087 8	–0.768 0	17.215 7	10 477.860 0
	NDF6M	–0.013 4	0.115 2	0.429 8	15.834 0	8 479.328 0
	NDF9M	–0.012 2	0.138 1	–0.293 3	14.392 3	6 669.069 0
	NDF12M	–0.011 1	0.147 9	0.506 3	16.359 1	9 198.970 0
	NDF3Y	–0.004 0	0.335 9	0.420 9	21.684 5	17 928.160 0
阶段三	CNY	–0.005 7	0.036 0	0.162 2	6.306 0	212.419 9
	NDF1W	–0.005 5	0.031 3	0.089 2	4.049 9	21.830 8
	NDF1M	–0.005 1	0.034 5	0.219 4	4.709 2	59.939 7
	NDF3M	–0.005 0	0.038 2	0.194 2	4.232 0	32.122 8
	NDF6M	–0.004 9	0.043 8	–0.057 2	4.037 1	20.957 5
	NDF9M	–0.004 7	0.049 3	0.102 1	4.219 1	29.410 8
	NDF12M	–0.004 5	0.053 8	0.137 6	4.694 5	56.731 2
	NDF3Y	–0.004 4	0.111 4	0.373 5	9.805 2	902.214 4

续表

阶段	变量	均值	标准差	偏度	峰度	Jarque-Bera
阶段四	CNY	0.016 3	0.164 9	1.806 3	30.325 8	20 671.550 0
	NDF1W	0.017 5	0.216 2	7.577 8	109.744 3	316 270.600 0
	NDF1M	0.017 5	0.242 2	7.343 1	110.618 1	320 985.800 0
	NDF3M	0.018 0	0.273 1	6.365 7	95.078 8	235 096.200 0
	NDF6M	0.018 7	0.282 7	4.743 3	68.133 1	117875.200 0
	NDF9M	0.019 4	0.282 8	3.808 9	55.266 6	75906.620 0
	NDF12M	0.019 9	0.286 0	3.031 7	45.349 8	49798.570 0
	NDF3Y	0.024 6	0.447 6	0.491 2	7.504 6	578.351 5

三、实证检验过程以及结果

（一）均值溢出效应检验

平稳性检验（表 10-2）显示各序列在 1%显著水平下均为平稳序列，因此可以进行格兰杰因果检验。

表 10-2 人民币汇率联动效应变量平稳性检验

阶段	项目	CNY	NDF1W	NDF1M	NDF3M	NDF6M	NDF9M	NDF12M	NDF3Y
阶段一	t 值	−18.02	−18.34	−24.45	−29.54	−20.77	−24.19	−21.57	−28.65
	P 值	0.00	0.00	0.00	0.00	0.00	0.00	0.00	0.00
阶段二	t 值	−38.43	−29.17	−34.55	−26.65	−26.68	−26.93	−26.14	−42.02
	P 值	0.00	0.00	0.00	0.00	0.00	0.00	0.00	0.00
阶段三	t 值	−20.14	−20.53	−20.12	−20.13	−20.43	−20.51	−16.66	−26.23
	P 值	0.00	0.00	0.00	0.00	0.00	0.00	0.00	0.00
阶段四	t 值	−21.56	−19.51	−19.56	−18.99	−19.30	−19.32	−22.72	−21.96
	P 值	0.00	0.00	0.00	0.00	0.00	0.00	0.00	0.00

根据赤池信息准则（Akaike information criterion，AIC）确定格兰杰因果检验的最优滞后阶数为 2。从表 10-3 可以看出，仅在第一阶段和第二阶段，短期远期离岸汇率与在岸汇率之间互为格兰杰原因。汇率波动区间在 0.5%以内时主要存在双向引导效应，而随着浮动区间扩大至 1%以上，则更多地体现为离岸远期汇率对在岸即期汇率的单向均值溢出效应，说明汇率波动区间的扩大强化了离岸远期市场的价格中心地位。

表 10-3 人民币汇率联动效应的格兰杰因果检验

阶段	原假设	F 值	P 值	结论
阶段一	NDF1W 不是 CNY 的格兰杰原因	8.503 73***	0.000 2	拒绝
	CNY 不是 NDF1W 的格兰杰原因	7.635 02***	0.000 6	拒绝

续表

阶段	原假设	F值	P值	结论
阶段一	NDF1M 不是 CNY 的格兰杰原因	11.164 40***	2×10^{-5}	拒绝
	CNY 不是 NDF1M 的格兰杰原因	3.951 95**	0.019 9	拒绝
	NDF3M 不是 CNY 的格兰杰原因	3.394 94**	0.034 4	拒绝
	CNY 不是 NDF3M 的格兰杰原因	3.097 96**	0.046 1	拒绝
	NDF6M 不是 CNY 的格兰杰原因	3.964 51**	0.019 7	拒绝
	CNY 不是 NDF6M 的格兰杰原因	1.923 84	0.147 3	接受
	NDF9M 不是 CNY 的格兰杰原因	2.914 48*	0.088 5	拒绝
	CNY 不是 NDF9M 的格兰杰原因	0.033 11	0.855 7	接受
	NDF12M 不是 CNY 的格兰杰原因	5.473 33**	0.004 5	拒绝
	CNY 不是 NDF12M 的格兰杰原因	0.574 25	0.563 6	接受
	NDF3Y 不是 CNY 的格兰杰原因	0.766 12	0.465 4	接受
	CNY 不是 NDF3Y 的格兰杰原因	1.675 76	0.188 4	接受
阶段二	NDF1W 不是 CNY 的格兰杰原因	35.016 20***	2×10^{-15}	拒绝
	CNY 不是 NDF1W 的格兰杰原因	14.751 60***	5×10^{-7}	拒绝
	NDF1M 不是 CNY 的格兰杰原因	33.186 30***	9×10^{-15}	拒绝
	CNY 不是 NDF1M 的格兰杰原因	2.874 40*	0.056 8	拒绝
	NDF3M 不是 CNY 的格兰杰原因	16.969 10***	5×10^{-8}	拒绝
	CNY 不是 NDF3M 的格兰杰原因	2.551 16*	0.078 4	拒绝
	NDF6M 不是 CNY 的格兰杰原因	13.675 10***	1×10^{-6}	拒绝
	CNY 不是 NDF6M 的格兰杰原因	1.900 07	0.150 0	接受
	NDF9M 不是 CNY 的格兰杰原因	7.360 80***	0.000 7	拒绝
	CNY 不是 NDF9M 的格兰杰原因	0.914 58	0.401 0	接受
	NDF12M 不是 CNY 的格兰杰原因	9.858 31***	6×10^{-5}	拒绝
	CNY 不是 NDF12M 的格兰杰原因	1.034 12	0.355 9	接受
	NDF3Y 不是 CNY 的格兰杰原因	0.905 09	0.404 8	接受
	CNY 不是 NDF3Y 的格兰杰原因	10.221 4***	4×10^{-5}	拒绝
阶段三	NDF1W 不是 CNY 的格兰杰原因	19.560 10***	1×10^{-5}	拒绝
	CNY 不是 NDF1W 的格兰杰原因	0.416 09	0.519 2	接受
	NDF1M 不是 CNY 的格兰杰原因	22.455 20***	3×10^{-6}	拒绝
	CNY 不是 NDF1M 的格兰杰原因	1.942 29	0.164 1	接受
	NDF3M 不是 CNY 的格兰杰原因	13.020 80***	0.000 3	拒绝
	CNY 不是 NDF3M 的格兰杰原因	4.619 39**	0.032 1	拒绝
	NDF6M 不是 CNY 的格兰杰原因	15.901 70***	8×10^{-5}	拒绝
	CNY 不是 NDF6M 的格兰杰原因	2.888 18*	0.089 9	拒绝
	NDF9M 不是 CNY 的格兰杰原因	9.123 84***	0.002 7	拒绝
	CNY 不是 NDF9M 的格兰杰原因	5.604 01**	0.018 3	拒绝
	NDF12M 不是 CNY 的格兰杰原因	10.756 90***	0.001 1	拒绝
	CNY 不是 NDF12M 的格兰杰原因	4.774 47**	0.029 4	拒绝

续表

阶段	原假设	F 值	P 值	结论
阶段三	NDF3Y 不是 CNY 的格兰杰原因	0.091 11	0.762 9	接受
	CNY 不是 NDF3Y 的格兰杰原因	8.277 53***	0.004 2	拒绝
阶段四	NDF1W 不是 CNY 的格兰杰原因	15.936 90***	5×10^{-10}	拒绝
	CNY 不是 NDF1W 的格兰杰原因	0.977 57	0.402 8	接受
	NDF1M 不是 CNY 的格兰杰原因	27.374 30***	1×10^{-16}	拒绝
	CNY 不是 NDF1M 的格兰杰原因	0.892 87	0.444 5	接受
	NDF3M 不是 CNY 的格兰杰原因	26.123 30***	6×10^{-16}	拒绝
	CNY 不是 NDF3M 的格兰杰原因	0.760 88	0.516 3	接受
	NDF6M 不是 CNY 的格兰杰原因	24.826 50***	3×10^{-15}	拒绝
	CNY 不是 NDF6M 的格兰杰原因	1.756 34	0.154 3	接受
	NDF9M 不是 CNY 的格兰杰原因	23.682 90***	2×10^{-4}	拒绝
	CNY 不是 NDF9M 的格兰杰原因	1.880 03	0.131 6	接受
	NDF12M 不是 CNY 的格兰杰原因	22.551 50***	7×10^{-14}	拒绝
	CNY 不是 NDF12M 的格兰杰原因	0.853 25	0.465 1	接受
	NDF3Y 不是 CNY 的格兰杰原因	7.137 30***	0.000 1	拒绝
	CNY 不是 NDF3Y 的格兰杰原因	7.637 36***	5×10^{-5}	拒绝

***、**、*分别表示在 0.01、0.05 和 0.1 水平上显著相关

（二）波动溢出效应检验

从表 10-4 中看，在第一阶段，除 3 年期远期外，其余各期限存在在岸即期汇率对离岸远期汇率的单向波动溢出效应；在第二阶段，1 周、1 月期的在岸即期汇率与离岸远期汇率存在双向波动溢出效应，6 月期的离岸远期汇率对在岸即期汇率单向波动溢出，3 月、9 月、12 月和 3 年期的在岸即期汇率对离岸远期汇率单向波动溢出；在第三阶段，除 3 年期远期汇率外，其余各期限存在在岸即期汇率与离岸远期汇率的双向波动溢出效应；第四阶段，各期限均存在离岸远期汇率对在岸即期汇率的单向波动溢出效应。

表 10-4　波动溢出效应检验模型 BEKK-GARCH 参数估计结果

期限	阶段	变量	系数	t 值	P 值	结论
1W	阶段一	a_{12}	−0.162 5	−1.887 28**	0.050 1	在岸市场对离岸市场单向波动溢出
		a_{21}	−0.236 6	−1.517 07	0.151 8	
		b_{12}	0.375 0	2.844 69***	0.004 4	
		b_{21}	0.261 5	1.638 97	0.105 9	
	阶段二	a_{12}	0.022 3	0.279 38	0.780 0	双向波动溢出
		a_{21}	0.149 5	1.511 03	0.130 8	
		b_{12}	0.031 3	2.954 21***	0.004 0	
		b_{21}	−0.058 8	−3.532 77***	0.000 4	

续表

期限	阶段	变量	系数	t值	P值	结论
1W	阶段三	a_{12}	0.184 6	3.404 01***	0.000 7	双向波动溢出
		a_{21}	−0.759 1	−4.872 58***	0.000 0	
		b_{12}	−0.107 9	−1.883 39*	0.059 6	
		b_{21}	0.369 3	3.879 40***	0.000 1	
	阶段四	a_{12}	0.207 5	1.371 11	0.170 3	离岸市场对在岸市场单向波动溢出
		a_{21}	−0.367 1	−4.194 99***	0.000 0	
		b_{12}	−0.078 1	−1.479 79	0.138 9	
		b_{21}	0.197 8	1.079 04	0.280 6	
1M	阶段一	a_{12}	−0.148 1	−3.189 65***	0.001 4	在岸市场对离岸市场单向波动溢出
		a_{21}	−0.008 9	−0.145 36	0.884 4	
		b_{12}	1.082 3	11.920 45***	0.000 0	
		b_{21}	−0.012 3	−0.745 90	0.455 7	
	阶段二	a_{12}	−0.011 0	−2.181 49**	0.041 0	双向波动溢出
		a_{21}	−0.021 4	−0.635 97	0.524 8	
		b_{12}	−0.012 3	−0.745 90	0.455 7	
		b_{21}	0.025 9	3.289 59***	0.001 0	
	阶段三	a_{12}	0.233 1	4.853 16***	0.000 0	双向波动溢出
		a_{21}	−0.192 7	−1.850 95*	0.064 2	
		b_{12}	−0.350 9	−7.881 86***	0.000 0	
		b_{21}	0.380 3	9.212 62***	0.000 0	
	阶段四	a_{12}	0.097 6	1.116 10	0.264 4	离岸市场对在岸市场单向波动溢出
		a_{21}	−0.231 7	−3.810 53***	0.000 1	
		b_{12}	0.089 9	0.797 72	0.425 0	
		b_{21}	−0.654 6	−7.010 58	0.000 0	
3M	阶段一	a_{12}	−0.115 3	−2.965 42***	0.003 0	在岸市场对离岸市场单向波动溢出
		a_{21}	0.011 1	0.115 37	0.908 2	
		b_{12}	−0.269 2	−2.256 89**	0.038 8	
		b_{21}	−0.006 5	−0.099 96	0.920 4	
	阶段二	a_{12}	0.043 3	0.088 61	0.929 4	在岸市场对离岸市场单向波动溢出
		a_{21}	0.092 2	1.451 47	0.146 6	
		b_{12}	−0.033 8	−2.090 19**	0.036 6	
		b_{21}	−0.008 2	−0.053 69	0.957 2	
	阶段三	a_{12}	0.217 0	3.499 66***	0.000 5	双向波动溢出
		a_{21}	0.003 5	0.032 82	0.973 8	
		b_{12}	−0.246 5	−4.007 03***	0.000 1	
		b_{21}	0.188 3	4.138 11***	0.000 0	
	阶段四	a_{12}	−0.018 5	−0.100 12	0.920 3	离岸市场对在岸市场单向波动溢出
		a_{21}	−0.162 6	−1.844 49*	0.065 1	

续表

期限	阶段	变量	系数	t 值	P 值	结论
3M	阶段四	b_{12}	−0.113 6	−0.528 15	0.597 4	离岸市场对在岸市场单向波动溢出
		b_{21}	−0.572 6	−2.673 78***	0.007 5	
6M	阶段一	a_{12}	−0.080 6	−0.630 44	0.528 4	在岸市场对离岸市场单向波动溢出
		a_{21}	−0.072 3	−1.035 58	0.300 4	
		b_{12}	−0.114 2	−1.701 50*	0.088 1	
		b_{21}	0.021 5	0.664 49	0.506 4	
	阶段二	a_{12}	0.096 8	0.289 88	0.771 9	离岸市场对在岸市场单向波动溢出
		a_{21}	0.042 3	1.433 47	0.151 7	
		b_{12}	0.015 4	0.150 11	0.880 7	
		b_{21}	−0.021 7	−2.079 37**	0.037 6	
	阶段三	a_{12}	−0.066 5	−0.490 48	0.623 8	双向波动溢出
		a_{21}	0.311 9	1.895 68*	0.058 0	
		b_{12}	−0.302 2	−1.688 11*	0.091 4	
		b_{21}	0.348 3	1.431 62	0.152 3	
	阶段四	a_{12}	0.085 0	0.726 52	0.467 5	离岸市场对在岸市场单向波动溢出
		a_{21}	−0.164 1	−2.736 68***	0.006 2	
		b_{12}	−0.181 1	−1.412 11	0.157 9	
		b_{21}	0.061 1	1.139 20	0.254 6	
9M	阶段一	a_{12}	−0.159 3	−2.195 27**	0.028 1	在岸市场对离岸市场单向波动溢出
		a_{21}	0.013 7	0.431 99	0.665 7	
		b_{12}	−0.066 7	−0.524 07	0.600 2	
		b_{21}	−0.003 4	−0.241 95	0.808 8	
	阶段二	a_{12}	−0.102 2	−0.571 96	0.567 4	在岸市场对离岸市场单向波动溢出
		a_{21}	−0.002 9	−0.374 40	0.708 1	
		b_{12}	0.008 4	2.225 78**	0.026 0	
		b_{21}	0.044 8	0.928 05	0.353 4	
	阶段三	a_{12}	0.273 1	1.712 75*	0.086 8	双向波动溢出
		a_{21}	−0.060 5	−0.488 23	0.625 4	
		b_{12}	−0.229 0	−0.675 79	0.499 2	
		b_{21}	0.071 7	2.068 84**	0.042 2	
	阶段四	a_{12}	−0.524 1	1.205 10	0.228 2	双向波动溢出
		a_{21}	0.681 0	4.235 38***	0.000 0	
		b_{12}	−0.835 5	−6.597 13***	0.000 0	
		b_{21}	−0.145 9	−1.413 91	0.157 4	
12M	阶段一	a_{12}	−0.320 8	−2.310 12**	0.020 9	在岸市场对离岸市场单向波动溢出
		a_{21}	0.016 9	0.728 41	0.466 4	
		b_{12}	0.200 6	1.883 83*	0.059 6	
		b_{21}	−0.009 8	−0.493 97	0.621 3	

续表

期限	阶段	变量	系数	t 值	P 值	结论
12M	阶段二	a_{12}	0.012 7	1.949 70**	0.050 4	在岸市场对离岸市场单向波动溢出
		a_{21}	0.031 4	1.617 23	0.105 8	
		b_{12}	0.038 1	1.879 58*	0.062 2	
		b_{21}	−0.014 8	−1.610 02	0.107 4	
	阶段三	a_{12}	−0.126 3	−0.379 58	0.704 3	双向波动溢出
		a_{21}	−0.020 4	−2.297 18**	0.026 3	
		b_{12}	0.189 2	1.794 74*	0.083 8	
		b_{21}	0.141 1	1.305 53	0.191 7	
	阶段四	a_{12}	0.158 4	1.041 26	0.297 8	双向波动溢出
		a_{21}	0.398 3	2.327 56**	0.019 9	
		b_{12}	−0.751 6	−2.645 39***	0.008 2	
		b_{21}	0.029 2	0.449 21	0.653 3	
3Y	阶段一	a_{12}	−0.053 7	−0.083 40	0.933 5	不存在波动溢出
		a_{21}	0.003 5	0.306 02	0.759 6	
		b_{12}	0.974 4	0.246 90	0.805 0	
		b_{21}	−0.003 7	−0.453 92	0.649 9	
	阶段二	a_{12}	−0.155 0	−0.611 70	0.540 7	在岸市场对离岸市场单向波动溢出
		a_{21}	0.003 1	0.695 43	0.486 8	
		b_{12}	−0.004 8	−1.861 14*	0.062 7	
		b_{21}	0.080 3	1.145 37	0.252 1	
	阶段三	a_{12}	0.054 6	3.137 60***	0.001 7	在岸市场对离岸市场单向波动溢出
		a_{21}	−0.017 3	−1.204 85	0.228 3	
		b_{12}	0.272 2	1.483 96	0.137 8	
		b_{21}	−0.499 5	−1.173 08	0.240 8	
	阶段四	a_{12}	−0.499 5	−1.173 08	0.240 8	双向波动溢出
		a_{21}	−0.017 3	−1.204 85	0.228 3	
		b_{12}	0.272 2	1.683 96*	0.093 8	
		b_{21}	0.054 6	3.137 60***	0.001 7	

***、**、*分别表示在 0.01、0.05 和 0.1 水平上显著相关

综上所述，在第一阶段，在岸即期市场对离岸远期市场的引导较强，离岸汇率对在岸汇率的影响有限。在第二阶段，随着汇率波动区间的扩大，境外人民币资金的回流渠道得到扩展，在岸即期汇率与短期离岸远期汇率的互动性加强，短期离岸远期汇率开始影响在岸即期汇率。在第三阶段，波动区间的扩大进一步强化了离岸远期市场的信息中心和波动中心优势地位，中期、长期离岸远期汇率也开始影响在岸即期汇率。在第四阶段，离岸远期汇率随着汇率区间的扩大逐渐开始全面影响在岸即期汇率。可见，离岸、在岸人民币汇率联动效应是一个动态演变的过

程，随着离岸人民币规模的扩张和汇率波动区间的扩大，离岸远期外汇市场和在岸即期市场的相互影响越发显著，可以利用离岸市场提升人民币的国际话语权。

四、人民币国际话语权与“一带一路”货币国际合作

汇率波动区间不断扩大导致两岸汇差进一步拉大，同时伴随着香港离岸人民币存量与交易量规模的快速增长，央行在离岸市场的成功操作能够避免国际投机资本利用人民币汇率中间价的市场化定价机制左右中间价波动区间，即便在沽空浪潮下在岸汇率和中间价也将稳定，制止大规模资本外流和国内金融市场动荡。因此，利用离岸、在岸人民币汇率联动性增强的有利时机推进人民币汇率市场化的改革，央行只要能够保持汇率在合理均衡水平上的基本稳定就能够为提升人民币国际话语权、促进“一带一路”货币国际合作保驾护航。

从实践操作视角看，推动“一带一路”货币国际合作的具体实践步骤可以包括以下几个环节。首先，实现各国单独钉住一篮子货币。在加强双边、多边的汇率政策协调以及保持汇率相对稳定的前提下，“一带一路”沿线各国应建立起各自钉住一篮子货币的汇率制度，并且根据各国自身对外贸易、投资等实际情况确定包含美元、欧元和人民币等主要国际货币在货币篮子中的权重。其次，建立次区域的钉住共同货币篮子汇率制度。尽管不同国家的最优货币篮子各不相同，但在次区域内一些经济体存在着较为相似的货币篮子构成。Bénassy-Quéré（1999）通过测算东盟各国货币篮子最优权重得到各国在相似权重构成的基础上有条件进一步采取钉住共同货币篮子的结论。同时，受与邻国双边汇率稳定要求和经济一体化发展的双重影响，次区域内最优货币篮子结构会逐步趋同。因而，次区域内各国在相似的货币篮子构成和经济贸易结构的基础上，确定共同的货币篮子目标和中心汇率，以及限制各国对中心汇率偏离的波动幅度。除此之外，明确次区域内各国经济发展的不平衡性，采取逐次进入的方式实现次区域的共同钉住过程。经济发展程度比较高、通货膨胀率低且相似的经济体可以成为第一批参与汇率合作的国家，待汇率制度相对稳定和总结相应经验，再逐步吸纳其他国家进入。最后，建立“一带一路”整体钉住共同货币篮子制度。“一带一路”沿线各国确定共同的货币篮子及其权重，并规定货币篮子的中心平价和波动幅度。这是重要的环节，也是非常关键的汇率合作阶段。通过上述三个递进的环节步骤，极大提升人民币在岸、离岸市场的互动性，进一步增加人民币在货币篮子中的权重，为打破美元霸权地位贡献有力的中国力量

但是，在发展过程中要特别注意货币政策的独立性问题。欧洲美元市场的教训说明在货币国际化过程中，即便实现汇率浮动和资本自由流动，货币政策独立性将不可避免地受到来自离岸市场的挑战。美元 LIBOR（London interbank offered rate，伦敦同业拆出利息率）是全球美元产品定价的主流标杆，导致美国经济受制于境外市场，在很大程度上削弱了美联储货币政策的效力。美联储的货币政策目标利率对离岸美元产品的定价作用甚微，离岸市场的存在甚至冲击了其对境内美元产品的定价引导作用。Bernanke 指出，占美元流通总量 1/2~2/3 的境外美元交易直接导致了汇率等相关美元指标与其他宏观经济变量之间的相关性显著下降，从而带来了货币政策操作上的困难[①]。因此，我国必须吸取美元的教训，防止离岸市场对人民币汇率影响因素的过度滋长。周小川认为，人民币国际化进程本身会是波浪形前进的，如果观察到投机成为外汇市场的主要矛盾，就重点应对投机，等市场逐渐回到相对稳定状态，人民币国际化还会继续前进。可见，我们应该吸取国际经验和教训，积极主动对抗可能产生的宏观金融风险，平稳而可控地提升人民币在“一带一路”货币国际合作中的重要地位。

① Monetary aggregates and monetary policy at the Federal Reserve: a historical perspective, http://www.federalreserve.gov/newsevents/speech/bernanke20061110a.htm[2018-10-30]。

第十一章

大宗商品人民币定价与“一带一路”货币国际合作

大宗商品人民币定价与“一带一路”货币国际合作相辅相成。一方面，货币合作的推进可以让本国货币走出国门，扩大使用范围，提高其他国家社会经济部门对货币的接受程度。只有货币国际化水平不断提高，实现货币在全球的自由流通，国家才满足争夺大宗商品定价权的资格。另一方面，若是一国取得大宗商品定价权，那么在国际贸易中其他国家就会更倾向于选择定价币种进行计价结算，由此各个国家就会产生与掌握大宗商品定价权的国家进行货币国际合作的需求。具体体现为，国家之间将会开展两国贸易本币结算与支付的合作，打通大宗商品交易的基础关节；大量的大宗商品交易会推动非定价国家向定价国发出货币互换的倡议，以满足非定价国家短期外汇资产筹措和应对紧急融资的需要；其他国家进而会寻求与拥有大宗商品定价权的国家在经济领域开展深入的对话与合作。因此，探讨大宗商品人民币定价对“一带一路”货币国际合作具有十分深远的理论价值和实践意义。

第一节　大宗商品人民币定价的意义

成为全球贸易商品特别是大宗商品的定价货币，被认为是衡量一国货币国际地位的重要标准。借鉴美元经验，通过发展商品期货市场来实现大宗商品的人民币定价，是我国进一步推动人民币国际化和“一带一路”货币国际合作进程的重要路径。

一、大宗商品人民币定价的必要性和可行性

以人民币来定价大宗商品不仅具有必要性，而且存在可行性。

从必要性来看，我国作为大宗商品最主要消费国，有必要以人民币来定价大宗商品，避免美元定价结算所带来的汇率风险。随着经济的快速发展，我国已成为世界第二大经济体，由此成为绝大部分大宗商品最主要消费国，像铁矿石、大豆等多个品种进口数量已高居全球榜首。虽然对大宗商品市场价格的影响越来越

大，但整体上看，我国仍然是价格的被动接受者。同时，大宗商品主要是用美元定价结算，使得我国在大宗商品国际贸易中，不仅要面临价格风险，还要面临汇率风险，这既提高了我国的进口成本，也降低了整个国民的福利水平。如果直接采用人民币进行国际大宗商品定价结算，就不会存在汇率风险问题。由此来看，我国确实有以人民币来对国际大宗商品进行定价和结算的必要。

从可行性来看，虽然目前美元拥有大宗商品定价货币的地位，但是以人民币来定价大宗商品也依然存在可能。我国已经成为大部分全球大宗商品的最主要进口国，这是人民币成为大宗商品定价货币的基础条件。2009 年，我国原油进口量超过日本，仅次于美国，成为世界第二大原油进口国。2014 年，我国进口原油 3.09 亿吨，占世界进口总量的 16.48%，仅比美国低 3 个百分点。据媒体报道，2017 年中国首次超越美国成全球第一大原油进口国①。自 2003 年起，我国铁矿石进口量超过日本，成为全球第一大铁矿石进口国。2014 年，我国铁矿石进口量已占全球出口总量的 65%，占全球铁矿石产量的 46.6%。2014 年，我国大豆进口额为 443 亿美元，已占世界大豆进口总额的 49.9%。此外，来自世界黄金协会的数据表明，我国早在 2013 年时，就成为世界上最大的黄金市场，需求量约占全球总需求的 1/3。

二、大宗商品人民币定价的突破点

就目前情况分析，人民币在铁矿石定价上最有可能取得更多突破。首先，我国是全球最大的铁矿石进口国，国际市场上近七成铁矿石出口到我国；其次，我国铁矿石期货交易后来居上，已远远地甩开国际竞争者。2013 年 10 月 18 日，大连商品交易所（简称大商所）上市铁矿石期货合约。早在 2009 年 4 月，新加坡交易所就推出了全球第一个场内铁矿石掉期合约；2011 年 1 月印度两家交易所推出全球第一个铁矿石期货合约;2011 年 8 月新加坡商品交易所推出铁矿石期货合约。但是，它们的交易一直比较清淡，对现货交易影响甚微。大商所的铁矿石期货交易日渐活跃，市场影响力日渐显著。2016 年 3 月，大商所铁矿石期货合约日均成交量达到 6.6 亿吨，交易量处于第二位的新加坡交易所，整个 3 月交易量仅为 1.3 亿吨。

此外，“上海金”定盘价的诞生有助于国内金价全球影响力的提升。首笔“上海金”定盘价于 2016 年 4 月 19 日“诞生”。2015 年，上海黄金交易所的黄金总成交量已列世界第三位，并连续 9 年位居全球第一大黄金现货场内交易所。根据上海黄金交易所的规则，“上海金”每日集中定价交易分为早盘和午盘两场，早盘

① 中国首次超越美国成全球第一大原油进口国，http://finance.sina.com.cn/money/future/nyzx/2018-02-02/doc-ifyremfz3755328.shtml[2018-02-02]。

集中定价开始时间为 10 时 15 分，午盘集中定价开始时间为 14 时 15 分。目前，包括银行、黄金企业等在内的 18 家机构参与定价和提供参考价。在我国交易时段推出黄金定盘价，无疑将提升我国对全球金价的影响力，“上海金”有望与“伦敦金”“纽约金”形成三足鼎立格局。

毫无疑问，人民币在大宗商品定价货币方面取得的任何进展都将有利于人民币国际化。当然，人民币国际化的发展也有助于人民币成为大宗商品的定价货币，它们之间存在着相互依存、相互强化的关系。

第二节 我国原油期货创新大宗商品定价机制

2018 年 3 月 26 日，上海原油期货在上海期货交易所子公司上海国际能源交易中心正式挂牌交易，不仅满足了国内相关企业利用原油期货市场进行套期保值的需求，也是大宗商品交易去美元化的重要尝试，更有利于保障极易受到地缘风险影响的石油价格安全以获取石油价格话语权。自上市以来，上海原油期货运行良好，从市场份额上看已经成为亚洲最大和全球第三大的原油期货，中国国际石油化工联合有限责任公司等石油公司已经采用上海原油期货合约价格作为基准价购买和销售原油。显然，进一步提升上海原油期货市场接受度和权威性的关键在于挖掘其价格发现能力。那么，上海原油期货市场是否已经具备价格发现能力？期、现价格之间呈现何种关系？期货与现货市场对价格发现的贡献度各占多少？对上述问题的回答，对于完善上海原油期货市场建设、创新原油定价机制具有重要的理论价值和现实意义[①]。

一、期货与现货市场信息传染理论

与市场能够迅速吸收全部新信息并且准确反映在价格中的强有效市场假说不同，市场信息传染理论构建了在不同市场间存在内在联动关系、信息跨市场传导的非完全理性预期模型（King and Wadhwani，1990）。该理论认为投资者在决策过程中不只分析投资目标市场，还会参考分析相关市场价格（尽管这些价格不仅包含基本面信息还存在噪声信息）。这是因为投资者捕捉投资目标市场所有新信息的成本非常高，相关市场价格便成为投资者分析目标市场价格变化的重要参考。在经济实践中，大部分金融市场不是强有效市场，与其他市场不能完全分割，信息跨市场传导是普遍存在的，因此金融市场信息传染理论具有极强的解释能力。新信息会先被具有信息优势的市场捕捉并且快速消化，直接反映在该市场的价格

① 本部分参见《我国原油期货价格发现功能研究——上海原油期货与阿曼原油现货关系的分析》（严佳佳，朱隽文，蔡聚萍，《价格理论与实践》，2019 年第 10 期）。

变化上。接着，通过两个市场间的信息传导机制，拥有信息优势的市场价格变动会引起信息弱势市场投资者的注意，他们在确定新价格的时候会加入对价格下一步走势变化的预期，并且根据新预期调整投资操作。可见，新信息的出现使得信息弱势市场会受到信息优势市场的冲击，投资者交易行为的不断调整会对供给需求关系产生影响，最终表现为新价格的产生。

如图 11-1 所示，期货市场和现货市场之间存在着显著的信息传导关系。信息在两个市场间的传导最终体现在价格层面上，显现出期货价格和现货价格之间存在某种必然的联系。从理论上看，这种联系可能体现为期货价格跟随现货价格变化，也可能体现为现货价格跟随期货价格变化，还可能体现为两个市场价格同时发生相互影响。但是从实践上看，学术界普遍认同由于期货市场具有低成本、高杠杆和高流动性等特征，成熟的期货市场对新信息有较高的敏感度并且能够更快速地反映到价格上，即期货市场被倾向认为更具有信息优势而成为现货市场定价的重要参考，具有更强的价格发现能力。在实证研究中，早期对期货价格发现能力的判断主要通过检验"远期汇率是否是未来即期汇率的无偏估计"，但是随着 20 世纪 90 年代之后计量技术在金融领域的广泛运用，大量研究表明期货价格发现能力应该采用期货价格与同期现货价格之间的领先滞后关系做判断才能够得出合理可靠的结论（陈蓉和郑振龙，2008）。

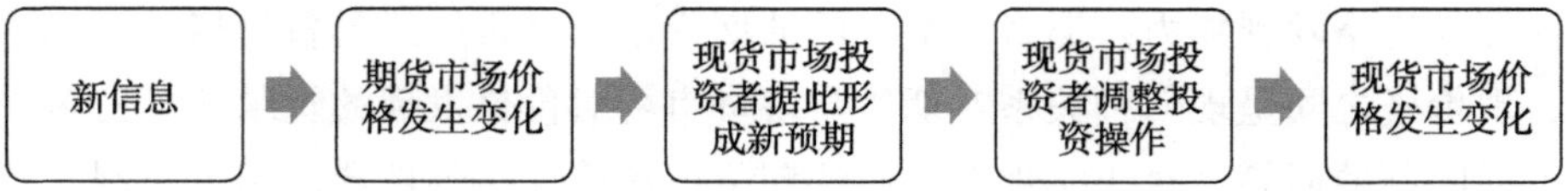

图 11-1　期货市场和现货市场之间的信息传染

二、研究方法

根据期货与现货市场信息传染理论，本节针对上海原油期货价格发现能力的实证研究分为三个步骤展开。第一步，判断期货价格与现货价格之间是否存在联系，先运用 Johansen 协整检验方法检验两者之间的长期关系，再采用 VECM（vector error correction model，向量误差修正模型）证明在短期失衡向长期均衡修正过程中两者的主从地位，最后利用格兰杰因果检验证明两者之间的因果关系。第二步，利用 BEKK-GARCH 模型说明期货市场与现货市场对新息冲击的反应，分析两个市场之间的波动传导。第三步，利用信息份额模型计算两个市场的新息对共因子方差的贡献，以判断两者对价格发现的贡献度。

（一）期货与现货价格关系的研究方法

本节首先采用 Johansen 协整检验中的迹统计量来测定期货价格与现货价格协整关系的数量，基于弱外生检验来研究期、现价格在长期的相互引导关系。如果期、现价格存在协整关系，就可以建立 VECM 如式（11-1）和式（11-2）：

$$\Delta S_t = \lambda_f e_{t-1} + \sum_{i=1}^{p} a_{si}\Delta S_{t-1} + \sum_{i=1}^{p} b_{si}\Delta F_{t-1} + \varepsilon_{s,t} \tag{11-1}$$

$$\Delta F_t = \lambda_s e_{t-1} + \sum_{i=1}^{p} a_{fi}\Delta S_{t-1} + \sum_{i=1}^{p} b_{fi}\Delta F_{t-1} + \varepsilon_{f,t} \tag{11-2}$$

其中，e_{t-1} 为上期误差（即误差修正项）；λ_s 和 λ_f 为误差修正项系数。误差修正项系数表示在系统短期偏离均衡状态时，期货价格和现货价格向均值调整的速度和方向。若误差修正项系数 λ_s 或者 λ_f 相对较大，则现货或者期货价格恢复到均衡状态的速度相对较快，现货市场或者期货市场在价格发现过程中起主要作用。

本节采用格兰杰因果检验判断期货价格与现货价格领先滞后关系，见式（11-3）和式（11-4）：

$$S_t = \sum_{i=1}^{n} a_{1i}S_{t-i} \sum_{j=1}^{n} \beta_{1j}F_{t-j} + e_{1t} \tag{11-3}$$

$$F_t = \sum_{i=1}^{n} a_{2i}S_{t-i} \sum_{j=1}^{n} \beta_{2j}F_{t-j} + e_{2t} \tag{11-4}$$

其中，e_{1t}、e_{2t} 为不相关的噪声。如果存在任意 β_{1j} 不为零，则表示期货市场信息的加入可以有效改善对现货价格的预测，说明期货价格构成现货价格的因果性。如果存在任意 a_{2i} 不为零，说明现货市场信息的加入可以有效改善对期货价格的预测。如果同时存在任意 β_{1j} 和任意 a_{2i} 均不为零，则表示期货价格与现货价格之间相互引导。模型通过 F 统计量检验系数显著性来判定格兰杰因果检验结果。

（二）期货与现货市场对新息冲击反应的研究方法

为进一步把握两个市场本期的波动受本市场、对方市场的新息冲击和上期波动的影响，本节利用 Engle 和 Kroner（1995）提出的 BEKK 模型来反映期货市场与现货市场价格的波动溢出关系。本节选用二元 BEKK-GARCH（1，1）模型，如式（11-5）和式（11-6）所示：

$$H_t = C'C + A'\varepsilon_{t-1}\varepsilon'_{t-1}A + B'H_{t-1}B \tag{11-5}$$

$$\begin{pmatrix} h_{11,t} & h_{12,t} \\ h_{21,t} & h_{22,t} \end{pmatrix} = \begin{pmatrix} c_{11} & c_{12} \\ c_{21} & c_{22} \end{pmatrix}' \begin{pmatrix} c_{11} & c_{12} \\ c_{21} & c_{22} \end{pmatrix} + \begin{pmatrix} a_{11} & a_{12} \\ a_{21} & a_{22} \end{pmatrix}' \begin{pmatrix} \varepsilon_{1,t-1}^2 & \varepsilon_{1,t-1}\varepsilon_{2,t-1} \\ \varepsilon_{2,t-1}\varepsilon_{1,t-1} & \varepsilon_{2,t-1}^2 \end{pmatrix} \begin{pmatrix} a_{11} & a_{12} \\ a_{21} & a_{22} \end{pmatrix}$$
$$+ \begin{pmatrix} b_{11} & b_{12} \\ b_{21} & b_{22} \end{pmatrix}' \begin{pmatrix} h_{11,t} & h_{12,t} \\ h_{21,t} & h_{22,t} \end{pmatrix} \begin{pmatrix} b_{11} & b_{12} \\ b_{21} & b_{22} \end{pmatrix} \tag{11-6}$$

其中，$\varepsilon_{1,t-1}$、$\varepsilon_{2,t-1}$ 为随机干扰项；H_t 为 $\varepsilon_{1,t-1}$、$\varepsilon_{2,t-1}$ 在信息集 I_{t-1} 时的条件方差–协方差矩阵；A 为 ARCH 效应对应的系数矩阵；a_{11}、a_{22} 为市场自身波动的 ARCH 效应，即波动的时变性特征；B 为 GARCH 效应对应的系数矩阵；b_{11}、b_{22} 为市场自身波动的 GARCH 效应，即前一期波动对当期波动的影响，反映波动的持续性特征；a_{12}、a_{21} 分别为期货市场与现货市场之间的冲击传导效应；b_{12}、b_{21} 分别为期货市场与现货市场之间的波动传导效应（1 代表期货市场，2 代表现货市场）。

判断原油现货、期货市场之间是否存在波动溢出效应只要检验 A、B 矩阵中非主对角线上元素统计上是否显著异于 0。若 a_{12}、b_{12} 联合检验的 F 值显著大于临界值，伴随概率显著小于 0.05，则期货市场对现货市场存在波动溢出效应；若 a_{21}、b_{21} 联合检验 F 值显著大于临界值，伴随概率显著小于 0.05，则存在现货市场对期货市场的波动溢出效应；若 a_{12}、b_{12}、a_{21}、b_{21} 联合检验 F 值显著大于临界值，伴随概率显著小于 0.05，则存在期货市场与现货市场的双向波动溢出效应。

（三）期货与现货市场对价格发现贡献度的研究方法

根据 Hasbrouck（1995）的信息份额模型，期货市场与现货市场存在协整关系说明两个市场的价格存在一个共同的变化趋势，所以期货价格 F_t 和现货价格 S_t 可被分离成两部分。一部分是两个市场的共因子 C_t，代表两个市场的共同变化趋势，即同时存在于期货和现货市场的共同有效信息永久融入市场价格的部分。另一部分是两个市场各自的噪声 u_{it}，代表期货和现货市场中独特的变化，是两个市场中各自噪声暂时融入市场价格中的部分，即 $F_t = C_t + u_{ft}$，$S_t = C_t + u_{st}$。共因子 C_t 可以定义为期货和现货市场价格的线性组合 $C_t = \gamma_f F_t + \gamma_s S_t$，$\Gamma = (\gamma_f, \gamma_s)$ 为共因子系数向量。Gonzalo 和 Granger（1995）证明共因子系数向量同误差修正向量 λ_f, λ_s 正交，表示为 $(\lambda_f, \lambda_s) \perp (\gamma_f, \gamma_s)$。信息份额模型通过分解共因子方差，根据期货和现货两个市场各自吸收的信息在共因子方差占比来测量价格发现比例。

当两个市场的信息不存在明显相关的时候，第 i 个市场的信息份额为

$$\mathrm{SH}_i = \frac{\gamma_i^2 \sigma_i^2}{\gamma_f^2 \sigma_f^2 + \gamma_s^2 \sigma_s^2} \tag{11-7}$$

当两个市场的信息项存在当期相关时，通过进行 Choleskey 分解以及根据 $\mathrm{SH}_1 + \mathrm{SH}_2 = 1$，可以得到第 1、2 市场的信息份额分别为

$$\mathrm{SH}_1 = \frac{(\gamma_1 m_{11} + \gamma_2 m_{12})^2}{(\gamma_1 m_{11} + \gamma_2 m_{12})^2 + (\gamma_2 m_{22})^2} \tag{11-8}$$

$$\mathrm{SH}_2 = \frac{(\gamma_2 m_{22})^2}{(\gamma_1 m_{11} + \gamma_2 m_{12})^2 + (\gamma_2 m_{22})^2} \tag{11-9}$$

其中，$M = \begin{pmatrix} m_{11} & 0 \\ m_{12} & m_{22} \end{pmatrix} = \begin{pmatrix} \sigma_1 & 0 \\ \rho\sigma_2 & \sigma_2(1-\rho^2)^{1/2} \end{pmatrix}$。

Choleskey 分解给第一个市场价格分配较大的信息份额，因此改变模型中两个市场的顺序可以得到各自价格发现贡献比例的上下限。当期货市场是第一个变量时，得到结果是价格贡献比例的上限；处于最后一个变量时，得到的结果是价格

贡献比例的下限。此外，市场间信息的相关性越强，上限越高，下限越低。Baillie等（2002）证明各个市场价格发现贡献比例上限和下限的平均值作为各个市场信息份额的合理性。

三、实证分析

（一）数据来源

本节选取的上海原油期货合约交割月份为最近 1~12 个月连续月份以及随后八个季月。为了产生连续的上海原油期货价格，选取每日所有合约中成交量最大的主力合约得到一个连续的上海原油期货合约序列，以其每日收盘价作为原油期货价格序列。选取在上海国际能源交易中心公布的可交割油种中交易规模较大、市场属性较好的阿曼原油价格作为原油现货价格数据。由于阿曼原油价格以美元计价，故将阿曼原油价格通过当日美元对人民币汇率收盘价转化成人民币单位，以达成与上海原油期货人民币计价相统一。数据的时间跨度从 2018 年 3 月 26 日上海原油期货上市日至 2019 年 3 月 7 日，剔除期货市场、现货市场、汇率市场没有同时开市的日期，最终样本数为 223 组。

（二）实证检验

对原油现货价格和期货价格进行 ADF 检验（augmented Dickey-Fuller test，增广迪基–富勒检验），检验结果见表 11-1。阿曼原油现货价格序列 S_t 和上海原油期货价格序列 F_t 均为一阶单整，符合 Johansen 协整检验的要求。

表 11-1　原油现货价格和期货价格的平稳性检验结果

序列	检验统计量值	1%临界值	5%临界值	10%临界值	概率值
F_t	−0.055 276	−2.575 762	−1.942 310	−1.615 716	0.663 3
S_t	−0.053 976	−2.575 762	−1.942 310	−1.615 716	0.699 0
ΔF_t	−14.507 93	−2.575 762	−1.942 310	−1.615 716	0.000 0
ΔS_t	−15.971 01	−2.575 762	−1.942 310	−1.615 716	0.000 0

根据 AIC 和施瓦茨信息准则（Schwarz information criterion，SIC），确定 VAR 模型的最优滞后阶数为 2 阶，据此建立 VAR（2）模型如下：

$$F = 0.8179F_{t-1} + 0.0248F_{t-2} + 0.1913S_{t-1} - 0.0520S_{t-2} + 9.0865$$

$$S = 0.2777F_{t-1} - 0.3062F_{t-2} + 0.7211S_{t-1} + 0.2854S_{t-2} + 10.5536$$

对 VAR 模型进行平稳性检验发现，模型中的特征根的模全部小于 1，确定平稳。对上海原油期货和现货价格序列进行 Johansen 协整检验，检验结果如表 11-2 所示，F_t 和 S_t 在 5%的显著性水平下存在一个协整关系，这说明上海原油期货价格与阿曼原油现货价格存在长期均衡关系。

表 11-2 原油现货价格和期货价格关系的 Johansen 协整检验结果

零假设	迹统计量	5%临界值	概率值
$r\leqslant 0$	16.201 20	15.494 71	0.039 1
$r\leqslant 1$	2.812 83	3.841 466	0.093 5

VECM 的滞后阶数为 VAR 模型最优滞后阶数减 1，由于上文建立的 VAR 模型为 2 阶，所以建立 VECM（1）模型如下：

$$\Delta F=-0.143e_{t-1}-0.037\Delta F_{t-1}+0.057\Delta S_{t-1}+0.668 \quad (11\text{-}10)$$
$$(-2.155)$$

$$\Delta S=-0.009e_{t-1}+0.290\Delta F_{t-1}-0.279\Delta S_{t-1}+0.174 \quad (11\text{-}11)$$
$$(-0.116)$$

在式（11-10）中，误差修正项系数为–0.143<0，t 统计量是–2.155，统计结果显著，表明原油期货价格具备反向修正作用，价格调整过程表现为期货和现货价格发生偏离时期货价格向现货价格进行调整。而在式（11-11）中，误差修正项系数为–0.009<0，t 统计量是–0.116，统计结果不显著，可见现货市场在短期失衡向长期均衡修正过程中处于主导地位。

对样本数据进行滞后 2 阶的格兰杰因果效应检验，检验结果如表 11-3 显示，在 5%的显著性水平下，阿曼原油现货价格是上海原油期货价格的格兰杰原因；在 10%的显著性水平下，上海原油期货价格才成为现货价格的格兰杰原因。可见，虽然期货与现货两者的价格存在双向因果关系，但是现货价格对期货价格具有更强的引导作用。

表 11-3 原油现货价格和期货价格关系的格兰杰因果检验结果

零假设	F 统计量	P 值
现货价格不是期货价格的格兰杰原因	3.136 52	0.045 4
期货价格不是现货价格的格兰杰原因	2.917 51	0.056 2

为了分析原油期货市场和现货市场间的波动溢出效应，首先对残差进行 ARCH 效应检验，根据 AIC 和 SIC，滞后期选择 1 阶，检验结果如表 11-4 所示。

表 11-4 ARCH 效应检验结果

市场类型	F 统计量	P 值
期货市场	8.886	0.003
现货市场	10.619	0.001

两个市场检验结果的 P 值均小于 0.05，具有显著的 ARCH 效应，因此可以运用 BEKK-GARCH 模型进行波动溢出效应检验。用 WinRATS10 软件估计，结果如

表 11-5 所示。

表 11-5 BEKK-GARCH 模型结果

系数	估计值	t 值	P 值
a_{11}	0.227	1.735	0.083
a_{12}	–0.344	–2.568	0.010
a_{21}	–0.089	–0.860	0.390
a_{22}	0.438	3.757	0.000
b_{11}	0.840	11.069	0.000
b_{12}	0.092	1.273	0.203
b_{21}	0.146	2.248	0.025
b_{22}	0.890	12.102	0.000
c_{11}	0.876	1.141	0.254
c_{21}	–1.271	–1.685	0.092
c_{22}	0.004	0.001	0.999
波动溢出检验	1.两个市场不存在相互波动溢出。H_0：$a_{12}=b_{12}=a_{21}=b_{21}=0$ Chi-Squared（4）=8.931，F=4.465，P=0.012，拒绝原假设 2.不存在现货市场向期货市场波动溢出。H_0：$a_{21}=b_{21}=0$ Chi-Squared（2）=8.462，F=4.231，P=0.015，拒绝原假设 3.不存在期货市场向现货市场波动溢出。H_0：$a_{12}=b_{12}=0$ Chi-Squared（2）=8.081，F=4.040，P=0.018，拒绝原假设		
对数似然函数值		–1430.2961	

从 ARCH 系数矩阵来看，期货市场受自身冲击影响持续性小于现货市场（$a_{11} < a_{22}$）。从 a_{12}、a_{21} 来看，原油现货市场受到一个冲击向期货市场传递的信息较期货市场受到一个冲击向现货市场传递的信息小，这可能是因为现货受到冲击后在本市场内部消化信息速度较快，使得向其他市场溢出较少，而期货市场信息消化能力较弱，使得信息向现货市场溢出较多。从 GARCH 系数矩阵中可以看出，期货市场与现货市场自身的波动持久性均很高，即本市场上一期的价格波动对于本市场当期价格的波动影响很大（$b_{11} = 0.840$、$b_{22} = 0.890$）。从两个市场的交叉波动溢出效应来看，现货价格波动对期货价格波动有较大的正向引导作用（$b_{21} = 0.146$），但是期货价格波动对现货价格波动的正向引导作用较小（$b_{12} = 0.092$），且不显著。通过对参数的 Wald 检验发现，在 5%的显著性水平下，拒绝不存在期货市场向现货市场波动溢出的原假设，拒绝不存在现货市场向期货市场波动溢出的原假设，拒绝两个市场不存在相互波动溢出的原假设，说明两个市场存在波动溢出现象，并且主要呈现出从现货市场向期货市场的波动溢出。

为进一步量化上海原油期货和阿曼原油现货的价格发现能力，本节利用信息份额模型进行实证分析。根据上文得出的误差修正模型中的参数，可以计算得出

误差修正系数向量 $(\lambda_f,\lambda_s)=(-0.143,-0.009)$，共因子系数向量 $(\gamma_f,\gamma_s)=(0.0575,0.9425)$。上海原油期货价格与阿曼原油现货价格的共同变化趋势为 $C_t=0.0575F_t+0.9425S_t$。表 11-6 是根据该模型计算得出的原油期货、现货市场对价格发现贡献比例的结果。上海原油期货市场的信息份额上下限都大大低于阿曼原油现货市场，平均贡献比例只有 35.72%，表明上海原油期货市场在价格发现中处于弱势地位。

表 11-6　信息份额模型结果

项目	上海原油期货市场	阿曼原油现货市场
上限	71.35%	99.92%
下限	0.008%	28.65%
平均贡献比例	35.72%	64.28%

四、石油人民币体系的构建策略

虽然现阶段上海原油期货市场的信息优势并不显著，但是坚信随着后续发展措施的完善，该市场的价格发现能力会得到进一步提高，成为“一带一路”货币国际合作的重要推动力。长达四十多年的石油美元发展历程已经充分证明了大宗商品贸易的计价和结算功能是一国货币国际化进程和货币国际合作的起点。因此我国在充分吸收美元国际化经验的基础上，于 2018 年转换人民币国际化的主导战略，针对石油美元体系的形成路径，施行“推出人民币计价的原油期货交易+加大国内金融市场开放力度+在‘一带一路’相关建设与投资中更多使用人民币计价与结算”的“三位一体”人民币国际化战略，努力构建石油人民币体系。接下来，对比中美发展战略进行分析。

构建石油美元体系的第一个环节是美元成为大宗商品计价以及贸易结算货币。20 世纪 70 年代，在美国宣布美元与黄金脱钩的背景下，为了挽救没有黄金背书的美元信誉，美国与沙特阿拉伯达成“不可动摇的协议”，以向沙特阿拉伯出售军事武器并保障沙特阿拉伯国土安全不受以色列侵犯为条件，换取沙特阿拉伯接受美元作为出口石油唯一的计价和结算货币。之后，美国与 OPEC 其他成员国也逐一达成谅解，彻底确立美元在 OPEC 国家出口石油计价和结算货币中的垄断地位。“石油美元”机制正式诞生。此外，石油输出国又会将出口获得的美元以购买美国国债或其他美元金融资产的方式投入美国金融市场，形成一个完整闭环。而我国人民币国际化战略中的上海原油期货就是强化人民币计价结算功能的重要抓手。现如今大宗商品的价格主要由期货市场决定，即期货价格成为市场参与者交易的价格标杆，所以推出原油期货的目的就是推动人民币第一次作为计价单位参与原油价格形成机制，提升人民币计价结算功能。

构建石油美元体系的第二个环节是美元纳入各国储备货币体系。虽然美国与OPEC 国家只是达成双边协议，但由于石油是各个国家绝大多数生产部门的上游原材料，对其需求非常旺盛，同时中东原油又具备低成本和高产量双重特点，使得中东国家成为世界主要经济体的原油进口来源地。美元是中东原油贸易结算的唯一选择，这就意味着任何经济体必须先拥有美元或向国际金融市场借入美元才能从中东进口原油，所以各个国家必然会储备美元以保证国内石油进口的稳定。与之相对应，我国选择将“一带一路”倡议与上海原油期货协同推进达成这个目的。一方面，“一带一路”建设可以培育海外人民币的真实需求，加速人民币成为沿线国家实体经济的“通行证”，以此提高这些国家储备货币体系中人民币的权重。另一方面，上海原油期货也可以逐渐增加国外投资者出于期货交易的目的产生的人民币需求。只有其他国家对人民币的需求实现稳步增长，人民币在其他国家储备货币体系中的份额才有望提升。

构建石油美元体系的最后一个环节是推动美元成为国际金融市场中的基准货币。虽然美元在最初仅成为中东原油出口的结算货币，但是随着贸易的扩展，美元的使用范围实现了由原油本身蔓延到整个原油产业链，继而扩展至其他大宗商品贸易当中，最终美元成为全球贸易中的通用计价单位以及结算货币。除此之外，由于全球贸易的各个环节都大量地使用美元进行交易，市场中就存在大量的美元贸易盈余，而美元盈余国家又会将美元用于购买美国的各种金融产品，如国债、房地产以及股票、企业债券等，实现美元从实体经济体系向虚拟经济体系的扩散，不仅对商品贸易环节产生影响，也对金融资产价格、外汇汇率，甚至是各国货币政策产生影响。当前我国要想构筑石油人民币体系，向美元霸权发起冲击，开放国内金融市场是一个必然条件。第一，只有提高国内金融市场的开放程度，我国输出的人民币才拥有较为完善的回流渠道，才能形成人民币流动的完整闭环；第二，开放的金融市场可以让世界听到更多的“中国声音”，提升我国在国际金融市场的影响力。所以将加大国内金融市场开放力度纳入“三位一体”人民币国际化战略是我国必然的选择，目的就是通过丰富人民币计价资产，建立人民币回流机制，进一步影响国际金融市场。

从以上分析中可以看出，上海原油期货是构建石油人民币体系必不可少的一环。原油期货与“一带一路”倡议具有非常紧密的联系。“一带一路”经过大量国家，从能源角度，可将这些国家分为“能源生产国”“能源消费国”“能源通道国”三类，可以说“一带一路”也是一条能源之路，而石油贸易则是能源贸易的重中之重。当前中俄能源合作不断加强，我国已成为世界主要的石油进口国，在原油需求端的定价话语权不断提升，因此与“一带一路”沿线的石油生产大国之间存在非常密切的贸易联系。关乎自身的经济利益就是这些国家与上海原油期货市场的契合点。虽然前几年我国已经与部分沿线石油生产国签署了货币互换协议，但相比之下上海原油期货对人民币国际化的推动作用更加深远。如果大量中东产油国投资者参与上海原油期货市场进行交易，人民币在原油实际贸易中的使用率与认可度就会大幅度提高，进一步实现从原油计价货币到原油贸易结算货币的转变，也使沿线各国将自发增加本国的人民币储备来保证贸易结算的平稳进行。

第三节　改革大宗商品定价机制，助力“一带一路”货币国际合作

一、大力发展国内期货市场，建立区域性甚至国际性大宗商品期货定价中心

从国际范围来看，大宗商品定价大多是由期货市场决定，中国期货市场的发展与发达国家相比较为滞后，因此推动“一带一路”货币国际合作离不开我国期货市场的发展。一方面，增加期货市场的交易品种，满足市场中各类投资者的需求，尽可能吸引更多的投资者进入市场交易。可以尝试推出结合“一带一路”倡议的区域性期货交易品种，吸引境外期货投资者以提高我国期货交易所在周边地区的影响力。逐步开放期货市场，提高国际社会对我国期货价格的认可度，形成区域货币国际合作的需求。另一方面，深入学习发达国家期货交易所建设的先进经验，结合我国国情本土化，推动交易所改革创新。逐步建立起区域性乃至国际性定价中心。国际经验表明，大宗商品的基础价格基本是由定价中心决定的。我们应当依据国内经济现状，结合“一带一路”倡议安排，先在沿线国家建立区域性定价中心，借助实体经济交流有效扩散影响力。

二、通过政府引导加强大宗商品市场产业集中化，提升国际吸引力

大宗商品市场产业集中度低，企业之间分散经营、各自为政、无序竞争、低价竞销，加剧了产业内的竞争，削弱了企业自主定价权，更降低了我国大宗商品市场在“一带一路”沿线国家的吸引力。政府及监管机构应该对市场参与者采取统一协调管理，加强与“一带一路”沿线国家的经贸合作，形成战略联盟；整改市场格局，促进产业集中化，发挥协同效应，维持进出口秩序。与其他新兴市场国家建立消费者战略联盟，抵御大宗商品市场的寡头垄断力量建立价格卡特尔，构建抱团谈判机制，争取在大宗商品定价方面获得一定话语权。此外，政府应充分发挥行业协会、企业的积极性。行业协会作为连接企业与政府的纽带，肩负着协调各方利益、引导产业发展的重任。企业应积极参与到期货市场中，利用期货

市场规避价格风险，进行套期保值，制定适合自身发展的策略。

在加强产业集中化建设的过程中，要特别注意大宗商品价格预警机制以及信息服务体系建设，以提升我国大宗商品市场的安全性和透明性，以便在激烈的国际市场竞争中脱颖而出。中国银行“原油宝”事件体现了世界金融形势云谲波诡，大宗商品价格风险日趋上升。价格监测预警机制就是分析具有重要性的大宗商品的价格波动因素和内在特征，以对其价格走势进行分析研判，力求预测准确以降低价格波动风险。完善期货市场的信息服务体系，定期披露相关市场信息，防止投机者利用虚假信息进行恶意炒作，损害广大境内外投资者的利益。

三、主导区域贸易规则的制定与规范，助力人民币国际化和“一带一路”货币国际合作

以往，我们一直追求与现有的国际贸易惯例接轨，而这个惯例是由西方发达国家建立的，这就导致我国一直处在被动的地位。而实行“一带一路”倡议，中国可以亚投行为通道，逐步向多边贸易扩散，进而形成由发展中国家主导的区域性贸易规则。由于“一带一路”和亚投行均由中国发起，并且中国在亚投行中有很大话语权，因此中国主导“一带一路”的特定区域内的贸易规则的概率上升，人民币在特定区域的地位也会相应逐步提升。此外，区域贸易规则的建立也可以推动沿线国家资本市场一体化，推动经济外交与战略合作的有机统一，提高我国外汇储备的资源配置效率，提高人民币国际化话语权和区域内货币合作的水平。

第十二章

货币政策同盟与“一带一路”货币国际合作

在国际经济长期发展过程中，为了促进区域整体经济稳定增长和提升国际地位，货币政策的国际协调在不同时期、以不同方式被多次实践过。金本位制决定了主要贸易国家的货币政策不得不参与到以英国为主导的国际协调中，以美元为核心的布雷顿森林体系中各个参与国需要在遵守IMF相关协定的前提下进行基于既有规则的货币政策国际协调，牙买加体系下寻求内部均衡的各国货币政策当局在2008年金融危机爆发后不约而同地强化了全球性、区域性以及国家间不同层次的货币政策协调机制以应对金融失衡和经济衰退。因此，在推动“一带一路”货币合作的进程中，我们必须处理好国家利益与国际协调的关系，通过货币政策同盟为区域货币合作的顺畅进行扫清制度性障碍。

第一节　货币政策同盟在欧洲货币合作中的国际经验

一、欧洲货币政策同盟与货币合作的发展历程

欧洲国家相对较小，相互之间的贸易和金融往来密切，长期以来就对一国货币政策的跨国外溢性有着清楚的认识。20世纪30年代欧洲国家竞争性贬值给彼此带来了灾难性后果，这给欧洲国家以深刻教训。20世纪40年代末起欧洲各国更是遭受着“国际货币体系缺陷”的外患和“战争”的内忧共同侵扰，这进一步推动了欧洲各国不得不选择货币合作。二战一结束，欧洲就开始了早期的区域性货币制度建设，以推进欧洲域内国家间货币协调和合作。1950年建立的欧洲支付同盟不仅仅是推动二战后欧洲多边贸易的清算系统。因为成员国为接受马歇尔计划援助要定期通过欧洲支付同盟交换对外经济信息，并在接受欧洲支付同盟的贸易信贷时要附带接受欧洲支付同盟施加的信贷条件，所以欧洲支付同盟实际上还发挥了十分初步的国际沟通和协调作用。1957年《罗马条约》指出汇率政策为各成员国所“共同关注”，并建立了货币委员会，用于交换成员国观点，增进共识。它成了以后欧洲货币合作展开的制度性框架雏形。1964年创立央行行长委员会，标志欧洲经济共同体成员国开始主动协调各自的货币和汇率政策，成员国的货币自主权开始受到超国家的“委员会”约束，尽管协调和约束的程度都很小。

全球范围内的布雷顿森林体系解体后，欧洲国家开始自主展开区域性货币协调和合作。1971 年 12 月十国集团通过《史密森协定》，提出“蛇行于洞”的机制，规定了各国汇率波动的幅度，将 IMF 规定的汇率上下浮动 1%扩大为上下浮动 2.25%。隔年，欧共体决议将成员国货币汇率波动幅度修改为上下浮动 1.125%，这被通俗地称为“蛇形浮动”。然而“蛇形浮动”实施不足一年就因为美元币值大幅下跌而被欧洲汇率机制所取代。1979 年 3 月欧共体正式建立欧洲货币体系，创建了欧洲货币集团，旨在建立一个可调整的汇率制度，促进共同市场的经济增长和稳定；创建欧洲货币单位，使其具有“准货币”性质；准备建立欧洲货币基金以增强干预市场和提供信贷的能力。1991 年欧共体成员国签署了《政治联盟条约》和《经济与货币联盟条约》，其中《经济与货币联盟条约》规定最迟在 1999 年 1 月 1 日之前建立经济货币联盟，条约在 1993 年正式生效。1999 年 1 月 1 日欧洲货币联盟正式启动，进入欧元发行的过渡阶段，直到 2002 年 7 月 1 日欧元才正式替代欧洲货币单位登上历史的舞台。从 1971 年提出的“蛇行于洞”机制，到 1979 年建立的欧洲货币体系，再到 1999 年启动的欧洲货币联盟，欧洲实行的是一种由“准平行货币”向“单一货币”稳步演进的行为模式，货币合作程度不断加深。虽然中间有各种波折，但总的来看，布雷顿森林体系解体后，欧洲货币合作的运行越来越成功，合作的成效也越来越明显。我们可以用“蛇行于洞”和欧洲货币体系以及欧洲货币联盟中汇率的波动幅度比较来说明这一点。表 12-1 给出了欧洲六国货币名义汇率在“蛇行于洞”时期和欧洲货币体系时期相对于德国马克波动的变化，还用同期日本、英国和美国货币的名义汇率相对于马克的波动来做参照。明显可知，相对于“蛇行于洞”，欧洲货币体系在几个核心成员国中创造了一个更为稳定的货币区。

表 12-1　欧洲六国货币的名义汇率相对于德国马克波动的变化

国别	1973~1978 年（“蛇行于洞”时期）	1979~1995 年（欧洲货币体系时期）
比利时	0.76	0.47
丹麦	0.92	0.60
法国	1.71	0.62
德国	n/a	n/a
爱尔兰	2.31	0.99
意大利	2.35	1.19
荷兰	0.88	0.22
平均核心 ERM	1.49	0.68
日本	2.37	2.34
英国	2.31	1.94
美国	2.66	2.71

资料来源：IMF《国际金融统计》

注：本表数据根据年名义汇率对数变化的标准方差得出；为显示方便，求出数值被乘以 100。平均核心 ERM 指参与欧洲汇率机制的核心成员国的平均汇率波动情况。n/a 表示无数据

在 1999 年后，欧元开始进入账面流通，11 国实施相互之间汇率的永久性固定，成员国间汇率变动的可能性被消除。2002 年欧元正式实现对 12 国货币的替换，成为该区域唯一的法定货币，除非成员国退出欧元区，任何汇率的变动都没有了一点余地，欧元区 12 国实现了真正意义上的单一货币。

二、货币政策同盟对欧洲货币合作的作用

毫无疑问，在上述 30 年欧洲货币合作走向成熟和货币一体化走向深入的推进过程中，随着各国经济趋同的发展进程，政策共识的逐步达成和区域性制度的建设是货币一体化成功的关键。

（一）宏观经济政策共识的重要性

各个国家宏观经济政策观念上的不同，会造成对货币合作和货币同盟成本收益的不同评价，进而影响到货币合作和货币同盟能否实现和实现的范围与时间。例如，越是凯恩斯主义的政策观念，就越会强调放弃独立货币和财政政策的成本，因而越不倾向于加入货币同盟。在欧洲，从 20 世纪 70 年代中期开始，欧洲大部分政府开始在政策理念和主张上向新自由主义趋同，并最终在 20 世纪 80 年代后期达成新自由主义共识（Moravcsik，1998）。新自由主义的政策特征是，在通货膨胀和经济增长或失业两者比较中，更强调低通货膨胀率的重要性，它反对凯恩斯主义的国家干预政策，倾向于认为国内导向的积极货币政策是无效的。这样一种政策共识的逐渐达成，重新界定了政府在货币合作中的利益空间和不同利益的权重，促使欧洲国家在遇到外部收支不平衡时，越来越依靠国内经济来调整，而不是依靠汇率政策。该政策共识的一个直接结果就是在 20 世纪 80 年代，欧洲国家不仅实现了在较低水平上的通货膨胀率趋同，而且欧洲货币体系的运行也相对稳定。这同“蛇行于洞”机制下，欧洲国家由政策选择优先顺序不同造成的汇率波动有了很大的不同。另外，新自由主义的政策共识还为欧洲国家最终完全放弃本国汇率政策和货币，走向货币同盟扫除了观念上的障碍。

政策观念上的“新自由主义共识”何以在这段时间中在欧洲达成呢？为何凯恩斯主义的政策观念没能被保持？概括地讲，有以下几个原因。第一，第一次石油危机后宏观政策对通货膨胀的失败应对促使各国政府重新考虑政府在宏观经济政策制定中的作用，开始寻找不同于凯恩斯主义的宏观经济政策。第二，货币主义的兴起。二战后由于长期推行凯恩斯主义造成了持续性的通货膨胀，货币主义的核心思想为以反通货膨胀而不是促进就业和增长的宏观经济政策确立了合理性依据。第三，德国作为区域性货币合作“核心国”以强反通货膨胀倾向和货币稳定在欧洲著称，并取得良好的经济效果。因此，“德国中央银行模式”逐渐成为欧洲其余各国模仿和学习的榜样。

（二）区域性制度建设和完善在推动欧洲货币合作走向成熟中的重要作用

相对于早期的欧洲货币合作的区域性制度建设，如货币委员会、央行行长委员会，1971 年开始的“蛇行于洞”在稳定区域合作成员国内部的经济合作和抵抗投机冲击方面更进了一步。“蛇行于洞”建立了短期和超短期的信贷安排，用来支持弱货币国家。欧洲货币合作基金有一个由各国央行行长组成的委员会，该委员会的主要职责是监督成员国的货币政策、监察信贷安排情况和授权“蛇行于洞”机制中汇率平价调整。但是，实际上由“蛇行于洞”建立的欧洲货币合作基金并没有什么实权，央行行长委员会也仅仅是偶然地协调各国在外汇市场上的干预，并没有真正发挥货币政策协调功能。在“蛇行于洞”机制中，并没有一个有效的机构来对各国经济提出调整的要求和监控。这种制度建设的缺乏意味着在“蛇行于洞”运行中，强货币国家并不能确保弱货币国家的经济调整，从而削弱了强货币国家支持弱货币国家的意愿。在财政政策方面，为减小汇率波动而对财政政策做出调整在当时的情况下是不可能的。

毋庸置疑，欧洲货币体系在区域性制度建设方面比“蛇行于洞”进一步健全了区域货币合作的信贷机制。在欧洲货币体系中，欧洲货币基金替代了没有什么实际作用的“蛇行于洞”机制中的欧洲货币合作基金。新的基金负责管理成员国共同的国际储备并参与干预外汇市场。德国建议进一步增强货币委员会的权限，在威胁到固定汇率时，赋予货币委员会向成员国提出调整国内经济要求的权力，要求强货币国家实行扩张性政策，弱货币国家实行紧缩性政策。同时，强货币国家要向弱货币国家提供没有数量限制的短期信贷。德国的这些提议实际上是欧洲货币体系“对称”设计初衷的集中反映。它们在欧洲货币体系运行的初期得到较大程度的落实，因此欧洲货币体系在 20 世纪 80 年代明显地比 70 年代的“蛇行于洞”体系要运行得更为平稳。结果不仅表现在更窄的汇率波动上，而且 80 年代没有一个国家的货币退出欧洲货币体系，与 70 年代“蛇行于洞”时形成鲜明对照。

但是欧洲货币体系在制度设计上也是有弱点的。一个弱点是成员国的财政政策没有受到约束，难以避免由于缺乏财政纪律而产生“搭便车”的行为，使得财政协调和合作几乎没有什么进展。强货币国家的货币政策难以受到有效的约束，其他国家的货币政策在其不愿意调整时，也没有强制的办法。这说明欧洲货币体系“对称”设计的初衷无法在运行中得到彻底保证。另一个弱点在 20 世纪 80 年代后期欧洲各国资本项目完全放开后充分暴露。1979 年欧洲货币体系形成以前，欧洲处于布雷顿森林体系和“蛇行于洞”的固定汇率机制，那时许多国家仍然维持着资本项目的不可兑换，因而各国独立的货币政策和汇率固定是相容的。但在开始欧洲货币体系后，特别是进入 20 世纪 80 年代末期，在 1986 年签署的《单一欧洲法》的推动下，欧洲各国资本项目逐渐放开，国际资本流动的速度和规模都大大增加。在这样的新条件下，维持固定汇率的同时，保有一国货币政策的独立性就很难做到。欧洲货币体系内在的这种不相容性意味着，要么是各国维持货币政策的自主性、独立性，进而引发固定汇率体系的不稳定；要么是为了维持固定汇率，除德国以外的各国事实上放弃自己货币政策的自主性，其货币政策跟随“核心”国家货币政策的调整而被动调整。对于后者来说，当各国受到普遍性经济冲击时，各国统一采取“核心”国家的货币政策，必然会由于各国经济贸易结构不同而难以使得货币政策对每个国家都是最优的，甚至会产生负面效应。Fernald等（1999）指出，到20世纪80年代后期，欧洲货币体系事实上已经变成由德国中央银行来为整个区域确定货币政策。“不对称”的调整必然会引发欧洲内部国际政治经济关系的紧张，且如果由于某种原因，外围国家的被动调整超过了其容忍限度，就可能引发危机。

1992年的欧洲货币体系危机就是鲜明一例。作为欧洲货币一体化进程中的一个挫折，它成为人们对货币合作制度设计重新思考的转折点。这次危机直接的原因是“核心国”德国国内不谨慎的货币政策产生的负面外溢效应。德国自20世纪90年代初开始，马克坚挺，两德的统一更是增强了总体经济实力，同时由于东德对财政投入的需求加大，迫使德国中央银行增加货币投放量。为了防止由此带来的通货膨胀，德国中央银行单方面提高了本国的贴现率，导致德国出现高利率，也使马克的走势进一步增强，大量资本流入，投机势力趁机进一步拉高马克汇价。这样的货币政策给德国本身带来了好处，但它的一个直接后果是欧洲货币体系内的其他国家，出于对本币汇率波动的约束、资本外流的限制和防止本国货币贬值的考虑，也被迫提高利率。这一举措使得当时亟须实施货币政策刺激需求的国家投资需求减弱，经济紧缩的压力加大，货币危机最终爆发。面对日益严重的国内经济问题，1992年英国和意大利宣布退出欧洲货币体系。货币危机导致这两个国家放弃固定汇率制，改用浮动汇率制。欧洲汇率机制危机带来的不稳定性，最终也促使德国中央银行大量抛售马克，在外汇市场上进行干预，并相应实行扩张性的货币政策。之后，原来的固定汇率浮动区间由2.25%扩大到15%，才最终平息了外汇市场上的投机狂潮。危机过后，德国就逐渐放弃以往的高利率政策，实施相对的低利率政策，主要就是为了维护货币一体化产生的“共同利益”和“长远利益”。这个过程充分反映了欧洲货币一体化进程中的相互依存。一个国家为了国内经济目标而实行的货币政策对其他国家造成了不利影响，当这种不利影响达到一定程度，便导致国家之间原有的国际合作遭到破坏。这个后果带来的负面影响和其他国家的保护性行为，反过来又对这个国家产生不利影响，从而矫正这个国家的行为回到合作上来。

欧洲经济和货币同盟的制度设计是对欧洲货币体系制度设计中弱点的进一步根本性修订，各参与国货币政策由中央银行统一控制，财政政策则在加以规则约束后充当各国经济受到不对称冲击时的“自动稳定器”，最终形成了“一致的货币政策，各自的财政政策”的机制设计。第一，从欧洲中央银行的设计来看，欧洲经济和货币同盟在制度上要求建立一个负责制定和执行共同货币政策并发行单一货币的中央银行，保证货币同盟的对称性，同时单一货币出台又彻底消除了各国独立运用自己货币政策的可能。这都从根本上避免了欧洲货币体系实际运行中的不对称性造成的经济调整负担的不对称分担和国际政治经济关系的紧张。第二，《欧洲联盟条约》授权并通过欧洲货币管理局推动欧洲国家在货币政策的实施方面达成共识，增加欧洲国家在各国自身制度上的趋同。但考虑到各国为达成货币合作标准进行的经济调整是短期且一次性的，各国在 1997 年达成《稳定与增长公约》对欧洲货币联盟成员国财政赤字规模进行长期动态约束，避免了由财政支出规模的不同造成的汇率关系紧张和对其他国家的负的外溢作用。第三，《欧洲联盟条约》和《稳定与增长公约》共同建立财政纪律制度，其中《欧洲联盟条约》以条文形式规定了成员国在价格、汇率、利率和财政状况四个方面满足经济趋同性的标准，但由于缺乏进一步明确的惩罚机制，《稳定与增长公约》在加强了多边监督机制防止欧元区成员国出现超额财政赤字的同时，设立了种种带有处罚性质的条款，对违背规定单方面采取有利于本国利益的不合作性质的政策行为，实施了有实际约束力的限制。例如，《欧洲联盟条约》规定，到欧洲货币联盟的第二阶段后期，不符合《欧洲联盟条约》五项趋同标准的国家将不被允许加入欧洲货币联盟，这实际上是对不符合标准国家的一种警告和可能的惩罚，这促进了欧洲国家在政策上的趋同，防止了不合作行为的发生。又如，《稳定与增长公约》的规定概括起来如下。

（1）如果一国的年度财政预算超过了 GDP 的 3%，欧盟将会要求该国在下一年度做出“修正性”调整。

（2）该国在下一年度调整失败，它会被要求在欧盟存一笔无息存款，数量相当于 GDP 的 0.2%~0.5%；如果两年后其财政情况仍不见好转，这笔存款将转变成罚款。

（3）例外情况：如果财政赤字“超标”是由于严重经济衰退，以上的调整行为可以不必执行。“严重经济衰退”定义为 GDP 比前一年下降 2%。如果 GDP 的下降在 0.75%~2%，但“超标”国如果可以向欧盟阐明经济衰退的程度是严重的，“超标”行为也就不会受到惩罚。

总之，在欧洲货币合作走向成熟和货币一体化走向深入的推进过程中，各个阶段区域性货币合作出现的问题为最终建立货币同盟提供了宝贵实践经验，其中各国宏观经济政策共识的逐步达成和区域性制度的建设与完善扮演了十分重要的角色，是欧洲货币同盟能够最终实现的两个重要条件。

第二节 “一带一路”货币合作背景下货币政策协调机制创新

为了避免次贷危机扩散、促进世界经济复苏，发达国家和以新兴市场为代表的发展中国家通力合作，二十国集团（Group of 20，G20）会议协调机制以及一批区域性合作组织在经济政策国际协调中已经对原有协调机制的弊端进行了一定程度的纠正。2008 年 11 月 G20 峰会上各国对建立更密切的国际宏观经济机制、维护世界经济稳定达成重要共识，2009 年峰会推动成立金融稳定理事会以加强金融监管，2011 年峰会承诺继续加强宏观经济政策协调、建立更为稳定和抗风险的国际货币体系以共同解决导致金融危机的深层次问题。此后历年峰会均明确在宏观政策协调、促进经济和贸易增长、国际金融改革与长期发展等领域继续推进合作。2016 年杭州峰会再次强调在货币、财政、结构性政策等多方面进行国际协调。近年来，我国积极参与国际协调，为加强地区经济体团结合作、增强抵御外部金融冲击的能力贡献中国力量。2017 年我国担任金砖国家主席国期间，金砖五国就宏观经济政策协调达成共识，承诺加强沟通协调，综合运用财政政策、货币政策、结构性改革措施，推动五国经济乃至世界经济稳定、和谐、良好发展。2019 年 4 月 26 日，习近平在第二届“一带一路”国际合作高峰论坛开幕式上表示要“更加有效实施国际宏观经济政策协调”“努力创造正面外溢效应”①。可见，在全球经济金融一体化背景下，只有促进各国宏观经济政策国际协调的有效开展，才能够维护国际金融稳定、促进经济增长，构建一个更加开放、团结、普惠性的全球经济金融系统。

我国作为经济增速最快的国家之一，人民币币值相对稳定且具有优良的国际信用，强大的经济规模和国内市场使得我国在全世界有着一定的影响力和发言权，同时我国一贯秉持负责任大国的态度和构建人类命运共同体的信念，因此货币政策的制定及实施能够与“一带一路”建设和人民币国际化相互支持、相互促进，助力我国实现开放经济背景下的帕累托均衡。一方面，货币政策的国际协调是“一带一路”建设和人民币国际化的必要条件，不仅能够提升抗击金融风险的能力，还有利于形成稳定和强可操作性的汇率环境，为“一带一路”建设和人民币国际化搭建平台。另一方面，“一带一路”建设和人民币国际化也有助于推动货币政策的国际协调，既满足国际货币体系改革的客观要求，又提升新兴经济体在国际经济政策协调中的地位和话语权，有利于达成更加合理和平衡的经济政策协调方案进而加快全球经济金融体系的融合进程。因而，货币政策的国际协调具有极其重

---

① 习近平在第二届“一带一路”国际合作高峰论坛开幕式上的主旨演讲（全文），http://www.xinhuanet.com/politics/leaders/2019-04/26/c_1124420187.htm[2019-10-30]。

要的战略意义，是在国际博弈中达成最优解的关键。自20世纪90年代以来，东盟等区域联盟的成立表明发展中国家间经济协调与合作受到广泛关注和有效实践。其中，签订自由贸易协定和成立共同体联盟成为一些国家进一步加速经济和政治一体化的重要途径。“一带一路”倡议为相关国家经济协调与合作提供了宽广的平台，尤其东南亚和中亚国家更是成为共建“一带一路”的先锋队，因而对共建“一带一路”倡议中的货币政策协调机制提出了更加严格的要求以适应不同国家的不同国情①。

一、中国与共建“一带一路”国家货币政策的国际协调

从中国与共建“一带一路”国家货币政策的国际协调角度看，中国应当始终秉持着负责任大国的态度推动人民币国际化，通过加速国际货币体系改革努力构建合作共赢的局面。从货币政策国际协调层面来看，人民币国际化确立将是中国具有主导实力的最有力体现，而建立完整顺畅的人民币国际循环机制成为人民币国际化进程中必不可少的环节。反过来，通畅的国际循环机制也进一步增加了人民币供给，加快了人民币国际化进程，为实现双支柱政策的国际协调奠定基础。美元霸权的历史教训表明，“贸易渠道投放、金融渠道回流”的货币国际循环模式会导致追随国刺激出口内在激励与主导国扩张货币供给内在冲动之间的矛盾，只有通过“金融渠道投放、贸易渠道回流”实现的货币国际化才能够保证主导国与追随国的利益表现形式高度一致（严佳佳和黄文彬，2016）。

因此，现阶段中国加强货币政策的国际协调应当从两个方面出发。一方面，在重视人民币境外存量规模扩大的基础上，要重视完善人民币国际循环机制，通过拓宽人民币回流渠道实现体内外良性循环。另一方面，加强同他国政策交流与合作，形成利益共同体、责任共同体和命运共同体建设的共识。第一，加强各国央行信息交流，包括宏观经济指标、宏观经济政策的态度和走向、各国经济决策的目标和预期等信息，消除对他国政策的不确定性以便正确引导预期，形成对全球经济形势的一致判断。第二，完善国际协调平台建设，健全监督机制，防止发达国家组成利益共同体压缩发展中国家话语权。当前IMF的互评机制容易形成发达国家利益同盟，从而侵蚀同盟外发展中国家利益。中国应当联合其他发展中国家从协调机制设计和互评规则制定入手，共同捍卫合理利益。协调机制设计要设立帕累托改进原则，使协调的结果不应当以伤害一部分国家的利益为代价来增进另一部分国家的利益。互评规则应该透明公开，必须事前决定，不能轻易更改。借助IMF和世界银行等机构的投票权，引入基于互评结果的动态权利调整机制，对于评估不达标或者

① 本节参见《双支柱调控框架视域下多国政策国际协调研究》（严佳佳，许莉莉，《经济学动态》，2021年第3期）。

破坏规则的做出降低投票权等明确的惩罚措施。第三，加强区域经济体的政策协调，提升区域经济体在全球合作中的话语权。可以借助中国货币政策在共建"一带一路"国家影响力扩大的契机推动区域货币政策协调，使各国采取"追随"策略的收益最大化，激励区域金融合作，最终提高区域经济稳定性。

二、中国与美国货币政策的国际协调

虽然美国并不是共建"一带一路"国家，但是中美货币政策的国际协调会对"一带一路"货币政策的国际协调产生非常显著的外溢效应。目前美元作为国际货币拥有博弈中的"主导国优势"，加上人民币作为迅速崛起的新兴市场货币正在逐步提高国际影响力，使得我国不再只是美国货币政策溢出效应的被动接受者，因此作为全球两大经济体和重要的经济伙伴，中美两国货币政策协调成功的回报非常可观。王潇潇（2014）和孙国峰等（2017）均基于斯塔克尔伯格模型分析了中美两国的博弈，最终得出合作模式的货币政策博弈才能达到最优解，从而说明了货币政策国际协调的必要性。因此，中美之间宏观政策的协调不仅能够在很大程度上削弱负溢出效应，促进两国经济福利的共同提升，还能促进维护全球经济金融的稳定。

中美货币政策的协调难点落在了汇率政策协调上。汇率通过资产流动机制和价格机制影响两国的资本流动和进出口贸易，进而影响中美两国产出水平，因而成为中美两国货币政策协调的核心。特朗普和拜登执政的美国政府一直奉行的贸易保护主义意在提升美国企业竞争力，试图扭转美国贸易逆差国的地位，美元贬值短期内利于出口符合美国政府的政策目标。加之新冠肺炎疫情冲击下全球经济乏力，美国在一段时间内可能会持续实行弱美元政策，而由此给中国汇率改革和汇率稳定带来了挑战。虽然长期来说相对强势的人民币有利于继续推进汇率机制改革促进人民币国际化，但是弱美元政策可能成为中美汇率战的开端，不利于人民币保持均衡条件下的价格稳定。此时中国在推进人民币汇率形成机制改革的同时，开展与美国的汇率政策协调才是明智之举。一方面，中国应当在控制好货币数量的前提下，加大对利率的微调和前瞻性调节管理以避免资本异常流动。同时中国应当不断完善人民币汇率形成机制和提高汇率政策透明度，有效避免人民币汇率无序调整的负面溢出效应和货币竞争性贬值，让汇率吸收部分美国货币政策的负溢出效应，为双方进一步协调奠定基础（林秀梅等，2017）。另一方面，加强中美战略对话机制建设有效性，充分发挥对话良性互动沟通作用，增进战略互信，减少误解和猜忌，强化对话机制的务实性，让对话机制成为中美两国务实合作的"推进器"，推动双边货币政策合作，形成反对以邻为壑的汇率政策共识。如果中美通过对话与沟通能够妥善管控分歧面，避免贸易保护主义下的贸易战和汇率战，那么就可以有效缓解人民币国际化所面临的严峻挑战（麦金农等，2014）。

第十三章

“一带一路”货币国际合作机制创新

自20世纪90年代以来，世界各地的区域经济合作进入快速发展的轨道。货币合作作为区域经济合作的深度表现，得到了前所未有的重视。但是，在以往的研究中，对货币合作的定义大多局限于货币统一或者建立货币联盟，前者意味着一国货币主权的丧失，后者则大多难以满足最优货币区理论的苛刻条件。因此，对于尚处于合作起步阶段的经济区域而言，货币国际合作问题显得困难重重，最终依旧陷入美元陷阱之中，付出了巨大的合作成本。“一带一路”货币国际合作要想取得成功，就必须在合作机制方面勇于创新，摆脱旧理论、旧观念的束缚，结合本区域自身的贸易一体化、生产要素一体化、产品一体化和金融一体化程度的特点，探索出既能够将“一带一路”倡议与人民币国际化战略完美结合又能够被沿线国家真正接受的货币合作道路。

第一节　“一带一路”货币国际合作目标和总体原则

一、合作目标：国际货币多元化

货币作为商品流通的媒介，在国际交往中发挥着不可替代的重要作用，同时，货币政策也是一国重要的政策工具之一。布雷顿森林体系瓦解之后，美元依旧占据着国际货币的垄断地位，由此带来的国际货币体系的霸权特征及不公正性不仅没有被削弱，反而日益凸显。国际社会在使用美元交易的过程中，受到美国主导的美元支付体系的诸多钳制，甚至导致美国的长臂管辖。货币霸权带来的负面效应引起了国际社会的广泛关注，构建新的国际货币体系呼声不断高涨。

“一带一路”始终秉承互利共赢的原则，合作始终要兼顾各国利益而非个别国家利益，因此，“一带一路”建设过程中，货币合作也是如此。“一带一路”货币国际合作的目标是促进国际货币多元化，通过积极推进区域内货币合作进程，破解美元霸权的约束和干预，逐步使人民币的国际话语权与我国经济的国际话语权相匹配，从根本上保证区域经济深度融合、共同发展。

二、合作原则

在“一带一路”共同合作、互利共赢的整体理念和国际货币多元化的整体目标下，货币国际合作遵循以下原则。

（一）共同参与原则

共同参与原则是由“一带一路”国际货币多元化的总体目标决定的，即“一带一路”建设过程中，各国共同参与选择和决定货币的使用。应该允许各国具体参与方（政府或企业）有自由选择货币的权力，并由参与方协商决定货币的使用，始终避免强制使用单一货币或少数货币充当“一带一路”建设过程中的货币。在顶层设计上，通过货币互换机制或跨国支付体系建设等，为多方共同参与货币合作创造基础条件。

（二）匹配原则

货币多元化不等于所有货币都可用于“一带一路”间的交易，具体交易货币选择要根据具体情况确定，我们可以称之为匹配原则。具体包括：①货币选择应与经济话语权相匹配。信用货币没有直接的价值基础，货币发行人的信用对货币跨国流通具有决定作用，经济实力强的主体发行的货币具有更好的接受度，也往往更适合充当国际交往中的货币。②货币选择应与交易双方的具体情况相匹配。交易双方可以根据自身需要，选择合适的货币充当结算货币。为了避免国际交易中“良币驱逐劣币”[①]，在顶层设计上，应该建立相应的货币互换机制或类似IMF特别提款权的方式，为实现匹配创造条件。③不同阶段的多元化目标与不同合作阶段相匹配。“一带一路”参与方可以制定合作路径，形成分阶段货币合作共识，根据双边或多边合作的不同阶段，确定不同的货币多元化目标。

（三）非霸权原则

“一带一路”遵循合作共赢理念，在货币合作中就体现为必须坚持非霸权原则。在金融危机时期，国际货币体系中的美元垄断特征给世界各国带来巨大损失，美国也频频利用美元霸权实施长臂管辖，一些国家深受其害。“一带一路”倡议强调共商共建共享，与霸权天然对立，在“一带一路”货币合作中，包括人民币在内的任何一种货币都不能具有垄断特征和霸权属性。在“一带一路”合作中，可能出现几种货币主导的局面，但这种主导不能成为货币发行国实现货币霸权的手段。在顶层设计上，应该建立相应的防霸权机制，以践行“一带一路”

① 通常的“劣币驱逐良币”现象，在国际货币中往往表现为“良币驱逐劣币”，即国际交易双方均选择单一优势货币（如现阶段选择美元），而不选择使用本国货币或其他第三国货币进行交易。

合作理念。

三、整体合作机制

“一带一路”货币国际合作主要有以人民币离岸市场、大宗商品人民币定价、货币政策国际协调为基础的三个合作机制。其中，人民币离岸市场建设是“一带一路”货币国际合作的重要推手，在当前在岸人民币依旧存在一定管制的前提下，可以利用在岸与离岸人民币之间越发紧密的互动联系创新汇率合作机制。大宗商品人民币定价是推动人民币国际化和“一带一路”货币合作进程的重要路径。在“一带一路”货币国际合作中，石油人民币对人民币国际化以及国际货币多元化意义重大，可施行“推出人民币计价的原油期货交易+加大国内金融市场开放力度+在‘一带一路’相关建设与投资中更多使用人民币计价与结算”的“三位一体”人民币国际化战略，努力构建石油人民币体系。货币政策国际协调是“一带一路”建设和人民币国际化的必要条件。在推动“一带一路”货币合作的进程中，通过货币政策协调，不仅能够应对金融失衡和经济衰退，提升抗击金融风险的能力，还有利于形成稳定和强可操作性的汇率环境，为“一带一路”建设和人民币国际化搭建平台。

第二节 “一带一路”货币国际合作机制的路径规划

一、以人民币作为区域货币合作的代理变量

（一）使用区域内最频繁使用的本币作为货币合作代理变量的必要性

内生性假说指出，最优货币区产生自我强化效应的前提在于区域货币的使用可以提高区域内的经济一体化程度，使区域内各国之间的经济周期趋同（Tinbergen，1969）。从已有实践经验看，以欧元区为典型代表的区域货币合作成功的关键是在制定具体措施时，将摆脱美元依赖贯彻始终。可见，区域货币合作中使用区域内最频繁使用的本币作为代理变量能够有效摆脱美元依赖，实现区域一体化。当区域内最频繁使用的本币比例较低时，区域内贸易结算使用区域内本币，需要不断进行美元汇兑防范汇率风险，贸易结算成本高于美元，此时货币合作会抑制贸易一体化。当区域内最频繁使用的本币比例较高时，不仅能够减小美元汇率波动对贸易、投资、外汇储备的影响，降低区域内各国的汇兑成本，还能加强区域内各个国家的货币合作和经济政策协调，降低制定竞争性货币政策的可能性，从而有利于区域经济发展以及地区金融稳定。因此，提高区域内最频繁使用的本币比例能够促进内部贸易和经济合作，防范区域内金融风险，提升区域经济的整体竞争力。长远来看，货币合作的高级形态是货币统一或者建立货币联盟，

但在货币合作初期就统一货币或建立货币联盟均存在缺陷。统一货币会使得区域内国家失去货币主权，没有独立自主的货币政策，不能根据经济情况制定货币政策。建立货币同盟需要区域内国家让渡一部分权力，并且在国家体制整合、政策等众多问题上取得共识，在实现上具有难度。短期来看，可行且有效的措施应该着眼于以区域内最频繁使用的本币作为区域货币合作的代理变量。

区域内最频繁使用的本币比例的提高降低了区域内的交易成本，促进了区域内部的贸易和投资，提高了区域内各国之间的产业相关性，增强了区域内各国的经济联系，从而促进了经济一体化程度。其作用效果主要体现在两个方面。

第一，促进区域内部合作。随着国际分工的深化和市场经济的发展，世界范围内的贸易与经济合作不断发展。区域内的国家通常是为寻求生产力水平的提高、贸易经济的发展而推动成立区域合作组织，因此区域内的国家具有相似的产业结构，贸易结构或者经济发展具有互补性。相对于美元、欧元等国际货币，本区域货币可以更好地服务于区域内各国的经济发展。随着区域内最频繁使用的本币比例的提高，能够逐渐抑制、摆脱美元的数量变化、汇率变化等对本区域经济的影响，形成区域贸易的集合体，降低汇率波动风险和金融交易的成本，便利区域内贸易的发展，提高区域整体的经济发展水平。

第二，增强区域国际竞争力。20 世纪 90 年代以来，多极化的世界政治格局逐步形成，国际经济力量对比变化剧烈，国家间的经济竞争日益激烈。随着区域内最频繁使用的货币比例的提高，这种货币开始逐渐成为国际货币，代表本区域在全世界范围内行使国际货币职能，增强本区域在世界格局下的话语权。区域各国努力发展有利于本区域的贸易谈判，共同发展以保护区域的整体利益。富景筠（2012）认为，东亚经济合作的症结在于事实上与法理上的一体化之间缺乏有力的互动关系，要努力培育制度内生的一体化环境。不追求“亚元”的构造和其他外部制度环境，在自然演进的过程中逐步提高区域内最频繁使用的本币比例，是东亚经济货币合作的重要路径，也是“一带一路”倡议实施中的重要举措。

总体来说，提高区域内最频繁使用的本币比例，能够有效促进区域内经济合作。提高区域内最频繁使用的本币比例所带来的汇率风险降低、贸易成本降低、经济波动降低的收益，会逐渐超过使用美元等国际货币的收益，从而促进区域内各国贸易发展和一体化程度的提升。贸易一体化是区域经济合作中低层次、最直接的表现形式。虽然发展区域货币在开始阶段并不会带来区域内贸易的发展，甚至可能因为成本上升而贸易下滑，但从长远来看，区域内货币是最适合区域发展的货币，它的发展壮大能够激活本地区经济发展的活力、抵御外生波动的冲击，降低区域内贸易的成本。同时，从深层次的经济一体化来看，区域内货币的发展能够带动区域经济的一体化进程，增强区域各国在国际竞争中的话语权，实现区域发展的共同目标。

（二）人民币作为“一带一路”货币合作代理变量的可行性

决定一国货币能否成为区域内最频繁使用货币的关键因素是国家总体实力、金融发展水平、贸易发展水平、经济发展水平，其根本因素是区域外其他国家对该货币的信心，即对该国的信心。

第一，国家总体因素。总体经济实力强的国家拥有足够的实力抵御外汇市场波动对经济的影响，缓冲该国货币使用扩大所引发的经济冲击。总体风险低的国家拥有稳定的政治经济环境，提升了国际社会对该国货币的信心，为该国货币提供了良好的信誉支撑，降低了交易风险。官方储备货币越多的国家，国际清偿和调节国际收支平衡的能力越强，越能有效维护该国汇率稳定，抵御外部经济冲击的能力也越强。

第二，金融发展水平。一国资本账户开放度越高，在区域内使用比例提高后越能防范投机套利带来的冲击。一国货币向外输出离不开金融市场的发展，一国金融市场越发达，货币通过贸易或投资渠道向外输出就越容易，该国以外货币的使用比例越高。

第三，贸易发展水平。国际贸易会促进国际货币的使用，如果一国的贸易开放度比较高，其与区域内国家贸易往来越密切，该国越能在贸易计价和结算货币上获得话语权，扩大该国货币的使用范围和提高该国货币的使用比例。工业制成品贸易也是影响货币使用比例的重要因素。一国使用他国货币时存在信用风险，其会考虑在货币迅速贬值的情况下能用其购买多少实物。工业制成品中大多数都是和人们生活密切相关的必需品，工业制成品占出口的比例越高，说明货币在该国使用获得的有价值的实物越多，货币的稳定性就越好。

第四，经济发展水平。宏观层面，经济发展水平高的国家容易吸引到更多非居民的消费和投资，有利于增强人们对该国货币的使用和持有意愿，从而提高该货币的使用程度。微观层面，人均收入高、人均预期寿命长的国家，其居民在满足日常生活所需外，会有多余的收入和时间用于出境旅游和消费，推动本国货币在国外的使用，直接提高了货币使用的频率。

基于以上分析，本节选取六个指标分别评价国家总体实力、金融发展水平、贸易发展水平、经济发展水平，见表 13-1。

表 13-1 区域内最频繁使用货币的决定因素

变量	变量定义
国家总体实力（x_1）	
GDPshare	使用该货币的国家的 GDP 占区域内国家总 GDP 的比例
Risk	使用该货币的国家的总体风险（惠誉评级）的平均值

续表

变量	变量定义
金融发展水平（x_2）	
Credit	使用该货币的国家国内金融机构的信贷总量占 GDP 的比重
FDI/GDP	使用该货币的国家平均 FDI/GDP
贸易发展水平（x_3）	
Tradeopenning	使用该货币的国家的进出口贸易金额
Metrade	使用该货币的国家的工业制成品出口比重
经济发展水平（x_4）	
GDPpc	使用该货币的国家的人均 GDP
Lifeexpectation	使用该货币的国家的平均人均预期寿命

注：本章采取的变量均进行 Z-score 标准化，其中 Risk 采取惠誉评级。FDI 即 foreign direct investment，外商直接投资

本节选取美元、欧元、日元、人民币、韩元、泰铢、卢比、林吉特和卢布作为“一带一路”的主要货币。建立“一带一路”主要货币使用比例的评价模型，如式（13-1）所示，得出的结果见表 13-2。

$$\text{score}=\frac{x_1+x_2+x_3+x_4}{4} \tag{13-1}$$

其中，$x_1=\dfrac{\text{GDPshare}+\text{Risk}}{2}$，$x_2=\dfrac{\text{Credit}+\text{FDI/GDP}}{2}$，$x_3=\dfrac{\text{Tradeopenning}+\text{Metrade}}{2}$，$x_4=\dfrac{\text{GDPpc}+\text{Lifeexpectation}}{2}$。

表 13-2 “一带一路”主要区域货币的使用比例的评价得分

项目	美元	欧元	日元	人民币	韩元	泰铢	卢比	林吉特	卢布
评价得分	0.74	0.69	0.41	0.38	0.19	−0.20	−0.73	−0.24	−1.10
国家总体实力	1.63	1.16	−0.07	0.60	−0.02	−0.75	−0.84	−0.73	−0.98
GDPshare	1.88	0.95	−0.22	0.95	−0.68	−0.83	−0.53	−0.85	−0.67
Risk	1.37	1.37	0.08	0.26	0.63	−0.66	−1.16	−0.60	−1.28
金融发展水平	−0.28	−0.60	0.48	0.66	−0.04	0.64	−0.40	0.65	−1.11
Credit	−0.60	0.11	1.86	1.04	0.34	−0.30	−1.08	−0.06	−1.31
FDI/GDP	0.04	−1.30	−0.90	0.28	−0.43	1.59	0.28	1.35	−0.90
贸易发展水平	0.56	1.35	0.18	0.71	0.12	−0.20	−0.31	−0.40	−1.47
Tradeopenning	0.55	2.36	−0.37	0.44	−0.49	−0.66	−0.53	−0.70	−0.61
Metrade	−0.56	0.34	0.74	0.99	0.73	0.26	−0.08	−0.10	−2.33
经济发展水平	1.06	0.85	1.05	−0.45	0.70	−0.49	−1.38	−0.48	−0.86
GDPpc	1.91	0.79	0.75	−0.69	0.37	−0.81	−1.07	−0.61	−0.62
Lifeexpectation	0.21	0.90	1.34	−0.21	1.04	−0.17	−1.69	−0.34	−1.09

从“一带一路”主要货币使用比例的评价得分来看，美元最高，欧元第二，日元第三，人民币第四，其他国家的货币的评价得分与这四个货币还有一定的差距，故目前并不考虑将它们作为区域货币合作的代理变量，在区域货币合作代理变量的选择上具有竞争的是美元、欧元、日元和人民币。

1. 考虑美元作为“一带一路”货币合作的代理变量

美元作为“一带一路”最频繁使用的货币增加了贸易投资汇兑成本，美元汇率波动会影响各国的贸易、投资和外汇储备。2018 年，我国与“一带一路”沿线国家的贸易额达 1.7 万亿美元，我国对“一带一路”沿线国家直接投资净额约为 230 亿美元，吸引投资 60 亿美元。根据 2018 年在岸人民币月度数据，2018 年美元对人民币汇率的平均波动幅度为 1.43%，那么若我国与“一带一路”沿线国家全部使用美元进行贸易、投资结算，粗略估计我国的贸易、投资汇兑成本将达到 240 亿美元。这部分汇兑成本不可忽略，使用美元进行贸易投资结算阻碍“一带一路”沿线国家开展经济合作和实现区域一体化。2018 年，美国与“一带一路”沿线国家的贸易额达 1 万亿美元，对“一带一路”沿线国家直接投资仅 43 亿美元。与我国相比，美国与“一带一路”沿线国家之间的贸易和经济合作并不密切，以美元作为区域货币合作的代理变量会进一步阻碍实现区域一体化。最重要的是，只有使用区域内的货币才能促进区域经济政策协调、抵御国际资本冲击。美元作为区域外货币，不能承担起货币合作代理变量的责任，无法实现区域一体化的目标。

2. 考虑欧元作为“一带一路”货币合作的代理变量

欧元是区域内最频繁使用的本币，相较于美元能够实现区域货币合作的目的，但以欧元作为“一带一路”货币合作的代理变量还是存在缺陷。虽然欧元拥有一个大经济体作支撑，有良好的信誉作保证，有发达的金融市场和发达的经济，但其在“一带一路”建设中的使用并不频繁。截至 2019 年底，欧元区中有意大利、卢森堡、葡萄牙、奥地利、立陶宛、拉脱维亚、爱沙尼亚、斯洛伐克、斯洛文尼亚、希腊、马耳他和塞浦路斯 12 个国家与我国签订“一带一路”相关合作协议，但其中大多数国家经济体量并不大。2018 年，欧元区国家与“一带一路”沿线国家的贸易额约为 1.3 万亿美元，对外直接投资净额为负。与我国相比，欧元区国家与“一带一路”沿线国家之间的贸易和经济合作并不密切。一国货币在区域内使用比例的提高很大一部分是因为该国与区域内其他国家之间的贸易和经济往来，而该货币使用比例的提高也会进一步促进贸易和经济合作的开展。欧元区国家与“一带一路”沿线国家之间的贸易和经济交往程度在短期内并不能显著地提升，并且欧洲地区一些国家之间文化存在较大的差异，寻求经济共识和政治共识都存在难度。以欧元作为区域货币合作的代理变量不能很好地发挥促进贸易发展和经济合作的作用，难以构造区域命运共同体。

3. 考虑日元作为“一带一路”货币合作的代理变量

从“一带一路”主要货币使用比例的评价得分来看，日元和人民币的分数差距不大。截至2019年12月底，在国际支付中日元占比为3.46%，人民币占比为1.94%。目前日元在国际支付中的使用比例略高于人民币，但相比于人民币，以日元作为“一带一路”货币合作的代理变量存在更大的困难。在经济实力方面，2018年我国GDP为13.6万亿美元，经济增速为6.6%，外汇储备规模达到31 682亿美元；日本GDP为4.968万亿美元，增速为0.7%，外汇储备规模为12 704亿美元。与我国相比，日本缓冲由日元使用扩大引发的经济冲击的能力较低。在经贸合作方面，2018年日本与“一带一路”沿线国家的贸易额约为4800亿美元，日本对“一带一路”沿线国家直接投资净额超过300亿美元。整体上看，日本与“一带一路”沿线国家的经贸合作程度不及我国，与人民币相比，在“一带一路”贸易和投资结算中提高日元比重的可能性较低。在认可度方面，日元既不是“一带一路”沿线国家的货币，在国际支付中比重也不高，以日元作为“一带一路”货币合作代理变量很难取得“一带一路”沿线国家的认可。回顾日元国际化进程，日元的国际化战略最终以失败告终，这在一定程度上会影响“一带一路”沿线国家对日元的信心。

4. 考虑人民币作为“一带一路”货币合作的代理变量

虽然人民币目前可能还不是最主要的货币，但是从国家总体因素、金融发展水平、贸易发展水平、经济发展水平等方面来看，人民币未来最有潜力成为区域内决定性货币。在总体经济实力方面，改革开放以来，我国经济发展速度一直处于世界前列。2018年我国GDP达到900 309亿元，6.6%的经济增速虽然较前几年有所放缓，但仍位居世界前五大经济体之首。我国拥有足够的实力抵御外汇市场波动对经济的影响，并且缓冲人民币使用扩大所引发的经济冲击。在政治经济环境方面，我国稳定的政治经济环境维护了国际社会对人民币的信心。2018年，我国外汇储备规模达到31 682亿美元，庞大的外汇储备规模意味我国具有国际清偿和调节国际收支平衡的能力，能够有效维护人民币汇率稳定。近年来我国致力推进去杠杆，降低国内长期风险，我国的总体风险较低，为人民币提供较强的信誉支撑。在贸易水平方面，2018年我国全年货物进出口总额305 050亿元，比上年增长9.7%，我国对外贸易总量的增加提高了人民币在世界范围内的使用水平。在金融发展水平方面，我国的金融发展位于区域领先水平，近年来，我国在金融市场体系完善、汇率市场化改革、金融业综合化改革等方面都取得了很大的进展，进一步促进了我国金融市场发展。在经济发展水平方面，我国人均GDP和预期人均寿命都在逐年增长。除此之外，我国是“一带一路”沿线国家的重要进出口市场，在对外出口贸易额排名前十的“一带一路”沿线国家中，我国是韩国、新加坡、俄罗斯、泰国的第一出口目的国；在对外进口贸易额排名前十的“一带一路”

沿线国家中，除波兰外，我国是其他九个国家的第一大进口来源国。我国与“一带一路”沿线国家之间密切的贸易往来，对于人民币在“一带一路”沿线国家的使用有很大推动作用。随着我国与“一带一路”沿线国家贸易、经济合作进一步开展，人民币在区域内的使用比例会逐步提高。

更重要的是，以人民币作为区域货币合作的代理变量能够使“一带一路”沿线国家摆脱美元依赖。摆脱美元依赖是“一带一路”沿线国家的共识，同时是实现“一带一路”沿线国家区域经济一体化的必经之路。第一，在“一带一路”沿线国家区域内部的贸易主要以美元作为结算货币，增加了各国的汇兑成本。随着贸易活动的深入，使用美元进行贸易结算的国家需要持有更多的美元储备，美元汇率波动会对其贸易、投资和外汇储备产生重大影响。使用人民币开展区域货币合作能够使得在贸易和投资交易中绕开美元，节省贸易结算成本，减少美元储备量，减小美元汇率波动的影响。第二，美国能够通过冻结其他国家在美国金融机构的存款或封锁其他国家美元支付结算通道对他国进行金融制裁。如果一国被美国实施金融制裁，其使用美元进行国际结算就存在困难，只能使用他国货币或采取以物易物的方式进行国际贸易，这对一国的贸易和经济来说都是沉重的打击，伊朗、叙利亚等“一带一路”沿线国家就曾受到美国的金融制裁。以人民币作为区域货币合作的代理变量能够使各国减少对美元的依赖，避免出现缺少美元就无法进行国际贸易结算的情形。第三，在“一带一路”经贸合作中继续使用美元作为主要计价和结算货币，相当于放弃区域在世界经济事务中的话语权，这对于区域的长期经济发展是不利的，以人民币作为区域货币合作的代理变量能够避免这种情况，维护区域在世界经济事务中的话语权。

此外，以人民币作为区域货币合作的代理变量能够进一步推进人民币国际化进程。“一带一路”建设能够加强沿线国家基础设施的互联互通，促进沿线国家经贸合作，带动区域经济增长，为人民币国际化带来历史性机遇。以人民币作为区域货币合作的代理变量能够强化“一带一路”建设对促进人民币国际化的作用。第一，我国与“一带一路”沿线国家之间的贸易往来越来越密切，以人民币作为区域货币合作的代理变量直接增加贸易活动中人民币的使用规模，并且扩大人民币的使用范围。贸易畅通目标的实现间接刺激了各国的人民币持有意愿，促进了人民币在区域贸易和投资中的使用，为人民币国际化提供动力。第二，随着沿线国家加强基础设施的互联互通，跨境商品流通加快，投资渠道扩大，各国跨境投资规模增加，以人民币作为区域货币合作的代理变量使得人民币在区域的投资范围逐渐增大，为人民币在区域外投资中的使用提供机遇，必定会对人民币国际化产生推动作用。第三，我国的总体经济实力的加强维护了国际社会的信心，人民币作为区域货币合作的代理变量能够进一步增强国际社会对人民币的信心，从而增加人民币储备。

从更高的视角出发，以人民币作为区域货币合作的代理变量能够推动区域内经济命运共同体的实现。“一带一路”倡议目标是要建立一个政治互信、经济融合、文化包容的利益共同体、命运共同体和责任共同体。经济命运共同体的实现需要各国在经济方面达成共识，协调各国经济政策，制定统一的经济发展目标。但目前“一带一路”沿线国家经济合作还不够密切，政策协调还有待提高，距实现经济命运共同体还有一定的距离。第一，人民币为沿线各国的贸易发展提供充足的流动性支持，有助于“一带一路”沿线国家贸易合作。以人民币作为沿线国家货币合作的代理变量伴随着巨大的资本流出，沿线国家能够在与我国进行贸易活动时获得人民币贸易融资支持，促进沿线国家之间的贸易往来。人民币离岸市场的发展便利了境外人民币的使用，同时人民币在国际银行运作下的倍数扩张，为沿线国家进行贸易活动提供了充足的人民币流动性。第二，人民币为沿线各国开展经济合作提供机遇。以人民币作为沿线国家货币合作的代理变量能够加强“一带一路”沿线国家之间贸易联系，实现各国之间产业的优势互补，推动整个产业链的区域分工和协同发展，提高沿线国家整体经济发展水平。以人民币作为沿线国家货币合作的代理变量还能够加强各国之间经济联系，促使各国在经济方面达成共识，协调经济政策，避免出现竞争性货币政策。人民币国际地位的提高可以增强“一带一路”沿线国家在国际经济事务中的话语权，加强“一带一路”沿线各国在国际经济事务中的合作。第三，我国在以人民币作为区域货币合作的代理变量的进程中能够累积丰富的货币管理经验，为区域各国的风险管理机制的完善提供经验，同时推动区域内金融监管合作，对维护区域金融稳定有积极意义，为实现区域经济命运共同体提供安全保障。总而言之，以人民币作为区域货币合作的代理变量能够加强“一带一路”贸易合作、经济合作、金融合作，提高各国之间贸易和经济的依存度，推动区域内经济命运共同体的实现。

二、“双循环”新发展格局下创新“一带一路”货币国际合作机制

2020 年 5 月 14 日，中共中央政治局常务委员会首次提出“双循环”概念，要求深化供给侧结构性改革，充分发挥我国超大规模市场优势和内需潜力，构建国内国际双循环相互促进的新发展格局。2020 年 5 月 23 日，习近平参加政协经济界委员联组会，再次强调以国内大循环为主体、国内国际双循环相互促进的新发展格局。2020 年 7 月 21 日，习近平参加企业家座谈会，对“大循环”与“双循环”之间内在逻辑关系做出进一步阐释①。从中央高层一系列重要讲话可见，推动形成以国内大循环为主体、国内国际双循环相互促进的新发展格局是以习近平

① 看习近平这几次重要讲话，弄懂“大循环”“双循环”，https://m.gmw.cn/baijia/2020-09/07/34160590.html[2020-09-07]。

同志为核心的党中央在新时代背景下做出的新战略决策，是事关改革发展的深层次变革。

“一带一路”建设与“双循环”新发展格局，均为我国在新时代背景下提出的长期发展规划。“一带一路”建设旨在对内实现商品要素的市场流通，对外促进“五通”原则，打通国内外商品要素市场，优化“一带一路”沿线国家的资源配置。“双循环”新发展格局旨在发挥我国内需潜力，促进国内市场与国际市场相互联通，充分利用两个市场的不同资源，实现可持续的高质量发展。由此可见，二者理念相通，互为补充，共同寻找新的经济增长空间，为我国未来全球化发展绘制宏伟蓝图。2020 年一季度，受疫情影响我国对外进出口下降 6.4%，而我国与“一带一路”沿线国家的进出口贸易实现逆势增长，同比增长 3.2%。因此可见，我国已与“一带一路”沿线国家构建了更加紧密的长期伙伴关系，“一带一路”建设有能力为推进“双循环”新发展格局提供重要的战略平台。同时，从当前国际主导货币的发展经验来看，产业推动与货币推动相结合，是实现货币在全球范围国际化的有效途径。推动人民币国际化，需要遵从国际货币的客观发展规律，积极结合“一带一路”建设，创新“一带一路”货币国际合作机制，借助中国制造和中国资本以人民币计价、以人民币结算的形式“走出去”，实现人民币“金融渠道投放、贸易渠道回流”，打通人民币在国内与国际输入输出的良性互动循环。坚定不移地做好“一带一路”建设，就是在实现国内国际双循环相互促进，而人民币国际化作为创新“一带一路”合作机制的重要环节，也是实现“双循环”新发展格局的关键。

因此，在“双循环”背景下，我们应当助力“一带一路”货币合作机制，依靠实体经济的真实需求作为推动人民币国际化的现实基础，进而推动人民币在相关国家计价、结算与储备的使用。我国在现代先进制造业、新型基础设施建设等中高端领域已经具备一定的国际市场竞争力、相关技术和产品出口，不但能利用境外需求带动国内的产业升级，还能够借助实体经济影响力增强世界各国对人民币的货币信心。通过金融渠道输出、贸易渠道回流，逐步实现人民币跨国间多重循环的新发展格局。即经常账户下通过进口对外支付人民币，通过出口贸易结算实现人民币回流。资本与金融账户下通过本币对外直接投资、央行资产互换等形式实现人民币输出，通过现钞回流、跨境贷款、本币外商直接投资、外国投资者投资境内金融市场等方式实现人民币回流。

第三节　“一带一路”货币国际合作机制建设的政策建议

一、分阶段推进人民币作为“一带一路”货币合作的代理变量

“一带一路”货币国际合作机制创新的目标包含两个层次的内涵。一是融合

传统，开展区域合作。从欧洲区域货币合作的历史来看，货币合作为欧洲区域其他层面的合作提供动力，从而推动欧盟区域整体经济发展。以人民币作为货币合作代理变量融合传统货币合作机制，旨在推动共建“一带一路”国家开展区域合作，深化区域合作，构建区域命运共同体。二是重构世界货币体系。在世界去美元化浪潮下，以人民币作为“一带一路”货币合作的代理变量是共建“一带一路”国家摆脱对美元依赖的重要机遇，也是重构世界货币体系的关键一步。“一带一路”货币合作机制创新契合各国实际需求，以重构世界货币体系作为其深层次目标。

从区域的角度看，人民币成为“一带一路”货币合作代理变量需要经历人民币周边化、区域化和全球化。初期阶段，我国应着眼于周边国家。这是因为人民币在周边国家享有较高声誉；我国与周边国家贸易和经济交往密切，贸易总额在不断增加；“一带一路”倡议的首要合作伙伴和受益对象是周边国家，这会促进我国与周边国家进行更有效的政策交流，达成经济发展共识。中期阶段，我国应促进人民币成为亚洲区域货币合作的代理变量。随着人民币在周边国家使用程度的提高和我国与这些国家经济往来越来越密切，人民币的信誉和国际地位提高，亚洲区域国家在贸易投资中使用人民币结算对其更具有吸引力，其更愿意使用人民币开展货币合作。后期阶段，我国应以区域化为基础推动人民币全球化。美元霸权下国际货币体系的不平衡使得全球金融体系也处于不稳定的状态之中，集中体现为多次爆发的货币金融危机。共建“一带一路”国家在货币危机中面临美元资产大幅缩水和输入型通货膨胀的负面影响，寻求一个稳定的货币作为对外贸易投资结算货币以摆脱美元依赖成为各国共识。除此之外，考虑到人民币在亚洲区域货币合作中发挥的作用、我国积累的汇率管理经验、各国之间经济和政治方面沟通加强，“一带一路”上其他国家更可能使人民币成为货币合作的代理变量。

“丝绸之路经济带”东边牵着亚太经济圈，西边系着发达的欧洲经济圈，分期分阶段实现既定目标，在空间上大致分五个区段：东亚段、中亚段、西亚段、中东欧段、西欧段。实现人民币成为“丝绸之路经济带”货币合作代理变量可分三个阶段，先从俄罗斯和蒙古国开始，后向中亚和西亚推进（哈萨克斯坦、吉尔吉斯斯坦、塔吉克斯坦、乌兹别克斯坦、伊朗、伊拉克、阿塞拜疆、格鲁吉亚、亚美尼亚、土耳其、叙利亚、沙特阿拉伯、巴林、卡塔尔、也门、阿曼、阿联酋、科威特、黎巴嫩、阿富汗），最后在中东欧和西欧完成（塞浦路斯、奥地利、希腊、波兰、塞尔维亚、捷克、保加利亚、斯洛伐克、阿尔巴尼亚、克罗地亚、波黑、黑山、爱沙尼亚、立陶宛、斯洛文尼亚、匈牙利、北马其顿、罗马尼亚、拉脱维亚、乌克兰、白俄罗斯、摩尔多瓦、马耳他、意大利、卢森堡）。

“21 世纪海上丝绸之路”的战略合作伙伴并不仅限于东盟，而是以点带线，以线带面，增进周边国家的交往，串起连通东盟、南亚、北非、欧洲、大洋洲、拉丁美洲等各大经济板块的市场链，发展面向南海、太平洋和印度洋的战略合作经济带。实现人民币成为"21世纪海上丝绸之路"货币合作的代理变量可分四个阶段，先从韩国和东盟开始（韩国、马来西亚、印度尼西亚、泰国、菲律宾、新加坡、文莱、越南、老挝、缅甸、柬埔寨），后向南亚推进（尼泊尔、巴基斯坦、孟加拉国、斯里兰卡、马尔代夫），接着在非洲实行，延伸到葡萄牙［苏丹、南非、塞内加尔、塞拉利昂、科特迪瓦、索马里、喀麦隆、南苏丹、塞舌尔、几内亚、加纳、赞比亚、莫桑比克、加蓬、纳米比亚、毛里塔尼亚、安哥拉、吉布提、埃塞俄比亚、肯尼亚、尼日利亚、乍得、刚果（布）、津巴布韦、阿尔及利亚、坦桑尼亚、布隆迪、佛得角、乌干达、冈比亚、多哥、卢旺达、摩洛哥、马达加斯加、突尼斯、利比亚、埃及等国］，最后在拉丁美洲和大洋洲国家完成（新西兰、巴布亚新几内亚、萨摩亚、纽埃、斐济、密克罗尼西亚联邦、库克群岛、汤加、瓦努阿图、智利、圭亚那、玻利维亚、乌拉圭、委内瑞拉、苏里南、厄瓜多尔、哥斯达黎加、巴拿马、萨尔瓦多、多米尼加、特立尼达和多巴哥、安提瓜和巴布达、多米尼克、格林纳达、巴巴多斯、古巴等国）。

二、分国家类别激发"一带一路"货币国际合作中的人民币需求

实现人民币成为"一带一路"货币合作的代理变量需要提高各国对人民币的需求。各国跨境贸易投资结算活动中货币的选择不仅考虑经济效益，更考虑相关的政治因素。政治状况不同的国家对人民币的需求有所不同，我国在提高不同类国家对人民币的需求时应采取不同措施。我们从政治因素角度出发，将"一带一路"相关国家分成四类，研究如何激发"一带一路"建设中不同类国家对人民币的需求。

第一类，受美国制裁的国家。俄罗斯、伊朗、古巴、委内瑞拉等国家受到了美国不同程度的政治制裁和经济制裁。政治制裁方面，美国拉拢其他主权国家共同对被制裁国采取政治方面的打压，或与被制裁国家彻底断交，很可能使得被制裁国在世界中处于孤立无援的境地。经济制裁方面，美国通过冻结该国在海外的资产，致使该国无法在国际贸易投资结算中使用美元，或者通过减少与受制裁国之间的贸易以达到让被制裁国家减少大量国际贸易收入的目的，从而在经济上对该国进行打压。这些国家在被美国实施制裁后，国家经济发展水平和国际地位都会有所下降，此时寻求国际盟友和在国际贸易投资结算中避开美元对其未来发展十分重要。我国是世界第二大经济体，被美国制裁的国家选择我国作为盟友是最优的选择。一方面，我国可与受制裁的国家构建商业结算机制，积极发展人民币跨境支付系统，争取在双边甚至多边贸易投资结算时尽力绕开美元。我国应充分利用"一带一路"合作倡议，密切与这些国家的政治、经济往来，增强被制裁国家对我国和人民币的认同感，把握时机实现人民币成为被制裁国家的主要外汇货币。利用"一带一路"倡议国优势，推动我国与受制裁国家之间的工程建设采用

人民币结算，提高我国与受制裁国家间贸易和投资使用人民币结算的比重。另一方面，我国应充分发挥丝路基金、亚投行在资金融通中的作用，为受制裁的国家提供资金支持。我国还可从受制裁国家的实际需求出发，建立专门金融机制，推出以人民币计价的创新型融资工具，完善金融服务平台和服务机制，为受制裁国家提供相应金融服务，缓解受制裁国家的经济波动，提高受美国制裁的国家对人民币的需求。

第二类，以美元贸易为主开展双边合作的国家。“一带一路”相关国家与我国进行贸易投资活动时大多以美元作为主要计价结算货币，使这些国家不可避免地存在着被美国制约甚至制裁的风险，同时存在着美国将其国内风险转移到这些国家从而影响这些国家国内经济的风险。全球去美元化进程正在加快，各国都在寻求在国际贸易投资结算中摆脱美元的机会，这为提高这些国家对人民币的需求提供机遇。然而，想要推动人民币成为我国与这些国家货币合作的代理变量定会受到来自美国的阻力。不过美国从政治和经济两个方面对使用人民币进行贸易投资结算的国家进行施压会阻碍“一带一路”货币合作进程，但并不能消除货币合作的可能。例如，中日韩自由贸易区的设想早在 2002 年就被提出，但由于美国的干预，中日韩自由贸易区项目一度停滞。美国在全球范围内推行的保护主义和单边主义使中日韩感到关税压力、美元升值压力以及原油价格上升压力，导致 2018 年 5 月中日韩三国重启中日韩自由贸易区谈判。中日韩自由贸易区建立可使区域内关税和其他贸易限制将被取消，有利于实现更有效的资源配置，也将促进三国经济和产业链的全面融合，从而更充分发挥各自优势，实现三方共赢。事实上，伴随中日韩自由贸易区的谈判，中日韩三国同时进行了货币互换协议的谈判。2017 年 10 月中韩在“萨德”问题还未解决的情况下续签了货币互换协议，2018 年 5 月我国宣布给予日本 2000 亿元人民币的 RQFII 额度。可见，自贸区的建立与货币合作的开展将会推动中日韩三国之间的经贸往来和摆脱美元束缚，同时规避了美国的干预，这为我国提高以美元贸易为主开展双边合作的国家对人民币的需求提供了思路。一方面，我国可作为倡议国在“一带一路”框架下与这些国家建立贸易合作区域，打破贸易壁垒，推动各国贸易投资往来，实现各国经济和产业优势互补，促进区域经济一体化。我国应支持国内企业积极参与贸易合作，拓宽人民币在区域的使用范围，提高这些国家对我国的贸易依赖度以及对人民币的需求；同时鼓励境内银行为“走出去”的企业提供必要的资金支持，为“走出去”的企业提供人民币服务，并且制定相应优惠政策。另一方面，推动这些国家在汇率制度上取得共识，将钉住美元的汇率制度转向钉住一篮子货币的汇率体系，加快去美元化进程，我国可利用在“一带一路”的优势地位逐步提高人民币在一篮子货币中的比重。我国应将共建“一带一路”国家联系起来，推动各国在经济政策制度上进行充分交流磋商，取得经济发展共识。在必要时，可借鉴欧元国际化进程，建立共建“一带一路”国家广泛参与并以人民币为核心的区域性经济合作组织，提升人民币在区域中的地位，进一步提高这些国家对人民币的需求。

第三类，与我国有政治冲突的国家。参与“一带一路”建设的国家分布在世界各个区域，历史、文化、政治和经济制度各不相同，国家之间的合作交流不够密切，缺乏合作信任，易产生政治冲突。这会导致双方各个层面的合作都难以开展，提高这些国家对人民币的需求存在难度。以中欧关系为例，我国与欧洲国家之间一直存在着分歧和摩擦，欧盟不承认我国市场经济地位，一些欧洲国家对我国有较大偏见，批评我国人权问题、西藏问题。虽然在中欧交往中存在着一些政治冲突，但我国与欧洲国家各领域合作的进程正逐渐加快，我国与欧洲国家之间的共同语言越来越多，经贸往来越来越密切。2018 年，中欧自贸区被提上议事日程。双方对于维护多边主义的共识成为建立中欧自贸区的基础，“一带一路”倡议成为建立中欧自贸区的动力，中欧自贸区的构想为我国在欧洲地区实现人民币国际化带来机遇。缓解政治冲突并提高对人民币的需求是一个多方博弈的过程，需要双方充分地沟通和协商。一方面，我国应坚持“五通”原则，即政策沟通、设施联通、贸易畅通、资金融通、民心相通，其中特别要重视政策沟通和民心相通方面的合作。政策沟通有利于双方缓解政治冲突，寻求共同经济发展目标，使与我国存在政治冲突的国家认可我国经济政策，提高对人民币的认同感。其还为双边合作项目提供政策支持，实现经济发展战略和对策充分对接，为进一步加强“一带一路”建设合作打下基础。民心相通有利于增强双方之间的信任。加强双边文化交流能够深化文化认识，摒弃陈见，实现这些国家在文化上认同我国，促进跨境商贸、文化、教育、旅游等活动，间接提高这些国家对人民币的需求。另一方面，我国应坚持“三同”原则，关注利益共同体、责任共同体和命运共同体的建设。在合作协商时，应继续保持开放包容的态度，找到合适的利益切入点，寻求利益共同点；在合作过程中，我国应明确双方共同责任，积极维护双方共同利益，推动命运共同体的实现，有利于增强这些国家对我国的认同感，提高其对人民币的需求。

第四类，与我国经贸合作密切的国家。参与“一带一路”建设的国家有很大一部分与我国经贸合作密切，如东盟各国。这主要有两个原因：一是具备良好基础。长期以来，我国视东盟为周边外交的优先方向。1991 年双方建立对话伙伴关系以来，合作不断快速发展，为双方“一带一路”合作打下了良好基础。二是我国阐明倡议。2015 年 3 月《推动共建丝绸之路经济带和 21 世纪海上丝绸之路的愿景与行动》的发布阐明了我国主张。2017 年 5 月，在北京召开的第一届“一带一路”国际合作高峰论坛上，国家主席习近平做主旨演讲，进一步阐明我国主张，会间我国与东盟有关国家签署了多个合作项目。近年来，东盟国家越来越意识到，面对当前复杂多变的世界经济，参与“一带一路”建设是增进合作实现发展、共同应对挑战的重要选择，可以“近水楼台先得月”。对于这类国家，在进一步推进双边经贸合作的基础上，要建立全面人民币双边货币合作机制。比如东盟，由于部分东盟国家还有不同程度的外汇管制、银行间跨境人民币结算渠道通而不畅等问题，应着力消除障碍，在采用人民币和东盟各国货币作为双边贸易结算货币的同时，逐步发挥人民币的主导作用。具体方法包括：①从国家层面搭建我国与周边国家的金融合作框架，加强与周边国家金融监管当局的对话和接触，建立起高层次的双边金融战略合作长效机制，推进我国与周边国家货币合作协议的签订，消除不利于扩大人民币使用的体制机制障碍，明确人民币在周边国家的合法地位，在双边本币结算协议中解决人民币账户开立、人民币在当地兑换、汇划、现钞跨境调运等问题；②支持国内金融机构与周边国家的银行建立全面合作的战略伙伴关系，推动双边商业银行、货币兑换机构在边境地区互设分支机构，增加服务网点和自主设备数量，完善边境地区的金融基础设施建设，畅通资金跨境汇划通道。

三、稳步增加“一带一路”货币国际合作中人民币供给

（一）完善人民币国际循环机制[①]

建立完整顺畅的人民币国际循环机制是人民币国际化的重要环节，是增加人民币供给的关键。人民币输出为境外人民币的需求者提供持续充足的人民币流动性供给，长期稳定的输出需要顺畅的回流机制做保证。回流渠道不畅则会阻碍人民币的良性循环，那么境外人民币持有者保值增值的投资需求无法得到充分满足，影响人民币国际化进程。因此，建立完整的人民币循环机制是扩大人民币境外市场需求的必要途径，人民币输出是回流的前提，回流是输出的基础。

因此，今后在重视人民币境外存量规模扩大的基础上，实现人民币国际化战略的重点应在于完善人民币国际循环机制，通过拓宽人民币回流渠道实现境外人民币的良性循环。如果一味注重向境外输出人民币而欠缺回流机制，那么伴随着境外人民币流动性的快速增长会出现投资产品匮乏、收益率过低等抑制人民币国际化的障碍因素。第一，要提高出口跨境贸易结算中人民币的使用程度。鉴于我国产品出口货币议价权掌握在采购商手中的现实，对出口企业在贸易中收取人民币进行奖励，鼓励更多外贸企业以人民币进行结算。第二，进一步开放国内债券市场，为非居民提供人民币的价值储藏、投资增值的场所。从投资品种的安全性与流动性看，国内债券市场对境外投资者更具吸引力。在影响可控的前提下，可以稳步放宽投资主体资格，减少对投资额度的限制，鼓励境外投资者投资我国银行间债券市场，促进人民币以债券形式加速回流。第三，加大以人民币计价的金

① 本部分参见《人民币国际化进程中特里芬难题的辨析与求解——基于国际货币循环模式的分析》（严佳佳，黄文彬，《国际金融》2016 年第 5 期）。

融产品创新，为人民币投资提供更加丰富的资产选项，满足境外投资者投资和风险对冲的需求。离岸人民币金融产品主要由境内主体发行的现状削弱了人民币金融产品的吸引力，因此在不习惯使用人民币资产的国家和地区可以考虑开发与当地企业需求挂钩的人民币金融产品。可以对“沪港通”项目进行复制，在上海与伦敦、新加坡等地开展类似的项目，增强非居民对人民币的熟悉程度。在新措施推出的过程中要重视市场实用性，避免类似“沽空机制”过度体现象征意义而缺乏实质价值导致市场接受度远不如预期。第四，夯实以香港、新加坡、伦敦等地为代表的离岸人民币市场。离岸人民币市场应该扩容包括离岸人民币结算市场、人民币债券市场、人民币衍生产品市场等子市场，加快推动离岸人民币市场从单一的结算功能向投融资等领域进行纵深发展，以提升离岸人民币市场的流动性和稳定性。推动离岸人民币资金池的建设，设置离岸人民币资金池流动控制阀门来调控人民币回流的规模和效率，避免境外投机因素造成的流动性紧张引起离岸人民币资金池规模骤变进而波及境内货币供应量。当资金池蓄存量不足时，关闭阀门继续蓄存，并且鼓励固定利息产品、信托投资产品、保险产品和ETF等金融产品进入；当资金池蓄存量达到限额时，打开阀门让回流人民币沿着合规渠道进入境内，尽力放缓其对货币供应量的冲击。

（二）化解现阶段美元霸权下特里芬两难困境

由美元国际化的最初阶段的先前经验可知，采取“金融渠道投放、贸易渠道回流”的国际循环模式（即我国当前所处的模式一）并不会带来突出的特里芬难题，主要原因是国际货币发行国的利益和外围国的利益表现形式呈现了高度的一致性。一方面，为了满足扩张经济势力的需要，我国寻求不断向外输出人民币以增加在国际上的影响力。我国日益增强的经济实力和综合国力为我国商品和服务的国际竞争力提供了有力保证，由此激发的国际需求带来的正是巨额的贸易顺差。因而可以将经常项目的盈余以长期资本的形式对外投资，进一步推动人民币在国际范围内的应用。另一方面，贸易顺差会增加人民币对外价值的稳定，进一步强化人民币持有者的信心。这在一定程度上能满足其他国家保持对我国支付能力的需求，解除对外汇资产安全性的担忧，必然会刺激其他国家尽可能地积累人民币。其他国家为了参与国际经济合作而要求人民币大量向境外输出，正好契合了我国的政策诉求，人民币的国际化就会自然形成。可见，在模式一的国际循环模式下，我国面临的特里芬难题并未显著体现。

二战后布雷顿森林体系确定了美元的国际垄断，主要循环模式转变为模式二，在国际收支平衡表上表现为经常账户逆差和资本与金融账户顺差。在布雷顿森林体系下，美国为了维持美元与黄金之间的固定比价，必须控制美元向外输出的总量；而外围国的外部均衡目标则需要尽可能地积累美元储备，因此要求美元向外大量输出。两者的矛盾正是美元霸权下的特里芬难题，也是布雷顿森林体系彻底崩溃的根本原因。尽管布雷顿森林体系瓦解，但是美元的特里芬难题没有得到解决，甚至在美元霸权下特里芬难题的困境更加严重。在牙买加体系下，美元的发行和供给不再潜在地受到黄金储备量或者其他因素的明确制约，美元的滥发更加无所顾忌，外围国将获取的美元储备投向美国金融市场最终将导致流动性过度增加，使得美国金融资产价格在需求拉动下不断上涨而收益不断下降。也就是说，美国在为全球贸易提供国际流动性的同时也提供了巨大的货币信用风险，在构筑庞大金融市场的同时，也形成了巨额的对外债务和金融泡沫；而外围国为了参与经济全球化进程不得不接受美元扩展所带来的上述风险。由此可见，美国利用美元的霸权地位将特里芬难题发挥到了极致，导致全球经济失衡现象变得更加严重。因此，只有多元化的国际货币体系能够减少美元充当国际货币的不稳定性，避免美元充当国际货币国家面临国内外经济发展目标矛盾时牺牲他国的利益，才能有效破解全球性经济失衡带来的问题，避免外围国被动地为美国的经济衰退买单。因而人民币国际化无疑将加快国际货币体系的改革速度，有助于打破美元霸权的壁垒，实现国际货币多元化。只有建立多元化的国际货币体系，彼此相互竞争而形成制衡，才能够改革现行国际货币体系的弊端，既保证外围国摆脱“美元陷阱”和经济利益受损的不利处境，又可以通过“良币驱逐劣币”机制约束发行国的政策行为，真正减少牙买加体系下国际经济政策的摩擦。

未来当我国确立了人民币国际化的地位后，雄厚的经济实力将是保证避免陷入特里芬难题的根本前提。货币国际化的过程总是伴随着发行国经济对外联系和依存度的提高，因此，倘若经济规模保持不变，外部经济动荡对国内经济的影响会逐渐增强，最终削弱其抵御外部冲击的能力。面对这种情况，我国要么选择对本国经济的进一步全球化加以限制，从而制约其货币向国际领域的渗透；要么任其经济随着外部冲击波动，削弱非居民对国际货币的接受意愿。这两种选择都将阻碍人民币的国际化进程。要摆脱上述困境，就必须不断提升本国的经济规模、增强经济实力。研究表明，在布雷顿森林体系下，只有美国经济增长率与美国黄金储备占 GDP 之比增长率之和不小于美元收益率时，美元国际储备才具有内在的稳定性。但是 1948 年至 1974 年期间，美国黄金储备增长率长期无法摆脱低于美元收益率的问题，因此特里芬难题在长期内难以化解。在牙买加体系下，当货币发行国实际经济增长率大于等于通货膨胀率与国际储备货币收益率之和时，国际储备与实际 GDP 之比的动态路径就会收敛。因此，对于我国而言，保持实际经济增长达到上述水平，就能够最大限度地避免特里芬难题对人民币国际化造成的负面影响。因此，雄厚的经济实力将成为我国人民币国际化进程中最有力的支撑，是避免陷入特里芬难题的关键。

（三）积极发挥数字货币在人民币供给中的作用

2016 年我国央行召开数字货币研讨会，提出争取早日推出央行发行的数字货币。数字货币利用区块链多中心、不可篡改、高度共识和匿名安全的特点，构建数据机构与交易信息加密传输的底层技术，使得金融交易的效率和安全大幅提升。

2019 年 10 月 24 日中共中央政治局就区块链技术发展现状和趋势进行第十八次集体学习，强调把区块链作为核心技术自主创新重要突破口，加快推动区块链技术和产业创新发展。我国已经有人民币了，为什么要搭建数字货币？这是因为区块链技术在支付和清算方面具有巨大的作用。当前全球贸易体系都是以美元为中心建立的，原油、食品、科技产品都需要通过美元交易，随着人民币影响力扩大，我国已经绕不开人民币和美元的纷争。目前，人民币跨境清算高度依赖美国的 SWIFT 和纽约清算所银行同业支付系统（Clearing House Interbank Payment System，CHIPS），只有摆脱这两家机构才能让人民币有国际话语权，区块链的智能合约能够直接将货币转换，缩短交易时间，能够生成取代 SWIFT 的产品和机构，基于区块链技术的人民币数字化，可以帮助人民币绕过美元清算体系。因此在共建"一带一路"国家进行的物流和贸易，都可以通过区块链技术得到巨大的效率提升。数字货币可以给人民币国际化进程带来积极的影响。此外国家发行的数字货币可以降低传统纸币发行、流通的成本，提高支付结算的便利性。在贸易中区块链的解决方案使得流程更加透明，分布式账本技术提高了安全性，付款方和收款方银行直接联系加快了交易总体速度，增加了经济交易透明度，提升了央行对货币供给和货币流通的控制力。

四、加强宏观经济政策的国际协调

一是要明确中国的主导地位。明确中国在"一带一路"机制中的主导地位是该倡议下宏观经济政策有效协调的重要保证。一方面，保持住中国相较于其他国家经济实力的相对优势是保障主导地位的内源动力。在全球经济下行风险加剧的背景下，中国不仅应该努力维持经济高质量中高速增长，还应该防范债务风险、政治风险等项目的潜在风险。另一方面，合理、优质的议题设置是明确中国主导地位的重要内容，不但能够为多边协调机制指明发展方向，而且有利于促进国内议程向公共议程和国际准则的转变。因而在每届"一带一路"国际合作高峰论坛上，中国可以依据当下国际形势设置宏观经济政策协调议题，将政策协调作为峰会的主要内容之一。

二是循序渐进推动与周边国家的政策协调。当前，广大发展中国家仍是参与共建"一带一路"的主体，因而建立以中国为主导的"一带一路"政策协调机制需要同这些发展中国家积极开展有效的宏观经济政策协调。周边发展中国家普遍具有较好的政策协调基础和较强的合作协调意愿，大大降低了协调难度。同时，"一带一路"倡议应该以俄罗斯、沙特阿拉伯、马来西亚、巴基斯坦等区域重要国家作为突破口，以域内国家重点关注的能源、海洋资源开发、基础设施建设等领域作为重点突破方向，积极整合发展中国家相对成熟的双边、多边对话合作平台和机制，逐步展开政策协调。

三是创新与发达国家政策协调的方式。"一带一路"倡议是一个开放机制，发达国家的参与同样受到欢迎。目前已有很多发达国家通过第三方市场合作等形式，实质上参与到了某些项目中。例如，2018 年 10 月日本首相安倍晋三访华期间与中国签订了 50 余份涉及能源、金融和基础设施等领域的合作协议。这也充分表明中国和发达国家有共同的经济利益并存在广阔的合作前景。因此，在同发达国家建立政策协调机制时，可以通过具体合作项目协调扩展到更大范围的经济政策协调，避免谈及"一带一路"倡议，而是从谋求经济利益出发，逐步从双边、三边协调扩展到多边协调。

四是形成"一带一路"国际宏观经济政策协调常态化的共识。在同"一带一路"相关国家形成相互依存的经济利益关系基础上，建立系统化、完善的"一带一路"国际宏观经济政策协调机制，不仅应该成为各国的重要共识，而且是"一带一路"倡议长期、持续发展的关键。同时应在吸取现有协调机制经验教训的基础上，创新国际宏观经济政策协调机制的设计和建设。首先，考虑设立政策协调的常设实体机构，调集外交部、财政部、商务部和中国人民银行等部门的专业人员负责协调"一带一路"建设项目和披露相应风险。其次，为了充分、及时了解各国的经济状况和政策变化，在各国的驻外使馆增设协调人，负责日常跟踪和上报所在国情况。最后，可以集结国内外区域经济等领域的专家和优秀企业家建立智库联盟和企业家论坛，并在此基础上与各国的智库和企业建立自下而上且高效的协调平台。

第四篇

“一带一路”投融资国际合作机制创新研究

习近平在第二届“一带一路”国际合作高峰论坛开幕式上提出“推动共建‘一带一路’沿着高质量发展方向不断前进”的新要求。高质量建设“一带一路”涉及大量基础设施、产业合作、绿色投资、贸易合作等项目，资金需求量巨大，需要大量、可持续的资金支持。然而，共建“一带一路”国家多为发展中国家，缺乏足够的财政资源，建设能力不足。“一带一路”高质量发展所需资金的规模性、长期性决定了无法依靠单个国家或部分国家负担，而是需要充分调动各方资源，通过开展“一带一路”投融资国际合作，为“一带一路”高质量发展提供资金保障。

目前，“一带一路”投融资国际合作存在原有双边投资协定条款过时、融资合作以财政和信贷资金为主、投资合作回报机制不健全、风险防控机制欠缺等主要问题。创新“一带一路”投融资国际合作机制，应在积极推动双边合作和多边合作的基础上，倡导调动全球资源，建立“资金可获得、成本可分摊、收益可主导、风险可控制”的“1+1+X”的多层次、全方位的投融资国际合作机制。具体来讲，应该构建以重大项目为抓手、以境外合作园区为平台、以互联网投融资国际合作平台为依托的投融资国际合作机制，实现引入多元化投融资主体、合理摊配投资成本、获取可持续投资收益以及有效监测防控投融资风险，推动实现“1+1+X>2+X”，才能最终实现多边合作共赢和高质量建设“一带一路”目标。

第十四章

投融资国际合作概述

本章通过梳理投融资国际合作理论及进展，为“一带一路”投融资国际合作机制的创新提供理论支撑，并结合投融资国际合作实践经验的经典案例，总结实践经验的可借鉴及反思之处，为创新“一带一路”投融资国际合作机制提供启示。

第一节　投融资国际合作的意义

一、投融资国际合作的重要性与必要性

（一）投融资国际合作的重要性

首先，根据IMF2020年1月发布的《世界经济展望》报告，全球经济下行风险依然突出，鉴于现有的货币和财政空间，在国家层面加强多边合作和实施更平衡的政策组合，对于增强经济活动和预防下行风险显得至关重要①。

其次，当今世界正处于百年未有之大变局，民族主义倾向持续上升、美国退群、英国脱欧、全球化出现逆转态势、贸易投资保护主义明显抬头，这些显著影响了各国尤其是大国间的贸易、投资合作环境，使得在市场、资源与规则方面国家间竞争愈趋激烈，这就要求投融资国际合作应创新机制，深化合作基础。

（二）投融资国际合作的必要性

从发达国家需求来看，受新冠肺炎疫情全球暴发和全球经济复苏长期乏力的影响，美国、欧盟等发达经济体纷纷出台政策加大基础设施等长期投资力度，利用其自身拥有成熟的资本市场、丰富的金融产品以及高水平的金融服务能力来推动投融资国际合作。

从发展中国家需求来看，多数发展中国家有旺盛的基础设施建设需求，然而金融体系发展不均衡，金融服务获取成本较高，融资难和投资不足是其经济发展主要障碍之一，加强投融资国际合作则是必行之路。

---

① IMF上调中国2020年经济增速预期至6%，瑞银建议逢低买入，https://caijing.chinadaily.com.cn/a/202002/03/WS5e3826b1a3107bb6b579cf90.html[2020-06-30]。

二、“一带一路”投融资国际合作的重大意义

2019 年 4 月 26 日，国家主席习近平在第二届“一带一路”国际合作高峰论坛开幕式上提出高质量建设“一带一路”的新要求，开展“一带一路”投融资国际合作也是“一带一路”高质量发展的内在要求，意义重大。

（一）为“一带一路”高质量发展提供资金支持

高质量建设“一带一路”涉及大量基础设施、产业合作、绿色投资、贸易合作等项目，资金需求量巨大，而且多数项目建设周期较长，需要可持续资金的支持。然而，共建“一带一路”国家多为发展中国家，缺乏足够的财政资源，建设能力不足。“一带一路”高质量发展所需资金的规模性、长期性决定了无法依靠单个国家或部分国家负担，而是需要充分调动各方资源，通过开展“一带一路”投融资国际合作，为“一带一路”高质量发展提供资金保障。

（二）有助于完善各国的金融治理体系

共建“一带一路”国家多存在金融市场不健全、金融服务体系尚未完全建立、金融机构规模很小、金融服务水平较低等问题，“一带一路”建设中投融资国际合作的不断深入，以及多元合理的投融资体系的逐步健全，必然推动各国金融市场、金融机构等各类金融服务的深化发展。而共建“一带一路”国家的金融服务水平不断提升，必然有利于推动国家间互设金融机构、联通资本市场、对接金融服务，从而有助于完善各国的金融治理体系。

（三）有利于促进新兴经济体参与全球金融治理

随着以中国、俄罗斯、印度等金砖国家为代表的新兴经济体集体崛起，发达经济体的理念也发生了松动与调整，但旧有的国际金融治理框架仍没有发生改变，新兴经济体在国际金融合作中的发言权和影响力依然有限。共建“一带一路”国家大多为发展中新兴经济体，开展“一带一路”投融资国际合作，有助于促进新兴经济体间、新兴经济体与发达经济体间加强金融经济合作，有助于推进新兴经济体积极参与全球金融治理。

（四）有助于推动各国本币使用和人民币国际化

开展“一带一路”投融资国际合作，符合“一带一路”投融资便利化需求，有助于推动东道国本币在“一带一路”建设中的使用，也为人民币国际化提供了舞台。中国已开展一些有益的合作实践：2008~2017 年在 23 个国家和地区建立了当地的人民币清算安排，指定了当地的人民币清算行，其中 7 个为“一带一路”沿线国家；与 23 个国家实现了货币的直接交易，其中包括 8 个“一带一路”沿线

国家，并与两个沿线国家实现了货币的区域直接交易；先后与30多个国家和地区签署了本币互换协议，其中22个为“一带一路”沿线国家。这些实践有效提高了资金清算效率，便利了贸易和投资，降低了汇率风险（周小川，2017）。

第二节 投融资国际合作理论及进展

一、开放经济思想与经济增长理论

马克思主义开放经济思想是关于经济发展规律的科学的世界观和方法论，其关于国际交往、劳动地域分工、生产力发展、世界市场等具体问题的分析和所体现的方法论基础，为投融资国际合作提供理论指导作用。

马克思主义开放经济思想主要包括国际交往理论、劳动地域分工理论、生产力发展理论等。主要思想包含：其一，工业革命促进生产规模扩大，产生了分工需求，而国内市场逐渐无法满足这些需求，则需依赖于世界市场、国际交换和国际分工，经济落后的国家因其历史环境，需要直接利用资本主义的成果谋求自身发展、步入社会主义（马克思，1964）；其二，不同地区需要根据自身特点实行相应的专业化分工模式，分工不仅内生于经济增长，而且服务于资本积累，是现实竞争经济的自我演进过程（马克思，1995）；其三，发展生产力必须充分运用好自然环境这一必要条件，而不同地域、不同国家之间有自己的资源优势，这就要求不同地域、不同国家之间进行合作。这些开放经济思想为投融资国际合作的开展与发展提供了重要指导。

开放经济促进经济增长，而经济增长的模式主要有三种代表性观点：资本决定论、技术决定论、人力资本论（毛健，2016；赵东麒，2018）。资本决定论认为，生产投入要素由自然资源、劳动力和物资资本构成。其中，自然资源的供给状况会影响经济增长，但不是决定性因素；劳动力供给也是影响因素之一，如果较充裕，则不会对经济增长产生约束；而物资资本是启动经济增长的必要条件，其资本量是影响经济增长的决定性因素。技术决定论最早由Veblen（凡勃伦）提出，其认为技术进步对经济增长具有关键性的影响，技术的变化将导致社会的变迁（赵东麒，2018）。人力资本论是由Schultz（舒尔茨）和Becker（贝克）提出的，强调人的因素在经济增长中具有重要的作用，认为人力资本质量的提高能够产生外溢效应，促进经济增长，并且具有递增效应，能够减小资本和劳动力要素边际收益递减所产生的作用，从而保持经济的可持续增长。具体到解决国际投融资问题，物质资本、人力资本、技术无疑是投融资国际合作中必然涉及的重要因素，这三种理论从物质资源、人力资本、技术等角度为加强投融资国际合作提供了合理解释。

二、资本输出与国际投资理论

列宁的资本输出理论认为，传统的资本输出通常是单一流向的，主要是指资本从经济发达国家向发展中国家的流出，或是从帝国主义国家流向殖民地、半殖民地国家。二战之后，随着科学技术进步和分工协作有了新的发展，发达国家之间的资本相互渗透、广泛发展（黄苏，1982）。然而，在资本输出扩大和加深资本主义的同时，也会引起输出国在发展上的某些停滞，但是全世界经济进一步发展会带来最终补偿，即资本输出国家最终获得一定的利益（中共中央马克思恩格斯列宁斯大林著作编译局，2009）。资本输出理论同时指出，国际投资合作呈现出主体多元化、流向具有多向性和交错性等特点，主要有三大投资流向方式：发达国家向发展中国家的投资、发展中国家向发达国家的投资、发达国家之间或发展中国家之间的投资（刘建设，2019）。

国际投资理论是研究跨国公司对外直接投资和东道国引进外资的决定因素、发展条件及其行为方式的理论。它包括如下八种理论：垄断优势理论、内部化理论、产品生命周期理论、国际生产折中理论、比较优势理论、国际直接投资发展阶段理论、投资诱发要素组合理论、补充性的对外直接投资理论。鉴于篇幅，依据投融资国际合作的主要进展阶段，重点阐述垄断优势理论、国际生产折中理论、补充性的对外直接投资理论、投资诱发要素组合理论以及国际直接投资发展阶段理论。

Hymer（1960）提出垄断优势理论，该理论认为市场不完全导致某些跨国公司具有垄断优势，能消除许多不利因素，有效与当地企业竞争，进而在投资对象国获取更多的利润。Kindelberger（1969）进一步补充和完善垄断优势理论，形成“所有权优势理论”，指出产品市场、生产要素市场不完全和规模经济等使美国企业拥有一定的垄断优势，而跨国公司开展国际直接投资的动力就是美国企业能够在东道国获得高于当地企业的利润。Dunning（1973）的国际生产折中理论吸收了国际经济学各派的主要观点，指出一个企业进行对外直接投资必须具备所有权优势、内部化优势和区位优势（高薇，2011）。

20 世纪 70 年代以来，发展中国家尤其是新兴经济体的国际直接投资发展迅猛，发挥越来越重要的作用，而当时主流国际投资理论均是以欧美发达国家为研究对象，难以解释此类现象。因此，开始出现了针对发展中国家直接投资问题的研究，统称为补充性的对外直接投资理论，主要举例如下：阿·勃利兹诺伊利创新性地将发展经济学中的“二元经济结构理论”与国际直接投资相结合，提出资本相对过度积累理论，解释了新兴经济体在追求经济高速增长进程中，无法兼顾传统农业部门和现代工业部门均衡发展的情况，从而出现不同行业间资本短缺及资本相对过度积累的二元格局，导致其拥有富裕资本的部门或行业采取对外直接投资的行为。针对发展中国家的直接投资问题，Wells（1998）提出了小规模技术理论，分析了发展中国家具有适合东道国市场需求的小规模生产技术、东道国当地采购和特殊产品优势、商品低价营销战略等比较优势，解释了发展中国家如何在竞争激烈的国际投融资市场上赢取竞争优势。

20 世纪 80 年代后期，许多专家和学者对以往只从微观（厂商）和宏观（国家）的内部因素角度展开研究的国际直接投资理论进行完善，将更多的关注点放在了投资国与东道国各自的需求和所具备的条件上，明确指出任何形式的国际直接投资都是在直接诱发要素和间接诱发要素的组合作用下发生的，从而提出了投资诱发要素组合理论（即综合动因理论）。

之后，有学者提出了国家竞争优势的菱形动态模式，其将国家经济发展具体划分为四个阶段，即生产要素驱动阶段、投资驱动阶段、技术创新驱动阶段和财富驱动阶段（Porter，1990）。波特指出，国际直接投资竞争优势的产生不是依赖于传统的自然资源、劳动力等要素，而是来自企业不断地创新能力，并从国家经济发展角度对产生国家竞争优势的要素做出全新的理论解释（波特，2002）。

三、国际经济合作与全球经济一体化理论

国际经济合作是指各国秉持各自的相对优势，通过生产要素的配合协助，进而采取特定的合作模式，共享合作收益，承担风险义务（何剑，1996）。国际经济合作的基础是国际贸易与国际投资，这也是投融资国际合作理论的基石。国际经济合作理论的代表之一是要素禀赋理论。长期以来，世界各国进行国际经济合作时都将要素禀赋结构作为重要的决策依据之一（刘建设，2019）。要素禀赋理论认为，禀赋差异是影响对外直接投资、国际贸易的重要原因，各国会生产并出口其要素相对充裕的产品，进口其要素相对稀缺的产品（Ohlin，1933）。国内外学者对要素禀赋理论进行了广泛研究与发展。Buckley 等（2007）研究认为东道国自然资源丰裕度是母国对外直接投资的主要考虑因素；高鹏飞等（2019）认为要素禀赋是区域间贸易产生和发展的根本驱动力，且生产要素的丰裕程度决定对外直接投资的规模和动机；尹美群等（2019）论证了一国劳动力、技术、资源等要素禀赋的比较优势对吸引外国资本直接投资具有重要影响。随着国际经济合作的深化，全球化成为当今世界最显著的特征和时代发展最重要的趋势。全球化包括社会、政治、经济、文化等诸多领域，核心是经济全球化，具体体现为在世界范围内经济活动相互依赖。

四、“一带一路”人类命运共同体思想

习近平提出的“一带一路”倡议与人类命运共同体思想强调共商共建共享，

符合当前经济体对外直接投资的动机需求，丰富和发展了国际合作理论。2013 年 3 月，习近平受邀在莫斯科国际关系学院发表演说，指出“这个世界，各国相互联系、相互依存的程度空前加深，人类生活在同一个地球村里，生活在历史和现实交汇的同一个时空里，越来越成为你中有我、我中有你的命运共同体”“各国应该共同推动建立以合作共赢为核心的新型国际关系”①。党的十九大报告分别从建设现代化经济体系和构建人类命运共同体两个角度对“一带一路”进行定位，并将“一带一路”及人类命运共同体等相关内容写入《中国共产党章程》。随着理论与实践的不断探索与发展，人类命运共同体思想逐步成为一个较为完整的国际战略思想体系。站在人类社会发展的角度，人类命运共同体理论明确了发展目标，即建设持久和平、普遍安全、共同繁荣、开放包容、清洁美丽的世界。纵观当下世界发展进程，尚存在较多阻碍因素，例如，世界经济增长持续走弱，贫富差距日益加大，地区热点问题此起彼伏，气候变化、重大传染性疾病、恐怖主义等非传统安全威胁持续蔓延。鉴于此，“一带一路”人类命运共同体主张构建新型国际关系，追求全人类最大的价值认同，旨在打造共商共建共享的全球治理新体系。我们认为，“一带一路”人类命运共同体理论可以视作投融资国际合作理论的最新进展，可以为深化全球投融资国际合作以及未来趋势提供理论支撑。

第三节 投融资国际合作实践经验与启示

投融资国际合作领域取得了丰硕成果，已形成商业性金融、减让式资金援助、开发性金融、PPP 等多种投融资合作机制。研究梳理投融资国际合作实践的经典案例与当前“一带一路”建设中的投融资国际合作机制，对“一带一路”投融资国际合作机制的创新具有较强的启示与指导作用。

一、商业性金融应用于投融资国际合作

奉行市场化运作、利润最大化等竞争性准则为经营目标的商业性金融，是传统投融资国际合作中的主要机制，在投融资活动中具有效率高、灵活性强、资金规模大等一系列与生俱来的优势特征。商业性金融在国际舞台上的活动与聚集，形成了几个具有代表性的国际金融中心，为世界各国提供各种金融服务。在美国，发达的资本市场不仅为美国经济长期发展起到积极的促进作用，同时为全球优质企业的成长提供了一个稳定高效的平台。尤其以纳斯达克市场为代表，其相对完善的自主选择和市场监督机制，为国际投融资活动提供了一个较为合理的资源配

① 国家主席习近平在莫斯科国际关系学院的演讲（全文），http://www.gov.cn/ldhd/ 2013-03/24/content_2360829.htm[2022-07-27]。

置舞台，孵化出微软、谷歌、苹果、亚马逊等一大批国际型超级企业。新加坡作为全球重要的离岸金融资产管理中心，聚集着银行、基金、信托、保险等1200余家各种类型的金融机构，管理着超 2 万亿美元的资产（中国人民银行国际司，2019），为国际投融资活动提供着庞大的资金。香港作为知名的国际金融中心，聚集着大量经验丰富的第三方机构，提供完善的法律保障、标准的国际会计准则、及时的信息资讯等专业服务，切实有效地降低了国际投融资合作中的信息不对称问题。但是，商业性金融所遵循的“趋利避害”的竞争性准则，促使其在具体业务运作中存在“晴天借伞、雨天收伞”的顺周期行为，导致无法为具有正外部性的项目提供有效支持。因此，在投融资国际合作中，不能只依靠商业性金融的力量，仍需各种类型金融服务的相互融合和创新。

“一带一路”倡议提出以来，中资银行积极响应，采取多种业务模式，创新专业化产品，为相关国家的项目建设提供更为稳定、多元和低成本的资金支持。例如，中国银行凭借其众多的海外分支机构，采用“多机构、多币种、多品种”的方式，深入参与到“一带一路”具体项目中，发行“一带一路”主题债券。同时，中国银行还创新性地联合相关国家主权机构，为“一带一路”的重大项目提供金融服务和融资支持。根据经济参考网的报道可知，2017 年 1 月，中国银行匈牙利分行与卡拉奇分行筹备组联合发起了巴基斯坦财政部为期 3 年的 3 亿美元贷款项目；2017 年 7 月，中国银行作为联席主承销商及牵头簿记管理人，协助匈牙利首次进入中国银行间债券市场,成功发行为期 3 年的 10 亿元人民币债券(即熊猫债)，所募集资金明确用于“一带一路”合作。值得一提的是，中国银行匈牙利分行和约翰内斯堡分行发行的债券，成功突破了当地国家主权评级限制，有效降低了当地企业“一带一路”项目的融资成本。

二、开发性金融应用于投融资国际合作

将服务国家战略作为宗旨的开发性金融，强调以资金的保本微利和可持续利用为主要目标，具有良好的预期引导作用。其功能介于政策性金融与商业性金融之间，既不需要政策性金融的财政补贴，也不需要商业性金融的超额收益补偿。其独特的优势在于弥补市场失灵、提高社会资源分配效率以及熨平经济周期性波动等方面，可以为具有正外部性的项目提供有效资金支持，实现政府发展目标。全球最大的多边开发银行，即世界银行下属的国际复兴开发银行（International Bank for Reconstruction and Development，IBRD），是国际性开发金融机构的主要代表。长期以来，其凭借信用评级优势，在国际金融市场上进行超低成本融资，为世界各国（尤其是中低收入国家）提供资金支持，有效带动商业性金融参与投融资国际合作，对国际私人融资起到积极补充的作用。其在向发展中国家提供资金支持的同时，也提供技术援助和咨询服务。不断累积的投融资经验和国际影响

力，促使其成为统筹各国政府、金融机构、公民团体等部门的协调者，助力投融资国际合作。德国复兴信贷银行是国家性开发金融机构之中的典型代表。一方面，凭借德国政府给予的信用支持，德国复兴信贷银行将资本市场发债的融资方式进行机制化和常态化的转变，使其发行的银行债券成为一种安全性和回报率相对不错的投资选择。另一方面，在资金接受方政府提供主权担保的前提下，其向基础设施等外部性项目提供融资，发放的促进性贷款利率接近但略低于市场利率，使其能有效起到预期引导作用。

以国家开发银行为例，"一带一路"倡议提出以来，国家开发银行凭借其开发性金融优势，积极参与对外投融资合作，为服务共建"一带一路"高质量发展注入了开发性能量，积累了大量宝贵的实践经验。根据国家开发银行披露的数据可知，截至 2019 年 9 月末，国家开发银行在"一带一路"沿线国家国际业务余额超过 1600 亿美元，重点支持了基础设施互联互通、产能合作、社会民生等领域发展，打造了很多具有代表性的项目[①]。比如，支持了中方与印度尼西亚企业合资建设的首条全系统、全要素、全产业链"走出去"的高铁项目——印度尼西亚雅万高铁；支持了斯里兰卡科伦坡南港国际集装箱码头建设，预计为当地带来 1 万个就业岗位，以及 18 亿美元税收；支持了印度尼西亚青山工业园产业链发展，助力印度尼西亚不锈钢产量从零跃升至全球第二，并为当地创造 3 万个就业岗位；支持了哈萨克斯坦奇姆肯特炼油厂升级改造、年产 50 万吨聚丙烯等重大项目，以及文莱年加工 800 万吨原油石化项目，进一步完善当地产业链条，提升工业化发展水平。

三、PPP 模式

PPP 模式是通过机制安排撬动私人资本参与公共项目建设的一种官方与私人的长期合作模式。该模式有助于调动私人部门的积极性，从而增加基础设施项目的资金来源，以达到改善公共服务质量的目标。但 PPP 模式也可能会因为风险分担机制不合理或者滥用政府担保而引发财政风险；其复杂的模式结构也可能导致各方协调不畅，拖累项目进展和效率。以英国为例，它是世界上较早开展 PPP 的国家之一，在管理体系、法治化、标准化等方面积累了丰富的经验。在管理方面，英国以基础设施局为核心，负责政策的设计和审批，并提供相关服务；而其他相关部门制定了清晰的管理流程，环环相扣，层层监管，确保 PPP 项目依法合规运作。在法律保障方面，为了规范操作流程，明确争议解决方法，英国先后制定了《公共合同法》《公用事业单位合同法》《政府采购法》等通用法律，出台了《绿皮书：政策评审、项目规划与评估论证手册》《PFI/PPP 采购和合同

① 新华财经：截至 9 月末国开行"一带一路"国际业务余额逾 1600 亿美元，http://www.cdb.com.cn/xwzx/mtjj/201910/t20191025_6823.html[2020-01-05]。

管理指引》[①]《PFI/PPP 金融指引》等规范性文件。在标准化优势方面，以《标准化 PFI 合同》《标准化 PF2 合同》等为标准，明确公私合作中的原则、模式及主要条款，并进一步对标准服务产品模板、格式化的付款机制以及股东协议等进行完善（中国人民银行国际司，2019）。英国 PPP 模式的合作经验值得“一带一路”投融资国际合作借鉴。

比如，中白工业园项目采用了 PPP、以工业园区开发带动投资的经济合作模式。该项目由中国企业提出倡议并与白俄罗斯政府部门达成合作意向，随着上升为“一带一路”倡议环境下的示范项目，协调主体变为“中白政府间协调委员会”，由两国政府牵头开发，与白俄罗斯中央和地方政府组建“中白工业园管委会”，并作为管理主体负责政策落实、行政管理等，旨在从政府层面统筹推进中白工业园事务。项目成立了中白工业园区开发股份有限公司，由中、白、德三方股东共同出资组建，从注册资本看，中方股东占 68%，白方股东占 31.3%，德方股东占 0.67%，主要股东为最初提出倡议并推动项目的工程承包商中工国际工程股份有限公司（简称中工国际）、在装备制造和工程承包领域知名的中国机械工业集团有限公司（简称国机集团）、具有物流商贸经验和园区开发运营经验的招商局集团有限公司（简称招商局集团）、中白工业园管委会和园区地方政府。

中白工业园项目的操作遵循“政府引导、企业主体、市场运作、科学规划”的发展思路，参与的企业部门在项目前期开发的立项、科研、招商引资等阶段起着关键的作用，项目所在国政府在园区后期的运行和管理方面介入更深，项目整个运行过程中政府部门与企业部门的关系更加公平、对等。例如，在中白工业园前期的开发和规划过程中，中国企业中工国际及其母公司国机集团发挥了在工程规划、设计和建设方面的优势，主导与推进项目的开发规划工作；其后由招商局集团介入，发挥其自身投资的商贸物流园的示范和撬动作用，更好地吸引了其他企业在园区内的投资；尤其在后期的行政管理和落实相关特殊政策方面，白俄罗斯政府成立的园区管委会作为其政府的代表发挥了不可替代的作用，中国政府方面还通过对外援助的形式对园区的基础设施建设进行了支持。在政府和社会资本的通力合作下，中白工业园项目才得以顺利推进（辛冉，2017）。

四、中国海外园区投融资国际合作

境外经贸合作区已经成为“一带一路”建设的重要载体。境外经贸合作区的合作方式、管理架构和发展理念体现了中国模式与经验，可供更多发展中国家借鉴。园区模式诠释“一带一路”共建共赢理念，扩大中国与其他国家间的经贸往来，促进产能合作，实现优势互补，为中国经济提供新的动力，进一步带动相关

① PFI 即 private finance initiative，私人主动融资。

服务业的发展，带动东道国的就业和投资，推动东道国经济和产业发展，提高了社会效益和经济效益。2006 年，海尔集团在巴基斯坦投资开发了中国第一家境外合作园区“巴基斯坦海尔—鲁巴经济区”，创造了工业园区新一轮的发展契机和热潮。根据商务部统计，截至 2018 年中国共有境外合作园区 118 家，广泛分布在各大洲的 50 个国家和地区，通过商务部考核的国家级境外合作园区有 19 家（赵祚翔等，2019）。海外园区投资模式主要有两种。一是私人资本运营的海外园区投融资模式，如中国民营企业独资在境外建设的埃塞俄比亚东方工业园。该模式的主要特征是初期基础建设投入能力较小，必须尽可能地争取政策融资支持，如政策类基金、贷款等，拉动其他融资主体配合融资，压缩成本、创造回报等。为了能够较快获得现金流，支持园区后续开发，在持续融资阶段，园区开发者倾向于投资一些园区内较有潜力的工业企业或营利能力较高的项目。二是国有资本运营的海外园区融资模式，如赞比亚–中国经济贸易合作区。该园区的基础融资来源于中国有色矿业集团有限公司（简称有色集团）国有资本，由有色集团负责园区的开发、运营和管理，在园区规划初期，便明确了以有色集团的矿产加工业务为主，利用当地矿产资源进行海外项目开发，是中国为了落实 2006 年中非合作论坛对非洲国际承诺的八项举措之一而设立的第一个境外园区。

五、当前主流的国际多边投融资合作机制

（一）G20 与《G20 全球投资政策指导原则》

2016 年 G20 杭州峰会通过的《G20 全球投资政策指导原则》是国际社会首次在多边机制内就全球投资规则达成共识。《G20 全球投资政策指导原则》为各国投资政策的制定以及国际投资协定的谈判提供了政策指引。毫无疑问，在全球投资体制缺失情况下，通过建立一个更加透明、开放、有利于可持续发展的国际投融资政策环境，将有助于推动全球投资政策的协调与合作。《G20 全球投资政策指导原则》的核心内容可概括为以下九项：透明度；非歧视；国际合作；投资保护；可持续发展；投资促进及便利化；政府对投资的监管权；企业社会责任及公司治理；反对投资保护主义，倡导投资开放。

（二）29 国财政部门共同核准的《“一带一路”融资指导原则》

为推进稳定、长期、风险可控、可持续的“一带一路”融资体系建设，在中方倡议和推动下，坚持“平等参与、利益共享、风险共担”的基本原则，截至 2022 年 7 月，中国、沙特阿拉伯、阿根廷、白俄罗斯、柬埔寨、智利、捷克、埃塞俄比亚、斐济、格鲁吉亚、希腊、匈牙利、印度尼西亚、伊朗、肯尼亚、老挝、马来西亚、蒙古、缅甸、巴基斯坦、卡塔尔、俄罗斯、塞尔维亚、新加坡、苏丹、瑞士、泰国、土耳其、英国等 29 国财政部门共同核准了《“一带一路”融资指导

原则》。《“一带一路”融资指导原则》的核心内容包括三个方面：一是为融资活动创造有利的政策环境，强调各国政府需要加强协调合作；二是要求发挥私人部门的积极作用，引入市场力量，协同建立多元化融资体系；三是在推动金融创新的同时，加强金融监管合作，共同维护区域乃至全球金融稳定。

（三）“一带一路”第三方市场合作

第三方市场合作是中国首创的一种国际合作新模式，充分体现了“一带一路”建设共商共建共享的精神，主要是将发达国家的先进技术、广大发展中国家的发展需求和中国的优势产能进行有效对接，共同为东道国经济发展注入新动能。第三方市场合作的常见类型分为五种[①]，除了产品服务类、工程合作类和战略合作类外，可以开展投资合作类和产融结合类第三方市场合作。投资合作类通常指中国企业与外方企业共同在第三方市场，通过并购、合资、参股等方式开展投资，形成风险共担、利益共享的合作格局。例如，中石油、丝路基金和俄罗斯诺瓦泰克公司、法国道达尔公司共同投资建设俄罗斯亚马尔液化天然气（liquefied natural gas，LNG）项目，为人类在北极圈内建设超级LNG工厂提供了参考范本，同时有力地带动了项目所在地区船运、保险、金融等相关产业发展，推动了北极东北航道的使用，为亚太、欧洲乃至世界物流带来了便利。产融结合类通常是指中外方金融机构通过银团贷款、联合融资、转贷款、股权参与等多种方式在第三方市场开展合作，拓宽企业融资渠道，分散金融机构融资风险，实现企业和金融机构共生共荣。比如，在加纳特马港扩建项目中，中国银行通过银团贷款的方式与世界银行下属的国际金融公司（International Finance Corporation，IFC）开展合作。

在面对全球经济深度调整之际，第三方市场合作可以通过发挥各方的比较优势，激发东道国潜在需求，培育新就业机会和经济新发展模式，从而实现资源的最优化配置，进而促进参与国的工业化进程、经济发展和社会进步。因此，第三方市场合作的创新模式吸引了越来越多的发达国家参与到“一带一路”建设中，中国已与新加坡、荷兰、西班牙、比利时、日本、意大利、法国、澳大利亚、加拿大等国家先后正式签署了第三方市场合作文件。

六、创新“一带一路”投融资国际合作机制的启示

在当前形势下，单独依靠“中国方案”、完全借鉴“西方经验”、继续采用“维持现状”等办法并不能解决“一带一路”投融资面临的障碍，前述投融资国际合作实践经验对“一带一路”投融资国际合作机制的创新和突破具有如下启示。

---

① 发改委解读第三方市场合作指南和案例：开放包容的国际合作模式，http://finance.china.com.cn/news/20190904/5071796.shtml[2019-11-30]。

(一)合作过程应注重考虑对共建"一带一路"国家的适用性以及各国的差异性

通过梳理发达国家对发展中国家投资中运行的投融资合作机制发现，很多国际合作模式和机制的门槛较高、要求较细，收益倾向于投资国家，投融资成本往往较高。在相关政策要求、投资标准等事项上常常伴随着发达国家的高标准门槛，而且注重考虑投资国的收益，不注重被投资国的效益，这显然不符合共建"一带一路"国家的国情。如果完全按照这些高标准门槛来执行，那么很多项目根本无法有效实施，就算勉强落地实施后，也会给东道国带来沉重的债务负担等情况。因此，既有的一些投融资国际合作机制与模式难以在"一带一路"建设过程中加以推广。而且，很多投融资合作机制往往附带政治诉求和条件。巴黎俱乐部就是其中最为典型的代表之一，受惠国在接受 IMF 资金支持下，必须被迫接受相关的政策调整计划。因此，在创新"一带一路"投融资国际合作机制中，应注重考虑参与方（包含投资国和被投资国）的差异性，根据参与方的发展水平、差异程度，兼顾各参与方的收益与成本接受度、风险承担能力来制定合适、有效的合作机制。

(二)应力求提升多边合作，注重形成有效合力、追求共赢

现行大多数的投融资国际合作机制往往依赖于某一个国家或某一个机构，或者意见过于分散，难以形成有效合力，使得多边投融资合作有形而无实。传统的投融资国际合作机制，如世界银行、亚洲开发银行、欧洲复兴开发银行、美洲开发银行等，存在着董事会机构庞大、项目责任归属不清、发展中国家的话语权地位较低及参与度不足等问题，易出现投资效率低下、资金来源受困等现象。"一带一路"倡议提出以来，中国投融资合作取得了很大成绩，但中国现有的投融资合作机制与模式还需不断改革完善，被国际社会普遍接受还需要一个过程。总之，中国应顺势而为，抓住共建"一带一路"的契机，通过创新"一带一路"投融资国际合作机制，充分发挥引领性的建设作用，促进中国与共建"一带一路"国家、共建"一带一路"国家之间、共建"一带一路"国家与非共建"一带一路"国家之间的更大范围、更高水平、更深层次的合作，通过共赢形成合力，进而构建人类命运共同体。

(三)应通过机制创新撬动社会资本，形成多元合理的投融资体系

高质量建设"一带一路"需要巨大的资金支持。目前的"一带一路"投融资国际合作机制框架存在以下三大问题：一是主要依赖中国资金，难以弥补资金缺口。据亚洲开发银行的粗略估算，亚洲地区相关基础设施建设的资金需求大约为 8000 亿美元/年，然而 2016 年中国对"一带一路"的直接投资是 145 亿美元，国家开发银行、中国进出口银行、中国工商银行等金融机构的贷款数量大约有 145 亿美元的几倍之多，中资机构对"一带一路"的投资和贷款量相对于这些地区的基础设

施融资和全部投资需求来讲，还是相当有限①。二是主要依赖政府投资，投融资可持续性不足。三是私营资本积极性不高。当前，“一带一路”建设项目主要集中在基础设施领域，此类项目的收益周期较长，投资风险因素较为复杂，一些共建“一带一路”国家政局不稳、政策多变、投资环境和市场环境欠佳，导致商业贷款不愿介入，私人资本的参与及成效受到经济周期、政府制度以及监管能力等多方面的影响，并非所有的项目都有私人资本愿意参与。要实现“一带一路”建设高质量发展，必须要充分发挥各类资金优势，应通过机制创新撬动社会资本，形成多元合理的投融资体系。

① 马骏：有必要动员全球资本参与“一带一路”投资，https://finance.eastmoney.com/a2/20171102798164489.html[2019-11-30]。

第十五章

“一带一路”投融资合作机制的状况分析

本章通过分析中国、沿线国家、国际多边合作组织和多边金融机构等对“一带一路”的投融资状况，梳理相应的投融资国际合作机制运行的成效，从而归纳出“一带一路”投融资合作机制存在的主要问题。

第一节　中国对“一带一路”的投资与机制建设

随着“一带一路”建设的稳步推进，中国在沿线国家的投资规模逐渐扩大，同时，中国与沿线国家间的投融资合作水平也在不断提高，推动及深化了适合于沿线国家发展水平、谋求共同利益的投融资合作机制建设。

一、中国对“一带一路”沿线国家的总体投资状况

（一）中国对“一带一路”沿线国家的总体投资流量与存量分析

1. 投资流量分析

十八大之后，中国通过深入改革对外投融资管理的制度框架，激发市场活力，打开了跨区域投融资合作的广阔发展空间。随着国内“走出去”战略和共建“一带一路”倡议的纵深迈进，以及近年来国内外产业的巨大变革和市场资金宽裕等多重因素的作用下，中国对外投资出现了跨越式增长。2019 年，中国对外直接投资的流量规模仅低于日本，继续位列全球第二，占全球份额的 10.4%。其中，中国境内投资者在“一带一路”沿线国家的投资涉及 18 个国民经济行业和 1.1 万家境外企业。2013 年至 2019 年中国对“一带一路”沿线国家累计直接投资更是达到 1173.1 亿美元（图 15-1）。

2. 投资存量分析

《2019 年度中国对外直接投资统计公报》显示，从 2002 年末到 2019 年末，中国对外直接投资存量占全球外国直接投资流出存量的份额由 0.4%提升至 6.4%，存量规模提升至 21 988.8 亿美元，是 2002 年末存量的 73.5 倍，排名由第 25 位攀升至第 3 位。其中，2019 年中国对“一带一路”沿线国家的直接投资存量占中国对外直接投资存量总额的 8.2%，达到 1794.7 亿美元。而中国对新加坡、印

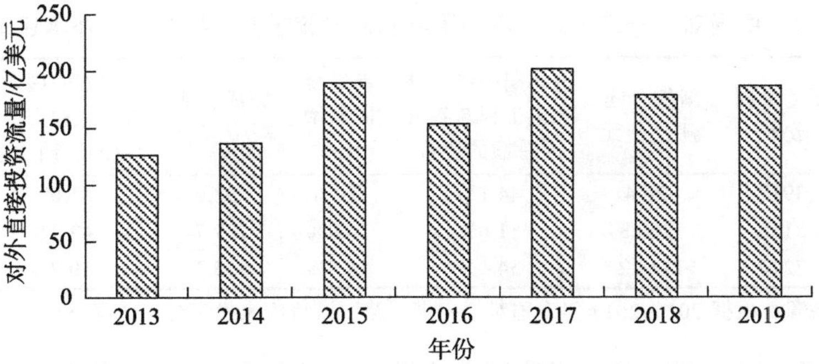

图 15-1 中国对“一带一路”沿线国家投资流量（2013~2019 年）

资料来源：根据 2013~2019 年度《中国对外直接投资统计公报》整理

度尼西亚、俄罗斯、老挝、马来西亚的直接投资存量位列沿线国家的前五位。

3. 中国对“一带一路”沿线国家的总体投资增速分析

2019 年中国实现对“一带一路”沿线国家的直接投资达 186.9 亿美元，占同期中国对外直接投资流量的 13.7%，同比增长 4.5%。由表 15-1 可见，中国对“一带一路”沿线国家的投资流量虽有波动，但基本呈稳步增长态势，与 2013 年相比，2014~2019 年增速较快，且增长空间大。

表 15-1 中国对“一带一路”沿线国家的总体投资增速

项目	2014 年	2015 年	2016 年	2017 年	2018 年	2019 年
投资增速	8.16%	38.58%	−18.96%	31.49%	−11.35%	4.50%
投资增速（均以 2013 年为基年）	8.16%	49.88%	21.46%	59.70%	41.57%	47.98%

资料来源：根据 2013~2019 年度《中国对外直接投资统计公报》整理

（二）中国对“一带一路”沿线国家的总体投融资构成分析

对外承包工程是中国投资到东道国基础设施领域的重要表现。2011~2015 年，中国对沿线国家承包工程完成营业总额达 2949 亿美元，占中国对外承包工程总额的 45.11%。其中，排名前十的国家为沙特阿拉伯、印度、印度尼西亚、巴基斯坦、越南、伊拉克、新加坡、马来西亚、哈萨克斯坦、老挝，中国在这些国家的承包工程金额均在 100 亿美元以上（文洋，2017）。以上数据表明中国的对外承包工程在沿线国家占比很高，中国在“一带一路”的基础设施建设中发挥了重要作用。

从新签项目合同来看，2016 年，中国与“一带一路”沿线国家对外承包工程新签合同 8158 份，新签合同总金额 1260.3 亿美元，同比增长 36%。同时，我国与“一带一路”沿线国家的新签合同额以及占同期中国对外承包工程新签合同总额的比重都在不断上升（表 15-2）。这说明，“一带一路”倡议促进了我国与沿线国家在项目建设上的紧密合作。

表 15-2 中国对“一带一路”沿线国家基础设施投资规模表（对外承包工程）

年份	新签合同数/份	新签合同额/亿美元	占同期中国对外承包工程新签合同总额的比重	新签合同额增长率	完成营业额/亿美元	占同期中国对外承包工程完成营业的总额比重	完成营业额增长率
2015	3987	926.4	44.1%	7.4%	692.6	45.0%	7.6%
2016	8158	1260.3	51.6%	36.0%	759.7	47.7%	9.7%
2017	7217	1443.2	54.4%	14.5%	855.3	50.7%	12.6%

资料来源：根据 2015~2017 年中国对“一带一路”沿线国家投资合作情况整理

从中国对“一带一路”沿线国家的投资分析来看，剔除了伊拉克、约旦、不丹、波黑数据不全的样本，截至 2018 年，中国对“一带一路”沿线国家的投资占东道国 FDI 的比重在 5%以上的国家有：老挝、阿富汗、柬埔寨、孟加拉国、尼泊尔、塔吉克斯坦、巴基斯坦、吉尔吉斯斯坦、也门、伊朗、缅甸、乌兹别克斯坦、科威特、马来西亚、印度尼西亚、蒙古国。其中，中国是老挝、阿富汗以及中亚国家的主要投资国。此外，中国对沿线多数国家的直接投资额占其各个国家 FDI 总额的比重呈现出增长的发展态势，这充分表明中国与“一带一路”沿线国家的投资合作日益紧密。

（三）中国对“一带一路”沿线国家投资的行业分布

当前，我国对“一带一路”沿线国家的能源、交通、基础设施等行业领域的投资增速最快。根据管清友等（2017）的研究报告，中国对“一带一路”沿线国家投资的行业、区域和国家分布相对集中。其中，行业分布主要集中在能源行业、有色金属行业、交通运输行业、房地产行业和科技行业；区域分布主要集中在东亚和西亚地区；国家分布主要集中在俄罗斯、哈萨克斯坦、马来西亚、新加坡和印度尼西亚。

依据管清友等（2017）的研究报告相关数据进行分析：①从行业来看，中国对“一带一路”沿线国家的直接投资和建造合同主要以能源行业和交通运输行业为主，2011 年到 2016 年间，这两方面的投资额占比一直保持在 53%以上，2016 年两方面投资总额更是高达 528 亿美元。②分区域来看，西亚地区以能源行业为主，2005 年至 2016 年间，中国在对西亚地区能源行业投资的总额占全行业投资总额的 67.5%；东亚地区以能源行业和有色金属行业为主，这两项的投资额约占总投资额的 2/3；中东、北非地区以能源行业为主，该领域的投资远超其他领域；“一带一路”沿线上欧洲国家及地区以农业、能源行业、交通运输行业为主。

根据《2019 年度中国对外直接投资统计公报》，截至 2019 年末中国对“一带一路”沿线国家投资涉及国民经济 18 个行业大类。其中，前 6 个占比较高的行业分别是：制造业 67.9 亿美元（占 36.3%）；批发和零售业 25.1 亿美元（占 13.4%）；建筑业 22.4 亿美元（占 12%）；金融业 15.9 亿美元（占 8.5%）；科学研究和技术服务业 13.5 亿美元（占 7.2%）；电力生产和供应业 13.4 亿美元（占 7.2%）。

（四）中国对“一带一路”沿线国家投资效率与主要风险分析

1. 中国对“一带一路”沿线国家的投资效率分析

中国对“一带一路”沿线国家总体投资效率不高，是目前学术界和实务界普遍认同的观点。从区域异质性来看，投资效率也存在较大差别，但均认为绝大多数国家的投资潜力依然较大（聂爱云和何小钢，2018）。根据程中海和南楠（2017）的测算结果，发现中国对“一带一路”沿线国家的总体投资效率仍较低，但多数国家的投资效率呈现一定的上升趋势，尽管上升程度较弱。投资效率大于 0.5[①]的只有 10 个国家，效率高于平均值的国家仅 17 个，说明对绝大多数国家的投资效率有较大提升空间。而且，中国对“一带一路”沿线国家的投资表现出较明显的个体差异性。从各地区来看，东盟的经济体量较大但整体投资效率并不高，可见中国与东盟的投资合作尚未达到预期的效果；中国对哈萨克斯坦等四国的投资效率较高而对乌兹别克斯坦的投资效率很低，说明中亚五国作为中国“自然伙伴”的优势得到了一定体现但并不充分；中国对罗马尼亚、匈牙利、波兰、捷克等欧盟国家的投资效率普遍位于 0.1~0.4，可以认为欧盟国家具有较大的投资潜力。

2. 中国对“一带一路”沿线国家投资面临的主要风险

根据美国传统基金会的统计，2005 年至 2014 年间，中国在“一带一路”沿线国家进行投资时，所遇到的投资风险项目主要分布在能源、金属、科技、农业、运输等行业，其中，能源行业占 72.52%，金属行业占 14.54%。可见，“一带一路”建设中相对热门的行业，同时也集聚着较大的投资风险。中国在“一带一路”沿线国家进行投资所面临的主要风险如下。

1）地缘政治风险

“一带一路”沿线部分国家存在各种冲突频发的情况，包括领土纷争、民族冲突、政局动荡、恐怖袭击、政策变动、大国博弈等，使得对相关国家进行投资面临着严重的地缘政治风险。比如，2015 年 1 月，刚组建完成的希腊新政府一上台，就突然宣布暂停了中国远洋运输有限公司（简称中远集团）投资的比雷埃夫斯港口项目，相关专家判断虽非针对中国，但提升了中国在希腊投资的不确定性风险[②]。尤其是近年来随着中美关系的恶化，以及受以美国为首的西方国家频频制造涉港、涉疆等问题的影响，对“一带一路”沿线国家的投融资活动面临着巨大挑战。2019 年，立陶宛新任总统以“安全”名义拒绝了中资企业对其最大港口升级改造的投

---

① 依据程中海和南楠（2017）运用随机前沿模型测算的投资效率，投资效率等于 1 表明达到投资最理想的状态，投资效率小于 1 则表明中国在该国的投资存在“非效率”，具有潜力。

② 希腊新政府叫停比港项目 知情人士称并非针对中国，https://world.huanqiu.com/article/9CaKrnJHe1y[2019-10-20]。

资项目[①]。此外，由于“一带一路”沿线部分国家地处重要战略区域，世界大国间的博弈也将深刻影响投融资国际合作。比如，印度担心其与阿富汗联合制约巴基斯坦的计划会被“中巴经济走廊”建设的实施所干扰；俄罗斯担忧其主导的欧亚经济联盟和“后苏联”空间经济一体化会被“一带一路”倡议所冲击等（白永秀和王颂吉，2014）。

2）经济风险

“一带一路”沿线国家大多为发展中国家和新兴经济体，其自身经济实力往往较弱，极易受外部经济波动影响，外来冲击往往会造成本国经济政策的不稳定，这无疑加大了投融资国际合作的不确定性。例如，2017年起美国挑起的与中国的贸易战爆发，像泰国、马来西亚等贸易导向型经济体就会因为所依赖的外部市场发生改变而受到极大冲击。除宏观经济风险外，大多数“一带一路”沿线国家存在较高的汇率风险。IMF发布的《汇兑安排与汇兑限制年报（2019）》显示，沿线国家大多采取了稳定汇率机制或固定汇率制度，这种制度较为僵硬，缺乏灵活性，存在较大的汇率风险。比如，土库曼斯坦、约旦、除科威特外的海湾阿拉伯国家合作委员会五国等紧盯美元；波黑、保加利亚等则紧盯欧元。而且，“一带一路”沿线部分国家存在债务可持续性风险。有些国家及政党出于政治需求，往往不顾其自身实际能力，提出很多超出其自身实力范围的重大建设项目（尤其是基础设施或民生工程类项目），少则十几个，多则几十个。有些项目过度超前，脱离本国实际，缺乏可行性研究；有些项目由于法治环境较差，行政效率较低，腐败现象严重，导致工期延长，成本增加，效益下降；有的国家经济发展缺乏内生动力和造血功能，指望他国“输血”，甚至存在攀比心理。这些项目最后很可能发展成为国家的债务包袱。

3）社会文化风险

“一带一路”沿线许多国家在文化、宗教上都具有自身的特点，如伊斯兰国家、佛教国家与天主教国家。其中，一些国家较为保守，有着相当多的文化禁忌。比如，伊斯兰金融机构受到伊斯兰法规和伦理观的制约，不能收取和支付利息等。而中国企业是在一个无神论的市场环境中成长起来的，往往对不同文化、宗教缺乏敏感性，在投融资国际合作过程中，极易因为双方宣传交流的互相误解而产生不必要的冲突。比如，柬埔寨因民族主义情绪暂停中柬合作大坝项目等。跨国企业与东道国的语言、风俗习惯、价值取向以及宗教信仰等方面的社会文化差异，给投融资工作的顺利进行带来了很大障碍和困难，大大增加了开展投融资活动的不确定性。

---

① 立陶宛行径对“一带一路”倡议实施的影响，https://baijiahao.baidu.com/s?id=1708035747380397561&wfr=spider&for=pc[2021-08-14]。

二、中国对"一带一路"沿线国家投资的双边合作机制建设

"一带一路"倡议提出以来，中国积极开始与"一带一路"沿线国家寻求投资合作，稳步推进双边合作机制建设，具体措施包括高层互访、建立伙伴关系、发表联合声明，尤其是推进双边投资协定和合作/谅解备忘录的签订，以保护双方的投资者利益。根据国泰安数据分析，截至 2016 年（数据仅至 2016 年），中国先后与 57 个沿线国家签订了双边投资协定。截至 2021 年 12 月，中国已经同 145 个国家和 32 个国际组织签署 200 多份共建"一带一路"合作文件①。这意味着中国仍在不断推进双方投资合作机制的建设，也与越来越多的国家取得了共识。

三、中国对"一带一路"沿线国家投资的第三方市场合作机制建设

第三方市场合作是指中国与发达国家共同在发展中国家（即第三方市场）进行经济合作，主要是将发达国家的先进技术、中国的优势产能和广大发展中国家的发展需求进行衔接，充分发挥各方优势，从而产生"1+1+1>3"的效果，最终实现合作共赢。第三方市场合作机制旨在通过三方协商，形成小多边机制，可以有效突破现有双边投资规则的相关局限，增强国家间合作互信，整合多方优势资源，推动市场要素的高效配置，从而为国际合作模式树立一个"利益共同体"的国际合作典范，对完善现有全球治理体系具有重要的借鉴作用。

2015 年 6 月，中国与法国共同发表了联合声明，第一次提出了第三方市场合作概念。随后，中国与加拿大、新加坡、日本、意大利等其他 13 个国家陆续发布关于第三方市场合作的联合声明或签署谅解备忘录。第三方市场合作不仅为"一带一路"建设的高质量发展提供了新颖的模式，而且在构建开放型世界经济、持续推动新型全球化方面承担着重要作用。目前，中国借助第三方市场合作机制，通过举办论坛等多种形式共同为企业搭建合作平台、提供公共服务，现已成为中国与发达国家合作的一个新亮点。具体见表 15-3。

表 15-3 中国所签署的第三方市场合作相关文件

序号	国家	签署文件	合作平台
1	中国–澳大利亚	《关于开展第三方市场合作的谅解备忘录》	中澳战略经济对话
2	中国–奥地利	《关于开展第三方市场合作的谅解备忘录》	中奥第三方市场合作工作组
3	中国–比利时	《关于在第三方市场发展伙伴关系与合作的谅解备忘录》	—
4	中国–加拿大	《关于开展第三方市场合作的联合声明》	—

① 我国已与 145 个国家、32 个国际组织签署 200 多份共建"一带一路"合作文件，http://www.gov.cn/xinwen/2021-12/16/content_5661337.htm[2022-07-04]。

续表

序号	国家	签署文件	合作平台
5	中国-法国	《关于第三方市场合作的联合声明》 《中法第三方市场合作示范项目清单》	中法第三方市场合作指导委员会 中法第三方市场合作论坛 中法第三方市场合作基金
6	中国-意大利	《关于开展第三方市场合作的谅解备忘录》	中意第三方市场合作论坛 中意第三方市场合作工作组
7	中国-日本	《关于中日企业开展第三方市场合作的备忘录》	中日第三方市场合作论坛 中日第三方市场合作工作机制
8	中国-荷兰	《关于加强第三方市场合作的谅解备忘录》	—
9	中国-葡萄牙	《关于加强第三方市场合作的谅解备忘录》	中葡第三方市场合作工作组
10	中国-韩国	《关于开展第三方市场合作的谅解备忘录》	中韩共同开拓第三方市场联合工作组
11	中国-新加坡	《关于开展第三方市场合作的谅解备忘录》 《关于加强中新第三方市场合作实施框架的谅解备忘录》	中新第三方市场合作工作组 中新"一带一路"投资合作论坛
12	中国-西班牙	《关于加强第三方市场合作的谅解备忘录》	中西第三方市场合作工作组
13	中国-瑞士	《关于开展第三方市场合作的谅解备忘录》	中瑞第三方市场合作工作组 "一带一路"能力建设中心
14	中国-英国	《关于开展第三方市场合作的谅解备忘录》	中英第三方市场合作工作组

资料来源：国家发展和改革委员会《第三方市场合作指南和案例》

在第三方市场合作机制的运作下，"一带一路"建设已形成一系列的投融资合作成果。例如，中国与新加坡在东南亚地区开展的第三方市场合作，中国与法国在英国共同参与的核电站项目，中国与日本在泰国共同打造的东部经济走廊，中国与韩国在第三国的能源、交通、基础设施等领域展开的第三方市场合作，以及中国和德国在中欧班列、高铁运营维护等领域展开的第三方市场合作等都取得了良好的合作成果。这些丰富的合作成果所发挥的引领示范作用，将有利于第三方市场合作的可持续发展。与此同时，在第三方市场合作的实践中，中国积极推动国家开发银行或丝路基金与国外金融机构进行合作，共同设立第三方投资基金，为相关企业及项目提供投融资支持。下面提供一个具体案例。

2016年1月，意大利国家电力公司、中国银行与中国出口信用保险公司（简称中国信保）签署了三方合作框架协议，旨在约定中国银行与中国信保联合意大利国家电力公司的合作内容，为其下属的绿色能源公司提供总额不超过10亿美元的融资保险额度，用以采购中国设备或采用中国承包商，来支持其在拉丁美洲地区的项目。其中一个项目就是中国信保支持西班牙桑坦德银行和中国银行为意大利国家电力公司的下属绿色能源公司提供了3.3亿美元融资，支持其在巴西的一系列可再生能源项目，为当地民众带去持续不断的清洁能源。意大利国家电力公司与中国信保通过整合资源，以重大项目为平台，将“融资+制造”嵌入第三方市场项目中，实现了“联合开发，利益共享，风险共担”的合作模式。这一合作汇聚中欧金融机构的优势，并融合了意大利企业的先进经验和中国企业的优势产能，为巴西提供高性价比的新能源解决方案，实现多方共赢①。

第二节 国际投融资合作机制与“一带一路”建设

随着全球化迈入多边主义时代，国际投资规则在全球金融治理中扮演着越来越重要的角色。但时至今日，一方面，依然没有一个可以适用于全球性多边投资的协定；另一方面，欧美等发达经济体所主导的传统国际投资规则无法充分表达和体现广大发展中国家的实际诉求（聂平香，2014）。在此背景下，中国始终秉持全球化理念，旗帜鲜明地支持多边主义发展，在提出“一带一路”倡议的同时，更是发起了亚投行、新开发银行等国际新型多边开发机构，创新国际投融资合作，集中发展中国家的力量，参与“一带一路”建设，助推人类命运共同体的形成。

一、传统世界多边投融资合作机制与“一带一路”建设

传统世界多边投融资合作机制主要体现于世界银行、亚洲开发银行、OECD、联合国环境计划署等多边开发机构的投融资实践中，主要依靠官方发展援助与债务融资。2016年，世界银行向成员国和私营企业提供贷款、赠款、股权投资和担保共642亿美元，“一带一路”相关地区占比60%左右。亚洲开发银行68个成员中49个来自亚太地区，主要通过提供贷款、联合融资担保、技术援助和赠款等方式支持其成员在基础设施、能源、环保、教育和卫生等领域的发展（宋立义和李世刚，2018）。

从国际角度看，双边援助和多边开发银行提供的减让式资金，一直是“一带一路”沿线国家重要的发展融资来源。官方发展援助是减让式资金中最重要的一种，通常直接向贫困地区人口进行转移支付，或者通过支持基础设施建设等方式支持当地经济社会发展。其主要特点是针对性强、强调公益、不追求经济回报。为改善公共服务和削减贫困，世界银行、世界卫生组织、联合国粮食计划署、联合国人口基金、联合国难民署等国际机构一直活跃在官方发展援助的第一线。以世界银行为例，世界银行下属机构国际开发协会（International Development Association，IDA）是向发展中国家提供资金最多的国际组织。自1960年成立至2019年，国际开发协会累计向113个发展中国家以低息贷款和无偿援助的形式提

① 国家发展改革委发布《第三方市场合作指南和案例》，http://www.mofcom.gov.cn/article/i/jshz/rlzykf/201909/20190902898692.shtml[2020-10-30]。

供了3910亿美元援助，以改善公共服务和削减贫困。

世界银行等传统多边开发机构主要依靠国际资本市场融资，并通过与国家主权信用部门或者商业性金融机构进行合作开展单独或者共同投资业务。在传统世界多边投融资合作机制采用的融资模式中，呈现出从单一或若干银行承贷的模式向银团贷款转变的趋势。但是，当前“一带一路”投融资国际合作机制中采用的银团贷款，大多是以中国自己的银行为主的银团，国际银团参与较少。促进国际性银团加入合作，也是创新“一带一路”投融资国际合作机制的方向之一，有助于解决融资缺口、分散和降低风险，更好地服务“一带一路”投融资活动。

二、亚投行、丝路基金合作机制与“一带一路”建设

（一）亚投行、丝路基金合作机制的状况分析

1. 亚投行的投资状况分析

亚投行重点支持基础设施建设，旨在推进欧亚区域基础设施的互联互通和区域经济一体化发展。亚投行创立于2015年12月，并于次年1月正式开业，注册资本1000亿美元，总部坐落于北京，是首个由中国倡议设立的国际多边金融机构。截至2020年底，亚投行已经拥有103个成员。

中国提倡筹建亚投行作为以发展中国家为主导的新型多边开发机构，一方面是对现有传统多边开发机构的一种有益补充，完善了多边开发体系，另一方面也能推动以IMF和世界银行等为代表的国际金融体系的进一步改革。此外，亚投行在夯实基础设施建设的同时还能提高亚洲资本的利用效率，从而起到带动经济增长，提高区域发展水平的作用。

1）融资业务

根据亚投行的《亚洲基础设施投资银行协定》（Asian Infrastructure Investment Bank Articles of Agreement），亚投行将向任何成员或其机构、单位或行政部门，或在该成员领土内经营的任何实体或企业，以及参与亚洲地区经济发展的国际或地区机构或实体提供融资①。此外，《亚洲基础设施投资银行协定》允许亚投行以多种方式提供融资，其中包括直接提供贷款、开展联合融资或参与贷款、参与股权投资、开发信用管理投资组合、提供特别基金支持以及作为主要或次要债务人的全部或部分贷款担保等。此外，亚投行可以承销或参与承销任何实体或企业发行的、目的与银行宗旨一致的证券。

亚投行主要业务如下。①主权支持的融资。主权支持的融资有直接贷款和提供担保两种方式，如贷款给亚投行成员、由亚投行成员担保的贷款，其担保包括

---

①《亚洲基础设施投资银行协定》全文（双语），http://language.chinadaily.com.cn/2015-07/06/content_21191955_6.htm[2018-10-30]。

因政府未能履行与项目有关的特定义务或由借款人未偿还贷款债务导致的债务违约。②非主权支持的融资。这是指亚投行提供的任何非主权支持融资；它包括对没有得到担保或反担保和偿还支持或从中受益的私人企业或主权实体（如会员或公共部门实体的政治或行政部门）的任何融资。③股权投资。亚投行可以运用自有资金对企业进行直接投资。通常该业务量不得超过亚投行总体业务量的 8%。投资可以采取多种形式，包括认购普通股或优先股（或两者的组合）、可转换为权益的贷款。银行的投资不得超过公司所有权的 30%。在特殊情况下，董事会可以决定批准更高的份额，但不控制份额；如果银行的投资处于危险之中，银行可能会控制公司以保护其投资。

2）总体投资状况

截至 2018 年 12 月 31 日，亚投行的资产总额达到 195.62 269 亿美元，比 2017 年增长了 3.11%，其中定期存款、为共同筹资安排存放的资金、贷款投资（摊余价值）三项增幅较大。资产主要来源于股权投资。具体见表 15-4。

表 15-4 亚投行资产负债简表（单位：千美元）

项目	2018 年 12 月 31 日	2017 年 12 月 31 日
资产总额	19 562 269	18 972 606
现金及现金等价物	2 252 741	1 104 866
定期存款	8 223 299	5 885 854
按公允价值计算的投资	3 325 484	3 255 140
为共同筹资安排存放的资金	5 992	1 592
贷款投资（摊余价值）	1 365 187	773 238
应收实收资本	4 386 984	7 948 901
无形资产	906	1 032
其他资产	1 676	1 983
负债总额	49 851	13 587
所有者权益总额	19 512 418	18 959 019
实收资本	19 268 000	19 000 300
留存收益	314 899	119 163

资料来源：根据亚投行 2018 年财务报告整理

截至 2018 年 12 月，亚投行共批准投资 31 个项目，主要涉及能源、电信、交通、城市发展、水利等领域，分布在六个区域 13 个国家，投资总额达 61.98 亿美元（刘一静，2019）。亚投行的战略愿景是在基础设施投资领域成为推动民间资本发展的倡导者和领先机构，其合作机制体现了和平合作、开放包容、互利共赢等人类命运共同体的理念，为“一带一路”建设提供有力的资金支持，有助于弥补发展中国家在基础设施投资领域存在的资金缺口，促进地区经济发展。

2. 丝路基金的投资状况分析

为了落实中国“一带一路”倡议，国家开发银行、中国进出口银行、中国投资有限责任公司、中国外汇储备共同出资400亿美元于2014年底在北京成立了一个中长期开发基金——丝路基金。丝路基金与亚投行不同，亚投行是属于国际多边开发机构，并不隶属于任何国家，且其业务主要以银行贷款为主。而丝路基金隶属于中国，被定位为中长期开发性投资基金，其业务主要以私募股权投资为主，并可通过股权、债券、基金等多元化方式，为“一带一路”建设提供投融资支持。

以丝路基金成立为标志，包括一带一路（江苏）沿海开发投资基金（有限合伙）在内的各地方性“丝路基金”应运而生，呈方兴未艾之势。“丝路基金”的资本来源主要以国有资本为主（87%），民间资本占小头（13%）。2016年成立的“丝路基金”最多（25支），其次是2015年（19支），两年合计占比超过80%[①]。“丝路基金”以股权投资为主要模式，主要投向未上市企业股权、交通枢纽型项目、城市重大基础设施、产业园区等。前十大“丝路基金”中有三家银行主导，银行系成为“丝路基金”的重要出资人，而有经验的私募股权投资机构参与发起设立和管理“丝路基金”则是未来重要的路径选择。

截至2017年3月，丝路基金已陆续在“一带一路”沿线区域签约了三峡集团投资建设巴基斯坦卡洛特水电站项目、亚马尔LNG项目、迪拜哈翔清洁燃煤电站项目、中国化工集团有限公司投资意大利倍耐力公司等15个项目，涉及金融合作、产业合作、资源开发、基础设施等领域，承诺投资金额累计约60亿美元。2018年底，丝路基金超过70%的承诺投资额被用于股权投资，以及70%的承诺投资额被集中投向了基础设施类项目（李泽，2019）。

在现有的以债权融资为主的“一带一路”建设中，丝路基金具有两个独特优势：一是它可以为一些需要中长期稳定资金且短期内无法产生较多现金流回报的项目提供核心资本支持；二是它可以采用人民币或美元双币种，灵活运用基金、债权、股权等多种投融资工具，开发多元化投融资模式，满足“一带一路”建设项目的多样化需求。

（二）亚投行与丝路基金的投资收益分析

1. 亚投行的投资收益分析

亚投行2018年的综合收入见表15-5。

---

① 投中研究：《2017中国“丝路基金”研究报告》，https://www.chinaventure.com.cn/cmsmodel/report/detail/1286.html[2019-10-30]。

表 15-5 亚投行综合收入情况简表（单位：千美元）

项目	2018 年 12 月 31 日	2017 年 12 月 31 日
净利息收入	250 761	124 193
手续费及佣金净收入	12 654	–866
按公允价值计算的投资净收益	56 622	53 783
汇兑收益或损失	44	–58
营业收入总额	320 081	177 052
营业利润	195 736	111 866
应收实收资本的增加额	103 780	140 442
年净利润	299 516	252 308
综合收益（贡献股东）	299 516	252 308

资料来源：根据亚投行 2018 年财务报告整理

由表 15-5 可知，亚投行的主要收入来自净利息收入和按公允价值计算的投资净收益，其中 2017 年和 2018 年营业利润占营业收入总额的比率（即营业利润率）分别为 63.18%、61.15%。从营业收入总额、营业利润、综合收益来看，各项目均较 2017 年有不同程度的增加。其中，净利息收入增长 101.91%，投资收益增长了 5.28%，2018 年营业利润较 2017 年增长 74.97%。总之，亚投行的综合投资效益良好，有较大的成长空间。

从亚投行现金流量情况看（表 15-6），2017 年有较大的投资需求和经营需求，而筹资略有不足，运用了部分本金；而 2018 年投资和经营需求仍然旺盛，但通过融资活动完全满足了外部资金需求，且有余额，表示亚投行 2018 年已有较高的现金支付能力，营运风险较小。

表 15-6 亚投行现金流量简表（单位：千美元）

项目	2018 年 12 月 31 日	2017 年 12 月 31 日
经营活动现金净流量	–618 245	–781 690
投资活动现金净流量	–2 156 020	–3 511 086
筹资活动现金净流量	3 922 140	4 115 650
现金及现金等价物增加额	1 147 875	–177 126
现金及现金等价物期末数	2 252 741	1 104 866

资料来源：根据亚投行 2018 年财务报告整理

2. 丝路基金的投资收益分析

丝路基金作为中长期开发性投资基金，其投资收益无法简单地从其财务报告中获取，因此，应该更加关注丝路基金自身的发展和对所投项目的帮助，以及所投项目的案例情况。经过不断发展，一方面，丝路基金的多元化投融资模式正在逐渐体现出其优势，另一方面，丝路基金在帮助项目公司提高治理能力、协助运营管理、监督相关规则、落实绿色环保等方面发挥着积极作用。

根据实际案例来看，丝路基金所参与投资的亚马尔 LNG 项目属于油气领域国际合作中的示范性项目。该项目的顺利推进为俄罗斯的国际收支、税收等方面做出了巨大贡献，同时，还推动了与该项目相配套的航道、港口等基础设施建设，带动和促进了濒北冰洋地区的整体开发和经济社会发展。作为中巴经济走廊优先实施的能源项目之一——卡洛特水电站，是丝路基金另一个所参与投资的项目。该项目致力于巴基斯坦的民生改善和经济发展，预计将为东道国带来大量清洁能源、大额税费、众多就业岗位、优秀专业人才以及改善民生环境（李泽，2019）。

三、金砖国家投融资合作机制与“一带一路”建设

金砖国家机制建立以来，其框架内的投融资合作机制也取得一定的进展。例如，2012 年《多边信用证保兑服务协议》和《金砖国家银行合作机制多边本币授信总协议》的签署，为金砖五国间的贸易和投资带来许多便利化服务和效率提升；2013 年《金砖国家贸易投资合作框架》的发布，明确了合作领域，简化了相互结算与贷款业务，并制定了许多中长期投融资措施等规则制度；2014 年，金砖五国正式签署成立新开发银行；2015 年，新开发银行在上海正式开业；2016 年，新开发银行发布了首笔 8.11 亿美元贷款项目。但是，金砖国家间实质性投资合作规范尚不具有制度约束力。这一方面制约了金砖国家内部的巨大投资潜力的发挥，为减少相应协调成本，就必须要摆脱依靠政府推动“重大项目”合作的窘境；另一方面，由于金砖五国的股份比例由五国均分，权利义务也是五国均等，因此，五国在其治理、运营等方面，都未注入过多精力，致使金砖机制未能得到充分利用。

四、“16+1”投融资合作机制与“一带一路”建设

2012 年 4 月，中国与中东欧 16 国在波兰华沙提出促进中国—中东欧国家友好合作的 12 项举措，正式开启了“16+1 合作”进程。经过几年发展，“蜜月式”的合作由浅入深，逐步涉及金融、投资、经贸等领域，中国和中东欧 16 国之间的“16+1 合作”正在成为“一带一路”建设的合作高地。

“16+1”投融资合作机制是一种政府间机制，主要目标在于降低中国与中东欧国家间的交易成本。该机制包括中国—中东领导人合作机制、高频次的部长级会议、友城合作以及论坛等。自“16+1”投融资合作机制建立以来，签署了《中国—中东欧国家合作索非亚纲要》等多项重要合作协议，契合了合作各方的需求，促进中国与中东欧国家之间的互联互通[①]。随着合作各方沟通频率的增加，该合作机制不断推动着“一带一路”合作共建水平的提升，在创新合作、产业园区建设

① 李克强出席第七次中国—中东欧国家领导人会晤：深化开放务实合作 共促共享繁荣发展，http://www.chinanews.com.cn/gn/2018/07-08/8559632.shtml[2018-07-08]。

等方面存在许多合作增长点（徐惠喜，2019）。

在2018年第四届中国—中东欧国家投资贸易博览会上，中东欧国家带来的投资合作项目共177个，涉及信息通信技术、纺织、化工、电子与机械工程、汽车业、金属制造等几十个行业，累计投资意向金额超过100亿欧元。在“16+1合作”机制下，中国与中东欧国家的相互投资不断扩大，投资形式更加多样，极大地带动了当地的发展。例如，2018年12月，中国紫金矿业集团股份有限公司（简称紫金矿业）与塞尔维亚政府签署协议，出资3.5亿美元收购塞尔维亚博尔铜矿63%的股份，并承诺在未来3年保留现有5000名员工的岗位，追加投资10亿美元；又如，中国在波兰投资的企业为当地员工提供了近1.2万个就业岗位。截至2019年4月，中东欧16国在华投资超过15亿美元，而中国在中东欧国家的投资则超过100亿美元。

到目前为止，“16+1合作”主要是在双边层面上进行的，这与中东欧国家的多样性和差异密切相关。但是，“16+1合作”并不意味着简单地将16个双边关系加在一起，它不仅应在双边上进行，而且应在多边一级进行。中国和中东欧国家建立的各种制度化的交流平台为“16+1合作”奠定了坚实的基础。因此，如何利用这些平台来扩大多边合作值得考虑。

五、G20投融资合作机制与“一带一路”建设

G20投融资合作机制的建立发展，致力于加强全球经济治理，始终关注着投资问题，是进行全球投资治理的天然平台，其通过协调国家间的投资政策，推动国际投资合作的发展。这与“一带一路”倡议的“互联互通”“共商共建共享”“构建人类命运共同体”“促进共同发展”等有相契合之处。G20投融资合作机制强调加强各国宏观政策协调，加强金融监管、金融治理的合作，对于全球金融稳定至关重要，这有助于推进“一带一路”建设中必然涉及的多边开发金融机构间的合作①。而且，深入推进G20投融资合作机制建设，不断探索多边合作机制的顺利运行，有助于推进“一带一路”的政策沟通。

促进投资以增强增长的动力、增加基础设施投资融资、反对投资保护主义等三个方面是G20在国际投资领域所取得最主要的合作与成果（韩冰，2016）。2016年《G20全球投资指导原则》的颁布确定了全球投资规则的共同框架，其首要内容是促进全球投资协定及投资政策间的协调，还包括设置非歧视、透明和可预见的投资环境，摒弃投资保护主义等。《G20全球投资指导原则》的最大亮点是强调实现可持续发展和包容性增长应该作为国际投资的目标。这对于各国协调制定各

① G20与“一带一路”如何联动相通？，http://news.china.com.cn/2017-07/07/content_41172774.htm[2018-10-30]。

自国内投资政策和商谈对外投资协定具有重要的指导意义[①]。具体而言，作为首份专注于投资政策的多边纲领性文件，发展中国家和发达国家首次在国际投资领域的治理上达成了基本共识，在原则性框架下进一步对多边投资协定谈判进行可行性研究，这也为“一带一路”建设中多边投资协定的达成与签订提供了可能性与借鉴性。

同时，也应该正视G20在全球投资治理中所遇到的困难。一方面，有观点提出，G20作为非正式机制，缺乏必要的执行机制，无法对相关政策的落地形成约束性，于是质疑G20在推进国际投资体系改革中的有效性。另一方面，G20成员中，既有资本输入方、资本输出方，也有国际投资双向输出入方，各成员在国际投资领域处于不同位置，对全球投资治理的诉求存在显著差异。

但是，G20成员在全球投资治理方面的基础优势十分显著，其囊括了全球对外投资总量的80%以及吸引外资总量的70%。G20成员之间一旦形成较为完善的全球投资治理机制，将大大降低全球投融资合作的成本和门槛，释放出规模庞大的资金体量与经济活力。鉴于此，G20具备了推进全球投资治理的牵头能力和原动力，能为“一带一路”建设提供重要助力。

第三节 “一带一路”投融资合作机制存在的主要问题

“一带一路”倡议提出以来，中国与“一带一路”沿线国家积极开展投融资合作活动，在投资存量、流量方面均稳步发展，双边投资合作、第三方市场合作等相关机制建设也在稳步推进，国际上其他国家或区域组织也在探求参与“一带一路”的建设。然而，受合作的深化、国际投资环境剧变影响，“一带一路”投融资合作机制建设也面临着以下主要问题。

一、原有双边投资协定的条款不适应新的投资需求

从发展情况来看，我国企业的对外投资活动在投资产业、投资规模、投资地区等方面都表现出新的特点，加之国际形势的新变化，原有的双边投资保护协定的条款内容不适应新的投资需求，具体表现包括：投资及投资者定义边界不明确；“准入后”条款限制投资；间接征收规定不明确；可仲裁事项的范围受限。比如，中日韩三国互相之间的双边投资保护协定已签订，三个国家又于2012年达成了三边投资保护协定，而之前的双边投资保护协定又并未废止。同样，中国与东盟签订的投资保护协定也出现了类似的情况。这种由各类不同投资协定重叠交错所造

① 二十国集团全球投资指导原则，http://world.people.com.cn/n1/2016/0907/c1002-28696142.html[2018-10-30]。

成的现象，在实践中极易引起大量的法律冲突，无故增添各国政府在国际投融资合作领域进行多边协调的难度。

深入分析“一带一路”建设所涉及国家在投资保护方面的情况，我们认为，沿线国家目前将主要精力投入到与合作国商签投资保护协定来吸引外资输入到本国，但仍然存在对投资的保护力度有限、纠纷解决机制不健全的问题。一方面，一些国家单方终止双边投资保护协定，使得投资保护规则的持续性较差。另一方面，双边投资保护协定与东道国法律之间存在分歧或空白，导致投资保护和国际仲裁机制在一些项目中的作用无法得到充分发挥。随着大量的中国能源和基础设施公司探索并开展“走出去”参与境外 PPP 项目，一些国家通过法律规范 PPP 合同来吸引投资对于中国来说也是十分有益的，但东道国法律与双边投资保护协定衔接不好，也会导致中国企业在参与投资活动时无法通过双边投资保护协定来维护自身的合法权益。

二、以财政和信贷资金为主的融资合作机制亟须优化

当前，“一带一路”建设尤其是资金需求量较大的基础设施互联互通投资主要依赖以财政资金为基础的融资、债务融资和国外援助资金等。除政府提供融资外，“一带一路”沿线国家投融资平台及机制建设较为滞后：一是针对基础设施投资的双边合作基金数量、规模和融资能力有限；二是亚投行和丝路基金提供的资金与总需求相比差距仍然悬殊；三是区域内的资本市场尤其是债券市场不发达。

此外，“一带一路”沿线有许多国家仍属于欠发达经济体，由于金融业等发展较为落后、自身信用等级较低等原因，政府融资能力不强，且主要依赖于信贷资金。当前“一带一路”建设中以中国资金为主的信贷合作主要面临两大问题：一是容易产生增加债务风险的质疑；二是中资金融机构提供融资的成本较高。中资金融机构在参与“一带一路”投融资过程中，基本都采用浮动利率贷款。而国际银行或官方出口信用保险机构（Official Export Credit Insurance Agency）通常既可以提供固定利率贷款，也可以提供浮动利率贷款。出现这一现象主要是因为我国金融机构的利率管理能力有限，金融市场上的利率互换工具有限，很多长期限的业务找不到利率互换或对冲工具，或者价格过高。同时，中资金融机构提供融资的利率一般也比国际银行偏高，主要原因是国际贷款业务中多使用美元、日元或欧元贷款，基本没有人民币贷款。中资金融机构获取这些外币资金的成本较高，无论是通过海外发债还是向国家外汇管理机构借款等方式，受限于中资机构的国际评级或外汇收益要求，资金成本都比国际知名大银行要高。特别是日资金融机构一般都是用日元贷款，由于日元长期处于零利率附近，这些日资金融机构的日元资金成本很低，竞争力非常强。

三、收益与风险不匹配，投资合作回报机制不健全

“一带一路”建设中涉及大量的基础设施等重大项目投融资业务，当前机制不够畅通的主要问题在于投资合作回报机制不健全，差异性不明显。

第一，投资收益与风险不匹配。“一带一路”重大建设项目主要聚集在装备制造、矿产资源、基础设施等行业领域，其普遍存在如下特点：一是建设周期长，二是投资规模大，三是工程技术复杂。此外，重大项目还面临着投融资主体匮乏、可持续融资能力较弱、风险管控能力差等较为明显的投融资约束问题。境外重大项目普遍需要长期、大额、低成本的资金，而且面临较大的由政治、经济、社会文化等因素引起的不确定性风险。

第二，投资合作回报机制不健全。比如，第三方市场合作中关于供应链、利润分配、市场份额等存在较大的竞争问题。例如，就中德第三方合作市场来看，中德两国在中东欧地区存在着一定的竞争关系，德方是中东欧国家的最大投资者，同时也是匈牙利、捷克、斯洛文尼亚、波兰、斯洛伐克等国家最大的单一贸易伙伴。其与德方贸易的三分之一是中间商品，这表明中东欧国家在德方供应链中占据了极其重要的位置。而中方在中东欧国家推进的匈塞铁路、中欧陆海快线等重大基础设施建设，在一定程度上面临欧盟和德国的竞争压力。中方在中东欧国家想要与欧盟或德国的第三方市场合作行稳致远，就必须在供应链、利润分配以及市场份额方面等与其达成共识，形成良好的局面。

四、欠缺“一带一路”投融资国际合作的风险防控机制

（一）尚未建立系统的“一带一路”投融资国际合作的风险监测防控机制

现有研究多集中于对“一带一路”投资风险的研究，而针对“一带一路”投融资国际合作风险的研究较少，尤其是在投融资合作风险的监测与防控等领域。“一带一路”沿线国家多为发展中国家和新兴经济体，随着2016年以来世界经济下行风险的增加，沿线各国就业压力上升，其经济增长潜力进一步被削弱（周保根和田斌，2016）。目前，经济风险和非经济风险已经成为对“一带一路”沿线国家进行投融资合作的投资主体必须考虑的重要风险之一。随着我国对“一带一路”沿线国家投资的增加，建立及时有效的沿线国家投融资合作风险监测体系刻不容缓。纵观国内外相关研究发现，关于“一带一路”沿线国家经济风险的监测多为统计指标监测。不仅是一些研究机构发布的评级指数，如 CROIC（country-risk rating of overseas investment from China，中国海外投资国家风险评级）指数（国家风险评级课题组，2014；中国社会科学院世界经济与政治研究所，2016）、北京工商大学经济学院世界经济研究中心国际贸易投资风险指数（international trade and investment risk index，ITIRI）、中国出口信用保险公司《国家风险分析报告》（齐宣，2010）等，许多学者（巩斌，2003；胡俊超和王丹丹，2016；李原和汪红驹，2018；方旖旎，2016）对于经济风险监测体系的设计也都是以与各国 GDP 等统计数据信息相关的指标为主体的，这类体系固然可以反映沿线国家宏观经济的基本运行情况，但是由于统计数据的固有缺陷（管于华和尚卫平，2003），将其作为经济风险监测指标可能无法做到全面、精准的预测。而一国经济风险监测指标体系设计应具有规范性、综合性、敏感性及互补性（陈首丽和马立平，2002），但现有的指标设计因大都采用国内外权威机构发布的统计数据而符合规范性，但在综合性和敏感性方面都有所欠缺。

在投融资国际合作的风险防控机制方面，现有研究主要基于政策支持、法律支持、保险支持的视角，如建立海外投资保险制度、完善国际投资协定保护措施、构建相应法律保障制度等提出应对措施，但没有和风险级别、风险源类型紧密结合，且缺乏对风险响应策略的合理有效性进行论证，难以有效应对“一带一路”沿线国家投资的各类风险。

（二）现有担保机制还有待提高

担保机制是投融资国际合作风险防控机制中的重要组成部分。在融资体系中，金融机构为了自身贷款安全性，一般会提出抵押或者担保等要求，以用作覆盖其贷款资产的风险敞口。例如，在出口买方信贷保险业务中，中国出口信用保险公司的出口买方信贷保险 95%赔比之外的 5%部分，需要作为被保险人的融资银行自行承担，而融资银行出于自身风险考量，通常会要求出口企业来提供担保。出口企业为了促成整个项目的融资，进而可以在出口合同项下收到全部款项，便需要花时间、花精力，甚至花钱去寻找抵押或者第三方个人或机构来履行担保要求。如此一来，虽然融资银行获得了全额保障，但存在两个问题，一是破坏了出口买方信贷保险通行的要求被保险人自留一部分风险的原则；二是增加了出口企业的负担，尤其是在投融资国际合作中很多项目涉及金额较大，其 5%的风险敞口也会占用大量资源或产生大额担保费（肖钢，2019）。

第十六章

“一带一路”投融资国际合作的挑战与潜力分析

本章将从“一带一路”投融资国际合作所面临的主要挑战（即解决问题的关键）和“一带一路”投融资国际合作的潜力分析两个层面进行深入论证，探索开辟全球投融资合作新模式、新渠道以服务“一带一路”投融资需求的可行性。

第一节　“一带一路”投融资国际合作面临的主要挑战

一、国际投融资环境变化

根据联合国贸易和发展会议提供的《世界投资报告 2019》，外国直接投资趋势呈现出增长乏力的态势。2000 年以前，外国直接投资年均增长率高达 20%；2000~2007 年的外国直接投资年均增长率高达 8%；自 2008 年金融危机之后，外国直接投资年均增长率仅为 1%。2015 年以来，全球外国直接投资规模出现下降趋势。2018 年全球外国直接投资流量继续下滑，减少 13%，降至 1.3 万亿美元。主要原因是，作为全球最大的对外投资国，2017 年底美国实行税制改革后，美国跨国企业所累积的国外收益被大规模汇回本国。2019 年，随着税制改革的影响逐渐减弱，流入发达经济体的外国直接投资出现反弹。但是，外国直接投资短期趋势将继续保持疲软的态势。其主要外部因素是贸易紧张局势所带来的下行风险。而日益复杂的投资政策环境、由重资产转向轻资产的投资形式转变和不断下降的外国直接投资回报率等因素是造成外国直接投资长期增长缓慢的关键原因。

联合国贸易和发展会议对投资促进机构的调查显示，投资促进机构对 2021 年全球层面的 FDI 的预期较低。只有 45%的受访者预计全球 FDI 流量将增加，这表明投资促进机构认识到在当前的全球投资氛围下吸引 FDI 所面临的挑战和竞争。投资促进机构将美国和中国（联合排名第一）列为最有可能的 FDI 来源国。欧洲三大经济体——英国、德国和法国——被认为是美国和中国之后最重要的 FDI 来源国。传统上不是前二十大对外投资国的印度和阿联酋也被认为是 2019~2021 年前十大重要的 FDI 来源国。

在投融资国际合作中，双边援助和多边开发银行提供的减让式资金（以官方发展援助为主）一直是“一带一路”沿线国家重要的发展融资来源。由于近年来国际投融资环境发生剧变，主要发达国家受财政压力加大和对外政策变化等因素影响，减让式资金大幅减少。据世界银行统计，2011~2016 年，全球官方发展援助净增资规模仅 160 亿美元（净增长 11.3%）。据发展援助委员会（Development Assistance Committee，DAC）统计，2017 年所有 DAC 成员官方发展援助出资比 2016 年下降了 0.6%，总规模为 1466 亿美元①。在全球对外投资态势走弱的背景下，突如其来的全球新冠肺炎疫情的暴发和蔓延以一种令人意想不到的方式加剧了国际投融资环境的恶化，无疑对投融资国际合作机制产生了巨大冲击。面对剧变的国际投融资环境，如何通过找到共识、深化国际投融资合作机制、推动全球国家间投融资合作的开放性和包容性是一大挑战。

二、“债务陷阱”的质疑

中国是经济全球化的受益者，更是贡献者。作为世界经济增长的主引擎，在当今世界经济增长乏力，主权债务危机反复冲击市场信心之际，为提振全球经济、彰显大国责任，中国持续向世界贡献了一系列完善全球治理、促进全球经济共同发展的“中国方案”（张天桂等，2016；权衡，2017）。随着国际投融资环境的剧烈变化，国际舆论环境也日趋复杂，“中国阴谋论”的声音不时出现，其中时下最热议的话题之一就是中国利用“一带一路”制造债务陷阱，这与中国方案合作共赢的核心主张截然相反。究其原因，除了某些国家的政治诉求外，“一带一路”一些国家由自身历史债务累积导致的债务问题便给了有心人可乘之机。因此，在广泛推进“一带一路”投融资国际合作进程中，我们必须思考如何通过创新“一带一路”投融资国际合作机制，降低债务融资的负面影响，充分发挥政府债务的良性作用，促进被投资国的债务可持续性。

由 IMF 和世界银行所提出的债务可持续性分析（debt sustainability analysis，DSA）方法是目前在国际上应用最广泛且权威性最高的主权债务风险评估方法。DSA 方法的基本逻辑是在对宏观经济和融资状况的合理现实的假设下，预测未来债务负担指标的轨迹，并将不同经济情景下的债务负担指标预测轨迹与预设的预警阈值进行对比，以判断发生债务危机风险的大小，识别导致脆弱性的风险来源。DSA 方法经常被用作执行限制性贷款政策的辅助手段，但它本身并不能证明这些政策在促进受限制国家的债务可持续性方面是有效的。这种方法实际上回答的是“债务国未来发生债务危机风险大小”和“需要警惕的风险来源”，而不是“什么

① Development aid stable in 2017 with more sent to poorest countries，https://www.oecd.org/newsroom/development-aid-stable-in-2017-with-more-sent-to-poorest-countries.htm[2020-01-05]。

政策可以有效地减少债务危机的风险，促进债务可持续性”。然而，无论 IMF 还是国际开发协会，当其成员在申请贷款补助时，都会根据 DSA 方法给予债务风险评级，来确定这些贷款附带的条件，包括对公共债务或非优惠贷款设置上限、要求政府实施财政紧缩政策以及汇率改革等其他经济结构改革。虽然这些政策本意旨在降低债务违约风险，但在很多情况下并非如此。例如，印度尼西亚在 1998 年根据 IMF 的要求进行了私有化改革，减少财政支出，保持货币（卢比）的自由浮动，却带来本币价值的急剧下降和失业率的急剧上升。再如，希腊 2010 年公共债务危机爆发时，IMF 和欧盟共同向希腊提供了 1100 亿欧元的低息贷款援助，并要求希腊政府减少财政赤字，实施经济改革。这些政策对总需求产生负面影响，使得希腊失业率上升，经济陷入衰退，政府减少财政赤字的难度反而加大，导致债务恶性循环。相较之下，美国处理次贷危机的经验证明，赤字融资的政府支出是在经济低迷时期重振经济、避免陷入债务陷阱的有效方法。

在借鉴 IMF 和世界银行低收入国家债务可持续性分析框架基础上，结合共建“一带一路”国家的实际情况，中国财政部在 2019 年颁布了《“一带一路”债务可持续性分析框架》作为债务可持续性分析工具，并鼓励中国与共建“一带一路”国家金融机构、国际组织自愿使用。该框架体现了中国在债务可持续性问题上积极开放的态度，也表现出中国重视“一带一路”低收入国家的国情和发展需求，有助于改善“一带一路”参与投融资决策的科学性，加强国家债务管理能力，促进“一带一路”建设高质量发展。不过，如何利用创新“一带一路”投融资国际合作机制来促进债务可持续性发展仍是重要的研究方向。

当前在“一带一路”投融资国际合作的资金来源中仍以政府资金为主，社会资本尤为缺乏。以当前主流的投融资合作机制——新型多边开发银行为例，其参与投融资国际合作项目的投融资模式大致可以归纳为四大类，即单独贷款模式、共同贷款模式、股权类投资模式以及其他模式。从投融资模式的总量占比来看（图 16-1），贷款类模式（即单独贷款模式与共同贷款模式）占据了 89%的比重，而股

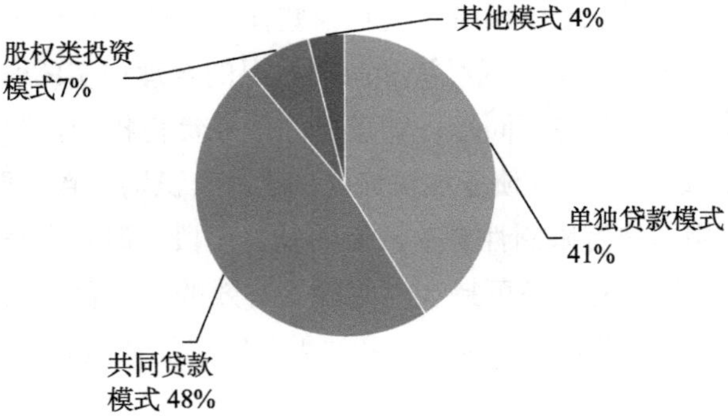

图 16-1　新型多边开发银行所参与项目的投融资模式占比

资料来源：依据亚投行和新开发银行官方公开项目库投融资项目记录整理

权类投资模式与其他模式的比重仅为11%。从发展趋势来看（图16-2），贷款类模式的数量大致呈现出上升的良好态势。这主要是因为贷款类模式是新型多边开发银行开展投融资业务的主要模式，而股权类投资模式与其他模式则是新型多边开发银行开展主营业务外的一种有效补充。

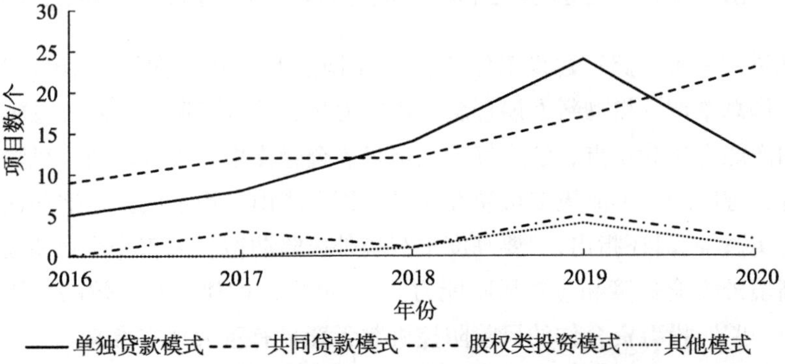

图16-2 新型多边开发银行所参与项目的投融资模式发展趋势

资料来源：依据亚投行和新开发银行官方公开项目库投融资项目记录整理，其中2020年数据截至2020年9月

贷款类模式具体从新型多边开发银行参与投融资国际合作项目的合作结构来看，大致可分为六大类（图16-3）。其中，单独贷款模式主要指以新型多边开发银行独自出资为主，并未与其他开发性金融、商业性金融、私人资本、社会保障性资本等其他不同性质资金进行合作，大多采取“新型多边开发银行”或“新型多边开发银行+项目方”这两类合作结构。共同贷款模式主要指新型多边开发银行通过平行贷款、联合贷款等多种方式，与其他开发性金融、商业性金融、私人资本、社会保障性资本、政府资金等其他不同性质资金进行合作，大多采取“新型多边开发银行+其他资金来源”“新型多边开发银行+传统多边开发机构”“新型多边开发银行+传统多边开发机构+项目方”或“新型多边开发银行+传统多边开发机构+其他资金来源”这四类合作结构。

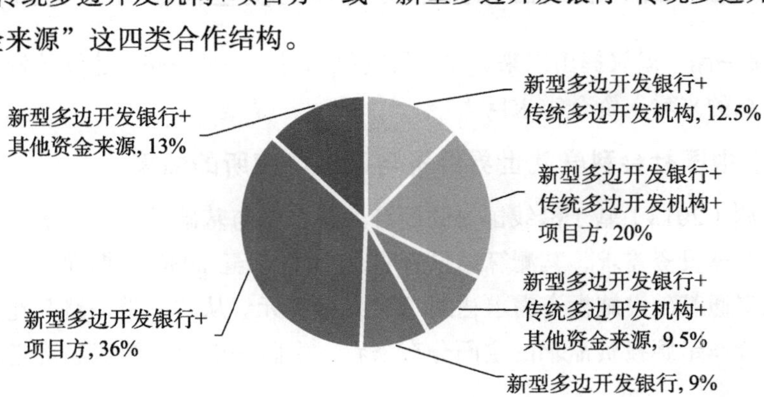

图16-3 新型多边开发银行参与投融资国际项目的合作结构

资料来源：依据亚投行和新开发银行官方公开项目库投融资项目记录整理

总体上看，“一带一路”投融资国际合作基本聚集于借贷类资金安排，主要以银团贷款为主，不太涉及与资本性资金相连接的投融资机制，尤其缺乏社会资本，面临着持续性的挑战。

三、“一带一路”投融资国际合作的风险防控机制创新的挑战

在推进“一带一路”建设工作 5 周年座谈会上，习近平明确指出，“要坚持稳中求进工作总基调，贯彻新发展理念，集中力量、整合资源，以基础设施等重大项目建设和产能合作为重点，解决好重大项目、金融支撑、投资环境、风险管控、安全保障等关键问题，形成更多可视性成果，积土成山、积水成渊，推动这项工作不断走深走实”；同时还指出，“要高度重视境外风险防范，完善安全风险防范体系，全面提高境外安全保障和应对风险能力”①。可见，构建一套有效的、能快速反应的“一带一路”投融资合作的风险防控机制无疑具有重大现实意义。

“一带一路”投融资国际合作的风险防控机制创新的挑战主要在于：①如何提升对“一带一路”投融资国际合作风险的应急管理能力。以紫金矿业的境外投资为例，其位于巴布亚新几内亚的波格拉金矿采矿权已于 2019 年 8 月到期，而巴布亚新几内亚政府于 2020 年 4 月 24 日发布新闻决定不批准此金矿特别采矿权的延期申请，由于缺乏应急管理能力，相关信息对紫金矿业的股价和后续经营造成重大影响。②如何通过建立健全“一带一路”投融资国际合作风险的监测预警机制，提升投资方的事前、事中风险防控能力。其中，可视化、及时性强的“一带一路”投融资国际合作风险监测指标的设计是关键。

第二节 “一带一路”投融资国际合作的潜力分析

一、“一带一路”沿线国家投融资合作的资金需求分析与预测

“一带一路”倡议提出以来，许多研究机构对“一带一路”建设的资金需求进行估算，总的来看，资金需求巨大。

（一）中国社会科学院世界经济与政治研究所的估算

徐奇渊（2018）基于沿线国家的经济发展水平与基础设施发展水平的相关关系，估算总体投资需求，其测算结果表明，2016 年至 2030 年期间“一带一路”沿线区域交通基础设施投资需求达到 2.9 万亿美元。从“一带一路”建设的六大国际经济合作走廊投资需求的空间分布来看，中国—中亚—西亚经济走廊将达到

① 习近平出席推进“一带一路”建设工作 5 周年座谈会并发表重要讲话，http://www.gov.cn/xinwen/2018-08/27/content_5316913.htm[2019-10-30]。

7920 亿美元，新亚欧大陆桥经济走廊将达到 7470 亿美元，孟中印缅经济走廊将达到 1950 亿美元，中国—中南半岛经济走廊将达到 1640 亿美元，中蒙俄经济走廊将达到 990 亿美元，中巴经济走廊将达到 250 亿美元。

（二）国务院发展研究中心的估算

国务院发展研究中心采用比例估算方法，对“一带一路”沿线基础设施的合意投资规模进行了估算。其研究中基础设施的范畴包括能源、交通及市政公共基础设施。通过确定基础设施各领域的投资与 GDP 的合意比例，并设定沿线国家的 GDP 基数和估算期的 GDP 名义增长率，以 2015 年 GDP 作为基数，测算出 2016~2020 年的“一带一路”基础设施投资总需求为 10.6 万亿美元，其中接受国际开发协会贷款的国家约为 4000 亿美元，非国际开发协会国家为 1 万亿美元，二者占“一带一路”基础设施投资总需求的 13%（张丽平，2017）。

（三）中国国际经济交流中心的估算

中国国际经济交流中心在 2017 年首届“一带一路”国际合作高峰论坛发布的报告显示，2018~2027 年的 10 年间，对“一带一路”沿线国家的基础设施升级、信息基础、公共安全与医疗、绿色与可持续发展的投资将进入加速期，有力拉动区域投资增长，获取可观经济效益。预计“一带一路”沿线国家累计资本形成总额将达到 110 万亿美元，到 2027 年占全球资本形成总额的 50%，如果进一步按各国资本存量和折旧率估算，2018~2027 年的 10 年间，大约将创造 250 万亿美元的投资总需求。当前，亚欧区域积累了大量的储蓄和金融资源，仅亚洲储备资产规模就约占全球储备资产的 2/3，这在未来势必会创造规模庞大的基础设施投融资市场（张茉楠，2020）。此外，基础设施投融资需求的不断扩大将在全球范围内形成巨大的资产池，成为一种用于为全球公共产品融资的“永久资本”。

（四）亚洲开发银行的估算

2017 年 2 月，亚洲开发银行所发布的《满足亚洲基础设施建设需求》报告中指出，到 2030 年亚洲及太平洋地区的基础设施建设需求将达 22.551 万亿美元。如果再将气候变化等其他因素考虑在内（表 16-1），电力投资多出 3.042 万亿美元，交通投资多出 5570 亿美元，水利和卫生投资多出 150 亿美元，最终该预测数据将攀升到 26.166 万亿美元。

表 16-1 基础设施融资需求

部门	基线情景			气候调整情景		
	融资需求/十亿美元	年平均融资需求/十亿美元	份额	融资需求/十亿美元	年平均融资需求/十亿美元	份额
电力	11 689	779	51.8%	14 731	982	56.3%
交通	7 796	520	34.6%	8 353	557	31.9%

续表

部门	基线情景			气候调整情景		
	融资需求/十亿美元	年平均融资需求/十亿美元	份额	融资需求/十亿美元	年平均融资需求/十亿美元	份额
通信	2 279	152	10.1%	2 279	152	8.7%
水利和卫生	787	52	3.5%	802	53	3.1%
总计	22 551	1 503	100.0%	26 166	1 744	100.0%

资料来源：亚洲开发银行和国研网

（五）世界银行的估算

根据世界银行的估算，到 2030 年发展中国家的基础设施投资需求将达到约 8640 亿美元，绝大部分的基础设施投资需求来自“一带一路”沿线国家，约 6499 亿美元（沈梦溪，2016）。其中，中国、印度、印度尼西亚、俄罗斯和波兰是“一带一路”沿线区域中基础设施建设市场规模最大的国家；而越南、中国、卡塔尔、孟加拉国和印度则是“一带一路”沿线区域基础设施建设市场规模增长速度最快的国家。然而，世界银行的估算并未将跨境基础设施需求计算在内。

（六）“一带一路”沿线国家投融资合作的资金需求总体评价

上述机构测算“一带一路”沿线国家投融资合作资金需求的方法不尽相同，但依赖的基本要素相似，基本根据“一带一路”沿线国家的基础设施发展水平、GDP、GDP 的增长率等估计。依据上述分析，各机构对“一带一路”沿线国家投融资合作的资金需求测算结果差异较大，主要原因在于估算的投资类别口径不同，但即使是这些机构估计的基础设施投资需求的最小值也需 10.6 万亿美元，可见“一带一路”沿线国家投融资合作的资金缺口巨大，仅仅依靠双边合作是远远不足的，也难以应对潜在风险，迫切需要国际投融资多边合作机制的支持。

我们认为，虽然当前经济不确定性风险不断加大，但追求经济发展仍是各国共同的目标。而新基建投资是经济高质量发展的坚实基础，已日益形成共识。新基建投资强调数字化、信息技术、绿色能源、可持续发展等，这必然涉及大量的资金支持以及多元、开放的金融创新服务。这就要求打造国际化的投融资合作平台，吸引调动全球资本参与，因此，创新“一带一路”投融资合作机制就是破题关键。

二、“一带一路”沿线国家投融资合作的潜力分析

“一带一路”沿线国家投融资合作的潜力分析包含两个层面：第一层面是定性分析，根据投资指南梳理关于“一带一路”沿线国家投融资合作意愿与能力；第二层面是结合上述定性分析，运用量化数据和文本数据，采用主成分分析法，从

投融资合作的经济吸引力、制度环境、风险因素三大维度，构建"一带一路"沿线国家投融资合作潜力指数。研究分析的基础为商务部公布的各国家的投资指南，通过分析"一带一路"沿线国家的基础设施发展规划、国内市场规模与投资吸引力、对外国投资合作的法规及政策、对外国投资的市场准入规定、投资合作的利益保护政策与投资有关的税收优惠等，拟合出"一带一路"沿线国家投融资合作潜力的指数。

（一）定性分析

1. 东南亚地区

根据经济发展水平、产业结构、资源禀赋等方面差异划分，东南亚国家大致可划分为三大类。具体而言，一是以新加坡、马来西亚等为代表的经济发展水平和科技水平较高的国家，可以重点考虑在新材料、电子信息、节能环保、生命科学、海洋技术、信息技术、生物工程等知识和资本密集型产业开展更多的投融资合作；二是以越南、柬埔寨、老挝等为代表的劳动力成本较低、经济发展相对落后的国家，可以重点考虑在基础设施、纺织服装等劳动密集型产业开展更多的投融资合作；三是以印度尼西亚、文莱等为代表的资源能源较为丰富的国家，可以重点考虑在石油化工、热带农业、海洋渔业等资源密集型产业开展更多的投融资合作。此外，由于东南亚地区普遍存在电力供应不足等问题，而中国在火电、水电、光伏等领域有着较强技术实力，可以考虑与相关国家在电力生产和供应上寻求更多的投融资合作机会。

2. 南亚地区

中国南部与南亚地区相接壤，鉴于其特殊的区位条件，对"一带一路"沿线国家投融资合作具有重要的战略意义。其中，印度和巴基斯坦是我国对南亚地区开展投融资合作的重点国家。由于不同的历史原因，巴基斯坦与中国一直保持着紧密的合作关系，而印度在与中国的合作中则表现出相对复杂的态度。鉴于此，针对巴基斯坦，应该继续保持紧密的合作关系，积极建设中巴经济走廊，重点建好信德工业园区、瓜德尔港、巴基斯坦海尔—鲁巴经济区等项目，深入推进在能源、机械电子、食品加工、汽车、基础设施等各领域的投融资合作。而针对印度，中国应增强沟通互信，化解分歧，正视其谋求世界大国的愿望，力争将"一带一路"倡议与印度的"香料之路"和"季风计划"相对接，加快建设孟中印缅经济走廊，在高端制造、基础设施、信息技术等领域展开投融资合作。此外，还可以考虑与孟加拉国、缅甸在农业领域寻求深入的投融资合作机会。

3. 中亚地区

近年来，中亚五国一直保持着良好的经济增长势头，而中国与中亚五国的合作关系也一直稳中向好。2014 年乌克兰危机爆发，这给中国加强对中亚能源资源等领域的投融资合作提供了新机遇。在中亚五国中，哈萨克斯坦无论是人口还是经济总量都远高于其他四个中亚国家，且投融资环境更是明显好于其他四国，是名副其实的中亚地区经济发展的领头羊。毫无疑问，应把投融资合作重点放在哈萨克斯坦，以点带面，进而扩散至其他四国。未来，应考虑将国际工程承包类的投融资项目布局在经济发展水平较高的哈萨克斯坦；把能源资源等领域的投融资项目布局在"环里海石油圈"中的土库曼斯坦和哈萨克斯坦；将水电类的投融资项目布局在水资源丰富的吉尔吉斯斯坦和塔吉克斯坦；将农业类的投融资项目布局在乌兹别克斯坦和哈萨克斯坦。

4. 中东地区

当前，中东地区面临着由美国页岩气革命、全球新能源产业发展所带来的原油产品附加值下降，以及政治局势所导致的外来投资大幅减少的困境，这使得中东国家十分欢迎外来投融资合作。一方面，中国是全球原油产品消费大国，50%以上的原油进口来自中东。从油气资源整体产业链的互补性来看，与中东国家相比，中国在冶炼、运输、加工等下游产业具有明显的相对优势，而中东国家在资源开采、勘探等上游产业具有明显的相对优势，因此，这为中国相关企业到中东地区开展成品油运输、管道建设、炼油生产等下游产业的投融资合作提供了难得的新机遇。另一方面，由于世界博览会、世界杯等国际展会和全球赛事陆续在阿联酋、卡塔尔等中东国家举办，以及沙特阿拉伯政府的全国铁路网络建设等计划，意味着中东国家短期内具有巨大的基础设施建设需求，因此，这也给中国在中东地区寻求相关投融资合作提供了新机遇。此外，还可通过与以色列等国家合作，深入推进设施农业、旱作农业、节水灌溉技术与相关设备等领域的投融资项目，共同建设农业示范园区。

5. 中东欧地区

中东欧地区是中国产品进入欧洲的重要门户，起到了联通亚欧市场的重要桥梁作用。随着欧债危机的爆发，原本"完全西向"的中东欧地区政策，开始转变为"东西兼顾"。紧接着，中国—中东欧国家合作机制于 2012 年正式开启，使得经贸合作关系进入了新的里程碑，为中国在中东欧地区展开投融资合作开启新纪元。显而易见，中国应先加快建设航空、铁路、公路、水运等交通运输类基础设施项目，专注于打通中国与中东欧地区的海陆空通道，进而再深入到中东欧地区各领域寻求投融资合作项目，尤其是中东欧地区的优势产业——通信产业、信息技术、清洁能源建设等领域。同时，中国应把中东欧地区作为进入欧洲区域的主要战略支点，通过跨国并购、绿地投资等投融资合作，将产品生产、加工和销售链的整体迁移入中东欧地区，推动产品向"欧洲化"过渡，进而打开欧盟市场。进一步，可以将投融资环境较为突出的匈牙利、波兰作为投融资合作的重点目标对象。

6. 俄罗斯与蒙古国

中国应积极对接俄罗斯的“东向战略”以及蒙古国的“草原之路”战略，进一步开展投融资国际合作。一方面，在与俄罗斯的投融资合作中，中国应重点发挥自身在基础设施建设领域所积累起来的丰富经验和领先技术，帮助俄罗斯克服基础设施建设的技术短板；以及通过股权转让的方式，将中国能源公司雄厚的资金和技术实力，引入俄罗斯油气开发、加工等领域；同时在航空工业、化学制药、高端设备制造等俄罗斯传统的优势领域也可进行重点合作。另一方面，在与蒙古国的投融资合作中，应将投融资合作重点放在其所拥有的丰富的矿产和农牧领域；以及要加强对蒙古国严重滞后的交通、电气等基础设施建设的投融资支持；另外，也可借助蒙古国对欧洲地区便利的贸易政策，与当地的轻纺、食品等加工行业进行相关投融资合作。

（二）基于主成分分析的“一带一路”投融资国际合作潜力指数

借鉴 2018 年上海市商务委员会《“一带一路”国家投资指数报告》的研究思路与方法，从沿线国家的投资合作基础与需求、投资吸引力、风险评估等层面选择变量指标，并运用主成分分析法提炼主成分因子，并拟合成“一带一路”投融资国际合作潜力指数。合作潜力指数的主要指标构成如表 16-2 所示。

表 16-2 “一带一路”投融资国际合作潜力指数的变量定义

变量	定义	数据来源
X_1	“一带一路”沿线国家的 FDI	世界银行
X_2	“一带一路”沿线国家的对外直接投资	世界银行
X_3	“一带一路”沿线国家 GDP 的自然对数	世界银行、整理计算
X_4	“一带一路”沿线国家外商投资占 GDP 比重	世界银行、整理计算
X_5	“一带一路”沿线国家的营商指数	世界银行
X_6	“一带一路”沿线国家投资环境自由度	Column Five 数据库
X_7	“一带一路”沿线国家基础设施建设指数	《“一带一路”国家基础设施发展指数报告》
X_8	“一带一路”沿线国家政府有效性	WGI
X_9	“一带一路”沿线国家政治稳定与无暴力程度	WGI
X_{10}	“一带一路”沿线国家法治建设	WGI

通过 KMO（Kaiser-Meyer-Olkin）检验和巴特利特球形检验（Bartlett’s test of sphericity）进一步检验方法适用性。KMO 检验和巴特利特球形检验结果如表 16-3 所示，KMO 值为 0.676，接近于 0.7，基本具备主成分分析的条件。

表 16-3 “一带一路”投融资国际合作潜力指数构建的 KMO 检验和巴特利特球形检验

检验		检验值
KMO 度量		0.676
巴特利特球形检验	近似卡方	212.551
	自由度	45
	相伴概率	0.000

下面借助 SPSS 软件，完成了前文确定指标的主成分提取，结果如表 16-4 所示。

表 16-4 解释的总方差汇总表

成分	初始特征值		
	合计	方差贡献率	累计贡献率
1	3.130	31.298%	31.298%
2	2.281	22.809%	54.107%
3	1.110	11.099%	65.206%
4	1.043	10.433%	75.639%
5	0.702	7.015%	82.654%
6	0.512	5.117%	87.771%
7	0.481	4.813%	92.584%
8	0.338	3.375%	95.960%
9	0.321	3.208%	99.168%
10	0.083	0.832%	100.000%

注：本表数据因进行了四舍五入，存在计算不等的情况

从初始特征值来看，通常选择特征值大于 1 的作为主成分，可以初步判断保留前四个主成分。从各成分所解释的方差所占总方差的百分比来看，既往研究认为，单个主成分应该至少解释 5%~10%的数据变异，而累计主成分应该能够解释 60%以上的数据变异。由表 16-4 可知，第四主成分的累计贡献率已经达到了 75.639%，根据前文所述的判断标准，可以判断保留前四个主成分。

从主成分载荷矩阵（表 16-5）可知，X_8、X_9、X_{10} 在第一主成分上的载荷较大，与第一主成分的相关系数较高，即表明第一主成分概括了政府有效性、政治稳定与无暴力程度、法治建设等信息，命名为风险评估成分；第二主成分概括了 FDI、对外直接投资和基础设施建设指数等信息，命名为投资合作需求成分；第三主成分概括了外商投资占 GDP 比重、投资环境自由度等信息，命名为投资合作吸引力成分；第四主成分概括了 GDP、营商指数等信息，命名为投资合作基础成分。

表 16-5 主成分载荷矩阵

变量	第一主成分	第二主成分	第三主成分	第四主成分
X_1	−0.031	0.802	0.301	0.000
X_2	−0.079	0.802	0.048	−0.278
X_3	0.139	0.523	−0.565	0.425
X_4	−0.137	0.255	0.768	0.383
X_5	0.517	0.499	−0.084	0.383
X_6	0.694	−0.055	0.144	−0.426
X_7	0.109	0.614	−0.173	−0.504
X_8	0.906	−0.097	0.188	−0.078
X_9	0.832	−0.034	−0.094	0.221
X_{10}	0.900	−0.134	0.075	0.012

根据主成分得分系数矩阵（表 16-6），构造四个主成分的表达式如下：

$$
\begin{aligned}
F_1 = &-0.010X_1 - 0.025X_2 + 0.044X_3 - 0.044X_4 + 0.165X_5 \\
&+ 0.222X_6 + 0.035X_7 + 0.289X_8 + 0.266X_9 + 0.288X_{10}
\end{aligned}
\qquad (16\text{-}1)
$$

同理，可得 F_2、F_3、F_4 的表达式。最后，以 F_1、F_2、F_3、F_4 的线性组合加权求和，得出综合主成分函数，以及“一带一路”投融资国际合作潜力指数的表达式，其所占权重为各主成分的方差解释率。其计算公式如下：

$$
F_{综} = \sum_{i=1}^{m} (\lambda_i / p) F_i \qquad (16\text{-}2)
$$

其中，(λ_i / p) 是主成分 F_i 的方差贡献率。

表 16-6 主成分得分系数矩阵

变量	第一主成分	第二主成分	第三主成分	第四主成分
X_1	−0.010	0.351	0.272	0.000
X_2	−0.025	0.351	0.043	−0.267
X_3	0.044	0.229	−0.509	0.408
X_4	−0.044	0.112	0.692	0.367
X_5	0.165	0.219	−0.075	0.367
X_6	0.222	−0.024	0.129	−0.409
X_7	0.035	0.269	−0.156	−0.484
X_8	0.289	−0.043	0.169	−0.074
X_9	0.266	−0.015	−0.085	0.212
X_{10}	0.288	−0.059	0.068	0.011

最终依据式（16-2），计算得出“一带一路”投融资国际合作潜力指数 $F_{综}$，如表 16-7 所示。据此结果绘制柱形图，能较清晰地对“一带一路”沿线国家投融资国际合作潜力进行比较，见图 16-4。

表 16-7 “一带一路”投融资国际合作潜力指数

国家	合作指数	国家	合作指数
新加坡	127.40	尼泊尔	–22.12
马来西亚	49.83	不丹	19.87
印度尼西亚	30.77	哈萨克斯坦	–10.99
缅甸	–23.30	乌兹别克斯坦	–27.04
泰国	0.69	土库曼斯坦	–31.51
老挝	–36.65	塔吉克斯坦	–45.35
柬埔寨	–15.51	吉尔吉斯斯坦	–25.19
越南	–9.84	格鲁吉亚	36.35
文莱	–14.88	阿塞拜疆	–17.23
菲律宾	39.82	亚美尼亚	5.94
伊朗	–47.05	希腊	–0.22
伊拉克	–85.18	俄罗斯	18.32
土耳其	–14.55	乌克兰	4.77
叙利亚	–67.95	白俄罗斯	–5.62
约旦	–78.36	摩尔多瓦	2.55
黎巴嫩	–23.45	波兰	51.77
以色列	17.83	立陶宛	58.69
巴勒斯坦	–16.93	爱沙尼亚	65.37
沙特阿拉伯	7.60	拉脱维亚	47.42
也门	–79.53	捷克	73.93
阿曼	–52.79	斯洛伐克	39.85
阿联酋	7.21	匈牙利	–58.21
卡塔尔	–1.38	斯洛文尼亚	52.60
科威特	–3.07	克罗地亚	34.19
巴林	–3.85	波黑	–4.52
塞浦路斯	5.70	黑山	37.91
印度	60.89	塞尔维亚	33.24
巴基斯坦	–24.11	阿尔巴尼亚	17.69
孟加拉国	–56.65	罗马尼亚	25.46
阿富汗	–73.55	保加利亚	23.89
斯里兰卡	–19.79	马其顿	29.40
马尔代夫	10.43	埃及	–40.98

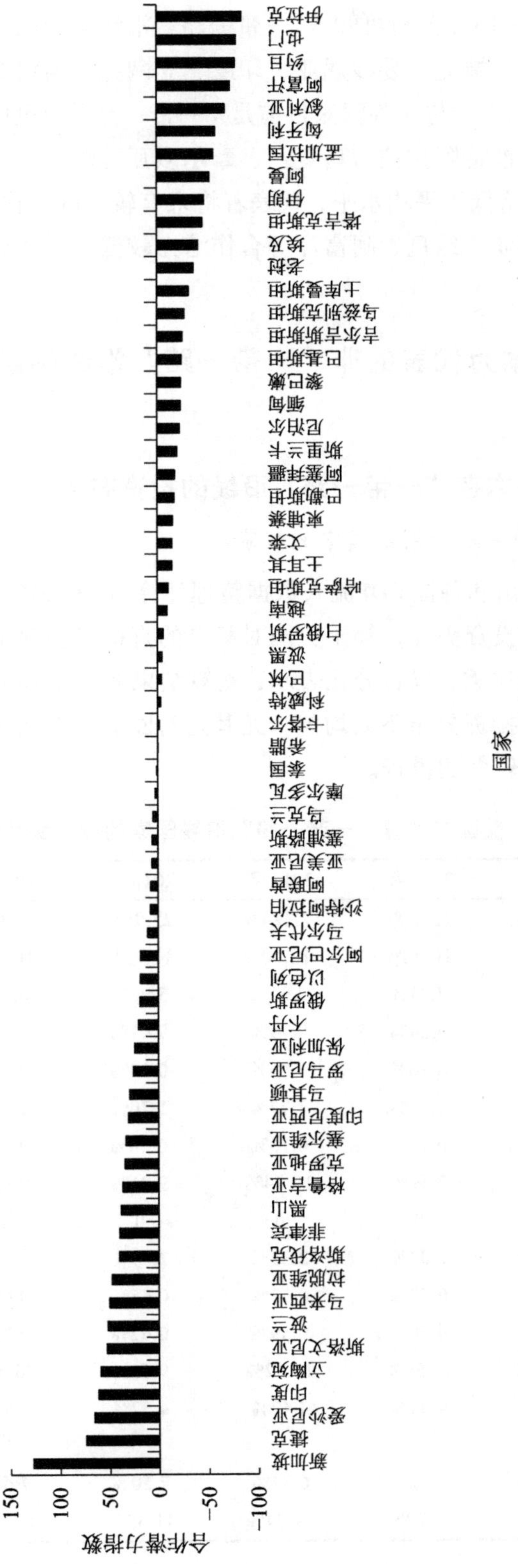

图16-4　“一带一路”投融资国际合作潜力指数

结合表16-7与图16-4分析可知，“一带一路”沿线国家的合作潜力差异性较为明显，其中新加坡、捷克、爱沙尼亚、印度、立陶宛、斯洛文尼亚、波兰的合作潜力指数均在50以上，与这些国家目前是“一带一路”建设中的主要投资国的实际情况基本相符；沙特阿拉伯、乌克兰、摩尔多瓦等略高于平均水平，而卡塔尔、科威特、巴林等略低于平均水平，代表着将来有较大的合作潜力和挖掘空间；伊朗、伊拉克、叙利亚、约旦、阿富汗等合作潜力较低，主要原因在于政治风险较大。

三、以美国、日本为代表的非“一带一路”沿线国家投融资合作潜力分析

（一）美国、日本在“一带一路”沿线的投资布局

1. 美国对“一带一路”沿线国家的投资

依据美国FDI流出和各国FDI流入数据整理计算2013~2018年美国在部分“一带一路”沿线国家的投资头寸，等于美国对某国的直接投资额（即FDI）占被投资国接受FDI总额的比重，以百分比表示，测算结果如表16-8所示，美国对“一带一路”沿线国家的投资分布不太均匀，尤其是对欧洲、东南亚以及中东油气资源丰富的国家进行了较多的投资。

表16-8 美国在部分“一带一路”沿线国家的投资头寸分布

国家	2013年	2014年	2015年	2016年	2017年	2018年
新加坡	20.30%	22.31%	23.24%	22.95%	19.68%	14.78%
马来西亚	9.82%	10.78%	13.50%	11.97%	10.29%	8.90%
印度尼西亚	5.25%	7.21%	7.07%	5.98%	6.55%	4.92%
泰国	5.55%	9.24%	9.79%	9.47%	6.70%	7.93%
柬埔寨		0.76%	0.76%	0.74%	0.72%	0.70%
越南	1.65%	1.92%	1.77%	1.70%	1.55%	1.63%
文莱	0.50%	0.18%	0.16%	0.28%	0.29%	0.22%
菲律宾	8.65%	7.19%	10.24%	9.81%	9.01%	9.21%
伊朗	0	0	0	0	0	0
土耳其	2.52%	2.02%	2.39%	2.57%	2.17%	3.46%
约旦	0.68%	0.73%	0.73%	0.65%	0.68%	
黎巴嫩	0.36%	0.56%	0.59%	0.62%	0.71%	0.68%
以色列	10.32%	11.59%	10.32%	9.61%	20.65%	18.33%
沙特阿拉伯	4.85%	4.08%	4.47%	4.57%	4.87%	4.93%
也门						4.93%
阿曼			6.81%	7.50%	7.66%	5.76%
阿联酋	12.62%	17.22%	14.74%	11.35%	12.92%	12.33%

续表

国家	2013 年	2014 年	2015 年	2016 年	2017 年	2018 年
卡塔尔	26.90%	30.84%	21.86%	23.39%	23.43%	32.48%
科威特	1.88%	2.76%	2.34%	1.67%	1.95%	2.12%
巴林	3.10%	2.05%	1.54%	1.47%	1.54%	2.23%
塞浦路斯	0.91%	1.54%	1.28%	0.97%	0.71%	1.54%
印度	10.97%	13.13%	12.51%	12.14%	11.78%	11.90%
巴基斯坦	1.25%	1.06%	1.14%	0.98%	1.25%	0.92%
孟加拉国	4.81%	2.84%	3.11%	3.15%	3.16%	3.01%
阿富汗	0.28%	1.61%	1.41%	1.31%	1.33%	1.15%
斯里兰卡	1.14%	1.41%	1.52%	1.58%	1.56%	1.35%
乌兹别克斯坦	0.90%	0.63%	0.76%	0.83%	0.75%	0.73%
塔吉克斯坦		1.84%	1.70%	1.39%	1.68%	1.56%
吉尔吉斯斯坦	0.36%	0.51%	0.39%	0.44%	0.63%	0.69%
格鲁吉亚	0.01%	0.05%	0.04%	0.03%	0.13%	0.20%
亚美尼亚	0.02%	0.12%	0.12%	0.11%	0.15%	0.13%
希腊	–2.26%	–0.25%	4.18%	4.23%	3.76%	4.21%
俄罗斯	2.82%	3.37%	3.90%	3.69%	3.15%	3.63%
乌克兰	1.38%	1.24%	1.16%	1.13%	0.92%	0.92%
白俄罗斯	0.06%	–0.11%	–0.11%	–0.11%		
摩尔多瓦	0.09%	0.54%	0.71%	0.60%	0.65%	0.57%
波兰	5.38%	6.20%	6.38%	6.29%	5.29%	5.60%
立陶宛		0.94%	0.74%	0.82%	0.87%	0.96%
爱沙尼亚	0.66%	0.82%	0.84%	0.36%	0.30%	0.31%
拉脱维亚		0.27%	0.26%	0.48%	0.41%	0.40%
捷克	4.76%	5.09%	5.44%	4.01%	3.47%	4.35%
斯洛伐克	1.23%	1.99%	2.14%	1.18%	1.55%	1.48%
匈牙利	5.82%	5.61%	8.99%	8.95%	7.87%	8.80%
斯洛文尼亚	3.19%	2.54%	2.66%	2.59%	2.25%	2.20%
克罗地亚	0.48%	0.73%	0.69%	0.64%	0.59%	0.57%
黑山	0.02%	0.10%	0.10%	0.11%	0.09%	0.09%
塞尔维亚	0.40%	0.64%	0.63%	0.59%	0.44%	0.36%
阿尔巴尼亚	–0.05%	–0.09%	0.02%	0.38%	0.83%	
罗马尼亚	2.53%	4.25%	5.38%	5.31%	3.98%	4.27%
保加利亚	0.92%	1.63%	1.57%	1.65%	1.66%	1.88%
马其顿	0.55%	1.08%	1.00%	0.94%	0.76%	0.91%
埃及	22.68%		14.92%	12.28%	8.53%	7.20%

资料来源：依据美国 FDI 流出和各国 FDI 流入数据整理计算

注：空格内容无原始数据

美国在捷克、匈牙利、波兰和罗马尼亚等东中欧国家的对外直接投资规模比较大。在捷克和匈牙利的对外直接投资头寸都将近 60 亿美元的规模，而在波兰更是突破了百亿美元规模。为了获取石油等战略性资源，美国在传统的投资目的地中东地区，如以色列、沙特阿拉伯、卡塔尔以及阿联酋等国的对外投资头寸规模较大，均在 100 亿美元左右，在阿联酋更是高达 156 亿美元。这些中东国家由于石油与矿产资源丰富，国内局势较为稳定，成为美国在中东地区海外投资的首选。而在另外一些局势动荡的中东国家（如伊拉克、黎巴嫩和叙利亚）则投资甚少。另外，从“一带一路”的东南亚沿线国家来看，美国在此区域投资力度很大，并且表现出增长的趋势。从表 16-8 中可以看到，2013~2018 年美国在印度、泰国、马来西亚以及新加坡等亚洲国家的投资头寸占比均在 5%以上，这些发展强劲的亚洲国家成为美国跨国集团投资亚洲的首选地。其中，印度和新加坡表现尤为抢眼，美国在这两国的对外直接投资头寸规模均在 200 亿美元以上，印度在 2015 年更是高达 283 亿美元。美国对“一带一路”沿线的中亚和部分西亚国家直接投资不多。

从规模上看，美国对新加坡的投资规模最大，几乎占到了美国对东南亚和南亚地区对外投资总额的一半之多，从 2005 年开始，其投资规模就几近千亿美元，时至 2010 年后更是开始突破 1000 亿美元大关。印度是美国在“一带一路”沿线国家投资规模第二大的国家，与新加坡的稳步攀升不同，从 2005 年开始，美国对印度的投资就呈现出高速增长态势，在 2016 年投资额达到了 329 亿美元。而从总体趋势来看，2005 年到 2008 年期间，美国在东南亚和南亚的投资增速较为平稳，2008 年金融危机的爆发使美国在此区域的投资增速产生短暂下降现象，随后，其投资增速在 2010 年出现恢复性增长之后，便从 2011 年开始呈现出加速上升趋势。

美国主要是“以跨国公司为主导，以追逐利润为目标”的海外投资模式。美国政府只是在双边协议以及信息情报方面提供框架性的支持，而对海外投资的具体行业、具体区域并未做出详细的战略规划。海外投资更多的是由美国本土的企业主动实施的寻求海外扩张、追逐利润的投资行为，美国众多实力强劲的跨国公司是对外直接投资实施的主力。跨国并购成为美国企业对外投资的主要模式。

2. 日本在“一带一路”沿线的投资布局

日本与美国在“一带一路”沿线国家的对外投资格局不太相同，表现出“亚洲热、欧洲冷”的特征。由于身处亚洲的地缘优势，日本在东盟国家以及南亚地区的对外直接投资比重最大，尤其是在东盟十国中的新加坡投资额高达 8000 多亿日元，而在印度尼西亚、泰国、马来西亚、越南等国的投资额均在千亿日元以上规模，足见日本在东盟国家经营根基之深。另据 2014 年日本国际协力银行公布的第 26 次《关于日本制造业企业开展海外事业的调查报告》，日本中期内投资前景看好的 5 个海外投资目的地，印度自调查开始以来首次跃居第一，而印度尼西亚则以 1 票之差位居第二，中国从 2013 年的第四升至第三。印度和印度尼西亚作为新兴市场国家中的人口大国，由于其巨大的市场潜力被日本跨国投资企业普遍看好（郭周明，2017）。

与美国在中东欧地区投资较多不同，日本在波兰、拉脱维亚、斯洛文尼亚、克罗地亚、黑山和保加利亚等东欧国家投资规模都非常小，说明日本在这一带仍未显现出影响力。在石油资源丰富的中东地区，日本除了在沙特阿拉伯投资规模比较大之外，在阿曼、卡塔尔以及约旦等国投资规模都很小。另外，与南亚和东盟十国相比，日本在中亚的哈萨克斯坦等国以及西亚部分国家投资规模都很小。而中国与中亚等国具有较好的地缘优势，有望开展更深、更广的投资合作。

与美国不同，日本采取的是“政府主导的国际协调型”海外投资战略，政府对海外投资行业选择及区域分布有一定的引导和规划。政府积极出台各种金融、税收以及财政补贴等优惠政策以激励企业走出去。日本企业对外扩张遵循着“雁行理论”，逐步向周边国家和地区转移本国落后的产业，逐步升级本国产业，最终在本国形成技术密集型制造业和高附加值服务业的产业格局。与欧美发达国家对亚洲国家的投资不同，日本主要将其所拥有的对外具有比较优势，对内又相对过剩的制造产业转移到亚洲国家，为日本自身的产业转型升级腾挪出更多发展空间。

（二）“一带一路”建设下中国与美国、日本的投融资合作潜力

随着“一带一路”建设的深入推进并取得积极成果，美国、日本对“一带一路”倡议的态度从一开始的质疑甚至抵触、谨慎观望逐渐转向积极评价、愿意接触，当然仍存在部分质疑的声音，但态度总体上有积极变化。

美国长期以来对中国零和博弈的思维影响着其对“一带一路”倡议的看法。美国的认知大部分是从地缘政治利益和战略思维出发，防止中国拓展影响力。然而，美国通过长期观望，逐渐认识到“一带一路”倡议能够为其带来重大机遇，且中美在“一带一路”方面具有巨大的合作空间。布鲁金斯学会的李成在采访中提到美国前总统特朗普派代表团参加“一带一路”国际合作高峰论坛的行为，迎合其在亚太地区的安全利益和经济利益，同时也契合特朗普在美国大规模发展基础设施的意向。美国前副国务卿罗伯特·霍马茨（Robert Hormats）对此举措也表示欣喜。综合来看，尽管近年来美国智库专家对“一带一路”倡议的战略意图分析和评价带有夸大的色彩，但总体上仍对该倡议给予积极的评价。

最初日本对“一带一路”倡议的运行机制、开放与透明程度、规则与标准、潜在风险与经济收益等持质疑和担忧的态度，但由于中国快速发展且具有庞大市场，日本又担心失去从中国经济快速增长中获利的良机，出于这种矛盾心理，对于参与“一带一路”建设与否日本处于纠结和观望中。2017 年后，中日关系升温，高层交流频繁。2017 年 5 月日本自民党干事长二阶俊博在参加首届“一带一路”国际高峰合作论坛时，习近平主席就表示“一带一路”倡议可以成为中日两国实

现互利合作、共同发展的新平台和"试验田"[①]。次月，日本时任首相安倍晋三在公开演讲中表示日本参与"一带一路"的态度[②]。2017年12月，日本时任首相安倍晋三在"日中CEO峰会"就中国倡导的"一带一路"倡议称"可以大力合作"[③]。日本政府态度的转变引起日本国内媒体、学界对"一带一路"的关注，报道和研究成果不断出现，并且正面评价也在日益增加，企业界更是表现出更大的热情。日本经济界专门成立史上最大规模的访华团对参与"一带一路"建设表达意愿，为加强相关问题研究，日本成立"一带一路"研究中心，增进各部门对"一带一路"的理解。

早在"一带一路"倡议提出之际，美国商业界特别是涉及基建的企业就表现出浓厚的兴趣。通用电气公司、卡特彼勒公司等美国企业在过去几年尤其关注"一带一路"并从合作中获利。2014年通用电气公司合作营收只有4亿美元，而2016年从"一带一路"相关项目合作中的营收高达23亿美元。2017年11月，通用电气公司的能源金融服务部门与中国政府设立的丝路基金签订成立"能源基础设施投资平台"的合作协议，约定在"一带一路"沿线国家展开联合融资项目，涉及电网、可再生能源、天然气开发等多个业务领域。

国际社会普遍对"一带一路"建设表示认可，而美国也希望能够在全球基础设施建设方面多提供支持。2017年2月，亚洲开发银行在报告中表示，在2030年前亚洲国家需要在基建方面每年投入1.7万亿美元。根据《"一带一路"国家基础设施发展指数报告2021》，从发展需求指数得分上看，交通和能源行业发展需求保持高位，通信、水务和公共卫生行业的得分较2020年均有不同程度的提高。该报告还指出，互联互通建设和清洁能源成为新的需求增长点[④]。毋庸置疑，中美企业合作具有巨大潜力，双方在促进基础设施建设方面不应该也不需要陷入零和博弈。

与美国不同，日本在官方及企业层面都已和中国开始了有关"一带一路"建设的合作。根据中日第三方市场合作备忘录、双方签署的50多项协议以及"一带一路"建设的进展，中国和日本之后可以在许多领域开展合作。在基础设施建设项目上，中日间存在比较优势。日本企业在前期调研时细致透彻，具有较高的技术和工程管理水平，城市建设的系统性强，对环境的负荷小。例如，日本企业在

---

① 习近平会见日本自民党干事长二阶俊博，http://www.gov.cn/xinwen/2017-05/16/content_5194389.htm[2021-12-06]。

② 日本首相安倍晋三公开言及"一带一路"合作，http://news.cctv.com/2017/06/06/ARTI3uCjRssT3aBAnBgw0RqK170606.shtml[2021-12-06]。

③ 日本首相安倍再就"一带一路"倡议表态，称"可大力合作"，https://www.thepaper.cn/newsDetail_forward_1891801[2021-12-06]。

④ BRIDI：2021年"一带一路"国家基础设施发展指数报告，https://finance.sina.com.cn/tech/2021-07-26/doc-ikqciyzk7626363.shtml[2021-12-06]。

高速铁路车辆牵引、制动系统部件制造和运营管理方面具有优势。中国企业在人力资源储备、成本控制、决策和施工效率、技术更新速度等方面的竞争力更强。倘若两国企业能够加强合作，就一定能够发挥各自优势，实现双方互利共赢。中国和日本都把东盟当作重点经营对象，进行产业链融合。若是在东盟国家进行三方合作，既可以避免竞争过度，进行优势互补，又可以共同承担风险与责任，共同分享收益，促进东亚区域合作。例如，中国、日本和东盟进行三方合作，把已经存在或正在建设的各种贸易路线连接起来，这将降低中国、日本、东盟和周边国家的经贸交流成本，提高各方的效率。从金融合作的角度来看，亚洲开发银行和亚投行有合作的空间。日本长期经营亚洲开发银行，经验丰富，而亚投行成立时间不久，双方可以在项目研究评估、投融资、专业运营等方面加强交流与合作。亚洲开发银行行长中尾彦武在 2015 年 3 月举行的中国发展高层论坛上表示，亚投行和亚洲开发银行的关系更多的是合作和互补，而不是竞争，双方合作可以为亚洲做更多的事情。两家银行已在印度和孟加拉国等第三方市场的项目融资方面进行了合作。民间金融机构之间也有开展业务合作的潜力。中国和日本在 2017 年底达成了一项框架协议，同意日本机构在中国发行人民币计价的熊猫债。

鉴于美国、日本对外投资的异质性，中国与美国、日本在“一带一路”框架下可探索不同的合作方式。对于美国，鉴于中美贸易摩擦较难化解，我们可以加强与美国商业的交流，鼓励美国企业更多地参与“一带一路”，扩大由中美企业而不是政府主导的“第三方合作”，基于此推动中美经贸关系超越双边壁垒，实现更大范围的“再平衡”。对于日本，可在当前逐渐深入的中日“一带一路”第三方市场合作上进一步推进，不断深化中日两国在“一带一路”建设中的政府及企业层面的合作。

第三节 构建投融资国际合作多边机制的可行性

一、投融资国际合作规则变化下的多边合作可行性

当前投融资国际合作规则呈现如下趋势转变。

第一，单边规则向多边规则转变。国际经济金融领域长期贯彻着弱肉强食的理念。发达国家在它们处于强势时，打着援助的旗号，屡屡将市场竞争、优胜劣汰等说道灌输给发展中国家，以求打开发展中国家的国门，占领其市场，获取其资源。在这种背景下，它们常常将本国的规则冠以“国际规则”“国际惯例”之名，要求发展中国家接受。在经济处于绝对劣势的情况下，发展中国家为了发展本国经济金融，在“国际接轨”名义下也接受这些单边规则。但随着发展中国家的经济实力增强，在国际经济金融中争取平等地位、平等竞争就成为它们的共同诉求；

同时，发达国家彼此间存在的不平等在单边主义扩展中进一步加重，使得那些单边霸权主义受害国有了较强的推进多边主义的内在要求。因此，由多边机制形成国际经济金融规则就成为世界上绝大多数国家的共同要求。全球经济金融多极化的发展，既为这种由多边机制形成的国际规则提供了基础性条件，又得益于国际多边规则的支撑。从全球经济金融发展的总趋势看，多边规则将日益成为主流机制和主导因素。

第二，“赢者通吃”让位于“合作共赢”。按照西方经济学理论，物竞天择，结果是优胜劣汰。但国际经济金融的实践结果是，二百多年来并无一个贫穷落后的国家因国际竞争而被发达国家所吞并，二战后新建立的民族国家在总体上经济发展处于良好态势，国际竞争力明显提高。这印证了国际市场历来是多层次市场，处于同类但不同层面市场的国家间缺乏直接的产品（资源、技术、价格）竞争关系；同时，每种商品的市场空间都是巨大的，绝非一国或几国的生产能力所能完全覆盖的，而且同种商品的各国和地区居民的具体需求差别甚大，因此，“赢者通吃”难以成为现实。与此相比，在尊重各国主权，按照国家不分大小、强弱和贫富的平等基础上展开的国际经济金融活动，强调的是相互借鉴、各取所长、合作共赢，反映了绝大多数国家在国际经济金融活动中的心声，也有利于达成共识，共同推进经济全球化进程。因此，“合作共赢”必然成为取代“赢者通吃”的国际经济金融理念。

投融资国际合作规则趋向多边和合作共赢，这使以多边合作为基础，创新“一带一路”投融资国际合作机制成为可能。事实上，“一带一路”合作倡议的提出和逐步实施，推动了中国经验与世界发展进行深度融合，为“一带一路”沿线国家乃至域内外国家创造了新机遇，提供了更加广阔的发展前景。因此，中国积极参与“一带一路”投融资国际合作多边机制构建并逐渐发挥引领作用，与世界分享中国经验，共同努力构建人类命运共同体，这一宏伟目标符合全球各国和世界人民的根本利益。

二、利益趋同下的全球合作可行性

从“一带一路”建设的价值成效方面分析：建设过程中的众多合作项目成果充分证明，“一带一路”建设通过帮助广大发展中国家加强基础设施、投资、贸易等众多领域合作，从而推动经济发展，创造就业机会，造福当地民众。截至 2019 年 4 月，中国同共建“一带一路”国家的贸易额超过 6 万亿美元，投资超过 800 亿美元，共建的 82 个境外合作园区为当地创造近 30 万个就业岗位[①]。随着“一带

---

① “一带一路”六年：贸易额超 6 万亿投资超 800 亿美元，http://finance.sina.com.cn/roll/2019-04-22/doc-ihvhiewr7575235.shtml[2021-12-06]。

一路”建设的推进，彼此间经贸投资合作不断扩大，日本在东盟的利益空间也得到拓展，“一带一路”建设中巨大的基础设施投资需求对美国也极具吸引力，它可以迅速促进资本、贸易和人员流动，为美国提供更多的就业机会和扩大出口规模。全球一致的利益赋予了全球合作的空间和必然要求。

从“一带一路”建设的巨额资金需求方面分析：关系到全人类利益的“一带一路”建设目前仍存在巨额的资金缺口，未来仍有持续的巨额资金需求，非一个国家或几个国家合作即可解决的，靠世界银行等国际性银行的金融支持也还是不够，需要调动全球资源进行全球性的融资合作。而且，在金融角度上，资金可分为资本性资金和债务性资金。各种借贷资金虽然可以在一定时期内满足项目建设的需要，但一旦还本付息之后，建设项目的持续经营运作与借贷者就失去了直接的利益连带机制，因此，要达到“合作共赢”是比较困难的。此外，巨额借贷资金投入，对资金借入国而言，到期还本付息是一个沉重的经济负担，受借贷资金的期限制约，常常只能选择那些收益较高的短期项目（制造业等），这与“一带一路”沿线国家亟须解决的基础设施建设项目不协调。“一带一路”建设从长期性和合作共赢上看，更需要股权投资这类资本性资金。而这类投融资合作对美国、日本等未加入“一带一路”建设的国家而言，通过与中国以及“一带一路”沿线国家进行投融资合作，既能发挥美国、日本的资金及融资优势，又能减少美国、日本的投资风险，存在较大的合作空间。

三、全球不确定性风险防控视角下的多边合作可行性

从国际投融资环境上看，后金融危机时代世界经济进入深度调整期，经济复苏形势严峻。在联合国发布的《2019年世界经济形势和展望》报告中提到，受贸易摩擦增加的作用，全球贸易增长从2017年的5.3%放缓至2018年的3.8%，并提出警告称长期紧张的贸易局势将对全球经济产生严重干扰。在全球化发展背景下，逆全球化思潮依然盛行，单边主义和贸易保护主义抬头，一些发达国家以自身利益最大化为宗旨参与国际合作，企图通过再工业化来振兴经济，促进大量资本的回流。世界经济呈现“封闭化”“内向化”发展趋势，增长缺乏动力，甚至引起贸易战、汇率战，这些都不利于全球化发展，严重违背联合国2015年后提出的发展议程，宏观上给“一带一路”投融资合作带来系统性和结构性风险。

历史经验和教训一贯表明，全球合作才能解决全球性问题，那些缺乏合作的宏观经济政策、以邻为壑的贸易和投资政策、迎合极端民粹主义的要求，不仅对降低近期的各种风险没有好处，还会对世界经济和全球贸易的长期发展起到难以估量的负面作用。所以，全世界都需要秉持更加包容的态度进行合作，共同推进以构建人类命运共同体为宗旨的“一带一路”建设，完善全球投融资治理体系，共同防范和应对各类风险与挑战，恢复人们对世界经济增长的信心。

截至2019年，丝绸之路基金已经和30多个国家（地区）政府部门，国际金融公司、欧洲复兴开发银行、欧洲投资银行、亚投行、新开发银行等国际多边机构，以及美国通用电气公司等行业领军企业开展合作，在项目选择、投融资方案设计、信息交流和经验分享等方面建立了良好的合作基础。丝绸之路基金也与美国通用电气公司下属的能源金融服务进行合作，成立一个5亿美元的联合投资平台，将在“一带一路”沿线国家共同开发建设电力电网、油气、新能源等领域的绿地或棕地项目。这为全球不确定性风险防控视角下的多边合作提供了良好示范。

第十七章

“一带一路”投融资国际合作机制创新

第十六章已结合“一带一路”高质量建设中的需求及合作潜力，论证了构建投融资国际合作多边机制的可行性，发现当前全球投融资治理正在由单级向多级发展，形成了双边体制、区域体制和多边体制共存的全球投融资格局。为此，创新“一带一路”投融资国际合作机制，应在积极推动双边合作和多边合作的基础上，倡导调动全球资源，建立“资金可获得、成本可分摊、收益可主导、风险可控制”的“1+1+X”的投融资国际合作格局，以服务“一带一路”建设。

第一节　“一带一路”投融资国际合作机制的定位与理念

一、以多元化定位为核心的投融资合作机制

创新“一带一路”投融资国际合作机制，首先要求定位明确，符合适应全球投融资格局变革的要求，能弥补现有投融资国际合作定位的不足。下面从宗旨定位、功能定位、主体定位、方案定位等四方面进行阐述。

（一）合作共赢、持续发展的宗旨定位

创新“一带一路”投融资国际合作机制，旨在开创全球合作共赢的新模式、新平台、新渠道和新产品，体现人类命运共同体思想和可持续的发展理念。在投融资国际合作中需要重点关注各参与主体的收益与风险问题。具体而言，在投融资国际合作中，需要根据实际情况，对合作参与者进行客观评估，明晰各参与方的预期收益与风险，再结合具体内外部条件，做出有针对性的安排，坚持“利益共享、风险共担”的核心理念，通过妥善设计投融资模式及机制，保证各参与方的收益与风险相适应，真正实现投融资国际合作的共赢与可持续性。

（二）遵循市场化原则的融通全球的功能定位

在沿线资源配置中，充分利用市场力量，可以摆脱以往依靠单一国家或机构的资金支持以及依赖以政府补贴为主的减让式资金支持的状况，最大限度地发挥市场手段的优势，调动各方资源，打破国与国、区域之间的地缘界限，最大限度地发挥资金融通的作用与意义。另外，通过合作模式与机制的创新，坚持投资主

体和项目的市场化运行，由市场自发调节收益与风险之间的平衡，可以提高投融资国际合作效率，实现市场化发展。

（三）中国主导的多元主体定位

多元主体通过跨区域合作，充分动员多方力量，可以有效地利用全球及区域的资金和资源，更好地满足“一带一路”资金需求。一方面，通过充分调动沿线国家、国际机构、私人部门等多方资源，可以更好地为投融资项目提供多渠道、中长期、可持续的资金保障。另一方面，引入多方主体可以提高资金使用效率、有效分散项目风险，让各方共享发展成果。但群龙无首不能形成秩序，没有主导者难以形成共识。“一带一路”倡议由中国提出并积极推动，中国主导并非霸权，不强调一票否决，而且合作共赢需要倡导者、推动者和协调者，一向倡导“和平共处、求同存异”的中国无疑是最为适合的。

（四）“1+1+*X*”多边合作机制的方案定位

多元化的主体定位，必然要求建立多边合作机制。多边合作是指三个以上主体之间的合作，可用数学形式表示为“1+1+*X*”。多边合作是世界正处于“百年未有之大变局”的时代要求。习近平在第二届“一带一路”国际合作高峰论坛开幕式上明确指出，“我们要秉持共商共建共享原则，倡导多边主义，大家的事大家商量着办”。因此，创新“一带一路”投融资国际合作的具体方案需要以“1+1+*X*”多边合作机制为导向。

二、充分调动全球资源的多边合作理念

在明确定位基础上，唯有理念创新的“一带一路”投融资国际合作机制才能支持高质量建设“一带一路”的需求，才能适应正在深度调整的全球治理体系的要求。

（一）“调动全球资源”的全球合作理念

共建“一带一路”彰显同舟共济、权责共担的命运共同体意识，“一带一路”投融资国际合作最重要的理念创新在于“充分调动全球资源”。调动全球资源指的是不仅要深化“一带一路”建设现有参与国家之间的投融资合作，还要倡导未加入的国家可以作为第三方市场的参与方或目的国进行合作，以实现共赢的根本目的。在利益趋同下，不同意识形态、不同文化、不同地域的国家在当今交通发达、互联网科技不断发展的时代背景下，完全可以跨越空间界限、意识界限进行合作，从而实现合作共赢。“一带一路”投融资国际合作应以项目所在国为核心，通过联结域内外各国共同展开合作。只有将东道国与其他合作国的利益进行互嵌，才能形成更加紧密的投融资国际合作关系。东道国应根据自身的经济实力，调动自身储备，

作为其项目建设的基础性资金来源，进而辅之以相关优惠政策，通过商业性金融体系及资本市场体系，吸引更多域内外国家的多元化资本，共同合作建设项目。

（二）“平等参与、共享收益、共担风险”的多边合作利益分配理念

本着共商共建共享的基本原则，在投融资国际合作中，需要根据实际情况，对合作参与者进行客观评估，明晰各参与方的预期收益与风险，再结合具体内外部条件，做出有针对性的安排。通过妥善设计投融资模式及机制，保证各参与方的收益与风险相适应和匹配。

（三）“差序推进、包容对待”的差序包容理念

费孝通先生提出“差序格局”概念描述亲疏远近的人际格局，“一带一路”沿线国家由于经济、政治、文化及相互关系存在差异，也形成明显的国际的“差序格局”。国际“差序格局”的存在意味着金融国际合作不可能完全均等化，正视差异存在并采取不同形式的合作方式，促进合作从零到有、从简单到复杂、从低级到高级、从双边到多边持续发展，才能最终实现合作共赢的目标。

（四）“市场化、开放化”的多边合作理念

在国际资源配置中，充分利用市场力量，可以摆脱依靠单一国家或机构的资金支持以及依赖以政府补贴为主的减让式资金支持的状况，最大程度发挥市场优势，调动各方资源，积极拓宽建设资金来源渠道，在减少政府财政负担的同时，保证投融资国际合作资金来源的长期、稳定和可持续。

第二节 “一带一路”投融资国际合作机制构建

在准确把握构建“人类命运共同体”思想的基础上，打造以“利益共同体”为枢纽的多元合理的投融资体系，作为创新“一带一路”投融资国际合作机制的根本目标。将理论落实到实践，需依托载体（投融资合作模式），我们提出应建立以重大项目为抓手、以境外合作园区为平台、以互联网投融资平台为依托的合作机制。而创新“一带一路”投融资国际合作机制，需要明晰以下四个直接目标：一是引入多元化投融资主体，二是合理分摊投资成本，三是获取可持续投资收益，四是监测防控投融资风险。进而根据上述四个目标，建立起相对应的多元化资本引入机制、合作成本分配机制、收益保障与分配机制以及风险监测防控机制。

一、基本思路

我们将机制创新的整体规划思路表示为图 17-1。可以将创新“一带一路”投融资国际合作机制的目标拆解为根本目标与直接目标。根本目标是在准确把握构

建人类命运共同体思想的基础上，打造以利益共同体为枢纽的多元合理的投融资体系，通过相应合作机制与模式，联结域内外各国积极参与“一带一路”建设，促进区域内资金融通，助推沿线国家的产业升级、经济增长与福利改善。直接目标是通过相应机制和模式设计，引入多元化投融资主体，分担合理化投资成本，最大化投资收益以及最小化投融资风险。

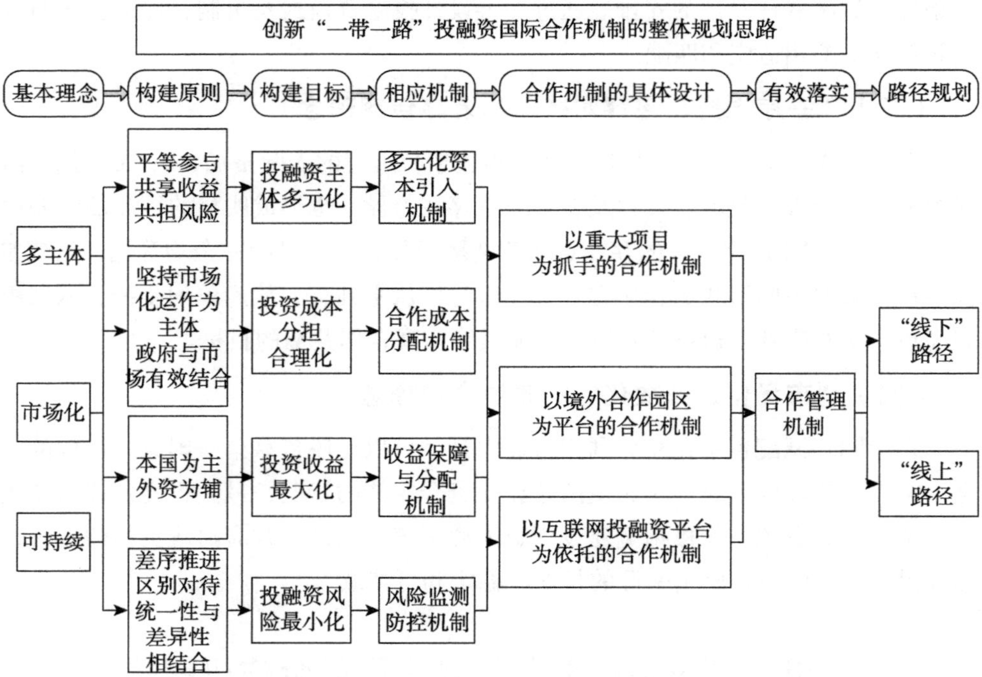

图 17-1 创新“一带一路”投融资国际合作机制的整体规划思路

整个机制的核心是如何体现利益趋同以纳入多元化的投融资主体、如何实现差序包容。按照“一带一路”投融资国际合作机制的构建目标，建立起相对应的多元化资本引入机制、合作成本分配机制、收益保障与分配机制以及风险监测防控机制。

（一）多元化资本引入机制

鉴于高质量建设“一带一路”的巨大投融资资金需求，以及“一带一路”项目通常具有建设期和投资回报周期较长、需要与项目相匹配的资本性资金的特点，单纯依靠各国国家财政资金难以持续，利用世界银行等国际性银行贷款资金的数量也会受到限制，因而需要引入多元化的投融资主体，形成多元化的资本结构，尤其需要拓展以资本投入为特征的股权投资。多元化资本引入机制可以通过重大合作项目、境外合作园区、国际互联网投融资平台实现，因为这些平台具备开放性的特点，其运作模式需要多边机制和多元化的资本结构支持。多元化资本引入机制应通过发挥亚投行、丝路基金等开发性金融机构的引领作用，率先对沿线区域重大项目进行优先建设与运营，借此吸引各类多元化资本进入其具有相应预期回报的配套性项目，进一步，借鉴资产证券化，创新投融资合作模式，将存量资产盘活，用以吸引更多资本。

（二）合作成本分配机制

由于大多数的“一带一路”投融资项目具有国际公共产品属性，极易产生“搭便车”现象，只有适当的激励机制，才能使各国免于陷入互不合作的“囚徒困境”（李原，2018）。“一带一路”投融资项目大部分为基础设施投资，且被投资国与投资国之间往往存在距离、制度、经济发展水平、社会文化等方面的差异，在投融资信息收集、协议谈判、实施保障等环节具有较高的交易成本。因此，有必要创新合作成本分配机制。例如，合作成本可以分为固定成本和变动成本，在一定范围内固定成本将随着合作方数量增多而降低，每个合作成员承担的变动成本可以按收益分配比例确定，从而可以消除各合作参与方的“搭便车”动机，均衡各方参与者合作成本，使投融资国际合作更加紧密。

（三）收益保障与分配机制

目前投融资国际合作项目的投资收益存在回报不及预期、合作方收益不均衡等问题。世界银行 PPI（Private Participation in Infrastructure，私人参与基础设施）数据库显示，我国对“一带一路”沿线国家基础设施的总投资报酬率集中在0.47%~1.11%，而项目资本净利率主要分布在 2.1%~5%，投资收益不高且缺乏稳定营利模式（李原和汪红驹，2018）。为巩固投融资国际合作，应充分考虑由商业利益、区域效益、各合作方国家利益等三者所构成的整体利益最大化，通过完善重大项目建设的收益评价体系，帮助遴选出优质的投融资项目，以保障投融资国际合作各参与方的收益。进一步，可以借鉴资产证券化的设计思路，结合收益和风险匹配的原则，按照参与方的风险容忍程度及投入成本，设计创新型的收益保障与分配机制。

（四）风险监测防控机制

“一带一路”沿线区域横跨世界多文明、多宗教交界处，存在较为复杂的政治社会问题，而且传统安全和非传统安全威胁突出，加之投融资国际合作项目大多拥有投资规模大、建设周期长、行业分布敏感的特性，因而，沿线项目产生投融资风险的概率也大大提升（李原和汪红驹，2018）。因此，需要建立各国普遍参与的风险监测防控机制，加强对投融资风险源的识别，及时准确地动态监测预警，有效地防范与控制。投融资风险监测防控机制应包括：对经济风险与非经济风险的识别、监测与预警；对融资成本和投资回报的监测与预测；投融资风险的响应机制。

“一带一路”投融资国际合作所面临的主要困境是由沿线国家政治、经济、文化等地缘差异化因素所导致的合作机制障碍与业务模式不足造成的。为实现理论上“利益共同体”的根本目标，以及实践中引入多元化投融资主体、分担合理化投资成本、最大化投资收益以及最小化投融资风险的直接目标，创新“一带一路”投融资国际合作机制的关键在于以模式创新为基础，融合多元化资本引入机制、合作成本分配机制、收益保障与分配机制和风险监测防控机制，针对重大项目、境外合作园区、互联网投融资平台，进行具体的合作机制设计。

二、构建以重大项目为抓手的全球合作机制

（一）合作机制

重大项目为抓手的主要意图在于充分发挥投资项目本身的吸引力和认可度，其机制见图 17-2。这里的重大项目主要指世界大多数国家共同关注的或有较大共识的投资项目，如气候投融资项目、绿色发展项目、新能源项目等。

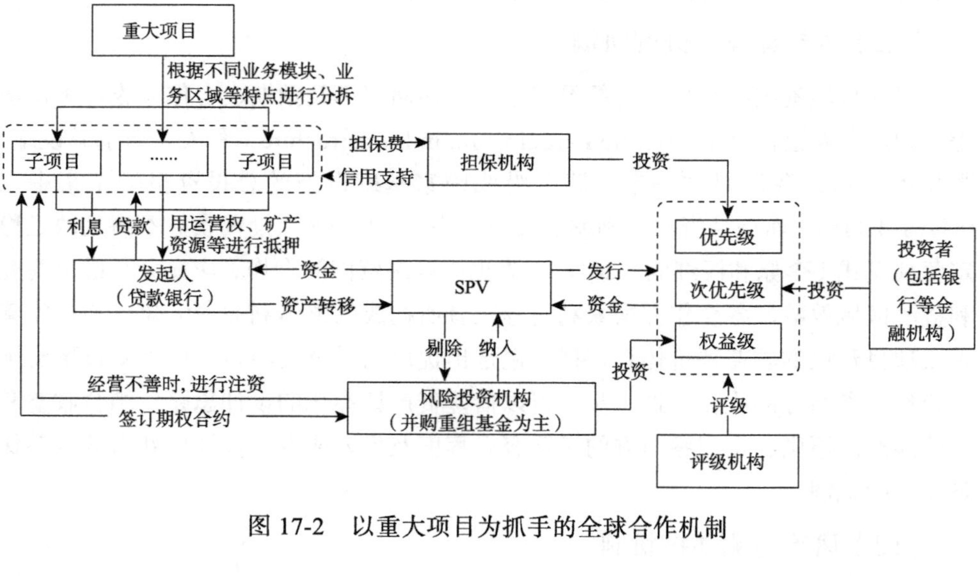

图 17-2　以重大项目为抓手的全球合作机制

为分散风险，根据不同业务模块、业务区域等特点，对重大项目进行分拆，划分为若干个子项目。再由担保机构出面对各子项目进行信用支持，同时，风险投资机构与各子项目签订相关期权合约，在此基础上，将这一系列子项目的资金需求进行打包，用运营权、矿产资源等向银行进行抵押贷款，获取资金。然后，贷款银行将该打包资产转移给 SPV 进行资产证券化，经过评级机构分级后，通过债券市场进行发售。根据所承担风险的大小，优先级以担保机构进行优先认购，次优先级以银行等金融机构投资者进行优先认购，权益级以风险投资机构者进行

优先认购。当某个子项目出现风险时，则将该项目暂时剔除出资产池，并由风险投资机构根据期权所签订的认购价格，购买该项目的股权，注入资金，经并购或重组等运作，待其恢复正常运营时再纳入SPV资产池。

上述设计通过“投贷合作”，借助资产证券化中担保债务凭证（collateralized debt obligation，CDO）的运作模式，以及引入期权和风险机构投资者，连接信贷市场和资本市场，促使各类参与主体紧密合作，可以有效权衡风险和收益，疏通间接融资渠道（间接融资渠道是当前“一带一路”投融资最主要的融资渠道），以改变现阶段“一带一路”重大项目偏重单一债权融资或股权融资，导致其短期收益与长期收益失衡，以及由银行或者担保机构等单方面承担高风险等状况。

（二）案例分析

1. 中外企业多边合作投资建设重大项目“亚马尔LNG”

亚马尔 LNG 项目是中外企业共同合作参与第三方国家油气开发的典型项目之一。该项目由中石油和丝路基金与俄罗斯诺瓦泰克公司以及法国道达尔公司共同投资，并由法国、日本等企业共同为亚马尔LNG项目工程总包，中国海洋石油工程股份有限公司为核心工艺模块建造分包商。2018 年 7 月，首船亚马尔 LNG 运抵江苏如东港。2018 年 11 月，亚马尔 LNG 项目前三条生产线实现投产，比预计时间提前近一年。

亚马尔LNG项目取得了巨大成功，规模和效益可观，这主要归功于多方合作所实现的中国高性价比建造技术和服务与欧洲领先LNG技术的融合，满足了客户对工程质量、成本控制及建设工期的多重需求，保证了项目高标准、高质量、高效率实施并按期投产。作为中外方企业在第三方市场联合开展的规模最大的油气合作项目，亚马尔LNG项目为人类在北极圈内建设超级LNG工厂提供了参考范本，同时有效提高了俄罗斯在国际LNG市场的占有率，为俄罗斯创造了超过10万个就业岗位。

俄罗斯亚马尔LNG项目总投资约270亿美元，具体股权构成如下：最大的独立天然气生产商俄罗斯诺瓦泰克公司是该项目的控股股东，持股 50.1%；中石油与中国丝路基金在亚马尔项目中的持股比例分别为20%、9.9%；法国道达尔公司是全球第二大天然气供应商，在亚马尔LNG项目中占20%的份额[①]。

案例启示：中石油在亚马尔LNG项目建设上充分发挥了中国企业大会战的集中优势，在建造资源（运输）、加快模块建设等方面发挥了重要作用。亚马尔LNG项目的成功实施，充分体现了“一带一路”倡议的引领作用，体现了重大项目在

---

① 国家发展改革委发布《第三方市场合作指南和案例》，http://www.mofcom. gov.cn/article/i/jshz/rlzykf/201909/20190902898692.shtml[2020-10-30]；法国道达尔或在“亚马尔LNG”项目与俄罗斯合作，http://cn.dailyeconomic.com/business/2019/02/05/4168.html[2020-10-30]。

多边投融资合作中的抓手作用，带动了国内相关产业创新、升级和走出去。

2. 基于重大项目的融资合作案例

我们通过实际调研，搜集了国内某优质企业投资“一带一路”沿线国家，金融辅助护航的典型案例。

1）项目基本情况

ZJ 公司是国内知名的从事黄金及金属矿产资源勘查和开发矿业集团。ZJ 公司是中国最大的黄金生产企业之一，第二大矿产铜、锌生产企业和重要的钨、铁生产企业，是中国控制金属矿产资源最多的企业之一，是中国黄金行业效益最好的企业。NS 公司为在 C 国上市的企业，矿业旗下核心资产为在非洲的 B 项目和在东欧的 T 项目，属于“一带一路”沿线国家的矿产投资项目。B 项目预计在服务期内可售铜约 15 万吨、锌 8 万吨、金 3 吨及银 22 万吨，可实现净利润超过 2 亿美元。T 项目预计在服务期内可售铜约 400 万吨、金 50 吨，可实现净利润约 20 亿美元。T 项目具有规模大、品位高的特点，B 项目已经可以进行开采，能够立刻实现销售收入。因此，NS 公司的两个主要矿资源能满足 ZJ 公司短期和长远的需求。ZJ 公司认同其管理开发矿产资源理念，经协商同意以并购形式为基础展开多方合作。

2）融资需求及具体方案

本次合作需解决的主要问题是：①投资所在国政策约束问题；②确定融资合作规模及期限等主要要素；③如何解决融资风险问题。

ZJ 公司要约收购 NS 公司需获得 C 国反垄断监管部门出具的继续开展交易的批复及当地监管机构对外国人投资的审批。

要约收购交易总金额约为 15 亿美元，其中，商业银行贷款 8.4 亿美元，自有资金约 6.6 亿美元。融资期限：六年，借款人第五年可视情况选择是否提前还款。采取了交易信用增进措施：本次交易设立的 SPV 公司股权质押；收购部分标的公司股权质押（事后追加）；ZJ 母公司提供跨境担保。

该项目采用银团贷款方式办理，由 C 银行作为牵头行，I 银行作为副主牵头行，区域内的主要国有商业银行、政策性银行、股份制银行等银行金融机构共 11 家参与。牵头行主要工作包括：银团的组织工作，发起和筹组银团贷款；协调银团成员按照统一的条件开展内部报批手续；分销银团贷款份额；草拟银团贷款信息备忘录、代表银团聘请相关中介机构起草银团贷款法律文本；组织银团贷款成员与借款人签署书面银团贷款协议；协助代理行进行银团贷款管理；协调账户管理行做好资金归集管理等工作。牵头行需承贷一定比例的银团份额，本笔业务 C 银行承贷约 25%的银团份额，是承贷份额第一大银行。副主牵头行主要是配合牵头行开展上述工作。在本笔业务中，副主牵头行在发起和筹组银团贷款、协调银团成员按照统一的条件开展内部报批手续、分销银团贷款份额等方面配合牵头行开展工作并承贷了约 13%的银团份额，是承贷份额第二大银行。

由 ZJ 公司已在香港设立的投资平台公司设立 SPV 公司。该 SPV 公司在 C 国（注册地是不列颠哥伦比亚）再设立 179 公司和 180 BC 公司用于向 NS 公司开展要约收购，具体见图 17-3。

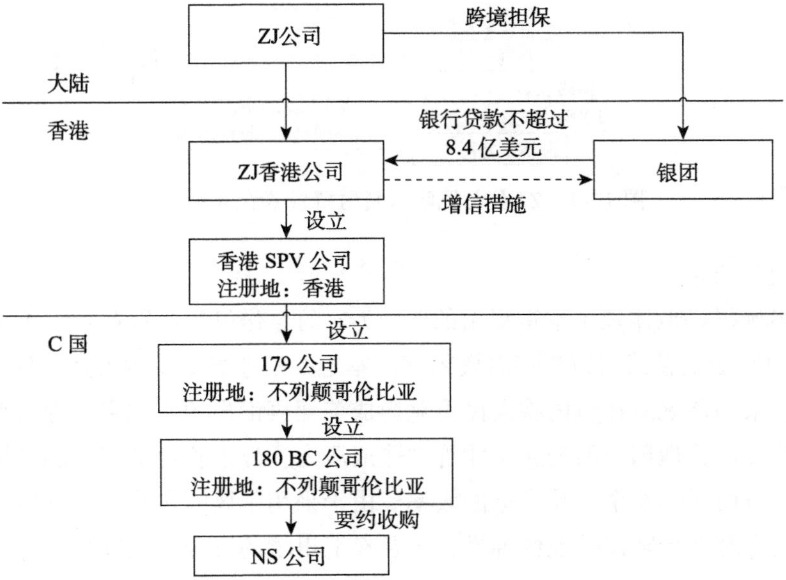

图 17-3　ZJ 公司并购融资合作各方关系图

3）融资风险管理方案

该项目采用了风险参贷模式为 ZJ 公司提供融资。风险参贷是位于不同区域的金融机构发挥各自优势开展业务合作的形式，具体就本项目而言，I 银行的境内分支机构对 ZJ 公司的经营情况、融资风险有较强的认知，认可其经营理念，愿意承担融资风险。I 银行的境外分支机构熟悉境外银团筹组规则，是所在地持牌的银行机构，能够拆借较为优惠的美元资金。I 银行的境内外分支机构通过签署风险参贷协议，约定在信用风险承担方面，境内分支机构承担一定比例的信用风险，境外分支机构承担剩余比例的信用风险。在出资方面，贷款资金全部由境外机构筹措。具体交易结构如图 17-4 所示。

具体风险管理方法：①母公司担保。考虑到 ZJ 母公司在中国的整体营利能力及再融资能力强，因此银团协议要求 ZJ 母公司为本笔贷款提供跨境担保。②股权质押。将本次交易设立的 SPV 公司进行股权质押，获得银团贷款，收购后可用标的公司继续进行股权质押融资。③设置财务预警指标。要求 ZJ 公司定期向银团代理行提供财务数据。对关键财务数据设置预警指标，触及指标后采取提高贷款价格、提前还款等措施进行风险控制。

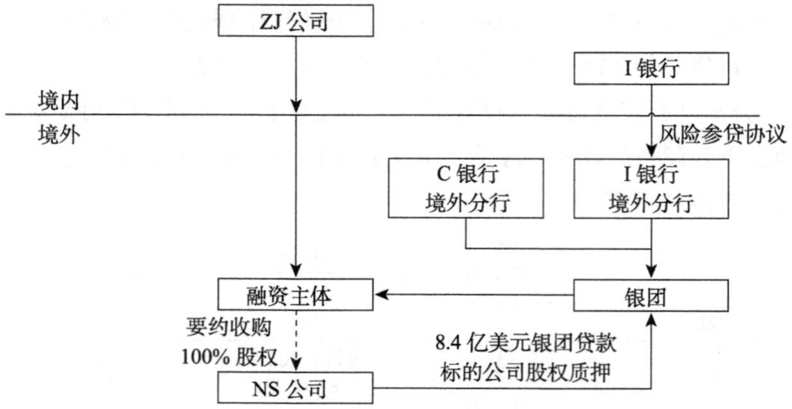

图 17-4　ZJ 公司风险参贷融资模式交易结构图

4）案例启示

本案例很好地体现了本章提出的图 17-2 的合作机制运行逻辑。①采用设立 SPV 与风险参贷模式可以提高融资效率。本笔并购业务交易规模达到约 15 亿美元。如果采用传统的在境内将人民币兑换成美元再汇出的方式来办理，势必对换汇所在地外汇管理部门的美元头寸管理造成压力。外汇管理部门可能延缓对交易的审批，进而影响整个交易推进的效率。由于采用了风险参贷的业务模式，全部的贷款资金都在大陆以外地区筹措，涉及换汇出境的资金大大减少，外汇管理部门的压力减轻，审批效率提升。②提升了境内外分支机构间的效率。以往的开立保函的业务模式下，全部风险均由境内分行承担。风险参贷模式下，I 银行境内外机构对业务信用风险承担的比例是可以协商的，更加灵活。境外分行可根据对客户风险的判断适当承担一定比例的信用风险并相应获得部分收益。境内分行可以通过让渡部分信用风险的方式，督促境外分行更加关注项目的风险。境内外机构之间的合作更加深入，工作效率得到提升。

三、构建以境外合作园区为平台的全球合作机制

（一）合作机制

20 世纪 90 年代末开始，先后在国家“走出去”战略、“一带一路”倡议等指导下，国内涌现出一批有能力、有担当的企业顺应时代潮流，在海外打造了一批基础设施完善、主导产业明确、公共服务功能健全的产业园区，不仅加快了相应发展中国家工业化、城市化、现代化进程，而且助推了中外双边和多边经贸合作发展。国务委员兼外交部部长王毅在外交部举行的中外媒体吹风会上指出，中国同沿线国家共建的 82 个境外合作园区为当地创造了将近 30 万个就业岗位，给各国带去了满满的发展机遇，也使普通民众有了明显的参与感、获

得感和幸福感[1]。

我们提出，将境外合作园区与第三方市场合作相结合，建立以境外合作园区为平台的全球合作机制。在境外合作园区内设立运营投资公司，该公司的主要收入来源于园区内的运营收益，以及对园区内有融资需求的企业进行投资所产生的收益。在此，借鉴信托产品结构化概念中优先/夹层/劣后的分层设计，将该公司的股东设计为优先级股东、夹层级股东、劣后级股东这三大类。顾名思义，三类股东在收益分配与风险承担两个方面存在一定的优先/劣后之分。具体而言，在收益分配上，优先级股东享有最先分配利润的权力，当满足它所要求的“固定”收益后，再将剩余利润分配至夹层级股东，当满足它所要求的“固定+浮动”收益后，最终将剩余利润全部分配至劣后级股东，满足它“浮动”收益的要求；在风险分担上，当公司出现亏损时则先亏损劣后级股东的资本金，以保障优先级股东与夹层级股东的资本金安全，待劣后级股东资本金消耗殆尽后，再以损失夹层级股东的资本金来保障优先级股东的资本金。在股东对象的考虑上，优先级股东主要以世界多边组织及发达国家的机构为主，夹层级股东主要以周围双边组织及发展中国家的机构为主，劣后级股东主要以参与建设园区的国家及本土机构为主。

鉴于“一带一路”沿线国家间的政治经济发展水平不同，将CDO设计思想引入以境外合作园区为平台的全球多边合作机制，具体如图17-5所示。

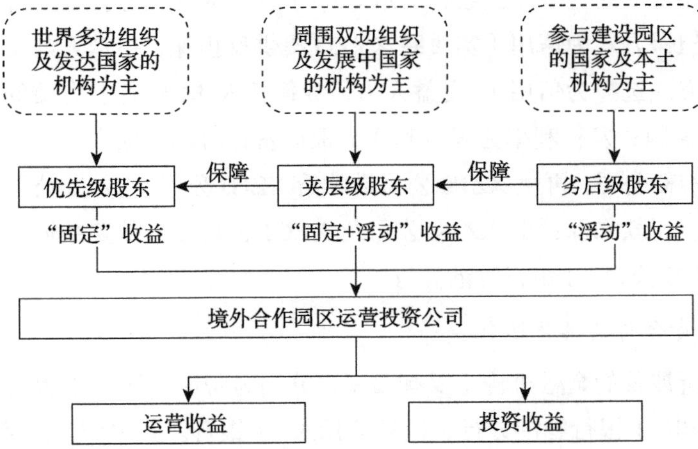

图17-5　以境外合作园区为平台的全球合作机制

上述设计借鉴信托产品结构化概念中优先/夹层/劣后的分层设计，通过让利与相适应的风险承担，可以吸引各类不同风险偏好的资本进场，促进国际资本在特

① 王毅：中国同一带一路国家已共建82个境外合作园区，http://world.people.com.cn/n1/2019/0419/c1002-31039221.html[2019-10-30]。

定区域内的稳定合作，并且可以提高园区内中小项目群的投融资效率，有效解决当前境外合作园区内资金囤积于优势企业、劣势企业融资难等问题。

（二）案例分析

“一带一路”是一个开放、包容和突破地域、文化界限的国际倡议，香港则是通往“一带一路”沿线国家的重要通道，将中国内地和“一带一路”的其他国家联系起来。该案例项目系I银行为国内某上市公司在香港全资子公司的SPV发债开立备用信用证的典型案例，具体介绍如下。

1. 投融资合作项目背景

XZJK公司为国内知名上市公司XYZQ公司的全资子公司，注册地位于香港，是XYZQ公司打造的集团国际业务平台，旗下最主要的运营公司为XZGJ公司，XZJK公司对其持股比例为51.84%。XZGJ公司于2016年在香港联合交易所上市，是一家集环球证券及期货经纪、机构销售与研究、企业融资、固定收益、资产管理、私人财富管理等投融资业务于一体的综合性金融集团，为客户提供包括证券、期货、投资银行、资产管理、固定收益及私人财富管理等在内的全方位一站式金融服务。XZJK公司在L国设立SPV——ISHK公司，设立的SPV仅作为XZJK公司的发债主体，不具有独立经营具体业务等职能。

ISHK公司拟发行不超过3亿美元债券，期限3年，XYZQ公司向I银行申请开立备用信用证不超过33亿美元，期限37个月，为该债券提供跨境担保增信，免保证金，担保方式为信用（实质系XYZQ提供反担保，申请人与反担保人为同一人时担保方式选择为信用），受益人为债券信托人M银行。发债的其他信息：上市地点为S国；发行利率为固定利率，根据发行时境外债券市场情况确定；全部借款给XZJK公司，再由XZJK公司借款给XZGJ公司，XZGJ公司用于偿还银行短期融资。还款来源：由XZJK公司及XZGJ公司按借款路径返还偿还。债券承销商：XZGJ公司、I银行香港分行。

2. 投融资合作的具体运作

该项目所涉及的金融机构主要有四家，分别为跨境担保方I银行、债券承销方XZGJ公司、I银行香港分行、债券信托人M银行。其中作为跨境担保方的I银行，以开立备用信用证的形式向债券发行人ISHK公司出具承诺按照担保合同约定履行相关付款义务并可能产生资金跨境收付国际收支交易的担保。

由XYZQ公司已在香港设立的集团国际业务平台XZJK公司在L国设立SPV——ISHK公司，该SPV在S国挂牌发行美元债，由XZGJ公司及I银行香港分行作为该笔美元债的联合承销商，该美元债的增信措施为：I银行提供备用信用证担保，XZJK公司提供维好协议。将其过程绘制成图17-6。

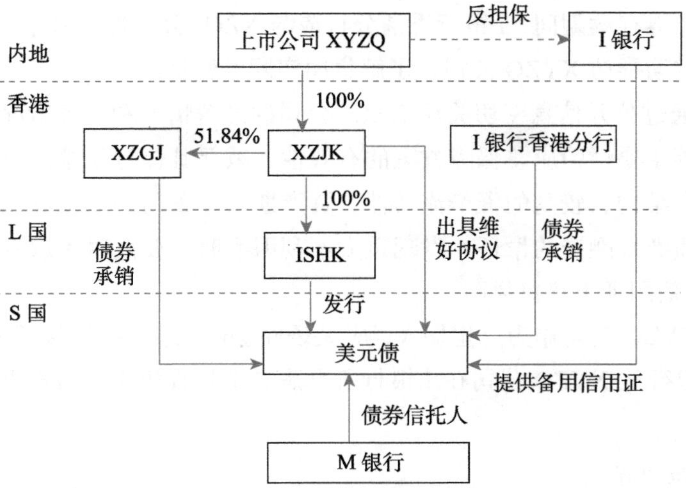

图 17-6 银行为公司发债开立备用信用证的交易结构图

此次发行美元债所募集的资金将全部借款给 XZJK 公司，再由 XZJK 公司借款给 XZGJ 公司，XZGJ 公司用于偿还银行短期融资，以优化 XZGJ 公司的负债期限结构，降低其流动性风险。

该项目系 I 银行为企业在境外发债开立备用信用证，属于融资类担保。融资类担保是银行作为担保人，应被担保人或反担保人申请，以保函或备用信用证等书面形式向受益人承诺，当被担保人未按约定履行融资性交易项下义务时，由银行代其履行赔偿或付款责任的法律行为。其中融资性交易包括：借款、发行有价证券（不包括股票）、透支、融资租赁、以现汇偿还的补偿贸易以及总行认可的其他融资交易等。

3. 本项目投融资合作的风险管理措施

此笔业务的主要风险是 XZGJ 公司经营出现流动性风险，在债券到期时点现金流不足，导致债券违约，使得债券信托人追索备证，I 银行发生履约垫款。针对上述风险，该项目设置如下风险管理措施。

（1）企业境外投融资活动应按国家发展和改革委员会、商务部、国务院国有资产监督管理委员会、国家外汇管理局有关批准文件进行审核，确保符合监管政策规定。

（2）发债所募集的资金应进行妥善监管，确保债券募集资金的实际用途与发行时披露用途一致，即最终用于 XZGJ 公司归还银行借款。ISHK 公司、XZJK 公司、XZGJ 公司均需在 I 银行香港分行开户，将债券募集资金归集于 I 银行香港分行，由 I 银行香港分行监督按照约定的交易结构最终支付归还 XZGJ 公司的银行借款，锁定发债募集的资金用款路径和还款路径。

（3）债券存续期间，I 银行香港分行应与 XZGJ 公司保持联系，同时 I 银行应定期或不定期拜访 XYZQ 公司，了解集团实际经营情况。

（4）通过公开信息密切关注 XZGJ 公司的经营情况和财务状况，确保其流动资产变现等主要偿债应急保障方案的有效性，敦促其保持稳健的财务政策、相对合理的资产结构、较高的资产流动性、资产期限配置与到期债券相匹配，以有效应对到期债券及融资的偿还，发现重大不利因素时，要及时采取有效措施，防范 I 银行备用信用证下垫付风险。

（5）XYZQ 公司作为反担保人，应无条件偿还 I 银行在担保项下的款项支付，保证对 I 银行从 XYZQ 公司在 I 银行所有账户中扣收相应款项不提出异议并放弃任何抗辩。

4. 案例启示

该案例可以为以境外产业园区为平台的投融资合作机制构建提供参考借鉴。①I 银行在该笔业务中以备用信用证的形式为 XYZQ 公司在境外的子公司发行美元债提供信用增级措施，使得企业的融资成本得到有效降低。②运用备用信用证模式在进行风险管理时需要注意提供信用增级时也可能附带一些风险，如一旦出现企业经营状况发生恶化时，会触发相关索偿条款，M 银行可能立即向 I 银行进行追索，从而导致 I 银行所开立的备用信用证项目出现垫付，风险相对较大。可以考虑将债券信托人 M 银行变更为 I 银行香港分行。若债券信托人成功变更为 I 银行香港分行，则债券信托人、承销方及担保方均为 I 银行，当触发相关索偿条款时，I 银行各分支机构间可进行协商，可在一定程度上保全 I 银行的利益，在提高融资效率的同时降低提供信用增级措施的风险。

四、构建以互联网投融资平台为依托的全球合作机制

（一）合作机制

为满足“一带一路”沿线投融资项目的资金缺口，构建互联网投融资平台，可以有效提高沿线投融资效率（图 17-7）。具体来说，沿线各国投融资项目的资金缺口，可以通过基金、银行、资产管理公司等各种类型的金融机构设计相对应的股权类、债权类、资产证券化类等项目包，经过担保、保险、评级公司等机构的增信服务，投放到互联网投融资平台上，然后，通过券商、商业银行等相关机构的销售服务，使沿线各国的机构投资者或者个人投资者可以通过互联网投融资平台进行认购。在投融资合作机制上，设计一份投融资参与各方都认可并能贯彻执行的主协议，然后考虑不同业务、不同机构等差异化问题，制定各类附件模板，以供投融资合作时的需要。同时，以此为契机，以互联网投融资平台为基础，设立一个类似 ISDA 的国际互联网投融资组织，用来监管、规范该平台上的所有投融资活动。

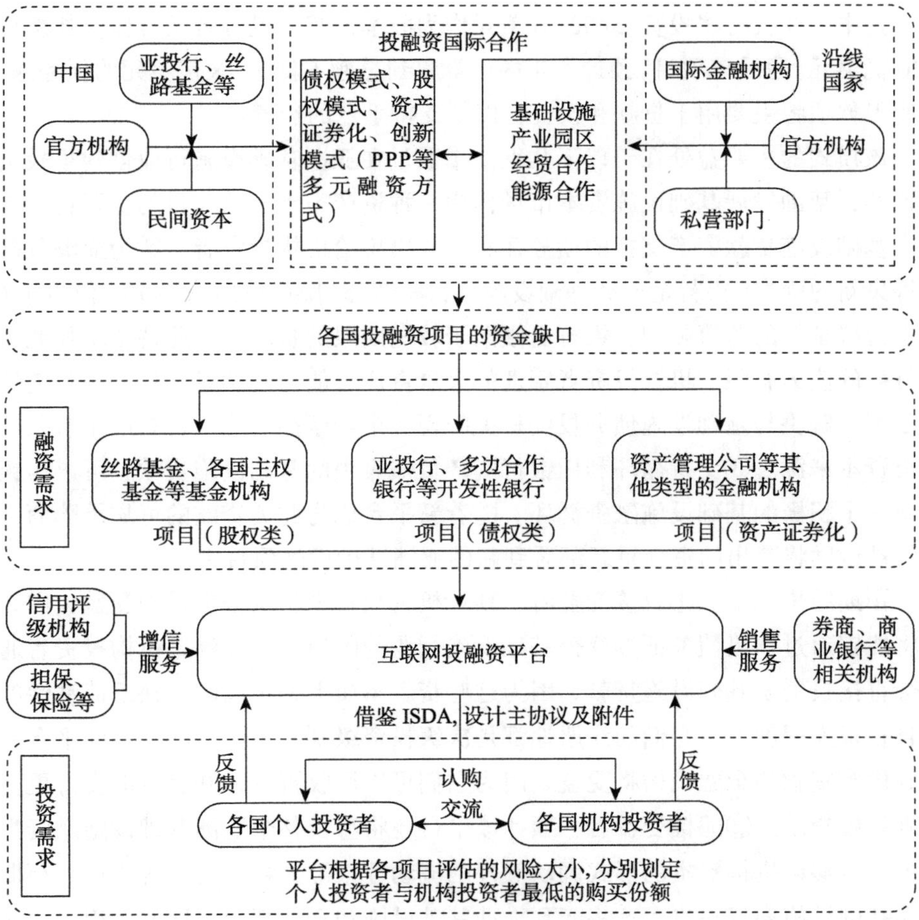

图 17-7　以互联网投融资平台为依托的全球合作机制

上述设计通过构建互联网投融资平台，可以增加投融资主体的数量规模，适合为多元的投融资合作模式提供平台，打破投融资主体间的因地理距离所产生的合作阻碍，全方位提升“一带一路”投融资国际合作的效率；借鉴 ISDA 的成功经验，通过设计投融资合作的主协议和相关文件，可以降低在互联网投融资平台上合作的信用和法律风险，使得借助互联网投融资平台所进行的投融资国际合作可以有效落实。

（二）案例分析

1. 根据与亚投行工作人员的访谈整理编制

亚投行开展了一项新的平台业务，该业务将从金融机构购买基础设施贷款，并通过证券化或其他形式向投资者进行分销。该新型模式是将基础设施贷款作为一种资产类别，运用资产证券化的方式，分销给更多的投资者，以起到充分动员更多类型资本参与国际项目的作用。按计划，该平台业务的建设规模约 1.8 亿美元，其中，亚投行将投资 5400 万美元作为股本，其他投资者及合作伙伴将投资 1.26 亿美元。通过该项目，预计 5 年内可筹集到总额不低于 18 亿美元的债务融资，而所得款项将主要用于贷款和投资，以及支持平台的运营。

该模式的主要益处在于以下几点。①通过在亚洲基础设施行业创建可投资债务证券，帮助发展基础设施资本市场作为一种资产类别：该项目的主要目标是创建由基础设施贷款资产支持的债务证券，并出售给机构投资者。②为亚洲基础设施筹集新的资本：银行是亚洲基础设施项目私营部门融资的主要来源，但由于《巴塞尔协议Ⅲ》的监管限制，银行更倾向于较短期限的贷款，因此持续增加此类长期贷款的能力有限。机构投资者管理的大量资产可能与基础设施资产的长期性质相匹配。解决与基础设施债务投资相关的现有市场摩擦的能力将有助于挤入这一另类资本来源。③支持循环利用银行资产负债表中的基础设施贷款：可以为银行创造一个积极的基础设施融资循环。随着新平台成为此类贷款的可靠承购商，银行将被激励将腾出的资金重新部署到新的亚洲基础设施项目中。

预期结果如下。①直接受益者：预计机构投资者将从该项目中受益，因为他们将能够通过评级债务证券获得基础设施行业的敞口。在亚洲，机构投资者通常不会直接投资于基础设施贷款，因为这些贷款本质上是定制的、缺乏流动性的，而且在很大程度上，它们的注册地都是次级投资级别的司法管辖区。向平台发放基础设施贷款的金融机构将受益，因为它们可以回收资本，并有可能支持更多的基础设施贷款。②间接受益者：预计该平台还将惠及整个亚洲基础设施融资生态系统。能够以机构资本的形式调动额外的流动性来源，将有助于解决亚洲预期的重大基础设施融资缺口。这将起到推动基础设施和金融部门发展的作用，从而推动该地区的经济增长。

2. 多元投融资合作方式的应用

以互联网投融资平台为依托的全球投融资合作机制在强调开放性、市场性的同时也十分强调合作模式的多元性。以下案例综合运用了多种投融资合作方式，具体介绍如下。

1）项目背景

LH 公司是国内知名厨房小家电行业的领军企业 JY 股份的控股股东，近年利润主要来自 JY 股份分红收入。JY 股份目前豆浆机、料理机和榨汁机产品牢固占据国内市场占有率第一，开水煲、电磁炉、电压力煲、电饭煲等产品均位于行业前三，是一家专注于豆浆机领域并积极开拓厨房小家电研发、生产和销售的现代化企业。EP 公司作为 C 国著名的家电品牌，是一家集设计、制造、包装以及销售家用电器设备于一体的创新企业。该公司吸尘器及厨房家电在 C 国占据市场主导地位，在 C 国吸尘器及厨房小家电市场中占比第一。

2）合作动因分析

（1）并购方为 LH 公司。LH 公司为提升海外市场影响力，扩大公司产品线，有意通过下设的控股境外 SPV 公司收购 EP 公司股东所持有的目标公司 70%股权。因为，EP 公司主力产品为各类真空吸尘器，以高效轻便、功能多样、价格适宜等优势占据着市场的大部分份额；此外还有蒸汽清洁、厨房小家电等优质产品。同时，EP 公司的生产均外包给中国厂家，在苏州以及深圳设立了分支机构，主要职能为采购管理、产品开发、质量测试等工作。

（2）EP 公司现有业务集中在 C 国市场，而 JY 扎根中国市场多年，尤其是中国目前正处于消费结构升级转型的过程中，在家电领域，白色家电、厨房电器市场主要品牌已处于市场均衡阶段，但吸尘器市场仍较为分散，尚未出现很有影响力的国内品牌。随着消费升级，以及中高端消费市场的增长，JY 能帮助 EP 公司抓住中国市场发展机遇，实现跨越式增长。

3）投融资合作具体情况

（1）融资规模及主要要素。本次并购预计交易对价最高不超过 12.57 亿美元，其中股权收购对价不超过 10.07 亿美元，现有债务置换 2.5 亿美元。由境外分行作为融资保函受益人向负责实施本次并购的境外 SPV 公司发放最高不超过保函金额 98%（即不超过 11 亿美元）的融资。融资保函期限最长不超过 27 个月，融资期限最高不超过 24 个月。同时采取保证金质押、股票质押等融资保函反担保措施。

（2）交易结构。JY 股份通过其控股股东 LH 公司下属香港全资子公司 E 下设多层 SPV 结构，并最终通过控制的境外 SPV 公司完成本次并购。LH 公司下属香港全资子公司 E、F 投资公司共同出资设立美国 SPV 公司，其中 LH 公司出资 3.9 亿美元，占比 70%，F 投资公司出资 1.57 亿美元，占比 30%。LH 公司位于 C 国的公司承债 7.1 亿美元，共计 12.57 亿美元收购标的公司 70%的股权。在股权交易对价中，联合投资人自筹 1.57 亿美元，LH 公司自筹 1.74 亿美元，自筹比例 26.2%。具体交易结构见图 17-8。

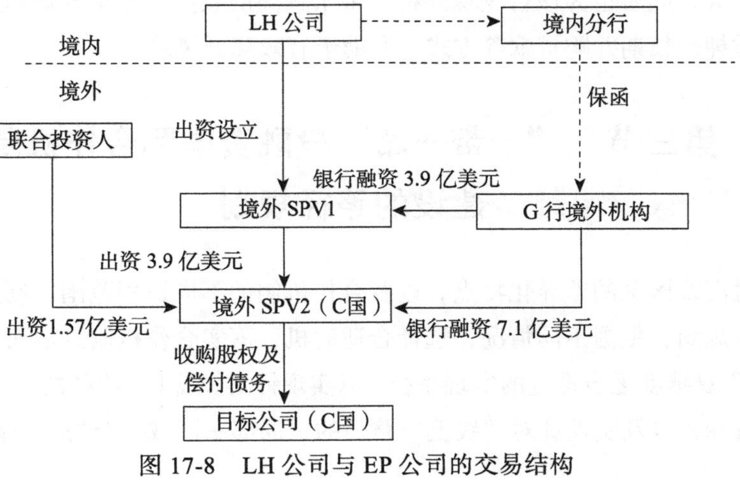

图 17-8 LH 公司与 EP 公司的交易结构

（3）多元融资方案。一是内保外贷融资方案。本次并购预计交易对价最高不超过12.57亿美元，其中股权收购对价不超过10.07亿美元，现有债务置换2.5亿美元。根据交易进程安排，因交易对交割时间有一定要求，为保证如期完成交割，LH公司拟向G行申请开立金额最高不超过11.23亿美元内保外贷项下融资保函，由G行境外分行作为融资保函受益人向负责实施本次并购的境外SPV公司发放最高不超过保函金额98%（即不超过11亿美元）的融资，融资保函期限最长不超过27个月，融资期限最高不超过24个月，按季付息，到期一次性还款并允许提前还款。二是融资保函的反担保措施。措施包括：LH公司提供7亿元保证金质押，及其持有的3.58亿股JY股份流通股股票质押（市值约65.37亿元）。并购交易完成后，追加美国SPV公司持有的标的公司70%股权质押。三是长期并购贷款融资方案。并购交割后，将由G行牵头通过筹组银团对境外SPV公司发放不超过11亿美元的置换贷款，其中NY分行承贷7.1亿美元，YZ机构承贷3.9亿美元，期限不超过7年，同时企业自筹出资部分将出境，用于偿还部分过桥贷款。未来在完成EP公司业务及管理整合后，可通过在香港等境外资本市场上市，或JY股份可通过定向增发的方式，向LH公司等投资者定向发行股票，采用股票或现金方式收购LH公司持有的境外SPV股权，实现目标公司资产和业务置入上市公司，在实现上市后，预计原有并购贷款将得到归还。

4）案例启示

本案例为构建以互联网投融资平台为依托的全球合作机制中运用多元化投融资模式提供有益借鉴。G行在该笔业务中采用了内保外贷模式、股权质押、保证金质押等为LH公司提供融资，在融资效率上有较大提升。内保外贷作为联通境内担保和境外融资市场的高收益业务，不仅满足了企业“走出去”较低融资资金成本需求，而且为该行海外机构赢得广泛的优质业务资源，有力地支持海外机构的发展壮大，同时也为该行及境外机构带来较高的收益。而结合运用股权质押、保证金质押、长期并购贷款等方式，有助于有效降低风险。

第三节　“一带一路”投融资国际合作机制建设的路径规划

针对沿线国家的差异化特点，以及合作机制的不同适用范围，制定有梯度区别的路径规划，根据不同情况，选择合适时机，落实合作机制。从而，设计“线下+线上”双维度逐步推进的实现路径，以实现针对“线下”路径的“突破—普及”两阶段目标，以及实现针对“线上”路径的“局部—区域—全局”三阶段目标。

一、基于共识项目驱动的“线下”路径

从我国“一带一路”建设的初步成果来看，主要集中在重大项目与境外合作园区两个方面，拥有丰富的信息资源与建设经验。“六走廊三通道”是“一带一路”建设的脉络，重大项目和境外合作园区则是“六走廊三通道”的重要支点。优先疏通重大项目和境外合作园区的投融资国际合作，将有利于推进“一带一路”建设的高质量发展。因此，在“线下”实现路径中，我国应在已有优势的基础上，集中力量，寻求突破，从基础设施建设、油气能源开发等重点领域中，挑选出较为有代表性和影响力，尤其是共识度较高的重大项目，比如中欧班列、中国—中亚天然气管道等知名度较高的项目；以及从现有众多境外合作园区中，挑选出合作较为稳定和成熟的代表性园区，如中俄（滨海边疆区）现代农业产业合作区、中国·埃及苏伊士经贸合作区等20个已通过商务部确认考核的境外合作园区。在已有竞争优势的基础上，试点合作机制，打造各类“明星项目”，扩展品牌效应，以及打造具有不同产业集聚特色以及区域竞争优势的“示范园区”，进而提炼出普适性经验，加强其可复制性，逐渐将该合作机制普及至其余的重大项目与境外合作园区，实现针对“线下”路径规划的“突破—普及”两阶段目标。

二、基于资产证券化模式的“线上”路径

以互联网投融资平台为依托的合作机制是建立在具有完备信息化基础设施之上的，而“一带一路”沿线国家在信息化基础设施建设上仍存在较大差异。因此，在“线上”实现路径中，中国应结合资产证券化分层设计的思路，根据沿线国家信息化程度的差异，分时期、分对象进行逐步推进。在初期，中国应与新加坡、东欧各国等具有信息化优势的国家进行合作，形成局部互联网投融资合作，同时，加快推进沿线国家的信息化基础设施建设，以及针对境外合作园区的信息化进行重点建设；在中期，以局部互联网投融资合作为基础，逐步纳入符合信息化要求的沿线国家为主区域，以及以境外合作园区为平台进行互联网投融资合作为次区域，进而形成主、次区域交互的互联网投融资合作；在后期，以逐渐覆盖沿线全部国家为目标，形成全局互联网投融资合作，以此为基础，再计划性地纳入其他国家或地区。

借助大数据和互联网技术，通过创新以互联网投融资平台为核心的国家间多边投融资合作机制，在政策沟通的基础上，有助于解决资金缺口和提高国家间投融资效率，实现资金融通，为基础设施建设、贸易合作等提供投融资服务和资金支持，进而达到设施联通、贸易畅通、民心相通。

该平台有效连接融资需求方和投资需求方的具体方式如下。

（1）以股权融资为例，假设丝路基金与A国主权基金合作设立子基金，目的

是在当地开发一个100亿元人民币规模的项目。双方认购子基金份额共60亿元，再将剩余基金份额40亿元做成项目包（即可采取同股同权的形式，也可采用优先、劣后等分级偿付的形式），投放在互联网投融资平台，供各国的个人投资者与机构投资者购买其份额，到期按份额比例享受其收益。

（2）以债券融资为例，假设亚投行与B国开发性银行联合发行人民币债券，目的是在当地开发一个100亿元人民币规模的项目。双方银行为其提供60亿元贷款，剩余40亿元采用发行债券的方式制成项目包，投放在互联网投融资平台，供各国的个人投资者与机构投资者购买，享受其分红付息，到期收回本金。

（3）以资产证券化为例，假设我国在C国的企业与当地企业合作成立项目公司，进而将其所拥有的项目收益权或者其他能产生稳定现金流的资产转让给相关金融机构（即SPV），而相关金融机构将项目收益权等相关资产经过资产组合和信用增级制成项目包，投放在互联网投融资平台，供各国的个人投资者与机构投资者购买，享受其稳定的现金流回报。

在项目的初始投资运作上可借鉴PPP和BOT（build-operate-transfer，建设–经营–转让）模式，可以体现在一级投融资层面上的政府和社会资本的利益共享与风险共担，但这种模式仍会面临着资金募集范围狭小的问题，因而在运用这类模式之外的资金缺口则可通过互联网投融资平台进行募集资金（类似于二级市场），有助于信息更大范围地共享。而且在这个平台上仅涉及资金融通的问题。这个平台运行有一关键问题在于货币结算方式。初步设想引入银联、VISA（维萨）、支付宝、微信等多种支付接口，鼓励人民币结算，可先区域推进，汇率风险问题如何分担或化解仍有待进一步研究。

此外，该平台之上，收录并展示各国主要的信用评级机构、担保、保险等公司，以及券商、商业银行、财富管理等相关机构，以配合各融资方的需求，展开相应的服务。比如，各融资方所投放在平台上的项目包，可自行通过联系信用评级机构、担保、保险等公司，寻找最合适的合作伙伴获得增信服务；在销售项目包时，各融资方也可自行通过联系券商、商业银行、财富管理等相关机构，寻找最优商业伙伴，以便决定采用承销或者包销的方式，进行线上或者线上线下相结合的销售方式。

第四节 政策建议

一、加强基于“人类命运共同体”的政治军事互信

政策沟通是“一带一路”建设中设施联通、贸易畅通、资金融通、民心相通

等其余“四通”的基础和保障，其在沿线国家间、区域间合作发挥着先期引领作用。“一带一路”倡议的核心理念可归纳为“和平发展，合作共赢”，其重在强调打造政治互信、经济融合、文化包容的利益共同体、命运共同体和责任共同体。“一带一路”倡议提出之后的一段时间，国际上也曾存在质疑，现在仍有少数国家有所顾虑。随着中国不断围绕“一带一路”发出“中国声音”，提出“中国方案”，越来越多的国家开始对其进行正面理解。“一带一路”倡导加强政治互信，是人类和平与安全事业的重要前提，是运行“一带一路”投融资多边合作的重要基础。要秉持“和平、发展、合作、共赢”的核心理念，通过全方位、多主体的政治协商、经济交往、人文互动将政治互信、经济融合、文化包容落实到“一带一路”建设的每一个项目中，为实现“一带一路”投融资国际合作提供有力支撑和保障。

多元主体在沟通全球投融资政策时需要依循差序包容的原理，不能“一刀切”，不能完全均等化。“差序包容”追求的是尊重差异性、倡导包容性和循序渐进的理念。在多边合作中，在沟通全球投融资政策时，不仅提倡从“各行其道”到“一体化”、从平衡双方权利义务到平衡多方权利义务，同时要体现差异性和包容性。

二、建立收益风险匹配的可持续投融资合作回报机制

以互联网技术为基础，建立以互联网投融资平台为核心，将多样化的投融资主体、多元化的投融资方式、主流信用评级机构、各国担保和保险机构等联合起来的多边合作网络体系，要求具有以下特惠。

（一）利益共享

以多元化的金融产品，将民间资本与政府资金切实有效地进行联合，不论是以何种形式的投资，在收益上都能得到与风险相匹配的投资收益。此外，以互联网的方式提高各国之间民间资本的流动性，同时，降低信息不对称性以及融资成本等问题，保障各投资主体的利益分配。

（二）风险共担

通过多种类融资方式，完善风险共担机制的同时，又能有效降低融资主体的负债率。通过互联网模式的推广销售，各融资主体将风险分散化至各国家个人以及机构，有效缓释风险集中性的问题。

（三）监管升级

在原有投融资模式分散化的前提下，有效地集合各种融资主体和融资方式，通过互联网实时数据更新的优势，准确地监管和掌握市场融资规模、债务杠杆率等数据的变化，为监管提供便捷和有效的方法和手段。

（四）效率倍增

通过互联网互联互通、高速有效的特性，方便民间资本的参与，切实有效地提高各国民间资金的流动率，使资金运转更快速，有效缩短各融资主体的融资周期，提高项目建设发展的效率。同时，在网络化、信息化全面铺开的同时，有效提高各国内民间闲置资金的利用率。

三、建设有效的投融资国际合作风险监测与防控机制

（一）健全“一带一路”投融资国际合作风险的监测预警机制

现有的信息平台大多只是收集和披露“一带一路”建设参与国家宏观层面的相关政策信息和风险因素，基本以文本信息、静态统计数据为主。因此，无法根据这些信息对“一带一路”建设中所面临的投融资风险做出兼具时效性与针对性的准确分析、及时判断和有效预测。“一带一路”建设的多元投融资主体，可运用大数据和人工智能技术，可以运用各方优势合作构建“一带一路”投融资风险监控体系，构建多层次、多维度、实时有效的投融资风险监测预警体系，并为“一带一路”建设参与者提供符合其特点的风险防范服务。

（二）健全“一带一路”投融资国际合作风险的防控机制

借鉴施淑蓉（2014）构建我国企业海外投资集成风险防范系统的观点，根据“一带一路”投融资国际合作风险的监测预警机制提取预警信号。要使合作风险防控机制及时、有效地执行，必须对预警信号进行分析；建立“一带一路”投资的信息平台，主要收集各国及各行业的相关投资政策，以及相关的法律法规及其变动信息、特有的文化习俗、投资安全审查标准等对警情响应策略及预案的制定和执行有影响的信息；警情响应策略及预案实施离不开政府层面的宏观引导支持，例如，国内对投资“一带一路”的安全保障政策、与投资国商讨制定有利于合作共赢的双边投资协定等；建立“一带一路”投资风险应对的案例库是支撑警情响应预案模块构建的重要支撑，应按历史案例相对应的风险级别、风险类型归档。

四、健全多边投资保护协定和纠纷解决机制

为保证“一带一路”投融资国际合作创新机制的顺利运行，需要健全多边投资保护协定。目前许多投资保护协定往往从有利于东道国的角度进行设计，对投资人而言并不一定有利。比如，中国—阿联酋双边投资保护协定于1993年签订，根据其中的争议解决机制，中国投资人只能将与赔偿金额相关的争议或双边同意进行条约仲裁的争议提交国际仲裁，而其他投资争议必须提交阿联酋当地行政机关申诉或当地法院诉讼。因此，即使存在中国与东道国之间生效的投资保护协定，

未必适合当前“一带一路”大背景下中国转变为投资输出国的现实需求。研究商签各国间共同适用的多边投资保护协议，在注重保护东道国利益的同时要注重保护投资者的利益。“一带一路”投融资合作并非零和博弈，而是要实现合作共赢，则要求多边投资保护协定对参与各方都有吸引力。当然，这项工作十分困难，但必定存在使参与各方都能满意的保护条款。

另外，应健全“一带一路”建设中的纠纷解决机制。我国已经先后在西安、深圳两地设立了国际商事法庭，以及武汉仲裁委员会“一带一路”(中国)仲裁院，上海“一带一路”国际仲裁中心等专门服务“一带一路”的纠纷法庭或仲裁机构也正在火热建设中。目前，“一带一路”建设中的纠纷解决机制尚不完善，难以解决“一带一路”建设中由于不完善的双边投资保护协定带来的问题，而且某些纠纷解决机制存在不够便捷，甚至不利于外国投资者等问题。比如，在南部非洲发展共同体之间进行相关投融资活动出现争议时，不能直接走国际仲裁，而是必须要先穷尽当地一切司法救济；又如，在津巴布韦，外国投资人只能通过向当地法院起诉的方式解决除征收以外的所有投融资争议。

在此基础上，我国可以参照世界银行的国际投资争端解决中心的设置，并结合“合作共赢”理念，与“一带一路”倡议的参与国共同研究发起设立“一带一路”国际投资争端解决中心，从而明确相关的执行、仲裁等规则。未来，无论是国家之间、投资者之间，抑或是投资者与国家之间的纠纷，都可以提交至该仲裁机构，从而确保仲裁结果可以得到各参与方的共同认可。

第五篇

"一带一路"金融安全国际合作机制创新研究

在首届"一带一路"国际合作高峰论坛开幕式上的演讲中，习近平明确提出"我们要建立稳定、可持续、风险可控的金融保障体系"①。"一带一路"金融安全合作为各参与国提供了重要的基础性公共产品，对"一带一路"建设至关重要，也是国际视角下中国国家安全的重要环节和构建"一带一路"命运共同体的必然要求。

目前"一带一路"金融安全合作还处在起步阶段，主权信用差异大，合作机制不完善，危机救助机制缺乏，区域金融独立性不足。创新"一带一路"金融安全国际合作机制，应秉持"人类命运共同体"理念，遵循"循序渐进、先易后难、求同存异、互利共赢"的原则，以服务"一带一路"命运共同体，促进各国金融稳健，提供可持续、有弹性、风险可控的金融安全保障为目标，构建多层级的金融安全合作机制。其中，底层机制包括企业跨境征信合作和主权信用评级；中间层机制要通过双边和多边监管合作推动信息交流共享；顶层机制是建立"一带一路"金融危机救助机制，为"一带一路"金融安全合作提供最终保障。

① 习近平在"一带一路"国际合作高峰论坛开幕式上的演讲（全文），http://www.cac.gov.cn/2017-05/14/c_1120969688.htm[2019-10-30]。

第十八章

金融安全国际合作机制概述

金融安全国际合作是经济全球化和金融全球化的必然要求，具有坚实的理论基础，也经过长期的实践探索。全球化的今天，国际贸易、跨国投资和国际金融迅速发展，为金融市场带来了广阔的增长空间，与此同时，传染性极强的金融危机一旦爆发也极易在全球范围内蔓延，金融安全国际合作必要性和紧迫性十分凸显。

第一节　金融安全国际合作的理论概述

金融的高速发展带来经济增长的同时也带来了额外的高风险，自 20 世纪 80 年代以来，金融自由化的发展直接带来了金融风险的全球化，这种风险所具有的快速传染能力和破坏性也直接威胁到一国金融安全（李锦元，2005）。在金融全球化的大背景下，各国、各地区乃至全球经济安全和国家安全的不确定性进一步加剧，维护和加强国家金融安全、促进金融安全国际合作已经刻不容缓。国际管辖权理论、最优货币区理论、国际货币政策协调理论和人类命运共同体理念分别从国家管辖权冲突、区域货币制度、货币政策协调、人类和谐发展四个方面阐述了当代金融全球化背景下实现金融安全合作的重要性。

一、金融安全国际合作的必要性

金融无国界化加剧了全球金融体系的脆弱性。1997 年亚洲金融危机爆发、2008 年全球金融危机爆发以及 2010 年欧债危机爆发，使得各国充分意识到在金融全球化时代，任何一个国家在金融危机来临时都无法独善其身；同时，各国也认识到，IMF 和世界银行在面对危机时的举措可能是不合理的，世界各国在加强金融安全合作方面应该有更大的突破。

（一）金融安全国际合作是维护各国金融安全的必然要求

二战以后，虚拟经济得到了快速的发展，世界经济发展开始逐步呈现出两大特征：一是国际贸易的发展速度大大超过了世界经济的增长速度，二是国际金融的发展速度又远超过国际贸易的发展速度（谢彩，2011）。金融体系在快速发展的同时也将自身缺陷暴露在国际游资冲击的巨大风险之下，风险全球化传染的特征非常明显。可以说，没有一个主要经济体可以在金融危机中独善其身。

随着跨国资本的增长，资本冲击已成为新兴市场金融危机爆发的主要导火线。新兴市场因其起步较晚，经济规模、外汇储备以及市场容量远远低于发达国家巨额的投资基金，这使其成为国际游资的首要冲击对象。同时，国际资本市场存在的信息不对称性以及由发达国家主导的信用评级机构的导向，更是令新兴市场在危机来临之际雪上加霜。新兴经济体作为世界经济增长的重要动力，有必要不断加强金融国际安全合作，促进各国金融稳定发展，在世界金融体系中谋求共同金融安全。

金融危机爆发不仅影响到新兴经济体，对发达经济体也会产生不利影响。2008年金融危机爆发后，希腊、意大利、西班牙等国先后出现主权债券危机，日本、欧元区经济始终无法摆脱危机的影响，负利率政策这样的极端货币政策在多个发达国家实施，给这些国家的经济发展和金融安全都带来了不利影响。只有通过有效的金融安全国际合作，才能为各国创造公平有序的竞争环境，才能为各国共同发展创造条件。

（二）金融安全国际合作是推动全球和各国经济增长的客观需要

一方面，金融安全国际合作能够推动实现安全稳定的国际金融环境，从而利于全球经济增长。安全的国际金融环境有利于增加全球资金流动规模，改善资金配置结构，提高全球资源配置效率，将资金引向具有更高收益率的领域，创造更多发展机会，促进技术进步与创新，进而对全球经济增长发挥持续作用。

另一方面，金融安全国际合作能够提升各国的金融稳定水平和抗风险能力，从而促进一国经济增长。金融安全国际合作为各国创造稳定的外部环境，从而有利于各国国内金融稳定，提升本国储蓄向投资转化的效率，促进本国经济增长。加强金融安全合作不仅有利于各国金融风险数据和信息的共享，而且有利于形成共同应对金融风险的预警机制，形成共同战胜金融危机的强大力量（王嫚，2013）。对于新兴经济体而言，其金融体系更为脆弱，更容易受“热钱”流动的不利影响和金融风险的负面冲击，加强金融国际安全合作已然成为新兴市场共同防范和化解金融风险不可或缺的重要力量。

二、基于国家安全视角的金融安全合作理论

金融安全合作的成功与否影响着国家安全。经济全球化深入发展伴随着金融监管的漏洞频发，而金融风险往往容易在缺乏监管的金融活动中爆发。同时，国家之间管辖权冲突严重伤害了两国共同发展的美好愿景，极易由利益冲突导致国家矛盾。

金融安全是国家安全的重要组成部分。金融安全是指资金融通的安全和整个

金融体系的稳定状态，在此状态下，国家经济利益和经济增长以及国家整体运行稳定都能够得到有效保护（加夫里洛娃和杨俊东，2016）。金融监管安全的国际合作不仅有利于母国集团的整体管理，而且有利于东道国防止金融风险传导至本国市场，进而实现两国金融安全。同时，实现金融国际安全合作一方面避免了国与国之间针对管辖权方面的利益冲突，维护整体合法权益；另一方面通过稳定本国金融市场进而保障国家安全。保障国家经济与社会稳定发展是完善金融安全制度的最终目标，也是做好金融工作的前提和底线。

三、基于货币视角的金融安全合作理论

最优货币区理论和国际货币政策协调理论分别从区域货币制度与货币政策协调两个角度分析金融合作对于各国货币政策实施的重要性。溢出效应的存在使得各国无法在不考虑他国经济政策的情况下寻求最优解，金融合作的重要性由此凸显。然而，仅是金融合作只能解决各国货币政策制定与实施的协调，减少国与国之间的经济摩擦，但是并未考虑到区域内金融风险的传染是否会影响货币政策的进一步落实。各国的货币政策互相影响互相带动经济增长的同时，也增加了金融风险传染的可能性，加强金融安全合作已经成为区域内各国进行政策协调的首要目标。

四、基于人类命运共同体的金融安全合作观

2008 年金融危机爆发之后，全球治理格局发生重大变革，全球化过程伴随着各种形式的冲突。在这种情况下，2012 年党的十八大明确提出“倡导人类命运共同体意识，在追求本国利益时兼顾他国合理关切”[①]的理念。无论经济全球化的历史潮流给一个国家带来的是利益或是损害或是利害并存，国际社会日益成为你中有我、我中有你的命运共同体。

人类命运共同体旨在把握人类利益和价值的通约性，在谋求本国发展中促进各国共同发展，共同构建相互合作、公平竞争、和平发展的世界新格局（阎孟伟，2019）。在和平问题上，提出共同、综合、合作、可持续的新安全观，反对国际霸权等侵害他国利益的行为，主张建立以规则约束为前提的和平发展共同机制；在发展问题上，倡导同舟共济的伙伴精神，各经济体应加强宏观政策协调，兼顾当前和长远，着力解决深层次的问题（衣春迪，2020）。人类命运共同体的理念力图从根本上改变现有经济全球化的固有模式，克服经济全球化进程中始终存在的内在矛盾和弊端，努力实现全人类社会的和谐繁荣发展。

---

① 胡锦涛在中国共产党第十八次全国代表大会上的报告（2012 年 11 月 8 日），http://cpc.people.com.cn/n/2012/1118/c64094-19612151-11.html[2020-01-30]。

人类命运共同体的构建离不开金融安全合作。金融是市场的血液、经济的灵魂。金融作为资金融通的重要实现方式，不断推动着各国生产经营、技术创新、资本投资、商贸合作等基础领域的发展。金融合作更是扩大了市场资金流动的范围，更好地调动资金使用效率，进一步促进资金供需平衡。而人类命运共同体不仅拘泥于各国一时的经济繁荣，更注重各国长远的和谐发展。在金融无国界的当下，金融风险的传染性使其一旦爆发，相关国家的金融市场难以避免地受到冲击。因此，金融安全合作已然成为构建人类命运共同体不可或缺的关键步骤。只有解决好资金融通问题，充分发挥金融对资源的配置功能，同时保障各国金融市场安全稳定有效有序地发展，才能不断推动人类命运共同体这一美好愿望的实现。

第二节　金融安全国际合作机制的发展

金融监管的国际合作机制有国际性金融监管合作机制、区域性金融监管合作机制和一系列政府及民间的监管合作机制。

一、巴塞尔体系下的国际性金融监管合作机制

（一）巴塞尔体系的产生

20 世纪 60 年代开始，金融全球化程度不断提高，金融创新日渐活跃，金融发展进入了高速增长阶段，全球性的金融监管合作则在 20 世纪 70 年代后才开始逐步形成。1974 年德国赫斯塔特银行和美国富兰克林国民银行的倒闭为金融监管的国际协调与合作敲响了警钟。1974 年底，国际清算银行在瑞士巴塞尔主持召开了由十国集团和瑞士、卢森堡等十二个国家参加的会议，研究讨论跨国银行的国际监管合作问题并联合组成了巴塞尔委员会（韩龙，2007）。

（二）巴塞尔体系下金融安全国际合作主要机制

监管合作是巴塞尔体系下金融安全国际合作机制的主要内容。巴塞尔体系开创了金融监管国际合作的先例，并在不断改进中推动国际性金融监管合作逐步走向深化，为国际性的金融监管合作起到了重要的指导意义。巴塞尔体系界定了银行母国和东道国的责任界限，并提出了具体的监管标准，具有可操作性和约束能力。《巴塞尔协议》强调银行业务应该遵守国际通行规则，而不仅仅是国内监管规则，这为金融全球监管合作提供了非常生动的范例；巴塞尔体系的监管标准注重确认和推行国际认同的最低标准，以更加准确的方式把握不同国家、银行和金融工具的具体风险，增加了金融监管国际合作的可行性（刘宇男，2003）。

（三）巴塞尔体系下金融安全国际合作机制的局限性

首先，由于巴塞尔委员会的存在本身并不具有任何国际法上的依据，其所做

出的决议缺乏强制约束力。尽管巴塞尔委员会在国际金融监管领域取得权威性地位，但其做出的决议与由联合国大会、IMF、WTO 等国际组织的正式决议之间仍存在着本质的区别。其次，巴塞尔体系妥协性明显，只能达成最基础的监管标准。再次，《巴塞尔协议》具有很严重的倾向性。事实证明，《巴塞尔协议》主要着眼于发达国家之间的金融监管合作，更多体现发达国家的利益诉求，发展中国家的利益诉求没有体现甚至没有表达（单情，2011）。而且，巴塞尔体系需要始终紧跟金融发展趋势和潮流，近年来，金融创新使得不同金融机构之间的功能相互渗透，特别是“影子银行”体系的出现，使得巴塞尔委员会无能为力（邱兆祥和王修华，2010）。最后，《巴塞尔协议》无法针对不同区域内的金融监管合作提出具体的指导和规划，具体的金融监管合作仍需要各国根据自身实际情况进行讨论和制定。

二、欧盟的区域性金融监管合作机制

（一）欧盟的区域性金融监管合作机制主要内容

欧盟的金融监管合作建立的基础有两个。一是建立单一市场。1999 年 1 月 1 日正式启动欧洲统一货币“欧元”，货币的统一和联动的金融市场推动着欧盟各国的金融监管合作迅速发展起来（崔蕴佳，2011）。欧盟于 1999 年提出了推进欧盟单一金融市场建设的《金融服务行动计划》（朱孟楠和郭春松，2006）。2012 年，欧盟提出“银行业设想”，分为单一监管机制、单一清算机制和欧元存款保险机制三步，不断完善欧盟区域性金融监管合作机制。二是统一的金融监管法规。为了实现监管合作，欧盟通过了一系列统一监管法规，如有关银行业方面的《第二银行指令》（1989 年）、《投资服务指令》（1993 年），以及《金融服务行动计划》涵盖下内容极其宽泛的种种规定等。

欧盟的金融监管合作机制主要表现为：遵守统一的金融监管要求；监管当局之间以双边或多边谅解备忘录形式构成的监管协议；通过委员会或类似组织进行多边合作；以监管当局跨部门圆桌会议形式，对各部门监管群体解决事关共同利益的跨部门问题发挥协调功能（朱孟楠和郭春松，2006）。

（二）欧盟区域性金融监管合作机制的意义

欧盟的区域性金融监管合作机制的实践是对金融监管国际合作机制的重要发展。从实质上来看，共同的金融利益是区域性金融监管合作的前提条件。相比于巴塞尔委员会制定标准的普适性，欧盟金融监管标准则更符合欧盟实际经济发展状况，制定过程也更为严密。从法律的约束力来看，欧盟独特的区域金融监管安全合作使得金融监管更加严格，更具有法律上的约束力，进而使金融安全监管合作的效果优于《巴塞尔协议》。欧盟作为区域性金融监管合作中比较成功的典范，对其他区域的金融监管安全合作有着重要的参考意义（范海英，2010；刘宏伟，

2013)。与《巴塞尔协议》类似，欧盟的金融监管合作也是各国相互争议与妥协的结果，各国的金融发展程度仍存在着较大差异，金融安全监管合作仍然存在一定的限制。

三、其他政府及民间的金融监管合作机制

(一)国际货币基金组织

IMF是二战后成立的最重要的国际金融组织，国际金融监管并非IMF传统的职责范围，但IMF仍是国际金融监管合作的重要参与者。首先，IMF通过在特定领域参与国际标准的制定为监管合作提供基础，IMF参与的标准主要针对货币和金融政策透明度、财政透明度和数据公布标准等方面（廖凡，2018）；其次，IMF通过发布报告、发出倡议和呼吁等方式，对各国金融监管施加影响，如针对快速发展的数字货币，IMF报告建议对数字货币进行监管、设计，并确保各国能够控制货币政策、金融条件、资本账户开放和外汇制度。

(二)国际证监会组织

随着股票、基金等跨国交易的日益频繁，证券业国际金融监管安全合作的必要性日益显现。国际证监会组织（International Organization of Securities Commissions，IOSCO，也称为证券委员会国际组织）成立于1983年，是由各国证券与期货监管机构所组成的一个专业性国际组织，带有国际性的私人非营利性质，是证券监管领域最重要的国际组织，其主要任务是促进各国在证券监管方面的国际合作。

IOSCO金融监管的核心内容可以概括为信息共享原则和相互协助调查取证原则。IOSCO针对证券交易进行的金融监管安全合作，完善了《巴塞尔协议》仅针对银行体系监管的漏洞，丰富了金融国际监管合作机制的内涵。IOSCO与巴塞尔委员会一样是非正式国际组织，其协议不具备法律强制约束力，而且，IOSCO的协议规定还远未形成类似《巴塞尔协议》一样的系统性规定，国际证券监管安全合作机制仍有待进一步改善。

(三)国际保险监督官协会

国际保险监督官协会(International Association of Insurance Supervisors，IAIS)于1994年成立于瑞士的巴塞尔。IAIS的宗旨主要有两个，一是通过合作改进国内乃至国际层面的保险监管，以促进保险市场的效率、公平、安全和稳定，进而保障投资者的合法权益；二是尽可能通过各方努力，制定供各成员选择遵守的监管标准（李健男，2010）。

2008年金融危机过后，IAIS开始着手建立全球统一的保险监管规则，即“国际保险集团监管共同框架”（简称“共同框架”）。“共同框架”构建了一个较为完

整的保险集团监管规则，同时不再拘泥于传统单一保险实体的监管，而是拓展到包括单一保险实体、保险集团、跨国保险集团在内的全覆盖式监管，凸显了国际保险监管多边合作的特点。IAIS 的建立在一定程度上推动了保险国际监管安全合作的发展，但囿于其并非严格意义上的政府间组织，难以担当起保险业安全国际合作的历史使命。

除了具有规范化、法治化意义的国际机构以外，一些多边私人组织和双边国际合作在国际金融监管协调上也具有重要意义，如国际金融协会、双边谅解备忘录等（万泰雷等，2014）。

第三节　金融安全国际合作机制建设经验借鉴

一、建立金融安全国际合作机制符合各方利益

IMF 成立以后，在历次国际金融危机发生的时候，其危机救助机制都在一定程度上发挥了积极作用。1997 年亚洲金融危机爆发后，IMF 给泰国、马来西亚、韩国等国提供了救助；2008 年全球金融危机爆发后，IMF 向冰岛、乌克兰提供了 10 亿美元和 165 亿美元贷款，向匈牙利提供了“规模可观的融资”；2010 年后，IMF 对希腊、爱尔兰及葡萄牙发生的主权债务危机给予救助；2018 年 6 月，IMF 向阿根廷提供了有史以来最大一笔援助贷款。虽然 IMF 的援助因为条件苛刻而受指责，但援助对受害国经济具有积极作用。

目前的全球金融安全合作虽然存在各种问题，但不可否认，金融安全国际合作机制的建立符合各方利益。金融机构倒闭具有显著的负外部效应，同时，经济联系密切的国家，相互之间形成的高效灵活的金融市场也有正的外部效应。金融安全合作机制的建立可增强金融体系安全性，避免金融机构倒闭的负外部效应，增强金融对经济发展的促进作用。

对于金融机构所在国而言，建立金融安全国际合作机制可有效增强金融机构的稳健性，降低金融机构破产概率。巴塞尔委员会及其所建立的监管合作机制对银行业金融机构跨国经营的稳健性起到了重要作用。20 世纪末，全球有超过 130 个国家采纳了《巴塞尔协议》。《巴塞尔协议》对提高银行资本充足率、流动性覆盖率、限制杠杆比率等提出了要求，影响了银行的经营模式和发展战略，也大大提高了银行业跨国经营的安全性，对银行母国和经营所在国都有积极意义。

随着“一带一路”建设的不断推进，共建“一带一路”国家交往更加密切，金融安全合作是“一带一路”重要公共产品，对增强互信、推动经济合作有重要意义，也符合参与各方切身利益。

二、建立金融安全国际合作机制是一个渐进的发展过程

进入 21 世纪以来，金融全球化已经被广泛认可，同时，资本流动速度不断加快，新金融工具和金融活动的涌现迫使原有的金融合作进行创新和改革。科技创新和金融活动的迅猛发展推动着金融安全国际合作机制紧跟时代潮流不断完善，事实也证明，完善的金融安全国际合作机制的达成绝非一蹴而就之事，如欧盟的金融安全合作就经历了长期的发展过程。

全球金融安全国际合作机制的建立是一个渐进的过程，合作机制由浅入深，由点到面，逐步充实和完善。随着金融全球化程度的不断提高，各国之间的金融往来从最开始的相互封闭到如今的密切联系，金融安全国际合作机制也在逐步深化，从简单的双边合作到多边合作，从区域金融安全合作到金融国际安全合作，全球的金融市场随着金融合作不断深入、资金往来速度不断加快，越发形成一个互相交织影响的整体。金融监管合作机制也从最初的本国监管机构监管、双边监管合作、以银行业监管为核心的《巴塞尔协议》，发展为如今覆盖银行、证券、保险等全方面领域的监管合作。

三、互利共赢是构建金融安全国际合作机制的根本要求

近些年来，IMF 也认识到对受援助对象施加过多限制实际上无助于危机化解和全球金融稳定。IMF 对受援国家提供的债务重组方案存在耗时长且容易延误最佳救援时机的问题，以及导致私人资本的退出问题，这并不符合 IMF 旨在提高受援国债务可持续性的初衷。2009 年以来，IMF 对援助机制进行了多项改革，比较重要的方面包括设置新的贷款工具、提高普通贷款额度、设定申请特殊贷款的“系统性豁免”标准等。这些改革降低受援国接受贷款的经济代价，有利于受援国快速接受援助，实现互利共赢。

金融安全国际合作对所有国家都有积极意义，不管是发达经济体还是发展中经济体，金融安全合作都有助于其金融稳定和发展，因此，金融安全合作不存在纯粹的利益损失方或纯粹受益方，所有参与者都既是责任方也是受益方。金融安全国际合作不是零和博弈，而是双赢或多赢的互利合作。

四、多边合作是金融安全国际合作机制的大趋势

近年来，金融安全合作逐步跳出双边的范畴，各国寻求在更大范围内达成合作，实现共赢。如金砖五国合作、“东盟+3”合作等，均在原来双边合作基础上，扩展为更大范围的多边合作。

在金融安全合作方面，多边合作的效应大于多个双边合作之和。双边合作仅

指两个国家之间的政府以一对一的形式就某些金融方面的合作问题进行交流、签署文件以达成共识。这是金融合作发展初期各国主要采取的合作形式。然而随着金融全球化的不断深入，双边合作已经无法满足各国进行金融安全合作的需要。首先，金融国际化的背景下，各国间的金融合作日益增加，相互依赖性也随之增强，如果仍只是进行简单的多个双边合作，无法考虑多国整体可能存在的金融活动的联动效应，容易引发监管漏洞的产生。其次，进行多个双边合作的效率远低于多边合作。多个双边合作意味着各国需要针对每个合作金融市场的特色并结合本国的金融利益进行金融安全合作的讨论，提高了总体金融合作形成的成本。

第十九章

“一带一路”金融安全国际合作机制状况与问题

由于共建“一带一路”国家涉及面广，发展中国家居多，各国经济社会发展水平差异显著，目前“一带一路”金融安全国际合作整体仍处于较低水平，以双边合作为主，合作内容以监管合作为主，多边合作涉及面有限，危机救助、独立性和统一行动的能力缺乏，这些都是进一步深化合作需要解决的主要问题。

第一节　“一带一路”金融安全国际合作机制状况

一、中国与共建“一带一路”国家双边监管合作机制

（一）银监会双边监管合作谅解备忘录或监管合作协议

按照巴塞尔委员会确定的跨境银行监管原则，银监会与境外银行监管机构签署一系列双边监管合作谅解备忘录或监管合作协议，从而建立正式的监管合作机制。截至 2017 年底，银监会已与我国的香港和澳门两个特别行政区及 48 个共建“一带一路”国家的金融监管当局签署了 59 份谅解备忘录或合作换文（表 19-1），增强了跨境监管合作和信息交流，维护互设银行机构的稳健发展，力争为中外资银行业金融机构的发展与合作营造更好的外部环境。

表 19-1　银监会签署的双边监管合作谅解备忘录和监管合作协议生效时间一览表

序号	机构名称	机构英文名称	生效时间
1	澳门金融管理局	Monetary Authority of Macao	2003 年 8 月 22 日
2	香港金融管理局	Hong Kong Monetary Authority	2003 年 8 月 25 日
3	韩国金融监督委员会	Financial Supervisory Commission	2004 年 2 月 3 日
4	新加坡金融管理局	Monetary Authority of Singapore	2004 年 5 月 14 日
5	吉尔吉斯共和国国家银行	National Bank of the Kyrgyz Republic	2004 年 9 月 21 日
6	巴基斯坦国家银行	State Bank of Pakistan	2004 年 10 月 15 日
7	波兰银行监管委员会	Commission for Banking Supervision of the Republic of Poland	2005 年 2 月 27 日
8	波兰金融监管局	Polish Financial Supervision Authority	2017 年 6 月 9 日

续表

序号	机构名称	机构英文名称	生效时间
9	意大利中央银行	Banca d' Italia	2005 年 10 月 17 日
10	菲律宾中央银行	Bangko Sentralng Pilipinas	2005 年 10 月 18 日
11	俄罗斯联邦中央银行	Central Bank of the Russian Federation	2005 年 11 月 3 日
12	匈牙利金融监管局	The Hungarian Financial Supervitory Authority	2005 年 11 月 14 日
13	匈牙利中央银行	The Central Bank of Hungary	2016 年 3 月 31 日
14	哈萨克斯坦金融监管署	The Agency of the Republic of Kazakhstan on Regulation and Supervision of Financial Market and Financial Organization	2005 年 12 月 14 日
15	哈萨克斯坦国家银行	The National Bank of Kazakhstan	2013 年 9 月 25 日
16	西班牙中央银行	Banco de Espana	2006 年 4 月 10 日
17	土耳其银行监理署	Banking Regulation and Supervision Agency of Turkey	2006 年 7 月 11 日
18	泰国中央银行	Bank of Thailand	2006 年 9 月 18 日
19			2017 年 7 月 25 日
20	乌克兰中央银行	National Bank of Ukraine	2007 年 1 月 30 日
21	白俄罗斯国家银行	National Bank of the Republic of Belarus	2007 年 4 月 23 日
22	卡塔尔金融中心监管局	Qatar Financial Centre Regulatory Authority	2007 年 5 月 11 日
23	卡塔尔中央银行	Qatar Central Bank	2014 年 11 月 3 日
24	迪拜金融服务局	Dubai Financial Services Authority	2007 年 9 月 24 日
25	阿联酋中央银行	The Central Bank of the United Arab Emirates	2011 年 7 月 13 日
26	阿布扎比金融服务监管局	Abu Dhabi Global Market Financial Services Regulatory Authority	2016 年 4 月 28 日
27	卢森堡金融监管委员会	Commission de Surveillance du Secteur Financier Luxemburg	2008 年 2 月 1 日
28	越南国家银行	State Bank of Vietnam	2008 年 5 月 5 日
29			2017 年 11 月 12 日
30	尼日利亚中央银行	Central Bank of Nigeria	2009 年 2 月 6 日
31	马来西亚中央银行	Bank Negara Malaysia	2009 年 11 月 11 日
32	捷克中央银行	The Czech National Bank	2010 年 1 月 5 日
33	马耳他金融服务局	The Malta Financial Services Authority	2010 年 2 月 2 日
34	印度尼西亚中央银行	Bank of Indonesia	2010 年 7 月 15 日
35	印度尼西亚金融服务局	Otoritas Jasa Keuangan Republic of Indonesia	2015 年 6 月 4 日
36	南非储备银行	The Bank Supervision Department of The South African Reserve Bank	2010 年 11 月 17 日
37	塔吉克斯坦国家银行	National Bank of Tajikistan	2010 年 11 月 25 日
38	古巴中央银行	Central Bank of Cuba	2011 年 6 月 5 日
39	智利银行和金融机构监理署	The Superintendency of Banks and Financial Institutions of Chile	2011 年 6 月 9 日
40	塞浦路斯中央银行	The Central Bank of Cyprus	2011 年 7 月 15 日
41	巴西中央银行	Banco Central do Brasil	2012 年 6 月 21 日
42	伊朗中央银行	Central Bank of Iran	2013 年 2 月 19 日
43	柬埔寨国家银行	National Bank of Cambodia	2013 年 4 月 8 日

续表

序号	机构名称	机构英文名称	生效时间
44	赞比亚中央银行	Bank of Zambia	2013 年 4 月 25 日
45	乌拉圭中央银行金融服务监管署	Superintendencia de Servicios Financieros del Banco Central del Uruguay	2013 年 5 月 27 日
46	以色列银行	The Supervisor of Banks at the Bank of Israel	2013 年 5 月 27 日
47	巴林中央银行	The Central Bank of Bahrain	2013 年 9 月 16 日
48	加纳中央银行	Bank of Ghana	2014 年 6 月 9 日
49	蒙古中央银行	The Bank of Mongolia	2014 年 8 月 21 日
50	秘鲁银行保险基金监管局	The Superintendence of Banking， Insurances and Private Pension Fund Administrators of Peru	2014 年 10 月 10 日
51	新西兰储备银行	The Reserve Bank of New Zealand	2015 年 1 月 21 日
52	科威特中央银行	Central Bank of Kuwait	2015 年 3 月 28 日
53	立陶宛中央银行	The Bank of Lithuania	2015 年 6 月 12 日
54	尼泊尔国家银行	Nepal Rastra Bank	2016 年 3 月 21 日
55	摩洛哥中央银行	Bank Al-Maghrib	2016 年 6 月 10 日
56	老挝人民民主共和国银行	Bank of Lao P.D.R	2016 年 9 月 8 日
57	约旦中央银行	Central Bank of Jordan	2017 年 6 月 15 日
58	黎巴嫩央行及黎巴嫩银行业监管委员会	Central Bank of Lebanon and Bank Control Committee of Lebanon	2017 年 9 月 28 日
59	马尔代夫货币管理局	Maldives Monetary Authority	2017 年 12 月 7 日

资料来源：《中国银行业监督管理委员会 2017 年报》。表中仅包括我国香港、澳门两个特别行政区及共建“一带一路”国家

谅解备忘录的具体内容主要在于有效防范未来可能的风险，约定在什么样的情况下双方监管进行信息交流，包括在任命高管时也知会对方、征求对方的意见。“银监会有关负责人表示，签署监管合作谅解备忘录有助于银监会不断完善双边监管合作机制、提高跨境银行监管水平。具体而言，有利于银监会与有关国家、地区的金融监管当局进行信息沟通和交叉核实，及时了解互设机构的经营情况，及时发现问题或不良发展趋势，做到及时预警、及时惩戒，从而促进双边互设机构的合法稳健经营”①。

（二）证监会签署的证券期货监管合作谅解备忘录

截至 2019 年 12 月，证监会已经与我国香港特别行政区及 39 个共建“一带一路”国家的证券监管机构签署了 47 份证券期货监管合作谅解备忘录（表 19-2），主要针对股票发行上市环节的监管协调和跨境证券及衍生品监管协作等，建立了跨境监管执法协作机制，协同打击违法违规行为，维护投资者合法权益。

① 银监会已与 23 国家和地区金融监管当局签合作协议，http://www.gov.cn/jrzg/2007-02/06/content_519563.htm[2020-01-30]。

表 19-2 中国证监会与境外证券(期货)监管机构签署的备忘录一览表

序号	签署时间	境外机构	备忘录名称
1	1993年6月19日	香港证券及期货事务监察委员会	监管合作备忘录
2	1995年7月4日	香港证券及期货事务监察委员会	有关期货事宜的监管合作备忘录
3	1995年11月30日	新加坡金融管理局	关于监管证券和期货活动的相关合作与信息互换的备忘录
4	1997年4月18日	马来西亚证券委员会	证券期货监管合作谅解备忘录
5	1997年11月13日	巴西证券委员会	证券监管合作谅解备忘录
6	1999年11月3日	意大利国家证券监管委员会	证券期货监管合作谅解备忘录
7	2000年6月22日	埃及资本市场委员会	证券监管合作谅解备忘录
8	2002年6月27日	罗马尼亚国家证券委员会	证券期货监管合作谅解备忘录
9	2002年10月29日	南非金融服务委员会	证券期货监管合作谅解备忘录
10	2003年12月9日	印度尼西亚资本市场监管委员会	关于相互协助和信息交流的谅解备忘录
11	2004年2月20日	新西兰证券委员会	证券期货监管合作谅解备忘录
12	2004年10月14日	印度尼西亚商品期货交易监管局	期货监管合作谅解备忘录
13	2004年10月26日	葡萄牙证券市场委员会	证券期货监管合作谅解备忘录
14	2005年6月14日	尼日利亚证券交易委员会	证券期货监管合作谅解备忘录
15	2005年6月27日	越南证券委员会	证券期货监管合作谅解备忘录
16	2006年9月20日	约旦证券委员会	证券期货监管合作谅解备忘录
17	2006年11月10日	土耳其资本市场委员会	证券期货监管合作谅解备忘录
18	2006年12月6日	阿联酋证券商品委员会	证券期货监管合作谅解备忘录
19	2007年4月11日	泰国证券交易委员会	证券期货监管合作谅解备忘录
20	2008年1月24日	蒙古金融监督委员会	证券监管合作谅解备忘录
21	2008年10月30日	奥地利金融市场管理局	证券期货监管合作谅解备忘录
22	2010年1月26日	马耳他金融服务局	证券期货监管合作谅解备忘录
23	2010年5月5日	科威特股票交易所委员会	证券期货监管合作谅解备忘录
24	2010年12月17日	巴基斯坦证券交易委员会	证券期货监管合作谅解备忘录
25	2011年3月29日	以色列证券监管局	证券期货监管合作谅解备忘录
26	2011年4月7日	卡塔尔金融市场管理局	证券期货监管合作谅解备忘录
27	2011年9月19日	老挝证券交易委员会	证券期货监管合作谅解备忘录
28	2012年5月17日	卢森堡金融监管委员会	证券期货监管合作谅解备忘录
29	2012年5月17日	塞浦路斯证券交易委员会	证券期货监管合作谅解备忘录
30	2013年8月30日	乌克兰国家证券和股市委员会	证券期货监管合作谅解备忘录
31	2013年9月13日	立陶宛银行	证券期货监管合作谅解备忘录
32	2014年1月20日	白俄罗斯财政部	证券期货监管合作谅解备忘录
33	2014年2月17日	文莱金融管理局	证券期货监管合作谅解备忘录
34	2015年3月23日	波兰金融监督管理局	证券期货监管合作谅解备忘录
35	2015年5月13日	哈萨克斯坦国家银行	证券期货监管合作谅解备忘录

续表

序号	签署时间	境外机构	备忘录名称
36	2015年5月19日	阿塞拜疆国家证券委员会	证券期货监管合作谅解备忘录
37	2016年6月25日	俄罗斯中央银行	证券期货监管合作谅解备忘录
38	2016年7月14日	阿布扎比全球市场金融服务监管局	证券期货监管合作谅解备忘录
39	2016年11月3日	香港证券及期货事务监察委员会	内地与香港股票市场交易互联互通机制下中国证监会与香港证监会加强监管执法合作备忘录
40	2017年5月13日	智利证券和保险监管局	证券监管合作谅解备忘录
41	2017年8月31日	希腊资本市场委员会	证券期货及其他投资产品监管合作谅解备忘录
42	2017年12月29日	香港证券及期货事务监察委员会	关于期货事宜的监管及执法合作备忘录
43	2018年2月9日	阿斯塔纳金融服务管理局	证券期货监管合作谅解备忘录
44	2018年5月28日	韩国金融服务委员会、韩国金融监督院	证券期货监管合作谅解备忘录
45	2018年6月10日	伊朗证券和交易组织	证券期货监管合作谅解备忘录
46	2018年11月12日	新加坡金融管理局	关于期货监管合作与信息交换的谅解备忘录
47	2019年6月21日	柬埔寨证券交易委员会	证券期货监管合作谅解备忘录

资料来源：中国证监会官网，2019 年 12 月更新。表中仅包括我国香港特别行政区及共建“一带一路”国家

根据中国证监会的解释，监管合作谅解备忘录的签署，对于进一步加强双方在证券期货领域的监管交流合作、促进两方资本市场的健康发展均具有重要的意义，标志着两方证券监管机构的合作进入一个新的阶段。

（三）保监会签署的谅解备忘录

中国保险监督管理委员会（简称保监会）自 1998 年成立后不断扩大与国际保险监管组织及境外保险监管机构的交流与合作，已与俄罗斯、韩国、新加坡等共建“一带一路”国家签署了保险监管合作备忘录（表 19-3）。

表 19-3　保监会与共建“一带一路”国家签署的谅解备忘录一览表

序号	境外机构	备忘录名称	时间
1	俄罗斯中央银行	中俄保险监管合作谅解备忘录	2015年11月16日
2	韩国金融监管委员会	中韩保险监管合作谅解备忘录	2002年9月3日
3	新加坡金融管理局	保险监管合作谅解备忘录	2005年签署，2019年10月21日与中国银保监会更新协议

资料来源：根据公开资料整理

保监会与境外机构签署的谅解备忘录表明了各方增进交流和监管合作的共同愿望，建立了双方保险监管信息交流和相互协作机制，标志着两方保险监管合作

进入全面深化的新阶段。

（四）银保监会签署的谅解备忘录

截至 2019 年底，银保监会与香港证券及期货事务监察委员会和哈萨克斯坦阿斯塔纳国际金融中心签订了金融服务监管局合作备忘录，以加强针对跨境受监管机构的监管合作及信息互换（表 19-4）。

表 19-4　银保监会与境外监管机构签署的备忘录一览表

序号	时间	境外机构	备忘录名称
1	2018 年 6 月 8 日	香港证券及期货事务监察委员会	谅解备忘录
2	2018 年 9 月 14 日	哈萨克斯坦阿斯塔纳国际金融中心	中国银行保险监督管理委员会与阿斯塔纳国际金融中心金融服务监管局合作备忘录

资料来源：根据公开资料整理

（五）中国反洗钱监测分析中心签署的交流合作文件

中国反洗钱监测分析中心主要与境外机构签署反洗钱和反恐怖融资金融情报交流合作谅解备忘录。截至 2020 年 1 月，中国反洗钱监测分析中心与 37 个共建“一带一路”国家及我国的香港和澳门特别行政区签署了反洗钱和反恐怖融资金融情报交流合作谅解备忘录（表 19-5）。根据中心官方解释，谅解备忘录双方将基于互惠原则在涉嫌洗钱、恐怖融资及其他相关犯罪的信息收集、研判和互协查方面开展合作。

表 19-5　中国反洗钱监测分析中心签署的交流合作文件一览表

<table>
<tr><th>序号</th><th>时间</th><th>境外机构</th><th>备忘录名称</th></tr>
<tr><td>1</td><td>2005 年 11 月 15 日</td><td>韩国金融情报分析院</td><td rowspan="14">《关于反洗钱和反恐怖融资金融情报交流合作谅解备忘录》</td></tr>
<tr><td>2</td><td>2006 年 3 月 21 日</td><td>俄罗斯联邦金融监控局</td></tr>
<tr><td>3</td><td rowspan="10">2007 年</td><td>白俄罗斯共和国国家监控委员会金融监控部</td></tr>
<tr><td>4</td><td>乌克兰国家金融监控委员会</td></tr>
<tr><td>5</td><td>印度尼西亚金融交易报告分析中心</td></tr>
<tr><td>6</td><td>马来西亚国家银行金融情报局</td></tr>
<tr><td>7</td><td>格鲁吉亚情报局</td></tr>
<tr><td>8</td><td>吉尔吉斯斯坦金融情报机构</td></tr>
<tr><td>9</td><td>蒙古情报局</td></tr>
<tr><td>10</td><td>香港特别行政区联合财富情报组</td></tr>
<tr><td>11</td><td>澳门特别行政区金融情报办公室</td></tr>
<tr><td>12</td><td>泰国反洗钱署</td></tr>
<tr><td>13</td><td>2010 年 7 月 8 日</td><td>法国打击非法金融活动情报处理和行动中心</td></tr>
<tr><td>14</td><td>2013 年 11 月 14 日</td><td>哈萨克斯坦共和国财政部金融监控委员会</td></tr>
</table>

续表

序号	时间	境外机构	备忘录名称
15	2014年12月23日	尼泊尔金融信息中心	《关于反洗钱和反恐怖融资金融情报交流合作谅解备忘录》
16	2015年4月28日	马达加斯加金融情报中心	
17	2015年6月22日	新西兰警署金融情报中心	《关于反洗钱和反恐怖融资金融信息交流合作安排》
18	2015年6月25日	波兰金融信息监察局	《关于反洗钱和反恐怖融资金融情报交流合作谅解备忘录》
19	2015年7月21日	葡萄牙金融情报机构	
20	2015年8月21日	南非金融情报中心	
21	2015年9月15日	孟加拉国金融情报中心	
22	2016年6月7日	黎巴嫩金融情报机构	《关于反洗钱和反恐怖融资信息交流合作谅解备忘录》
23	2016年6月7日	赞比亚金融情报机构	
24	2016年6月8日	乌兹别克斯坦总检察院反纳税和外汇犯罪、反犯罪收入合法化斗争司	
25	2016年8月30日	柬埔寨金融情报机构	
26	2016年9月5日	老挝反洗钱情报办公室	
27	2016年11月11日	以色列反洗钱与反恐怖融资局	
28	2017年	阿富汗金融交易报告分析中心	
29	2017年	斯里兰卡金融情报机构	《关于反洗钱、反恐怖融资及相关犯罪金融情报交流合作谅解备忘录》
30	2017年6月14日	斯洛文尼亚反洗钱办公室	《关于反洗钱和反恐怖融资信息交流合作谅解备忘录》
31	2017年6月20日	意大利金融情报中心	
32	2017年9月13日	厄瓜多尔金融经济分析组	
33	2017年11月22日	纳米比亚金融情报中心	
34	2018年2月28日	缅甸金融情报中心	
35	2018年5月25日	特立尼达和多巴哥金融情报中心	
36	2018年7月31日	安哥拉金融情报中心	
37	2019年1月8日	东帝汶金融情报中心	《关于反洗钱和反恐怖融资金融情报交流合作谅解备忘录》
38	2019年8月28日	巴基斯坦金融管理局	
39	2020年1月17日	菲律宾反洗钱委员会	

资料来源：中国反洗钱监测分析中心，2020年1月更新

（六）中国与境外签署的跨境危机管理合作协议

中国银监会还与部分国家签署了危机管理合作协议（表19-6），此类协议的签署将有助于双方在跨境问题机构处置和危机管理等方面加强信息交流与合作，对维护市场信心和双方银行体系的稳定起到积极的作用。

表19-6　中国与部分国家签署的跨境危机管理合作协议

序号	时间	境外机构	备忘录名称
1	2016年3月29日	捷克中央银行	跨境危机管理合作协议
2	2015年12月16日	吉尔吉斯共和国国家银行	跨境危机管理合作协议

续表

序号	时间	境外机构	备忘录名称
3	2013 年 4 月 15 日	俄罗斯联邦中央银行	跨境危机管理合作协议
4	2012 年 2 月 21 日	土耳其银行监理署	跨境问题机构处置合作协议
5	2012 年 5 月 14 日	迪拜金融服务局	跨境危机管理合作协议
6	2012 年 1 月 18 日	卡塔尔金融中心监管局	跨境危机管理合作协议
7	2011 年 5 月 18 日	巴基斯坦国家银行	跨境危机管理合作协议
8	2011 年 7 月 27 日	新加坡金融管理局	危机管理合作补充协议

资料来源：中国银监会公开资料整理

二、基于多边的“一带一路”金融安全国际合作机制

（一）金砖国家应急储备安排协议

2014 年 7 月 15 日，中国、巴西、俄罗斯、印度和南非在巴西福塔莱萨签署协议，成立新开发银行，建立金砖国家应急储备安排。金砖银行总部设在中国上海，新开发银行储备基金为 1000 亿美元，其中中国提供 410 亿美元，俄罗斯、巴西和印度分别提供 180 亿美元，南非提供其余的 50 亿美元。

新开发银行相当于新兴市场的世界银行，其应急储备安排则相当于新兴市场的 IMF。该储备安排是新兴市场经济体为应对共同的全球挑战、突破地域限制创建集体金融安全网的重大尝试。应急储备安排为全球金融安全网增加了新的层次，日后有望成为发展中经济体的金融防火墙，有助于提振市场信心，应对外部冲击，对促进全球金融稳定发挥重要作用（丁振辉，2014）。

（二）清迈倡议多边化协议

1997 年亚洲金融风暴给部分东南亚国家造成沉重打击，2008 年的全球金融危机同样让不少国家损失巨大。为此，亚洲各国，尤其是东亚和东南亚各国，对内寻求通过提升自身实力以减少危机发生概率，对外寻求更能满足各国金融需求的新区域性合作机制，而不是仅依靠世界银行和 IMF 的帮助。1997 年亚洲金融危机后，东亚各国积极寻求构建类似于 IMF 的危机求助机制。2000 年东盟 10 国以及中日韩财长在泰国清迈共同签署了建立区域性货币互换网络的协议，即清迈倡议。清迈倡议主要是为了解决本区域内国际收支和短期流动性困难，强化本区域防范金融风险的能力，它是亚洲货币金融合作所取得的一项最为重要的制度性成果。2003 年以后清迈倡议开始多边化。2012 年 5 月，清迈倡议多边化协议储备库规模由 1200 亿美元扩大至 2400 亿美元，同时在危机解决机制基础上增设风险防范机制，标志着亚洲地区金融安全网的进一步强化①。

① 亚洲金融危机爆发 20 周年——东亚构筑金融海啸“防波堤”（国际视野），http://finance.people.com.cn/n1/2017/0727/c1004-29430921.html[2019-09-30]。

清迈倡议多边化协议成员包括东盟10国，以及中国、日本、韩国和中国香港，共14个经济体。清迈倡议多边化协议“团体内相互依靠”的主旨依然与IMF机制有着密切关系。其一，清迈倡议将贷款与IMF贷款挂钩。清迈倡议多边化协议成员初步可获得贷款额度30%的资金，2021年3月31日，清迈倡议多边化协议特别修订稿将清迈倡议多边化与IMF贷款的脱钩比例从30%提高至40%，当受援助方获得IMF贷款后，可以从清迈倡议多边化协议获得剩余比例的贷款。其二，需要申请清迈倡议多边化协议援助贷款的成员必须满足协议规定的条件，并必须获得由各国财政部副部长和央行副行长组成的委员会的批准，这与IMF有条件贷款的要求类似。其三，成立与IMF相关部门类似的机构——东盟与中日韩宏观经济研究办公室，平时可以监测区域内经济及金融的稳健状况，发生经济危机时则可以监控获得贷款成员是否执行相关贷款条件。

第二节 “一带一路”金融安全国际合作机制存在的问题

一、对外开放度差异显著

“一带一路”涉及区域广阔，由于政治制度、经济发展水平的差异，各国风险存在异质性，总体风险水平不低。政治方面，部分国家政治与安全局势持续动荡，国别风险较高。个别发展中国家地缘政治风险较高，政局稳定性不足，导致政策多变。经济方面，经济发展水平不平衡。新兴、转型国家抵御外部风险能力较弱，宏观政策持续性不够，长期稳定的投资环境难以形成；与共建国家的多货币业务蕴含较高的汇率风险。运营环境方面，总体看基础设施落后、行政效率较低、法律体系不健全。共建国家文化差异较大，宗教、民族、种族的矛盾与冲突呈现易突发、多样性、复杂化、长期化的特点（李卓和阮真，2017）。

上述差异的直接表现就是共建“一带一路”国家对外开放程度方面的显著差异。根据Chinn和Ito（2006）的方法测度的2015年各国KAOPEN指标，60个共建“一带一路”国家中，完全开放的有17个（指标大于2），开放度不足（指标在0以下）的共有27个，占全部国家的近半数（图19-1）[①]，其中完全不开放的

---

① 图中的国家根据中国一带一路网所列国家选取，剔除无KAOPEN指数的国家及人口小于100万人的国家。具体包括：中国、印度、新西兰、立陶宛、巴基斯坦、克罗地亚、也门、阿曼、约旦、印度尼西亚、缅甸、阿联酋、埃塞俄比亚、波黑、土库曼斯坦、拉脱维亚、阿尔巴尼亚、爱沙尼亚、斯洛文尼亚、黎巴嫩、巴林、埃及、叙利亚、菲律宾、不丹、泰国、越南、以色列、亚美尼亚、孟加拉国、柬埔寨、匈牙利、伊朗、老挝、卡塔尔、摩尔多瓦、马来西亚、蒙古国、波兰、罗马尼亚、沙特阿拉伯、新加坡、阿塞拜疆、捷克、白俄罗斯、吉尔吉斯斯坦、哈萨克斯坦、科威特、马其顿、尼泊尔、保加利亚、斯洛伐克、塔吉克斯坦、南非、韩国、乌克兰、俄罗斯、斯里兰卡、土耳其、乌兹别克斯坦。上述国家总人口超过30亿。

有 6 个。对于完全不开放的国家，开展金融安全国际合作显然不现实的；对于开放程度不足的国家，开展金融国际合作也是困难重重的。

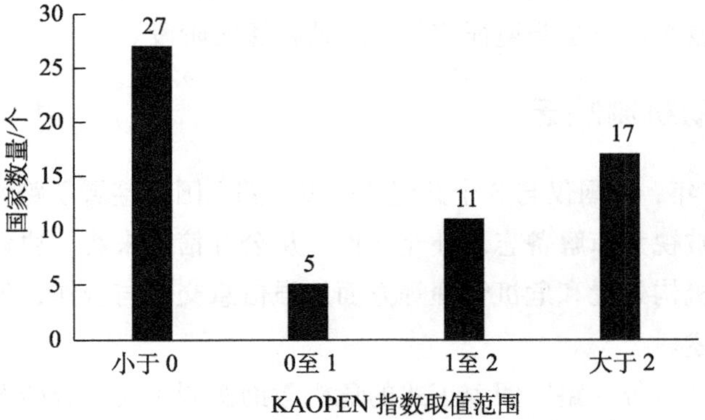

图 19-1 KAOPEN 指标不同取值范围对应的共建“一带一路”国家数量（2015 年）

资料来源：https://web.pdx.edu/~ito/Chinn-Ito_website.htm

二、主权信用等级跨度较大

根据《“一带一路”沿线国家主权信用风险报告》（毛振华等，2015），“一带一路”倡议涉及国家众多、投入资本量大、投资周期较长，导致沿线国家主权信用状况不容乐观，且部分沿线国家存在主权级别下调风险。在 27 个样本国家中，有 15 个国家的主权信用在投资级（BBB–级）以下。中亚五国除哈萨克斯坦、乌兹别克斯坦之外，土库曼斯坦等三国均处于 BBB–级以下，东盟九国近半数主权信用处于 B 级以下，中东、南亚和非洲六国除印度为 BBB 级以外，其他均在 B+ 级以下。绝大多数欧元区国家具有较强的经济实力和国际货币地位，中亚国家的资源丰富，东盟多国的金融体系比较成熟，所以这些主权信用级别比较高。但是多数参与共建“一带一路”的其他国家政治格局不稳定，资本外逃风险较大，经济转型迫在眉睫，所以主权信用级别相对较弱。信任是各国形成金融安全合作机制的基础，国家主权信用等级较低，容易形成主权债务危机和银行危机之间的恶性循环，这不利于各国形成信任基础，也不利于“一带一路”金融安全国际合作的开展。

三、跨境监管合作机制不完善

目前跨境监管合作机制不完善主要体现在协议覆盖面不够、监管合作执行力度不够和征信合作困难。

一是金融监管合作的协议覆盖还不够全面，从银监会、证监会、中国反洗钱监测分析中心等签署的谅解备忘录数量来看，目前只完成了部分共建“一带一路”

国家的签署，特别是保险监管合作谅解备忘录签署数量还很少。二是大部分现有金融监管合作实施具有非强制性特征。大部分现有金融监管合作都是以谅解备忘录的形式存在，合作缺乏既定程序规定，双方通过协商完成合作是主要形式，合作的不确定性较大。三是跨境征信合作还处在探索阶段。

四、危机救助机制缺乏

截至2016年，中国仅与8个共建“一带一路”国家签署了跨境危机管理合作协议，该协议被视为谅解备忘录补充文件。从公开信息来看，协议内容主要是双方在跨境问题机构处置和危机管理等方面加强信息交流与合作，但对于具体的救助机制没有论述。

目前共建“一带一路”国家正式的危机救助机制主要是金砖国家应急储备安排协议和清迈倡议多边化协议，前者仅涉及金砖五国，后者也仅涉及东盟10国加上中国、日本、韩国。与“一带一路”涵盖的100多个国家相比，目前的“一带一路”危机救助机制非常缺乏，这对于“一带一路”长期可持续发展非常不利。

五、缺乏独立性和统一行动的力量

当前“一带一路”金融合作大部分情况下以较为松散的形式进行，对美元的依赖性大，尚未具备足够的独立性。美国的经济制裁对共建“一带一路”国家金融合作产生不利影响且难以消除。美国对伊朗、古巴和委内瑞拉实施国家层面上的制裁，同时对与这些国家发生交往的其他国家或个体也会进行制裁；美国也会对如俄罗斯、中国等国家的一些企业和个人实施制裁，可能导致这些企业和个人无法参与“一带一路”合作。

第三节 希腊主权债券危机及对金融安全合作的启示

一、希腊主权债券危机概况

根据1991年签署的《欧洲联盟条约》，加入欧元区的成员国必须符合两个关键标准——预算赤字不能超过GDP的3%和负债率低于GDP的60%（李东卫，2010）。2001年时，希腊不能满足这两个条件，为此，高盛为希腊量身定做出一套“货币掉期交易”方式，为其掩盖了一笔高达10亿欧元的公共债务，以符合欧元区成员国的标准。随后，希腊“完全符合”《欧洲联盟条约》的规定，顺利加入欧元区。

2008年全球金融危机导致融资愈加困难，融资成本越发昂贵，希腊债务链无法延续。2009年12月希腊债务链全线崩溃，不仅相关银行被波及，有类似弱点的国家全部受到影响，如西班牙、爱尔兰、葡萄牙和意大利等国同时遭受信用危机，同时，欧洲资金外逃，货币市场流动性短缺，利息率上升，欧元贬值。

二、对金融安全合作的启示

从希腊主权债券危机的成因、发展和应对过程来看，其对建立区域金融安全合作机制有很好的参考意义。

首先，主权信用评价不准确，影响金融安全。2007 年 3 月 5 日，惠誉国际信用评级有限公司（简称惠誉）给予希腊本币的主权信用评级仍然是 A，展望为正面；2009 年 10 月，危机发生后，评级才调整为 A-，展望为负面。穆迪投资者服务公司（简称穆迪）在 2009 年 10 月给希腊的评级是 A1（与同期对中国的评级一致），与上一次评级（2002 年 11 月）时相同，甚至在 2009 年 12 月和 2010 年 4 月还上调了希腊的评级（分别为 A2 和 A3）。主权信用评级对融资条件和投资判断有重大影响，不准确的信用评价影响全球金融安全（彭秀坤，2016；徐融，2017）。

其次，金融创新只能暂时掩盖风险，不能保证长期金融安全。只有健康的经济基础才能支撑长期的金融安全，金融创新可以延后债务偿还、分散债务压力，但并不能够减免债务和提供充分金融安全保障。希腊在危机前借新债还旧债的方式并没有化解危机，只是拖延了危机的爆发并导致危机造成的损害加大（胥爱欢，2018）。

再次，危机负外部效应明显，不仅影响本国，也影响到欧元区乃至全球金融市场。希腊主权债务危机发生后，欧洲中央银行在市场上购买私人投资者抛售的希腊国债，以防其价格下跌、收益率攀升，这些操作损害了欧洲中央银行的资产质量和欧元区的金融安全；同时，危机也导致了与希腊情况类似的国家出现类似风险。

最后，“黑天鹅”事件是金融安全合作机制中需要特别设计和防范的对象。2008 年美国引发的金融危机是典型的“黑天鹅”事件，至少在 2006 年美国就已经出现次贷问题并可以预见其对金融体系将产生重大影响，但金融市场并没有加以有效应对，并最终在危机爆发时造成巨大损失。未来的经济发展必然会面对类似的黑天鹅事件，只有完善金融安全国际合作机制，才能增强区域金融安全。

第二十章

“一带一路”金融安全国际合作机制建设的重点

“一带一路”金融安全面临两方面的威胁，一是域内国家自身存在危及金融安全的问题，二是受域外国家制约导致的金融安全问题。前者需要通过夯实金融安全合作基础，提供有效的救济措施；后者需要增强域内国家间的政治互信，提高区域金融的独立性水平。对此，我们从主权信用评级机制、金融危机救助机制和区域金融独立性等三个方面提出创新思考。

第一节　创新“一带一路”主权信用评级机制

在人民币国际化和“一带一路”加强对外投资的背景下，对东道国进行主权评级显得至关重要，也是金融安全合作的重要基础。目前西方三大评级机构垄断评级行业，其信用评级方法缺少对各国政治、文化等方面多样性和差异性的考虑（孙红等，2015）。作为金融安全国际合作机制的基础性制度，有必要创新信息不完备条件下主权信用评级方法，为金融安全合作提供基础的信用体系架构。

一、主权评级概述

（一）主权风险的内涵

自美国次贷危机和欧债危机爆发后，多次发生以主权债务违约为代表的主权信用风险事件。主权信用风险已变成主权债务人需重视的风险事件（李林林，2013）。

1. 主权风险的界定

随着银行跨境业务迅速发展，国家风险（country risk）的概念受到关注，通常指某一国家的金融机构向其他主权国家的企业或本国的境外企业发放贷款时，由于借款人无力偿还，或所在国当局不准许把这笔资金转移国外（资金冻结）或者不予兑换还债所需的外汇（外汇匮乏）而导致贷款违约的风险，有时也称为主权风险（马罗阿等，1982）。

国家主权信用风险被视为狭义的国家风险，其主要的评估内容为偿还能力与偿还意愿。学术界对主权风险的定义存在分歧。一种观点认为，主权风险是指一个国家政府未能履行它的债务所导致的风险。该观点认为主权风险主要有三种特征：一是偿付意愿。一般情况下，私人部门的违约主要是由于偿还能力问题，但于一个国家而言偿还能力不是问题，偿还意愿是主要的违约因素。二是有限赔偿。若主权政府不偿还债务，债权人可能无法得到任何补偿或只得到法律意义上的有限赔偿。三是缺乏担保。由于最终担保人一般是主权本身，所以主权债务通常缺少有效的担保。

对主权风险的另一种定义是把它视为国家干预导致的风险。例如，标准普尔认为主权风险是指主权国家及时采取直接或间接行动影响债务人履行还款义务的能力。穆迪认为，主权评级是对某国私人部门和公共部门偿还债务能力的评定，而不仅仅是对一个政府的信用的衡量。此类定义明显比第一类定义更加广泛，不仅包含了第一种意义上的主权风险（政府还债的能力与意愿），也包含了因国家直接或间接的行为对私人部门还债能力产生的影响（毋兴，2008）。

2. 主权风险的特点

首先，信用风险的概率分布存在偏尾性，即信用违约的收益-风险曲线是不对称的，收益率曲线向左下方倾斜，呈现厚尾形态。这是由于贷款的收益与损失是不对称的，并且违约是一种小概率事件。银行发放的贷款有较大的可能按时收回利息收益及本金，但是若发生违约，银行则会损失大量的本金及利息收益。即贷款收益是确定的有上限的，然而贷款的损失是不确定的，并且损失金额可能远超利息收益。总而言之，银行的预期收益是确定的，无法从企业利润中获取超额收益，然而银行的损失会随着企业经营状况的恶化而增加。

其次，信息不对称是造成主权风险的重要因素（王稳等，2016）。通常，贷款国掌握较少的相关信息，处于交易不利地位；借款国掌握更多相对信息，处于信息优势地位，所以很可能产生道德风险与逆向选择。另外，因为信用数据的非公开性，投资国对受信国信用风险变化的察觉不如对市场风险的判断那样及时准确，这同样会引起受信国的道德风险。一般通过以下两种方法了解受信者信用情况的变化：一是利用长期积累的数据进行分析，挖掘出更多有用的信息。二是利用第三方评级机构所给定的评级等级。但是评级机构仅对部分国家进行主权评级，仍有较多国家无准确的评级信息。另外，由于第三方评级机构的数据及评级方法不透明，其评级结果的客观性一直存在争议。可见，主权风险的评级具有诸多障碍。

最后，主权评级所需数据难获取。一是因为主权信用产品的内在性以及流动性差。主权信用产品的交易量极小，与其相比，各种金融产品在二级市场上活跃交易产生大量数据，投资者可以利用各种数理统计模型及数据评估市场风险的大小。二是损益计算的差异。金融产品一般采用盯市的方法计算交易的损益，这使得市场价格可及时有效地反应市场风险的变动，但是主权信用产品通常采取账面价值计算，当违约事件发生时才修改账面价值，所以主权信用产品的价格对信用风险变化的反应存在滞后现象。三是由于信息不对称和主权信用产品期限通常较长，直接观察主权信用风险的变动比较困难。综上原因，对主权信用评级和主权风险管理办法的研究很难推进。

（二）主权评级的含义与作用

主权信用评级（sovereign rating）通常指评级机构依照一定的程序和方法对主权机构（通常是主权国家）的政治、经济和信用等进行评定，并给出一定级别（周宝义和李政丹，2002）。主权信用评级对一国私人部门和公共部门的运营影响重大，当一国的主权评级结果发生变化，该国的资产价格也会随之发生波动，会直接影响到该国金融市场的稳定与安全（谭文君等，2018）。另外，一国主权信用等级的变化会导致该国政府和企业在国际资本市场上融资成本的变动。通常，一国国内企业的信用等级不会超过该国的主权信用等级。

因此，主权评级具有重要作用。首先，跨国投资信息不对称问题由于主权评级得到了很大的改善。对于开放性较低、信息不透明的发债国而言，可根据主权评级的结果来吸引投资者；对于投资者而言，可根据主权评级结果及自身的风险偏好选择适合自己的投资。其次，主权信用评级进行信用检测有利于被评级国家不断完善本国的制度。一国主权风险的高低可通过主权评级结果直接体现，被评级国家可利用评级结果的警示作用，及时调整与改善本国的政策（王镝和杨娟，2018；张栋等，2019）。最后，主权评级结果直接反映了一国的经济实力及信誉。IMF 在发放援助贷款时在很大程度上参考了主权评级结果。

目前，标准普尔、穆迪和惠誉是最具话语权的评级机构。全球评级行业业务几乎被这三大评级机构垄断，其评级结果可有力影响金融运行和国际经济，在特殊时期甚至会起到“一言兴邦，一言毁邦”的作用（Gande and Parsley，2010）。然而，这些评级机构在金融危机爆发前毫无预警，在危机爆发后却过度反应，这不仅加剧了危机，也体现了其评级结果前瞻性不足。

我国的信用评级行业起步较晚，仍处于初步发展阶段，但“一带一路”建设给国内评级机构带来了前所未有的发展机遇。国内评级机构可以此为契机，提高业务能力水平，并适当向共建“一带一路”国家拓展市场。

二、共建“一带一路”国家主权信用评级现状

（一）大公国际资信评估有限公司对共建“一带一路”国家的主权信用评级

2016 年起，大公国际资信评估有限公司（简称大公国际）陆续对部分国家开

展主权信用评级，截至 2022 年 2 月，大公国际提供的主权信用评级中，涉及 63 个共建“一带一路”国家（不包括中国在内）。根据大公国际公布的一般主体信用等级符号定义，信用等级划分为三等九级，符号表示分别为 AAA、AA、A、BBB、BB、B、CCC、CC、C，其中除 AAA 级、CCC 级（含）以下等级外，每一个信用等级可用“+”或“–”符号进行微调，表示略高或略低于本等级。A 级及以上表示违约风险较低或极低，BBB 级表示违约风险一般，BB 级及以下违约风险逐渐增大，其中 CCC 级表示违约风险极高，C 级表示不能偿还债务。大公国际提供的主权信用评级分为本币信用评级和外币信用评级，多数国家二者评级结果一致，部分国家外币评级略低于本币评级。以下说明均为本币评级结果。

在大公国际提供的共建“一带一路”国家主权信用评级中，A 级（含）以上的有 19 个（包括“+”或“–”符号微调的等级，下同），占比为 30.16%；CCC 级（含）以下的有 6 个，占比 9.52%，整体分布较为均匀（图 20-1）。CCC 级（含）以下的国家包括埃塞俄比亚、马达加斯加、委内瑞拉、希腊、南苏丹、苏丹。经济较发达的新加坡、奥地利、新西兰、韩国等获得 AA–级（含）以上的评价，中东的科威特、卡塔尔、沙特、阿曼、阿联酋、以色列等获得 A–级（含）以上的评价；其他东南亚国家中，马来西亚评级为 A+，泰国评级为 BBB，越南评级为 B+，柬埔寨的评级为 B；中亚国家中，土库曼斯坦评级为 BBB+，哈萨克斯坦和乌兹别克斯坦评级均为 BBB；与中国合作关系密切的国家评级情况分化较大，如委内瑞拉评级为 CCC，巴基斯坦评级为 B–，斯里兰卡、塞尔维亚评级为 B+，菲律宾评级为 BB，南非评级为 BBB，俄罗斯评级为 A。

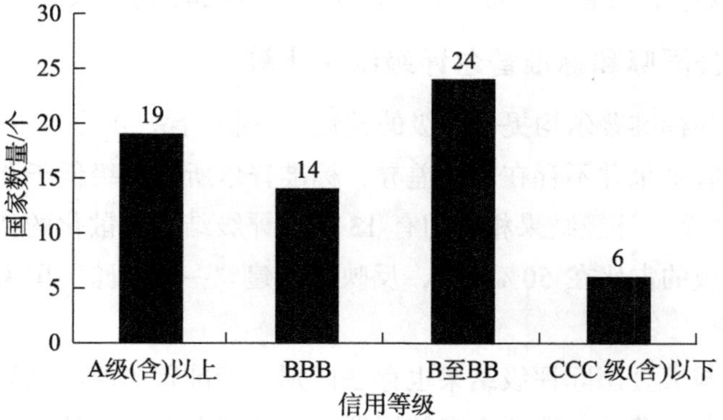

图 20-1 部分共建“一带一路”国家主权信用评级分布情况（大公国际）

资料来源：根据大公国际公开数据整理

（二）标准普尔对共建“一带一路”国家的信用评级

根据中国人民银行网站介绍，标准普尔是一家全球金融市场信息供应商，提供信用评级、指数服务、投资研究、风险评估和数据服务。截至 2008 年，标准普尔在 100 多个国家为大约 32 万亿美元的债务证券提供评级，在世界范围内提供 79 个主要的指数系列[①]。标准普尔长期以来对全球 100 多个国家和地区进行主体信用评级，其中 2021 年末的评级结果包括 83 个共建“一带一路”国家。标准普尔信用等级划分与大公国际类似，只是在等级微调上略有不同。根据标准普尔公布的 2021 年末评级结果，这里对所涉及的共建“一带一路”国家外币评级情况做出说明（图 20-2）。

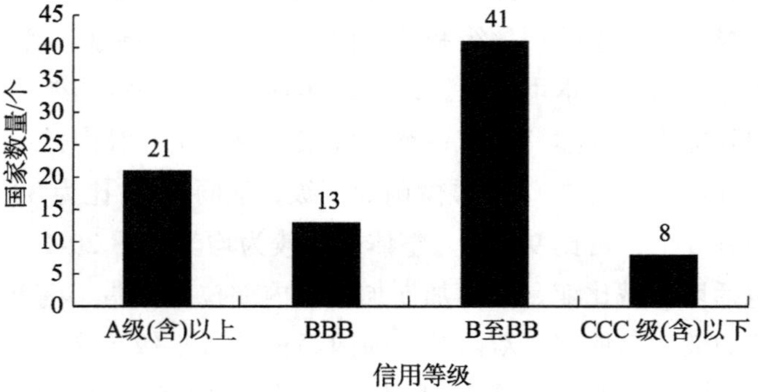

图 20-2　部分共建“一带一路”国家主权信用评级分布情况（标准普尔）

资料来源：根据标准普尔公开数据整理

标准普尔的评级结果中，A 级（含）以上的有 21 个，占比 25.30%，CCC 级（含）以下的有 8 个，占比 9.64%。各国国家的评级结果分布是比较分散的，而且更偏向于较低的等级。标准普尔的评级结果中，BB 级（含）以下的属于投机级。从标准普尔的评级结果看，共建“一带一路”国家中有 59.04%的国家属于这个级别。

（三）大公国际和标准普尔评级结果比较

大公国际和标准普尔均提供评级的共建“一带一路”国家有 51 个，从整体上看，大多数评级结果并不存在巨大差异，标准普尔所给等级低于和高于大公国际的国家均有 19 个，评级结果相等的有 13 个。评级结果分散化的特征较为明显，评级属于投机级的占比在 50%左右，反映出共建“一带一路”国家主权信用情况并不乐观。

标准普尔与大公国际评级结果也存在区别。标准普尔所给结果较低的国家多位于非洲、南美洲等地，欧洲仅有俄罗斯、白俄罗斯和马耳他三国；标准普尔所给结果较高的国家多为欧洲国家，包括克罗地亚、拉脱维亚、立陶宛、葡萄牙、希腊、匈牙利、意大利等 10 个国家。众多研究认为（沈凤武等，2012b；孙红等，2015；徐融，2017），标准普尔、穆迪等西方国家主导的评级机构所做的主权信用

① 标准普尔公司，http://www.pbc.gov.cn/goujisi/144449/144490/144544/144652/2834514/index.html[2022-01-30]。

评级可能缺乏足够的客观性。

三、“一带一路”背景下主权信用评级制度创新

在进行“一带一路”金融国际合作时，主权信用评级是其合作可长期开展的一个重要前提，也是金融安全国际合作机制的重要基础制度。在各国背景参差不齐的条件下，如何进行国家间主权评级制度创新至关重要。总体而言，可从评级方法创新、发展国内评级机构、发展共建“一带一路”国家间评级制度几个方面进行创新。

（一）评级方法创新

基于前面对评级模型和评级实践的梳理，可以发现影响主权信用风险的因素很多，学术模型指标单一无法涵盖，而评级机构的评级方法有失公正与客观。针对以上问题，在进行评级方法创新时，既要使评级反映的指标更具全面性，也应使评级更为客观公正。评级方法的创新必须考虑各国的差异性和多样性，避免用一套标准评价所有国家。在这方面，沈凤武（2012a，2012b）提出基于遍历参数方法的评级方法具有较好的适用性。

遍历参数方法首先将共建“一带一路”国家按其具体国情、文化背景和经济发展程度分为两类，不同类别的各个指标权重有所差异，但评级方法一致。例如，在对某一类风险 S 进行评估时，要确定该风险的要素组合为 $U=\{U_1,U_2,\cdots,U_m\}$，在建立对应的指标体系后，各个专家对 U 内 m 个要素给予相应的权重。在一定程度上，该评级方法解决了各主权国家背景差异大、风险特殊和要求评级结果具有可比性、一致性间的矛盾。各国主权风险的形成机制千差万别，采用相同参数作为权重不能有效地反映各国国情，但遍历参数法可以较好地解释发展程度、文化背景不同情况下的风险。

（二）发展国内评级机构

信用评级行业的国际化是提升评级行业总体实力和国际公信力的重要步骤。我国对“一带一路”的对外投资不断增加，人民币国际化不断深入推进为我国本土评级机构国际化提供了巨大机遇。以此为契机，我们应大力推进中国本土评级机构的发展，提升大公国际、中诚信等的国际影响力，建立以我国大型评级机构为主导的新型主权评级机构体系。信用评级行业国际化是一国评级行业双向开放的进程，可分为内向型和外向型。

1. 内向型国际化

内向型国际化是指将外国评级力量引进本国评级市场，以期达到外国评级行业资源向本国渗透并提升本国评级机构实力和影响力的目的。

20世纪90年代以来，中诚信、联合资信评估股份有限公司（简称联合资信）、上海新世纪资信评估投资服务有限公司等中国本土评级机构先后吸收惠誉、穆迪、标准普尔等评级巨头参股，促进了中外合资评级机构的发展。内向型国际化是一把双刃剑，其有利于本国评级机构学习外国先进评级机构的经验并倒逼本国评级行业革新发展，也可能会导致我国企业商业机密泄露，此外，也可能存在西方评级机构低估我国企业信用等级导致海外融资成本上升等问题。因此，在利用国外评级机构促进本国评级机构发展的同时，要稳定本国的金融秩序，使得本国金融市场安全有效运行。

为了提高本国评级机构在国际市场的竞争力，促进国内评级行业国际化，可从以下几个方面进行努力：首先，针对国内评级结果虚高的现象，采取针对性措施；其次，推进试点投资人付费等新兴的评级制度，引导评级行业内部加强自律，提高违规成本，从而使评级结果更具客观性；最后，积极推进评级技术的研发与利用，充分利用大数据分析等现代信息技术，丰富被评级主体评级信息分析内容（简尚波，2018；阎衍等，2015）。

2. 外向型国际化

外向型国际化即本国评级活动能在国际市场上具有影响力，并渗透到国外信用评级市场的进程。外向型国际化主要涵盖以下三个方面：一是企业国际化，本国评级机构在国外设立分支机构；二是制度国际化，本国的评级模型、方法和标准能对外输出，具有一定的影响力；三是市场国际化，本国评级机构的评级业务能在国际市场上占有一定的份额。

具有一定规模的中国评级机构应积极申请在共建“一带一路”国家开展评级业务的资格，并且在债券市场相对发达的国家的金融中心城市设立分支机构，积极开展主权评级。具体可从以下几个方面进行努力：首先，政府对本国评级机构对外拓展给予大力支持。可制定一些相应的鼓励、优惠政策，推动与其他国家金融监管部门的合作，提供外事援助等。其次，中诚信、大公国际等具有一定规模和公信力的评级机构应强化国际市场意识，积极拓展“一带一路”评级市场。例如，申请欧盟信用评级机构、外部信用评级机构，美国的NRSRO（Nationally Recognized Statistical Rating Organization，全国认定的评级组织）等境外评级资质，或采取合资控股等方式在境外设立分支机构，或面向国际金融市场发布主权评级结果，不断提升对国际资金借贷、国际投资和债券发行的影响。最后，除了具有规模性的评级机构外，我国中小评级机构应进一步细分评级领域、培养差异化特色，不同公司专注不同领域的评级，这样也具备拓展“一带一路”评级市场的潜力。

外向型国际化能大力提升我国评级机构在国际市场的话语权与竞争力，能维护共建“一带一路”国家在国际市场上融资的安全与稳定，中国评级机构应不断增强自身实力，坚持外向型发展道路。

（三）发展共建“一带一路”国家间评级制度

“一带一路”建设存在巨大融资缺口，公平公正的评级将有利于各国在金融市场的融资，这是各国开展评级制度合作的内生动力。

1. 共建“一带一路”国家分类

“一带一路”覆盖国家众多，每个国家都有其独特的政治、经济和文化制度，若逐一对各国进行分析会使得内容庞杂，无法从整体上对各个国家的风险特点进行比较分析。然而，部分共建“一带一路”国家在政治、经济、文化、地域上又具有共通之处。因此可将共建“一带一路”国家分类进行主权评级，既掌握整体又兼顾细节。

截至 2022 年 3 月 23 日，中国已经同 149 个国家和 32 个国际组织签署 200 余份共建“一带一路”合作文件。按照地区分类，共建“一带一路”国家可分为六类，见表 20-1。

表 20-1 共建“一带一路”国家按地区分类表

洲别	涵盖国家
非洲	苏丹、南非、塞内加尔、塞拉利昂、科特迪瓦、索马里、喀麦隆、南苏丹、塞舌尔、几内亚、加纳、赞比亚、莫桑比克、加蓬、纳米比亚、毛里塔尼亚、安哥拉、吉布提、埃塞俄比亚、肯尼亚、尼日利亚、乍得、刚果（布）、津巴布韦、阿尔及利亚、坦桑尼亚、布隆迪、佛得角、乌干达、冈比亚、多哥、卢旺达、摩洛哥、马达加斯加、突尼斯、利比亚、埃及、赤道几内亚、利比里亚、莱索托、科摩罗、贝宁、马里、尼日尔、刚果（金）、博茨瓦纳、中非、几内亚比绍、厄立特里亚、布基纳法索、圣多美和普林西比、马拉维
亚洲	韩国、蒙古国、新加坡、东帝汶、马来西亚、缅甸、柬埔寨、越南、老挝、文莱、巴基斯坦、斯里兰卡、孟加拉国、尼泊尔、马尔代夫、阿联酋、科威特、土耳其、卡塔尔、阿曼、黎巴嫩、沙特阿拉伯、巴林、伊朗、伊拉克、阿富汗、阿塞拜疆、格鲁吉亚、亚美尼亚、哈萨克斯坦、吉尔吉斯斯坦、塔吉克斯坦、乌兹别克斯坦、泰国、印度尼西亚、菲律宾、也门、叙利亚
欧洲	塞浦路斯、俄罗斯、奥地利、希腊、波兰、塞尔维亚、捷克、保加利亚、斯洛伐克、阿尔巴尼亚、克罗地亚、波黑、黑山、爱沙尼亚、立陶宛、斯洛文尼亚、匈牙利、北马其顿、罗马尼亚、拉脱维亚、乌克兰、白俄罗斯、摩尔多瓦、马耳他、葡萄牙、意大利、卢森堡
大洋洲	新西兰、巴布亚新几内亚、萨摩亚、纽埃、斐济、密克罗尼西亚联邦、库克群岛、汤加、瓦努阿图、所罗门群岛、基里巴斯
南美洲	智利、圭亚那、玻利维亚、乌拉圭、委内瑞拉、苏里南、厄瓜多尔、秘鲁、阿根廷
北美洲	哥斯达黎加、巴拿马、萨尔瓦多、多米尼加、特立尼达和多巴哥、安提瓜和巴布达、多米尼克、格林纳达、巴巴多斯、古巴、牙买加、尼加拉瓜

资料来源：中国一带一路网

将共建“一带一路”国家依据地区或者经济实力划分为多个小组，考虑各个小组的文化背景、自然资源等异同，对不同小组进行评级时所考虑的指标或者指标权重有所差别，这样有利于公平有效地对各个国家进行评级。

2. 建立多边互认的评级行业合作框架

共建“一带一路”国家具有主权评级合作的基础条件，各国征信部门和监管部门应深化交流合作，中国本土的评级机构应主动与其他国家交流合作，共同建立多边互认的评级行业合作框架。具体措施如下。

首先，签署双边合作备忘录（协议），以此为基础建立多边信用评级框架并开展评级合作。截至 2020 年 1 月，有超过 60 个国家同我国签订了超过 70 个双边监管合作谅解备忘录或监管合作协议，其中共建“一带一路”国家签署的协议超过半数。但是，合作备忘录的约束力并不强，应该研发建立共建“一带一路”国家共同遵守的、适应各国金融市场的信用评级准则，促进共同评级或者分享信息成果；共同改进评级模型、方法和体制，促进新型评级体系的推广。

其次，采用大数据征信方式推动“一带一路”债券市场评级信息联通。为了实现各国债券市场运行情况与风险信息的互联、共享，简尚波（2018）提出可以考虑建立一个沿线各国统一的债券发行、流通以及评级信息披露的平台。这方面可以参考欧美各国签订的央行谅解备忘录，通过采取泛欧信用登记体系、促进各国公共信用登记局数据交换的做法很好地解决了数据传输的障碍。数据集成可依托互联网技术进行网络数据收集；也可通过定向数据挖掘技术将众多数据进行分类、筛选，将与一国主权信用相关度高的数据提取出来，作为主权评级的高质量数据支撑（娄春伟，2012）。

最后，降低市场准入门槛，促进区域一体化。应适当降低准入门槛、放宽准入条件，为各国评级机构间的合作及多边共建的独立评级机构营运创造条件。具体可以借鉴欧洲证券和市场管理局及欧洲银行管理局的做法，积极推进域内国家信用评级牌照互认、评级结果互认可比。

3. 共同出资建立评级机构

以单个国家评级机构进行主权评级的传统的单评级模式容易造成偏差，所以共建“一带一路”国家应建立一个独立的、多国共同参与的、非营利性的信用评级国际组织，以提升评级结果的权威性和公正性。由大公国际、中诚信牵头，沿线国家信用评级机构合资建立跨国评级机构，尊重多元的文化差异，进而形成代表新兴市场国家利益的国际信用评级力量。主权信用评级国际机构的设立，可参考 ARC 评级跨国合资模式（刘梦雨，2017）。

4. 建立完善的主权评级监督体系

在发行人付费的制度下，为保证评级的客观公正，关键是要有效监管评级机构，促使其将独立性放在公司经营原则的首位。因此，建立起相应的监督机制进行保障尤为重要。

首先，建立制衡机制。将评级机构下设的咨询部门设为独立法人，从而使得被评级客户通过支付较高评级费用获取较好评级结果的想法无法实现。另外，骆嘉（2019）也提出可以有条件向西方信用评级机构开放市场，将沿线国家联合评级机构的评级结果与西方各国评级机构的评级结果相比，以此衡量“一带一路”沿线国家联合评级机构的准确性。

其次，建立合理的退出机制倒逼评级公司提升能力。联合评级机构的成员国可不定时组织市场参与者同第三方专家对评级机构在过去的业务能力、市场公信力和报告质量等方面做出综合评判，倒逼排名靠后的评级机构不断提升其业务能力。

最后，持续推进各国信用评级行业监管部门的合作。监管部门对那些缺乏独立性、接受客户行贿的国家信用评级机构，采取约谈、罚款、暂停评级业务、吊销评级资格的严惩措施，不断发展、完善信用评级相关制度。

第二节 创新“一带一路”金融危机救助机制

金融体系具有内在脆弱性，信息非对称导致金融危机容易蔓延和传染，金融危机显著的负外部效应导致危机的社会成本巨大。目前全球金融危机救助机制不均衡，共建“一带一路”国家危机救助渠道有限，探索“一带一路”金融危机救助机制创新具有重要意义。

一、金融危机传导机制概述

（一）通过金融市场跨国传导

随着金融全球化和电子信息化的不断发展，全球金融市场上的资金流动速度达到了前所未有的程度，进而影响金融资源在全球范围内的配置。金融危机的爆发将减少一国金融市场的交易量，敏锐的投资者会发现流动性问题开始显现，投资者将被迫调整证券组合并导致其他国家金融市场出现过量供给，从而导致其他国家金融市场可能出现价格下跌现象，引发大规模的资本抽逃行为，并最终导致这些国家出现金融危机。

在国际资本市场上有着巨额的“游资”“热钱”，出于资本的趋利性，当某一国家或地区的经济出现利好迹象时，“热钱”将会迫不及待地蜂拥而至，极大地活跃并推动该地区的金融发展；而一旦该国家或地区的经济出现萎靡迹象时，这些资本将会毫不留情地抽逃，同时出于对金融市场发展周期类似国家可能会出现同种情况的考虑，大量资本也将会从这些类似国家抽离，进而引发整个经济区域的金融危机。

（二）通过跨国银行海外业务进行传导

首先，当金融危机在某个国家率先发生时，商业银行在该国的不良资产将大幅上升，银行风险头寸暴露，可能会引发大量的潜在损失。为了减少资产风险、恢复资本充足比例、满足营利性要求，商业银行就会撤回在其他国家的高风险项目的资金，这使得其他国家的投资项目预期资金供给不足，从而导致这些国家金融市场借贷利率上升，并导致资产价格下降，从而引发这些国家的金融危机。

其次，金融危机的恢复往往需要依靠商业银行提供充足的资金，商业银行为满足其自身盈利需求，在危机爆发前期就会迅速撤离资金，这将对危机发生国的经济利益造成沉重打击，进而使这些国家陷入更大程度的金融危机之中。

（三）通过贸易渠道进行传导

贸易渠道是常见的金融危机传染渠道，主要指的是一国的金融危机恶化了另一个与其贸易关系密切的国家的国际收支以及经济基础运行状况，从而将风险传染到另一个国家。

张睿等（2012）研究认为，贸易渠道传导包括贸易伙伴型传染和竞争对手型传染。贸易伙伴型传染主要是指一国爆发金融危机往往表现为本国货币大幅贬值，增强本国出口商品竞争力并削弱贸易伙伴国的出口竞争力，从而导致贸易伙伴国国际收支状况恶化并引发投机冲击，最终导致危机传染。竞争对手型传染是指贸易国竞争性贬值所引发货币危机。

（四）通过信息渠道进行传导

当一个国家发生危机时，投资者会对所有国家重新进行判断，从而使对危机国的经济判断成为共同知识，投资者对与危机国类似的其他国家的经济问题严重性有了新的判断，于是对那些国家的宏观经济基本面进行重新估计。如果发现某些经济变量与危机国相似时，投资者就会把资金撤离该国家，一国金融危机的爆发降低了易波动的经济参与者的信心，引发参与者产生对经济基本面的负面预期，进一步降低投资者对未来经济表现的信心，由此引发了金融危机的跨国传导。

二、IMF 在亚洲金融危机中的救助分析

（一）亚洲金融危机及 IMF 的救助

1997 年 7 月 2 日，泰国央行宣布放弃泰铢钉住美元的固定汇率制度，泰铢随即大幅贬值。金融危机开始爆发并波及整个东南亚、韩国和日本，菲律宾和印度尼西亚等国货币相继与美元脱钩，韩国也放弃干预韩元。菲律宾、泰国、印度尼西亚和韩国先后选择向 IMF 求援，IMF 分别向上述四个国家提供了 11 亿美元、172 亿美元、400 亿美元和 500 亿美元的紧急救援，这项总额超过 1000 亿美元的贷款，是 IMF 成立以来实施的最大的一次援救活动。

与此同时，IMF 也提出了十分严苛的救援条件，尽管针对各国的具体援助条件不完全一致，但总体上可以分为稳定方案和金融部门的结构性改革。稳定方案

包括：①调低经济增长率；②实行紧缩性货币政策，维持高利率，削减开支，减少补贴。而金融部门的结构性改革则包括：①关闭营运不良的金融机构；②允许外资进入购买问题机构；③整顿和开放金融市场。

（二）IMF救助效果

IMF的救助对亚洲各国偿还外债、增加外汇储备、增加国际投资者信心起到了一定的积极作用。特别是对菲律宾的及时救助，使得菲律宾GDP增长率的下降幅度比另外三个国家要小得多。但从实际情况来看，IMF的救助政策实施后，亚洲金融危机并没有得到有效遏制，反而出现了进一步恶化的趋势。1997年8月5日，当IMF挽救泰国危机的一揽子计划宣布以后，泰国证券交易所指数猛跌22.51点，国内的金融交易立即中断（赵志耘和郭庆旺，1999）。1998年初，亚洲金融市场再次掀起抛售风潮，股市、汇市都出现了暴跌的现象。1998年泰国、印度尼西亚和韩国的经济增长率分别为–8%、–15.7%和–6.4%，通胀率分别高达8.2%、58.4%和7.7%，同时大量企业和金融机构倒闭，国内失业率猛增。

总体看来，IMF的救助在一定程度上帮助了危机受灾国经济的恢复，但这次的救助并没有达到预期的效果，其主要原因如下。

第一，IMF固定模式的救助方案忽略了亚洲各国经济状况的特殊性。不同于以往金融危机的主要根源在于政府失误，1997年爆发的亚洲金融危机更多的是由于经济过热产生的经济泡沫。不同于墨西哥货币危机只发生在一个国家，亚洲各国由于经济结构的趋同性和金融市场的相互依存性，金融危机极易在多个市场相互传染。赵志耘和郭庆旺（1999）对比GDP和储蓄率的增长率，发现危机爆发前亚洲各国的经济增长率和储蓄率都明显高于墨西哥。同时，亚洲各国所欠外债以民间债务为主，而墨西哥的外债则以政府债务为主。IMF套用解决墨西哥金融危机的调整方案，要求亚洲危机受灾国进行改革，并没有做到真正的“对症下药”。

第二，IMF危机救助的稳定方案中要求危机受灾国实行紧缩的货币和财政政策，虽然紧缩性的经济政策在一定程度上有助于抑制通货膨胀和稳定汇率，但王旭祥（1999）研究认为，过度的收缩不仅使得亚洲各国出口能力的下降远大于出口量上升，而且使得一部分本可以度过危机的企业倒闭，加剧了市场参与者的恐慌心理，从而导致危机受灾国的经济形势更为糟糕。

第三，IMF在促进危机受灾国经济结构调整方面的能力有限。此次亚洲金融危机爆发的深层次原因在于各国经济的结构性失衡，同时化解和防范金融危机最根本的也是要对经济体制与结构进行改革和调整。亚洲金融危机受灾国普遍存在的经济结构问题在于过分依靠外债来支撑本国经济发展，与此同时还采取固定汇率制度，这严重降低了货币政策调节经济的作用，而且缺失金融机构与政府的监管。这些问题单靠IMF简单的救助方案是无法解决的，必须通过各国经济政治体制的改革来解决。

第四，IMF 过分急于让危机受灾国实现市场的完全开放。IMF 的救助方案是按照市场化的自由经济体制改革思路进行，直接从如何开放国内市场、放宽对外国投资者的限制方面着手（欧阳永，2008）。然而金融自由化和市场的完全开放对该国的政策透明度、反腐败法治化、金融监管等方面都提出严苛要求，如果不满足这些条件，过快地追求市场开放不仅不能刺激经济增长，反而会带来国家经济和金融市场的进一步动荡和混乱。

第五，IMF 的援助方案具有很强烈的政治色彩。由于西方发达国家在 IMF 占有最大的份额，IMF 的政策在一定程度上反映了这些发达国家的利益。金融发达国家为维护其经济地位，利用各种手段迫使危机受灾国开放金融市场，进而达到控制该国经济和政治的目的。

三、“一带一路”金融危机救助机制创新

（一）依据金融相关性划分区域，设计不同救助机制

金融危机容易通过经济活动（贸易、投资、金融等）传染，因此经济金融交往密切或具有相似经济结构特征的经济体，更容易发生金融危机传染，因此也是金融危机救助的重点。

比较某一个国家与其他国家的金融相关性，可以从以下指标考虑：签订双边投资协定时长（两国间为了促进、鼓励以及保护相互的投资而签署法律协定的时间长度）、互设金融机构数量、双边 FDI 总额、签订货币互换协议规模、双边合格境外投资者数量（反映两国间债券市场的合作与认可）、双边互持有外债总量等。

依据金融相关性将共建“一带一路”国家划分成几大区域，区域内国家具有更紧密的经济金融联系，对这些国家可以采取一致的危机救助方案，对区域外的国家，救助方案设计应充分考虑区域间的差异性。

（二）针对危机受灾国的具体情况实施对应的救助方案

在向危机受灾国救助而提出一系列贷款条件时，应当依据金融危机产生的根源以及结合危机受灾国的具体经济结构去实施对应的救助方案，而非对所有国家产生的金融危机采取同一套救助方案。只有针对具体情况具体分析，才能在最大程度上弱化金融危机给受灾国带来的经济冲击，帮助受灾国及时从危机中脱身，直至逐步恢复本国经济的发展，从而也有助于及时偿还拖欠的债务。

（三）实施及时的救助活动

金融危机发生时，救助提供得越是及时，实际需要的救助资金数额就越少，就越能及时制止危机受灾国经济的下滑。在 1997 年亚洲金融危机后，IMF 对新加坡的及时救助使得新加坡 GDP 增长率下降的幅度远小于其他国家，而 IMF 与印度尼西亚的反复磋商不仅错过了救助印度尼西亚经济的最好时机，IMF 也需要付出更高

额的贷款。为争取可以在危机发生时采取更及时的行动，“一带一路”危机救助机制应当事先设定好救助程序，并就救助的基本条款与各国达成一致，从而在金融危机发生时不仅可以帮助受灾国及时止损，同时可以缓解救助机构自身的资金压力。

（四）重建对危机受灾国金融体系的信心

要重建对危机受灾国金融体系的信心，不仅需要救助机构提供流动性，同时也要确保危机受灾国的金融机构将不再承担过度风险。为减少过度承担风险的行为，必须关闭破产金融机构，因为这些机构已经一无所有而会为可能的盈利承担更多的风险（米什金，1999）。但关闭这些金融机构的前提是要使得存款人确信存在其他银行的钱不会面临危险，否则极易发生挤兑风险，更进一步加剧经济的萧条。救助机构可以提供技术和资金支持，鼓励危机受灾国采取措施，为失败的金融机构和非金融公司建立更好的财务结构和清算程序。

（五）控制由于救助制度的存在而带来的道德风险

道德风险在于银行存款人和企业的债权人认为如果发生危机，他们将会得到保护。这直接导致了存款人和其他债权人缺乏足够的动力去监控银行和企业的行为，其结果是鼓励这些机构为获得高收益而承担高风险。救助制度设计应当合理权衡其在危机发生时发挥的救助作用和可能会带来的道德风险，只有在绝对必要时才实施救援，进而更好地促进各国金融稳定发展。同时，道德风险可以由更为严苛的破产惩罚和更加严格的信息披露等金融监管措施得到控制。

（六）优化金融资源的合理配置

当今世界金融资源严重倾斜于发达国家，这绝非合理的配置。IMF 没有很好地处理亚洲金融危机，导致危机受灾国经济进一步下行，其中很重要的原因之一就在于 IMF 代表的更多的是欧美发达国家的利益。“一带一路”危机救助制度的设计应当从合理配置金融资源出发，帮助发展中国家降低对发达国家的依赖性，增强自身抵御危机的能力。

第三节 区域金融独立性与金融安全合作机制创新

一、美国对其他国家的制裁措施及其后果

二战结束后，美国凭借着在二战中积累的军事和经济实力，逐渐成为全球超级大国，并逐步主导国际金融体系。为实现其经济政治目的或打击犯罪，美国开始对外实行金融制裁。特别自“9·11”事件之后，金融制裁成为美国打击恐怖主义的重要手段之一。美国基于跨境支付平台和美元的霸权地位，对外金融制裁的范围不断扩大。金融制裁相较于其他制裁方式更具针对性，通过冻结或没收资产、拒绝提

供金融服务、禁止投融资活动等直接或间接的措施，对被制裁对象的资金融通机制进行阻碍或施加其他不利影响（葛淼，2018）。通常，金融制裁并非只为实现经济目的，更是成为配合制裁国的全球战略、服务政治利益和安全利益的重要手段。

（一）美国对俄罗斯的制裁

受地缘政治因素等影响，美俄关系长期处于对立状态。2014 年克里米亚事件发生之后，美国对俄罗斯发动了以经济制裁为主，辅以军事、外交等各领域对抗的“制裁战”，使美俄关系跌入冷战后的低谷。“制裁战”主要集中在冻结资产、禁止军事技术装备和特种设备出口，以及封闭俄罗斯参与全球主要金融市场的通道方面。在美俄关系越来越僵化的背景下，媒体报道的俄罗斯干涉美国大选事件和特朗普“通俄门”事件又使得两国关系雪上加霜。2017 年 7 月，美国国会又通过了美俄关系史上最严厉、最全面的制裁法案，把此前集中于乌克兰问题的制裁扩大到了两国几乎所有存在重大矛盾的方面，包括网络安全、金融机构、侵犯人权等（姜毅，2018）。这一法案不仅使美国对俄制裁政策成为一个完整的法律体系，也进一步固化了美国反俄的政策基调。

学者普遍认为，美国金融制裁对俄罗斯经济造成了短期和长期的负面影响。短期方面，美国金融制裁大大削弱了俄罗斯油气企业在欧美市场的融资能力，进而打击到俄罗斯利润丰厚的油气产业未来开发资源的能力；长期方面，金融制裁给俄罗斯带来了流动性困境，致使俄罗斯政府的财政收入骤减，通胀压力激增，民众贫富差距增大，进而影响到俄罗斯长期经济增长（马雪，2018）。

（二）美国对伊朗的制裁

美国对伊朗实行制裁由来已久。自伊朗伊斯兰革命以来，美伊之间因人质事件、两伊战争、核武扩散、人权问题等经历了一系列危机，美国不断出台制裁伊朗的国内法案，并以“最低限度联系原则”向全球拓展长臂管辖权，除了约束美国企业外，还将触手伸向任何与伊朗有联系的他国企业，从能源与金融两个重点领域加大对伊朗制裁，大量欧洲金融企业因伊朗业务受到美国的严厉制裁。

美国对伊朗制裁行动主要由三种因素所导致：一是伊朗的反美立场不断激发美国谋求以制裁及其他各种手段推翻伊朗政府；二是伊朗自 1983 年美军在黎巴嫩兵营遇袭之后被美国列入支持恐怖主义国家的黑名单，美国希望通过制裁伊朗以求进一步打击恐怖主义活动；三是美国谋求阻止伊朗大规模杀伤性武器扩散，进而减少对美国国家安全的威胁（蔡鹏鸿，2012）。

2008 年，美国通过其主导的美元跨境支付系统（即 CHIPS）切断了伊朗国际石油交易的美元支付通道，导致伊朗的石油贸易只能使用本地或中东国家货币进行结算，对伊朗的石油出口造成了巨大打击；2011~2012 年，美国彻底断绝了全球央行同伊朗央行的金融往来；2012 年 3 月，美国要求 SWIFT 终止为伊朗金融机构提供跨境支付报文传递服务，致使伊朗使用美元以外货币开展国际贸易也面临很大困难。伊朗与国际市场的资金往来通道大部分都被切断，这也导致依赖于进口燃料的炼油工业出现生产停滞的状况，伊朗国内出现燃料短缺，生活物资匮乏、货币大幅贬值、通货膨胀严重和大规模游行罢工的混乱局面（刘东民和史晨，2018）。2018 年 5 月 8 日，时任美国总统特朗普宣布退出伊核协议。此外，美国还将矛头对准民生领域，不仅使得伊朗石油大量减产，从而导致国际油价连番上涨，而且很可能引发伊朗国内宗教极端势力的抬头，激化矛盾。

（三）美国对中国的制裁

美国对中国的制裁可以追溯到新中国成立之前。新中国成立后由于两国意识形态上的差异和中国“一边倒”的战略选择，美国迅速对中国进行了“封锁”和“禁运”。抗美援朝战争爆发之后，美国对中国实施了更为严厉的制裁，制裁从贸易层面上升到金融领域，不仅全面禁止贸易往来，还冻结了中国在美国的资产。1989 年美国连同盟友又对中国实施了严厉的制裁，涉及贸易、投资、国际援助等领域。直至克林顿总统上台后，在中美经济联系日益紧密的情况下，美国对中国的制裁才开始松动（李婧和李世恒，2019）。

而自 2017 年底美国发布《国家安全战略报告》，将中国定位为“战略竞争对手”，美国又开始逐渐加大对中国各方面的遏制力度，频繁对我国企业和个人进行长臂管辖式的单边主义制裁。2018 年以来，中美贸易摩擦不断升级，中兴、华为等越来越多的中资企业遭受美国制裁，被美国用作贸易谈判的筹码。

美国愈演愈烈的单边域外制裁对我国企业和公民的切身利益、我国参与的国际经济合作乃至我国更广泛的海外利益都造成了实质性损害。首先，这些经济制裁行为给中国企业在海外的发展造成了直接的经营困难和经济损失，而且间接地打击了海外企业和消费者对中国企业发展的信心。其次，美国的制裁行为在一定程度上影响了中国部分领域的产业升级。制裁迫使中国高技术企业与美国企业停止合作，而中国很大一部分电子产品或核心技术都是依赖进口，个别高技术产品在短期内难以获得替代品，这直接延缓了中国引进高科技零部件、升级技术的步伐（张家铭，2020）。虽然这样的制裁在一定程度上刺激了中国自主技术的发展与进步，从长期来看美国制裁无法阻挡中国产业升级和科技进步的发展大势，但是由于目前大多数中国企业海外运营的主要结算货币仍然是美元，同时无论是金融活动或者贸易往来都无法完全避开美国的控制，并且大多数企业也不具备华为那样雄厚的实力，所以美国制裁已经严重打压了我国企业跨国经营的发展。

二、美国制裁能力来源分析

从本质上看，国际制裁是由国际体系在经济能力方面的不对称性决定的（张家铭，2020）。作为在国际经济体系中占据主导地位的超级大国，美国以国内法律为依据，基于长臂管辖原则（the principle of long arm jurisdiction）对外国实体及个人施加单边域外制裁（unilateral extraterritorial sanction），从而实现美国的国际政治目的或打击经济犯罪目的。单边域外制裁指的是一国针对领土疆域以外的行为体（国家、组织或个人）采用断绝外交关系以外的单边非武力强制性措施。虽然这一制裁手段的法律依据既包含包括联合国安理会决议在内的国际法，也包含美国国会通过的各类国内法案，但在实践中主要是以美国国内法案为基本依据，通过长臂管辖原则落实。从金融角度分析，美国的制裁能力主要来自以下三个方面。

（一）美元在国际经济交往中的核心地位

二战以来，美元是全球主要储备货币和结算货币，全球 70%以上的贸易通过美元完成，在外汇交易、外汇衍生品交易和储备货币的构成中，美国占绝对核心地位。美元的核心地位赋予美国巨大的发言权，赋予美国对全球其他主体实施金融制裁的特权。

（二）美国在全球金融体系的绝对话语权

二战后建立了以 IMF、世界银行为核心的全球金融体系，以及以 WTO 为代表的全球贸易体系，美国作为这些组织主要的政策制定者和执行者，在上述体系中拥有绝对话语权。为了获得 IMF 和世界银行等机构的金融援助，相关国家必须履行美国的制裁决定（刘威，2020）。美国金融市场体系在全球具有优势地位，全球金融机构几乎都需要与美国金融市场进行交易，使美国财政部可以对与美国敌对势力有资金往来的第三方金融机构给予严厉制裁（唐婧，2019）。

（三）美国在跨境支付清算领域的强大优势

目前，国际上主要的跨境资金支付系统包括 CHIPS 及 SWIFT。CHIPS 作为全球最大的私营支付清算系统，主要进行跨国美元交易的支付清算，处理全球 90%以上的国际美元交易。SWIFT 系统则发挥着各国间结算系统的连接器作用，是金融制裁的核心系统。虽然各国都建立了自主的跨境结算平台，如欧洲的 TARGET 等，但这些清算系统必须与 SWIFT 进行报文转换，无法摆脱对 SWIFT 的依赖，使得美国一直占领金融情报高地（郑金宇，2019）。

三、提升“一带一路”金融独立性的措施建议

（一）国际结算和储备货币多元化

为抑制美国长臂管辖原则带来的损害，国际货币多元化是反对美国金融制裁的关键。通过国际货币多元化，降低对美元单一货币的依赖，促使美国的金融制裁无法有效实施。一是直接通过货物进行贸易结算。例如，在 2012~2016 年，中

国为应对美国对伊朗的制裁，主要通过货物而非硬通货来与伊朗的部分贸易进行结算，同时还将人民币作为与伊朗结算的货币。二是通过其他国家独立的交易系统与贸易国继续进行交易。例如，俄罗斯为避免美国制裁建立了金融信息传输系统并开始使用，而欧盟创建的“贸易支持往来工具”也成为一个避免使用美国银行系统的另一重要途径（杨永红，2019）。

（二）加快人民币国际化进程

为彻底解决美国制裁中最具有杀伤力的长臂管辖，减少对美元以及美国掌控的交易结算系统的依赖程度，加快推进人民币国际化进程是根本措施。近年来，美国频繁地使用金融制裁手段，严重侵害到被制裁国及其合作国家的利益，各国开始积极寻找替代货币。中国应当抓住时机，在共建“一带一路”国家以及美国金融制裁辐射区域，将人民币作为主要硬通货进行建设，在国际货币的竞争中，突出人民币的主要优势，稳步加快人民币的国际化进程。

（三）法定数字货币用于跨国支付

发行法定数字货币不仅有利于对抗美国的金融制裁，更是顺应了当今时代货币无纸化的发展大势，有助于人民币国际化进程的推进。首先，由于中央银行是法定数字货币发行人，可以直接穿透到最终用户，更容易实施对货币全周期的数据记录和追踪，提高货币投放的精准度。其次，法定数字货币极大地降低了发行和交易成本，由于法定数字货币是基于数字化技术下的点对点支付，使得其流通速度也不逊色于第三方支付和电子支付，流通速度的提高也在一定程度上降低了金融摩擦产生的频率。再次，法定数字货币有助于加强金融合作和维护金融安全，可有效防止洗钱等违法行为，加强各国对跨境资本流动的管理。2019 年，我国正式加入法定数字货币的研发，对法定数字货币的研究处于世界领先水平。我国可以在共建“一带一路”国家通过提供服务投资和贸易合作的支付、结算、信贷等基础性金融服务，以及金融投资产品和衍生产品等综合性金融服务，打造推进法定数字货币和人民币国际化的离岸市场（孟刚，2019）。

第二十一章

“一带一路”金融安全国际合作机制创新

构建合作共赢的“一带一路”金融安全国际合作机制，为共建“一带一路”国家提供重要的公共产品，是人类命运共同体理念的重要体现。当前“一带一路”金融安全合作机制建设还处在起步阶段，本章重点研究“一带一路”金融安全国际合作的目标、原则、机制创新框架、路径规划和政策建议。

第一节　“一带一路”金融安全国际合作目标与总体原则

一、合作目标

习近平在首届“一带一路”国际合作高峰论坛开幕式上的演讲中明确提出，“我们要建立稳定、可持续、风险可控的金融保障体系”。鉴此，我们提出的“一带一路”金融安全国际合作的目标包含以下三个方面。

（一）服务“一带一路”命运共同体

“一带一路”构建了国际合作的全新模式，对促进全球共同发展具有重要意义。各国、各地区都在充分发挥自身资源禀赋优势的情况下实现互补性发展，实现互利共赢，最终为推动构建人类命运共同体贡献力量。“一带一路”建设的核心内容就是在各国之间，特别是中国与周边发展中国家之间建立起更好的基础设施互联互通网络，如雅万高铁、蒙内铁路、中欧班列、瓜德尔港口都属于典型的基础设施建设项目。这些建设项目需要的资金来源需要通过各国加强金融合作来获得，也服务于共建“一带一路”国家的共同发展，从金融合作层面体现了共建“一带一路”国家间践行人类命运共同体的理念。

（二）促进共建“一带一路”国家保持金融体系基本稳健

金融体系稳健是金融安全的直接要求。信息不对称导致金融体系具有内在脆弱性，对于新兴市场国家和发展中国家更是如此。新兴市场国家和发展中国家银行业占比往往较高，金融系统风险集中，金融机构管理风险能力薄弱，监管效率低，更容易发生金融危机的传染和蔓延。促进各国金融体系稳健是实现“一带一路”金融安全、防止金融危机生成的重要保证。一是金融监管要确保本国金融机构经营稳健、支付清算渠道通畅、金融市场平稳运行。二是推进各国逐步形成共识，做好“一带一路”金融合作的系统重要性金融机构的认定，对系统重要性金融机构提出具体的附加监管要求、实施宏观审慎管理并建立特别处置机制。三是要避免多头监管导致过度管制、结构失衡等损害金融体系功能的情况。

（三）提供可持续、有弹性、风险可控的金融安全保障

首先，“可持续”是指“一带一路”金融安全合作具有长期性，应该充分考虑金融安全正外部效应和维护金融安全成本之间的关系，促使金融安全合作能够长期持续。“可持续”特征要求“一带一路”金融安全合作应该有统一的制度安排，比如，可以通过设立“‘一带一路’金融安全合作协调委员会”的方式，推动金融安全国际合作持续稳定开展。其次，“有弹性”取决于“一带一路”金融安全合作的多样性。“一带一路”涉及区域广阔，不同国家政治制度、经济发展水平的差异，造成各国风险存在明显的异质性，总体风险水平不低且风险差异大。“一带一路”金融安全体系应该有足够的弹性，能够适应和解决不同范围、不同类型的金融风险问题。最后，“风险可控”指“一带一路”金融安全体系必须能够将金融风险控制在一定范围，对暴露的风险能够及时给予充分有力的应对。

金融安全与“一带一路”发展会实现良性互动：良好的金融安全环境有助于“一带一路”各类项目的投融资活动顺利开展，从而带动“一带一路”各国的经济发展；“一带一路”各国的经济发展也会推动金融生态环境好转，从而推动实现金融安全。

二、总体原则

（一）循序渐进、先易后难

“一带一路”金融安全合作机制创新是一项复杂的系统工程，其建立和完善不是一朝一夕可以完成的。要坚持循序渐进、先易后难的原则，从现实条件出发，逐步推进“一带一路”金融安全合作机制不断完善。

首先应该努力推动双边金融监管合作谅解备忘录逐步落实，使双边金融监管合作更具可操作性，并为中国与其他共建“一带一路”国家，以及其他共建“一带一路”国家间相互的双边监管合作提供借鉴；推动双边金融监管信息交流，并逐步扩大双边金融机构和金融市场主体信息交流。要努力把中俄、中巴等国间的双边金融监管合作打造成为合作范本，成为其他国家双边合作的标准和样板，从而推动在更广泛的范围内达成更深入的监管合作。

（二）求同存异

金融安全是国家安全的重要组成部分，涉及各国的根本利益。“一带一路”倡

议涉及众多国家，由于各国的经济发展水平、政治制度、传统文化等存在差异，关于国家金融安全的利益诉求必然也会存在差异，求同存异对“一带一路”金融安全合作至关重要。

“求同存异”是中国对外交往的重要原则之一，在金融安全合作领域，“求同存异”要求金融安全合作要切实关注各方的切身利益，避免因为短期利益损害长期合作；要求不应该使各国间的差异妨碍各国在主要问题上达成共识的努力，而是应在共同的基础上来相互了解和重视彼此的不同见解。

（三）互利共赢

“一带一路”建设无论是理念还是行动、愿景还是现实，都体现出这是中国与世界的互利共赢之路，“一带一路”金融安全国际合作同样也要遵循互利共赢的原则。

在“一带一路”金融安全国际合作框架内，各方应秉持共商共建共享原则，携手应对金融安全挑战，创造金融安全新机制，拓展金融安全新空间，实现优势互补、互利共赢。

第二节　金融安全国际合作机制创新和路径规划

一、金融安全合作机制创新整体框架

以习近平关于对外开放和合作共赢的思想为指导，进行“一带一路”金融安全国际合作机制创新，必须要兼顾共建“一带一路”国家的共同利益，必须要建立长效机制而非临时性解决方法。为此，我们提出“一带一路”金融安全国际合作机制创新整体框架，如图 21-1 所示。

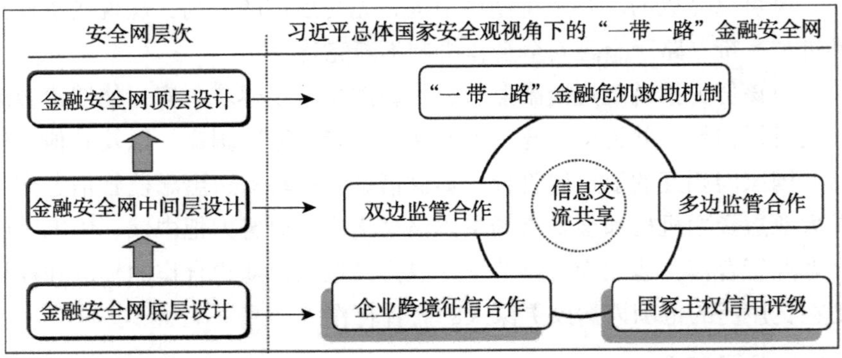

图 21-1　“一带一路”金融安全国际合作机制创新框架

在上述“一带一路”金融安全国际合作机构创新框架中，“一带一路”金融安全网包括三个层次，即底层、中间层和顶层。底层设计包括企业跨境征信合作和国家主权信用评级，企业是建设“一带一路”的主体，国家是“一带一路”合作的直接参与者和推动者，对二者的准确评价构成了“一带一路”安全网的基础。中间层设计是通过双边和多边监管合作推动信息交流共享，实现“一带一路”金融合作信息公开透明和有效监管。顶层设计是建立“一带一路”金融危机救助机制，为“一带一路”金融安全合作提供最终保障。

二、各层级金融安全国际合作机制创新

（一）建立以企业跨境征信合作和国家主权信用评级合作为基础的合作机制

共建“一带一路”国家经济、政治、文化等存在巨大差异，对各国企业的信用评级难以遵循统一的方法，需要加强各国征信管理部门和评级机构交流合作。对此，中国境内的信用评级机构，如中诚信等，应该积极开展与共建“一带一路”国家的交流合作。企业跨境征信合作机制创新的重点是要在如何保护征信主体信息、共享方式以及共享范围等方面进行着重探讨，从而求同存异，减少差异，形成一个广泛的企业跨境征信合作机制。

主权信用对跨国资金往来和经济活动有重要影响。由于共建“一带一路”国家的对外开放程度、信息公开水平和信息质量的差异，有必要研究信息不完备条件下主权信用评级方法与使用方法。债务国经济发展基本面情况是主权信用评级的主要决定因素（那明，2014），客观公正的债务评级首先取决于对特定国家经济发展基本数据的可获得性和准确性。评级行业的垄断与评级机构特殊的政治目的是影响评级结果的重要原因，也影响到评级结果是否被认可。以单个国家评级机构为评级主体的信用评价方式容易造成偏差，因此，“一带一路”主权信用评级要考虑设立独立的、多国共同参与的跨国性质的信用评级机构，提高信用评级机构的独立性和权威性。

（二）建立和完善双边与多边监管合作机制

截至 2020 年 1 月，有超过 60 个国家同我国签订了超过 70 个双边监管合作谅解备忘录或监管合作协议，其中超过半数为共建“一带一路”国家所签署。但一方面，仍有部分国家未与中国签订双边监管合作谅解备忘录或监管合作协议；另一方面，“一带一路”倡导多边主义，多边监管合作理应得到进一步加强。

监管合作备忘录并不具有强制的约束力，进一步的金融安全合作必须在此基础上进一步强化双边的监管合作关系，将备忘录的内容具体落实，同时与尚未签

订合作谅解备忘录的国家建立监管合作关系。金融风险具有跨国传染效应，必须建立多边监管合作机制加以应对。

（三）建立“一带一路”金融危机救助机制

正如中央银行的“最后贷款人”是金融稳定的最终保障一样，“一带一路”金融安全合作也应该建立完善的危机救助机制，以作为“一带一路”金融稳定的最终保障。金融危机的救助方式与区域金融合作方式、金融危机传导方式、金融危机规模大小和危机程度等相关，因此必须结合共建“一带一路”国家经济金融合作情况进行分析，研究“一带一路”整体及不同区域的金融危机传导方式和影响范围，并以此为基础确定危机救助机构和设计危机救助方案。

（四）建立金融安全信息交流共享机制

信息交流共享是实现金融安全的前提。共建“一带一路”国家存在信息不透明、信息交流不通畅的情况，对跨国投融资活动都产生不利影响。推动信息交流机制创新，应致力于降低跨国信息获取成本，增强信息可获得性和可靠性。应该努力促进各国政府、监管机构和金融机构之间的沟通和互动，提高各国企业、投融资主体和金融市场主体的透明度，推动各国金融信息有序共享、合理使用。

三、金融安全国际合作路径规划

（一）增强政治互信，夯实合作基础

金融安全是国家安全的重要组成部分，金融安全合作也是国家安全合作的重要组成部分，因此，增强政治互信是金融安全合作的重要切入点。和平合作、开放包容、互学互鉴、互利共赢是丝路精神的核心，也是各国增强政治互信的根本方法。构建以合作共赢为核心的新型国际关系，打造对话不对抗、结伴不结盟的伙伴关系，各国尊重彼此主权、尊严、领土完整，尊重彼此发展道路和社会制度，尊重彼此核心利益和重大关切。在充分互信的基础上，推动区域金融安全合作向纵深方向发展，金融安全合作才能具有可持续性。

（二）从双边合作向多边合作迈进，推动合作升级

遵循“循序渐进、先易后难”的原则，经济往来密切的国家间推动金融安全合作最为容易，也最为迫切。在主要国家间的双边金融安全合作基础上，逐步吸纳周边国家或联系密切国家加入，形成小区域范围的金融安全合作网络，并最终形成更广泛的“一带一路”金融安全合作国际网络。

多边合作的困难在于更加复杂的经济、政治、文化相互碰撞，使合作面临更多阻力。除了小区域中心国家力推动之外，也应该借助现有的“一带一路”多边金融机构——如亚投行和丝路基金等——推动多边金融安全合作。

（三）推动危机救助措施从务虚转向务实

从以促进信息交流、提振市场信心为主的备忘录式救助，转向提供具体贷款和援助的救助，推动危机救助措施从务虚向务实转变，使金融安全合作真正成为各国的共同利益所在。以金砖国家合作、东盟 10+4 合作作为参考，实现小区域内国家救助措施具体化，并逐渐转化为大区域的救助行动具体化。

（四）实现从单一货币为主到多种货币平衡发展的跨越

投融资、计价和结算货币的选择和使用关系到“一带一路”金融安全是否具有独立性、是否能够有效抵御外部干预。货币的跨国使用实际上也是货币发行国履行其国际责任的重要体现，中国不寻求人民币的国际霸权地位，但应该推动人民币在“一带一路”合作中承担与中国经济地位相匹配的国际责任，在“一带一路”金融合作中应逐步降低对单一货币的依赖，逐步增加包括人民币在内的更多货币作为投融资、计价和结算货币。

第三节　金融安全国际合作机制创新政策建议

一、以“人类命运共同体”理念推动金融安全国际合作

2013 年 3 月 23 日，习近平主席在俄罗斯莫斯科国际关系学院首次向世界提出人类命运共同体的理念，“这个世界，各国相互联系、相互依存的程度空前加深，人类生活在同一个地球村里，生活在历史和现实交汇的同一个时空里，越来越成为你中有我、我中有你的命运共同体”①。随后，这一中国方案逐渐由倡议上升为共识，由理念转化为行动，在众多领域得到践行。习近平主席先后提出“构建网络空间命运共同体”“核安全命运共同体”等具体理念，使“人类命运共同体”的内容日臻丰富完善。2013 年秋，习近平主席西行哈萨克斯坦，南下印度尼西亚，先后提出建设“丝绸之路经济带”和“21 世纪海上丝绸之路”重大倡议，“一带一路”成为“人类命运共同体”理念的重要实践平台。

以“人类命运共同体”理念推动金融安全国际合作，是新的历史条件下，推动金融安全国际合作的必然要求。坚持以共商共建共享为原则，以和平合作、开放包容、互学互鉴、互利共赢为核心的丝路精神为指引，始终强调团结合作，构建不同于现有体系的新金融安全国际合作体系。只有摒弃冷战思维、零和博弈、双重标准和贸易保护主义、单边主义，促进世界各国形成更为紧密、牢固、可持续的金融联系，才能携手应对挑战、共谋稳定，推动全球金融稳定和可持续发展，

---

① 习近平：顺应时代前进潮流 促进世界和平发展——在莫斯科国际关系学院的演讲，http://jhsjk.people.cn/article/20893328[2022-03-01]。

并进而推动世界经济发展。

二、加强“一带一路”金融基础设施建设

金融基础设施涉及金融稳定运行的各个方面，是金融安全合作的重要保障，在连接金融机构、保障市场运行、服务实体经济、防范金融风险等方面发挥着至关重要的作用，其建设和发展水平直接关系到能否更好发挥金融功能和实现金融安全（何德旭，2019）。

目前“一带一路”金融市场基础设施建设主要集中于支付基础设施的发展，应该建立统一的、多层次的“一带一路”货币结算平台，乃至建立法定数字货币结算平台，为结算货币多元化和有效应对汇率风险打下基础。未来“一带一路”金融基础设施建设，在硬件方面，应借助大数据、云计算、区块链、人工智能等新兴技术手段，实现“金融+科技”的完美契合，推动“一带一路”股票市场、债券市场、货币市场建立和发展，推动互联网金融等新金融模式发展，构建及时高效的金融安全信息交换平台；在软件方面，应推动建立完善的金融安全合作机制，包括双边和多边监管合作协议全覆盖、客观公开且具有公信力的信用评级合作、区域自主有效的金融危机救助机制等。

三、成立“一带一路”金融安全协调委员会

目前“一带一路”金融合作还缺乏统一的制度安排，成立“一带一路”金融安全协调委员会是一个重要的突破口。

2019 年 5 月 10 日，亚洲金融合作协会“一带一路”金融合作委员会在北京正式成立，旨在更好地推动“一带一路”各金融行业领域开展经验、信息共享，搭建业务交流合作的国际平台。该合作委员会主要关注金融业务合作，而且仅为行业合作协会性质。建立“一带一路”金融安全协调委员会，应由政府相关部门（如中国政府成立的推进“一带一路”建设工作领导小组）直接推动，由共建“一带一路”主要国家和多边金融机构共同发起设立，将大部分共建国家纳入。

“一带一路”金融安全协调委员会专注于构建制度性基础设施支撑，包括明确金融安全合作中各国的权利和义务、统一行业信息统计制度、规范化信息分享制度、设计金融安全警戒线、设计具体的金融危机救助措施等，切实推进金融安全国际合作，使金融安全合作真正成为共建“一带一路”国家共同维护、共同分享的公共产品。

四、推动多元平衡的货币体系建设

货币体系对区域金融安全至关重要。建立多元平衡的货币体系，多种类的国

际货币使投资组合可以实现多样化，从而降低组合风险，并使一国货币政策避免受到单一货币发行国政策变化的制约。多元平衡货币体系下，储备币种多样化，储备资产受单一货币汇率变化的影响会降低，可以避免一国储备资产遭受不必要的损失。建立多元平衡的货币体系，可以避免单一货币发行国滥用货币发行权和金融管辖权，提升区域金融独立性。

“一带一路”金融合作的最终目的是助力各国实现发展，“一带一路”多元平衡的货币体系建设，必须符合“互利共赢”这一核心原则。“一带一路”多元平衡的货币体系建设，应参考国际经济合作的重要性和便利性，以及货币的普遍接受性，选择合适的国际货币。“一带一路”多元平衡的货币体系建设，并不排除域外货币加入，只要有助于实现“互利共赢”，域外货币或超主权货币都可以考虑。

参考文献

巴曙松, 郑子龙. 2016-04-05. 人民币资本项目开放新趋势[N]. 第一财经日报, A11.
白钦先. 2003. 百年金融的历史性变迁[J]. 国际金融研究, (2): 59-63.
白永秀, 王颂吉. 2014. 丝绸之路经济带的纵深背景与地缘战略[J]. 改革, (3): 64-73.
鲍宏铮. 2019. 中东欧与欧盟关系的现状与前景[J]. 俄罗斯学刊, 9(3): 68-83.
鲍思晨, 田园. 2021. 离岸人民币外汇期货市场蓬勃发展[J]. 中国外汇, (17): 17-19.
波特 M. 2002. 国家竞争优势[M]. 李明轩，邱如美，译.北京: 华夏出版社.
蔡鹏鸿. 2012. 美国制裁伊朗及其对中国的影响[J]. 现代国际关系, (4): 16-21.
陈蓉, 郑振龙. 2008. 无偏估计、价格发现与期货市场效率——期货与现货价格关系[J]. 系统工程理论与实践, (8): 2-11, 37.
陈首丽, 马立平. 2002. 国家经济安全的风险因素与监测指标体系[J]. 上海统计, (6): 12-14.
陈四清. 2017. 完善“一带一路”金融服务体系[J]. 中国金融, (8): 9-11.
程中海, 南楠. 2017. 中国对“一带一路”国家直接投资的效率及潜力评估[J]. 商业研究, (8): 64-73.
崔蕴佳. 2011. 金融监管国际合作的法律框架[D]. 哈尔滨: 哈尔滨工业大学.
邓子梁, 原晓惠. 2018. 制度距离对银行海外经营效率的影响：基于“一带一路”沿线国家外资银行的实证分析[J]. 中国软科学, (4): 43-53.
丁波涛. 2017. “一带一路”沿线国家信息资源整合模式——基于国际组织和跨国企业经验的研究[J]. 情报杂志, 36(9): 160-164.
丁纯, 强皓凡, 孙逸修. 2019. 欧盟债券市场一体化：进程、推动、障碍与前景[J]. 同济大学学报(社会科学版), 30(6): 52-67.
丁振辉. 2014. 金砖国家开发银行及应急储备安排——成立意义与国际金融变革[J]. 国际经济合作, (8): 83-88.
杜思正, 冼国明, 冷艳丽. 2016. 中国金融发展、资本效率与对外投资水平[J]. 数量经济技术经济研究, 33(10): 17-36.
范海英. 2010. 论金融监管的国际合作机制[D]. 青岛: 中国海洋大学.
方慧, 赵甜. 2017. 中国企业对“一带一路”国家国际化经营方式研究——基于国家距离视角的考察[J]. 管理世界, (7): 17-23.
方旖旎. 2016. “一带一路”战略下中国企业对海外直接投资国的风险评估[J]. 现代经济探讨, (1): 79-83.
富景筠. 2012. 一体化次序视角下的东亚合作[J]. 世界经济与政治, (6): 137-151，160.
高洪民. 2017. 关于香港离岸人民币存款变动影响因素的理论和实证研究[J]. 世界经济研究, (9): 25-37, 135.
高鹏飞, 胡瑞法, 熊艳. 2019. 中国对外直接投资 70 年：历史逻辑、当前问题与未来展望[J]. 亚太经济, (5): 94-102, 151-152.

高薇. 2011. 国际直接投资理论的演变及其对中国的启示[D]. 长春: 吉林大学.
高翔. 2001. QFII制度：国际经验及其对中国的借鉴[J]. 世界经济, (11): 74-79.
葛淼. 2018. 美国单边金融制裁的国际法性质与应对[J]. 上海金融, (10): 55-59.
巩斌. 2003. 金融风险监测预警指标的构建[J]. 统计与预测, (5): 28-30.
管清友, 张瑜, 杨晓. 2017. "一带一路"投资格局全解析：区域、行业、国别[R]. 上海: 民生证券研究院.
管于华, 尚卫平. 2003. 论GDDS国际标准与中国统计数据缺陷[J]. 统计研究, 20(1): 63.
郭晓琼. 2017. 中俄金融合作的最新进展及存在的问题[J]. 欧亚经济, (4): 82-101, 126, 128.
郭周明. 2017. 美日对外投资分析及其对中国启示——基于"一带一路"视角[J]. 国际贸易, (6): 42-47.
国家风险评级课题组. 2014. 2013年中国海外投资国家风险评级报告(CROIC-IWEP) [J]. 国际经济评论, (1): 123-136, 7-8.
韩冰. 2016. 二十国集团在国际投资领域的合作与前景展望[J]. 国际经济评论, (4): 53-66, 5.
韩龙. 2007. 国际金融法[M]. 北京: 法律出版社.
何德旭. 2019. 加快完善金融基础设施体系[J]. 人民周刊, (21): 56-58.
何剑. 1996. 国际经济合作理论述评[J]. 经济学动态, (9): 72-74.
胡俊超, 王丹丹. 2016. "一带一路"沿线国家国别风险研究[J]. 经济问题, (5): 1-6, 43.
黄苏. 1982. 论发达国家间资本相互渗透广泛发展的基础、特点和作用[J]. 世界经济, (7): 32-37.
黄远浙, 钟昌标, 叶劲松, 等. 2021. 跨国投资与创新绩效——基于对外投资广度和深度视角的分析[J]. 经济研究, 56(1): 138-154.
黄韵. 2017. "一带一路"背景下国际贸易争端解决机制[J]. 重庆社会科学, (6): 92-98.
加夫里洛娃 B E, 杨俊东. 2016. 从金融安全视角看俄中金融合作[J]. 东北亚学刊, (5): 11-12.
简尚波. 2018. 依托"一带一路"促进信用评级行业国际化研究[J]. 西南金融, (12): 10-16.
姜超, 朱征星, 张卿云. 2015. 我国债券市场对外开放现状、国际比较及影响[J]. 债券, (10): 33-41.
姜毅. 2018. 解析美国对俄制裁新法案[J]. 俄罗斯东欧中亚研究, (1): 28-43, 156-157.
蒋涛, 吴卫星, 宫迪. 2017. 政治风险会影响贷款定价吗[J]. 管理评论, 29(9): 3-14.
金鑫, 林永亮. 2019. "一带一路"建设中的智库交流——"一带一路"智库合作联盟建设实践及发展前景[J]. 当代世界, (5): 27-30.
兰天. 2005. 欧盟经济一体化模式研究[D]. 大连: 东北财经大学.
李东卫. 2010. 希腊债务危机及其对我国经济发展的警示[J]. 贵州农村金融, (7): 27-30.
李宏佳. 2018. 欧洲金融合作的制度变迁研究[D]. 北京: 对外经济贸易大学.
李健男. 2010. 论后金融危机时代金融监管国际合作的组织机制——全球金融集体安全机制构建思考之一[J]. 现代法学, (4): 138-147.
李锦元. 2005. 金融全球化与国际金融合作——兼论中国的因应对策[D]. 广州: 暨南大学.
李景行. 2012. 国家主权信用评级方法及其改进——基于标普评级方法的分析[J]. 人民论坛, (35): 101-103.

李婧，李世恒. 2019. 美国长臂管辖下受制裁中资企业的特征研究[J]. 国际贸易，(11): 36-43.
李林林. 2013. 关于国家风险与主权信用评级的研究[D]. 北京：中国社会科学院研究生院.
李仁真，申晨. 2019. "一带一路"背景下的中俄金融合作：进展与深化[J]. 边界与海洋研究, 4(6): 96-108.
李晓安. 2018. 现行主权信用评级困境及我国应对的制度路径[J]. 法学杂志, 39(6): 32-44.
李原. 2018. 构建"一带一路"基础设施合作成本分摊机制[J]. 经济问题探索, (12): 81-91.
李原，汪红驹. 2018. "一带一路"沿线国家投资风险研究[J]. 河北经贸大学学报，39(4): 45-55.
李悦，顾苏秦，孙宇. 2007. 欧洲、北美金融合作的做法及启示[J]. 经济纵横, (11): 68-70.
李泽. 2019. 丝路基金：资金融通助力"一带一路"[J]. 中国外汇, (7): 63-67.
李卓，阮真. 2017-07-04. 为 "一带一路"提供风险可控的金融保障体系[N]. 光明日报, 11.
厉力. 2011. 北美自由贸易区的原产地规则问题研究[J]. 上海交通大学学报（哲学社会科学版）, 19(6): 31-38, 55.
廖凡. 2018. 跨境金融监管合作：现状、问题和法制出路[J]. 政治与法律, (12): 2-11.
林秀梅，李青召，历姿彤. 2017. 中美经济政策不确定性与短期国际资本流动[J]. 投资研究, 36(11): 4-16.
刘东民，史晨. 2018. 美国实施金融制裁的趋势、特征及其依赖的技术平台[J]. 银行家, (8): 114-115.
刘舸，张三南. 2010. 两岸经济合作机制的概念分析[J]. 台湾研究, (3): 28-32.
刘宏伟. 2013. 关于国际金融监管合作的文献综述[J]. 中国市场, (21): 62-63.
刘建江. 2006. 机遇与挑战：中国直面世界金融一体化[M]. 北京：中国经济出版社.
刘建军. 2002. 欧盟统一金融市场进程与"单一护照"制度[J]. 证券市场导报, (7): 15-18.
刘建设. 2019. "一带一路"国际产能合作问题研究[D]. 北京：中国社会科学院研究生院.
刘亮. 2013. 东亚区域货币合作研究[D]. 武汉：武汉大学.
刘梦雨. 2017. "合作"是亚洲信用评级机构提升影响力的关键[J]. 中国信用, (5): 84-85.
刘威. 2020. 美式金融制裁的实施体系、功效评价与可能趋势[J]. 当代美国评论，4(1): 105-121, 126.
刘一静. 2019. 亚投行成立以来投资现状统计分析[J]. 全国流通经济, (3): 28-30.
刘轶. 2008. 论欧盟金融服务法中的设立自由原则[J]. 欧洲研究, 26(3): 73-86.
刘宇男. 2003. 论金融监管的国际合作机制[D]. 成都：西南财经大学.
龙红亮. 2020. 中美利差下的债券市场对外开放[J]. 债券, (3): 51-54.
娄春伟. 2012. 基于多目标决策与数据挖掘融合方法的主权信用风险评估研究[D]. 成都：电子科技大学.
陆婷. 2017. 东亚经济金融合作的回顾和展望[J]. 东北师大学报（哲学社会科学版）, (6): 61-64.
鹿心社，陈武. 2019. 建设面向东盟的金融开放门户 谱写广西全方位开放发展新篇章[J]. 当代广西, (14): 13.
骆嘉. 2019. 金砖国家信用评级机构合作之现状、困境与出路[J]. 区域与全球发展，3(5): 69-84，156-157.

吕越, 邓利静. 2019. 金融如何更好地服务实体企业对外直接投资？——基于中资银行“走出去”的影响与机制分析[J]. 国际金融研究, (10): 53-63.

吕越, 陆毅, 吴嵩博, 等. 2019. “一带一路”倡议的对外投资促进效应——基于2005—2016年中国企业绿地投资的双重差分检验[J]. 经济研究, 54(9): 187-202.

马晨. 2017. 推进“一带一路”建设的国际金融创新合作机制[J]. 银行家, (10): 56-59.

马克思 K H . 1964. 哲学的贫困[M]. 北京: 人民出版社.

马克思 K H. 1995. 资本论: 第三卷[M]. 北京: 人民出版社.

马罗阿 B, 贝哈 M, 沈国华. 1982. 衡量和预测国家风险[J]. 外国经济参考资料, (6): 5-8.

马雪. 2018. 美国对俄罗斯金融制裁的效力、困境及趋势[J]. 现代国际关系, (4): 33-39, 65.

麦金农 R, 施纳布尔 G, 李婧. 2014. 中国汇率、金融抑制与人民币国际化的冲突[J]. 经济社会体制比较, (2): 43-62.

毛健. 2016. 经济发展理论与实践[M]. 北京: 经济管理出版社.

毛振华, 阎衍, 郭敏. 2015. “一带一路”沿线国家主权信用风险报告[M]. 北京: 经济日报出版社.

门洪华. 2000. 国际机制理论与国际社会理论的比较[J]. 欧洲, (2): 12-18.

孟刚. 2019. 法定数字货币与人民币国际化[J]. 中国金融, (24): 31-33.

孟夏. 2005 .亚太区域贸易安排研究[M]. 天津: 南开大学出版社.

孟醒. 2021. 企业对外投资如何响应“一带一路”倡议：闻风而动还是谋定而后动?[J]. 世界经济研究, (5): 69-82, 135.

孟于群. 2019. “一带一路”沿线国家金融合作规则体系构建研究[J]. 人民法治, (8): 64-67.

米什金 F. 1999. 亚洲金融危机的教训及政策启示[J]. 国际经济评论, (Z5): 21-25.

那明. 2014. 金融危机背景下国家主权信用评级影响因素分析——基于27个OECD国家面板数据的研究[J]. 世界经济研究, (10): 28-33, 88.

聂爱云, 何小钢. 2018. 中国“一带一路”投资：进展、挑战与对策[J]. 国际贸易, (12): 32-37.

聂平香. 2014. 国际投资规则的演变及趋势[J]. 国际经济合作, (7): 16-20.

欧阳永. 2008. 国际货币基金组织金融危机救助机制研究[D]. 武汉: 华中师范大学.

彭继增, 张思娟, 徐浩. 2020. 文化距离对中国进出口贸易效率的影响——基于随机前沿引力模型的实证[J]. 统计与决策, 36(17): 86-90.

彭秀坤. 2016. “一带一路”下防范主权信用评级风险的法律对策研究[J]. 财经理论与实践, 37(1): 134-139.

皮六一. 2013. 中国证券交易制度的设计与变革研究[D]. 上海: 华东师范大学.

齐宣. 2010. 中国信保：2009《国家风险分析报告》[J]. 中国经贸, (Z1): 112-113.

邱兆祥, 王修华. 2010. 试论后危机时代国际金融监管协调与合作[J]. 教学与研究, (11): 27-32.

权衡. 2017. 经济全球化的实践困境与“一带一路”建设的新引擎[J]. 世界经济研究, (12): 3-8, 132.

单情. 2011. 国际金融监管合作的法制现状、问题及完善[D]. 青岛: 中国海洋大学.

沈凤武, 郭海川, 辛春林, 等. 2012a. 基于遍历参数的主权信用风险评级方法[J]. 国际金融研究, (9): 62-70.

沈凤武，沈跃峰，杜明艳，等. 2012b. 国家主权信用评级质量检验方法研究[J]. 国际金融研究, (5): 12-18.

沈梦溪. 2016. "一带一路"基础设施建设的资金瓶颈和应对之策[J]. 国际贸易, (11): 33-37.

施淑蓉. 2014. 我国企业海外投资风险防范系统构建研究[J]. 经济纵横, (11): 38-41.

石静霞. 2015. 国际贸易投资规则的再构建及中国的因应[J]. 中国社会科学, (9): 128-145.

宋杰. 2019. 沪伦通正式启动！上交所的哪些上市公司将率先在伦敦上市[J]. 中国经济周刊, (12): 56-58.

宋立义，李世刚. 2018. 构建"一带一路"中长期投融资机制研究[J]. 开发性金融研究, (6): 17-25.

苏春子. 2018. 东亚金融一体化的经济效应研究[D]. 沈阳：辽宁大学.

孙国峰，尹航，柴航. 2017. 全局最优视角下的货币政策国际协调[J]. 金融研究, (3): 54-71.

孙红，张国柱，罗红光，等. 2015. 国际三大评级机构主权信用评级模式的经验及启示[J]. 征信, 33(5): 59-62.

孙焕民，吴德进. 2004. 欧盟金融监管演进分析——兼论对中国金融监管区域国际合作的启示[J]. 亚太经济, (3): 6-8, 12.

孙璐璐. 2018-04-26. 海外网点布局从扩张转向整合业务合规压力日增[N]. 证券时报, A006.

谭文君，崔凡，董桂才，等. 2018. "一带一路"背景下国别信用评价体系的研究[J]. 宏观经济研究, (4): 79-84, 109.

唐婧. 2019. 美国的金融制裁与应对[J]. 中国金融, (14): 78-80.

田剑英. 2008. QDII 的投资分析及其对我国金融市场的影响[J]. 投资研究, (6): 2-11.

佟欣秋. 2015. 区域贸易协定演进研究[D]. 大连：大连海事大学.

涂晟. 2017. 论国际证券监管中的相互认可制度[D]. 北京：对外经济贸易大学.

万泰雷，李松梁，黄鑫. 2014. 国际金融监管合作及中国参与路径[J]. 国际经济评论, (3): 121-129.

王碧珺，杜静玄，李修宇. 2020. 中国投资是东道国内部冲突的抑制剂还是催化剂[J]. 世界经济与政治, (3): 134-154, 160.

王镝，杨娟. 2018. "一带一路"沿线国家风险评级研究[J]. 北京工商大学学报（社会科学版）, 33(4): 117-126.

王国刚. 2019. "一带一路"建立以多边机制为基础的国际金融新规则[J]. 国际金融研究, (1): 38-45.

王劲松，任宇航. 2021. 中国金融稳定指数构建、形势分析与预判[J]. 数量经济技术经济研究, 38(2): 24-42.

王嫚. 2013. 中日韩金融合作研究——基于货币视角的分析[D]. 北京：对外经济贸易大学.

王稳，张阳，赵婧，等. 2016. 2015 年全球主权信用风险评级研究[J]. 保险研究, (4): 3-17.

王潇潇. 2014. 中美货币政策协调问题研究[J]. 亚太经济, (3): 38-42.

王旭祥. 1999. 从亚洲金融危机透视国际货币基金组织的反危机功能[J]. 上海金融高等专科学校学报, (3): 13-16.

温树英. 2003. 评《北美自由贸易协定》的金融服务规定[J]. 当代法学, (9): 100-104.

温先涛. 2012. 《中国投资保护协定范本》(草案) 论稿 (二) [J]. 国际经济法学刊, 19(1): 132-161.
文洋. 2017. “一带一路”投资规则发展趋势及协调策略[J]. 理论视野, (12): 66-72.
毋兴. 2008. 国际主权评级理论方法研究及在我国的应用[D]. 太原: 山西财经大学.
吴晓求. 2017. 中国资本市场研究报告[M]. 北京: 中国人民大学出版社.
肖钢. 2019. 制度型开放——构建“一带一路”投融资新体系[M]. 北京: 中国金融出版社.
肖红军. 2014. 相关制度距离会影响跨国公司在东道国的社会责任表现吗?[J]. 数量经济技术经济研究, 31(4): 50-67.
谢彩. 2011. 泛北部湾区域金融合作研究[D]. 北京: 中央民族大学.
辛秉清, 于莎, 向远博, 等. 2019. “一带一路”参与国家“开放”评价指数研究[J]. 东北亚经济研究, 3(2): 46-58.
辛冉. 2017. “一带一路”战略下的对外经济合作方式研究[D]. 北京: 对外经济贸易大学.
熊彬, 刘泽宇. 2019. 制度质量视角下“一带一路”沿线国家金融开放度空间差异和收敛性研究[J]. 世界经济研究, (5): 3-13, 134.
胥爱欢. 2018. “一带一路”建设中主权信用风险的防控——来自欧债危机救助的经验与教训[J]. 西南金融, (8): 11-16.
徐惠喜. 2019-04-14. 推动“16+1 合作”提质增效[N]. 经济日报, 1.
徐奇渊. 2018. “一带一路”沿线国家交通基础设施融资需求测算[J]. 开发性金融研究, (6): 8-16.
徐融. 2017. “一带一路”国家主权信用评级与 FDI 的关系研究——基于 CCA 与国际评级模型[D]. 武汉: 武汉大学, .
徐寿福, 陈百助. 2021. 资本市场开放与股票流动性——来自沪股通的证据[J]. 世界经济文汇, (1): 44-65.
严佳佳, 黄文彬. 2016. 人民币国际化进程中特里芬难题的辨析与求解——基于国际货币循环模式的分析[J]. 国际金融, (5): 61-68.
阎孟伟. 2019-02-11. 构建人类命运共同体的价值内涵[N]. 光明日报, 15.
阎衍, 张英杰, 张婷婷. 2015. “一带一路”沿线主权风险[J]. 中国金融, (13): 55-57.
杨永红. 2019. 次级制裁及其反制——由美国次级制裁的立法与实践展开[J]. 法商研究, 36(3): 164-177.
衣春迪. 2020. 人类命运共同体: 全球治理理念的价值超越[J]. 贵州社会主义学院学报, (2): 48-53.
易纲. 2001. 全球金融一体化对我国的影响及对策[J]. 南方金融, (2): 13-16.
尹美群, 盛磊, 吴博. 2019. “一带一路”东道国要素禀赋、制度环境对中国对外经贸合作方式及区位选择的影响[J]. 世界经济研究, (1): 81-92, 136-137.
袁临江. 2018. 保险业服务“一带一路”的战略思考[J]. 中国金融, (16): 12-14.
张超, 张晓明. 2017. “一带一路”战略的国际争端解决机制研究[J]. 南洋问题研究, (2): 24-34.
张春宇, 朱鹤, 刘桂君. 2018. “一带一路”的金融创新: 现状、特点、问题及建议[J]. 国际税收, (4): 6-10.
张栋, 许燕, 张舒媛. 2019. “一带一路”沿线主要国家投资风险识别与对策研究[J]. 东北亚论坛, 28(3): 68-89，128.
张凤超. 2003. “港粤”金融一体化理论与模式研究[D]. 长春: 东北师范大学.
张凤超. 2005. 金融一体化理论的建构[J]. 东北师大学报, (4): 45-48.
张家铭. 2020. “霸权长臂”: 美国单边域外制裁的目的与实施[J]. 太平洋学报, 28(2): 53-65.
张靖佳, 张龑, 孙浦阳. 2016. 金融危机、溢出渠道与企业敏感度[J]. 国际金融研究, (2): 11-25.
张丽平. 2017-04-18. “一带一路”基础设施建设投融资需求及推进[N]. 中国经济时报, 5.
张茉楠. 2020. “一带一路”：迈向全球互联互通伙伴关系[J]. 开发性金融研究, (2): 46-52.
张睿, 陈卫华, 郑长军. 2012. 金融危机的国际冲击传导机制研究[J]. 商业时代, (27): 55-56.
张天桂, 盛垒, 薛安伟, 等. 2016. 分化复苏的世界经济: 新引擎、新风险、新常态——2016年世界经济分析与展望[J]. 世界经济研究, (1): 3-27, 135.
张伟伟, 李天琦, 高锦杰. 2019. “一带一路”沿线国家绿色金融合作机制构建研究[J]. 经济纵横, (3): 63-71.
张志儒. 2013. 南方共同市场服务原产地规则研究[D]. 重庆: 西南政法大学.
张中元, 沈铭辉. 2018. “一带一路”融资机制建设初探——以债券融资为例[J]. 亚太经济, (6): 5-14, 146.
赵东麒. 2018. “一带一路”建设中国际产能合作的路径选择[D]. 北京: 对外经济贸易大学.
赵汝为, 熊熊, 沈德华. 2019. 投资者情绪与股价崩盘风险：来自中国市场的经验证据[J]. 管理评论, 31(3): 50-60.
赵益维, 赵豪迈. 2017. 大数据背景下“一带一路”新型智库信息服务体系研究[J]. 电子政务, (11): 72-80.
赵志耘, 郭庆旺. 1999. 对 IMF 救助亚洲金融危机的宏观经济政策建议的分析[J]. 财经问题研究, (2): 39-43.
赵祚翔, 李晨妹, 王圣博. 2019. “一带一路”背景下中国境外合作园区投融资模式的实践[J]. 商业经济研究, (22): 178-181.
者贵昌. 2000. 现行银行管理中的制度研究[J]. 经济体制改革, (S1): 188-191.
郑金宇. 2019. 美国金融制裁机制的深层认知[J]. 银行家, (11): 96-98，7.
中共中央马克思恩格斯列宁斯大林著作编译局. 2009. 列宁专题文集：论资本主义[M]. 北京：人民出版社.
中国人民大学国际货币研究所. 2017. 人民币国际化报告 2017：强化人民币金融交易功能[M]. 北京：中国人民大学出版社.
中国人民银行国际司. 2019. “一带一路”倡议与对外投融资合作框架[M]. 北京：中国金融出版社.
中国社会科学院世界经济与政治研究所. 2016.中国海外投资国家风险评级报告（2016）[M]. 北京：中国社会科学出版社.
周宝义, 李政丹. 2002. 主权信用评级与发展中国家国际融资[J]. 中国金融, (6): 54-55.
周保根,田斌. 2016. “一带一路”投资合作风险的深入评估及应对[J].国际贸易, (11):29-32.
周帅. 2017. 国际金融公共产品视角下的全球金融体系治理变革研究[D]. 沈阳：辽宁大学.

周松林. 2017-10-28. 上交所发布服务“一带一路”建设愿景和行动计划[N]. 中国证券报, A04.
周伟, 江宏飞. 2020. “一带一路”对外直接投资的风险识别及规避[J]. 统计与决策, 36(16): 123-125.
周小川. 2017. 共商共建“一带一路”投融资合作体系[J]. 中国金融, (9): 6-8.
周晓梦, 罗霞. 2019-04-27. 海南可打造区域绿色金融中心[N]. 海南日报, 004.
周兆平. 2018. 汇率与人民币国际化研究[D]. 上海: 上海交通大学.
朱杰进. 2007. 国际制度缘何重要——三大流派比较研究[J]. 外交评论(外交学院学报), (2): 92-97.
朱孟楠, 郭春松. 2006. 欧盟金融监管合作的经验与借鉴[J]. 发展研究, (7): 20-22.
朱新荣. 2017. 区域经济一体化进程中的中韩经济合作研究[D]. 苏州: 苏州大学.
左品. 2011. 南方共同市场经济一体化研究[D]. 南京：南京大学.
Baillie R T, Booth G G, Tse Y, et al. 2002. Price discovery and common factor models[J]. Journal of Financial Markets, 5(3): 309-321.
Bartholdy J, Boyle G W, Stover R D. 2003. Deposit insurance and the risk premium in bank deposit rates[J]. Journal of Banking & Finance, 27(4): 699-717.
Bénassy-Quéré A. 1999. Optimal pegs for East Asian currencies[J]. Journal of the Japanese and International Economies, 13(1): 44-60.
Buckley P J, Clegg L J, Cross A R, et al. 2007. The determinants of Chinese outward foreign direct investment[J]. Journal of International Business Studies, 38: 499-518.
Chinn M D, Ito H. 2006. What matters for financial development? Capital controls, institutions, and interactions[J]. Journal of Development Economics, 81(1): 163-192.
Desbordes R, Wei S J. 2017. The effects of financial development on foreign direct investment[J]. Journal of Development Economics, 127: 153-168.
Dunning J H. 1973. The determinants of international production[J]. Oxford Economic Papers, 25(3): 289-336.
Engle R F, Kroner K F. 1995. Multivariate simultaneous generalized ARCH[J]. Econometric Theory, 11(1):122-150.
Epaulard A, Pommeret A. 2016. Financial integration, growth and volatility[J]. Pacific Economic Review, 21(3): 330-357.
Fernald J, Edison H, Loungani P. 1999. Was China the first domino? Assessing links between China and other Asian economies[J]. Journal of International Money and Finance, 18(4): 515-535.
Gande A, Parsley D C. 2010. Sovereign credit ratings, transparency and international portfolio flows[R]. Nashville：Vanderbilt Owen Graduate School of Management Research.
Gonzalo J, Granger C. 1995.Estimation of common long-memory components in cointegrated systems [J]. Journal of Business and Economic Statistics, 13(1): 27-35.
Harvey C, Jones G. 1992.Introduction organisational capability and competitive advantage[J]. Business History, 34(1): 1-10.
Hasbrouck J. 1995. One security, many markets: determining the contributions to price discovery[J]. The Journal of Finance, 50(4): 1175-1199.
Havens R M , Balassa B. 1961. The theory of economic integration[J]. Journal of Political Economy, 29(1): 47.
Hymer S H. 1960. The international operations of national firms: a study of direct foreign investment[D].Cambridge: Massachusetts Institute of Technology.
Kaufmann D, Kraay A, Mastruzzi M. 2010. The worldwide governance indicators: methodology

and analytical issues[R]. Washington： World Bank.

Kindelberger C P. 1969. American business abroad: six lectures on direct investment[J]. The International Executive, 11(2): 11-12.

King M A, Wadhwani S. 1990. Transmission of volatility between stock markets[J]. The Review of Financial Studies, 3(1): 5-33.

Kogut B, Singh H. 1988. The effect of national culture on the choice of entry mode[J]. Journal of International Business Studies, 19(3): 411-432.

Krasner S D. 1983. International Regimes[M]. New York: Cornell University Press.

Moravcsik A. 1998. The Choice for Europe: Social Purpose and State Power from Messina to Maastricht[M]. New York: Cornell University Press.

Ohlin B. 1933. Interregional and International Trade[M]. Cambridge: Harvard University Press.

Pascha W. 1999. Financial Cooperation and Integration in Pacific Asia: The Role of Multilateral and Regional Organisations[M]. Standort Duisburg: Institut für Ostasienwissenschaften, Universität Duisburg-Essen.

Porter M E. 1990. The competitive advantage of nations[J]. Competitive Intelligence Review, 1(1): 14-14.

Smith R C, Walter I, DeLong G. 2012. Global Banking[M]. Oxford: Oxford University Press.

Tinbergen J. 1969. The Theory of the Optimum Regime[M]//Fox K A , Sengupta J K, Narasimham G V L .Economic Models, Estimation and Risk Programming: Essays in Honor of Gerhard Tintner[M]. Berlin: Springer: 133-189.

Viner J. 1950. The Customs Unions Issue[M]. New York: The Carnegie Endowment for International Peace.

Wells L T. Multinationals and the developing countries[J]. Journal of International Business Studies, 1998, 29(1): 101-114.

后 记

“一带一路”倡议是习近平“合作共赢”理念的重要体现，也是“构建人类命运共同体”的重大实践，在当前逆全球化杂音和疫情冲击下，这一倡议显得尤其宝贵。我们遵循习近平提出的“推动建设一个开放、包容、普惠、平衡、共赢的经济全球化”①的指导思想，从金融国际合作角度出发，通过研究“一带一路”金融国际合作机制创新，为实现“合作共赢”提供金融合作领域的具体思路。本书在创新“一带一路”金融国际合作机制方面构建了一个有特色的研究框架，基于“一带一路”金融经济命运共同体新理念，围绕服务“一带一路”高质量发展，提出了一系列的新观点和有见地的政策建议，对“一带一路”金融国际合作机制创新有重要的理论和实践上的参考价值。

2018 年 8 月课题获批立项（2018 年度国家社科基金重大研究专项项目“创新‘一带一路’金融国际合作机制研究”，项目批准号：18VDL012），黄志刚担任课题组首席专家，汪寿阳、黄祥钟、冯玲、严佳佳、王国刚担任子课题负责人。课题组成员在前期研究基础上，从五个方面展开研究工作和广泛的学术交流。至 2021 年 8 月申请结项时，课题组成员已在《光明日报》《中国社会科学报》《福建日报》《国际金融研究》《数量经济技术经济研究》等报纸期刊发表相关研究成果 20 余篇，黄志刚及课题组成员参与撰写的研究报告有 5 份获得国家领导人批示或被中共中央办公厅采用。

本书总论由黄志刚和黄启才执笔，第一篇由黄志刚和刘丹阳执笔，第二篇由林朝颖和唐旻执笔，第三篇由严佳佳执笔，第四篇由冯玲和黄翔执笔，第五篇由黄祥钟执笔。黄志刚负责项目研究总体安排、指导各章撰写和全文审定。博士研究生刘丹阳、唐旻、黄翔为本书的资料数据收集、文献整理、书稿校对等做了大量工作。

中国科学院大学汪寿阳教授、中国人民大学王国刚教授以及五位不知名的项目结题评审专家对书稿提出了许多宝贵的意见，中国银行福建省分行、中国工商银行福建省分行、紫金矿业等单位为项目调研提供了大量帮助，科学出版社经管分社马跃社长及其工作团队为本书的完善和出版提供了大量帮助，谨向以上单位和专家表示衷心感谢！

福州大学　黄志刚

2022 年 3 月 31 日于福州大学旗山校区

---

① 共同构建人类命运共同体，http://jhsjk.people.cn/article/31986596[2022-03-01]。